한용운과 그의 시대

한용운과 그의 시대

고 재 석

역락

머리말

잠 없는 꿈

한용운은 어둠 속에 앉아있었다. 『님의 침묵』을 짧은 기간 내에 탈고하신 것이 아니냐고 물었다. 대답이 없었다. 『님의 침묵』과 『십현담주해』는 필연적인 관계가 있는 것은 아니냐고 물었다. 이번에도 대답은 없었다. 그러면 석전 박한영은 선생에게 어떤 존재냐고 다시 물었다. 석전은 말로 하기 이려운, 남보다 깊고 높은 사람이라는 그의 음성이 들려왔다. 기뻤다. 용기를 내어 『한용운전집』 가운데 틀린 곳이 있다면 고치고 싶다고 했다. 득자得字로 끝나는 한시에 틀린 글자가 있는 것 같다고 했다. 찾지 못했다. 안타까웠다. 그는 다시 만나 이야기하자며 어둠 속으로 사라졌다.

1992년 3월 16일 월요일, 새벽의 꿈 이야기다. 그리고 석 달 후인 6월 29일, 한용운 48주기를 맞아 홍성에서 열리는 '만해 추모 문학의 밤'에 참석하기 위해 내려가는 버스에서 그의 피와 살을 물려받은 한영숙 여사와 동석하게 되었다. 초면임에도 불구하고 아버지는 어떤 분이셨느냐고 외람된 질문을 드리고 말았다. 햇살이 눈부셔 차창의 커튼을 잡아당기던 그녀가 미소를 머금은 얼굴로 돌아보며 이렇게 말했다. "글쎄, 우리 아버지는 한마디로 말하면 정치가라고 할 수 있지 않겠어요?"

"화법유장강만리畵法有長江萬里(화법은 장강이 만리에 뻗친 듯하고), 서예여고송일지書藝如孤松一枝(서예는 외로운 소나무 한 가지와 같다)" ……서재에 걸려있는 추사의 대련對聯을 보는 마음이 착잡하다. "만해는 불꽃 속에서 피는 연꽃이었다."고 외치는 고은을 비롯한 여러 문인들 및 선후배 동료 학자들과 어울려 술잔을 부딪치며 즐거웠던 홍성의 그날 밤도 이미 아련한 추억이 되고 말았는데, 그 무렵을 전후하여 발표했던 글들을 모아 평전의 이름으로 세상에 내놓으니 부끄럽다. 더구나 '황금의 꽃'에 숨어있는 의미를 찾기 위해 한용운의 꽃밭을 마구 헤집고 다녔던 대학원 시절부터 오늘에 이르기까지 많은 세월이 흘렀건만, 사유의 확대와 발전은커녕 형상화의 심화와 세련은 아예 언감생심이니 한심스럽기만 하다. 시인이자 혁명가이며 선승으로 궁핍한 시대를 살았던 그에 대해 미처 몰랐던 사실들을 조금이나마 찾아낼 수 있었으니 다행이 아니냐고 자위하기에는 너무 많은 세월을 허망하게 보낸 것이다. 아마 유유히 흐르는 장강처럼 정중동의 미학을 체득하거나, 겨울의 소나무처럼 고절孤節의 세월을 인내할 수 있었더라면, 풍란화 매운 향내로 식민지의 어둠과 치열하게 대결했던 한용운에 대해 좀 더 많은 글을 발표할 수 있었으리라.

미루고 미루다가 두려운 마음으로 책상에 앉아 그와 마주한 것은 올해 1월 1일이며, 지난날의 게으름과 교만을 후회하면서 의자에서 가까스로 일어난 것은 지난 4월 30일이다. 그러나 여러 사정으로 이제야 이 글을 세상에 내놓게 되었으니, 한용운이 평생 추구했던 황금의 꽃, 그 깨달음의 꽃을 나 같은 속물이 찾는다는 것 자체가 이미 과욕인 듯하다. 뿐인가. 어느새 『님의 침묵』을 썼던 그의 나이를 훌쩍 넘겨버리고 말았다. 그가 혀를 끌끌 차며 어둠 속에서 웃고 있는 것 같다. 하지만 이것이 숨길 수 없는 능력의 전부임을 그가 안다면, 이번에는 꿈에 다시 나타나 이렇게 한마디쯤 들려줄지도 모른다. "네가 너를 가져다가 너의 가랴는 길에 주어라. 그러하고 쉬지 말고 가거라."(「잠없는 꿈」)

보잘 것 없는 이 글을 읽어준 독자들에게 감사의 말씀을 올리며, 부끄러운 '군말'을 이만 줄인다.

한일강제병합 100년, 그 2010년 한 해를 보내며
수수재隨樹齋에서 지은이 삼가 씀

차 례

제1부

일그러진 기억의 거울

기억, 역사, 풍문

"경기도 경성부 가회동 재적거주在籍居住 천도교 교주 손병희 4월 8일 생 60세, 함경남도 함흥군 함흥면 하서리 재적 경기도 경성부 재동 거주 보성고등보통학교장 최린 1월 25일생 43세, 경기도 경성부 돈의동 재적 거주 천도교 도사道師 권동진 11월 13일생 60세, 경기도 경성부 돈의동 재적거주 천도교 도사 오세창 7월 15일생 57세……경기도 경성부 수표 정水標町 재적거주 기독교 남감리파 목사 신석구 5월 3일생 46세, 강원 도 양양군 도천면 장항리 재적 경기도 경성부 계동 거주 승려 한용운 7 월 12일생 42세……

경기도 경성부 관수동 권영욱의 집 거주 연희전문학교 생도 김원벽 6 월 24일생 27세, 평안북도 의주군 의주면 홍서동 재적거주 기독교 장로 파 목사 유여대 12월 10일생 42세, 위 48명에 대해 보안법 위반, 출판법 위반, 소요騷擾 피고 사건에 대해 다이쇼大正 9년(1920) 8월 9일 경성지방 법원 형사부에서 언도한 판결을 동원同院 검사가 공소 신청함에 따라 경 성복심법원은 조선총독부 검사 미즈노 시게코水野重功 관여 심리 판결을 다음과 같이 한다."

▲ 만해 한용운

"원판결은 취소하고, 원심 및 당심에서 피고 변호인이 제기한 공소불수리公訴不受理 신청은 모두 각하脚下한다. 피고 손병희, 최린, 권동진, 오세창, 이종일, 이승훈, 함태영, 한용운을 각각 징역 3년에 처한다. 피고 최남선, 이갑성, 김창준, 오화영을 각각 징역 2년 6개월에 처한다.……"

"피고 한용운은 1919년 2월 28일 경성부 계동 43번지 유심사에서 경성부 내에 독립선언서를 배포하기 위해 중앙학림 생도 오택언 외 수명에게 선언서 약 3천매를 교부하여 반포하게 하였으며……

피고 한용운은 무사히 독립선언서를 발표하게 된 것은 참으로 기쁜 일이며 가일층 조선독립을 위해 노력해야 할 것이라는 취지의 연설을 하고, 앞의 피고 28명과 함께 조선독립 만세를 불러 치안을 방해했으며……"1)

1920년 10월 30일, 어금니를 지그시 깨물고 눈을 감은 채 고개를 젖히고 판결 이유를 듣고 있던 만해卍海 한용운(1879~1944)은 무거운 눈시울을 들어올렸다. 순간, 어둔 동굴에 매달린 박쥐처럼 검정 법복法服을 입고 양미간을 찌푸린 채 허연 뻐드렁니를 드러내며 숨차게 판결문을 낭독하고 있는 재판장 쓰카하라 도모타로塚原友太郎의 뾰족한 턱과 쪽 찢어진 실눈이 눈에 들어온다. 150명의 방청객이 숨을 죽이고 판결문을 경청하고 있는 정동 특별법정의 실내 공기는 건드리면 터질 듯 팽팽하다.

---

1) 市川正明 編, 『三・一獨立運動』2(原書房, 1984), pp.320~331. 이하 『운동』 "被告韓龍雲は同日自宅に於て京城府內に配布すべく中央學校生徒吳澤彦外數名に同宣言書約三千枚を交付し其頒布を爲し……被告韓龍雲は'無事に獨立宣言書を發表することとなり慶賀の至なり尙一層獨立の爲努力すべき'趣旨の演說を爲し前示被告二十八名共に朝鮮獨立の爲萬歲を唱え因て治安を妨害し……" 단 여기서 말하는 자택이란 경성부 계동 43번지 유심사를 가리키며, 중앙학교란 중앙학림의 오기誤記이다.

▲ 용수를 쓰고 공판정에 들어가는 3·1독립운동 대표들

　무거운 분위기에 짓눌렸을까. 지방법원에서는 명판사라는 평판도 있으나 복심법원에서는 쓰카하라의 위세에 눌려 꿰다놓은 보리자루처럼 눈만 껌벅이고 있는 배석판사 스기우라 다케오杉浦武雄가 목이 타는지 꿀꺽 침을 삼킨다. 꽈리처럼 튀어나온 눈망울을 부릅뜬 배석판사 아라이 유타카新井胖도 깍지 낀 두 손을 책상 위에 올려놓고 입을 꾹 다문 채 판결을 경청하고 있다. 반면 1년여의 지루한 예심 끝에 오늘 마침내 법정공방을 마감한다는 생각에 흥거운지 검사 미즈노 시게코는 기다란 얼굴에 홍조마저 띠고 판결문을 읽는 쓰카하라를 열심히 올려다보고 있다. 지난 10월 12일, 제6회 공소공판에서 그가 제출했던 입회변론을 재판장 쓰카하라가 그대로 받아들였던 것이다.

　"본 검사는 당원當院에서 변호인 최진이 제출한 공소불수리 신청은 이

유 없음으로 각하되어야 한다고 생각하며, 또 원심에서 본건 공소불수리의 언도를 한 것은 부당하므로 원판결을 취소하고, 당심에서 공소를 다시 수리하여 본안에 대한 재판을 해야 한다고 생각한다. 본안의 관련 피고 길선주, 송진우, 현상윤, 정노식, 김도태, 박인호, 노헌용에 대해서는 범죄의 증거가 충분하지 않으므로 무죄언도를 내려야 할 것이며……기타 각 피고에 대해서는 범죄의 증거가 충분하여 피고 최린, 권동진, 오세창, 이인환(이승훈), 최성모, 박동완, 신석구, 이종일, 박희도, 이갑성, 김창준, 오화영, 한용운, 함태영의 소행은 출판법 제11조 제1항 제1호 및 보안법 제7조에 해당하므로 조선형사령 제42조 형법 제54조 제11조를 적용해야 한다."[2]

재판정 바로 아래 놓인 책상에는 얼마 되지 않은 나인데도 벌써 머리가 하얗게 세고 이마가 벗겨진 서기 사야마 가토佐山嘉同가 피고들과 방청객들의 따가운 시선을 피하기라도 하듯 고개를 파묻고 판결문을 열심히 기록하고 있고, 꽁생원처럼 생긴 통역관 시미즈 미쓰오淸水三男도 아랫입술을 꼭 베어 물고 출입구 쪽을 바라보고 있다. 조선인보다 조선말을 잘 한다고 하더니 혹시 양심의 가책이라도 느끼고 있는 것일까. 한편, 지난 7월 지방법원 제일심 때 제출했던 공소불수리(공소기각) 문제를 다시 9월 20일 제1회 공소공판에서 제기했던 최진(1876~?)은 이제는 다 끝났다는 듯 고개를 숙이고 무엇인가를 골똘히 생각하고 있다.

"원래 본건의 피고들의 행위는 1910년 8월 29일 긴급칙령 제327호에 의지하여 조선총독부 제령 제7조에 의거, 출판법 위반과 보안법 위반에 해당하나, 그 긴급칙령은 제국의회의 승낙을 받지 못했기 때문에 그 효력을 잃은 것이다. 그러므로 그 후의 긴급칙령은 무효가 된다. 긴급칙령

2) 『운동』2, p.321.

은 법률을 대신하는 위임명령이기 때문이다. 나아가 제령 제7호가 효력을 지속한다는 경과법도 없으므로 이 위임명령은 효력을 잃는 동시에 이 위임명령에 의지하여 발한 제령 또한 무효가 되는 것이 당연하다. 따라서 본건은 해당하는 법률이 소멸한 이상 당연히 공소가 수리되어서는 안 된다."

그날 법리적용의 부당성을 지적하는 최진의 논리는 명쾌했다. 그러나 쓰카하라는 턱을 고였던 왼손의 엄지와 검지손가락으로 바싹 마른 입가를 긁적거리다가 고개를 갸웃거리며 이렇게 말했을 뿐이다. "최진 변호사. 일심에서 공소불수리 문제를 제출했다가 철회했다고 하기에 매우 잘한 일이라고 했더니 또 제출하시는구먼. 그런데 그게 공소불수리의 논법 같지는 않구려. 마치 피고들의 무죄주장을 하시는 것 같소이다만……하하, 법률이 소멸되었으니까 공소불수리라?"

판결문 낭독은 이어지고 있다. "피고 이갑성, 김창준, 오화영, 한용운 발행發行의 점은 동 법조 제1항 1호에 해당하며, 피고 손병희, 최린, 권동진, 오세창, 이종일, 이갑성, 김창준, 오화영, 한용운의 치안방해의 점은 앞의 제령 제1조 제1항에 해당하고……"

다시 눈을 감는다. 아, 어째서 저들은 법복을 입고 내 나라의 독립을 찾겠다고 선언한 우리들에게 보안법과 출판법 위반이니 치안방해 운운하며 유죄를 선고하는가. 그리고 우리는 왜 수의囚衣를 입고 저런 판결문을 들어야 한단 말인가. 그래서 면회 온 동료들에게 내 나라 찾기 위한 독립운동은 결코 죄가 될 수 없을 터, 변호사를 선정하지 말고, 사식도 넣지 말고, 보석 또한 절대로 신청하면 안 된다고 당부했건만, 나만의 일이 아니라 오늘까지 저렇듯 많은 변호사들이 우리를 위해 애쓰고 있으니 안타깝고 미안할 뿐이다.[3]

단전丹田 밑 어디에선가 뜨거운 눈물이 치솟아 오르는 것 같다. 길게 숨을 들이마시고 어금니를 꽉 깨문다. 최진에 이어 대심원 판결례를 거론하며 법리적용의 부당성을 공박한 허헌(1885~1951)에게도 모욕을 주었던 저런 인간에게 약한 모습을 보여줄 수는 없다.

"그건 출판법과 보안법이 소멸되었으니까 피고들이 무죄가 된다는 주장인 듯하오만……글쎄? 무죄가 될 것 같소? 나는 사실심리 후, 출판법 위반에 해당하지 않으면 다른 법률이라도 적용할 것이오. 산더미같이 많은 법률 중에서 피고들을 구속할 법률은 얼마든지 많으니까." 그날 이렇게 빈정거리며 허헌을 쏘아보던 쓰카하라는 "아무리 그런 판결례가 있다 하더라도 그 후에 다른 판결례도 나왔다는 건 모르시는가?"4) 하고는 벌떡 일어나 휴게를 선언하고 비밀협의에 들어갔다. 그때 참담하게 일그러지던 두 변호사의 얼굴을 나는 결코 잊을 수 없다.

나흘 후 열린 제4회 결심공판에서 조선 독립에 대한 감상은 어떠냐고 묻는 쓰카하라를 노려보며 이렇게 말하고 뒤를 돌아보았을 때, 두 주먹을 불끈 쥐고 환하게 웃으며 고개를 연신 끄덕이는 두 사람의 눈물이 그렁그렁한 얼굴을 볼 수 있었다. '옥쇄불개백玉碎不改白(구슬은 깨어질지언정 그 흰 빛을 잃지 않는다)'이라고 했다. 일본인들에게 무슨 선처를 호소하겠다고 나, 아니 우리의 자존심을 헌신짝같이 내버린단 말인가.

　　고금동서를 막론하고 국가의 흥망은 일조일석에 되는 것이 아니오.
　　어떠한 나라든지 제가 스스로 망하는 것이지 남의 나라가 남의 나라를

---

3) 1920년 10월 30일 오전 9시부터 진행된 제8회 결심공판에는 건강이 악화된 의암義菴 손병희(1861~1922)를 제외하고 피고 전원이 출석했으며 최진, 박승빈(1880~1943), 정구창, 허헌, 이기찬(1886~?), 기오 도라노스케木尾虎之助, 오쿠보 우타히코大久保雅彦 변호사가 배석했다.

4) 「독립선언사건의 공소공판 급전직하로 사실심리에」, 『동아일보』(1920.9.20)

망할 수 없는 것이오. 우리나라가 수백 년 동안 부패한 정치와 조선민중이 현대문명에 뒤떨어진 것이 합하야 망국의 원인이 된 것이요. 원래 이 세상의 개인과 국가를 물론하고 개인은 개인의 자존심이 있고 국가는 국가의 자존심이 잇나니 자존심이 있는 민족은 남의 나라의 간섭을 절대로 받지 아니하오. 금번의 독립운동이 총독정치의 압박으로 생긴 것인 줄 알지 말라!

자존심이 잇는 민족은 남의 압박만 받지 아니하고자 할 뿐 아니라 행복의 증진도 받지 아니코자 하나니 이는 역사가 증명하는 바이라. 사천년이나 장구한 역사를 가진 민족이 언제까지든지 남의 노예가 될 것은 아니라.

그 말을 다하자면 심히 장황하므로 이곳에서 다 말할 수 없으나 그것을 자세히 알려면 내가 지방법원 검사장의 부탁으로 「조선독립에 대한 감상」이라는 것을 감옥에서 지은 것이 있으니 그것을 갖다가 보면 다 알 듯하오.5)

▲ 경성고등법원과 지방재판소. 2002년 서울시립미술관으로 변경되었다.

5) 「독립사건의 공소공판 한용운의 맹렬한 독립론 제4일 오전의 기록」, 『동아일보』(1920. 9.25)

한용운의 내면을 빌려 경성 복심법원에서 진행된 1920년 10월 30일의 제8회 마지막 공판 장면을 상상해 보았다.[6] 한편, 제4회 공판 장면을 담은 위의 기사는 「한용운 공소공판기」[7]라는 제목으로 『한용운전집』에 수록되어 있다. 그러나 재일사학자 김정명 즉 이치카와 마사아키市川正明 (1929~)가 편찬한 『3.1독립운동』에는 재판장 쓰카하라의 기계적인 질문과 한용운의 원론적인 답변을 기록한 제4회 공판시말서[8]가 있을 뿐이다.

"한용운의 맹렬한 독립론, 국가의 흥망은 전숙히 민족의 책임, 조선민족 자신이 스사로 살고 스사로 높힘이라."……"'독립은 민족의 자존심, 독립은 남을 배척함이 아니라'고 언걱한 한용운의 독립의견" 만일 그때 기자들이 이렇게 표제를 뽑아 보도하지 않았더라면, 아니 그가 1919년 3월 1일 태화관에서 독립선언서 발표 취지 연설을 하지 않았더라면, 한용운은 오늘날 민족적 자존심의 대명사와 같은 존재로 기억되지 않았을지도 모른다. 역사 역시 포괄적인 기억문화의 일부라는 주장은 여기서 비롯된다.

재작년 삼월 일일 조선독립 사건으로 입옥한 삼십여명 중 대개는 만기 출옥 혹은 가출옥을 하고 십여인이 남아있더니 작일 오후에 또 최린 함태영 권동진 이종일 김창준 륙씨가 가출옥이 되었다. 원래 가출옥은 절대 비밀에 부치는 터임으로 가출옥을 당한 제씨는 물론 여러 가족들도 뜻밖에 재작야 깊은 밤에 의복을 차입하라는 감옥의 통지를 받게 되었음으로 주소晝宵로 그들의 신상을 염려하든 가족은 너무 깃븜에 못

---

6) 「대공판의 법관석에 열석한 면면」, 『동아일보』(1920.9.24) 천리구千里駒 김동성(1890 ~1969)이 삽화와 함께 묘사한 재판정의 모습을 바탕으로 재구성해 본 것이다.
7) 『증보한용운전집』1(신구문화사, 1980) p.373. 이하 『전집』
8) 『운동』2, pp.303~306. 1920년 9월 20일부터 10월 30일까지 8회나 진행된 경성복심법원 결심공판 일정은 다음과 같다. 제1회(9.20), 제2회(9.21), 제3회(9.22), 제4회(9.24), 제5회(9.25), 제6회(10.12), 제7회(10.13), 제8회(10.30)

이기어 작일 이른 아침에 정성을 다하여 준비한 의복을 차입하고 이전에는 날을 꼽아 기다리든 것을 작일은 분초를 세어 기다리고 애쓰는 모양은 참아 보지 못할 만 하였으며 감옥관리들도 다만 의복 차입을 받을 뿐이오 과연 가출옥의 허가가 될는지 또 가출옥이 되드래도 어느 날 될는지 알 수 없다 말함으로 의외의 깃븜은 다시 의심과 걱정으로 변하게 되얏다. (중략)

불교계에 명성이 높은 한용운 씨도 작일 가출옥의 처분을 받아 곧 출옥할 터이었으나 준비상 관계로 조금 늦게 오후 3시 반에 출옥하였더라.[9]

"3.1의거 계획 당시, 한용운 씨가 처음 오신 걸 보고, 우리는 꼭 무슨 첩자나 아닌가 생각했어요."[10] 기당幾堂 현상윤(1893~1950)이 회고하는 대로, 마치 초대받지 않은 손님처럼, 3.1독립운동의 초기 조직화 단계에 참여했던 만해 한용운의 화려한 귀환은 이렇게 시작되었다. 다음과 같은 짤막한 동정기사로 자신의 존재를 세상에 알린 지 불과 10년 만에 이루어진 엄청난 변화였다.

장단長湍 내인來人의 전설傳說을 거據한즉 장단군 화장사華藏寺에서 청년승려를 교육하기 위하여 학식이 섬부贍富한 교사 한용운 씨를 연빙延聘하여 화산의숙華山義塾이라 명명하고 본년 9월 23일에 개학한 바 숙장 이경제李鏡濟 숙감 김지순金之淳 학감 임경담林鏡潭 제씨가 빈구貧窶함을 불구하고 열심 시무視務한 결과로 출석 생도가 23인에 달하였고 진취의 희망이 유하다더라.[11]

이런 의미에서 한용운은 '인간 역사의 첫 페이지에 잉크칠'을 하기 위

---

9) 「독립선언한 칠씨七氏 가출옥」, 『동아일보』(1921.12.23)
10) 서정주, 『서정주문학전집』2(일지사, 1973) p.194. 이하 『서정주』
11) 「사문신숙沙門新塾」, 『매일신보』(1910.11.27)

해 동분서주했던 지난날의 파란곡절과 2년 8개월여의 고통스러운 수감생활을 1921년 12월 22일에 출옥하면서 '유명세'라는 세속적인 형식으로 보상받았는지 모른다. 그는 출옥 이틀 후 자신을 찾아온 기자에게 확신에 찬 음성으로 이렇게 말하고 있다. "내가 옥중에서 느낀 것은 고통 속에서 쾌락을 얻고 지옥 속에서 천당을 구하라는 말이올시다."[12]

이날 기자를 바라보는 한용운의 눈빛은 강렬하다. "民籍 없는 者는 人權이 없다. 人權이 없는 너에게 무슨 貞操냐 하고 凌辱하랴는 將軍"(「당신을 보았습니다」)에게 항거했던 분노가 아직도 남아 있는 그 흑백사진 속의 눈빛에는 고통의 세월을 극복한 자만이 보여줄 수 있는 거오倨傲마저 담겨있는 듯하다. 비록 세월의 풍화작용으로 그 열기는 사라지고 몸도 바뀌어 달라지긴 했지만, 아직도 강렬한 그 눈빛을 아주 가까운 곳에서 보게 되었던 것은 홍성으로 내려가는 버스에서 한영숙(1934~) 여사와 동석했던 지난 1992년 6월 29일(월)이다.

"글쎄, 우리 아버지는 한마디로 말하면 정치가라고 할 수 있지 않겠어요?" 혈육, 그것은 어쩔 수 없는 내림이며 피할 수 없는 표정인가. 약간 도드라진 광대뼈, 자그마하지만 다부진 골격, 온화하면서도 서늘한 눈빛……초면이라 인사만 드린 후 차창 밖을 내다보며 이런 생각에 빠져 있을 때 그녀가 푸근한 미소를 띠며 음료수를 건네지 않았더라면, 간결하면서도 의미심장한 이 반문을 나는 끝내 듣지 못했을지 모른다. 한용운의 서거 48주기를 맞아 마련한 '만해 추모 문학의 밤'에 참석하기 위해 홍성으로 내려가는 일행의 한 명임을 모를 리 없는 그녀의 친절에 용기를 낸 나는 초면임에도 불구하고 아버지는 어떤 분이었느냐는 외람된 질문을 드리고 말았던 것이다.

12) 「지옥에서 극락을 구하라」, 『동아일보』(1921.12.24)

그날 차안에서 한영숙 여사가 들려준 이야기는 자신의 회고담[13]과 크게 다르지 않았다. 그러나 한용운이 입적할 당시 열 살에 불과했을 그녀가 아버지를 정치가로 기억하고 있는 건 뜻밖이었다. 혹시 성장하는 동안 주변 어른들의 회고담을 듣고 관련서적도 읽으면서 이런 이미지를 갖게 된 것일까. 아니다.

선친은 서책을 보시다가 가끔 어린 나를 불러 세우시고 역사상에 빛나는 의인 걸사의 언행을 가르쳐 주시며 또한 세상 형편, 국가 사회의 모든 일을 알아듣도록 타일러 주시었다. 이러한 말씀을 한두 번 듣는 사이에 내 가슴에는 이상한 불길이 일어나고, 그리고 나도 그 의인 걸사와 같은 훌륭한 사람이 되었으면……하는 숭배하는 생각이 바짝 났었다.   —「나는 왜 중이 되었나」

이렇게 지난날을 회고하던 한용운은 이 글의 말미에서 현실 정치를 할 수 없는 식민지 상황이었기 때문에 승려가 되었다는 회한을 솔직하게 토로한 바 있다. "우리 앞에는 정치적 무대는 없는가. 그것이 없기에 나는 중이 된 것이 아닐까? 만일 우리도……"

하긴 그동안의 그에 대한 많은 인물평 가운데 공격적인 개성의 소유자[14], 기질적으로 파토스적 성향을 짙게 타고난 사람[15], 또는 사회로 향한 관심이 컸던 인물[16] 등은 무엇을 의미하는가. 그는 자기반성의 절차를 통해 인간을 억압하는 정치적 사회적 제구조로부터의 해방을 목표로 하는 해방적 관심을 생리로 간직한 인물[17]이었다. 동시대를 살면서 그를

---

13) 한영숙, 「아버지 만해의 추억」, 『나라사랑』제2집(외솔회, 1971) pp.90~92.
14) 고은, 『한용운평전』(민음사, 1975) p.87.
15) 서경수, 「만해의 불교유신론」, 만해사상연구회 편, 『한용운사상연구』2집(민족사, 1981) p.80.
16) 김상현, 한용운의 독립사상」, 위의 책, p.103.

지켜보았고, 『조선불교통사』(1918)라는 기념비적인 업적을 남겼던 상현
尙玄 이능화(1869~1945)도 이렇게 평가하고 있다.

한용운의 주된 뜻은 은일하여 머무는 듯하면서 변화를 꾀하는데 있
으니, 문득 Marthin Luther가 구교를 개혁할 때의 견해도 있고, (일본의)
신란親鸞이 진종眞宗을 제창한 데에서 얻는 바도 없지 않아, 파괴를 앞
서 한 뒤에 건립(을 주장)하였다.龍雲主意 豹霧隱變 徜有見於馬丁之改舊敎
非無得乎鸞聖之唱眞宗 爲先破壞 然後建立 (중략)
그 마음은 매우 모질고 그 성정 또한 급하였다. 『조선불교유신론』을
간행하여 개량사상을 발표하였으며 『불교대전』을 역술하여 포교(를 위
한) 재료를 준비하였다. 위(이야기)는 백담사 한용운(에 관한 것)이다.其
心大苦 其情亦急 刊行新論 朝鮮佛敎維新論 發表改良之思想 譯述大典 佛敎大
典 準備布敎之材料 右百潭寺韓龍雲[18]

위의 평 가운데 "표무은변豹霧隱變(은일하여 머무는 듯하면서 변화를 꾀한
다)"과 "기심대고其心大苦(그 마음은 매우 모질고) 기정역급其情亦急(그 성정
또한 급하다)"이라는 구절이 눈에 띤다. 전자가 산과 도시, 이상과 현실,
성과 속, 고요한 세계와 움직이는 세계를 수시로 넘나들었던 한용운의
운명의 형식forms of life 그 정중동의 미학을 보여준다면, 후자는 이런 운
명을 이끈 내면의 동력 즉 해방적 관심과 혁명적 열정을 보여준다.
이 인물평은 선파괴 후건설을 주장한 개혁승 한용운과 얼음처럼 차갑
게 식었다가도 허물을 고치는 데 주저하지 않았던 인간 한유천韓裕天의
양면성을 잘 담아내고 있다고 생각된다. "대인호변大人虎變(대인은 범같이
변하고), 군자표변君子豹變(군자는 표범같이 변하며), 소인혁면小人革面(소인은

17) 졸저, 『한국근대문학지성사』(깊은샘, 1991) p.27.
18) 이능화 지음 이병두 역주, 『조선불교통사』(혜안, 2001) pp.126~127.

얼굴빛을 고친다)”(『주역』 혁괘革卦)이라는 구절에서 나오는 ‘표변’은 원래 표범의 무늬가 뚜렷하고 아름답듯이 허물을 고쳐 면목을 일신한다는 뜻이지만, 마음이나 행동 따위를 갑작스럽게 바꾼다는 뜻으로 통용되고 있어 더욱 그렇다. 이능화의 평은 ‘표변’과 ‘혁면’ 사이에서 한용운을 바라보는 타인들의 시선을 선취하고 있는 셈이다.

그래서일까. 만해에 대한 논의는 “강철 같은 의지로, 불덩이 같은 정열로, 대쪽 같은 절조로, 고고한 자세로, 서릿발 같은 기상으로 최후일각까지 몸뚱이로 부딪쳤고, 마지막 숨 거둘 때까지 굳세게 결투했다.”[19]는 찬탄과 “한용운은 순수승려가 아니다.”[20]는 비판 사이에서 이루어진다. ‘만해학卍海學’이란 용어까지 나오고 있는 2,000년 말 현재 한용운에 관한 대소논문은 500여 편을 상회한다.[21] 다만 민족사의 새로운 진로를 생각하던 1970년대 이후 한일 강제병합 100년이 되는 오늘에 이르기까지 그 평가의 축이 후자보다 전자로 기울어져 있음을 부정할 사람은 많지 않다.

물론 공판정에서 ‘독립은 민족의 자존심’이며, “독립은 남을 배척함이 아니라.”는 통렬한 최후진술을 할 수 있는 건 아무나 할 수 있는 일은 아니다. 그는 민족의 사표師表가 되기에 충분한 자격요건을 이미 갖추고 있었다고 할 수 있다. 그러나 우리는 식민지 현실과 불교를 지나치게 관념적인 차원으로 설정하면서, 그의 삶과 문학을 소문의 벽과 감상의 바다로 몰아가고 있는 것은 아닐까. 그럴 수도 있다. 아니, 부인하기 어렵다.

제2부에서 살펴보겠지만, 그와 관련된 많은 논란 가운데 하나인 중추

---

19) 조종현, 「만해 한용운」, 『한용운사상연구』(민족사, 1980) p.123.
20) 고은, 『한용운평전』, 위의 책, p.352.
21) 김재홍, 「만해문학연구 어디까지 왔나」, 민족작가회의, 『만해연구, 성찰과 모색』(2004) p.70.

원과 총독부에 제출한 승려 결혼에 관한 건백서는 '과열된 유신론'의 하나이기는 하나 파천황적인 주장은 아니며, 한일불교동맹조약을 '분쇄'했다고 평가되는 임제종운동은 성공한 종지수호운동이 아니다. 그러나 사람들은 단재丹齋 신채호(1880~1936)를 비롯한 애국계몽기의 지식인들이 승려들의 결혼을 인구 증산론의 일환으로 지지했고, 임제종운동은 사찰령, 아니 총독부라는 현실의 권력을 부정하지 않는 한 '수포'로 돌아가고 '와해'될 수밖에 없었다는 사실을 인정하지 않았다.

한편, 『한용운전집』에는 "미美에 대한 사고思考의 완옥頑玉"이 깨어지는 심미적 인식 전환의 과정을 감동적으로 묘사한 「고서화의 삼일」(『매일신보』 1916.12.7~15)이 수록되어 있지 않다. 그와 같은 민족주의자가 총독부 기관지에 글을 쓸 리 없다고 생각했기 때문에 자료를 수집하는 과정에서 누락되었던 것 같다. 그러나 이 글을 발표하면서 1910년대 지식인 사회의 중심에 선 그는 『유심』(1918.9~12 총3호)을 간행하고, 이를 바탕으로 3.1독립운동에 참여할 수 있는 대인관계를 확보하게 된다. 뿐인가. 『한용운전집』에는 3.1독립운동으로 수감된 이후 일본경찰과 검찰 및 판사들에게 받은 심문조서 가운데 일부가 축소·삭제·의역되어 있으나, 이 사실을 아는 사람은 거의 없다. 하긴 전집 간행위원들이 전거로 삼고 있는 책22)부터 그랬으니 누구를 나무랄 수 있겠는가.

이런 일련의 사례는 우리가 그를 무의식적으로 하나의 문화기억 또는 민족 정체성의 상징, 아니 동상으로 만들고 있음을 보여주는 증거인지 모른다. "지금 제 머리 속에는 풍란화·매운 향내의 선승 만해만 있을 뿐, 지인을 만나면 '장광설'을 늘어놓고, 때로는 싸늘하게 돌변하는가 하면, 뜨거운 눈물을 꽃다발에 흩뿌리기도 했던 시인이자 혁명가인 만해는 남

---

22) 이병헌, 『3.1운동비사』(시사시보사출판국, 1959) 이하 『비사』

아 있지 않습니다."[23] 지난 2004년 8월 10일(화), 그의 서거 60주년을 기념하는 자리(서울프레스센터)에서 이와 같은 아쉬움을 토로했던 것은 이런 회의와 반성에서 비롯된다.

죽은 자는 말이 없다. 그러나 우리는 살아남은 자의 도리이며 후손들을 위한 의무라고 외치며 과거사 규명과 청산의 의지를 불태운다. 돌아다보고 싶지 않은 초라한 근대사를 갖고 있는 만큼 성급한 척결의지가 이해되지 않는 건 아니다. 하지만 이런 강박관념은 혹시 살아남은 후손들의 오만함은 아닐까. 자신이 살아보지 않은 시대를 정확하게 규명할 수 있는 사람은 과연 얼마나 될까. 이는 불가능한 과제일 수도 있다.

총체에 대한 인식은 부분적 사실들에 대한 지식과 함께 진보하며, 모든 부분적 사실들은 그 총체 속의 위치에 의하여 진실을 부여받는다. 사람은 그 자신이면서 그 이상의 존재이기도 하다. 문학 역시 닫힌 의미구조이자 특정한 사회집단의 구조들과 유사하거나 그것들과 비교하여 이해할 만한 관계 속에 있는 열린 의미구조다. 당대를 둘러싼 정치, 경제, 제도적 상황이나 틀, 요컨대 역사지평에 대한 논의와 참조가 필요한 이유가 여기에 있다.

일제 강점기를 대표하는 시인이자 혁명가이며 선승인 한용운에 대한 평가는 대상에 입각한 차원에서 총체적으로 이루어져야 마땅하다. '풍란화 매운 향내'[24]로 대표되는 그에 대한 찬탄과 긍정. 그리고 "한일합방조약이 말 그대로 '잉크도 마르지 않았던' 1910년 9월에 만해 같은 훌륭한 민족 지도자가 이런 건백서를 일본의 식민 통치 책임자에게 냈다는 사실은 당시 조선인들의 현실 인식을 충격적인 모습으로 보여준다."[25]는

---

23) 졸고, 「서준섭의 한용운 불교관계 저술연구의 현황과 문제점에 대하여」, 민족작가회의, 위의 책, p.60.

24) 정인보, 「만만해선사挽萬海禪師」, 『불교』8(1948.8) p.13.

의문과 회의……이 두 개의 축을 아우른 지점에서 그의 삶과 문학을 바라볼 때 '혁명가와 선승과 시인의 일체화'[26]를 이룬 그의 진면목은 잘 드러나리라 믿는다.

보는 것, 바르게 보는 것. 이는 깨달음의 또 다른 표현이다. 견성은 보는 행위의 정상이며 그 넘어섬이다. 그러나 눈과 말을 빌려서 사물을 이해하는 우리들은 원근법 — 비록 환영幻影에 물과하긴 하지만 — 을 통해서 사물의 실체를 살펴보는 수밖에 없다. 그것도 출가를 결심하고『님의 침묵』을 간행할 때까지의 행적을 주된 논의의 대상으로 삼을 뿐이다.

이는 제한된 능력에서 비롯된 결과임에 분명하지만, 알려진 사실에 대한 지루한 확인보다는 거만무쌍하면서도 다정하고,[27] 비분강개가 심하고 다정다한多情多恨의 사람일 수밖에 없었던,[28] 그리고 고독 그대로였고 파란 그대로였던[29] 일생을 살았던 그의 맨얼굴과 육성을 보고 듣고 싶은 욕망과 무관하지 않다. 한용운도 '일색지재일색외一色知在一色外(한 빛은 빛도 없는 바깥에 있으면 더 잘 알 수 있다)'[30]라고 했다.

25) 복거일, 『죽은 자들을 위한 변호』(들린아침, 2003) p.30.
26) 조지훈, 「민족주의자 한용운」, 『조지훈전집』3(일지사, 1973) p.262.
27) 신석정, 『난초잎에 어둠이 내리면』(지식산업사, 1974) p.295.
28) 조지훈, 「민족주의자 한용운」, 위의 책, p.265.
29) 홍효민, 「만해 한용운론」, 만해사상연구회 편, 『한용운사상연구』(민족사, 1980) p.31.
30) 「십현담주해」, 『전집』3, p.362.

엇갈리는 진술의 이면

사람은 자기가 보고 싶은 현실만 보려고 한다. 혹시 우리는 오늘도 카이사르Caesar, G.J.(B.C.100~B.C.44)의 이 말을 애써 외면하면서 자신이 살아보지 않은 시대를 정확하게 규명할 수 있다고 장담하고 있는 것은 아닐까.

얼마 전 우연히 1970년대의 일기와 일지를 대조하며 읽다가 분명하다고 확신했던 기억의 구체와 세목이 사실과 다른 것을 보고 당황했던 일이 있다. 객기와 만용으로 가득했던 시절의 일기에는 다양한 방어기제가 작동하고 있었고, 기억은 세월의 흐름과 함께 일그러졌던 것이다. 이밖에도 많은 기억과 사실의 어긋남을 보면서 내면의 고백이라는 일기의 진실성에 회의를 느꼈고, 과거사 진상 규명에도 일말의 우려를 떨쳐낼 수 없었다. 20세기 한국에서처럼 단기간에 급격하고도 전면적인 사회 변화를 경험한 시대와 사회는 그리 많지 않으며, 따라서 이 급속하고 전면적인 변화는 과거 상상에 불가피한 왜곡을 가하지 않을 수 없다.[31]는 지적이 새삼스럽게 떠오르는 순간이었다.

---

31) 유종호, 『나의 해방전후 1940~1949』(민음사, 2004) p.11.

오늘날 세계화의 물결이 기존의 집단 정체성을 침식하면서 민족, 국가, 계급 등과 같은 전통적 집단에 대한 긴밀한 유대감은 사라지고 있다. 인터넷의 출현으로 대두한 가상현실은 역사를 신성한 자리에서 끌어내렸고, 이런 역사의 약화 추세는 기억의 부흥을 위한 유리한 조건을 형성해서 그동안 공적인 권위를 누렸던 보편사History가 다양한 미시적 영역의 역사들histories로 분할되고 있다. 이런 탈역사posthistoire의 시대를 맞아 역사가들은 '숭고한' 역사에 짓눌려 왔던 개인이나 개별집단의 주관적 체험을 포함한 다양한 목소리에 귀 기울이면서 기억과 역사의 본원적 관계를 진지하게 성찰하기 시작했고, 그 결과 기억보다 우월하게 보이던 역사도 실은 포괄적인 기억문화의 일부에 지나지 않음이 밝혀졌다. 역사적 시간이란 그 자체가 역사적으로 만들어진 것이며, 끊임없는 역사의 체험에 근거를 둔 근대적 기억문화에 다름 아니라는 것이다.

한용운의 연보를 작성할 때도 기억은 중요한 화두로 떠오른다. 잘 알려지지 않은 그의 초기 행적의 경우 주로 「죽다가 살아난 이야기」(1927), 「나는 왜 중이 되었나」(1930), 「남모르는 나의 아들」(1930), 「시베리아를 거쳐 서울로」(1933), 「북대륙의 하룻밤」(1935) 같은 후일담 형식의 수필이나 『조선불교유신론』(1913) 말미에 있는 짤막한 회상 등 주로 그의 기억에 의지하여 재구성된 글들을 참조할 수밖에 없기 때문이다. 다음은 최근에 작성된 연보의 하나다.

만해 한용운은 충남 홍성에서 태어났으며 아명은 유천, 호적명은 정옥, 법명은 용운, 법호는 만해이다. 1892년 열세 살의 나이로 결혼한 후 1896년 설악산 백담사 오세암에 은거하여 수년간 머무르면서 불경을 공부하는 한편, 근대적인 교양서적을 함께 섭렵함으로써 서양의 근대사상을 접하게 되었다. 이 무렵 서양문물에 대한 관심과 세계정세를 알아보기 위해 연해주로 건너갔으나 뜻을 이루지 못하고 만주를 거쳐 1901년 고향의 처가로 돌아와 약 2년간 칩거하였다. 그 후 다시 집을 나와 방황하다가 1905년 강원도 설악산 백담사에서 계를 받고 승려가 되었다.

1908년 잠시 일본으로 건너가 도쿄 교토 등지의 사찰을 순례하고 조동종대학림에서 6개월간 불교와 동양철학을 연구하였다. 1910년에는 만주로 가서 박은식 신채호 등 독립지사와 뜻을 함께했으며 귀국 후에는 강연회를 통해 대중을 교화하고 불교의 개혁을 주장하였다. 그는 당시 조선불교의 침체와 낙후성과 은둔주의를 대담하고 통렬하게 분석 비판하는 저서 『조선불교유신론』(1913)을 발표하여 교계에 큰 충격을 주었다. 『조선불교유신론』에 제시된 한용운의 사상은 자아의 발견, 평등주의, 불교의 구세주의, 진보주의 등이며 이후 그의 모든 행동적 사상적 발전은 이 사상의 테두리 안에서 진행된다.[32]

지금까지 나온 연보들도 대개 이와 비슷하다. 그러나 출가할 때부터 국권 피탈 후 만주에서 저격당할 때까지의 초기 행적은 연보마다 조금씩 다르다. 동일한 자료를 참조했는데도 왜 이런 결과가 생겼을까. 집필자들의 개성적인 관점 탓일까. 아니다. 결론부터 말하자면 그가 같은 사실을 매번 조금씩 다르게 진술하고 있기 때문이다. 먼저 출가 시점부터 살펴보자.

나의 고향은 충남 홍주였다. 지금은 세대가 변하여 고을 이름조차 홍성으로 변하였으나 그때 나는 이런 소년의 몸으로 선친에게서 나의 일생 운명을 결정할 만한 중요한 교훈을 받았으니, 그는 국가 사회를 위하여 일신을 바치는 옛날 의인들의 행적이었다. 그래서 마냥 선친은 스스로 그러한 종류의 서책을 보시다가 무슨 감회가 계신지 조석으로 나를 불러다가 세우고 옛사람의 전기를 가르쳐 주었다. 어린 마음에도 사

---

32) 건학100주년기념사업본부, 『동국대학교백년사』2(동국대학교출판부, 2007) p.124.

상사史上에 빛나는 그분들의 기개와 사상을 숭배하는 마음이 생기어 어떻게 하면 나도 그렇게 훌륭한 사람이 되어 보나 하는 것을 늘 생각하여 왔다.

그러자 그 해가 갑진년 전해로 대세大勢의 초석礎石이 처음으로 기울기 시작하여서 서울서는 무슨 조약이 체결되어 뜻있는 사람들이 구름같이 경성京城을 향하여 모여든다는 말이 들리었다. 그때에 어찌 신문이나 우편이 있어서 알았으리마는 너무도 크게 국가의 대동맥이 움직여지는 판이 되어 소문은 바람을 타고 아침저녁으로 8도에 흩어지었다. 우리 홍주서도 정사政事에 분주하는 여러 선진자先進者들은 이곳저곳에 모여서 수군수군하는 법이 심상한 기세가 아니었다.

그래서 좌우간 이 모양으로 신 속에 파묻힐 때가 아니라는 생각으로 하루는 담뱃대 하나만 들고 그야말로 폐포파립弊袍破笠으로 나는 표연히 집을 나와 '서울'이 있다는 서북 방면을 향하여 도보하기 시작하였으니 부모에게 알린 바도 아니요, 노자도 일 푼 지닌 것이 없는 몸이며 한양을 가고나 말는지 심히 당황한 걸음이었으나 그때는 어쩐지 태연하였다. 그래서 좌우간 길 떠난 몸이매 해 지기까지 자꾸 남들이 가르쳐 주는 서울 길을 향하여 걸음을 재촉하였다.(중략)

이에 나는 나의 전정前程을 위하여 실력을 양성하겠다는 것과 또 인생 그것에 대한 무엇을 좀 해결하여 보겠다는 불같은 마음으로 한양 가던 길을 구부리어 사찰을 찾아 보은報恩 속리사로 갔다가 다시 더 깊은 심산유곡의 대찰을 찾아간다고 강원도 오대산의 백담사까지 가서 그곳 동냥중 즉 탁발승이 되어 불도를 닦기 시작하였다.

—「나는 왜 중이 되었나」

이 글에서 한용운은 두 가지를 착각하고 있다. 하나는 설악산에 있는 백담사를 오대산에 있다고 한 것이고, 다른 하나는 문맥상으로 볼 때 갑진년(1904년)에 출가한 것이 맞는데도 한 해 전에 출가했다고 주장한 것이다. 그가 위에서 말한 '무슨 조약'이란 조선의 영토사용권을 골자로 하는 한일의정서(1904.2.23)와 외교권을 강탈당한 제1차 한일협약(1904.8.22)

▲ 러일전쟁 당시 상륙하는 일본군

을 가리킨다. 당시 러일교섭을 진행 중이던 일본은 1903년 10월부터 한국정부에게 자신들과 함께 러시아와 싸운다는 공수동맹을 맺거나, 전쟁 중 자신들과 한국을 보호한다는 조약을 맺든지, 아니면 이번 전쟁에 전략적인 편의를 제공하라고 강요하고 있었다.

결국 1904년 2월 10일 러시아에게 선전포고를 하고 전면전에 돌입한 일본은 한일의정서라는 기만적인 조약을 빙자하여 주차군을 파견하여 한국의 치안을 담당했고, 이런 불안한 정국은 1904년 10월 7일 하세가와 요시미치長谷川好道(1850~1924)가 주차군 사령관으로 주둔하면서 일종의 제도화된 군정으로 바뀌게 된다. 따라서 사건의 순서로 볼 때 그는 러일전쟁이 한창이던 1904년에 출가한 것이 분명하다. 그런데도 그는 다음과 같이 출가 연도를 번복하고 있다.

나는 원래 충남 홍성 사람으로 구식 조혼 시대에 일찍이 장가를 들고 19세 때에 어떤 사정으로 출가를 하여 중이 되었는데, 한번 집을 떠난 뒤로는 그야말로 승속僧俗이 격원隔遠하여 집의 소식까지도 자세히 알지 못하고, 다만 전편傳便으로 내가 출가할 때에 회임 중이던 아내가 생남生男하였다는 말만 들었을 뿐이다.　　　―「남 모르는 나의 아들」

뜻을 품고 내가 서울을 향하여 고향을 떠나기는 18살 때이다. 그때 나는 서울이 어디 있는 줄도 모르고, 그저 서북쪽으로 큰길만 찾아가면 만호장안이 나오겠지 하는 막연한 생각으로 떠났다. 그러면 지금으로부터 30년 전인 그때 시골구석에 묻혔던 나이 어린 소년은 무엇 때문에 서울로 향하였던가? (중략) 그러자 그해가 바로 갑진甲辰의 전해로 반도의 대세가 기울어지기 시작하여 서울서는 무슨 조약이 체결되었다 하여 뜻있는 사람들이 자꾸 서울로 향하여 떠났다. (중략)

"에라, 인생이란 무엇인지 그것부터 알고 일하자." 하는 결론을 얻고, 나는 그제는 서울 가던 길을 버리고, 강원도 오대산의 백담사에 이름 높은 도사가 있다는 말을 듣고 산골길을 여러 날 패이어 그곳으로 갔었다.

—「시베리아를 거쳐 서울로」

앞에서는 19살(1897년)에 출가했다고 하고, 뒤에서는 18살(1896년)에 출가했다고 하더니, 다시 '지금으로부터 30년 전인 그때' '나이 어린 소년'은 무엇 때문에 서울로 향하였던 것이냐고 반문하고 있다. 그러나 「시베리아를 거쳐 서울로」는 『삼천리』(1933.9)에 발표되었고, 출가 당시 회임 중이던 아내 전정숙은 아들 한보국을 1904년에 낳은 것으로 알려져 있다. 더구나 그는 여기서도 다시 서울에서 무슨 조약이 체결되었다는 소식을 듣고 상경하다가 백담사로 들어갔다고 말하고 있다.

한용운은 왜 출가 시점을 이렇듯 여러 글에서 번복하고 있는 것일까. 이에 대해 고은(1933~)은 그가 속세의 삶을 초월한 승려로 살았기 때문이라고 주장한다. "이런 기억착오는 출가자들의 풍속이 되어서 그들의 재가 시대에 대한 연보 제정에 고통을 주는 예가 많다. 한용운 역시 그런 출가자로서 세속적인 의미를 도외시하는 입산체험 때문에 그를 위요한 전기 사실이 틀려버린 경우에 해당한다."33) 그러나 26살과 18살이라면 혼동하기에는 결코 적은 나이가 아니다.

아니면 일제의 검열을 의식해야 했기 때문인지도 모른다. 일제는 병합 전 경성에서 한국인이 발행한 한글 신문은 구 경무고문부警務顧問部에서 원고를 검열하여 미연에 화를 방지하는 방법을 취했으나, 임기응변의 처

---

33) 고은, 『한용운평전』, 위의 책, p.71.

분에 지나지 않아 1907년 7월 한국 정부는 신문지법을 발포하고 신문 발행자는 관찰사 또는 경시총감을 거쳐 내부대신의 허가를 받도록 했으며, 공안풍속을 저해하는 기사를 실을 경우 발매반포를 금지하고 압수하거나 발행 정지 및 금지하도록 명령을 내린 바 있다.[34] 하지만 위의 글들이 검열을 의식할 만큼 예민한 내용을 다루고 있다고는 생각되지 않는다.

그는 이미 명성이 높은 선승이자 시인이며 애국지사로서의 권위 때문에 출가 시점을 앞당겼던 것일까. 아니면 나라의 운명이 풍전등화처럼 위태로울 때 출가했다는 사실이 못내 이기적인 행위로 비칠 것 같아서 그랬던 것인가. 여러 가지 이유가 있을 수 있겠지만, 그가 자신의 삶에서 가장 중요한 사건을 반추하면서 이 글을 썼다는 사실이 이런 혼란을 부추긴 가장 큰 이유의 하나가 아닌가 생각된다.

공개를 목적으로 독자들을 의식하면서 글을 쓸 때 자신의 감정이나 생각에서 자유로울 수 있는 사람은 많지 않다. 더구나 한용운처럼 자신의 출가 과정을 소개한 승려는, 과문한 탓인지는 모르나, 아직까지 보지 못했다. 결국 그는 사생활을 공개한다는 부담감 속에서 글을 쓰면서 자신도 모르는 사이에 이런 혼란을 일으켰던 것으로 보인다. 다시 말해 그는 억압, 동일시, 합리화, 전치, 투사 등과 같은 방어기제defense mechanism로 인한 내면의 검열을 거치면서 일련의 회고 수필들을 썼던 것이다. 우리가 일관되지 못한 그의 진술에서 인지부조화의 양상마저 느끼게 되는 이유는 여기에 있다고 해도 과언은 아니다.

알다시피 1957년, 사회심리학자 페스팅거Festinger.L.(1922~)는 사람은 자신의 태도에 혹은 태도와 행동 사이에 일관되지 않거나 모순이 존재할 때 이런 비일관성이나 모순을 불쾌하게 여겨 이것을 감소시키려고 한다

---

34) 『施政25年史』(朝鮮總督府, 1935) p.37.

는 인지부조화 이론cognitive dissonance theory을 제시한 바 있다. 자신이 믿는 것과 실제 일어난 일이 다를 때 부조화의 좌절을 겪기 마련인 인간은 그 고통을 줄이고 극복하려면 믿음과 현실 둘 중 하나를 바꿔야하지만, 현실을 바꾸기 어렵기 때문에 결국 자기 믿음에 맞춰 합리화한다는 것이다.

한용운의 회고를 액면 그대로만 받아들일 수 없는, 아니 그의 진술이 엇갈리고 있는 이유 역시 이와 무관하지 않다. 그 역시 자신이 저지른 불명예를 받아들이기 어려울 때 과거 기억을 스스로 왜곡하고 그것이 사실인 것처럼 진술할 수 있는 '인간'임에 틀림없다. 그는 현실정치에 참여할 수 없는 좌절감을 출가라는 결단과 문자로 이루어진 상상의 세계를 통해 극복하려고 했던 선승인 동시에 문인이었음을 상기할 필요가 있다. "정확한 그의 연보가 작성되기 전에는 한두 가지의 사실을 가지고 그 무엇을 속단하기에 이르다."35)는 말은 지금도 유효한 셈이다.

그러면 '어떤 사정으로 출가했다.'고 번복했던 1896년과 1897년의 불교계를 들여다보면서 이 진술의 진정성 여부를 살펴보기로 하자. 그에 대한 풍문은 이 시점을 전후하여 형성되기 시작했다고 해도 과언은 아니기 때문이다. 어쩌면 우리는 이 과정을 통해 그의 영애令愛가 말한 정치가로서의 면모도 보게 될지 모른다.

---

35) 안병직, 「조선불교유신론의 분석」, 『한국근대 민중불교의 이념과 전개』(한길사, 1980) p.226.

출가의 두 의미

　고려가 망하고 조선이 들어서면서 불교 배척의 목소리가 높아지기 시작했다. 그러나 고려 시대의 타성에 의해 불교는 아직 왕성했다. 특히 태조 이성계는 불교에 귀의하고 자초自超 무학無學을 왕사王師로 삼을 정도였다. (중략) 세종 6년(1424) 4월, 7종을 선종禪宗(조계曹溪, 천태天臺, 총남摠南)과 교종教宗(화엄華嚴, 자은慈恩, 중신中神, 시흥始興)의 양종兩宗으로 정리하고 사찰 36사를 선정하여 분담하게 했다. (중략)

　제8대 예종 때부터 배불을 요구하는 소리가 다시 커져 사원 창건을 금지했다. 제9대 성종 2년(1471)에 이르러 불교 취체를 강화하여 수많은 승니僧尼들을 환속시켰고, 무격들이 도성에 잡거하는 것을 금지했으며, 성종 6년에는 도성 안팎에 있던 비구니절尼寺 20여 개소를 철폐했으며 성내에는 염불당을 두지 못하게 했다.

　제10대 연산군 시절에는 도성 안의 사찰을 전부 없앴으나 다행히 사찰을 관아官衙로 사용했기 때문에 건축물은 남을 수 있었다. 제11대 중종 7년(1512), 궁궐과 관아를 확장하느라 연산군 시절에 파손되었던 민가를 재건하기 위해 성내의 사찰을 부숴 그 재료를 백성들에게 나누어 주었다. 세조 때 제정되었던 승과僧科도 폐지했다. 이때부터 성내에서는 가람의 그림자가 사라졌고, 제16대 인조 원년(1623)부터 승니의 입성을 엄금하면서 성내에서 원정치의圓頂緇衣의 모습을 볼 수 없었다. 이는 조선 전반기 도성 안에서의 불교 소장消長의 개요라고 할 수 있다.[36]

19세기 말 조선은 봉건왕조의 내부적 모순과 열강의 제국주의적 침탈에 신음하고 있었고, 불교계는 개국 초부터 시작된 억불정책이 더 이상 필요 없을 정도로 사원과 승도僧徒는 피폐되어 있었다.

위의 글은 승려들이 불입성문不入城門의 하대와 멸시 속에 칠천七賤[37)의 하나로 전락해야 했던 조선 불교계의 불행했던 역사를 잘 보여준다. 시수와 보시라는 불교운영의 기본 틀마저 흔들렸던 불교계는 자구책으로 새로운 생산 활동을 모색해야 했고, 종교의 본질인 사상과 교리 신앙의 발전은 유예될 수밖에 없었던 것이다. 그러나 불교계 역시 문호개방이라는 시대의 흐름을 거역할 수는 없었다.

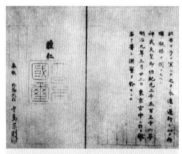
▲ 1876년 병자수호조규(강화도조약) 비준서

1876년 병자수호조규(강화도조약)를 체결하고 부산 거류지를 손에 넣었던 일본의 내무경內務卿 오쿠보 도시미치大久保利通(1830~1878)와 외무경外務卿 데라지마 무네노리寺島宗則(1832~1893)는 동본원사 법주 겐뇨嚴如 즉 오타니 긴카쓰大谷光勝에게 조선에서 포교를 해달라는 서한을 보냈고, 동본원사에서는 이 요청을 흔쾌히 수락했다. 동본원사는 도쿠카와德川 막부幕府 시절부터 일본에 오는 조선 사절단에게 숙소를 제공하는 등 특별한 관계를 갖고 있었고, 새로 출범한 천황 중심의 메이지明治 정부와 새로운 관계를 모색하고 있었던 것이다.

36)『京城府史』1卷(京城府, 1935) pp.209~210.
37) 조선시대에 가장 천대를 받은 7계층을 말한다. 조례輦隷, 나장羅將, 일수日守, 조군漕軍, 수군水軍, 봉군烽軍, 역보驛保 등. 구한말의 승려가 칠천 혹은 팔천 가운데 하나였느냐에 대한 반론은 만만찮으나 승통僧統 같은 고승을 제외한 일반 무식승들이 천대를 받았던 것만은 사실인 듯하다. 정광호,「일제의 종교정책과 식민지불교」,『한국근대 민중불교의 이념과 전개』(한길사, 1980) p.264.

우리 본원사는 정교는 분리된다고 하지만, 종교는 곧 정치와 서로 상부상조하며 국운의 진정 발양과 국민의 활동을 도모해야 한다는 것을 신조로 삼고 있었다. 메이지 정부가 유신의 대업을 완성한 뒤부터 점차 중국과 조선을 향하여 발전을 도모함에 따라 우리 본원사도 역시 북해도의 개척을 시작으로 중국과 조선의 개교를 계획하였다. (중략)

메이지 10년(1877) 내무경 오쿠보 씨가 외무경 데라지마 씨와 함께 본원사 관장 겐뇨 상인上人에게 서신을 보내 '조선 개교에 관한 일'을 종종 의뢰하였다. 이에 본원사에서는 곧 제1차 개교에 공로가 있는 오쿠무라 죠싱奧村淨信의 후예 오쿠무라 엔싱奧村圓心과 히라노 에스이平野惠粹 두 사람을 발탁하고 부산에 별원을 설치할 것을 명하였다.[38]

1877년 9월 부산에 도착한 개교사開敎師 오쿠무라 엔싱과 히라노 에스이는 일본 영사관 관사에서 포교를 시작했고, 이듬해 12월에는 관사를 확장하여 본원사 부산별원을 개설했다. 그런데 일본승려들은 대중을 상대로 교법을 널리 펴고 신도를 확장한다는 의미의 포교 대신 개교開敎라는 용어를 사용하고 있어 주목된다. 그러나 '새로운 지역에서의 포교'라는 의미의 개교란, 결국 군사 정치적 목적의 식민지 포교[39]에 다름 아님을 오쿠무라 엔싱이 동본원사에 제출한 「광주光州 개교에 관한 보고서」는 잘 보여준다.

일본과 조선은 순치脣齒와 같이 서로 불가분의 관계에 있다. 동방의 형세는 날로 악화되고 조선은 바야흐로 말하기조차 어려운 상태에 있는데 이때를 당하여 왕법위본王法爲本 충군애국忠君愛國의 교敎를 가지고 조선 국민을 유도계발함은 실로 우리 교의 본지이다.[40]

38) 『한국근현대불교자료전집』 제62권(민족사, 1966) pp.188~189.
39) 菱本政晴(히시키 마사하루), 『近代日本と植民地』4(岩波書店, 1993) pp.164~165.
40) 강석주·박경훈 공저, 『한국근세불교백년』(민족사, 2002) p.29.

▲ 1875년 9월 20일 강화도의 초지진과
영종진을 공격한 운요마루雲揚丸

일본승려들이 메이지 정부의 침략정
책에 편승 내지 동조하면서 끊임없이
조선 침략의 첨병역할을 자처했던 이면
에는 크게 두 가지 배경이 있다. 하나
는 사단제도寺檀制度로 보장된 일본불교
의 호국성이며, 다른 하나는 아시아 연
대론을 빙자한 대륙진출 야욕이다.

사단제도란 장제공양葬祭供養을 매개
로 사찰檀那寺과 신도집檀家 사이에 형성된 반영속적 결합관계를 말한다.
그런데 기독교를 금제禁制한 막부가 기독교 신자가 아니라는 사실을 보
증하는 사청증문寺請證文을 사찰에 위임하면서 사단제도는 강제적으로
실시하게 되었고, 1671년 종문개장宗門改帳을 작성할 때부터 사실상 제
도화되었다. 종문개장은 1871년 호적법 제정으로 폐지될 때까지 일종의
호적제도로 민중을 통제하는 기능을 담당하게 된다.

이처럼 일본불교는 에도江戶 시대 이후 사단제도로 규제를 받는 동시
에 영역을 보장받으면서 사찰 경제를 안정시키고 교단을 유지할 수 있었
다. 메이지유신明治維新(1868) 이후 충성과 복종의 대상을 막부에서 천황
으로 바꿨던 일본승려들이 대륙진출의 첨병 역할을 자처했던 것은 필연
적인 결과라고 할 수 있다.

한편, 불교를 부정하면서 근대화를 시작했던 일본은 근대의 모델로 삼
았던 유럽이 많은 관심을 갖고 불교를 연구하는 걸 보면서 스스로 내버
렸던 전통을 다시 돌아보게 된다. 유럽을 유학한 학승들은 귀국 이후 전
근대로 부정했던 전통을 근대적인 것으로 재해석하기 시작했고, 이를 전
후하여 19세기 이래 계속되는 서구 열강의 아시아 침략에 공동대처하기

위해서는 한중일이 긴밀한 연대관계를 이루어야 한다는 아시아 연대론[41]이 일어났다. 이런 배경 속에 일본승려들은 조선불교가 기독교 문화에 침탈되기 전에 빨리 구해야 한다는 명분을 내세우며 군대와 이주민, 기업을 따라 조선에 진출하기 시작했던 것이다.

일본승려들은 상대방과 시기에 따라 포교방식을 달리했다. 청일전쟁(1894.7.25~1895.4) 이전 조선에서 독점적으로 활약했던 진종 대곡파의 경우, 주로 시문詩文을 통해 개화파인 고균古筠 김옥균(1851~1894)이나 춘고春皇 박영효(1861~1939) 등과 교류하면서 갑신정변(1884)을 지원했다. 1878년 12월 1일 부산별원을 찾아갔던 범어사의 이동인(?~1881)이 1879년 9월 오쿠무라 엔싱의 지원을 받아 도일한 후 1880년 4월 교토京都 본원사本願寺에서 득도식을 거행하고, 진종의 승려가 되어 개화파의 막후에서 활약했던 것[42]은 잘 알려진 사실이다.

오쿠보 도시미치, 데라지마 무네노리 등 정부의 주류파와 소에지마 다네오미副島種臣(1828~1905), 고토 신페이江藤新平(1857~1929) 등 정한론파의 후원을 받았던 진종 대곡파는 정토 진종의 창시자인 신란親鸞(1173~1262)의 '신지불배神祗不拜(신도의 신에게 합장배례하지 않는다)'와 '천황불례天皇不禮(천황에게 경배를 하지 않는다)' 사상을 가르치지 않았다. 그 대신 그들은 1873년 중국으로 건너가 개교사로 활약하면서 불교를 축으로 반서양, 반기독교 국가인 인도·중국·일본이 삼국동맹을 맺어야 한다고 주장하며 대륙진출의 야망을 불태웠던 오구루스 고초小栗栖香頂(1831~1899)가 11개 항목에 걸쳐 호국호법을 논한 「진종교지眞宗教旨」를 가르쳤다.

---

41) 서재영, 「승려의 입성금지 해제와 근대불교의 전개」, 동국대학교불교문화연구회 엮음, 『동아시아 불교, 근대와의 만남』(동국대학교출판부, 2008) 참조.
42) 서경수, 「개화사상가와 불교」, 『한국근대종교사상사』(원광대학교출판국, 1984) pp.355~367.

여기에는 "생명이 끝나면 안양정토의 묘과妙果를 얻고"(진제眞諦) "전쟁에 도움이 되어 죽으면 정국靖國의 영령이 된다."(속제俗諦)는 진속이제 사상이 담겨있다. 이때 진제란 미래세未來世의 문제로 넘겨진 출세간의 영역이고, 속제란 세속의 순응을 가리킨다.

진종 대곡파는 말한다. "불교는 단지 미래해탈에 대해서만 설법하는 것은 아니다. 미래해탈을 기대함과 동시에 인간의 본분을 다하여 국가를 위해, 그대들을 위해 신명을 아끼지 않고 충성을 바치는 것이 불교의 본뜻이며, 우리 종파의 진속이제가 이것이다."[43] 이와 같이 종교적·관념적 영역과 세속적·현실적 영역을 나누고 각각 별개의 진리諦를 세우는 진속이제 사상은 18세기부터 오늘까지 교단의 공인교학으로 인정받고 있으며, 황민화 교육의 이론적 바탕이 되기도 한다.

인륜도덕과 현실세계에서의 질서와 규범으로 해석되는 왕법을 종단의 국가주의적 태도를 정당화하는 근거로 적극 활용했던 진종 대곡파는 일본정부와 조선의 지배층 사이에서 교량역할을 하면서 일본 거류민들에게는 이 한 몸을 천황과 국가에게 바치는 용기를 가져야 한다고 직설적으로 황민화 교육을 실시했고, 조선인들에게는 임금에게 충성할 것을 요구하면서 현세의 권력에 대한 순종을 가르쳤다. 넓은 의미의 황민화 교육이며 범아시아주의라고 할 수 있다.

청일전쟁 이후에는 반정한론파 또는 침략시기 상조론파와 인연이 깊어 포교에 소극적이었던 정토진종 본원사파(서본원사)를 비롯한 여러 종파들이 앞 다투어 조선에 진출했다. 천우협단天佑俠團을 만들어 동학군을 도왔고, 명성황후(1851~1895) 시해사건(을미사변)에도 관계했으며, 합방 후에는 원종과 조동종이 연합맹약을 체결할 때 결정적인 역할을 하게 되

---

43) 조승미, 「정토진종 교단의 전쟁지원」, 『동아시아불교, 근대와의 만남』, 위의 책, p.358.

는 조동종의 다케다 한시武田範之(1863~?)와 승려들의 도
성출입금지를 완화해 달라는 건백서를 제4차 김홍집 내
각에게 제출했던 일련종의 사노 젠레이佐野前勵(1859~
1912)는 그 대표적인 승려라고 할 수 있다. 일본승려들
은 400년 가까운 세월 동안 모멸과 천대를 받아오던 조
선의 승려들을 위로하고, 그들로 하여금 조선인들을 '순
량純良한 신민臣民'으로 만드는 것처럼 더 좋은 식민 전
략은 없다는 사실을 너무 잘 알고 있었던 것이다.

▲ 사노 젠레이

　　1895년 2월 12일 복강현福岡縣 생엽군生葉郡 본불사本佛寺 주지였던
일련종日蓮宗 사노 젠레이가 입성하여 조선의 승려들이 오랜 세월 동안
입성할 수 없는 실상을 보았다. 더 이상 묵과할 수 없었던 그는 이를 계
기로 해금을 생각하여 4월 이후 일본과 조선의 당로자當路者 유지와 모
의하고 조선 정부에 입성금지를 완화해달라는 건백서를 올렸고, 4월 25
일 공식적으로 해금의 칙허를 얻어 소원을 이루었다. 이에 조선 승려는
비로소 입성할 수 있었고, 북한산 주지승 대장 이세익李世益, 남한산 주
지승 대장 권명법權明法 이하 각도의 수많은 승려들은 가사袈裟를 이끌
고 입성하여 사노 젠레이의 덕을 치사하며 감읍했다. 이 일은 실로 조
선 불교사의 일대변혁이다.
　　조선 승려의 입성은 진종 대곡파 본원사가 1890년 부산별원의 지원
支院을 경성에 개설하고, 이 지원의 승려가 공개적으로 입성한 후 6년
만의 일이다. 사노 젠레이는 여기에 머물지 않고 조선 승려 가운데 준
재 10여 명을 선발하여 일본에 유학보냈다.[44]

　사노 젠레이에 대한 조선승려들의 치사와 감읍은 대단했다. 일본불교

---

44) 『京城府史』2巻, 위의 책, p.641. 이때 당로자란 총리대신 도원道園 김홍집(1842~1896)과
　　내무대신 춘고 박영효를 가리킨다.

의 지원이 결코 종교적 혹은 인도주의적 시혜가 아니라 제국주의 침략의 한 전술임을 깨닫지 못하고 있었던 그들로서는 어쩔 수 없는 일이었다.[45] 그러나 승려들의 도성 출입에 대한 국내여론은 우호적이지만은 않았던 것 같다. 을미사변(1895.10.8)의 미온적인 사후 처리와 단발령(1895.12.30)에 대한 단죄이긴 하지만, 승려들의 도성출입 금지령의 해제를 고종 황제(1852~1919)에게 건의했던 김홍집이 1896년 2월 11일 광화문 밖에서 군중들에게 타살을 당했던 것은 시사적이다. 한편, 같은 해 7월, 전국 각지의 승려들이 일본승

▲ 1908~1910년 무렵의 승려들

려들과 함께 서울 원동苑洞 북일영北一營 안에 법단을 설치하고 수일간 무차대회無遮大會를 열자 구경꾼들 중에는 "검은 옷에 빡빡머리 중들이 서울 성안에 들어오는 것만으로도 이미 가증하거늘 임금님이 계신 지척에서 감히 법회를 열다니!" 하면서 화를 내는 사람도 있었고, "조선의 승려들이 수백 년 동안 성문 밖에만 머물렀는데 오늘부터는 구름을 밀쳐내고 하늘을 똑바로 볼 수 있게 되었구나. 이로부터 불일佛日이 다시 한 번 피어오르리라." 하며 기뻐하는 자도 있었다.[46]

또한 일본승려들과의 합동법회에 대한 좋지 않은 여론 때문인지 일련종에서는 1897년 사노가 귀국한 후 양덕방陽德坊 계산동桂山洞(계동)에 일련종 교무소를 세우고 포교사업을 벌였으나, 별다른 소득을 거두지 못했다. 이어 부산에 있던 일련종 승려 가토 분교加藤文教는 거류민들을 포교

45) 조성택, 「근대불교학과 한국 근대불교」, 고려대학교민족문화연구원, 『민족문화연구』 제45호(2006.12) p.83. 조성택은 일본불교는 당시 조선불교인들에게 일종의 '해방군'이었다고 말하고 있다.
46) 이능화, 『조선불교통사』, 위의 책, p.75.

할 목적으로 남산정 3정목丁目에 일종회당日宗會堂을 신축하기도 했다.47)

1898년 봄에는 승려들에 대한 차별이 여전함을 보여주는 사건이 다시 일어났다. 교사郊祀를 집전하기 위해 원구단圜丘壇에 행차했던 고종황제가 휘장 틈새로 들여다보는 개운사開運寺의 승려와 눈이 마주치자 호통을 치면서 다시 입성금지령을 내렸던 것이다. 당시 승려들은 대나무로 엮은 둥근 삿갓을 쓰고 옷차림새도 속인들과 달라 아직 대접을 받지 못하고 있었다. 다행히 명령은 얼마 되지 않아 흐지부지되었는데, 단발을 실시하면서 승속의 옷차림새가 서로 뒤섞여 승려들에게만 도성 출입을 금지하기 어렵게 되었기 때문이라고 한다.48)

이와 같은 불교계의 상황으로 미루어 볼 때 뛰어난 한학적 소양으로 동네에서 신동소리까지 들었고, 의인 걸사의 삶을 꿈꾸고 있던, 그러나 아직 서울에도 올라가 보지 못한 열혈 청년 한유천이 1896년이나 1897년에 입산을 감행했다고 보기는 어려울 것 같다. 당시 승려들은 비록 도성출입이 허용되었다고는 하나, 아직 불안한 마음으로 도성 외곽에 머물면서 청일전쟁, 갑오개혁(1894.7.27~1895.8), 을미사변, 단발령, 을미의병, 아관파천(1896.2.11~1897.2.20), 대한제국(1897.10.12) 수립으로 이어지는 격랑의 정국을 숨죽이고 지켜보고 있었으리라 생각된다. 물론 한용운은 "불교는 자신성自信性과 평등성을 갖고 있으며, 유물론과 유심론을 포함하면서도 뛰어넘는 유심론이며, 박애와 호제互濟의 사업을 하기 때문에 아주 일심으로 불교를 지지한다."49)고 밝힌 바 있어 불안한 환경에 상관없이 출가할 수도 있다. 그러나 이런 명쾌한 논리는 출가 후에 획득했던 것이 분명하다.

47) 『京城府史』2卷, 위의 책, p.666.
48) 이능화, 『조선불교통사』, 위의 책, p.76.
49) 「내가 믿는 불교」, 『전집』2, pp.288~289.

그렇다면 한용운은 혹시 의병에 가담했던 사실을 감추기 위해 이렇게 얼버무렸던 것은 아닐까. 그러나 그의 아버지 한응준은 의병이 아니라 1894년 동학군 토벌과 관련하여 행목사行牧使로 차정差定되었으며, 1895년 3월에 사망하였으므로 그의 의병 참여는 시기적으로 맞지 않는다. 또한 그의 형 한윤경도 1929년 3월 6일에 사망했다.[50]

결국 여러 상황을 고려해 볼 때 한학적 소양 외에는 아무 것도 가진 것이 없던 한용운은 갑오개혁 이후 급변하는 시대에 나름대로 대처하기 위해 일단 1896년이나 1897년에 집을 나섰던 것으로 생각된다. 갑오개혁을 계기로 근대교육의 시급함을 인식했던 정부는 1895년 1월 7일 소학교와 사범학교를 설립하여 양반과 상민의 구분 없이 인재를 양성하겠다는 뜻을 밝혔고, 2월에는 고종이 '교육입국조서'를 발표한 바 있다. 그러나 사정이 여의치 않자 고향으로 돌아왔고, 이후 암중모색을 거듭하다가 러일전쟁으로 어수선하던 1904년 가을 무렵 출가했던 것으로 보인다. 그래서일까. 그는 불도를 닦은 지 몇 해가 되었느냐고 묻는 기자에게 "20세 시절에 이 길로 들어섰으니 벌써 30년이 훨씬 지나 40년을 바라보게 되었지요."[51] 하고 애매하게 말하고 있다.

"적수공권으로 어떻게 나랏일을 도울 수 있고, 한학의 소양 외에는 아무 교육도 없는 내가 과연 소지素志를 이루겠는가?" 1904년 가을, 무작정 서울을 향해 올라가다가 남의 집 처마 밑에서 비를 피하며 이렇게 중얼거리던 한용운은 어둠 속을 헤매고 있는 자신의 해방이 급선무임을 깨닫고 출가를 결심했던 것으로 보인다. 그러나 국권의 수호와 근대화의

---

50) 박걸순,『한용운의 생애와 독립운동』(독립기념관한국독립운동사연구소, 1992) pp.22 ~23.
51) 「심우장에 참선하는 한용운 씨를 찾아」,『전집』4, p.408. 이 글은『삼천리』(1936.6)에 발표되었다.

수립이라는 명제가 대립하고 있던 시절에 지사적 기질의 소유자이며 26살이나 된 기혼자가 사인주의私人主義 혐의가 짙은 입산을 선택했다는 것 역시 어린 나이의 출가와 마찬가지로 잘 납득되지 않는다.

정녕 한용운은 세속의 인연을 끊고 깨달음을 얻기 위해 출가했던 것일까. 그의 말을 액면대로 믿는다면 일단 그렇다고 할 수밖에 없다. 하지만 그에게 출가란 실존적 결단이기 전에 현실 정치에 참여할 수 없어 차선으로 수용해야 했던 자기발견의 형식이자 일종의 정치적 선택은 아니었을까. 이것은 "나는 나의 전정前程을 위하여 실력을 양성하겠다는 것과 또 인생 그것에 대한 무엇을 좀 해결하여 보겠다는 불같은 마음"(「나는 왜 중이 되었나」)으로 출가했다는 대목으로 확인된다. 물론 그는 나중에는 '실력 양성'이란 말을 빼고, "에라 인생이란 무엇인지 그것부터 알고 일하자 하는 결론을 얻고"(「시베리아를 거쳐 서울로」) 출가했다고 초연한 어조로 회고하고 있기는 하다. 그러나 그가 백담사로 들어가기 2년 전인 1902년, 대한제국은 원흥사元興寺에 사사관리서寺社管理署를 설치하고 사찰과 승려들에 대한 관리체계를 갖추기 시작했고, 그 당시 일본승려들은 아시아 연대론을 주장하며 조선 불교계를 적극적으로 후원하고 있었음을 기억할 필요가 있다.

◀ 원흥사 전경

1902년, 대한제국은 황실의 보리사菩提寺와 전국의 사찰과 승려들을 통합하는 총본산이자 대법산大法山 국내수사찰國內首寺刹로 삼기 위해 홍순정洪淳珽의 별서別墅를 내탕금內帑金으로 구입하여 대가람을 건축하고 원흥사라는 편액을 내린다. 1903년 봄에는 내탕금과 승려들의 갹금醵金으로 대웅전, 나한전, 시왕전十王殿, 자복전資福殿, 축화전祝華殿 등을 세워 대대적으로 정비한 후 사사관리서를 부설하고 좌우 교정敎正 각 1인, 대선사 및 상강의上講義 각 1인, 이무理務 5인, 도섭리都攝理 1인을 둔다. 이후 각도의 주요 고찰 16곳을 선정하여 '중법산 도내수사찰'로 삼고 전국사찰 통제형식을 완비한 정부는 봉원사 승려 김우담金優曇에 이어 화계사 승려 김월해金越海를 도섭리로 임명한다. 근세조선 불교계의 여명기에 일대 경종을 울리는 사건이자 위미부진萎靡不振하던 조선 불교사 말기에 이채를 뿜는 일이었다고 평가된다.52) 참고로 원흥사는 1915년 4월 창신공립보통학교로 전용되며, 중법산 도내 수사찰은 금산사, 귀주사, 동화사, 마곡사, 법주사, 보현사, 봉선사, 봉은사, 석왕사, 송광사, 신광사, 월정사, 유점사, 용주사, 통도사, 해인사이다.

당시 조선에 진출했던 일본승려들의 활동은 크게 세 가지로 구분된다. 첫째, 개화파 인사들을 지원하는 정치적 세력 확장사업 둘째, 정기적인 법회와 의식을 개설하여 종파의 종지를 선양하는 사상신앙 활동 셋째, 일본불교에 우호적인 인사나 청년들을 선발하여 견학 또는 유학을 보내고 신식 기계문명을 보급하는 교육문화 활동53)이다. 뒤에서 보겠지만, 한용운의 도일 역시 조동종의 지원이 없었으면 불가능했다고 생각된다.

요컨대 한용운이 출가를 결심했던 1904년 무렵의 불교계는 더 이상

52) 『京城府史』3卷, 위의 책, pp.822~823.
53) 한상길, 「개화기 일본불교의 전파와 한국불교」, 동국대학교불교문화연구원 편, 『근대 동아시아의 불교학』(동국대학교출판부, 2008) p.149.

현실에서 분리된 낡고 초라한 공간이 아니라, 근대적인 학습능력을 배우고 의인 걸사의 삶을 실현할 수 있는 정치적 무대이자, 또 다른 의미의 세속적 공간으로 급부상하고 있었다고 할 수 있다. 우리가 "에라, 인생이란 무엇인지 그것부터 알고 일하자."는 출가의 변辯에서 비장감이나 초연함보다는 가벼운 흥분마저 엿보게 되는 까닭은 여기에 있다. 한용운이 쉽사리 불교에 귀의하고 근대학문의 소양이 없이도 봉건적 의식을 완전히 극복하고 자유주의로 나갈 수 있었던 것은 아전이라고 단언할 수도 없지만 평민 이상의 것이 아니었음을 추단할 수 있는 가문에서 태어났기 때문54)이라는 지적은 이런 의미에서 주목된다.

사정이 이러함에도 불구하고 출가의 동기를 안팎으로 세밀하게 살펴본 사람은 많지 않다. 그 결과 1896년이나 1897년의 조기 출가 쪽으로 기울어지면서 "선생의 승려로서의 발심의 계기는 구국의 충심을 인연으로 한다."55)는 언급을 시작으로 "한용운이 불교에 입문하게 된 근본 동기는 동학에 참가하였던 결과에서 연유한다."56)는 단정까지 나오면서 '동학 가담 후 출가'는 하나의 통설로 굳어진 감마저 없지 않다. 그래서 출가라는 동일한 사실을 두고도 이렇게 상반된 평가가 나왔다. "이러한 (의인 걸사에 대한) 웅지를 달성하고 포부를 실현해서 목적을 관철하기에는 무엇보다도 불교단체를 도약의 발판으로 삼고 승려의 조직체를 활용하고자 하는 것이 아니었나 생각된다."57)는 긍정론과 "매우 쇠잔해 있던 불교계를 통해 무엇을 해보겠다고 판단한 것이 그의 현실의식의 한계"58)라는 부정론이 그것이다.

54) 안병직, 「만해 한용운의 독립사상」, 『한용운사상연구』, 위의 책, p.65.
55) 조지훈, 「민족주의자 한용운」, 위의 책, p.262.
56) 박노준·인권환 공저, 『한용운연구』(통문관, 1960) p.24.
57) 조종현, 「불교인으로서의 만해」, 『나라사랑』제2집(외솔회, 1971) p.33.
58) 박걸순, 『한용운의 생애와 독립운동』, 위의 책, p.26.

역사지평을 세밀하게 살펴보지 않는 한 한용운의 출가 동기나 시점은 자의적으로 작성될 가능성이 크다. 찾아내려는 것이 이미 결정되어 있을 때, 할 수 있는 일이란 그것을 크게 부풀려서 복잡한 역사적 현실 속에서 끄집어내는데 불과하다. "우리의 사회인격이란 남들의 생각이 만들어낸다……우리가 그 인간의 얼굴을 보고 듣고 할 때마다 우리가 보고 듣고 있는 것은 실은 이 관념에 지나지 않는다."[59]는 말이 아직도 유효한 것은 안타까운 일이다.

기존의 연보들에 나타난 다양한 출가 시점들을 살펴보면서 우리는 역사란 가변적이고 유동적이며 복합적으로 구성된 기억의 범주라는 사실을 확인하게 될 것이다.

㉮ 박노준·인권환 — 1차 출분(1896)과 2차 출분(1905)으로 나누었다. (pp.23~24.)

㉯ 『나라사랑』 — 1896년~1903년. 동학에 참가했다가 동학란의 실패로 몸을 피하기 위해 설악산 오세암에 입산했다.

㉰ 『전집』 — 1899년(21세) 강원도 인제군 설악산의 백담사 등지를 전전하다. 1904년 5,6월경 집을 떠나 다시 설악산의 백담사에 들어가 불목하니 노릇을 하다가 중이 되다. 1905년 1월 26일 백담사에서 김연곡 사에게 득도하다.

㉱ 임중빈[60] — 1896년 의병에 참가하였으며 군자금 마련을 위해 홍성호방의 관고를 습격하여 1천냥 탈취. 1897년 의병 실패로 몸을 피해 고향을 떠남. 1899년 설악산의 백담사 등지를 전전함. 세계여행을 계획하고 블라디보스토크에 갔다가 곧 귀국함. 1904년 고향 홍성으로 돌아옴. 아들 보국 태어남. 설악산 백담사에서 불목하니 노릇을 하다가 승려가 됨. 1905년 백담사 김연곡 선사에게 득도.

59) 프루스트, 김창석 역, 『잃어버린 때를 찾아서』(정음사, 1974) p.53.
60) 임중빈, 『한용운일대기』(정음사, 1974)

㉮ 고은 ― 1895년 여름에 1차 출분을 단행했고 1904년 5,6월경 집을 떠나 설악산 백담사에 들어가 중이 됨. 12월 12일 아들 보국 태어남.(p.133.)

㉯ 김학동[61] ― 1903년(만24세) 어느 날 아침 집을 나서 설악산 백담사로 가다. 1905년(만26세) 백담사의 김연곡 스님을 만나 중이 되었다.

㉰ 고명수[62] ― 1899년 강원도 인제군 내설악 백담사 등지를 전전. 1904년 봄에 다시 홍성으로 내려가 수개월간 머물다 출가. 12월 12일 맏아들 보국 태어남.(보국 내외 북한에서 사망. 손녀 셋이 북한에 거주) 1905년 1월 백담사 김연곡사에게 득도하고 같은 곳에서 전영제 사에 의하여 수계.

㉱ 김삼웅[63] ― 고명수의 「연보」와 같음.

㉲ 한종만[64] ― 1905년 한용운 입산.

㉳ 최동호[65] ― 1896년 숙사塾師가 되어 동네아이들을 가르침. 1897년 의병의 실패로 몸을 피해 고향을 떠남. 1899년 강원도 설악산 백담사 등지를 전전. 1903년 세계여행을 계획하고 원산을 거쳐 블라디보스토크로 건너갔으나 구사일생의 위기 끝에 곧 돌아옴. 1904년 봄에 다시 고향으로 내려가 수개월 머뭄. 12월 21일 맏아들 보국 태어남. 1905년 1월 26일 백담사에서 김연곡 사에게 득도 1월 백담사에서 전영제 사에게 수계. 4월 백담사에서 이학암 사에게 「기신론」, 「능엄경」, 「원각경」 수료.

㉴ 동국대학교백년사 ― 1896년 백담사에 은거하며 수년간 불경공부. 이무렵 연해주로 건너갔으나 뜻을 이루지 못하고 만주를 거쳐 1901년 귀국. 2년간 칩거 후 다시 집을 나와 1905년 백담사에서 계를 받고 승려가 되었다.

---

61) 김학동 해설, 『한용운연구』(새문사, 1982)
62) 고명수, 『나의 꽃밭에 님의 꽃이 피었습니다』(한길사, 2000)
63) 김삼웅, 『만해한용운평전』(시대의창, 2006)
64) 한종만 편, 『한국근대 민중불교의 이념과 전개』(한길사, 1980) p.362.
65) 최동호, 『한용운시전집』(문학사상사, 1989) p.367.

　연구자들은 대개 1895년에서 1899년 사이에 일단 출분했다가 1904년에 다시 출가한 것으로 보고 있다. 다만 ㉯는 1903년, ㉮㉵는 1905년에 출가했다고 보고 있는데, 이는 한용운의 진술을 전적으로 신뢰한 결과라고 할 수 있다. 그런 점에서 "그의 회고수필 「시베리아를 거쳐 서울로」의 음조와 행간을 해명해 보면 그가 동학이나 의병에 관여되지 않은 일반론적인 자연인의 한 무단가출임이 드러나고 있다. 그러므로 그의 부당한 전설은 그를 따르던 정치적 후인들의 작위라고 볼 수 있다."[66]는 비판은 정곡을 찌른 감이 없지 않다. 한용운에 대한 신비화나 심정적 옹호론은 이를 전후하여 극복되기 시작한다.

　　조선왕조에서의 불교는 은둔사상과 우민주의의 종교로 화했고, 유교와 대립했다기보다 유교의 순응주의를 밑받침해주고 유교적 생존경쟁에서의 패배자를 위안해주는 기능을 했던 것이 사실이다. 그러나 원래 석가모니 자신이 힌두교적 계급사회에서는 혁명적인 종교였고, 일체중생실유불성—切衆生悉有佛性 일체중생실개성불—切衆生悉皆成佛을 표방하는 대승불교의 정신은 근본적으로 현세지향적이요 혁명적이다. 그러므로 주자학적 전통사회의 붕괴에 임하여 대승불교의 정신이 실학사상 동학사상 개화사상의 근본적 요소와의 접촉으로 재생될 때 평등주의 및 구세주의와 시민적 종교로서의 불교가 만해를 통하여 새로이 빛을 발할 수 있었던 것이다.[67]

　그렇다. 현실정치에 참여할 수 없었던 한용운은 그 대안으로 조선조의 박해를 받다가 근대화에 동참한 불교를 선택했고, 불교는 해방적 관심의 소유자를 만나면서 현세지향적이며 혁명적인 본질을 회복한 것이다.

---

66) 고은, 『한용운평전』, 위의 책, p.73.
67) 백낙청, 『민족문학과 세계문학』(창작과비평사, 1978) p.48.

"불교는 인류문명에 있어서 손색이 있기는커녕 도리어 특출한 점이 있다."[68]고 확신하는 그는 말한다. "금후의 세계는 다름 아닌 불교의 세계라고 할 수 있다. 무슨 까닭으로 불교의 세계라고 하는 것인가. 평등한 때문이며 자유로운 때문이며 세계가 동일하게 되기 때문에 불교의 세계라고 이르는 것이다."[69] 이때 조선의 불교는 비로소 '근대' 불교가 될 수 있었고, 여기서의 '근대불교'란 근대 시기의 불교가 아니라 근대라는 공간에서 일어나는 변화에 반응하는 새로운 형태의 불교를 의미한다.

한용운에 의하면 지신智信의 종교이자 철학인 불교는 평등주의와 구세주의를 이념으로 삼기 때문에 진보와 적자생존의 논리에 의해 지배되는 근대사회의 자유주의와 세계주의를 포섭한다. 그리고 자아의 우주화와 우주의 자아화를 상즉삽입相卽相入의 체體와 용用으로 하는 불교는 남의 자유를 침범하지 않는 것으로 한계를 삼는다.[70] 그의 자유주의는 나와 우리의 자유를 부정하는 폭력을 만나는 순간 전투적 자유주의로 전환한다. 좌옹佐翁 윤치호(1865~1945)가 기독교도가 된 이유 가운데 하나도 기독교의 적극적이고 호전적인 정신이 마음에 들었기 때문[71]이라는 지적을 상기할 필요가 있다. 전투적 자유주의는 그가 불교에서 찾아낸 근대적 가치체계이며 탁월한 역사인식이다.

또한 한용운은 불교를 과학, 이성, 계몽 등 근대정신의 기본이념과 갈등의 여지가 없는 철학이자 종교로 본다. 그는 말한다. "조선 민족의 정신적 동향과 생활의 형태를 개량 혹은 혁신하려면 그에 대한 역사적 영도권을 가지고 있는 불교의 개혁이 먼저 그 충衝에 당하지 않으면 안 될

---

68) 「조선불교유신론」, 『전집』2, p.36.
69) 같은 책, p.45.
70) 같은 책, p.44.
71) 박지향, 『윤치호의 협력일기』(이숲, 2010) p.152.

것이다. 다시 말하면 조선인의 정신과 생활의 신세계를 개척하려면 조선
인의 정신과 생활의 형이상학적 산파업産婆業을 파지把持하고 있는 불교
가 먼저 혁신되지 않으면 안 된다."[72] 그는 불교를 정당화에 대한 동
경[73]의 종교로 보고 있는 것이다. 그러나 이런 명쾌한 논리를 확보하기
까지 그는 몇 번이나 하산과 입산을 거듭하면서 환희와 좌절, 유혹과 번
민의 나날을 보내야했다.

염무웅(1941~)의 지적처럼, "한용운의 불교는 19세기 후반과 20세기
전반을 누구보다도 열렬히 살았고 그 삶으로부터 탁월하게 심화된 사상
의 빛을 이끌어 내었던 인간 만해의 불가피한 표현인 것이지 종교를 위
한 종교, 형식화에 머무르는 배타적 종교가 아니며, 종교는 만해에게 있
어서 적극적인 정신적 격투의 공간이지 결코 구원과 안식의 자리는 아니
었다."[74] 산은 결코 그를 쉽게 맞아주지 않았다. 불교는 그에게 처음부
터 극적인 형식으로 삶의 지평을 열어주지 않았던 것이다.

---

72) 「조선불교의 개혁안」, 『전집』2, p.161.
73) Whitehead,A.N. *Religion In the Making*, New American Library, 1953. p.83.
74) 염무웅, 「님이 침묵하는 시대」, 『나라사랑』제2집, 위의 책, p.71.

블라디보스토크의 불목하니

우리는 앞에서 한용운에게 입산이란 실존적 결단이기 전에 시대의 불운이 강요한 자기발견의 형식인 동시에 스스로 결정한 정치적 선택일 수 있다고 말한 바 있다. 이런 추정은 "인생은 고적한 사상을 가지기 쉬운 것"이라며 실의에 빠져 "인생이 잘 알려지지도 않고 또 청춘의 뜻도 내리누를 길 없어" 번민하던 그가 1905년 봄, 무전여행으로 세계일주를 떠나기로 결심하고 하산을 서둘렀던 모습으로도 확인된다.

아편전쟁 후 서양의 근대과학 기술문명의 우수성을 절감한 서계여徐繼畬(1795~1873)가 중국의 전통적 가치관을 간직하되 서양적 수단을 채택해야 한다는 양무론의 일환으로 서양의 지리와 역사를 소개했던 『영환지략瀛環志略(1850)』이 그에게 세상이 얼마나 넓은지를 알려주었던 것이다. 그런데 한용운은 이번에도 출발 시기를 분명하게 밝히지 않고 있다.

물욕 색욕에 움직일 청춘의 몸이 한갓 도포자락을 감고 고깔 쓰고 염불을 외우게 되매 완전히 현세를 초탈한 행위인 듯이 보이나, 아마 내 자신으로 생각하기에도 그렇게 철저한 도승이 아니었을 것이다. 수년 승방에 갇혀 있던 몸은 그에서도 마음의 안정을 얻을 길이 없어 『영환지략』이라고 하는 책을 통하여 조선 이외에도 넓은 천지의 존재를 알고 그곳에 가서나 뜻을 펴볼까 하여 엄모라는 사람과 같이 원산에서 배를 타고 서백리아를 지향하고 해삼위海蔘威로 가는 것이다.

　　　　　　　　　　　　　　　　　　　　　　—「나는 왜 중이 되었나」

　일도춘풍별고인一棹春風別故人, 이것이 30년 전 이른 봄에 원산 부두에서 해삼위로 가는 배를 탈 때에 나를 전송하여 주는 어느 지구知舊에게 지어준 시에서 기억나는 한 짝이다. 그것이 나의 입산한지 몇 해 안 되어서의 일인데, 나의 입산한 동기가 단순한 신앙만을 위한 것이 아니었던 만큼 유벽幽僻한 설악산에 있은 지 멀지 아니하여서 세간번뇌世間煩惱에 구사驅使되어 무전여행으로 세계만유世界漫遊를 떠나게 된 것이었다.　　　　　　　　　　　　　　　　　　—「북대륙의 하룻밤」

　앞에서는 수년간 승방에 갇혀 있었다고 했을 뿐 언제 떠났는지 말하지 않았고, 뒤에서는 30년 전 이른 봄에 떠났다고 했다.「북대륙의 하룻밤」이『조선일보』(1935.3.8~13)에 연재되었음을 감안하면 1905년이다. 한편 그는「최후의 5분간」75)에서 양계초梁啓超(1873~1929)의『음빙실문집飮氷室文集』을 30년 전 즉 1905년에 읽었다고 말하고 있다.

　양계초라는 이름이 조선에 소개된 것은 1897년이다. 1898년 청의보사淸議報社를 요코하마에서 창설한 양계초는 조선에도 보급소를 설치하고 제5호부터 판매했는데, 그의 논저는 을사늑약 체결 직후부터 본격적으로 쏟아져 들어왔다.76) 정치, 시국, 종교, 교육, 생계, 학술, 역사, 전기, 지리, 잡문, 유기遊記, 담총, 운문, 소설 등 제반분야를 망라한『음빙실문집』은 1902년 10월 초간본이 나온 이후 1910년까지 7회에 걸쳐 증보와 재판을 거듭하면서 조선 사람들에게 민족의식과 독립사상을 고취시켰으나,

---

75)『전집』2, p.360. 이 글은『조광』(1935.1)에 발표되었다.
76) 엽곤葉乾坤,『양계초와 구한말 문학』(법전출판사, 1980) p.119.

1910년 일제에 의해 금서로 지정되었다.

이런 점으로 미루어볼 때 한용운은 백담사에서 불목하니 노릇을 하면서 불경 공부보다는 『영환지략』이나 『음빙실문집』 등 중국의 신서들을 읽으며 세계를 향한 열망에 몸살을 앓다가 1년도 지나지 않아 하산한 것으로 생각된다. 그러나 너무 이른 하산이 쑥스러웠던 것일까. 짐짓 "수년 승방에 갇혀 있던 몸"이니, "입산한 지 몇 해 안 되어서의 일"이라고 회고하던 그는 곧이어 "설악산에 있은 지 멀지 아니하여서"라고 정정하고 있는 것이다. '철저한 도승이 아니었던' 그에게 입산이란 정치적 관심이 내장된 선택이자 충동적인 결정이었음을 확인할 수 있는 대목이다. 그가 "나의 입산한 동기가 단순한 신앙만을 위한 것이 아니었던 만큼"이라는 구차하지만, 가장 솔직한 단서를 달아야 했던 이유도 여기에 있다. 그런데도 그는 「조선불교유신론」 말미에서 다시 1905년에 입산했다고 번복하고 있다.

나는 본래 탕자였다. 중년에 선친이 돌아가시고 편모를 섬겨 불효에 이르렀더니 지난 을사에 입산해서는 더욱 흩어져 국내 외국을 떠돌았다. 그리하여 마침내 집에 소식을 끊고 편지조차 하지 않았는데, 지난해에 노상에서 고향 사람을 만나 어머니 돌아가신 지가 3년이 지났음을 전해 들었다. 이로부터 만고에 다하지 못할 한을 품게 되었고 하늘의 크기로도 남음이 있는 죄를 짓는 결과가 되었다. 지금에 이르도록 이를 생각할 때마다 부끄럽고 떨려 용납키 어려워 왕왕 사람과 세상에 뜻이 없어지기도 하는 터이다. 붓을 잡고 이 대목에 이르니 부지불식중 가슴이 막히고 몸이 떨리기에 감히 천하에 알려서 벌이 이를 것을 기다린다.

저자 씀

뒤에서 살펴보겠지만, 블라디보스토크(해삼위)에서 구사일생으로 귀국

한 후 안변 석왕사釋王寺에서 참선생활에 돌입하면서 비로소 출가다운 출가를 했다고 판단해서 이렇게 말했던 것인지 모른다. 그럼에도 불구하고 이 말을 액면대로 받아들인다면 1897년이나 1898년은 물론 1903년이나 1904년에 출가했다는 사실도 믿기 어렵다. 그의 기억은 이렇듯 혼란스럽다. 더구나 1907년에 출가했다는 증언도 있다.

> 그러면 그는 원래에 어찌하여 중이 되었던가. 그는 남처럼 조실부모하여 의탁할 곳이 없어 그러한 것도 아니요 가정의 불평으로 그리된 것도 아니다. 원래는 충남 홍성에서 상당한 집 가정에 태어나서 유처생자有妻生子하고 27세까지 한학을 전공하였었다. 그의 웅건한 필, 풍부한 한학은 다 속계俗界 유생시대에 배운 것이었다.
> 그러다가 27세 되던 해에 홍주의 어떤 사찰에 가서 주역 공부를 하는데 우연히 그 절에 있는 불서 중 『선처禪妻』라는 책을 읽다가 그 서문 중에 '단간표월지지但看標月之指하고 미견당천지월未見當天之月'이란 어구를 보고 크게 감오感悟한 중, 또 화엄경 행원품에 보현보살의 행원무궁行願無窮한 것을 감탄하여 수탑히 유서儒書를 불지르고 불법에 귀의하기로 결심하여 집안사람들에게 아무 말도 없이 그야말로 운심수성雲心水性으로 각지 명산을 찾아다니다가 강원도 인제군 설악산 설악사에 가서 머리를 깎고 중이 되었다고 한다.[77]

마치 고소설 주인공의 출가담 같아서 신뢰하기 어려운 글이라고 생각된다. 하지만 우리는 이 글을 통해 한용운은 한학적 소양만으로는 근대화에 동참하기 힘들다고 판단해서 입산했으나 바로 그 전통적인 학습능력 때문에 불교계에서 빨리 두각을 나타낼 수 있었고, 1930년대에는 이미 이런 후일담이 따라다닐 정도의 문화적 우상icon이었음을 확인하게

---

[77] 유동근, 「만해 한용운씨 면영」, 『한용운사상연구』, 위의 책, p.20. 이 글은 『혜성』 (1931.8)에 실렸다.

된다. 어쩌면 그래서 그는 명성에 걸맞지 않은 늦은 나이의 출가를 부끄럽게 생각했을지도 모른다.

아무튼 1896년에서 1907년까지 무려 11년이나 차이나는 출가 연도는 한용운과 불교가 처음부터 행복하게 결합했던 것이 아님을 보여준다. 불교는 그에게 확신을 주지 못했고, 그 역시 가치 있는 모든 것은 다 어렵다는 사실을 아직 깨닫지 못하고 있었다. 더구나 그가 넓은 세계를 향해 나아가고 싶은 열망에 몸을 떨고 있을 때 유학의 열풍이 한반도를 몰아치고 있었다.

을미년 황실사변(을미사변) 전후로 박영효 등이 일본을 배척하고 노국을 친하며 일본 유학생을 환영치 안하다가 광무 7년(1903)에 지至하여 유학생 20인을 노국에 송逡送하고 일본 유학생을 다 소환하니 차시를 당하여 유학생이 혹 낙심귀거 하는 자도 있고 혹 결심 체재자도 유有하매 당시 일본 유학계가 참담한 경境에 지한지라.

연然이나 동학당 수령 손병희가 동경에 은隱하여 학생 50여 인을 양성하고 또한 사비생으로 도왕渡往하여 자수自修하는 학생이 초초稍稍 증가하여 총수 200여 인에 지하니라. 광무 8년(1904)에 일로전쟁이 기起하면서 한일협약이 체약이 되매 학부에서 학정 참여관 폐원탄幣原坦(시데하라 히로시)을 용용用하고 일반 교육을 개정하매 시년是年부터 노국 유학생은 소환하고 다시 관비생 50인을 일본에 송하며 또 경성에 다섯 학회學會가 설립되어 교육을 진흥하매 점차 일본 유학생이 일부일증가 日復日增加하니라.[78]

---

[78] 「일본유학생사」, 『학지광』6(1915.7) 한편, 아베 히로시阿部洋는 1880년대에 시작된 한국인의 유학이 본격화된 것은 1900년대에 들어오면서부터이며, 특히 러일전쟁을 계기로 일본의 한국에 대한 독점적 지배가 확립된 이후라고 말하고 있다. 강제합방 직전인 1910년에는 일본에서 배우는 유학생은 관비, 사비를 합쳐 500명을 넘었다고 한다. 『한韓』제5권 제12호(한국연구원, 1967) pp.27~28. 이를 좀더 자세하게 살펴보면 다음과 같다. "최근에 조사한 바를 거한즉 조선인이 동경에서 유학하는 총수는

▲ 이동인으로 알려진 승려

이런 소식을 산속에서 풍문으로 들을 때 한용운의 마음은 초조했으리라. 그는 『영환지략』을 비롯하여 세계 각국의 지리와 역사, 문물, 과학기술을 소개한 위원魏源(1794~1857)의 『해국도지海國圖志』나 벤자민 흡슨Benjamin Hobson(1816~1873)의 『박물신편博物新編』 등 중국의 신서를 구해서 탐독하던 역매亦梅 오경석(1831~1879)이나 대치大致 유홍기(1831~?) 같은 개화 사상가들의 의식수준에서 한 발짝 이상 벗어나지 못하고 있었던 것이다.

사실, 그가 서울로 올라가던 길을 등지고 '백담사의 이름 높은 도사'를 찾아 들어갈 때 그의 머릿속에는 1881년 3월 중순 신사유람단(1881.4. 10~7.2)의 향도嚮導 겸 무기구매 사신이란 중책을 맡고 일본으로 떠날 준비를 하다가 자취도 없이 증발하고 말았던 범어사의 승려 이동인과 그의 뒤를 이어 신사유람단의 비공식 수행원으로 도일했던 백담사의 승려 탁정식이 자리 잡고 있었는지 모른다.

이동인과 탁정식은 봉원사와 화계사를 오가며 김옥균과 불교에 대해 토론하고 일본 시찰에 오르도록 권유했으며, 백담사의 장대우張大愚와 불영사의 이운운李雲耘도 배출했다고 하지 않았던가.[79] 또한 갑신정변 실

504명인데 정치 급 경제 전문부에 90이오, 실업학교에는 72명이오, 종교 철학교 문학과에 10명이오, 의학교에 20명이오, 소학교에 8명이오, 기타 각종 학교에 137명이나 학업 미상자가 97명이라더라." 「동경 유학생수」, 『매일신보』(1910.9.30)

79) 남도영, 「근대불교의 교육활동」, 역사학회 편, 『근대한국불교사론』(민족사, 1988) p. 213.

패 후 '부지거처不知去處'의 전설로 남은 백의정승 유대치는 이동인에게 불전을 배운 일이 있고, 오경석은 말년에 「초조보리달마대사설初祖菩提達磨大師說」을 쓰기도 했다.[80] 잠시 육당六堂 최남선(1890～1957)의 말을 들어본다.

세계는 연방 와서 흔들건마는 조선은 묵은 꿈을 깨지 못하더니 민간에 간혹 세계와 조선과의 신형세에 대하여 깊은 근심과 신밀愼密한 주의注意를 가지고 더욱 신지식을 흡수하여 신약동新躍動에 적응할 일을 생각하는 이가 있었으니 (중략)

고종조에 들어와서는 아무 지식과 경륜이 없으면서 허기虛氣와 도언徒言으로써 척양척왜斥洋斥倭를 창언倡言하는 중에 오직 역관 오경석이 북경 관계로써 세계의 형세를 심도審度하여 당로當路한 박규수를 움직여 개국의 방침을 책정하게 하니 강화조규 전후의 외교 신국新局이 심한 파탄을 면하기는 경석의 힘을 입음이 컸다.

그런데 오경석이 조관朝官을 유도하여 외교를 운용할 때에 일백의一白衣로 시정에 은복隱伏하여 『해국도지』, 『영환지략』 등으로써 세계의 사정을 복찰卜察하면서 뜻을 내정內政의 국면 전환에 두고 가만히 귀족 중의 영준英俊을 규합하여 방략方略을 가르치고 지기志氣를 고무하여 준 이가 있으니, 당시 지인知人의 사이에 백의정승白衣政丞의 이름을 얻은 유대치劉大致가 그라.

박영효, 김옥균, 홍영식, 서광범과 귀족 아닌 이로 백춘배, 정병하 등은 다 대치 문하門下의 준발俊髮로 일변 일본으로써 청을 몰아내고 아라사로써 만주를 수회收回하여 청년 중심의 신국新國을 건설함이 그 이상의 윤곽이니 박영효, 김옥균 등이 년래年來로 일본 교섭의 선두에 선 것도 실상 대치의 지획指劃 중에서 나온 것이요, 세상이 개화당으로 지목하는 이는 대개 대치의 문인門人을 이름이었다.[81]

80) 동국대불교문화연구원 편, 『동아시아불교, 근대와의 만남』, 위의 책, pp.41～47.
81) 최남선, 「조선역사강화」, 『육당 최남선전집』1(현암사, 1973) p.61. 이하 『육당』

▲ 백담사 정문

한용운이 승려생활을 시작한 백담사와 1907년 겨울 일본에서 돌아와 머물게 되는 범어사를 생각하면, 이동인이나 탁정식과의 인연은 예상보다 깊은 것일 수도 있다. 뿐인가. 제3부에서 보겠지만 한용운이 1916년 11월 역매 오경석의 외아들 위창葦滄 오세창(1864~1953)을 방문하여 심미적 인식의 전환을 경험하고, 3년 후 그와 함께 3.1독립운동에 참여하게 되는 것을 보면, 인연은 정녕 깊은 수맥을 따라 피는 꽃인지도 모른다.

그가 백담사에서 중국의 신서들을 보며 세계일주의 꿈을 꾸고 있던 1905년 1월 2일 일본은 마침내 155일간의 혈전 끝에 뤼순旅順 함락에 성공한다. 승자인 일본군의 사상자(57,789명)가 패자인 러시아군의 사상자(28,200명)보다 많았던 치열한 전투였다. 한편 일말의 기대를 걸었던 불교계의 개혁도 요원해진 듯했다. 1903년 봉원사 승려 이보담(1859~?)이 「사원 및 불교관리권 자치」를 청원하자 대한제국은 이듬해인 1904년 원흥사의 사사관리서를 폐지하고 그 관리권을 내부內府로 이전했던 것이다. 한용운은 올라가보지 못했던 서울도 보고 급변하는 정세를 조금이라도 알아보기 위해서라도 내설악 그 초록빛 권태와의 작별을 서두르지 않으면 안 되었다.

그래서일까. 서경수(1925~1986)는 "도대체 종교인인 승려에게 모험적 사상은 왜 있어야 하는가 하는 근원적 물음을 던지고 싶다."면서 그에 대한 회의를 표명하고 있다. 사실, 한용운의 생애를 돌이켜보면 이판理判과 사판事判 사이의 아슬아슬한 곡예처럼 보이기도 한다. "은일하여 머무는 듯하면서 변화를 꾀한다."는 이능화의 평도 현실과 이상 아니 이판과 사판 사이의 경계를 수시로 넘나든 그의 행보와 무관하지만은 않다. 이때 이판이 눈에 보이지 않는 본질의 세계에 대한 판단이라면, 사판은 눈에 보이는 현상 세계에 대한 판단이라고 할 수 있다. 그 역시 출가 이후 내내 불당에서 생활했느냐고 묻는 기자에게 "서른 전후해서부터는 그러했지요. 그 동안 여러 곳으로 다니기도 많이 하였소이다마는……"[82] 하고 대답한 바 있다. 입산 초기의 그는 비승비속非僧非俗의 불목하니였는지 모른다.

> 경세미귀가竟歲未歸家 한해가 다가도록 돌아가지 못한 몸은
> 봉춘위원객逢春爲遠客 봄이 되자 먼 곳을 떠돈다.
> 간화불가공看花不可空 꽃을 보고 무심하지는 못해
> 산하기유적山河寄幽跡 좋은 곳 있으면 들러서 가곤 한다.
>   —「여행 중의 회포旅懷」

1905년 봄(음력 2월), 하산하는 그의 어깨 뒤로 봄을 시샘하는 싸락눈이 하얗게 흩날리며 사라지고 있었다. 가평천을 향해 걸어가던 한용운은 이렇게 시 한 수를 읊조렸다. 아직까지 가보지 못했던 서울을 향해 올라가는 발걸음은 가볍기만 했다. 그러나 이런 기쁨도 잠시 그는 산을 내려오면서 산의 높이를 보고, 산을 등지면서 산의 도량을 느끼는 역설을 경험하게 된다.

> 백담사에서 경성을 오려면 산로山路로 20리를 나와서 가평천이라는 내를 건너게 되는데, 그 물의 넓이는 약 1마장이나 되는 곳으로 물론 교량은 없는 곳이었다. 그 내에 이르매 내가 눈녹이 물에 불어서 상당히 많았다. 눈녹이 물이 얼음보다 찬 것을 다소 경험해 본 나로서 도두渡頭

82)「심우장에 참선하는 한용운 씨를 찾아」,『전집』4, p.408.

에 이르러 건너기를 주저하지 아니할 수가 없었다. 이것이 세계일주의 첫 난관이었다. (중략) 건너기 시작한 지 얼마 아니 되어서 물이 몹시 찰 뿐 아니라 발을 디디는 대로 미끄러지고 부딪쳐서 차고 아픈 것을 견딜 수 없었다. 중류中流에 이르러서는 다리가 저리고 아프다 못하여 감각력을 잃을 만큼 마비가 되었으므로 육체는 저항력을 잃고 정신은 인내력이 다하였다. (중략)

백척간두진일보百尺竿頭進一步, 홀연히 생각하였다. 나는 적어도 한 푼 없는 맨주먹으로 세계만유를 떠나지 않느냐. 어떠한 곤란이 있을 것을 각오한 것이 아니냐. 인정은 눈녹이 물보다 더욱 찰 것이요, 세도世途는 조약돌보다 더욱 험할 것이다. 이만한 물을 건너기에 인내력이 부족하다면 세계만유란 것은 부질없는 일이 아닌가 하여서 스스로 나를 무시하는 동시에 다시 경책警責하였다.

차고 아픈 것을 참았는지 잊었는지는 모르나 어느 겨를에 피안에 이르렀다. 다시 보니 발등이 찢어지고 발가락이 깨져서 피가 흐른다. 그러나 마음에는 건너온 것만이 통쾌하였다. 건너온 물을 보고 다시금 일체 유심一切唯心을 생각하였다.　　　　　　　　—「북대륙의 하룻밤」

차가운 강물은 세계였다. 백척간두의 절정에서 그는 생과 사의 극단적인 선택을 강요당한다. 그러나 이 고통쯤은 자기가 지향하는 세계의 횡포에 비하면 하찮다고 생각하는 순간, 자신도 모르는 힘으로 강을 건너게 된다. 아프다고 느꼈던 육체를 부정하자, 부정된 육체가 자신을 구원한 것이다. 성과 속은 한 차원의 두 표현이었다.

그는 강을 건너다가 오도 가도 못하게 된 아낙을 보고 뛰어 들어가서 업어다 건네주고 다시 돌아올 때, 고통은 고통을 매개로 부정된다는 사실을 깨닫는다. 세간을 부정하는 사람은 진정한 구원을 얻을 수 없다. 궁극적인 해방은 타락한 현실을 매개로 이루어진다. 세간을 부정한 자신을 다시 부정하고 세간에 들어갈 때 그 세간은 이미 그 세간이 아니다. 백척간

▲ 이키마루壹岐丸(진수 1905년)
무게 1,680t 길이 82.4m 속력 14.9kn

두진일보란 만물일체유심조의 또 다른 표현이었다. 깨우침覺은 깨뜨림破이며, 깨뜨림은 깨우침이었다. 입산을 결행하면서 밖으로 치닫는 열정을 어느 정도 통어할 수 있었던 그는 이 경험을 통해 불교를 보다 성숙한 관점으로 받아들이기 시작한다. 불교는 그가 하산할 때 비로소 정신적 응전의 주체성을 조금씩 베풀어주었다고 할 수 있다. 어두워지기 시작한 내설악을 뒤로 하고 그는 다시 발걸음을 재촉한다. 이날의 체험을 가리켜 "이것은 그의 독특한 삶의 지향과 철학에 의하여 일반적인 인생태도나 세계관이 되었던 것으로 보인다."[83]고 한 말은 과장만은 아니다. 그러나 2년이 넘는 우회로를 거쳐 도착한 서울에서 그는 별다른 인식의 충격도 환영도 받지 못한 듯하다.

결국 지도와 책을 통해 얻은 지식에 의지하여 꿈을 꿀 수밖에 없었던 그는 일단 러시아로 들어간 다음 중국을 거쳐 미국으로 가기로 결정하고 원산으로 향하던 도중, 행상 승려 두 사람과 동행하게 된다. 그가 난생처음으로 타본 기선은 3주에 한 번씩 고베神戶를 떠나 부산, 원산, 블라디보스토크까지 왕복 운항하는 일본우선회사日本郵船會社의 여객선[84]이었다. 그는 근대화의 위력을 실감하며 기선의 내부를 이모저모 관찰한다.

---

83) 김우창, 『지상의 척도』(민음사, 1985) p.204.
84) 에밀 부르다레 지음 정진국 옮김, 『대한제국 최후의 숨결』(글항아리, 2009) p.27. 프 랑스의 고고학자 에밀 부르다레Emile Bourdaret는 나중에 한용운이 타게 되는 배편을 이용하여 1903년 입국했다.

그런데 우리는 여기서 한용운이 대다수의 지식인들과 달리 미국행을 겨냥했다는 사실에 주목하게 된다. 영어도 모르고 서울에도 처음 올라가 본 그가 무전여행으로 세계일주를 시도했다는 것은 몽상가의 만용처럼 보인다. 더구나 블라디보스토크에는 지금 러일전쟁의 포성이 들려오고 있지 않은가. 그러나 자국문화에 대한 확고한 인식의 기반을 갖추지 못한 어린 나이의 소년들이 현해탄을 건너가 근대문화의 세례를 받고 조급한 계몽주의자가 되었던 사례를 떠올린다면, 이런 대담한 시도는 성패에 상관없이 그 자체로 소중한 것인지 모른다. 바다의 사상을 찬미했던 육당 최남선이 산의 사상으로 되돌아오고, 조상의 묘혈을 파헤쳐 버리라고 외쳤던 춘원春園 이광수(1892~1950)가 『법화경』의 세계로 되돌아온 아이러니를 생각하면 더욱 그렇다. 하긴 건봉사의 이회명(1866~1951)처럼 일본에 건너가 수계를 받았던 승려들은 또 얼마나 많았던가.[85] 높이 나는 새가 멀리 본다고 했다. 늦은 나이의 출가는 불운도 아니고, 수치는 더욱 아니다.

산과 불교는 한용운의 삶을 이끈 의미론적 추동력이었고, 양계초는 그를 설레게 만든 대륙의 심정적 동지였으며, 『영환지략』은 세계일주의 꿈을 이루기 위해 필요한 낡은 나침반이었다. 그러나 러일전쟁으로 일본에 대해 적대감을 품고 있던 블라디보스토크의 교민들은 한용운 같은 일개 무명의 승려를 포용할 만큼 관대하지 않았다. 하긴 내설악에서 불목하니 노릇을 했던 한용운이 그들의 조국에 대한 뿌리 깊은 사랑과 원망을 알기란 쉽지 않았으리라.

1898년에 이미 서북민들 가운데 블라디보스토크에 들어와 사는 자가

---

85) 정광호, 「일제의 종교정책과 식민지불교」, 『한국근대 민중불교의 이념과 전개』, 위의 책, pp.269~270. 임혜봉, 『친일승려 108인』(청년사, 2005) pp.35~41.

▲ 1904년 4월 20일 하얼빈 교외에서 러시아 병사들에게 총살 당하는 두 명의 일본인 스파이 요코카와橫川와 오키沖

6만여 호를 넘었으나 조선 정부는 관청을 설치하고 보호해 줄 것을 요청[86]하는 그들에게 아무 도움도 주지 못했다. 그리고 제2의 조국 러시아는 전세를 만회하기 위해 발틱 함대 Baltic Fleet를 파견하지만 1905년 5월 27일 대한해협에서 도고 헤이하치로東鄕平八郞(1848~1934) 사령관이 지휘하는 일본해군에게 참패(쓰시마對馬島 해전)를 당하게 되는 것이다. 『매일신보』는 1913년 현재 "노령 연해주에 재한 조선인은 5만 7천여 인을 산하고 연년 1천인 내지 2천인씩 증가한다."고 보도하고 있다.[87]

이런 긴박한 상황에 놓인 블라디보스토크에서 한용운이 일진회의 첩자로 오인될 여지는 충분했다. 그는 숙소에 들이닥친 조선 청년들로부터 내일 처형하겠다는 충격적인 통보를 받는다. 사실 러일전쟁의 풍운이 급박해지자 현양사玄洋社 멤버 중에서 후방 교란의 임무를 띠고 대륙에 건너간 자가 많았다. 또한 구군인 출신이나 기타 '특별 임무반'도 적정 정찰과 교량 및 철도 파괴를 위해 육군중장 후쿠시마 야스마사福島安正(1842~1919)와 주청駐淸 공사관 부속 무관인 아오키靑木 대좌 지휘 하에 만주로 속속 잠입하고 있었다.[88] 그러나 가평천에서 자신과의 싸움을 경험했던 한용운은

---

86) 황현, 이장희 역, 『매천야록』중(명문당, 2008) pp.266~267.

87) 「노령의 선인생활」, 『매일신보』(1913.11.12)

88) 日本近代史研究會, 『日本近代史』5(國文社, 1966) p.17. 후쿠시마 야스마사에 대해서는 나리타 류이치成田龍一, 한일비교문화세미나 옮김, 『'고향'이라는 이야기』(동국대학교출판부, 2007) pp.187~191. 참조.

제4장 블라디보스토크의 불목하니 65

이내 정신을 수습하고, "자진하여 사기死期를 촉진하든지 그렇지 않으면 기지를 써서 활로를 개척하든지 하기로" 마음먹고, 교민대표인 엄인섭嚴寅燮과 이노야李老爺를 찾아가 도와달라고 부탁한다. 그의 대담함에 놀란 엄인섭은 명함을 주며 일종의 통행증으로 쓰라고 위로하면서 귀국할 것을 종용한다. 그는 1907년에 안중근(1879~1910), 김기룡 등과 함께 의병 부대 창설의 준비단체인 동의회同義會를 조직하고 최재형(1859~1920)을 회장으로 추대하게 되는 인물이기도 하다.

▲1905년 11월 신바시新橋역에서 한국으로 향하는 특파대사 이토 히로부미. 그는 11월 9일 서울에 도착하여 고종황제에게 "일본이 한국을 보호국으로 삼을 필요가 있다."고 주장한 메이지 일왕의 친서를 전달한다.

다음날 돌아가기 전에 부동항이나 구경하자고 나왔던 한용운은 조선인 청년들에게 붙들려 바닷가로 끌려가 수장을 당하기 직전에 러시아 경관들에게 가까스로 구조된다. 엄인섭의 명함도 조선인 교민들의 적개심 앞에서는 무용지물이었다. 싸움을 말리다가 러시아 경관을 불러 위기를 넘기게 해주었던 청나라 사람은 노령露領에 있는 조선인들의 비행을 말하면서 중국과 조선의 사정이 모두 같다며 위로한다. 한용운은 그 자리에 주저 앉아 방성대곡을 하고 여관으로 돌아온다.

세계일주의 꿈은 이렇게 무산되었다. 그의 말대로 "세계에 대한 지식과 경험도 없으며 외국어 한 마디도 모르는 산간의 한 사미沙彌의 우치愚癡라면 우치고 만용이라면 만용이었다." 그러나 이것은 예정된 파괴였을 뿐 패배는 아니다. 그는 정신적으로 무릎을 꿇은 적이 없기 때문이다. 이후 이날의 쓰라린 체험은 그의 삶에서 '다시 기름이 되는 타고 남은 재'로 기능하게 된다. 한편, 그가 참담한 가슴을 부여안고 귀국하여 건봉사에 있던 1905년 11월 17일 대한제국은 평재平齋 박제순(1858~1916)과 하야시 곤스케林權助(1860~1939)가 을사늑약(제2차 한일협약)을 체결하면서 역사의 계곡으로 추락한다. 그러면 연보들은 그가 언제 떠난 것으로 보고 있을까.

㉮ 박노준·인권환 — 언급 없음.

㉯ 『나라사랑』 — 언급 없음.

㉰ 『전집』 — 1899년(21세) 이때를 전후해서 세계여행을 계획하고 설악산에서 하산하여 블라디보스토크(해삼위)로 건너갔으나 박해를 받고 곧 되돌아와 이곳저곳을 정처 없이 전전하다.

㉱ 임중빈 — 1899년 설악산의 백담사 등지를 전전함. 세계여행을 계획하고 블라디보스토크에 갔다가 곧 귀국함.

㉲ 고은 — 1895년 봄에 블라디보스토크로 건너갔다.(p.98.)

㉳ 김학동 — 1906년 방랑의 길을 떠나 시베리아, 만주 등지로 돌아다님.

㉴ 고명수 — 1906년 양계초의 『음빙실문집』, 『영환지략』을 접하고 새로운 세계정세와 드넓은 세계의 존재에 자극받아 세계여행을 계획하고 설악산에서 하산하여 블라디보스토크로 건너갔으나 일진회의 첩자로 오인한 거주민들에게 박해를 받고 곧 되돌아와 이곳저곳을 정처 없이 전전함.

㉵ 김삼웅 — 고명수의 연보와 같음.

㉶ 한종만 — 언급 없음.

㉷ 최동호 — 1903년 세계여행을 계획하고 원산을 거쳐 블라디보스토크로 건너갔으나 구사일생의 위기 끝에 곧 돌아옴.

㉸ 동국대학교백년사 — 1896년 백담사에 은거하며 수년간 불경공부. 이 무렵 연해주로 건너갔으나 뜻을 이루지 못하고 만주를 거쳐 1901년 귀국.

⑩는 1895년 ㉮는 1896년 ㉯㉰는 1899년 ㉱는 1903년 ㉲㉳㉴는 1906년에 떠났다고 본다. 1905년에 블라디보스토크에 갔다고 보는 연보는 하나도 없는 셈이다. 한용운 같은 애국지사가 을사늑약이 체결되던 해에 한가롭게 세계만유를 떠날 리 없다고 생각했던 것일까. 그래서 이런 역사적 사실과 동떨어진 묘사가 나왔는지도 모른다.

오세암에서 백담사로 거기서 인제로 빠져나오는 도피행이었다. 그의 치의자락은 아무리 추운 산속이지만 수묵색으로 젖어있었다. 그는 그렇게 산을 떠났다. 그것이 1895년 신춘의 일이었다. (중략) 그 당시 해삼위 연해주 그리고 노령난해 일대의 조선 사람들은 진로석인 반면 일본에 대한 통속적 원한을 강렬하게 나타내고 있었다. 그들에게는 승려의 삭발조차도 일본식 단발의 일당으로 보이는 것도 무리가 아니었다.[89]

▲ 1909년 무렵 원산의 일본인 거리

89) 고은, 『한용운평전』, 위의 책, pp.88~98.

고은은 이런 자신의 추론을 위해 「북대륙의 하룻밤」에 나오는 대화—
"너희 다 무엇이냐?" "우리는 중이요." "중이 무슨 중이야. 일진회원이
지?" "아니오, 우리의 의관이든지 행장을 보면 알 것입니다." — 마저 생
략하고 이렇게 적고 있다.

누가 죽이나요? 조선 사람들이 죽이지요. 무엇하는 사람들이오? 하기
야 무얼 하겠소. 먼저 여기를 와서 러시아에 입적入籍한 사람들이 많지
요. 재판해서 죽이나요? 어떻게 죽이나요? 재판이 다 무엇이오. 덮어놓
고 죽이지요. 죽이기는 어떻게 죽이나요? 바다에 갖다 넣지요. 여기서는
사람을 함부로 죽여도 관계치 않소? 아무 일 없지요.[90]

▲ 항일의병을 토벌하기 위해 무장한 일본의 민간 자위단과 일진회 회원들

90) 같은 책, pp.101~102.

일진회가 1904년 8월 송병준(1857~1925)이 독립협회 출신인 윤시병 (1860~1931), 유학주, 동학교 이용구(1868~1912) 등과 조직한 친일단체 라는 사실을 모르는 사람은 없다.

한용운에 대한 남다른 애증을 보여준 고은은 최근 이렇게 말하고 있다. "만해는 풀에 비유한다면 평생 누워본 적이 없는 풀 같은 삶을 사신 분이 다. 시인으로서는 김소월(1902~1934)에 버금가고, 스님으로는 마곡사 주 지를 지낸 고승 송만공(1871~1946)의 경지를 한 몸에 지녔으며, 동시에 독립운동가로서도 큰 활약을 했다. 65년을 사신 분이, 다른 사람이라면 100년 넘게 살아도 못할 업적을 유산으로 남겼다."[91] 현대 전기학의 제1 방법론은 자기분석이라는 기팅스Gittings,R.의 지적은 음미할 만하다.

---

91) 『조선일보』(2008.8.11) A.29면.

일본 유학승의 자부와 우수

한용운은 구사일생으로 귀국한 후 자신과의 싸움을 본격적으로 시작한 듯하다. 그러나 불발에 그친 세계일주의 꿈이 부끄러웠던 것일까. "『영환지략』이라는 책을 통하여 비로소 조선 이외에도 넓은 천지가 있다는 것을 인식하고 행장을 수습하여 원산을 거쳐서 시베리아에 이르러 몇 해를 덧없는 방랑생활을 하다가, 다시 귀국하여 안변 석왕사에 파묻혀 참선생활을 하였다."(「시베리아를 거쳐 서울로」)고 비장한 목소리로 회고했지만, 그는 2년 후에 발표한 글에서는 블라디보스토크에서 곧장 돌아왔노라고 실토하고 있다.

그 청인만은 나에게 여러 가지 말로 위로하면서 노령에 있는 조선인들의 비행을 말하면서 중국과 조선의 사정이 거의 같다는 뜻을 말한다. 어쩐지 나는 거기서 주저앉아서 방성대곡을 하고 여관으로 돌아왔다. 만사표와萬事飄瓦 일념도회一念都灰, 차비가 없으니 기차로 갈 수가 없고 도보로 전진하기는 도저히 불능이었다. 오직 돌아오는 길은 한 길밖에는 없었다. 동행 2인도 나와 같이 돌아오기로 하였으나, 딱한 일은 원산까지 올 선비船費가 없는 것이었다.

그러자 '50리 바다'를 건너면 육로로 오는 길이 있는 것을 알게 되었으므로 시각을 지체하지 아니하고 3인이 목선을 타고 50리 바다를 건너서 촌촌전진寸寸前進하여 여러 날 만에 연추煙秋를 경유하고 두만강을 건너서 고국에 돌아왔다. 해삼위의 일야一夜, 언제든지 나의 추억에서 사라질 수 없는 것이다.　　　　　　　　　　　　―「북대륙의 하룻밤」

만일 여비가 남아있었더라면 한용운은 어렵사리 도착한 옌타이煙秋에서 제물포로 들어오는 배를 타고 귀국했으리라. 앞에서 보았듯이 일본우선회사에서는 보름마다 고베, 나가사키長崎, 부산, 목포, 제물포, 제푸(옌타이), 당거를 왕복 운항하는 배편도 운행하고 있었다. 하지만 그마저 여의치 않았던 것 같다. 그런데 그는 석왕사로 들어가기 전에 일단 간성杆城의 건봉사로 내려간 듯하다.

그러나 어찌 알았으리요. 나의 동행이던 엄모가 사갈 같은 밀정으로 나를 해치는 자였음을……그래서 실로 살을 에어내는 듯한 여러 가지 고난의 와중을 헤치고 구사일생으로 다시 귀국하였다. 그러나 각처에는 의병이 일어나서 시세―크게 어지럽게 되어 나는 간성杆城에서 쫓기어 안변安邊 석왕사의 깊은 산골 암자를 찾아가 거기서 참선생활을 하였다.
　　　　　　　　　　　　―「나는 왜 중이 되었나」

한용운이 『건봉사 급及 건봉사말사 사적』(1928)[92]을 쓰게 되는 인연은 이때 시작되었다고 할 수 있다. 하긴 신라 법흥왕 때 건립한 건봉사는 유점사와 더불어 금강산의 양대 본사 중 하나로 당시 백담사, 신흥사, 낙산사 등을 말사로 거느리고 있었으니 백담사 출신인 그가 건봉사로 내려간 건 당연한 일인지도 모른다. 그러나 1906년 한용운은 건봉사를 나와

---

92) 만해와 건봉사의 인연에 대해서는 한계전, 「만해 한용운과 건봉사 문하생들에 대하여」, 『만해학보』 창간호(만해학회, 1992) pp.161~175. 참조.

야 했던 것 같다. 다음의 일화는 "의병이
일어나서 시세 크게 어지럽게 되어 간성
에서 쫓기어 안변 석왕사"로 들어가게 되
었다는 사정의 이면을 들려준다.

▲ 건봉사의 바라밀波羅密 석주石柱

　　한번은 강원도 고성 땅 어느 촌락을
지나는데 때마침 5, 60여명의 강도당强盜
黨이 촌락을 습입襲入하여 촌민의 재산을
함부로 약탈하고 장정의 구타, 부녀 능욕
등을 감행하며 무인無人의 경境과 같이 횡행하니, 누구나 감히 저항치
못할 뿐이라 모두 경겁도주驚怯逃走하는 판이라, 그는 그것을 보고 크게
분개하여 단신단봉單身單棒으로 그 도적 중에 돌입하여 마치 장판교 싸
움에 조운趙雲이 모양으로 동으로 번쩍 서적西敵을 치고 동적東敵을 쳐
서 불과 수십 분 동안 30여명을 때려눕히니 여적餘敵이 모두 총과 칼을
다 버리고 도망을 친 일이 있었다.
　　이런 일로 보면 씨가 이름을 용운이라고 한 것은 조자룡의 용자와 자
룡子龍의 이름 즉 조운의 운자를 취한 것인지도 알 수 없다.(이 말은 씨
의 친우 모씨에게 들은 말인데 그때에 촌락을 습격한 것은 실제 강도가
아니요 00군인데 직설하기 거북하여 강도로 가칭한 것이다.)93)

　한용운의 남다른 힘과 용기를 자랑스럽게 생각한 지인에 의해 작성된
과장된 무용담인 듯하다. 하지만 진위야 어쨌든 괄호 안의 대목은 당시
백성들이 의병인지 도적인지 구분하기 어려운 내부의 적들에게 고통을
받고 있었음을 잘 보여준다. 동시에 우리는 위의 글을 보며 한용운이 동
학군이나 의병과 일정한 거리감을 갖고 있었던 것이 아닌가 하는 추측도
해보게 된다. 하긴 동학군을 일진회의 전신으로 보고 있었던 안중근도

93) 유동근, 「만해 한용운씨 면영」, 위의 책, p.17.

아버지 안태훈과 함께 70여 명의 병력으로 난당을 살해하는 대활약을
펼치기도 했고[94] 매천梅泉 황현(1855~1910) 역시 동학교도들을 동비東匪
라고 부르며 다음과 같이 비판하고 있다.

강제로 머리를 깎이던 초기에 국내 전체가 분노하였고 그래서 의병
의 봉기를 격동시켰다. 그러나 날짜가 점점 지나가자 예기는 점차 해소
되고 경군과 접전하면 곧 패하고 사망자가 헤아리기 어려울 만큼 많았
다. 또한 충성심을 품고 정의로써 실천하는 자가 약간 명에 불과했으며,
공명심이 많은 담명자噉名者가 앞장서면 변란을 즐겨하는 자가 따라붙
어 유민들이 백여 명 천여 명씩 무리를 지어 저마다 의병이라 부르짖으
며, 심지어는 동학의 여당들이 낯을 바꾸어 그림자처럼 따라다니는 자
가 절반이 되었다. 이에 이들은 잔인하고 포악하여 함부로 약탈하는 것
이 마치 미친 도적떼와 다름없었다.[95]

▲ 항일의병들

94) 市川正明, 『安重根と日韓關係史』(原書房, 1979) p.140.
95) 『매천야록』중, 위의 책, p.136.

이어 황현은 "을사늑약을 맺은 이래 나라 전체가 가마솥에 물 끓는 것 같이 들끓어 깃발을 세우고 저마다 왜놈들을 죽이라고 떠들었지만, 무기가 없고 기율이 없어서 비록 천백씩 무리를 지었으나 일본군 수십 명만 만나도 번번이 분패하여 무너져 흩어지고 말았다."[96]며 을미의병들의 무기력을 탄식하고 있다. 다카하시 도오루高橋亨(1878~1967)도 임진왜란 당시의 병화와 을사늑약 이후 2년간의 병화로 입은 피해를 한국사찰의 '이대재액'이라고 부르며 이렇게 말했다.

> 의병이란 이름을 가장한 비적의 무리가 봉기하여 서민에게 잔혹한 횡포를 했다. 그 횡포가 계속된 만 2년 동안 그들 대부분이 산중에 근거를 두었기 때문에 자연히 사찰을 은닉처로 삼았다. 때문에 비적의 무리가 맹위를 떨친 지방의 산속 사찰 중 큰 피해를 보지 않은 사찰이 하나도 없었다. 승려는 흩어지고 불당은 황폐했으며 물자는 약탈당하고 수백 년 동안 전해온 가람을 일거에 불태워버리기도 했다.[97]

일본의 관변학자답게 사찰을 은닉처로 삼고 있던 의병들을 토벌하기 위해 방화를 저지른 일본군의 만행은 거론하지 않았으나, 의병들의 횡포도 그에 못지않았음은 분명하다. 일부 사찰에서 일본불교 종파에 예속되기를 원하는 '관리청원管理請願'을 했던 이유도 여기 있다. 그러나 보다 중요한 이유는 1906년 3월 2일, 이토 히로부미伊藤博文(1841~1909)가 초대통감으로 정식으로 취임한 후 11월에 「종교의 선포에 관한 규칙」(통감부령 제45호)을 발표하면서 일본 사찰의 조선 사찰 지배를 합리화했기 때문이다. 제4조를 보면 "포교자 또는 일본인으로서 한국 사원의 관리의

---

96) 『매천야록』하, 위의 책, p.50.
97) 강석주・박경훈 공저, 『한국근세불교백년』, 위의 책, p.22.

위촉에 응하고자 하는 자는 필요한 서류를 갖추어 당해 사원 소재지의 소할所割 이사관을 경유하여 통감부의 인가를 받을 것"이라고 규정하고 있다. 이를 계기로 일본종파들은 한국불교를 예속시키는 데 앞장섰다. 그러나 일본 사찰의 말사로 예속되기를 자청하는 한국 사찰 또한 적지 않았다.

가령 묘향산 보현사에서 일본 임제종 묘심사에 부속되기를 원하자 개교사 후루카와 다이코古川大航가 내한하여 사찰에 관한 일체를 관리[98]하기도 했다. 후루카와는 1912년 5월 26일 임제종중앙포교당 개교식에서 한용운이 취지를 설명할 때 축사를 하기도 한다. 급격한 사회적 변화와 신분 이동에 따라 우월감에 젖었던 조선의 일부 승려들은 서구세력과 기독교의 팽창에 맞선다는 종교적 연대감 또는 아시아 연대론을 내세우면서 진출했던 일본불교의 이면을 냉정하게 바라보지 못하고 굴욕을 자청하고 있었던 것이다.

한용운은 이런 우여곡절을 거쳐 안변의 석왕사로 들어간 후 마음의 안정을 되찾고 본격적인 승려생활을 시작한 것 같다. 그는 1906년에 김연곡 화상에게 득도得度하고, 이학암 선사에게 내전을 수학한 것으로 알려져 있다. 산과 도시, 바다와 대륙을 넘나드는 고통 끝에 한유천은 마침내 한용운으로 다시 태어났다고 할 수 있다. 그러나 용맹정진을 거듭하고 있던 1906년 봄, 도시를 향한 그의 마음에 다시 불을 지펴대는 한 통의 공문이 석왕사에 도착한다. 새로 설립한 명진학교에서 보낸 학승 파견 요청 공문이었다. 조금 길지만 전문을 인용한다.

우리 불교가 중국으로부터 동방에 이른지 이제 수천 년이지만 그 법

98) 이능화, 『조선불교통사』, 위의 책, p.82.

과 기율이 쇠이衰弛해지고 승려들이 곤경에 처하기가 오늘날 같은 적은 없었습니다. 한국의 승려된 사람으로서 누군들 분하고 원통한 마음이 없었겠습니까? 게다가 요즈음에는 이교異敎들이 곳곳에서 봉기하여 각자(를 최고로) 받들고 불교를 파괴훼손하며 전답을 빼앗아 학교에 속하게 하여 학교 운영비로 하겠다고까지 하고 있습니다. 말과 생각이 여기까지 미치니 가슴 아프고 놀라움이 진실로 클 것입니다.

만약 이런 일이 그치지 않는다면 끝없는 환란과 뜻하지 않은 변고가 이로부터 생겨날 것이니 연못에 있는 물고기에 닥친 (작은) 재앙이 점차 불거져 장차 크고 작은 사찰까지 미치게 될 것입니다. (이렇게) 된 원인을 탐구해보건대, 우리 승려들이 세계의 학문에 통달하지 못하고 세상물정에 둔한하였기 때문인 것입니다.

이제 일본 정토종淨土宗의 개교사 이노우에 겐신井上玄眞 씨가 한국 불교가 쇠이衰弛해 감을 보고 개탄을 멈추지 못하면서 "만약 약한 것을 제도하고 강한 것을 도우며 불법을 홍왕코자 한다면 신학문을 활용하여 도모하는 것이 최선일 것……"이라고 말하기까지 하였으므로 연구회에 보통과普通科 학교를 설립하고 정부의 인가를 받았던 것입니다.

우리 불교가 홍왕할 때는 바로 오늘에 있다 할 것이므로 서울 부근 사찰의 청년승려들을 모집하여 음력 3월 1일부터 수업을 시작하였습니다. 불교의 묘한 진리와 (서양의) 신학문, 타종교 서적 및 다른 나라 다른 풍속의 산수와 언어 등을 연습함을 목적으로 합니다.

귀사貴寺는 도내道內 수사찰이 되었으므로 장차 본회의 지원支院 및 학교를 설립할 것이고 또 국내승려들을 1차 조사를 하지 않을 수 없으므로 이에 급히 알리는 것입니다. 살펴보신 후 귀사 및 (귀사가) 관할하고 있는 각 사찰에 널리 알려 모두 이 내용을 알게 하기 바랍니다. (귀사에 있는) 승려 수를 책으로 묶어 보고해 주시되 하나도 빠짐없이 해주시기 바랍니다.

귀사부터 우선 학도 2명을 이번 4월 그믐까지 의복과 식량을 챙겨 본원의 학교로 보내주시기 바랍니다. 불교와 신학문을 연습하고 정성을 다하여 힘쓰고 쇄신하여 그 자강의 실체를 갈고 닦는다면 겁운劫運에서 해탈하여 그 자유로운 힘을 되찾게 될 것입니다. 이는 그 이치가 틀림

없다 할 것입니다.

아! 우리 승려들이 스스로 살피고 힘쓴다면 실효가 있을 것으로 기대하오니 간절히 살펴주시기 바랍니다. 학도 연령 ; 13세부터 30세까지 지필묵과 서책 등(교과서와 문방구)은 본회에서 담당함.

광무10년(1906) 4월 10일

앞에서 우리는 이보담이 사사관리서 제도를 비판하자 정부에서 사사관리서를 폐지(1904)하고 관리권을 내부로 넘겼던 것을 살펴본 바 있다. 이어 정부에서 원흥사마저 폐지하기로 결정하자 화계사 승려 홍월초(1858~1934)와 봉원사 승려 이보담이 원흥사 안에 불교연구회를 설립하고 일본의 정토종으로 종을 삼고 전

▲ 원흥사

국 사찰들과 각종 교무의 연락통제를 하기 시작했다. 그리고 위의 공문에서 본 것처럼, 이보담은 1906년 2월 5일, 전국 사찰의 청년승려들에게 보통학을 가르치겠다며 명진학교의 설립을 허가해 달라는 청원서를 다음과 같이 내부에 제출했던 것이다.

우리들은 (일본) 정토종에 참여하여 왔습니다. 몇 년이 지나자 개교사가 서울과 지방의 승려들로 하여금 불(교연구)회를 창립하고 학교를 설립하여 신학문의 교육방침을 연구하도록 특별히 지시하였습니다. 이에 청원하오니 살펴보신 후 특별히 허가해 주시기를 엎드려 비옵니다. 광무 10년(1906) 2월 5일 불교연구회 도총무 이보담(그 밖의 각지 사찰의 9명은 생략함)

1906년 2월 19일, 내부에서는 "청원에서 이미 학문을 연구하고 교육을 개발하며 자비와 수선修善에 힘쓴다고 하였으므로 혹 가르침을 핑계 대고 폐단을 일으킬 경우는 그 드러난 바에 따라서 마땅히 그에 상응한 처리가 있을 것"이라는 단서와 함께 명진학교의 설립과 불교연구회의 창설을 인가한다. 그런데 앞의 단서는 정부에서 왜 사사관리서와 원흥사를 폐지하려고 했는지 그 이유를 알려준다. 이른바 염불보다 잿밥에 눈이 멀었던 승려들의 권력다툼이 그 주된 이유가 아닐까 생각된다.

그럼에도 불구하고 청원한지 열흘 만에 신속하게 내려온 내부의 허가나 은으로 만든 팔각형 휘장에 '정토종교회장淨土宗敎會章' 여섯 글자를 새겨 승려들에게 나누어주고 50전씩 거두어 연구회 운영비로 충당했다는 사실은 일본의 후원을 직간접으로 받으며 정치적으로 급성장했던 불교계의 위상을 잘 보여준다. 물론 사사관리서가 폐지되면서 황실의 위패가 철거되고 여러 기물이 궁내부宮內府로 옮겨지자 일본승려들이 원흥사를 빌려 쓰려고 했기 때문에 명진학교를 세워 원흥사를 확보했다는 우호적인 주장이 없는 것은 아니다. 하지만 '엎드려 빈다伏望'는 건 상투적인 표현일 뿐 개교사의 특별 지시 운운하며 청원이 아닌 요구를 하고 있음을 부인하기 어렵다. 그래서 이런 비판도 나왔다.

> 명진학교라 함은 동년(1906년) 2월 19일 내부 허가로 된 것인데 역시 동년에 홍월초 이보담이 일본 정토종에 귀의하야 이노우에 겐신과 결탁하야 세운 불교연구회가 그를 주관하였다. 이때 조선 승려의 일부에서는 일본승려의 세력에 의자衣資하여 자기 힘을 만들어보자는 자 있었나니 이 연구회 또한 그의 일례이다. 이리하여 저 이회광의 매종적 망동까지 일어난 것이었다.99)

99) 강유문, 「최근백년문제 조선불교개관―관리서시대」, 『불교』100호(1932.10)

친일적 성격에 대한 비판을 받는 동시에 승려들의 교양 향상에 이바지하는 탁월하고 필수적인 시설100)로 높은 평가를 받는 명진학교는 이렇게 탄생했다. 이어 6월 14일 경무사 박승조가 고종황제의 지시를 받고 원흥사에 와서 섭리 김월해 및 기타 승려들을 해산하고 절 재산을 전부 명진학교에 위탁하여 관리101)하도록 지시하면서 이보담과 홍월초의 위상은 높아졌다. 그러던 차에 1906년 11월에 「종교의 선포에 관한 규칙」마저 발표되었으니 이들의 친일적 경향은 더욱 강화될 수밖에 없었으리라 생각된다. 홍월초가 서울 근처의 승려 30여 명을 인솔하고 교토에 가서 진종 본원사에 귀의하고 득도식을 거행했던 것도 이 무렵이다.102)

명진학교는 입학 자격을 강원에서 대교과를 이수하고 중법산에서 추천을 받은 2명씩으로 한정했다. 수업연한은 2년으로 정했으나 당분간 입학자의 학력에 따라 필요한 학문을 배울 수 있도록 3개월에서 1년까지의 보조과 단기과정도 부설했다. 따라서 한용운은 중법산 도내 수사찰인 석왕사에서 참선생활을 하고 있었던 만큼 명진학교에 입학했을 가능성이 크다.

그 결과 이런 주장이 나왔다. "명진학교는 불교중앙 교육기관으로 후일 조선 근대사회 발전에 동량이 되는 인재들을 많이 배출하였다. 그중에서도 제1회 졸업생 중에는 권상로(1879~1965), 강대련(1875~1942), 안진호(1880~1965), 이종욱(1884~1969), 한용운 등 조선불교계를 이끌어갈 중요한 인물들이 들어있다."103) 그러나 한용운이 명진학교를 졸업했다는 사실

---

100) 『京城府史』3卷, 위의 책, p.823.
101) 이능화, 『조선불교통사』, 위의 책, p.80.
102) 같은 책, p.82.
103) 이기운, 「근대기 한국승가의 교육체제 변혁과 자주화운동」, 『근대 동아시아의 불교학』, 위의 책, p.267.

을 입증하는 자료는 아직 발견되지 않았다. 다만 이런 기사가 남아 당시 명진학교의 임직원을 파악할 수 있다. "동문 밖 명진학교에서 일전에 제2회 하기 시험을 지내고 진급식을 행하였는데 교장의 어용선 씨와 간사원 이민실, 학감의 윤석준, 교감의 이보담, 강사의 이완응 김홍수 김원근 제씨가 권학 연설하고 학원 중에 박태환, 민계담 양씨가 답사한 후에 일제히 애국가를 불렀고 2년급 우등생은 진진정 등 28인이라더라."[104]

불교연구회와 명진학교가 불교계 전체의 합의로 설립된 교육기관이 아닌 만큼 기록관리가 부실해서 그럴 수도 있겠지만, 한용운은 1907년 봄에 도일하면서 명진학교를 졸업하지 않았던 것으로 보인다. 그러나 한용운이 명진학교에서 "일어와 불교의 묘한 진리와 서양의 신학문, 타종교 서적 및 다른 나라 다른 풍속의 산수와 언어 등"을 배우고 있던 1906년, 정토진종 본원

▲ 흑룡회 주간이자 일진회 고문이었던 우치다 료헤이

사가 용산에 조선 개교총감부를 설치하고 오타니大谷尊寶를 총감으로 파견하면서 일본승려들의 입국은 가속화된다.

다케다 한시는 이토 히로부미가 초대통감으로 부임할 때 흑룡회黑龍會 주간 우치다 료헤이內田良平(1874~1937)의 천거로 세 번째 입국한다. 이후 그는 친일파의 핵심인물인 이용구가 주도하는 시천교의 고문이 되고, 1907년 3월 12일에는 이용구와 한국불교의 재흥을 주장하는 「권불교재흥서」를 제출하기도 한다. 그는 원종의 고문이 되기 전에 이미 이용구, 송병준 등과 밀접한 관련을 맺고 있었다.

불입성문의 하대에서 벗어난 일부 승려들은 일제에 자발적으로 협력하고 있었다. 신분적 질곡에 묶여있던 그들은 일본승려들의 자유로운 포

---

104) 「명진학교」, 『대한매일신보』(1907.7.17)

교활동을 무엇보다 부럽게 생각했고, 제국주의적 야욕을 감추고 불법이라는 공통의 신앙을 기치로 내세운 일본승려들의 적극적 접근은 그들을 감동시키기에 충분했다. 이들의 일본 불교에 대한 호의와 감사는 중종 7년(1512)의 사찰 철폐 이후 394년만인 1906년에 박동礴洞(수송동)에 세운 일본식 건축양식의 각황사로 확인된다.

인조 원년(1623) 승니의 입성을 엄금하여 성내에서 원정치의圓頂緇衣의 모습을 볼 수 없었던 지난날부터, 아니 1895년 4월 사노 젠레이가 성내에서 포교만 허락받았을 때부터만 비교하더라도 격세지감을 느끼게 되는[105] 각황사는 1914년에 7,000명의 승려들이 낸 의연금과 수백 명의 신도들이 시주한 재물과 곡식을 바탕으로 대대적으로 증축된다. 도성 안에 종무원을 상주시키기 위해 불교계에서 세운 각황사는 국권의 상실과 불교계의 근대화라는 명암이 엇갈리는 가운데 탄생한 사찰인 것이다.

참고로 1878년 오쿠무라 엔싱이 부산에 본원사 별원을 개원한 이후 1916년까지 조선에 진출한 일본불교 종파의 별원 및 포교소 수, 일본인 신도와 조선인 신도의 수를 살펴보면, 진종 대곡파 41개소(24,075명/612명), 진종 본원사 47개소(31,649명/5,429명), 정토종 38개소(9,835명/1,242명), 조동종 30개소(6,415명/372명)이다. 종파를 떠나 일본불교를 합쳐보면 156개소(71,974명/7,655명)나 된다. 반면 조선사찰은 189개소(991명/56,916명)였고, 조선기독교 장로회 1,761개소(2명/119,369명), 남감리 교회 258개소(2명/8,806명), 미감리 교회 551개소(21명/39,189명)였다.[106]

한국 근대불교의 불행은 일제가 자행하는 모든 간섭과 통제의 굴레 속에서 때늦은 시대적 각성을 도모했던 점에 있다. 명진학교 보조과에서

---

105) 『京城府史』3卷, 위의 책, p.823.
106) 「각 종교 신도수」, 『매일신보』(1916.10.15)

1년 정도 단기과정을 마친 후 다케다 한시로 대변되는 일본승려들의 후원으로 도일할 수 있었음이 분명한 한용운의 일본에 대한 증오 역시 이런 뒤늦은 깨달음과 무관하지 않다고 생각된다. 그가 임제종운동에 나서기 전에 보여준 일본의 정치적 침략과 일본불교의 침투에 대한 무감각은 이미 지적된 바 있다.107) 맹목적으로 상대방을 사랑하다가 배신당한 자의 자기 혐오와 뼈저린 증오를 모르는 사람은 많지 않다. 증오는 친밀감의 부정(반감, 혐오), 열정(분노, 두려움), 결정·헌신(평가절하·가치축소)의 세 가지 요소로 이루어진다.108) 한용운은 도일 과정을 이렇게 회고하고 있다.

> (전략) 나는 간성에서 쫓기어 안변 석왕사의 깊은 산골 암자를 찾아가 거기서 참선생활을 하였다. 그러다가 반도 안에 국척跼蹐하여 있는 것이 어쩐지 사내의 본의가 아닌 듯하여 일본으로 뛰어들어갔다. 그때는 조선의 새 문명이 일본을 통하여 많이 들어오는 때이니까 비단 불교문화뿐 아니라, 새 시대 기운이 융흥隆興한다 전하는 일본의 자태를 보고 싶던 것이다.
>
> 그리하여 마관馬關에 내리어 동경에 가서 조동종曹洞宗의 통치기관統治機關인 종무원을 찾아 그곳 홍진설삼弘津說三이라는 일본의 고승과 계합契合이 되었다. 그래서 그분의 호의로 학비 일 푼 없는 몸이나 조동종대학에 입학하여 일어도 배우고 불교도 배웠다. 그럴 때에 조선에서는 최린崔麟 고원훈高元勳 채기두蔡基斗 제씨가 유학생으로 동경으로 건너왔더라.　　　　　　　　　　　—「나는 왜 중이 되었나」

107) 최병헌, 「일제불교의 침투와 한용운의 조선불교유신론」, 『진산 한기두 박사 화갑기념 한국종교사상의 재조명』(원광대출판국, 1993) p.458.
108) 로버트 J, 스턴버그, 카린 스턴버그 지음, 김정희 옮김, 『우리는 어쩌다 적이 되었을까』(21세기북스, 2010) p.111.

▲ 쓰시마마루對馬丸(진수 1905년)
무게 1,679t, 길이 82.4m, 속력 14.9kn

한용운은 위의 글에서 나중에 조동종 대표가 되는 히로쓰 세쓰조弘津說三와 계합이 되어 그의 지우知遇를 입었다는 등 과시적인 성향을 보여주고 있을 뿐, 명진학교에서의 수학이나 도일 시기를 밝히지 않고 있어 주목된다. 그러나 그는 1919년에 진행된 예심심문조서에서 "지금으로부터 12년 전(1907) 불교를 수련하기 위하여 동경에 가서 조동종 대학에 들어갔으나 학자學資를 계속할 수 없어 반년 만에 돌아왔다"[109]고 진술한 바 있다.

명진학교는 조동종대학과 비교할 수 없는 수준의 교육기관이라 굳이 밝힐 필요를 느끼지 못했고, 일제가 헤이그 밀사사건을 빌미로 고종을 퇴위(1907.7.20)시키고 정미7조약(제3차 한일협약)을 체결(1907.7.24)하면서 전국에서 항일의병들이 일어나고 있을 때 조동종 진영의 도움으로 유학을 떠났다는 사실이 못내 마음에 걸렸기 때문에 도일 시기를 흐렸던 것으로 보인다. 하긴 조동종의 다케다 한시는 일진회를 조종하며 합방청원운동을 전개했던 대표적인 일본승려이며, 한용운 또한 합방 이후 임제종운동

---

109) 「취조서 및 공소 공판기」, 『전집』1, p.367.

을 전개하면서 조동종을 격렬하게 반대하게 되는 것은 다 아는 사실이 아니던가.

요컨대 도일 당시까지 일본에 대한 그의 감정은 우리가 생각하는 것만큼 적대적이고 도전적이지는 않았다고 생각된다. 그래서일까. 반도 안에 겁먹고 쭈그리고 앉아 있는 것이 '사내의 본의'가 아닌 것 같아 뛰어들어갔다는 일본에서 쓴 한시에는 오히려 호언장담과 무관한 감상이 많이 담겨 있을 뿐이다.

▲ 다케다 한시(앞줄 오른쪽)와 이용구(왼쪽)

장풍취진침경석長風吹盡侵輕夕 거센 바람 몰아치는 으스름 바다
만수쟁비락일원萬水爭飛落日圓 다투듯 물결일고 지는 해는 둥글다.
원객고주연우리遠客孤舟烟雨裡 보슬비 속으로 외로운 배 나그네여
일호춘주도천변一壺春酒到天邊 한 항아리 봄술로 하늘 끝에 이르렀다.
　　　　　　　　　　　　　　　—「시모노세키로 가는 배에서馬關船中」

이 시에는 블라디보스토크로 갈 때 기선의 내부를 관찰하며 느꼈던 흥분 대신 감상적인 나그네의 여수가 짙게 배어있다. 일본은 그를 초라하게 만드는 근대화의 위용을 갖추고 있었던 것이다. "한 항아리 봄술로 하늘 끝에 이르렀다."는 대목에서 착잡한 그의 심사를 읽게 된다. 열등감과 외로움에서 비롯된 우수는 여러 곳에서 발견된다.

천애고흥화위수天涯孤興化爲愁 하늘 끝의 외로움 그대로 시름이 되고
만정춘심자불수滿艇春心自不收 배에 가득한 춘심 걷잡을 길 없다.
흡사도원연우리洽似桃園烟雨裡 이것은 마치 이슬비 속의 도원과 같아
낙화여몽과영주落花餘夢過瀛州 지는 꽃 새벽꿈에 영주를 지나간다.
　　　　　　　　　　　　　　　—「미야지마로 가는 배 안에서宮島舟中」

욕망은 부재다. 그의 우수는 세계일주의 꿈을 접을 수밖에 없었으나 그래도 관부연락선關釜連絡船을 타고 현해탄을 건넜다는 충족감에서 비롯된다. 긴장이 풀리면서 생긴 일탈감일 수도 있으며, 끝자락을 본 자의 허무일 수도 있다. "외로운 흥이 시름이 되는" 심리적 추이는 이때 비로소 이해된다. 그의 우수는 초라한 조국에 대한 그리움으로 옮겨진다.

> 천진여아간무발天眞與我間無髮 참 성품은 그대와 나 아무 차이 없건만
> 자소오생불내탐自笑吾生不耐探 참선도 못해내는 가소롭다 내 삶이여.
> 반입허다갈등리反入許多葛藤裡 도리어 하도 많은 갈등 속에 헤매나니
> 춘산화일도청람春山何日到晴嵐 언제나 푸른 봄날 산중으로 들어가리.
> ─「아사다 (후상) 교수에게 화답하다和淺田(斧山)敎授」

일본의 보호국으로 전락한 나라에서 건너왔다는 자의식을 엿볼 수 있다. 그들과 나, 아니 일본과 조선은 그 본성에 아무런 차이가 없건만 현실은 이토록 다르다. 그럼에도 수많은 갈등 속에서 헤매는 초라한 자신……그는 자신을 돌아보면서 잠시 잊었던, 하지만 언제나 그리운 조국 산하의 모습을 떠올린다.

> 시문아녀쟁상전試聞兒女爭相傳 아녀자들 다투어 전하는 말 들으면
> 보도차중별유천報道此中別有天 이 안에 별천지가 있다고 한다.
> 축수점간양안거逐水漸看兩岸去 물 따라 차츰 가며 양쪽 언덕 살펴보면
> 답연흡사구산천沓然恰似舊山川 아득해라, 조국산천 바로 닮았다.
> ─「닛코로 가는 길에日光道中」

사랑은 거리감에 대한 동경이라고 한다. 그래서 과거는 아름답고, 미래는 황홀하지만 두렵다. 멀어질수록 더욱 그리워지는 조국산천……이

런 점에서 일본유학은 의미가 없지 않다. 그는 떠나봄으로써 자신을 돌아볼 수 있었고, 마음의 그늘에 잠겨볼 수 있었다. 그의 우수는 일본의 근대문물을 목격하고 서양철학을 수강한 것보다 귀중한 성숙의 징표이며, 서른을 넘긴 나이에 걸맞은 삶의 표정이기도 하다. 되돌아가 다시 시작하는 자만이 가질 수 있는 높이에서 그는 자신의 일생을 지배하는 해방적 관심과 혁명적 열정을 반성한다.

> 시수태감반탈인詩瘦太甘反奪人 시에 빠짐 즐거우나 사람 목숨 빼앗아
> 홍안감육구무진紅顏減肉口無珍 젊은 얼굴 살 빠지고 입에는 진미 없다.
> 자설오배출세속自說吾輩出世俗 나는 세속 뛰어났다 스스로 뽐내지만
> 가련성병실청춘可憐聲病失青春 가여워라 이름 병에 청춘을 다 잃었다.
> ―「스스로 시벽을 웃다自笑詩癖」

그는 자신을 끊임없이 지배하는 두 개의 세력이 무엇인지 잘 알고 있다. 외부로 뻗어나가는 권력지향성의 '성병聲病'과 내면에서 끝없이 솟구치는 생명의식의 시벽詩癖……그의 우수는 어느 쪽에서도 완전하지 못하고 흔들리고 있는 자신을 발견할 때 발생한다.

> 원리다가목院裡多佳木 절 안에는 아름다운 나무가 많아
> 주음적취도晝陰滴翠濤 낮이 음산하고 푸른 물결 떨어진다.
> 유인초파수幽人初破睡 그윽한 사람 막 잠이 깼는데
> 화락경성고花落磬聲高 꽃은 떨어지고 경쇠 소리가 높다.
> ―「조동종대학교별원曹洞宗大學校別院」

이국의 사찰에서 녹음을 바라보며 느끼는 감정의 파문이 고요하다. 나그네의 객창감은 많이 사라졌고, 녹음이 출렁거리는 모습을 푸른 물결로

표현하고 자기 마음을 떨어지는 꽃과 맑은 종소리로 포착하는 주객일체의 경지마저 보여준다. 이처럼 그가 일본에서 쓴 한시에는 안으로 친일화된 권승과 맞서고, 밖으로 제국주의적 권력으로 무장한 일본에 대항할수 있는 힘을 기르겠다는 다짐 이전에 소기의 목적을 달성한 자의 자부심과 객창감 또는 우수가 소박한 형태로 나타나고 있을 뿐이다. 세계일주 대신 선택한 일본유학이지만 그는 이를 통해 근대학문에 대한 자신감을 획득할 수 있었고, 그렇기 때문에 상대적으로 초라한 조국의 현실에더 우울했던 것이다. 깨달은 자의 서늘한 감동인지 모른다.

> 간진백화정가애看盡百花正可愛 어여쁜 꽃을 모두 다 보고
> 종횡방초답연하縱橫芳草踏煙霞 안개 속 향기론 풀 이리저리 다 누볐다.
> 일수한매장부득一樹寒梅將不得 한 나무 매화꽃은 아직 못 가졌는데
> 기여만지풍설하其如滿地風雪何 천지에 가득한 눈바람 어찌할꼬
> ─「고우 최린에게 보내는 선화贈古友禪話」

한용운은 일본에서 고우古友 최린(1878~1958)을 만나면서 불꽃과도 같은 자극을 받았을 것으로 보인다. 1904년 도쿄부립중학교 특별과에 입학하여 보통학을 배우고 1906년 9월 메이지대학 법률과에 입학했던 최린은 조그만 성취감에 빠져있던 그에게 새로운 정신적 자극을 주었을 것임에 틀림없다. 최린은 1909년 9월에 졸업하고 귀국 후 서울에서 천도교신자가 된 후 1910년 12월 보성보통학교장으로 부임한다.[110] 그 역시한용운과 언제 만났느냐는 판사의 질문에 일본에 유학하고 있을 때부터알았다[111]고 대답하고 있다. "아무리 추워도 향기를 팔지 않는다梅一生寒

---

110) 『운동』1, p.214.
111) 같은 책, p.221.

不賣香"는 매화의 고절을 흠모했던 한용운이 훗날 3.1독립운동에 뛰어들 수 있는 인연의 실마리는 이때 마련되기 시작한 셈이다.

한편, 한용운이 일본에서 아사다 후상과 선문선답을 하고, 최린과 호연지기浩然之氣를 나누고 있던 1907년 6월 25일, 각도 사찰 대표자 50여 명이 원흥사에 모여 총회를 열고, 불교연구회장과 명진학교장을 사임한 이보담에 이어 이회광(1862~1933)을 선출한다. 조선에 진출한 일본불교의 헤게모니가 정토진종에서 조동종으로 옮겨지는 순간이다. 조동종대학(지금의 고마자와駒澤대학)에서 수강을 하고 있던 한용운으로서는 흐뭇한 소식이었을지 모른다.

▲ 고우 최린, 「난」

이후 이회광은 불교연구회나 명진학교 같은 단체로는 조선 불교계를 결집시킬 수 없다고 판단하고 종무원 설립을 서두르기 시작한다. 『대한매일신보』는 친일파 이용구와 내부대신 송병준은 물론 조동종 승려들과 깊은 관련을 맺고 있는 불교계의 동태를 이렇게 소상하게 전하고 있다.

무전범지와 을천문사와 대융대정 씨가 일전에 일진회 중 시천교에 입교하였다니 요새 일진회의 세력이 흔천동지하매 일인은 본시 추세하는 성질이라 무소불참일세.[112]

불교 각종 연합회에서 이번에 한일 양국 병정의 죽은 사람을 위하여 조상하는 회를 본일 하오 3시에 본원사에서 설행할 터인데 각 대신 이하 고등 관인을 청하였다더라.[113]

---

112) 『대한매일신보』(1907.7.14)
113) 「불교의 추도회」, 『대한매일신보』(1907.8.16)

13도 각 군에 있는 절에 주장승을 일본중으로 차정하여 절에 모든 사무를 감독케 한다 하니 일인이 한국 관청에 사무를 다 총찰하고 심지어 중의 주장까지 뺏아간즉 한국 사람은 속인 되기도 어렵고 중 되기도 어렵겠네.114)

음력 본월 22일에 일병이 여주군 신륵사를 충화하여 육백년 상전하던 질이 몰소하였다더라.115)

한국 각처 절마다 일본 중 한 명씩 고문으로 두고 제반 사무를 주관한다 하니 각 관청에 일본 사람을 고문관으로 두었다가 인하여 한국 관리를 일인으로 서임까지 되더니 또 각 절에도 정부 모양이 될 터인즉 승속을 물론하고 일인이 몰수히 점령하면 남을 것은 무엇인가116)

동문 밖에 있는 절들은 전차로 다니는 길이 편리하므로 호탕한 자제들이 기악을 데리고 가서 질탕케 놀지 아니하는 날이 별로 없더니 근일에는 의병들이 그 근처에도 왕래한다는 말이 있는 고로 가는 사람이 자연 없어 절간이 적적하다 한즉 의병의 해가 호탕한 자제들에게 미쳤다 하겠네.117)

요사이 도적놈들이 작당하여 각처 절에 다니며 조그마한 부처들을 도적하여다가 진고개 일인 고물 상점에 팔아먹는다더라.118)

위의 기사들은 불교계를 바라보는 사회의 따가운 시선을 잘 보여준다. 승려들은 군대해산(1907.8.1)으로 치열하게 전개된 시가전에서 전사한 한

114) 『대한매일신보』(1907.10.2)
115) 「고찰이 소화」, 『대한매일신보』(1907.10.5)
116) 『대한매일신보』(1907.10.5)
117) 『대한매일신보』(1907.11.15)
118) 「부처 도적」, 『대한매일신보』(1907.12.29)

국병사와 일본병사들을 위한 추도식을 남산의 본원사 별원에서 거행하고 있으며, 고문정치를 모방해서 일본승려들을 불러들이고 있다. 뿐인가, 일본군들이 의병들의 은신처였던 신륵사를 불태울 때, 전차를 타고 동대문 밖 청량사에 가서 놀던 양반의 자제들은 이인영(1867~1909)과 왕산旺山 허위(1855~1908)를 앞세우고 서울 탈환작전을 감행했던 13도 창의군의 출현 소식에 발을 뚝 끊고 있으며, 도적들은 훔친 불상을 명동의 일본인 골동가게에 팔아먹고 있는 것이다.

▲ 대한제국의 장군과 장교들

한용운이 반년 남짓한 일본유학을 마치고 부산 동래 범어사梵魚寺에 도착한 것은 불교계의 권력구도가 정토진종에서 조동종으로 이동되었던 1907년 겨울이나 1908년 1,2월이 아니었을까 생각된다. 그런데 연보들은 대부분 1908년 봄에 도일하고 6개월 만에 귀국하여 명진측량강습소를 개설했다고 적고 있다.

㉮ 박노준·인권환—무신년 그의 나이 30세 되던 해인 단기 4,241년 (1908)에 친교가 있던 안중근 의사의 장거가 있었고, 자기 마음에 신산한 바 있어 5월부터 10월까지 약 반년 동안 일본을 방문, 동경과 경도를 비롯한 일본 각지를 순유하면서 신문물을 시찰하고 귀국했다.(p.25.)

㉯『나라사랑』—1908년 5월부터 10월까지 6개월 동안 동경과 경도를 비롯한 구택대학 증상사 마관 궁도 등지를 돌아다니며 일본의 신문물을 시찰하고 돌아오다. 일본 여행 중에 일본인 화천 교수와 교유하였고 당시 일본에 유학 중인 최린과 사귀다. 12월 10일 서울에 경성 명진측량강습소를 개설하다.

㉰『전집』—1908년 금강산 유점사에서 서월화 사에게『화엄경』수학하다. 이하 ㉯와 동일. 10월 건봉사에서 이학암 사에게 「반야경」과 「화엄경」을 수료하다. 12월 10일 서울에 경성 명진측량강습소 개설하여 소장에 취임하다. 여러 사찰에 측량학교를 세우는데 협력하고 측량에 대한 강연을 하다.(측량에 대한 인식을 높이려 한 것은 국토는 일제에 빼앗길지라도 개인소유 및 사찰소유의 토지를 수호하자는 생각 때문이었음)

㉱ 임중빈—상동.

㉲ 고은—상동.

㉳ 김학동—상동.

㉴ 고명수—상동.

㉵ 김삼웅—상동.

㉶ 한종만—언급 없음.

㉷ 최동호—㉯와 같음.

㉮ 동국대학교백년사—상동.

만일 한용운이 귀국 후 명진측량강습소를 개설했다면, 그 이유는 명진학교에서 석왕사로 보낸 공문에도 있듯이, 기독교나 천주교의 가파른 교세 확장과 외국인의 토지매수 금지규정에도 불구하고 수확물 입도선매나 사용권 매수 등 교묘한 방법으로 토지를 사들이는 일본인들의 전횡에 있을 것이다. 특히 러일전쟁 이후 일본인의 토지매수는 관련조항을 무시한 채 자유로이 이루어지고 있었다. 당시 일본인은 일본 국내의 토지를 처분하여 한국에 진출하면 거대지주로 성장할 수 있었다.[119]

다음 기사는 불교계뿐만 아니라 정부에서도 이 문제를 심각하게 생각하고 측량기사를 정책적으로 양성했음을 보여준다. 명진측량강습소를 한용운의 단독적이고 선각적인 업적으로만 보기 어려운 이유는 여기에 있다.

> 1910년 2월, 해인사 주지 이회광은 홍월초 등에게 연구회를 양도받고 불교연구회를 원종 종무원으로 개조改組하고 원종 종무원 종정으로 추대되었으며, 명진학교를 불교사범학교로 바꾸어 연설과 측량 등을 가르치기 시작했다.[120]

> 학부에서 측량학원을 양성하기 위하여 측량기술 양성소를 관립외국어학교 안에 일어부 속성과 처소로 정한다더라.[121]

> 관립한성고등학교와 외국어학교에 부설한 토지측량기술양성소를 전탁지부度支部 내 토지조사 분실로 이접하기 위하여 학무과에서 토지조사국 부총재 표손일俵孫一(다와라 마고이치) 씨에게 조회하였다더라.[122]

일본에 건너간 지 불과 반년 남짓한 사이에 급격하게 판도가 바뀐 불교계의 현장이 못내 보고 싶었던 한용운은 1908년 3월 차가운 바닷바람이

---

119) 이규수, 「일본의 국수주의자 시가 시게타카志賀重昻의 한국인식」, 『민족문화연구』 제45호, 위의 책, p.429.
120) 『京城府史』3卷, 위의 책, p.823. 단, 이회광이 이보담에게 불교연구회를 양도받은 것은 1907년 6월 25일이다.
121) 「측량학도 양성」, 『대한매일신보』(1910.3.5)
122) 「측량기술 양성소」, 『매일신보』(1910.10.20)

▲ 이회광

▲ 이용구

▲ 송병준

흙먼지를 일으키고 있는 초량동의 부산역사로 달려가 경성의 남문역(서울역)으로 올라가는 기차표를 끊는다. 3월 6일 각도 사찰 대표자 52명이 동문(동대문) 밖 원흥사에 모여 종무원을 설립한다는 소식을 들었던 것이다. 이능화는 이 소식을 이렇게 전하고 있다.

전한 융희 2년(1908) 3월 6일 각도 사찰 대표자 승려 52명이 원흥사에서 총회를 열고 원종 종무원을 설립하였다. 이회광을 대종정으로 추대하고 김현암을 총무로 하였다. 또한 종무원 안에 각 부서를 두었는데 교무부장은 진진응이 맡았으나 오지 않았고, 학무부장은 김보륜과 김지순이 서로 이어 맡아보았다. 서무부장은 김석옹과 강대련이, 인사부장은 이회명과 김구하가, 조사부장은 나청호가, 재무부장은 서학암과 김용곡이 서로 이어 맡아보았고 고등강사는 박한영이 담당하였다.
원종으로 칭호를 삼은 것은 대개 각 절의 대표들이 회의를 거쳐 함께 종무원을 세웠으므로 그 원융무애한 뜻을 취한 것이지, 『종경宗經』에 나오는 원종을 취한 것이 아니며 또 『화엄경華嚴經』에 나오는 원종이라는 것을 취한 것도 아니다.[123)]

이날 회의에서 종정으로 추대된 이회광은 "조선불교의 장래를 위해서는 반드시 일본 불교의 원조를 받을 필요가 있다."고 역설하는 일진회 회장 이용구의 설득으로 다케다 한시를 원종 고문으로 추대한다. 원종 종무원을 정식으로 등록하기 위해서는 통감부의 승인이 필요했던 이회광은 이를 계기로 더

123) 이능화, 『조선불교통사』, 위의 책, p.81.

욱 철저한 친일파로 변신한다. 이용구와 송병준은 1908년 7월 4일 다시 한국에 들어온 다케다 한시를 13도 불교 각사 총고문으로 추천한다. 다케다 한시는 이회광에게 불교대회를 개최하도록 제안하고, 7월 12일에는 종무원 인가 및 운영에 관한 요지를 서신으로 전달한다. 7월 27일, 이회광을 포함한 13도 사찰의 승려대표 48명은 공동으로 작성한 불교 문제 개선 청원서를 내부대신 송병준에게 제출하고, 이 청원서 초안을 마련한 다케다는 7월 30일 일본 조동종 한국 포교관리자로 임명된다. 합방 조인의 잉크가 채 마르기도 전에 이회광이 일본에 건너가 원종과 조동종의 연합맹약을 체결할 수 있었던 바탕은 이때 마련된 셈이다.

1908년 10월 10일 일본으로 다시 돌아간 다케다는 한국의 정치와 불교 문제를 보고하면서 암약을 계속하게 된다. 『대한매일신보』는 "한국 각처에 있는 절에서 대표자를 특별히 정하여 전국에 있는 절을 통일하며 불교를 발달할 목적으로 일본 중을 고문으로 고빙하겠다는 인허를 내부대신에게 청원하였더니 내부대신이 작일 의회에 제출하였는데 일간 인허가 될 터이라더라."[124]고 보도하고 있다.

그런데 이회광은 이때 일본에 머물고 있던 다케다에게 원종 종무원에 관한 문제를 서신으로 두 번 문의했는데, 그 두 번째 서신의 서명자가 이회광, 김현암, 강대련, 김보륜, 김호응, 한용운, 황하담, 이혼허 등이었다고 한다.[125] 비록 짧은 기간이었지만 조동종 관장 히로쓰 세쓰조의 지우를 입고 조동종대학에서 수학하고 돌아온, 당시로서는 얼마 되지 않는 화려한 경력의 소유자로서는 당연한 개입이었는지 모른다. 그는 어느새 불교계에서 괄목상대할 만한 신진기예의 승려로 성장했던 것이다. 또한

---

124) 「종무원 설립계획」, 『대한매일신보』(1908.10.22)
125) 김광식, 『한국근대불교사연구』(민족사, 1996) p.63.

이는 한용운과 이회광이 원종과 조동종의 연합맹약 사건으로 대립하기 전까지는 불교계의 개혁과 중흥을 위해서 이해관계를 같이하는 돈독한 사이였으리라는 추정을 가능케 하는 대목이기도 하다.

원종 종무원 설립 소식을 듣고 '부랴부랴 상경하였다'는 대목이 보여주듯, 정치적 열망이 강했던 일본 유학승 한용운이 원종 종무원 설립총회에서 고등강사로 임명된 석전石顚 박한영(1870~1948)을 만나러 지리산으로 내려간 건 1908년 가을이다.

> 그러다가 나는 다시 귀국하여 동래 범어사로 가있다가 다시 지리산으로 가서 박한영 전금파(고인이 되었으나)의 세 사람과 결의까지 하였다. 그럴 때에 서울 동대문의 원흥사에서 전조선 불도들이 모여 불교대회를 연다는 소식이 들리므로 나는 부랴부랴 상경하였는데 그때는 이회광 씨가 대표가 되어 승려해방과 학교 건설 등을 토의하고 있었는데 그것은 대단히 좋으나 미기未幾에 합병이 되자 전기 이회광 일파는 무슨 뜻으로 그러하였는지 일본의 조동종과 계약을 맺고 조선의 사찰 관리권과 포교권과 재산권을 모두 양도하는 실로 놀라운 것이었다.
>
> ─「나는 왜 중이 되었나」

그는 이와 같이 박한영과의 만남을 회고하고 있으나, 이번에도 일부 사실을 착각하고 있다. 위에서 말한 것과는 반대로, 그는 원종 종무원 설립총회(1908.3.6)에서 고등강사로 선임된 박한영과 인사를 나누고, 이를 계기로 이해 가을 그를 만나러 구암사龜巖寺로 떠났던 것으로 보인다. 이미 호남에서 삼대강백의 한 사람으로 명성이 높던 박한영에게 면식이 없음을 안타깝게 생각한다는 편지를 보낸 일도 있어 이번 방문은 늦은 감마저 없지 않았다. 박한영 역시 "가을 비 그쳤던 무신년(1908년) 어느 날 일본에 다녀온 만해 스님이 이런저런 세상일 얘기 할 적에 금파 스님과

나 셋이 둘러앉아 개혁유신 토론했네."[126]라고 회고하고 있다. 그러나 한용운은 불교계의 새로운 권력의 장으로 떠오른 원흥사에 머물지 않고 구암사 소림굴小林窟의 적통을 전수받은 영혼의 도반道伴 박한영을 만나러 지리산으로 발길을 돌리면서 방외인方外人의 길을 걷게 될 줄은 그때까지 몰랐을지 모른다. 그는 박한영을 만나면서 시대의 불운으로 입산하지 않을 수 없었던 운명의 행운에 이어 불교가 베풀어준 두 번째 행운을 맞이하게 된다.

126) 박한영, 「구름도 안개도 변하네雲變霧渝」, 『석전시초』(동명사, 1940) p.11. 그러나 고은은 1910년 8월, 나라를 빼앗긴 슬픔 속에 박한영을 처음으로 찾아가 대성통곡했다고 설명하고 있다. 『한용운평전』, 위의 책, p.195.

영혼의 도반

한용운이 원흥사에 올라가 새로 설립된 원종 종무원의 말석에 앉기 전에 석전 박한영을 만나러 구암사로 내려간 것은 그가 누구보다 자신의 권력지향성을 잘 알고 있었기 때문인지 모른다. 그는 자신처럼 마음은 모질고 그 성정 또한 급하며 '성병聲病(이름병)'에 단단히 걸린 자에게는 "그 마음을 다스리기는 백리해百里奚가 소를 기르는 것 같고 연설은 구방고九方皐가 말을 고르는 같았다."127)는 박한영 같은 연상의 도반이 있을 때 평정심을 누릴 수 있음을 본능적으로 느끼고 있었던 것이 아닐까.

1870년 8월 18일, 전북 완주군 초포면 조사리에서 태어난 박한영은 18살 때 위봉사를 지나다가 법어를 듣고 1888년에 출가했으며, 금산錦山을 은사로 득도했다. 법명은 정호鼎鎬. 백양사의 김환응(1847~1929)에게 『능엄경』을 배웠고, 선암사의 김경운(1852~1936)에게 『기신론』 등 사교를 수료했다. 선암사에는 함명대선函溟大先, 경붕익운景鵬益雲, 경운원기擎雲元奇로 이어지는 삼대강백이 있었는데, 이들에게 수학한 박한영, 진진응(1873~1941), 장금봉(1869~1916) 역시 삼대강백으로 불린다. 1892년

---

127) 이능화, 『조선불교통사』, 위의 책, p. 114.

겨울부터 1894년 여름까지 석왕사, 신계사, 건봉사, 명주사 등에서 수선
안거修禪安居를 했고, 1894년에는 구암사의 설유(1858~1903)가 집전하는
강석講席에 나아가 『화엄경』『전등록傳燈錄』『선문염송禪門拈頌』을 보고
사법건당嗣法建幢하였다. 당호는 영호映湖. 근대의 대율사요 선지식이었던
백파白坡 긍선(1761~1852)의 7세 법손法孫이며 본사本師 이래 76대의 대
강백이다. 석전石顚은 그의 시호詩號이다.128)

▲ 석전 박한영

박한영은 추사秋史 김정희(1786~1856)가 백파 긍선에게 남긴 휘호 '석
전만암石顚曼庵'에서 호를 물려받을 만큼 일찍부터 학승으로 이름을 떨치

128) 심삼진, 「석전 박한영의 시문학론」(동국대학교교육대학원, 1987) pp.4~7. 이밖에 이
    종찬, 「석전의 천뢰적 시론과 기행시」, 『한국문학연구』12(동국대, 1989), 김상일, 「박
    한영의 저술성향과 근대불교학적 의의」, 『근대동아시아의 불교학』, 위의 책, 참조.

▲ 추사 김정희, 「난맹첩蘭盟帖」

고 있었다. 만암은 백양사 주지 송종헌(1876~1957)이 물려받았다. 육당 최남선은 "고사에 대한 깊은 조예와 통철한 식견으로 내경과 외전을 꿰뚫어 보았던"129) 박한영을 평생 스승으로 섬겼고, 위당爲堂 정인보(1893~1950) 또한 "나 같은 천자淺者야 세속적인 것이나 보아 흉회胸懷를 그릇 헤아리지만 물외物外에 노니는 도인은 대개 헤아릴 수 없는 것을 보는 것"130)이라며 스승으로 존경했다. 이능화도 "석전은 불교 개량을 자기 임무로 하였으며 세속의 전적까지 섭렵하느라 남은 힘 하나도 헛되이 버리지 않았다."고 높이 평가했다. 한용운이 『조선불교유신론』을 간행할 때 그에게 첨첨 — 일종의 교열 또는 감수 — 을 받았던 것은 전적으로 이런 학식과 인격에 대한 신뢰에서 비롯된다. 선기禪機를 빙자하여 난잡한 행동을 하는 일부 승려들을 비판했던 다음 글은 박한영의 엄격한 불교관을 보여준다.

옛적에 위산이 앙산에게 말하기를 "지귀자안정只貴子眼正(단, 그대의 바른 안목을 귀하게 여길 뿐) 불설자행리不說子行履(그대의 행리는 말하지 않노라)"라고 하니, 근대의 참선하는 미치광이 무리들이 '불설'이라는 말을 고쳐 '불귀'라고 와전하였으며, 또한 선배들의 '단 도안道眼의 명정明正한 것만을 귀하게 생각한다.'라는 말을 인용하여 음란 살생 절도 망동의 행위를 방자히 하는 것으로서 무애자재의 당연한 일처럼 생각하니 이를 두고 "사인설정법邪人說正法(사악한 사람이 정법을 말하게 되면) 정법실귀사正法悉歸邪(정법도 모두가 사가 된다)"라고 한다.131)

129) 최남선, 「발문」, 『석전시초』, 위의 책, p.1.
130) 정인보 지음, 정양완 옮김, 『담원문록』상(태학사, 2005) pp.278~280.
131) 박한영, 「한 마디의 와전된 말은 홍수의 피해보다 심하다—言訛傳害濫洪水」, 『석전

한용운은 박한영이 말한 '사악한 사람'은 아니다. 그러나 주로 권위 있는 사람이나 역사적 인물, 아니면 자신이 이끌어주어야 하는 인물과 단체에 몰입하는 수직적인 대인관계로 볼 때, 한용운은 심리적 고아 psychic orphan일 가능성이 크다. 이런 사람이 겪어야 하는 대표적인 증상은 무엇보다도 자신이 이상적으로 그리고 있는 권위체로서의 투신을 통해서 정신적 고아상태를 벗어나는 것[132]이다. 해방적 관심과 혁명적 정열로 가득하여 세속적 욕망에 흔들리기 쉬운 한용운은 박한영이라는 투명한 거울에 자신을 비쳐볼 때 내면의 평형을 보다 더 잘 유지할 수 있는 법이다. 시서화詩書畵를 포함하여 4만권에 가까운 책을 읽어 걸어 다니는 전고사전典故事典[133]으로 불린 박한영의 박람강기博覽强記와 지율엄정持律嚴正에 기반을 둔 우정은 자칫하면 일탈로 치달을 수 있는 그에게 하나의 구심력 또는 길항력으로 작용한다. 다음 시는 그가 박한영을 만나기 전부터 얼마나 흠모하고 있었는지 잘 보여준다.

> 옥녀탄금양류옥玉女彈琴楊柳屋 고운 여인 거문고를 둥둥 퉁기니
> 봉황기무하신선鳳凰起舞下神仙 봉황새 춤을 추고 신선이 내려.
> 죽외단장인불견竹外短墻人不見 옅은 담장 그 너머 사람 안 뵈고
> 격창추사답여년隔窓秋思沓如年 가을날 창밖으로 아득한 생각!
> ─「영호화상에게 보내 면식이 없는 뜻을 나타내다
> 贈映湖和尙述未嘗見」

어둠 속에서 영혼을 해방하는 기술로서의 선禪과 굳어버린 의미의 화석을 깨뜨리고 그 위에 감성의 꽃밭을 일구는 시詩, 그리고 역사의 어둠

문초」, 위의 책, p.2.
132) 전인권, 『박정희평전』(이학사, 2006) p.390.
133) 운성, 「우리 스님 석전 박한영 스님을 회상한다」, 『불광』(1981.1)

을 헤쳐 나가는 혁명革命! 한용운은 불교의 부정정신을 삶의 실천적 원리
로 채택함으로써 뜨거운 열정에 필연적으로 수반되는 외부지향성을 내
성적인 관조의 힘으로 통어할 수 있었다. 그리고 석전으로 대표되는 연
상의 도반들이 보여준 삶과 문학의 위의威儀를 흠모하며 기다림의 미학
을 내면화할 수 있었던 것이다.

  해방적 관심과 내성적 관조의 길항, 또는 산과 도시의 변증법이라는
삶의 형식은 궁핍한 시대가 그에게 부여한 운명의 행운이며, 그가 이룩
한 영혼의 승리다. 어쩌면 그는 석전이라는 영혼靈魂의 도반道伴이 없었
으면 자신의 무늬를 일신하지 못하고 식민지의 광야를 헤매다 쓰러지는
한 마리의 표범이 되었을지 모른다. 석전에게 보낸 한시 가운데 몇 수를
보자.

> 일천명월군하재一天明月君何在 온 하늘 달이 밝은데 그대는 어디에.
> 만지단풍아독래滿地丹楓我獨來 단풍에 묻힌 산속 나 홀로 돌아왔네.
> 명월단풍수상망明月丹楓雖相忘 밝은 달과 단풍은 잊을 수 있어도
> 유유아심공배회唯有我心共徘徊 마음만은 그대 따라 헤매는구나!
> ──「서울에서 오세암으로 돌아와 박한영에게 보내다
> 自京五歲庵贈朴漢永」

  "해내존지기海內存知己(이 세상에 나를 알아주는 벗만 있다면) 천애약비린
天涯若比隣(하늘 끝이라도 이웃 같으리니)……" 이렇게 노래했던 왕발王勃
(649~676)의 「촉주로 부임하는 두소부를 전송하며杜少府之任蜀洲」가 떠오
르는 이 시는 박한영이 한용운에게 어떤 존재였는지를 잘 보여준다. 석
전은 "항상 무와 같고 허와 같으며 덕이 풍부할지라도 자랑을 하지 않는
常若無若虛而盛德多不矜不伐也"[134] 지인至人처럼 그의 뜨거운 가슴을 어루

만지고 어깨를 쓸어안아주는 큰 바위였다. 한용운은 합방 이후 임제종운
동을 계기로 박한영, 진진응, 장금봉, 김종래, 전금파 등 '세상에 가장 귀
한 지기'들과 깊은 우정을 나누면서 격정적인 자아를 순치하는 동시에
본능으로 간직한 정치적 자질을 마음껏 펼치게 된다.

반세창황세욕분半歲蒼黃勢欲分 어수선한 반년이었네 나라 날로 기울고
연오무용집여운憐吾無用集如雲 가여워라 못난이들 서로 모여 공연한 짓.
일소등화희상견一宵燈火喜相見 하룻밤 등불 밑에 만났으니 반갑고
천고흥망불고문千古興亡不顧聞 천고의 흥망이야 아예 말을 말게나.
야루선진수인기夜樓禪盡收人氣 좌선을 마치매 인기척 없고
이역시래송안군異域詩來送雁群 외국에서 시 오니 기러기 소리.
소용유식승평호疎慵惟識昇平好 게으른 몸 태평성세 좋음은 알아
예배금선축성군禮拜金仙祝聖君 부처님께 머리 조아려 상감의 복을 비네.

지기세위천하공知己世爲天下功 세상에 귀한 것 지기이려니
편언직지간담중片言直至肝膽中 한 마디 말도 간담을 이리 울림을!
만설영웅소영야漫說英雄消永夜 영웅들 이야기로 긴 밤 새우고
경론문구도청풍更論文句到淸風 문장을 논하니 맑은 바람 일어라.
정안풍교여몽원征雁楓橋如夢遠 기러기떼 꿈처럼 아득히 사라지고
고등수옥감시홍孤燈水屋感詩紅 외로운 등 수옥에서 시 따라 타누나.
행교연월시시호幸敎煙月時時好 풍경만 언제나 이리 좋다면
담소동귀백발옹談笑同歸白髮翁 담소하며 우리 함께 늙어도 좋으리.
　　　　　　　　　—「석왕사에서 영호 유운 두 화상을 만나 시 두 수를 짓다
　　　　　　　　　　　　釋王寺逢映湖乳雲和尙作二首」

　"천고의 흥망이야 아예 말을 말게나." 이렇게 손사래 치면서도 "부처
님께 머리 조아려 상감의 복을 비는" 박한영과 한용운이 대한제국 언론

134) 「정선강의 채근담」, 『전집』4, p.72.

의 최후 보루였던 대한매일신보사에서 외롭게 투쟁하고 있던 단재 신채호가 불교계를 향해 이렇게 외쳤을 때 그 심정이 어떠했을지 짐작하기란 어렵지 않다.

나는 불교를 받드는 자 아니라. 고로 불도의 오묘한 뜻을 자세히 듣지 못하였으나 그러나 진千를 따라서 한두 가지 주지를 늘었노니 대개 팔만대장경의 책을 펴매 첫째 뜻이 세계를 구원하는데 지나지 못하는지라. 석가여래가 보리수 아래서 대승소승을 전포함도 이 한 가지 일을 위함이오 달마조사가 석장을 짚고 동으로 와서 불법을 지나에 전포함도 이 한 가지 일을 위함이오 삼국 이후로 대성인이라 존숭하는 원효와 의상이 몸을 버리고 도를 구하여 사해에 오유함도 이 한 가지 일을 위함이니 이 한 가지 일을 놓으면 불교가 없을지니 무릇 석가여래 불상 앞에서 팔마디를 태우며 도를 구하는 자들은 이 한 가지 일에 더욱 작심한 바 아닌가. 하물며 한국은 자래로 불도하는 무리는 한 가지 특별한 일을 행한 자 있으니 곧 국가주의를 강구함이라. 이 주의를 강구한 고로 삼국 전쟁할 때에 나라를 근심하여 마음을 계련하며 나라의 난을 위하여 몸을 버린 자 여럿이라.(중략)

근일에 몇낫 화상이 시세를 깨닫고 학교를 설립하여 청년 승도를 교육하는 자 혹 있으나 그 이허를 탐지하면 서산대사와 사명당의 나라를 구원하던 종지를 품고 후진을 개도하는 자는 적고 다만 일어 마귀를 배워 통변으로 생계를 도모하고자 하니 이것이 승려된 제씨의 한 가지 부끄러움이오. 또 혹 몇 개 화상이 불교연구회를 설시하여 종교를 보존코자 한다 하나 저 일본 승도와 같이 동서양 고금에 철학가의 학문을 참고하여 불교의 새 면목을 드러나게 하는 자는 없으니 이도 또한 승려 제씨의 한 가지 부끄러움이오. 저 일본 승도가 저희나라에서 전도하던 종지를 가지고 이 나라에 건너와서 교를 전포한데 한국 승도는 이것을 대거하는 자 없을 뿐 아니라 거연 오늘날 유교 중에 어리석은 선비들이 이등 씨의 대학 강설을 숭배함과 같이 저 일본 승도에게 굴복하여 그 설법함을 듣는 자 많으니 이도 또한 승려 제씨의 한 가지 부끄러움이니

무릇 승려 제씨는 급급히 분발흥기하여 첫째는 불도의 전래하는 세계를 구원하는 주의를 잊지 말며 둘째는 한국 불교에 국가주의가 특색이 됨을 잊지 말며 셋째는 새 세계의 지식을 수입하여 일체 사업을 외국 승도에게 사양치 말지어다. 심산궁곡 어둔 절에서 홀로 자기 몸만 닦아 천당으로 가려하는 자는 부처님이 돕지 아니 하시고 지옥으로 가게 하느니라.135)

신채호는 첫째, 명진학교를 설립하여 청년 승려들을 교육한다고 했지만 일본어나 가르치며 생계를 도모하고 있을 뿐이고 둘째, 불교연구회를 만들었다고는 하나 동서고금의 학문을 참고하여 면목을 일신하지도 못하고 있으며 셋째, 일본 승려들의 종지에 맞서기는커녕 그들의 종지를 따르고 그들의 설법을 듣는 자가 많아 부끄럽다면서 불교계의 친일적 성향을 비판하고 있다. 한용운이 명진학교에서의 수학을 굳

▲ 단재 신채호

이 내세우지 않았던 이유의 일부도 여기 있음은 물론이다. 하지만 신채호가 한국의 승려들에게 불교는 세계를 구원하는 종교이며 한국의 불교는 호국불교라는 사실을 잊지 말고 일본 불교의 노예가 되어서는 안 된다고 역설하고 있던 그 순간에도 명진학교에서는 일진회 평의원과 삼패들의 놀음이 태연하게 벌어지고 있었다.

주전원경 이겸제 씨와 일진회 평의원 홍긍섭 씨와 기외 다른 모모 제씨가 재작일 오후 6시 경에 소창 차로 동대문밖 명진학교 내에 가서 삼

135) 「승려 동포에게 권고함」, 『대한매일신보』(1908.12.13) 이 글은 『단재 신채호전집』 별집(형설출판사, 1987)에 「편고遍告 승려동포」라는 제목으로 수록되어 있다. pp. 181~183.

패 2명과 음악으로 질탕히 노는데 삼패의 춤추기를 청하되 본시 배우지 못하므로 거행치 못하거늘 그 중 모모 씨가 흥치를 이기지 못하여 스스로 일어나서 춤을 출 때에 순행 순사가 그 연희에 참예한 사람을 청하여 물은즉 그 학교의 찬성원이라 하였다더라.136)

참고로 기생에는 일패一牌, 이패, 삼패의 구별이 있었다. '패'는 관의 장면에 기재한 순서를 말하며, 일패와 이패는 기생이요 삼패는 준기생이다. 삼패는 매음을 공인하였으며 고재孤齋 신태휴(1859~1933)가 경무사로 있던 시절에 시동詩洞에 집거하게 하고 상화실賞花室이라 문미門楣에 적摘했다.137) 이런 가운데 이회광은 원종 종무원 설립 청원을 위해 통감부를 문지방이 닳도록 드나들고 있었다.

각도 사찰 총대 이회광 씨가 전국 불교를 통일하기 위하여 종무원을 설립하기로 청원하였는데 그 규칙의 청원은 지금 통감부에서 협의한다더라.138)

대한제국이 어둔 역사의 심연으로 가라앉고 있던 1909년 10월 26일 (음력 9월 13일) 오전 9시 30분, 불교계의 유신에 대한 열망으로 가득한 그의 가슴을 엄청난 무게로 압박하는 사건이 발생한다. 안중근이 하얼빈 역에서 러시아 재무상 코코프체프V.N.Kokovtsev와 열차에서 회담을 마친 뒤 러시아 의장대를 사열하고 환영군중 쪽으로 가던 이토 히로부미에게 3발을 쏘아 살해했던 것이다. 『대한매일신보』는 이 소식을 다급한 어조로 이렇게 전하고 있다.

136) 「명진학교의 삼패 놀음」, 『대한매일신보』(1908.6.2)
137) 강명관 풀어엮음, 『사라진 서울』(푸른역사, 2009) p.376.
138) 「불교종무원」, 『대한매일신보』(1909.2.18)

▲ 한일합방 절충을 위해 하얼빈역에 도착한 이토 히로부미

　범인은 20세가량 된 한인인데 7연발에 탄총으로 이등공을 먼저 쏘고 연하여 일본 총영사 천상과 삼 비서관의 바른 팔과 가슴을 쏘고 이사 전중의 바른 발을 쏘았는데 범인은 말하기를 이등에게 압박을 당하던 한을 갚았노라 하였고 그 시체는 26일 오전 11시에 합이빈에서 오늘 아침 9시에 대련에 도착하였다더라.[139]

　1905년 블라디보스토크에서 처음 만났을 때 자신을 훑어보던 "위인이 표한효용驃悍驍勇하고 지기志氣가 녹록치 아니"[140]한 엄인섭의 얼굴을 떠올리며, 이 기사를 읽던 한용운은 안중근이 하얼빈에 도착하여 우덕순

139)「이등 암살 상보」,『대한매일신보』(1909.10.28)
140)「북대륙의 하룻밤」,『전집』1, p.248.

(1876~1950)과 함께 불렀다는 「장부가丈夫歌」가 등 뒤에서 울려퍼지는 환청을 느꼈다.

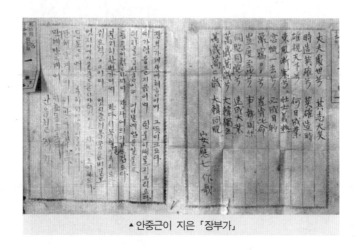

▲ 안중근이 지은 「장부가」

장부처세혜丈夫處世兮 기지대의其志大矣 장부가 세상에 처함이여! 그 뜻
이 크도다.

시조영웅혜時造英雄兮 영웅조시英雄造時 때가 영웅을 지음이여! 영웅이
때를 지으리로다.

웅시천하혜雄視天下兮 하일성업何日成業 천하를 웅시함이여! 어느 날에
업을 이룰꼬?

동풍점한혜東風漸寒兮 필성목적必成目的 동풍이 점점 참이여! 반드시 목
적을 이루리로다.

서규서규혜鼠窺鼠窺兮 기긍차명豈肯此命 쥐도적 쥐도적이여! 어찌 즐겨
목숨을 비길꼬

기탁지차혜豈度至此兮 시세고연時勢固然 어찌 이에 이를 줄 헤아렸으리
오 사세가 그러하도다.

동포동포혜同胞同胞兮 속성대업速成大業 동포 동포들이여! 속히 대업을
이룰지어다.

만세만세혜萬歲萬歲兮 대한독립大韓獨立 만세 만세여! 대한독립이로다.

만세만세혜萬歲萬歲兮 대한동포大韓同胞 만세 만세여! 대한동포로다.[141]

안중근의 의거는 조선인의 가슴을 뜨겁게 달군 쾌거였다. 이 소식을 중국땅에서 들은 창강滄江 김택영(1850~1927)은 다음과 같이 노래했다.

평안장사목쌍장平安壯士目雙張 평안도의 장사가 두 눈을 부릅뜨고
쾌살방수이살양快殺邦讐以殺羊 양새끼 죽이듯이 나라 원수 죽였도다.
미사득문소식호未死得聞消息好 죽기 전에 좋은 소식 하도 반가와
광가난무국화방狂歌亂舞菊花傍 국화꽃 옆에 서서 미친 듯이 춤추네.
—「의병장 안중근의 나라원수 갚은 소식을 듣고
聞義兵將安重根報國讐事」

한 번 만나본 적도 없지만, 1879년 기묘생己卯生 동갑내기로 천주교 신자인 안중근은 한용운에게 또 한 명의 지음知音이자 영혼의 도반이었다. "신체가 부대하고 눈썹이 많고 두 눈에 광채가 있으며 수염이 팔자로 담상담상 나고 입술은 오무린 모양이오 면상에는 수색을 띠었는데 철사로 허리를 얽었으며 손에는 고랑을 채우고 옥문 앞에 섰는"[142] 안중근. 이토 히로부미를 처단할 것을 맹세하며 왼손 무명지까지 잘랐던 그는 이렇듯 당당했다.

이등공을 살해한 안중근과 연루자 8명을 장춘에 있는 일본 헌병분견소 헌병 12명과 경부와 순사 등이 대련으로 호소하여 갔는데 안중근 나이 31세오 얼굴이 길고 코가 우뚝한데 조금도 두려워하는 기색이 없고 기타 연루자들도 국축하는 기색이 없고 의기가 양양한데 그 중 안중근은 경찰관을 대하여 강경히 말하되 우리들이 국가를 위하여 생명을 버림은 자기의 본분이어늘 이같이 학대하는 것은 부당한 일이라. 음식으

141) 김호일 엮음, 『대한국인 안중근』(안중근의사숭모회, 2010) p.109. 안중근의 번역을 따랐다.
142) 「사진 도착」, 『대한매일신보』(1909.11.12)

로 말하여도 이같이 추한 것을 주어 먹지 못하겠으니 우리들을 대신 지위로 대접하라 하였다 하며 그 여러 사람들을 모다 여순구 감옥서에 가두고 심사하는 것을 일절 비밀히 한다더라."[143]

▲안중근

한용운은 그에게 시를 바치지 않을 수 없었다. 한 번 만나보지 못한 채 이승에서의 인연을 달리하게 될 영혼의 도반에 대한 우정의 표시가 이것뿐이라는 사실이 안타까웠을지 모른다.

만곡열혈십두담萬斛熱血十斗膽 만 석의 뜨거운 피 열 말의 담력
쉬진일검상유도淬盡一劍霜有鞱 한 칼을 벼려내니 칼집 속의 서릿발.
벽력홀파야적막霹靂忽破夜寂寞 벼락소리 갑자기 밤 적막을 깨쳤나니
철화난비추색고鐵花亂飛秋色高 어지러이 불꽃 튀고 가을 하늘 높아라.
　　　　　　　　　　　　　　 —「안중근安海州」

143)「안중근 소식」,『대한매일신보』(1909.11.9)

여기서 한용운은 만석의 뜨거운 피와 열 말의 담력을 지닌 안중근의 의거를 대한제국의 어두운 밤하늘을 깨뜨리는 천둥소리로 묘사하고 있다. 타락한 불교계를 유신하겠다고 분주하게 뛰어다니던 그에게 이 소식은 한줄기의 빛이자 충격이었던 것이다. 그러나 대한제국은 안중근과 수많은 의병들의 희생을 뒤로한 채 역사의 지평 너머로 사라지고 있었다. 이를 예감한 신채호는 동포들에게 이렇게 절규하고 있다.

그 나라이 비록 망하였으나 그 인민이 오히려 있으면 그 나라이 망치 아니하였다 할 것이오, 그 사람이 비록 죽었으나 그 정신이 끊어지지 아니하였으면 그 사람이 죽지 아니하였다 할지니 그러므로 인도가 그 나라는 비록 망하였으나 그 이억만 인민이 오히려 있은즉 그 나라이 망치 아니하였다 할 것이오. 안남이 그 나라는 비록 분열이 되었으나 그 인민 삼천만이 오히려 있으니 장래 다시 흥복할 가망이 있으며, 공자가 비록 죽었으나 세계 유교의 정신이 즉 공자의 정신이니 이는 공자는 비록 죽었으나 그 정신이 끊어지지 아니 하였은즉 공자가 죽지 아니하였다 할 것이오, 석가여래가 비록 죽었으나 세계 불교의 정신이 즉 석가여래의 정신이니 이는 석가여래는 비록 죽었으나 그 정신이 끊어지지 아니하였슨즉 석가여래가 죽지 아니하였다 할지로다.

우리나라이 임진년 큰 겁운을 지낸 후에 몇 십 년 동안 인민이 희소하여 십리 혹 이십 리를 가서 한 사람을 만나면 지여부지간 서로 붙들고 통곡을 하였다 하니 그 형편을 생각하건대 우리나라 인민은 멸종이 되었다 하여도 가하거늘 그 희소한 인민으로도 점점 생식하여 지금에 와서는 삼천리 안 들과 산에 거의 차게 되며 그 수가 삼천만이 가까우니, 이로 볼진대 지금에 외양으로 보면 군주가 있고 정부가 있으니 나라이 있다 할지나 실상으로 보면 군정과 재정과 사법권과 경찰권을 모다 남을 내어주어서 주권이 내게 있지 아니하고 남에게 있으며 일동일정을 감히 자의로 못하고 웃고 울기도 남의 눈치를 보아 하니 어찌 나라이 있다 하리오. 그런즉 이 나라는 망하였다 함이 가하나 그러나 오히려 이천 여만의 인민이 멸망치 아니하였으니 임진년 난후에 그 희소한 인민으로도 어찌 타일 흥복할 가망이 없으리오.

사람마다 정신을 분발하고 실업을 권면하며 애국심을 양성하여 이천만인의 이천만 마음으로 하여금 한 사람의 마음과 같이 단결하여 천리 밖의 멀리 있어 얼굴도 서로 보지 못하고 말도 서로 하지 못하여도 그 행하는 일과 그 사상을 일치하게 할진대 이는 백만의 조련한 군사도 족히 두려울 것이 없고 천척의 갑장한 군함도 족히 부러울 것이 없으리니 동포들은 힘쓸지어다.144)

▲ 1910년 7월 23일 서울에 도착한 데라우치 마사타케

한용운 역시 신채호처럼 비록 독립국가라는 외형을 상실한다 할지라도 자유를 '만유의 생명'으로 삼는 인간의 본성이 있는 한, 조선 사람들의 독립에 대한 희구는 사라지지 않는다고 생각하며 치욕의 그 날을 인내했을 가능성이 크다. 민족의 기반을 국가가 아니라 인종에서 찾았던 셈이다. 아니, 국가의 소멸에도 불구하고 민족의 존속을 믿었던 것이다. 이때 국가는 개인보다 앞서는 개념이 될 수 없다. 의암 손병희의 경우 "나는 어렸을 때부터 천도교를 믿었고, 나의 뇌리에 국가라는 관념은 없었다. 단지 민족이라는 것이 있을 뿐"이라고 말하고 있다.145) 그렇지 않으면 합방조약의 잉크가 채 마르기도 전에 승려 결혼에 관한 건백서를 초대총독 데라우치 마사타케寺內正毅(1852~1919)에게 제출하여 사람들을 경악하게 만들었던 행위의 돌발성과 그 뒤에 숨어있는 의미를 올바르게 헤아릴 수 없을지도 모른다.

---

144) 「죽어도 죽지 아니한 말」, 『대한매일신보』(1910.6.29)
145) 『운동』1, p.202. "私は幼少の時より天道教を信じ私の脳裏に國家と云う觀念はない只民族と云う者がある丈けですが……"

제 2 부

숨어있는 황금의 꽃

국권의 상실과 유신의 열망

한 인간이 자신의 생애를 고스란히 조국에 바친다는 것은 결코 쉬운 일이 아니다. 더구나 어느 한 순간이라도 자신의 명예와 욕망에 집착하지 않고 사생활까지 거의 송두리째 내던질 수 있다면, 그는 애국자라는 통속적인 표현보다는 차라리 초인으로 불려야 하리라. 그런데 한일강제병합 조약의 충격이 채 가시지도 않은 1910년 9월, 이런 이미지로 우리에게 남아있는 한용운이 조선총독 데라우치 마사타케에게 승려의 결혼을 허락해달라는 건백서를 제출했다.

▲데라우치 마사타케

엎드려 생각컨대 승려의 결혼을 부처님의 계율이라 하여 금한 것이 그 유래가 오래 되었으나 그것이 백가지 법도를 유신하는 오늘의 현실에 적합지 않은 것은 말할 나위도 없는 일입니다. 만약 승려로 하여금 한번 결혼을 금지한 채 풀지 않게 한다면 정치의 식민과 도덕의 생리와 종교의 포교에 있어서 백해무익할 터입니다. (중략) 정치는 혁신함이 제일입니다. 이 일이 비록 작은 듯하면서도 사실은 중대한 일이니 다행히

도 빨리 조처하셨으면 합니다. 간곡히 기원해마지 않습니다.

메이지 43년 9월   일 통감자작 사내정의 귀하[1]

이 소식을 듣고 박한영이 "한용운이 미쳤나보다." 하고 탄식했다는 이
야기가 오늘도 인구에 회자되는 것처럼, 이 사건은 그를 아끼는 사람들
에게 지워버리고 싶은 상처의 하나로 남아 있다.

"과열된 그의 유신론은 승니의 결혼과 불교장래를 직결시켜 버렸다.
즉 승니의 결혼은 불교의 장래를 위하여 반드시 필요하다는 반계율적 단
언을 주저하지 않으므로 승단 내외에 물의를 일으켰다. 이 주장을 관철
하기 위하여 일인 통감의 권력마저 원용하려는 정치적 동기는 만해의 생
애에 씻을 수 없는 오점을 남겼다."[2]는 격렬한 비난을 시작으로 "항일—
친일의 패러다임에서만 본다면 한용운의 태도는 일관성도 없을 뿐만 아
니라 이중인격자에 가까운 것이며, 그래서 대다수의 근대불교 연구자들
은 한용운을 일단 항일투사로 보고 그의 이해할 수 없는 행적을 일본제
국주의의 실체를 잘 모르는 정치적 순진함으로 적당히 봐주고 넘어가는
정도"[3]라는 지적마저 나오기에 이르렀다. 심지어 건백서 제출은 국내에
남았던 조선 사람들이 일본의 통치를 어쩔 수 없는 것으로 받아들였던
실례의 하나[4]로 거론되기도 한다.

모두 부정하기 어려운 사실이다. 그렇다면 그는 왜 이런 건백서를 제
출했던 것일까. 이를 살펴보기 전에 먼저 합방되던 날의 동정을 보도한

---

1) 단 『전집』2, p.121의 원문을 보면 「중추원헌의서」를 올린 운양雲養 김윤식(1835~
   1922)에게는 각하閣下를, 데라우치 마사타케에게는 '전하殿'을 쓰고 있다. 따라서 액면
   대로 번역하면 '전하'가 옳다.
2) 서경수, 「만해의 불교유신론」, 『한용운사상연구』2집, 위의 책, p.97.
3) 조성택, 「근대불교학과 한국근대불교」, 『민족문화연구』제45호, 위의 책, p.83.
4) 복거일, 『죽은 자들을 위한 변호』, 위의 책, p.30.

한 편의 기사를 보자.

합병조약이 발표되면 다소의 동요가 필유必有할 줄로 세인이 거개 예상하더니 사실은 차와 반反하여 기其 정은靜穩함을 가경可驚하겠도다. 당국자가 광폭廣幅의 방법으로 전 황제의 칙유 급及 사내寺內 통감의 유고諭告를 시가의 요구要區 수십처에 게시하였음에 내왕하는 한인 등은 작군회집作羣會集하여 차를 관람하되 기중其中 일인一人이 고성대독高聲代讀하고 기여其餘는 청청하다가 자구字句의 요점에 지포하면 좋소 좋소 하고 상호수긍相呼首肯하여 다 만족한 태도를 표하며 차외此外에 시가市街의 광경을 견견見하여도 다 활발한 기상으로 희희자약嬉戲自若하므로 모 외국인은 차 현상을 견견見하고 조선인의 시세時勢를 수수隨하여 명민선변明敏善變함을 기 본국에 보고하였다더라.[5]

강제병합을 정당화하려는 의도가 숨어 있는 기사임에 틀림없으나, 전면적으로 부인할 수도 없는 사실인지도 모른다. 물론 이 기사를 보면서 "나라면 차라리 자결을 하거나 망명을 떠났을 것"이라며 분통을 터뜨릴 사람도 적지 않으리라. 그러나 이런 비난은 살아남은, 아니 늦게 태어난 우리들의 이기적인 희망이며 오만함은 아닐까.

당시의 그들 역시 우리들처럼 불확실한 상황 속에서 이익과 손해를 복잡하게 계산하면서 힘든 결정을 내렸고, 대의명분보다는 백성이나 가족을 먼저 생각하면서 살았다. 그리고 역사는 그들에 의해 만들어졌다. 미당未堂 서정주(1915~2000)의 자조적인 탄식은 그때 비로소 이해된다. "사람들은 아무리 망국이 되어도 동포여인의 누군가 기생이 되어 앉은 옆에 가서 한때의 위안도 구해야 하고, 또 그런 습관은 여기 이 흰 모시

5) 「조선인의 정은靜穩」, 『매일신보』(1910.8.31) 이와 같이 기획된 보도와 다른 각도의 접근은 한철호, 「일제의 한국 병탄에 대한 한국민의 대응과 인식」, 『'식민지 조선'의 일상을 읽는다.』(동국대학교·불교대학 공동학술심포지엄, 2010.11.15.) pp.5~21.

두루마기의 소년처럼 스물이면 벌써 연습하여야 하는 것이니까……"6)

한용운이 강제병합 조약이 말 그대로 잉크도 채 마르지 않았던 9월에 승려 결혼에 관한 건백서를 통감부에 제출하고, 같은 달 23일에 장단군 화장사의 화산의숙 강사로 취임하는 것을 보며 안중근의 의거를 찬양한 사람답지 않은 처사라고 비난하기는 쉽다. 하지만 선택의 여지가 없었던 사람을 비난하는 것이 과연 무슨 의미가 있는가. 식민지의 공권력과 타락한 현실로부터 벗어나서 초연하게 살 수 있다는 것은 살아남아야 한다는 진실을 외면할 때만 가능할지 모른다. 또한 자결하거나 망명하는 것만이 최선은 아니다.

자결은 대의명분으로 볼 때 가장 당당한 행동일 수 있으나, 모든 것을 끝내고 삶의 현장에 눈을 감아버린다는 점에서 가장 소극적인 행동일 수 있다. 뿐인가. 을사늑약 체결 소식을 듣고 가족을 데리고 외국으로 나가 재외동포들과 연락하면서 시기를 기다려 의거한다면 목적을 달성할 수 있지 않겠느냐고 묻는 안중근에게 재령 본당 주임으로 있던 프랑스인 르 각Le Gac(한국명 곽원량郭元良) 신부가 "이천만 동포가 그대처럼 한다면 국내는 무인지경이 될 터, 그것은 상대방이 바라는 바가 아니던가요?"라고 반문했던 것은 무엇을 의미하는가. 우리는 모욕과 수치를 견디며 살아남아 위대한 일을 했던 사람을 가리켜 비겁한 인간이라고 비난하지 않는다.

동시에 친일행위에 대한 극렬한 비난은 식민통치를 변호하는 역설로 귀착된다는 사실을 기억할 필요가 있다. 합방 후 각 군마다 상주했던 일본헌병들은 경찰관을 겸직하면서 형해화形骸化된 문관 계통을 젖혀놓고 행정권부터 즉결 재판권까지 광범위한 권력을 행사했으며, 그 정점에 군림하면서 주둔사령관마저 겸했던 조선총독은 삼권을 장악하고 조선민족

6) 『서정주』3, p.171.

에게 그 어떤 부분에도 권력을 분여하지 않았다. 조선민족의 자주적인 사회적 활동은— 종교를 제외하고— 전부 금지되었고, 조선인에 의한 신문 잡지 발행도 전혀 인정되지 않았으며, 조선인 세 사람만 모여서 이야기를 해도 불법집회 단속 대상이 되었다. 뿐만 아니라 합방청원운동을 전개하면서 친일여론을 조성하는데 절대적인 역할을 담당했던 일진회조차 해산당하고 그 존재를 허락받지 못했다. 일진회 회원은 해산 당시 140,725명이었다.7)

총독부는 가혹하고 잔인한 절대권력이었다. 그래서 우리는 1910년대를 헌병정치 또는 무단정치의 시대라고 부른다. 동시에 이와 같은 일본의 한국 통치의 기본정책은 식민지 통치자로서 한국민족의 자주적 발전의 지속에 대해 위협을 느끼고 있었다는 사실을 보여준다. 또한 이는 통치자로서 피통치자에 대해 그 정도까지 신경질적인 규제를 하지 않을 수 없었다는 것이기도 하다. 그런데도 친일행위를 비난한다면, 그것은 그런 행위를 하지 않아도 될 만큼 식민통치가 그다지 가혹한 것이 아니었음을 전제하는 것이 아니고 무엇이겠는가. 친일행위와 친일파에 대한 논의가 보다 생산적인 것이 되려면 어려운 처지에서 살았던 사람들에 대한 평가를 조심스럽게 진행해서 그런 역설을 피해가는 것이 긴요하다8)는 지적은 정당하다.

일제가 가하는 양성적이고 음성적인 구속 밑에서 민족해방을 염두에 두면서 근대적 인간을 형성해 나가는 원칙을 찾아내고 그것을 실천하는 과업을 수행해야 했던 지식인의 고뇌란 그렇게 간단하게 재단하거나 평

---

7) 「해산 일진회의 수효」, 『매일신보』(1910.9.29) 본부 3,200명 충청도 2,307명 경상도 2,065명 전라도 1,073명 강원도 49명 함경도 14,565명 황해도 7,467명 평안도 93,079명 서간도 78명이었다.

8) 복거일, 『죽은 자들을 위한 변호』, 위의 책, p.91.

가하기 쉬운 대상은 결코 아니다. 비록 식민지의 한계를 넘어서려는 노력이 허상과 타락과 배반으로 마감되었다고 해도, 이를 끝내 포기하지 않으려고 했던 인간의 내면적 고뇌는 소중하다. 일제 강점기의 문학과 작가에 대한 유보적인 평가를 소극적이라고 마냥 비난할 수 없는 이유는 여기서 비롯된다. 일제 강점기의 문학을 평가할 때 식민지 상황은 늘 기억되어야 하며, 이를 언급하지 않는 평가는 거의 틀림없이 부정확하거나 잘못된 것9)이 되리라는 지적은 당연하지만, 복합적인 의미의 층위를 헤아리지 않는 한 허망한 구호로 그칠 수 있는 것이다.

궁핍한 시대를 살아야 했던 한용운의 삶 역시 내적 행위자와 외적 행위자 사이의 복잡한 상호작용의 산물이다. 뿐인가. 식민지 현실은 보이지 않는 차원에서 더 복잡하게 진행되며, 불교는 교단의 역학 관계나 인간적 갈등 등 보이는 차원으로 드러나기 쉽다. 그런데도 우리는 식민지 현실과 불교를 축으로 삼고 그를 너무 멀거나 아니면 가까운 거리에서 바라보며 예외적인 존재로 만들고 있는 듯하다. 가령 "망국의 울분을 참지 못해 중국 동북삼성(만주)으로 망명의 첫걸음을 내딛다."처럼 근거없는 사실로 이루어진 연보나, 이면의 사정에 대한 고려가 전혀 없는 건백서 제출에 대한 신랄한 비판은 그 대표적인 사례의 일부라고 생각된다.

이것은 결국 한용운에 대한 환상 또는 기대치가 그만큼 컸음을 반증한다. 아니, 승자나 패자와 같은 극적인 삶에는 관대하면서도 그 역시 역사를 만들었던 보통 사람의 하나라는 사실을 인정하는데 인색했음을 보여준다. 그는 우리에 의해 창조되고 투사된 인격인지 모른다. 다음 기사는 과연 그는 '엎드려 생각컨대伏'나 군주나 주군을 가리키는 '전殿' 같은 굴욕적인 표현까지 쓰면서 데라우치 마사타케에게 건백서를 올렸어

---

9) 김우창, 『궁핍한 시대의 시인』(민음사, 1977) pp.13~14.

야 하느냐고 의아해하는 우리들에게 많은 것을 느끼게 해준다.

일한병합 후로 조선인 중 정치에 관한 장서長書를 사내 총독에게 제정하는 자가 일익환지日益還至하는 고로 경무총감부에서는 각 경찰서에 신칙하여 장서 제정하는 자를 금지케 하였다더라.[10]

조선은 병합 이래로 전도의 인민이 신정의 덕화를 균피均被하여 각各히 안도낙업安道樂業하므로 환호의 성聲이 팔성에 충만하니 차此는 지인지덕至仁至德하옵신 천황폐하 성덕의 소급이어니와 금춘래今春來로 조선귀족 간에 상하귀천의 별別이 무無히 전도全道 민중이 연합하여 송덕표를 봉정하자는 의議가 유한지라.

어시호 이완용 조중응 자子와 기타 경성에 주거하는 귀족 등이 발기자가 되고 전 지방에 긍亘하는 관계상의 제반준비는 총總히 『경성일보』 『매일신보』 양사에 위탁하여 기 주의를 공명히 하여 조인을 구하였는데 근僅히 2, 3개월간에 조선 각 지방에 영통靈通하여 서명자가 25만여 인에 달하고 장차 서명하기를 원하는 자 연속부절하는 해該 송덕표는 병합 1주년 기념일에 차를 봉정할 계획인즉 기타는 경更히 수합하여 추가하기로 정하고 위선 제1회의 25만인으로써 완결하여 조제調製한 송덕표 급及 조인 명부는 발기자 측의 대리로 매일신보사 주간 정운복 씨가 차此를 휴대하고 17일에 상경하여 국민신문사에 지至하여 집주執奏 급 기타의 절차를 의뢰하고 즉시 귀선歸鮮한지라.

국민신문사는 차 중대한 위탁을 수受한 후 기전旣電과 여如히 준비하여 1주년 기념일 된 29일에 102명의 인부로 하여금 차를 담하擔荷하여 오전 9시에 대수정大手町으로부터 입하여 10시 반에 덕부저일랑德富猪一郎(도쿠토미 소호) 씨가 도변渡邊 궁상宮相에게 면회를 하고 송덕표의 집주執奏를 청하며 차 봉정의 유래를 위곡委曲히 진술한즉 궁상은 송덕표 급 조인 명부의 제1권을 집하여 상세히 검열한 후 차를 궁휴躬携하고 즉위卽爲 예궐詣闕하더니 궁상은 즉시 어좌소御座所에서 배알을 피

10) 「장서 제정자 금지」, 『매일신보』(1910.10.13)

명하여 한국을 병합한 후로 조선의 인민은 상하 귀천의 별이 무히 폐하의 은택에 공욕共浴하여 민심이 정밀할뿐더러 거개 안도낙업하온즉 만민의 행복이 차에 불과하온지라.

차에 폐하의 적자赤子된 환희를 식飾코자 하여 1주년을 기하여 송덕표를 봉정함에 지至하온 소이所以를 상주한즉 폐하께옵서는 가장 만족히 통촉하사 우악優渥한 칙어를 하下하시고 서서히 어람하실 의意로 어양御楊 전에 유치하라 하옵시매 궁상이 어전을 퇴출한지라. 대저 조선 상하인민의 성의가 관철하여 천청天聽에 달함은 감축할 바이로다.

송덕표는 생견生絹으로 포포하여 동상동桐箱에 납納하고 경更히 회목檜木 외상外箱에 납하였으며 조인 명부는 53책으로 장황粧䌙되었는데 1책씩 차를 적積하면 고高가 1장丈이오 중량이 50관에 달한지라. 각책을 생견으로 장裝하여 동궤에 납하고 경히 회목 외상에 납하였더라.[11]

▲ 일당 이완용

전자는 정치에 관한 장서를 총독에게 제출하는 조선인들이 너무 많아 경무총감부에서 각 경찰서에 훈령을 내려 금지 조치를 했다는 기사이며, 후자는 병합 1주년을 맞아 천황에게 송덕표를 바치자는 일당一堂 이완용(1858~1926)과 조중응(1860~1919)의 제안에 따라 『경성일보』와 『매일신보』가 전국에 걸쳐 25만명의 서명을 받았다는 기사다. 더 이상 받지 말라고 훈령을 내릴 때까지 장서를 투서 — 이것을 강요라고 할 수 있을까? — 하고, 아무리 관제동원이라고 해도 경성의 거주 인구보다 많은 25만명이 송덕표에 1차로 서명했다는 것은 무엇을 의미하는가. 참고로 1911년 현재 경성의 인구는 한국인 238,499명, 일본인 39,000명[12]이었고, 1905년말 42,460명이던 한국 거주

11) 「송덕표 봉정 전말 천황 폐하의 가납」, 『매일신보』(1911.8.31)
12) 「최근 경성의 인구」, 『매일신보』(1911.3.17)

일본인은 다음해에는 83,228명으로 격증했다. 강점 직후인 1910년 말에는 171,543명으로 4년간 88,228명 즉 연평균 2,200명이 한국에 건너왔다.[13)]

위의 두 기사는 봉건왕조의 모순과 계급모순 및 빈부의 격차 속에서 동족에 의한 가혹한 통치를 받느니 차라리 이민족에 의한 관대한 지배가 더 낫다고 믿어 일제의 통치를 긍정적으로 받아들인 조선 사람들─그것이 식자층이든 서민층이든─이 결코 적지 않았음을 보여준다. 동시에 건백서를 제출한 한용운 역시 오랜 세월 억압되었다가 타력으로 근대화에 동참할 수 있었던 불교계의 조급하고 경솔한 체제지향성에서 예외가 아니었던 한 명의 승려라는 사실을 보여준다. 합방 당시의 소감이 어떠했느냐는 일본 판사의 질문에 이렇게 진술하여 우리를 당황하게 만들고 있는 3.1독립운동의 대표자들 역시 이런 점에서 예외는 아니다.

문 ; 피고는 한일합방 당시 어떤 감상을 갖고 있었는가?

손병희 ; 나는 특별히 찬성도 불찬성도 아니고 중립을 지키고 있었고, 지방의 교도들에게도 말을 조심하라고 훈계했다.[14)]

문 ; 피고는 왜 조선을 독립시키지 않으면 안 되겠다는 생각을 품고 있었는가?

최린 ; 나는 조선이 합방된 당시는 러일전쟁의 당연한 결과로 부득이한 일이라고 생각했다. 당시 조선정치는 대단히 악정이었고 도저히 조선의 안녕과 행복을 유지하고 증진할 수 없는 상태였기 때문에 합방에는 불찬성이었으나 하는 수 없는 일로 생각하고 있었다.[15)]

---

13) 高崎宗司(다카자키 소우지), 『植民地朝鮮の日本人』, 岩波新書790 참조
14) 『비사』, p.86. 『운동』1, p.200.
15) 『비사』, pp.586~587. 『운동』1, p.215.

문 ; 한일합방에 대해 피고는 반대했는가?

오세창 ; 한일합방 당시는 조선민족이 일본민족과 병행하기까지는 안 된다고 하더라도 근접할 수는 있겠다고 생각했으나, 합방 후 10년간의 상황을 보면 조선민족은 더 퇴보하기 때문에 실제로 독립해야겠다고 생 각했다. 합방 당시에는 반대하지 않았다.16)

문 ; 피고는 정치에 불복하기 때문에 독립운동에 가담했는가?

백용성 ; 정치에 대하여 불평은 없지만 독립에 마음을 빼앗겨 그 운 동에 참가했다.

문 ; 정치에 불평불만이 없다고 하면 독립운동을 계획할 필요는 없지 않은가?

백용성 ; 나는 정치에는 관계가 없으므로 불평이라든가 만족이라든가 하는 것은 말할 수 없지만 시세에 따라 조선이 독립했으면 좋겠다고 생 각했다.17)

문 ; 피고는 조선의 독립을 생각한 일은 없으나 오세창에게 권유를 받고 독립운동에 가담한 것인가?

이종일 ; 조선인으로 조선독립 생각이 없는 자는 한 사람도 없을 것 이지만 나는 그 일을 잊고 있었다. 그런데 오세창에게 이야기를 듣고 독립국이 되면 좋겠다고 생각하고 참가했다. 하지만 나는 그런 운동을 아무리 해도 독립할 수는 없다고 생각하고 있었다. 그러나 후세인들에 게 비웃음을 당하지 않기 위해 그런 운동을 했다.18)

---

16) 『비사』, p.515. 『운동』1, p.241. "日韓併合の當時にては朝鮮民族が大和民族と並行す る迄は行かなくとも近寄って立って行く事が出來ると思って居りましたが併合後十 年間の狀況を見るに朝鮮民族は後に劣って行く故實際獨立しようと思って居るので 合併の當時に於ては反對ではありませんでした。" 별색 지문은 『비사』와 『전집』에 서 생략하거나 의역한 부분을 필자가 다시 번역한 것이다. 이하 동일.

17) 『비사』, p.143. 『운동』1, p.398.

18) 『비사』, p.400. 『운동』1, p.261. "……尤私は左樣な運動をしたとても到底獨立出來る ものではないとは思って居ましたが後世の者より笑われぬ樣にする爲め左樣な運動 をしたのです。"

문 ; 그대는 한일합방에 반대해서 독립운동을 희망하고 있는 것인가?

최남선 ; 이와 같은 세계의 대세에서 돌아보면 한일합방은 어쩔 수 없었지만 나는 합방에 대해서는 대단히 슬프게 생각하고 있다. 이 합방은 영구히 계속될 것이 아니다. 언젠가 우리 조선인들이 희망하는 대로 조선이 독립될 것이라고 생각한다.[19]

문 ; 독립선언서 및 독립에 관해 각처에 제출한 문서에 기재된 사항 외에 총독부 정치에 대해 피고는 어떤 불평불만을 갖고 있나?

▲수감 당시의 육당 최남선

최남선 ; (중략) 개요를 말하겠다. 나는 한일합방 후 조선은 생명재산의 안정과 안녕질서는 유지되고 식산방면의 시설에서도 최선최미最善最

---

19) 『운동』2, p.267. "……左樣世界の大勢より顧て日韓併合は詮方なきも私は其併合に付ては非常に悲しく思い居り此併合は永久繼續するべきものにあらず. 何時か我朝鮮人の希望する通り朝鮮が獨立するものと思い居りたり."

美라고는 할 수 없어도 이 이상의 일은 누가 정치를 해도 할 수 없기 때문에 변명할 수 없는 정치, 어느 의미에서는 선미한 정치라고 할 수 있다고 생각한다. 하지만 내 생각에 의하면 정치는 소극적으로 이상 서술한 안녕질서의 유지를 이루고 동시에 적극적으로는 인민에게 희망을 품게 하지 않으면 안 된다고 생각한다. (중략)

내가 조선독립을 이상으로 하는 것은 민족적 자존심에서 일어난 것이다. 조선은 한일합방이 없었다고 해도 와해될 상태였기 때문에 양 민족의 일치暗合라는 한일합방의 목적에 대해서는 반대하지 않았고, 합방의 목적대로 되면 괜찮다고 생각했다. 그러나 현재는 여러 관계로 평화롭게 진행하는 것으로 보여도 세계의 대세나 조선인의 사상, 일본의 국민성 등 안팎의 원인으로 볼 때 그 목적을 달성하는 것은 불가능하지 않을까 생각하고 있다.[20]

대부분 강제병합을 어쩔 수 없는 일로 체념했고, 일본 통치에 대해 많은 기대를 품었으나 그렇지 않아 실망했다고 진술하고 있다. 애국계몽기의 자강운동론을 대한협회, 『황성신문』, 『대한매일신보』, 청년학우회 4대 계열로 나누고 오세창 같은 신지식층, 구개화파 계열의 정치인, 신흥부르주아층에 기반을 둔 대한협회 계열은 동양삼국 연대론, 일한동맹론, 한국부조론에 매몰되어 한국의 보호국화를 불가피한 것으로 받아들여 선실력 양성, 후독립론을 주장했다고 하는 비판은 이런 의미에서 이해된다.[21] 그러나 한 인간의 삶이 이런 유형화와 일반화로 가늠될 수 있을지

---

20) 『운동』3, p.97. "(答)……私が朝鮮獨立を理想とするのは民族的自尊心より起ったことでありますが朝鮮は日韓併合のことがなかったとしても瓦解すべき狀勢であったのですから兩民族の暗合と云う日韓併合の目的に對しては反對でなく併合の目的通りに往けば結構であると想いますが現在は種々の關係より平和に進んで行くように見えるけれども世界の大勢や朝鮮人の思想日本の國民性等內在外來の原因より考えて其目的を達成するとは不可能ではあるまいかと思って居ります。"

21) 박찬승, 『한국근대정치사상사연구』(역사비평사, 1992) pp.367~384.

의문이다. 한용운을 어느 계열에도 포함시켜 논의하지 못하고 있는 것은 그 단적인 예인지도 모른다.

그래서일까. 민족적 자존심 때문에 독립선언서를 작성했고 한일합방은 불가능하다고 당당하게 답변했지만, 끝내 그 의지를 꺾어야했던 최남선의 진술을 보는 마음은 착잡하다. "시대는 그에게 '무슨 하나'가 되는 것보다도 '모든 무엇'이 되기를 요구하였기에 그는 문학자 학자 사상가 사업가 저널리스트 정치가가 되었고, 또 아무 것도 아니었다면 아무 것도 아닌 인물이 된 것"[22]이라고 했던 현민玄民 유진오(1906~1987)의 지적이 생각난다. 최남선은 이런 자신의 한계를 알고 있었기에 처음부터 독립선언서만 작성하고 이름은 내지 않겠다고 선을 그었는지 모른다.

반면 일본문법학자이자 한글학자인 우정偶丁 임규(1867~1948)와 감리교 목사 은재殷哉 신석구(1875~1950)는 5천년의 역사를 갖고 있는 나라가 일본에 합방된다는 건 근본적으로 불가능한 일이라 처음부터 부정했다고 단호히 주장하고 있어 주목된다. 이들의 감성적인 논리는 정부를 조직하고 법률을 제정할 자유가 주어지지 않았기 때문에 병합을 반대했다는 한용운의 정치적인 논리와 묘한 대조를 이룬다.

문 ; 피고는 조선독립을 희망하고 있는가?
임규 ; 그렇다. 나는 한일합방에 반대하여 10년래 조선의 독립을 희망하고 있었다. 그러나 나로서는 힘이 없어 지금까지 계획을 못하고 있었다.
문 ; 어째서 조선의 독립을 희망하는가?
임규 ; 나는 정치에 대해 어느 정도 불평불만은 없으나 조선은 5천년의 역사를 갖고 있어 도저히 일본에 동화할 수는 없을 것이다. 그러므로 조선은 조선인이 스스로 다스리지 않으면 안 된다고 생각하여 독립

---

22) 유진오, 「육당연구서문」, 『육당이 이 땅에 오신 지 백주년』(동명사, 1990) p.132.

을 희망하는 것이다. 조선이 독립해야 동양이 평화로워지고, 동양평화를 목적으로 했던 한일합방의 취지에도 부합할 수 있다고 생각한다.[23]

문 ; 피고는 한일합방에 반대했는가?

신석구 ; 그렇다. 조선은 4천년의 역사를 가진 나라이므로 다른 나라에 병합된다는 것은 누구나 싫어한다. 그래서 나는 한일합방에 반대했다.

문 ; 한일합방 전의 조선은 대단히 악정으로 인민은 노예처럼 대우받고 있었으나 합방으로 자유행복을 누리게 된 것이 아닌가?

신석구 ; 악정의 시대도 있었지만, 독립국이라면 선정을 할 때도 오지 않는가.(그러나 독립국이 아닌 한) 영원히 희망이 없기 때문에 그 점에서 합방에 반대했다.

문 ; 합방하고 영원히 선정을 하여 인민이 행복하면 좋지 않은가?

신석구 ; 합방되었으면 조선인과 일본인이 동등한 대우를 받아야 하는데 합방 후 조선은 식민지로 간주되어 조선인은 열등한 대우를 받고 있다. 따라서 조선인민은 행복하지 않다고 생각한다. (중략)

문 ; 선언서에 최후의 일인, 최후의 일각까지, 의사를 발표하라고 한 것은 최후의 한 사람이 될 때까지 어디까지나 정부에 반항하고 조선독립을 위해서 노력하라는 취지이며, 폭동을 일으켜서 투쟁하라고 선동한 것이 아닌가?

신석구 ; 그렇지 않다. 조선인은 한 사람도 남김없이 우리들과 같은 의사를 갖지 않으면 안 된다는 취지다.

문 ; 한 사람도 남김없이 그런 의사를 갖고 운동을 하라는 취지가 아닌가?

신석구 ; 폭동을 선동하려는 생각이 아니다. 만약 그런 생각이 있었다면 우리들이 폭동의 선구가 되었겠지만 우리들에게는 그런 생각은 없었고, 한 사람도 남김없이 정신상 독립했음을 마음에 품으라는 것이다.[24]

---

23) 『비사』, p.721. 『운동』3, pp.74~75. 이병헌은 "私は政治に對しては何程の不平不滿はありませんが"를 "나는 정치에 대하여 말하지 않겠다."로, "東洋平和の目的の爲めに行った日韓倂合の趣旨にも副う事が出來ると思って居ります."를 "일한합병은 안될 것이라고 생각한다."로 번역하고 있다.

문 ; 선언서에는 일체의 질서를 중히 하라 하였는데 그것은 폭동을 경계한 것인가?

한용운 ; 그렇다.

문 ; 그렇다면 선언서를 보고 질서를 문란하게 하고 폭동을 일으키는 자가 있을지도 모른다고 생각했기 때문에 그런 일을 하지 말라고 경계한 것인가?

한용운 ; 그런 뒷일은 생각하지 않았다.

문 ; 폭동의 우려가 있었기 때문에 선언 발표 장소를 변경했던 것은 아닌가?

한용운 ; 그것은 이미 학생들이 모여 있었기 때문에 폭동이 일어날지도 몰라 발표 장소를 변경한 것이다. 선언서 발표 이후의 일에 대해서는 생각하지 않았다.

문 ; 그렇다면 독립선언서에 일체의 행동은 질서를 중히 하라고 써서 경거망동을 경계할 필요는 없지 않은가?

한용운 ; 폭동이 일어나리라 생각해서 이를 경계한 것이 아니고 폭동을 일으키지 않도록 질서를 중히 하라고 미리 썼던 것이다.

문 ; 그런 경계를 쓴 것을 보면 폭동이 일어날지 모른다고 생각했던 게 아닌가?

한용운 ; 나는 그런 것은 생각하지 않았다.

---

24) 『운동』1, pp.381~387. "……(問)宣言書に最後の一人最後の一刻迄, 意思を發表せよとあるは最後の一人となる迄飽迄政府に反抗し朝鮮獨立の爲めに努力せよとの趣旨で暴動を起す以て爭へと煽動したのではないか. (答)左樣でなく朝鮮人は一人も殘らず吾々と同樣な意思にならねばならぬとの趣旨です. (問)一人も殘っらず其意思を懷き運動を起せとの趣旨ではないか. (答)暴動を煽動する考えではなく若し左樣な考えがあったとすれば私等が暴動の先驅をするのですが私等には右樣な考えはなく一人も殘らず精神上獨立したと云う事を心に懷けと云う事です." 그런데 신석구는 한용운과 이미 친분이 있었던 것으로 보인다. 위의 문답과정에서 "피고는 파리강화회의에서 민족자결을 주장하고 있다는 사실을 어떻게 알았느냐?"고 묻는 일본판사 나가시마 오조에게 신석구는 이렇게 대답하고 있다. "『오사카마이니치』나 『매일신보』 등 신문에 나왔다는 걸 한용운에게 들어서 알았다."

문 ; 선언서 배포에 의해 이미 폭동이 일어나고 있는데?

한용운 ; 그것은 우리들과 관계없는 일이다.

문 ; 피고는 정치에 대해 어떤 불평을 품고 조선독립을 기도했는가?

한용운 ; 나는 한일합방에 반대하므로 독립을 희망한다.

문 ; 어째서 합방에 반대했는가?

한용운 ; 조선인에게 자유가 주어지지 않았기 때문이다.

문 ; 어떤 자유가 주어지지 않았다는 것인가?

한용운 ; 그것은 조선인에게는 정부를 조직할 자유가 주어지지 않았고 법률을 제정할 자유가 없다. 따라서 인민 전체에 자유가 없다.

문 ; 정부를 조직하고 법률을 제정한다는 것은 독립하는 것이라 생각되는데 어째서 독립하고 싶다고 생각하는가?

한용운 ; 정부를 조직하고 법률을 제정 할 수 있게 하려고 독립을 희망하는 것이다.

문 ; 피고는 한일합방 전의 폭정을 알고 있는가?

한용운 ; 그것은 알고 있으나 현재의 조선인에게는 언론 집회 출판 등의 자유도 없다. 그래서 일본의 치하를 벗어나고 싶다고 생각했던 것이다.

문 ; 피고는 금번 계획으로 처벌될 줄 알았는가?

한용운 ; 나는 내 나라를 세우는데 힘을 다한 것이니 벌을 받을 리 없을 줄 안다.

문 ; 조선은 일본제국의 일부인데, 그 한 지방을 독립시킨다는 것은 반역으로 처벌된다는 것은 각오해야 할 것이 아닌가?

한용운 ; 나는 그렇게 생각하지 않았다.

문 ; 피고는 금후도 조선독립운동을 할 것인가?

한용운 ; 그렇다. 어디까지라도 그 뜻을 버리지 않을 것이다. 나는 자유 없는 생존을 바라지 않기 때문에 일본승려 겟쇼月照처럼 바다에 몸을 던지는 일은 하지 않을 것이다. 설사 목이 잘려도 정신은 영원히 살아있기에 나는 자유를 얻기 위해 최선을 다할 생각이다. 나는 겟쇼 이상의 존재라고 스스로 자부한다.25)

임규와 신석구의 답변은 한용운의 그것보다 관념적이고 감성적이며 직설적이다. 그런데 「한용운 지방법원 예심심문조서」 가운데 별색 지문 부분이 『3.1운동비사』와 이를 그대로 수록한 『한용운전집』에는 누락되어 있다. 정부를 조직하고 법률을 제정할 수 있으며 언론 집회 출판의

---

25) 『비사』, pp.619~629. 『전집』1, p.372. 『운동』1, pp.395~396. "(問)宣言書には一切の行動は秩序を重ぜよとあり暴動することを戒めたのではないか. (答)左樣です. (問)然らば宣言書を見て秩序を紊し暴動を爲すものがあるも知れぬ思った故左樣なことをするななと戒めた譯か. (答)左樣な後のことは考えておりません.(問)暴動の慮があったため宣言發表の場所が變更したのであったか. (答)夫れは既に學生達が集まるとのことだったが故暴動が起るかも知れぬとのことで發表の場所を變更したのですが宣言書を發表した後のことに就ては考えて居りませんでした. (問)然らば獨立宣言書に一切の行動は秩序を重んぜよと書き輕擧妄動を戒める必要はないではないか. (答)暴動が起るだろうと思って夫れを戒しめたのではなく暴動を起きぬ樣に秩序を重んぜよと云うことを豫め書いたのです. (問)左樣な戒を書いて居る處より見れば暴動が起るかも知れぬと思って居た譯ではないか. (答)私は左樣なことは考えて居りませんでした. (問)宣言書の配布に依り既に暴動が起きて居るが如何. (答)夫れは私等には關係がなきことであります. (問)被告は政治に對し如何なる不平を懷き朝鮮獨立を企てたか. (答)私は日韓併合に付て反對故獨立を希望するのです. (問)如何故併合に反對なのか. (答)夫れは朝鮮人に自由が與えられてないからです. (問)如何なる自由が與えられてないのか. (答)夫れは朝鮮人には政府を組織する自由が與えてなく法律を制定する自由がなく從て人民全體に自由がありません. (問)政府を組織し法律を制定すると云うことは獨立すると云うことになると思われるが何故獨立したいと思って居るか. (答)政府を組織し法律を制定することが出來る樣にする爲め獨立を希望するのです. (問)被告は日韓併合前の暴政を知って居るか. (答)夫れは存じで居りますが日下の朝鮮人には言論,集會,出版等の自由もない故日本の治下を脱したいと思って居るのです. (問)被告は今回の企てを爲し處罰を受けることを覺悟して居ったのか. (答)私は國を建てることに盡したのだから罰せられる樣なことはないと思って居りました. (問)朝鮮は日本帝國の一部であり其一地方を獨立させると云うことは反逆であり處罰さられることは覺悟すべきでないか. (答)私は左樣思って居りませんでした. (問)被告は今後朝鮮の獨立運動を企めぬ積りか. (答)左樣です.何處までも其志は捨てません. 私は自由なくして生存することを欲しませんから日本の僧月照の如く海に投ずる樣なことは致しません. 假令首がなくなっても私は精神は永世に存する故何時までも自由を得る爲めに盡す考えであり自分は月照以上のものだと自ら任じて居ります."

자유가 보장된 나라를 만들고 싶어 독립운동을 했다는 말은 절대 황권皇權을 지향했던 대한제국에 대한 애정은 없다는 것은 물론, 읽기에 따라서는 독립론이 아니라 자치론으로 보일 수도 있기 때문인 듯하다. 실제로 일본판사 나가시마 오조氷島雄藏는 일본제국의 일부인 조선을 독립시킨다는 것은 반역이므로 처벌을 각오하라고 말하고 있다. 하지만 한용운은 독립선언과 독립청원을 병행했던 천도교측의 운동방식을 충실하게 따랐던 것으로 보인다. 아무튼 제4부 제1장에서 보겠지만 이밖에도 많은 부분이 의역되거나 생략되어 있다.

한용운의 진정성을 담보하고 그의 이미지를 훼손하지 않으려는 배려이겠지만, 이런 편집방식이야말로 그를 하나의 동상으로 만드는 우상화 작업이며, 또 다른 의미의 검열에 다름 아니다. 그러나 이런 이미지의 조작은 그에게만 적용되는 것은 아니다. 아예 처음부터 조선독립은 안 된다고 토로한 기당 현상윤과 독립운동을 해도 독립할 가능성이 없다고 고백했던 연당研堂 이갑성(1889~1981)의 진술을 보는 마음은 더욱 착잡하다.

　　문 ; 그대는 한일합방에 반대하는가?
　　현상윤 ; 찬성한다.
　　문 ; 손병희 등의 조선독립운동에 관해서는?
　　현상윤 ; 그 당시는 찬성했지만 오늘날에는 안 된다.
　　문 ; 천도교와 야소교가 조선독립운동을 한 것은 알고 있었나?
　　현상윤 ; 그러리라 상상하고 그 때문에 미혹해서 찬성했지만 지금은
　　앞서 말한 대로 안 된다고 생각하고 있다.26)

---

26) 『비사』, p.669. 『운동』3, p.48. 이병헌은 "其當時贊成して居りましたが今日にあっては駄目だ."를 "나는 찬부를 이 자리에서 말하고 싶지 않다."로, "薄々左樣であろうと想像を致し其爲め迷って贊成して居りましたが今では前申す通りに駄目だと思い居ります."를 "짐작은 하고 있었다."로 번역하고 있다.

문 ; 그렇다면 이 운동의 전말을 말하여 보라.

이갑성 ; (중략) 원래 나는 한일합방에는 불평이 없었다. 그것은 러시아가 조선에 세력을 갖게 되면 조선은 위험한 상태로 되고 조선을 그대로 놔두면 동양의 평화에 해가 된다는 견지에서 합방되었기 때문에 별다른 불평은 없었다. 그러나 조선이 독립할 수 있다면 독립하고 그 위에서 일본에게 배우고 자립하는 것도 가하다고 생각해서 (이 운동에) 찬성했던 것이다. (중략)

문 ; 피고는 금후에도 조선독립운동을 할 작정인가?

이갑성 ; 독립운동을 해도 독립할 가능성이 없으므로 이후에는 결코 하지 않겠다. 이번 일에 대해서도 후회하고 있다.[27]

현상윤의 이런 진술을 일본판사 구쓰 쓰네조楠常藏로부터 전해 들었기 때문이겠지만, 최남선은 "송진우도 그때 본 운동에는 가입하지 않았고 태도가 불분명했으며, 현상윤은 처음부터 어떤 이야기도 하지 않았다. 내가 보기에 그는 독립운동에 가입할 위인도 아닌 것처럼 생각된다. 또 본인도 가맹할 의사가 처음부터 없었는지 모른다."[28]고 배신감을 토로하고 있다.

▲ 기당 현상윤

『학지광』 편집주간으로 「한의 일생」, 「박명」 등 단편소설도 썼던 현상윤은 1917년 귀국하여 「향상」과 「경성소감」 등을 발표했

27) 『비사』, pp.290~299. 『운동』1, pp.170~177. 이병헌은 "併し朝鮮が獨立する事が出來れば獨立の上日本に學び自立し行く方可なりとの考を持ちし故贊成した譯であります."를 "그러나 조선이 독립할 수 있으면 일본과 같이 자립하는 것이 옳다는 생각을 가졌기 때문에 찬성하였다."로, "獨立運動をしても獨立の出來る見込なく今後は決して致しません.今回の事に就ても後悔致して居ります."를 "독립운동은 그때 보아야 알 것이다."로 번역하고 있다.

28) 『운동』3, p.140. "宋鎭禹も其際本運動に加入せず常に態度不明にして玄相允は初より何等話がありませんでした.私の考えで同人は獨立運動に加入する柄でもない様に思われて居り又本人も加盟する意思が初からなかったかも知れません."

고, 1918년 7월 와세다早稻田 대학 문학과 사학과를 졸업하고 9월 중앙 중학교 교사로 부임했다. 당시 교주는 인촌仁村 김성수(1891~1955)였고 교장은 고하古下 송진우(1895~1945)였다.[29]

이갑성은 광복 이후 "당시 일경이나 검사들이 세밀히 작성한 조서 및 예심조서의 기록과 공판기록이 있는 만큼 무엇보다도 사실의 생생한 전모가 명확히 기록되고 있다."고 말하면서도, 이렇게 복선을 깔아놓는 것을 잊지 않았다. "그러나 당시 일본敵의 경찰이나 검사 판검사 등이 작성한 조사서류나 공판기록 같은 것은 그 내용이 우리들이 답변할 때 자기 한 몸은 이미 조국광복을 위하여 제물이 되려고 굳게 결심한 바이지마는 여타 동지들에 관하여는 단 한 사람이라도 희생을 적게 하려고 고심한 효과로 꾸며진 한 방법이었던 바 경우에 따라서는 허위진술(캄푸라즘)로써 적대 않을 수 없었다고 생각한다."[30] 그러나 그의 진술에서 소신과 허위진술을 구별하지 못할 사람은 아무도 없다.

역사란 진정 끊임없이 수정되고 부정되면서 형태를 바꾸는 기억의 거울인가. 우리는 제4부 제1장에서 공약삼장 추가설을 비롯한 한용운과 관련된 풍문과 신화를 살펴보면서 다시 한 번 이런 사실을 확인하게 된다. 이런 의미에서라도 승려들의 결혼 문제가 결코 한용운 개인의 소신만은 아니었음을 보여주는 다음 사설을 주목하지 않을 수 없다.

근일에 중들이 장가들고 시집가기를 임의로 하자는 문제가 일어나서 혹 절에서 의논도 있었다 하며 혹 정부에 헌의도 하였다 하니 이것이 실로 한국 내 중에게 좋은 소식이로다.
대개 불교는 지금 세계 종교 중에 신도가 제일 많은 종교라. 그러한데

29) 현상윤, 『기당 현상윤전집』1(나남, 2008) p.30.
30) 이갑성, 「서문」, 『비사』, 위의 책, p.3.

다른 나라에서는 불교를 믿는 자들이 아내를 두고 남편이 있거늘 이 한국에서는 불교를 믿는 동포가 자래로 장가들고 시집가는 것을 엄금하여 남자는 아내가 없고 여자는 지아비가 없어서 장가를 들지 아니하고 시집을 가지 아니하는 것으로 불교를 믿는데 큰 법문이 되었더라. (중략)

이를 인하여 인민의 번성함을 방해하며 재정을 허비하는 재앙이 되어 오늘날 국가의 실력이 쇠삭한 근인이 되었으며 또 이 뿐 아니라 불교에도 해로운 것이 또한 적지 아니하니 옛적 삼국 시절과 고려 시대에는 대단 성행하던 불교가 날마다 쇠잔하여 오늘날에 이르러 이렇게 된 것은 비록 정치의 관계를 인하여 이렇게 되었으나 이 장가들고 시집가는 것을 엄금하는 폐단이 또한 한 가지 까닭이 된다 하리로다.(중략)

그러나 우리는 이 장가들고 시집가는 일을 임의로 하자는 문제를 일으킨 중들에게 고하노니 대개 이 장가들고 시집가는 것을 엄금하는 폐단이 전래하기를 오래한 것이라. 중 된 동포 중에 혹 놀라고 괴이하게 여길 자도 있을 듯하며 혹 즐겨 하지 아니할 자도 있을 듯하나 제군이 과연 성심으로 중 된 동포를 권면하여 그 고집하는 마음을 변하도록 하면 어찌 성공함을 보지 못하리오. 오호라 근래 한국에 풍운이 날마다 변하고 산하가 날마다 비참하게 된 이후로 우리는 중 된 동포들의 분발하기를 기다린지가 오랜지라.

근일에 중들이 혹 학교를 설립하는 자도 있고 혹 교법을 개량하는 자도 있으나 그러나 오히려 전국 중들에게 이런 풍조가 다 미쳐가지 못한 고로 혹 일본 중을 좇아서 그 설법하는 것을 듣는 자도 있다 하기로 우리가 분개히 여기고 한탄함을 말지 아니하였더니 이제 이 장가들고 시집가기를 임의로 하자는 좋은 소문을 듣고 붓을 들고 하례를 하노라. 그러나 우리는 또 중 된 동포에게 한번 다시 권면할 말이 있노니 동포들이 이 문제를 성취하는 날에 교육도 확장하며 실업을 권장하고 국가 정신과 민족주의를 크게 진흥하여 멸망되는 화를 벗어나서 극락의 복을 받게 할지어다.[31]

31) 「중에게 한 가지 좋은 소문」, 『대한매일신보』(1910.4.19)

한용운이 중추원 의장 운양 김윤식에게 올린 「중추원헌의서」(1910.3. 17)를 염두에 두고 작성한 사설인 듯하다. 그런데 이 사설을 쓴 것으로 생각되는 단재 신채호가 "승려의 결혼금지는 윤리, 국가, 포교, 교화의 측면에서 해롭기 때문에 철폐되어야 하며, 정치의 식민殖民(산아장려)과 도덕의 생리와 종교의 포교에서 백해무익하다."는 만해 한용운의 주장을 지지하고 있는 것이다. 실제로 이 사설 이후 "중추원에서 남승과 여승 혼인에 관한 일로 내각에 건의함은 이미 게재하였거니와 그 안건을 실시 케 할 뜻으로 일간 내부령으로 반포한다더라."[32]는 기사가 실리기도 했 다. 또 한용운에 앞서 강홍두가 「승니가취청허僧尼嫁娶請許」(1908)를 올린 적도 있다.

승려들의 결혼 문제는 계율의 수호나 파계라는 종교적 차원을 넘어 인민의 번성과 국력 신장이라는 정책적 차원에서 논의되고 있었음을 알 수 있다. "일본인들이 의병의 자취를 탐지하기 위해 빗질하듯 빼놓지 않 고 조사한 결과 1,000만 명에 지나지 않는다고 했던 인구가 1,500만에 이르러 놀랐다."[33]고 반색했던 황현을 비롯한 애국계몽기의 지식인들은 인구증진을 상호경쟁시대에서 국가가 존립할 수 있는 방안의 하나로 생 각하고 있었던 것이다.

목하 정부에서 인민의 호구 조사를 실시하는 중인데 준비하였던 조 사에 쓸 종이가 부족이 되고 인구의 수효는 장차 1,500만이 더 되리라 하여 당국자들이 의외에 이같이 인구가 다수되는 것을 놀래었다더라. 오호라 근래에 일인이 한국을 인구가 적은 나라로 알고 멸시하여 어떤 자는 한국의 인구가 1천 1,2백만에 지나지 못한다 하며 심한 자는 혹

32) 「중의 혼인」, 『대한매일신보』(1910.5.17)
33) 『매천야록』하, 위의 책, p.694.

700만 혹 600만이나 되는 소수라 하는데 저 정부의 관리배들도 제 나라 인구의 수효가 얼마나 되는지 알지 못하고 오직 저것들의 말대로만 믿어 한국의 인구가 도시 1,000만 가량이라 하다가 지금 의외에 이처럼 월수히 많은 줄을 알았으니 의호 놀랄 만한 일이로다. (중략)

그러나 국가의 강하고 약한 것은 인구의 많고 적은 데 있지 아니한지라. 그런고로 인도는 인구가 2억이나 있는 나라이로되 멸망함을 면치 못하였고 미국이 독립할 때에 인구가 800만이 못되었으되 필경은 독립의 기를 세웠나니 오호라 동포여 인구가 많기만 축원하지 말고 다만 지사가 많으며 의인이 많으며 열혈 남자가 많기를 축원할지어다.[34]

이 글의 필자 역시 인구는 국력[35]이라는 사실을 강력하게 의식하고 있기 때문에 인구가 적더라도 애국심을 함양하면 국난을 극복할 수 있다고 주장하고 있는 것이다. 『대한매일신보』는 이후에도 "경성에 거주하는 한국 사람의 인구수를 경시총감 환산丸山(마루야마 시게토시)이가 재임 시에 조사한 것이 19만 여인이더니 근일에 조사한 것은 15만 인구뿐이라. 이렇게 감하는 것이 전혀 생활의 곤란함을 인하여 시골로 많이 내려간 까닭이라더라."[36]고 전하면서 인구 감소에 대한 우려를 적극적으로 표명하고 있다. 참고로 일본은 1916년 현재 본토(53,356,295명)와 조선(15,169,923명) 대만(3,265,169명) 사할린(1,191명)을 합쳐 71,792,578명의 인구를 갖고 있는데, 이것은 세계 인구 약 14억 4천의 4.9%에 해당한다고 자랑스럽게 말하고 있다.[37]

---

34) 「대한의 인구」, 『대한매일신보』(1910.1.9)
35) 1847년 미국과 멕시코의 전쟁에 패하면서 캘리포니아, 텍사스, 뉴멕시코주를 내준 히스패닉(중남미계)이 왕성한 출산과 이민으로 미국의 총인구 약 2억 8,480만 가운데 13%(3,700만)를 차지하여 흑인(12.7% 3,610만)을 제치고 고토를 되찾고 있다는 기사는 21세기의 무기 역시 창과 칼보다 인구임을 보여준다. 『동아일보』(2003.1.23) 참조.
36) 「한성 인구 감액」, 『대한매일신보』(1909.8.14)
37) 「제국 인구의 통계」, 『매일신보』(1916.6.21)

▲ 도산 안창호

▲ 우남 이승만

한용운은 『조선불교유신론』에서 조선 불교가 유린당한 원인은 세력이 부진한 탓이며, 세력의 부진은 가르침이 포교되지 않은 데 원인이 있다면서 우승열패와 약육강식이 자연의 법칙임을 부정하지 않았는데, 신채호 역시 이런 생각에 동의하고 있었던 것이다. 그가 훗날 뤼순 감옥에서 옥사한 신채호의 원고를 모아 발간하려다가 발각되어 투옥된 효당曉堂 최범술(1904~1979)을 면회하러 생화를 들고 경상남도 경찰서를 찾아가게 되는 인연은 이때부터 시작되었다고 할 수 있다. 출감 후 최범술이 왜 꽃다발을 가져오셨느냐고 묻자, 그는 입감을 축하하는 뜻이라고 말한 바 있다.[38)

다만 합방 이후 한용운이 국내에 남아 전투론적 수양주의를 주장하며 고통과 쾌락의 변증법을 감내해야 했다면, 신채호는 상하이上海로 건너가 우남雩南 이승만(1875~1965)의 외교론과 도산島山 안창호(1878~1938)의 준비론을 비판하면서 무장투쟁 노선(전투론)을 고수하다가 전 세계적 차원의 민중 해방을 목표로 하는 아나키즘에 도달했다는 점에서 다르다.

사정이 이러함에도 불구하고 서경수는 건백서 제출을 한용운의 단독적인 발상에 의한 파계 조장 행위로 보고 실망감을 토로했고, 조성택(1957~)은 이해할 수 없는 행적이자 이중인격자에 가까운 태도라고 비난했다. 또한 식민통치를 평가하는 지표의 하나로 인구변동을 주목하는 복거일(1946~)은 건백서에 담긴 인구증가 방안의 의미를 헤아리는 대신 1910년 9월이라는 제출 시기만을 문제 삼았을 뿐이다. 그러나 한용운은

---

38) 최범술, 「철창철학」, 『나라사랑』제2집, 위의 책, p.86.

『조선불교유신론』에서 "부처님의 계율을 무시하여 승려 전체를 휘몰아 음계를 범하게 하고자 하는 것"이 아니라 '다만 그 자유에 일임'하자는 것이며, 승려들이 결혼하면 자식을 낳아 교세를 확장 보존할 수 있을 뿐 아니라 기취와 개걸 생활로 배척을 받았던 불교도의 경제적 의존성은 물론 식민 문제까지 해결할 수 있다고 말했다. 그는 원리적으로 자연과의 공생이 있을 수 없는 노동의 시대—그의 말을 빌리면 종족주의가 만연한 가운데 생산의 기술과 위생에 관한 학문이 발달하고 금력에 의해 문명의 성패가 결정되는 사회—를 사는 한 조선의 승려들 역시 생산의 주체로서 민족의 번영에 복무해야 한다고 생각했던 것이다. 당시 조선의 승려들은 아직 포교도 못하는 푸대접을 받고 있었기에 더욱 그렇다.

> 당국자의 조사를 거한즉 조선의 승려 수는 약 6천명에 달하되 조선 종교 취체取締의 방침이 차등此等 승려는 범경梵經을 강론할 뿐이오 포교에 종사함은 절대적으로 허가치 아니 하였으나 금일 병합이 성립된 이상에는 기 금법禁法을 잉용仍用할 필요가 무할 뿐 아니라 일본의 제도를 견문한 즉 승려는 송경誦經 이외 포교에도 종사케 할지라. 고로 금후에 당국자는 내지의 승려와 동同히 취급할 것은 이무가론已無可論이거니와 포교 등도 임의위지任意爲之케 할 방침으로 목하 취체 규칙과 여한 자를 기초하는 중이라더라.[39]

기술적 도구 체제 중심의 노동 집약형 근대사회가 많은 인구를 필요로 하는 것은 너무 당연하다. 승려들의 결혼을 허락해 달라는 주장은 당시 지식인들이 국가 멸망의 위기 속에서 발견한 국력 증진 방안의 하나라고 할 수 있다. 그러나 국가를 잃고 노예화된 사회에서 개인은 얼마나

---

39) 「조선 승려에 대한 방침」, 『매일신보』(1910.10.29)

자유로울 수 있는가. 또 승려들에게 결혼을 허용해야만 인구는 늘고 국력은 신장하는가.

서경수가 출가는 효, 불효의 세속적 차원을 넘는 행위이며, 승니의 금혼이 계속된 오늘도 인구는 폭발적으로 증가하고 있으므로 한용운의 주장은 그 논리 근거가 너무 약하고 부족하다[40]고 비판했던 것도 무리는 아니다. 또 조선인을 순량한 신민臣民으로 만들려고 했던 총독부 역시 한용운의 열정과 원모(?)를 용인할 만큼 순진하지 않았다.

한용운은 당시 여론의 지지와 내부령으로 발표한다는 소식에 고무되어 건백서를 제출했겠지만, 일제는 1912년 6월에 제정한 본말사법에서 '취처담육娶妻啗肉하는 승려는 일체 직임職任과 비구 구족계를 불허하고 처자는 사원에 거접居接함을 부득不得한다.'[41]고 못을 박았다. 엄정한 계율을 존중하는 승려들의 반발을 무릅쓰면서까지 승려의 결혼을 허가할 필요를 느끼지 못했던 것이다.

그런데도 한용운은『조선불교유신론』에서 다시 한 번 이 문제를 거론하면서 합방 이전부터 갖고 있던 자기의 소신을 펼쳤다. 정토진종의 창시자 신란이 에신니惠信尼와 결혼했던 것을 잘 알고 있던 그였던 만큼 자신의 건의가 받아들여질 가능성이 있다고 확신했던 것일까. 그러나 "서역(=불교) 교육의 시작 이래 처음으로 승니의 결혼을 간청하였으니 부처님의 율의를 깨뜨린다고 어찌 거리끼겠는가? 중추원에 헌의서를 낸 뒤에 다시 통감에게 건백서를 인구를 늘리는 정책에 대해 설파하였으니 그 마음은 매우 모질고 그 성정 또한 급하였다."[42]고 완곡하게 비판했던 이능화 역시 승려의 결혼을 이렇게 반대하고 있다.

---

40) 서경수,「만해의 불교유신론」,『한용운사상연구』, 위의 책, p.94.
41)「사법균일건」,『조선불교월보』6(1912.6)
42) 이능화,『조선불교통사』, 위의 책, p.126.

오늘날 그리스도교에는 천국을 위하여 스스로 거세한 이가 있고 또 천국을 위하여 아내를 얻지 않는 교사(천주교의 수사)가 있다고 받든다. 이것으로서 저것을 예로 하니 (불취不娶의 예는) 불교에 대해서만 그것을 염세 소극적인 무처無妻 절종絶種의 종교라고 볼 수 없다. 불교의 비구가 아내를 얻지 않는 것은 그리스도교의 교사教士와 똑 같을 뿐인데 어찌 다른 뜻이 있겠는가?[43]

한용운은 이런 안팎의 반대에도 불구하고 왜 승려의 결혼 문제에 이토록 집착했던 것일까. 남보다 앞서고 싶은 승부욕 또는 친체제적 성향 때문일까. 그러나 그가 체제협력적인 인간이었다면 취처담육에 관한 금지를 명문화한 마당에 굳이 재론하면서까지 총독부의 심기를 거스르지는 않았을 것이다. 결국 건백서 제출은 신채호처럼 망명하지도 못하고, 안중근처럼 장렬하게 순사도 못하며, 황현처럼 자결하지도 못한 채 국내에 남아 그날을 기다리며 살아야했던, 아니 죽으려 해도 죽을 수 없었던 자의 완고하고 편협한 소신에서 비롯되었는지 모른다. 그는 국가는 없어졌지만, 혼이 있는 한 민족은 영원하다고 믿으며 분노와 체념의 기묘한 공존 속에서 살아야했던, 그래서 총독부에 장서를 제출하는 굴욕을 마다하지 않았던 조선인의 한 명이었던 것이다.

그렇지 않으면 한용운이 미친 것 아니냐고 비난(?)했다는 — 확인되지 않은 사실이지만 — 박한영이 『조선불교유신론』을 감수하는 수고를 마다하지 않았던 이유를 설명할 길이 없다. 따라서 그가 합방된 지 얼마 안된 시점에 건백서를 제출했다고 해서 일제에 협력을 했다고 한다면, 이는 전후사정을 모르는 단견에 불과하다. 한용운은 1933년 유숙원과 재혼하면서 자신의 소신을 입증한 바 있다.

---

43) 같은 책, p.166.

　무릇 매화나무를 바라보고 갈증을 멈추는 것도 양생養生의 한 방법
이긴 할 것인 바, 이 논설은 말할 것도 없이 매화나무의 그림자 정도에
지나지 않는다. 나의 목마름의 불꽃이 전신을 이렇게 태우는 바에는 부
득불 이 한 그루 매화나무의 그림자로 만석의 맑은 샘 구실을 시킬 수
밖에 없는가 한다.
　요즘 불가에서는 가뭄이 매우 심한 터인데 알지 못하겠다. 우리 승려
동지들도 목마름을 느끼고 있는지. 과연 느끼고 있다면 이 매화나무 그
림자로 비쳐주시기 바란다.　　　　　—『조선불교유신론』「서문」 일부

　이 매화나무의 그림자를 보시한 공덕으로 그는 지옥행을 면하게 된
것일까? 그러나 목마름의 불꽃은 아직도 그의 몸을 태우고 있는 듯하다.
그는 건백서를 제출하면서 한 개인의 고함이 사면이 막힌 공간이 아닌
산골짜기에서 울릴 때 그 반향이 얼마나 다른지 느껴야 했다.
　그런 의미에서 이 사건은 경솔한 계몽주의자로 폭발할 수 있었던 뇌
관을 제거하는 계기가 되는 정신적 외상外傷이 되었을 가능성이 크다. 아
무리 순수한 동기에서 그랬다고 해도, 이는 타인의 의견이나 여론을 무
시한 자기중심적인 관점에서 비롯된 행동임을 부인하기 어렵다. "비타협
의 정신은 고집과 기벽으로 또는 창광猖狂으로 오해받는 수가 많다. 한용
운 선생도 그 지조 때문에 여러 가지 기벽이 있다. 참으로 선생을 이해
하고 보면 그 기벽은 기벽이 아니라 웃어버릴 수 없는 눈물이 깃들여 있
는 확집確執일 뿐"44)이라고 했던 것은 조지훈(1920~1968)이었다.
　이런 물의와 풍문 속에 '학식學識이 섬부贍富한' 교사로 화산의숙에 부
임했던 그가 박한영과 장금봉을 만나러 다시 선암사로 내려간 것은 무서
리가 하얗게 내리며 겨울을 재촉하던 1910년 가을 어느 날이었다. 2년

---

44) 조지훈, 「민족주의자 한용운」, 위의 책, p.265.

전 원종 종무원 설립총회가 개최된다는 소식을 듣고 서울로 올라왔다가 구암사로 내려가 박한영을 처음 만나 시국을 논할 때 마당의 한구석을 밝혀주던 황국은 다시 피었겠지만, 오늘 빼앗긴 들판을 걷는 마음은 비참했다. 장금봉이 주지로 있는 선암사가 가까워올수록 합방 일주일 후인 9월 10일 구례 자택에서 다량의 아편을 복용하고 4편의 절명시를 남기고 순사한 매천 황현이 자꾸 떠올랐다.

조수애명해악빈鳥獸哀鳴海岳嚬 새와 짐승도 슬피 울고 강산도 찡그리는데
근화세계이침륜槿花世界已沈淪 무궁화 삼천리 강산은 이미 망해버렸다.
추등엄권회천고秋鐙揜卷懷千古 가을 등불 아래 책 덮고 역사를 생각하니
난작인간식자인難作人間識字人 세상에서 식자 노릇 참으로 어렵구나.[45]

매천 황현은 추금秋琴 강위(1829~1884), 영재寧齋 이건창(1852~ 1898), 창강 김택영과 함께 한말 사대가로 명망이 드높던 선비였다. 그래서 그를 존경하던 박한영과 장금봉은 언제 만해가 내려오면 함께 찾아뵙도록 날을 받아두겠노라고 약속을 했던 적도 있다. 그 말을 듣고 너무 기뻐 매천의 시에 이렇게 차운했던 지난날을 생각하며 한용운은 터벅터벅 발걸음을 재촉했다.

▲ 매천 황현

반세소소불만심半歲蕭蕭不滿心 참으로 불만에 찬 반생이었기
천애영락독상심天涯零落獨相尋 하늘 끝에 떨어져 산수 찾았네.
병여화발추장박病餘華髮秋將薄 앓고 난 흰머리는 가을마다 성기어지리.
난후황화초부심亂後黃花草復深 난리 뒤에도 국화 피고 풀 또한 무성해.
강겁운공문서수講劫雲空聞逝水 겁을 강하니 구름 스러지고 물만 흘러
청경인거하선금聽經人去下仙禽 경을 듣던 사람 돌아가자 선조가 내려

45) 『매천야록』하, 위의 책, p.805. 절명시 4수 가운데 제3수. 필자 의역.

건곤정당풍진절乾坤正當風塵節 온천지가 바로 풍진을 만난 이때
긍수서천두보금肯數西川杜甫唫 어찌 두보의 난중시를 읊조리고 있으랴.
　　　　—「선암사에서 머물면서 매천의 시에 차운하다留仙庵寺次梅泉韻」

　사람이란 원래 사람이 될 수 없는 악운을 타고난 존재인지 모른다. 한
용운은 "국파산하재國破山河在　성춘초목심城春草木深(나라는 망해도 산하는
있어 성에 봄이 오니 초목이 우거진다)"이라며 울부짖었던 두보杜甫(712~
770)를 생각하며, '국가불행시인행國家不幸詩人幸(나라의 불행은 시인의 행
복)'의 역설을 씁쓸하게 절감해야 했다. 그는 매천의 영전에 향을 사르고
시 한 수를 바쳤다. 석양을 등지고 높이 치솟아 더욱 외로운 사시나무
숲에서 까마귀들이 '까악까악' 긴 울음을 터뜨리고 있었다.

　　취의종용영보국就義從容永報國 의에 나아가 나라 위해 죽으니
　　일명만고겁화신一暝萬古劫花新 만고에 그 절개 꽃피워 새로우리.
　　막류부진천대한莫留不盡泉臺恨 다하지 못한 한은 남기지 말라
　　대위고충자유인大慰孤忠自有人 그 충절 위로하는 사람 많으리니.
　　　　　　　　　　　　　　　　　　　　—「황매천」

▲ 대향大鄕 이중섭, 「달과 까마귀」(1954)

불교계의 남북 갈등

남래인南來人의 전설傳說을 문문한즉 강원도 인제군 백담사 승 한용운 씨는 학문과 지식이 유여有餘하여 불교계에 특색이 유有한 인으로 승려의 교육이 급무됨을 조이각지부己覺知하고 금년 하추下秋 간에 전남 각 사에 유력遊歷하여 교육에 대한 연설을 격절激切히 하는 고로 도처에 성대한 환영을 수受하고 기其 결과로 교육이 일층 진취되었는데 명춘明春에는 13도 각사各寺를 주행하여 교육을 대확장할 계획이라더라.[46]

한용운은 호남의 승려들 앞에서 "자유란 남의 자유를 침범하지 않는 것으로써 한계를 삼는다."고 외쳤다. 그는 나와 너, 여기와 저기, 과거와 현재, 지배자와 피지배자의 차등과 단절을 거부하며, '너'를 긍정하고 '나'를 부정하는 복종도, '나'를 긍정하고 '너'를 부정하는 독선도 부정한다. 이것은 어느 한쪽 질서 체계에 갇히지 않고 '나'를 지속하며 타자와 대화적 관계를 통해 새로운 '나'를 구성함을 의미한다. 한편으로 지속되면서 또 한편으로 새롭게 구성되는 나는 과거와 현재 미래라는 시간의 상호작용 속에서 살아 움직이며, 여기와 저기라는 공간의 상호작용 속에

---

46) 「불계명성佛界明星」, 『매일신보』(1910.12.17)

서 끊임없이 탄생한다. 그가 시대의 어둠에 굴복하지 않고 시인과 선승과 혁명가의 일체화를 이룰 수 있었던 것은 상의상대相依相待의 중론적 세계관과 무관하지 않다.

그는 말한다. 존재와 비존재의 구분에 집착하지 말고 존재의 상호성과 역동성을 깨달으라고 삼라만상의 이치가 그렇듯 역사도 원인과 조건의 상호작용에 의하여 끊임없이 변전한다고 지배자와 피지배자는 실체가 아니라 서로 의존하며 변화하는 '존재의 결여the absence of being'에 다름 아니라고……중론적 세계관에 입각한 그의 행동적 수양주의는 한쪽의 일방적 독주나 절대화를 용납하지 않는다. 그가 승려 교육의 급선무로 보통학, 사범학, 외국유학을 거론한 것은 이런 신념에서 비롯된다.

> 순천군 송광사에서는 보명학교를 설립하여 송광면과 연합하고 선암사에서는 상암면과 연합하여 교사를 연빙延聘하고 학도를 모집하여 열심히 교수한다더라.[47]

> 전남 제사諸寺에 보통학교 설립으로 언급하면 구례군 화엄사 내 신명新明학교 순천군 선암사 내 승선昇仙학교 송광사 내 보명普明학교 해남군 대둔사 내 대흥大興학교 장성군 백양사 내 광성의숙廣成義塾이니 학원學員이 다지多至 7~80명이오 소불하小不下 3~40명인데 왕추往秋로 기기起己하여 금추로 지지함에 학문 정도가 증증일상增增日上의 세勢가 유유有한 중 광성의숙은 부근 구사九寺의 전재錢財를 각집양집集하여 열심교육熱心教育 중인데 발기인은 배학산裵鶴山. 백화은白華隱, 임재근林在根, 박한영, 송만암宋曼庵, 김종래金鍾來 제씨오 과정은 고등 소학과와 농림실업과라더라.[48]

---

47) 「연합하여 흥왕」, 『대한매일신보』(1910.4.2)
48) 「호남 제사의 흥학」, 『매일신보』(1910.10.22)

전남 장성군 백양사 광성의숙의 진취 상황은 전보에 이게已揭어니와 該 숙장 박한영 씨가 열성교유熱誠敎諭한 결과로 생도의 학력이 일진日進하고 품행이 단아함을 인개人皆 찬송하더니 본년 3월 천장절天長節에 해군 헌병대장이 부근 7개 학교와 유지신사有志紳士를 다수히 청요請邀하여 경축식을 거행하였는데 취중就中 학생의 제제濟濟한 위의威儀와 임원의 섬부贍富한 학문은 광성의숙이 갑어전도甲於全道라더라.49)

▲신명학교 학생들과 스님

위의 기사는 "교육을 방해하는 자는 반드시 지옥에 떨어지고 교육을 진흥시키는 자는 마땅히 불도를 이루리라."고 외친 한용운이 왜 호남 지역의 사찰들을 찾았는지 그 이유를 잘 보여준다. 대둔사(대흥학교), 백양사(광성의숙), 선암사(승선학교), 송광사(보명학교), 화엄사(신명학교)에서는 합

49)「광성의숙의 진취」,『매일신보』(1910.11.26)

방 전부터 근대적인 교육사업을 전개하고 있었던 것이다. 그는 호남의 사찰을 순례하며 '선파괴 후건립'의 사자후를 토하며 오랜만에 통쾌할 수 있었다. 그러나 이런 의기투합의 기쁨도 잠시, 한용운은 일본의 신문을 통해 이회광이 일본에 건너가 조동종과 굴욕적인 연합맹약을 체결했음을 알게 된다. 한용운은 박한영, 장금봉, 진진응, 김종래 등과 이회광의 음모를 분쇄하고 종지를 수호할 것을 결의한다.

잠시 한국불교의 통할기관인 원종 종무원을 설립하고 통감부의 승인을 받기 위해 강제병합의 비극에도 아랑곳하지 않고 동분서주하고 있던 이회광의 행보를 살펴본다.

원흥사는 수일 전부터 종무원이라 자칭하고 종무원 소속 불교당을 중부 사동 등지에 건축할 차로 내부에 청원하여 인허를 맡아 오는 3월경에는 역사를 시작할 터인데 13도에 있는 각 절에서 연조한 백미가 2,000여 석이라더라.[50]

각도 사찰 총대 이회광 씨가 전국 불교를 통일하기 위하여 종무원을 설립하기로 청원하였는데 그 규칙의 청원은 지금 통감부에서 협의한다더라.[51]

승려 중 유명한 이회광 씨 등 몇 십 명이 재작일 동대문 밖 원흥사에 회동하여 불교당을 교동이나 사동 등지에 건축할 사건과 건축비 30만환을 각도 승려에게 수렴할 사건을 협의하였다더라.[52]

원종 종무원 주인 이회광은 중부 박동에 각황사라 하는 절을 건축하고

---

50) 「불교당 건축」, 『대한매일신보』(1910.2.8)
51) 「불교 종무원」, 『대한매일신보』(1909.2.18)
52) 「승려 회의」, 『대한매일신보』(1910.4.15)

불교에 당한 사무를 처리하겠으니 인허하라고 내부에 청원하였다더라.[53]

원흥사 중 이회광 석금허 양인이 발기하여 박동에 있는 동녕위궁을 3,000환에 사서 불교당을 건축할 사에 대하여 강원도 각 절에서 돈 6,000환과 삼남 각 절에서 보조한 백미가 천여 석 가량인데 불교를 확장할 차로 사내 통감에게 청원코자 하여 일진회장 이용구에게 소개한 즉 이용구가 말하기를 신임 통감이 이러한 사건은 주의치 아니하니 청원하여도 소용이 없을지라 시천교에 합동하여 불교를 확장하는 것이 좋다 하나 그 중들은 불긍한다더라.[54]

동대문 외 원흥사는 불교 원종 종무원이라 개칭하고 조선 각지방 사찰을 관할하는데 해원該院 주무 이회광 씨가 사찰 급 불교를 시찰하기 위하여 일전에 동경에 전왕前往하였다더라.[55]

중부 박동 각황사 주무 이회광씨는 일본 종무원 정황을 시찰차로 도왕하였다더니 거 11일 오후 8시 10분에 남대문 착着 경부 열차로 귀래歸來하였다더라.[56]

각황사 주무 이회광씨는 원종 종무원을 설립한 차로 규칙을 제정하여 내무부에 청원하였다더라.[57]

앞에서 우리는 1908년 3월 6일 원종종무원이 설립되는 순간부터 이미 원종과 조동종의 연합맹약 음모는 시작되었다고 말한 바 있는데, 위의 기사는 이것이 결코 과장이 아님을 보여준다. 이회광은 1910년 4월 이보

---

53) 「절을 짓겠다고」, 『대한매일신보』(1910.5.20)
54) 「불교 확장」, 『대한매일신보』(1910.6.29)
55) 「시찰 불교」, 『매일신보』(1910.10.6)
56) 「종무 시찰원視察員 귀경」, 『매일신보』(1910.10.13)
57) 「종무원 설립청원」, 『매일신보』(1910.10.22)

담과 홍월초로부터 인수한 명진학교를 불교사범학교로 개편하고, 전국사
찰에서 거둔 의무금으로 박동(수송동)에 각황사를 건립하여 조선불교중앙
회의소 겸 중앙포교소로 운용하기로 결정한다. 5월 16일, 13도 사찰 대
표들이 각황사의 운용 방침 및 원종 종무원의 성격을 한성부윤에게 신고
하지만 승인을 받지 못한다. 이회광과 원종 고문으로 추대된 다케다 한
시는 원종종무원의 인가를 받으려고 노력했으나 성과를 거두지 못하자,
원종종무원의 인가를 받는데 그치지 않고 아예 한국불교를 일본불교에
매종하기로 한다.

이회광은 합방의 치욕이 며칠도 지나지 않은 1910년 9월, 13도 사찰
총회를 개최한다. 그 의결 내용은 알 수 없지만 당시 주지들이 이회광에
게 위임한 것은 일본불교와의 연합 또는 원종 종무원의 인가를 통한 한
국불교의 발전책이었을 가능성이 크다. 이회광은 도일하여 조동종 관장
히로쓰 세쓰조를 만나 연합에 관한 면담을 한다. 그러나 히로쓰 세쓰조
는 한국불교를 지원할 수는 있지만 대등한 연합은 어렵다고 거절한다.
한국불교는 조동종과 연합할 만큼 발달하지 못했다는 것이다. 이회광은
조동종과의 연합을 전제로 위임장을 받은 것이지, 부속에 관련된 위임장
을 받은 것은 아니라고 변명하면서 어렵사리 연합을 성사시킨다. 하지만
말이 연합이지 그 내용은 한국불교의 낙후성을 자인하고 종단의 설립을
일본의 일개 종파인 조동종에 위임한 것에 불과하다. 그러나 원종 종무
원 설립 인가를 통감부로부터 받지 못해 초조했던 이회광은 조동종 종무
원에 의지하여 문제를 해결하려고 연합맹약을 체결했고, 이제 자신을 얻
어 종무원 설립 규칙을 제정하고 내부에 청원하고 있는 것이다.

이런 소식을 뒤늦게 알게 된 승려들은 아직 정식인가도 받지 못한, 더
구나 역사적인 종지가 아니라 한국 불교의 발전을 도모하기 위해 원용하

게 뭉쳤다는 뜻을 담고 있을 뿐인 원종의 종무원 '주무'에 불과한 이회광이 조선 불교계 대표를 자처하고 조동종과 굴욕적인 연합조약을 체결했다는 사실에 충격을 받지 않을 수 없었다.

특히 1907년에 도일하여 조동종대학에서 수강하며 그들의 속내를 어느 정도 파악했다고 자부했던 한용운의 충격은 예상보다 컸으리라 생각된다. 그가 이회광의 음모를 분쇄하는데 앞장서기로 한 것은 일본불교를 잠시나마 체험하면서 획득했던 정신적 제왕psychic king으로서의 자신감과 무관하지만은 않을 것이다. 아니, 그는 원종의 대표자이자 연상인 이회광이 자신과 '계합'했던 히로쓰 세쓰조 앞에서 머리를 조아리는 광경을 생각하면서 감추고 싶었던 자신의 또 다른 모습을 보았고, 그래서 더 절망하고 분노했는지 모른다.

한용운이 자신의 생애에서 가장 길었던 일본 유학 체험을 간단하게 회고하는 대신 상대적으로 짧았던 블라디보스토크에서의 사건을 여러 번 회고한 것도 여기서 비롯된다. 그는 「나는 왜 중이 되었나(1930)」, 「시베리아를 거쳐 서울로(1933)」, 「북대륙의 하룻밤(1935)」을 통해 블라디보스토크에서의 시련과 좌절을 점점 더 상세히 회고한 반면, 득의만만했음에 틀림없는 일본유학에 대해서는 「나는 왜 중이 되었나」에서 가볍게 한번 언급했을 뿐이다. 일련의 회고수필을 쓰던 시점에서 볼 때 일본유학은 그의 삶에서 표나게 드러내고 싶지 않았던 경력이었는지도 모른다. 일본은 은원恩怨의 양가치 심리를 주는 나라였던 것이다.

한용운은 연합맹약이 체결되었다는 기사를 보고 박한영, 진진응, 김종래 등과 함께 10월 5일(음력) 광주 증심사證心寺에서 총회를 소집했던 것으로 보인다. 그러나 개최날짜가 되어도 모이는 이가 없어 대회를 열지 못한다.[58] 한용운은 장단과 순천, 광주 등지를 오르내리며 연합맹약을 무

산시킬 대책을 숙의하는 한편 일본유학의 결산이라고도 할 수 있는 『조
선불교유신론』을 탈고(1910.12.8)한다. 다음은 금화산인金華山人 개석생介
石生이라는 필명의 승려 — 박한영인 듯하나 확인할 방법은 없다. — 가
조선불교는 임제종을 종지로 삼고 있으므로 조동종과 연합할 수 없다는
의지를 처음으로 완곡하지만 단호하게 표명한 글이다. 임제종운동의 시
작이다.

유唯 조선에는 구려이백제이신라句麗而百濟而新羅로 불법이 인차상승
鱗次相勝하던 시대를 추소追溯하면 선교禪敎 문호門戶와 오종기고五宗旗
鼓가 색색가관色色可觀하겠건만 고려 말엽에 당하여 태고 선사가 정신
북학挺身北學하여 호주湖州 석실 선사에게 의발衣鉢을 친수親授하니 시
是는 임제종臨濟宗 정맥正脈이라. 이씨조李氏朝에 입입하여 불교가 쇠미
衰靡한 영향으로 타종교는 적막무여寂寞無餘하고 유차唯此 태고太古 일
문一門만 기전箕箋을 근수謹守하니 연즉 구한舊韓 승려는 순일한 임제
종도라. (중략)
근일에 모상인某上人이 불교유신에 중열주도中熱周圖한다더니 일범
동도一帆東渡하여 구한 전국 승려의 대표로 자명自命하고 임제종 종도宗
徒를 조동종에 예속하기를 낙언성문諾言成文한 결과로 정부에 정서呈書
하야 동경 제신문에 첨조瞻照되어 자동自動 풍설이 자자하니 기기연호
豈其然乎아. 지방 승려도 인성人性을 천부天賦하였거든 황차況此 신교信
敎 자유시대에 처하여 이유도 미지未知하고 기반羈絆을 도수徒受하면
수지우雖至愚나 질호일언疾呼一言이 가무可無하리오.
우생愚生의 사유思惟는 수誰 종파는 불론不論하고 풍유風猷를 각파各
播하되 피일보추彼一步趨하거든 아일보추我一步趨하여 비지悲智를 쌍수
雙修하여 보도고해普渡苦海에 주즙舟楫을 용작用作하고 구시대의 허위虛
僞한 진습陳習을 척쇄滌刷한 이상에 신교미목新敎眉目을 신일월新日月에
제대齊對함이 가할지오. 노슬비안奴膝婢顔으로 오려吾廬의 종주宗冑를

58) 이능화, 『조선불교통사』, 위의 책, p.84.

탈사脫蹝하고 이가異家의 명령螟蛉을 감작甘作함은 유아불조惟我佛祖의 본회本懷가 기여시호豈如是乎며 피彼 조동종曹洞宗 주지主旨인들 여시如是하리오. 고주일염孤炷一焰이 사회死灰에 방근方近할지라도 오즘 백운형제白雲兄弟는 임제종 혜명慧命을 불부不負하고 종문宗門 범위 내에 전사죽사饘斯粥斯하다가 명월明月이 시지時至하거든 가풍家風을 염롱拈弄하리라.[59]

1911년은 임제종운동과 함께 시작된다. 한용운은 어렵사리 탈고한『조선불교유신론』을 출간할 엄두도 내지 못하고, 다시 광주로 내려가야 했다. 다음 기사는 조선의 선종은 태고 이래로 임제종의 법맥을 이어왔으므로 임제종이 정당하다며 종무원 발기 총회를 개최했으나 성원 미달로 대회를 열지 못했던 증심사 특별총회가 1911년 1월 6일 마침내 열렸음을 보여준다.

전남 래인來人의 전설傳說을 문문問한즉 금월 6일에 전남 제사 대표 김학솔金鶴傘, 김보정金寶鼎, 김율암金栗庵, 아회성阿檜城, 조신봉趙信峯, 김청호金淸湖, 장기림, 박한영, 진진응, 신경허申鏡許, 송종헌宋宗憲, 김종래金鍾來, 김석연金錫演, 송학봉宋鶴峰, 도진호都振浩 등 15인이 광주군 서석산瑞石山 하下 증심사證心寺 내에 특별총회를 개하였다는데 임제종문을 일층 확장하고 신구의 교학을 쇄신하여 신교자유의 목적지에 기달期達하는 것이 세계 종교인의 광위光偉한 의무라고 제제諸 산숙山塾 내에 포고하였다더라.[60]

이후 한용운은 박한영과 함께 송광사, 백양사, 범어사, 통도사를 넘나

59) 금화산인 개석생, 「구한 불교도를 내지 조동종에 예속하려는 사에 대하여」, 『매일신보』(1911.1.1)
60) 「불교 일신의 기機」, 『매일신보』(1911.2.2.)

▲순천 송광사 전경

들며 임제종 종무원을 설립하기 위해 백방
으로 뛰어다니기 시작한다. 박한영은 "이
와 같은 중대 문제를 그대로 둘 수 없어서
지금 47인의 한 사람으로 서대문 감옥에
들어가 있는 한용운과 나와 두 사람이 경
상도 전라도에 있는 각 사찰에 통문을 돌
려 반대운동을 하는데 그때는 30본산이 없
었소."61)라고 회고한 바 있다.

　사노 젠레이의 건백서 이후 일본승려들의 지원을 무비판적으로 수용했
던 불교계의 타인지향성을 교묘하게 이용한 이회광의 전횡을 뒤늦게 깨
달은 전라남도와 지리산 지역의 승려들이 집단적인 항의를 벌이는 가운
데 한용운은 임제종의 선두주자로 급부상한다. 1911년 1월 15일, 한용운,
박한영, 진진응, 장금봉, 김종래 등이 송광사에서 임제종 설립 임시총회
를 개최하면서 남쪽 임제종과 북쪽 원종의 대립과 갈등은 본격화되기 시
작된다. 당시 상황을 이능화는 이렇게 기록하고 있다.

　　총회에 온 사람들은 전라남도와 지리산 일대의 승려들이었다. 이때
　임제종 종무원을 송광사에 설립하기로 결의하고 관장을 투표로 뽑았는
　데 선암사의 김경운과 백양사의 김환응이 모두 덕망을 갖추었으므로 득
　표수가 서로 같았다. 여러 번 재투표를 하였으나 번번이 같아 마침내
　선출방법을 따로 정하여 경운 스님으로 확정하였지만, 노쇠하여 (산문)
　밖으로 나올 수 없었기에 한용운이 그 권한을 대리케 하였으며 또 임제
　종 포교당은 광주부 안에 설립하였다."62)

61)「선하심후하심先何心後何心」,『동아일보』(1920.6.28)
62) 이능화,『조선불교통사』, 위의 책, p.84.

한용운이 박한영과 함께 임제종운동의 실질적인 주역으로 등장하는 순간이다. 그러나 임제종운동은 "실상은 다 같은 선종이지만 조동은 그 계통이 다른 파이고 임제는 자기 집안이라고 하는 데에서 생겨난 반감으로 인한 것이고, 종지가 분명하지 않아 당파— 남당南黨 임제종臨濟宗과 북당北黨 원종圓宗 — 사이에 암투가 일어났던 것"63)이라는 설명이 보여 주듯, 처음부터 일정한 한계를 안고 시작한 운동이다.

가령, 위에서 보듯 연로하다는 이유로 임제종 관장직 수락 요청을 극구 사양했던 김경운이 불과 1년 후인 1912년 각황사에서 성대한 법연法筵을 열고, 1916년 1월 2일에는 선교양종30본산연합사무소 제5회 주지 총회에서 포교사로 임명되는 것을 보면 임제종운동이 얼마나 허약한 기반 위에 서있었는지 알 수 있다. 그러나 박한영은 선암사에서 가르침을 받은 김경운을 퍽 존경한 듯하다. 그의 한시 「경운 스님 회갑을 맞아」는 물론 "나는 동시대 스님으로 석전을 가장 존경하는데 석전이 자주 조계산 장로인 경운 스님의 계행이 높고 여러 경서를 가르쳐 교화 받은 자가 아주 많다고 하니 대개 명승이라."는 위당 정인보의 증언64)은 저간의 사정을 알려준다.

  2월 11일 전라남도 순천군 송광사에서 교호嶠湖 양남兩南의 고승 300여 인이 회동하여 조선 임제종 종무원 발기 총회를 개함은 전보에 이게 已揭하였거니와 금수에 기其 취지서 전문을 게재하노라.(중략)
  시이是以로 아불세존의 심수정맥心授正脈 즉 조선에 유일무이로 전래한 임제종 자신애물自信愛物의 광덕진리를 세계에 소개전포하여 삼라만상으로 공락태평共樂太平하기 위하여 조선 임제종 종무원을 설립하고

63) 같은 책, p.84.
64) 『담원문록』상, 위의 책, p.256. 정인보는 「경운대사비」도 썼다. 『담원문록』중, pp.341 ~348.

단순한 종교적으로 호발毫髮도 정치에 무관한 지위에 처하여 초매시대
草昧時代의 미신사상을 일벽—闢하고 양간兩間에 충허充虛한 본분도덕
을 발휘하여 인물계의 행복을 증진하겠으니 정회원은 전 지구 16억만
인으로 명예회원은 무량화장세계無量華藏世界 여무량화장세계與無量華
藏世界 중中 소유所有 일일물——物로 편성編成하기로 주의注意하며 목
적은 유아인물동포唯我人物同胞가 극락에 병진竝進하기로 정하오니 애
형에제는 자애하시고 애타하실시어나.65)

1911년 2월 11일, 영호남을 대표하는 승려 300여 명이 송광사에 모여
조선 임제종 종무원 발기 총회를 개최한다. 그러나 임제종운동은 호남지
역에서 전폭적인 환영을 받았던 것만은 아닌 듯하다. 임제종 진영의 간
곡한 합류 제의를 뿌리치고 진종 대곡파에게 예속을 자청한 대둔사 같은
절도 있었다. 이런 현실을 안타깝게 생각한 『매일신보』의 기자는 이 절
의 역사적 유래를 설명하며 다음과 같이 보도하고 있다.

전남 래인의 전설을 문한즉 해남군 대둔사는 남중승구南中勝區라 서
산대사의 의발명장衣鉢命藏한 고도량古道場인 고로 거금 백여 년에 표
충사를 치향致享할 뿐 아니라 정다산丁茶山 김완당金阮堂과 종유從遊하
던 고승 운사韻士의 수불강도垂佛講道하는 고찰이라.
근일 상황은 전성 고대에 불급不及하나 구강신숙舊講新塾이 제시諸寺
에서 불하不下한데 금월 20일에 호남 중 임제종파 총대원이 해사에 전
왕前往하여 신교숙 발전과 구종제 개량 문제로 용심권유用心勸諭하려
한즉 해사 주직 박청봉朴晴峰 고월초高月初가 근일 목포에 도왕渡往하
여 진종 대곡파 출장원 등영환십藤永環什 씨에게 교섭하여 해사 전부를
진종에게 예속하겠다고 연명 조약서를 제출함에 기경己經 수일數日인즉
임제 본종의 주의注意는 불납不納하고 진종의 특색을 자금전포自今傳布

65) 「아불세존我佛世尊의 대도大道」, 『매일신보』(1911.4.5)

하리라고 양언颺言 한다더라.66)

이런 가운데 1911년 4월 2일 『매일신보』에서 "원흥사 승 이회광이 수
년 전부터 소위 종무원을 설립하여 13도 내의 각 사찰을 조종操縱코자
하는 야심을 포포抱하고 백반百般 운동하되 여의치 못한지라. 작년 추경秋
頃에 동경에 왕往하여 조선 원종의 대표라 자칭하고 조동종 종무원에 대
하여 원종 종무원의 설립 인가를 의뢰할 새 좌左와 여如한 내약內約을 체
결하였더라."는 비난과 함께 연합맹약 전문을 6개월 만에 처음으로 보도
하면서 임제종 진영은 크게 고무된다.

1. 조선 전체의 원종 사원 중은 조동종과 완전 영구히 연합동맹하여 불
   교를 확장할 사
1. 조선 원종 종무원은 조동 종무원에 고문을 의촉依囑할 사
1. 조동 종무원은 조선 원종 종무원의 설립 인가를 득함에 간선의 노
   勞를 취할 사
1. 조선 원종 종무원은 조동 종무원의 포교에 대하여 상당한 편리를 도
   할 사
1. 조선 원종 종무원은 조동 종무원에서 포교사 약간원을 초빙하여 각
   수사首寺에 배치하여 일반 포교 급 청년 승려의 교육을 위탁하고 우
   又는 조동 종무원이 필요로 인하여 포교사를 파견하는 시時는 조선
   원종 종무원은 조동 종무원의 지정하는 지地의 수사나 혹 사원에 숙
   사宿舍하여 일반 포교 급 청년 승려의 교육에 종사케 할 사
1. 본 체맹締盟은 쌍방의 의가 불합하면 폐지 변경 혹 개정을 위할 사
1. 본 체맹은 기其 관할처의 승인을 득한 일로 효력을 발생함
                메이지 43년(1910) 10월 6일 조선원종 대표자 이회광(印)
                          조동종 종무대표자 홍진설삼(印)67)

66) 「대둔사 예속 진종」, 『매일신보』(1911.2.28)

이제 연합맹약의 음모는 물거품으로 돌아가는 듯했다. 더구나 이회광은 공금을 무단전용하면서 '승복 입은 도적袈裟賊'이라는 비난마저 받고 있었다. 다음 기사는 그 내막을 보여준다.

각황사 승 이회광은 하등 긴급한 사용이 있던지 해사該寺의 가권家券을 전집득화典執得貨코자 하여 주지승에게 연서聯書함을 청하거늘 주직住職이 거리책지據理責之하며 왈曰 차사此寺는 오등吾等 기개인幾個人의 소유가 아니오 즉 각도 승려의 공유재산인즉 불가하다 하는지라. 어시於是에 회광이 자인自印만 날접하여 모 상궁尙宮에게 전집하고 금화 600원을 채용債用하였으니 가위可謂 가사적袈裟賊이라는 세평이 유하다더라.68)

전향적이고 긍정적인 해결에 대한 부푼 희망도 잠시, 총독부는 "호발毫髮도 정치에 무관한 지위"에 있겠다는 임제종 진영의 다짐에도 불구하고 이 운동이 원종을 반대하는 종지 수호의 차원을 넘어 일제에 대한 저항으로 확산될 수 있음을 간과하지 않았다. 각 지방 사찰의 소속 재산을 관리한다는 명분69)을 내세우며 불교계를 옥죄고 있던 총독부는 6월 7일, 사찰령을 발표한다. 이어 9월에는 사찰령 시행에 관한 처무 방법과 주지 취직 인가 신청서와 양식70)마저 결정하여 발표한다.

번화복잡繁華複雜이 일개의 연극장에 불과하고, 화복禍福의 설설로 우부우부愚夫愚婦의 전곡錢穀을 사취하며, 연소여니年少女尼를 간통하여

---

67) 「운동적 체맹」, 『매일신보』(1911.4.2)
68) 「가사적袈裟賊의 전사典寺」, 『매일신보』(1911.4.18)
69) 「사찰재산 보관규칙」, 『매일신보』(1911.2.24) 「사원재산 관리규칙」, 『매일신보』(1911.5.25) 참조.
70) 「사찰령 시행방법」, 『매일신보』(1911.9.10) 「총독부 공문」, 『매일신보』(1911.9.13) 참조.

탕자의 행색과 무이無異한 자도 유유有할 뿐 아니라 음남녀淫男女를 소개하여 승사僧舍를 상화실賞花室로 작作하는 자도 유有하며, 승중僧衆이 작대作隊하여 만반주효滿盤酒肴를 불당 전前에 성설盛設하고 혹와或臥 혹무或舞하여 세난봉가細難奉歌와 각색 홍타령을 박수제창拍手齊唱하여 만목소도萬目所睹에 일호一毫의 고기顧忌가 무無하다 하니 피彼 완명무치頑冥無識한 승도僧徒는 족히 괘치掛齒할 바 무하거니와 열위列位 나한의 수욕羞辱을 우遇함이 어찌 한심치 아니하리오.[71]

사찰령이야말로 이렇게 타락한 불교계를 교정하고 보호하기 위해 베푼 '신우로新雨露'임을 자랑하는 걸 잊지 않았던 총독부는 다음과 같이 엄중하게 경고하고 있다.

제군은 기백년幾百年의 원굴冤屈을 해탈하고 신우로新雨露에 목욕코자 할진대 일체행동을 국민의 자격을 자수自守하며 교문敎門의 종지를 물실勿失하여 교육 급 기타 실업을 주의注意하여 무뢰배를 면하고 각기 분내分內를 수隨하여 중생을 제濟하기로 두뇌를 작하면 족히 상등의 지위에 처하려니와 약若 매미埋尾를 불변하고 숙철宿轍을 부답復踏하면 기其 모시侮視 급 천대를 수受함이 우尤히 왕일往日보다 심할지니 사思할지어다 유지자 제승諸僧이여.[72]

상황은 임제종 진영에게 불리하게 전개되기 시작했다. 그러나 임제종 종무원 관장대리 한용운은 중앙포교당 설립에 더욱 박차를 가했다. 그는 이 운동의 향방이란 결국 사찰령이라는 핵우산 밑으로 조동종과 연합맹약을 체결한 북쪽 원종이 들어가느냐, 아니면 남쪽 임제종이 들어가느냐 하는 경쟁에 불과하다는 사실을 인정하고 싶지 않았는지도 모른다.

71) 「사찰과 유객」, 『매일신보』(1911.5.24)
72) 「경고 승려」, 『매일신보』(1911.9.29)

　　호남 승려 김학산 장기림 한용운 제씨 등이 임제종을 확장하기 위하
여 영남 통도 범어 등 제찰諸刹에 전왕前往하여 통도사 해인사 송광사
로 삼본산三本山을 정하고 범어사 임시 종무원을 정하고 사법과 승규를
정제하야 총독부에 신청하려 한다더라.73)

　　폭풍처럼 지나간 1911년은 한용운에게는 가장 보람찬 한 해였는지 모
른다. 임제종운동의 불길은 교호 양남을 넘어 영남으로 번져가고 있었고,
그는 숯불처럼 이글거리던 해방적 관심과 혁명적 열정을 마음껏 불태우
며 식민지의 적자赤子라는 사실도 잠시 잊을 수 있었기 때문이다. 그러
나……

▲ 1904년 무렵 부산 동래 범어사의 종루

73) 「조선불교 임제종 확장」, 『매일신보』(1911.10.3)

임제종운동의 빛과 그림자

(임제종은) 임자년(1912) 5월 5일에 이르러 하동 쌍계사에서 제2차 총회를 또 열었는데 이 절은 제1차 총회 때에 정한 임제종 출장소였다. 이때에 각 절 대표로 총회에 온 승려가 백여 명이었는데 임제종지를 널리 떨치기로 의결하고 다섯명(한용운, 김학산, 장기림, 김종래, 임만성)을 뽑아서 범어사로 보내 임제종에 들어오도록 권유하였다.

범어사는 처음에 조직총회(즉 송광사에서 열린 대회)에 초청되지 않았다는 이유로 사양하고 그 요청을 따르려 하지 않았다. 이때에 임제종 임시종무원을 해당사찰(범어사)로 옮겨 설치하기로 약속한 후에야 그 요청을 따랐다. 이 약정은 한용운 김종래 임만성 세 승려가 주도하였고 다수가 그를 좇아 이루어졌던 것이다. 이때 범어 일방은 임제종지로 사시寺是를 이루게 되었고 동래 초량 대구와 서울 등 네 곳에 포교당을 설립하여 임제종을 그 칭호로 드러내었다.[74]

알다시피 이회광이 주지로 있던 해인사는 팔만대장경을 봉안하여 법보사찰이라고 하고, 보조국사 지눌(1158~1210) 이래 16국사를 배출한 송광사는 승보사찰이라고 하며, 통도사는 부처님의 진신사리와 가사를 봉

---

74) 이능화, 『조선불교통사』, 위의 책, p.85.

안하여 불보사찰이라고 한다. 그런데 선찰대본산禪刹大本山으로 불리는 범어사가 임제종으로 종지를 결정하는 과정에서 초청을 받지 못하자 주지 오성월(1866~1943)의 심기가 불편했던 것이다. 남북의 갈등에는 사찰 사이의 보이지 않는 자존심 경쟁도 한몫을 하고 있었던 셈이다.

일본에서 돌아와 잠시 범어사에 머물렀던 한용운이 그동안의 경과를 설명하면서 오성월의 오해를 풀기 위해 설득하는 장면이 눈에 보이는 듯하다. 임제종 진영이 임시 종무원을 송광사에서 범어사로 옮겨 법맥을 견지하려는 노력에 박차를 가할 수 있었던 것은 그의 이런 노력이 있어 가능했다고 생각된다. 그러나 더 이상 임제종운동의 확산을 원치 않았던 데라우치 마사타케는 범어사의 오성월과 통도사의 김구하(1872~1965)를 총독관저로 불러 사찰령 취지를 설명하면서 협조를 당부한다. 무언의 압력이었다.

▲ 남산에 있던 조선총독부 관저. 양쪽의 느티나무는 지금도 그대로 남아 서울시 보호수(고유번호 : 서26과 27 중구 예장동 2-1)로 지정되어 있다.

석시昔時의 세력이 일망타진하고 근근僅히 세상에 존재하였을 이이而已러니 전년 일한이 병합한 이후로 성택聖澤이 13도에 보흡普洽하여 피등彼等도 역亦 구시대의 습관을 탈탈脫하여 보통인普通人으로 수數함에 지하였고 거찰巨刹의 주직住職은 총독의 인허 기타는 도장관道長官의 인허를 수受케 되었으니 피등彼等의 희흡는 형언키 난難하도다.

고로 일반 승려 등이 최最히 선정善政을 구가謳歌하는 중 경상도 중 범어사의 오성월, 통도사의 김구하 기타 이삼의 각 주지는 1월 경성에 내래來하여 연하年賀로 인하여 총독저總督邸에 내래하였을 시에 사내寺內 총독은 즉시 차를 인견引見하고 각 사찰령 발포의 취지를 설명하되 금후 조선의 승려된 자는 전의專意로 교학의 연구에 진력하라 유계喩誡도 유有하였다는데 피등은 공구감읍恐懼感泣하여 선정을 구가하는 중이라 더라.75)

한편, 사찰령이 발표되자 명진학교 운영권을 이회광에게 넘겨주었던 이보담이 발 빠르게 재기를 도모한다. 다음 기사는 이보담이 총독부의 동향에 얼마나 민감하게 촉각을 곤두세우고 있었는지 잘 보여준다.

일반 승려의 학식의 멸여蔑如함을 개석慨惜하여 거去 병오년丙午年 (1906) 분分에 일변으로 불교연구회를 설하고 일변으로 사립 명진학교를 설립하여 3년간을 교육하다가 재정의 곤란을 인하여 폐교됨은 일반이 개탄하는 바이어니와 하행何幸 작년 8월경에 총독부에서 사찰령을 발포하여 각 사찰에 주지를 선치選置함은 청년 승려를 양성 교육하라 함인즉 금일을 당하여 본사 승려 60여명을 삼분三分하여 노사老師는 본사 만일회萬日會의 염불을 위업爲業하고 사주寺主는 사중사무를 성리주무하고 청년은 학문을 위업하여 각기 책임에 진력할 뿐 아니라 인민을 교화하여 장래 동불교同佛敎가 일익발전함을 희망하노라 하였다더라.76)

75) 「승려 선정에 감읍」, 『매일신보』(1912.2.11)
76) 「봉원사 주지의 권유」, 『매일신보』(1912.2.25)

(可認物部郵種三第)(日五廿月二年五十四治明)

朝鮮佛教月報

第一號

明治四十五年二月二十五日每月一回二十五日發行

▲『조선불교월보』 창간호

한용운이 명진학교에서 수학한 사실을 밝히지 않은 이유를 짐작할 만하다. 또한 그가 강제합방의 치욕 속에서도 『조선불교유신론』을 탈고했던 것은 이런 정치승들의 기회주의적 행태에 대한 분노와 무관하지 않을 것이다. 그러나 다케다 한시를 비롯하여 친일파 관료들의 후원으로 총독부의 신임을 얻는데 성공한 이회광은 끄떡도 하지 않았다. 그는 유명무실했던 잡지 『원종圓宗』(김지순 1910.1~1910.2 총2호)을 폐간하고 『조선불교월보』(권상로 1912.2~1913.8 총19호)[77]를 발행하고, 사립호동학교를 지원하면서, 권력의 기반을 더욱 공고하게 다져나갔다. 그럼에도 불구하고 한용운은 여전히 임제종 포교당 설립을 서두르고 있었다.

경상남도 부산부 범어사에서는 포교당 일소一所를 경성에 우위又爲 건축코자 하여 해사 추일담秋一淡 씨가 기 사무 간선인幹旋人으로 상래上來하였다더니 사동 등지에 48간의 가옥 일좌를 2,200원에 매수하였다더라.[78]

경상남도 부산부 범어사에서 경성에 포교당을 건축함은 전호에 기보한 바어니와 기其 매입한 가옥은 즉 사동寺洞 전일前日 선타관仙陀館이라. 기其 기지基址의 저함底陷함과 협소함을 혐의嫌疑하여 경更히 전동典洞 중동학교를 인계하여 해該 학교 내 가옥 일좌一座를 포교당으로 사용하고 매수한 가옥 즉 선타관은 사무소로만 사용할 계획이라더라.[79]

경성 북부 사동에 재한 범어사 포교당은 해 가옥 전부를 훼철毁撤하

---

77) 「종무원 월보 출판」, 『매일신보』(1912.3.10)
78) 「교당운동」, 『조선불교월보』2(1912.3.25) p.64.
79) 「중동인계」, 『조선불교월보』3(1912.4.25) p.64

고 기其 1,250원의 예산으로 신건축하는 중인데 본래 남향으로 건建하
였던 자者를 동향으로 한다더라.80)

부산 범어사 중 한용운 등은 경성 중부 대사동 등지에 조선 임제종
중앙포교당을 설립하고 임제종의 진리 도덕을 세계에 발포할 목적으로
오는 음력 4월 10일에 성대한 개교식을 설행하기로 지금 준비하는 중이
라더라.81)

1912년 5월 26일, 한용운은 마침내 범어사의 주도와 통도사, 백양사,
대흥사, 구암사, 화엄사, 천은사, 관음사, 용흥사의 후원으로 신축한 임제
종 중앙포교당82) 강단에 올라 당당하게 취지 설명을 할 수 있었다. 경성
의 한 공간에 소의 뿔처럼 북쪽 원종과 남쪽 임제종의 종무원이 마주보
고 선 것이다. 각황사는 박동(수송동) 12통 1호에 있었고, 임제종 중앙포
교당은 사동(인사동) 28통 6호에 있었다.

경상남도 부산부 범어사 주최로 경성 사동 28통 6호에 포교당 건축
함은 전보前報에 누게累揭한 바어니와 공역工役이 취필就畢하므로 문패
는 조선임제종 중앙포교당이라 하고 5월 26일(음 4월 10일)에 개교식을
거행하였는데 기其 식순은 여좌如左하더라.83)

해인사 승려 백용성(1864~1940)이 연설을 했고, 이능화와 매일신보사
주간 극재克齋 정운복(1870~1920)이 찬조연설을 했으며, 묘향산 보현사
의 개교사開敎師 후루카와 다이코와 윤태홍, 현제용, 손덕봉, 서광전 등

80) 「교당신축」, 『조선불교월보』4(1912.5.25) p.74.
81) 「임제종의 개교식」, 『매일신보』(1912.5.17)
82) 「포교구 현상 일람표」, 『조선불교월보』19(1913.8.25)
83) 「개교식장」, 『조선불교월보』5(1912.6.25) pp.69~70.

나중에 거사불교운동에 참여하게 되는 신사들이 축사를 했다. 그러나 한용운은 사찰령이라는 현실을 거부할 수 없었던 북쪽 원종과 남쪽 임제종의 승려들이 숨죽이고 타협안을 마련하고 있을 때 홀로 만장의 기염을 토했던, 아니 아직 비정한 식민지 권력의 맨 얼굴을 보지 못했던 혈기방장血氣方壯한 개혁승에 불과했다.

총독부는 사찰령을 발표하기 전부터 조선 불교는 전통적으로 선교겸수禪敎兼修를 종지로 삼아 왔다[84]는 내용을 선전하고 있었다. 이런 주장은 경성고등보통학교 교유敎諭였던 다카하시 도오루의 「조선 불교 종지의 변천」[85]에서도 확인된다. 임제종운동이 어떤 형태로 변질될 것인지 예의 주시하고 있었던 그들은 조선의 불교를 전통적인 종지에 의해 육성한다는 명분을 내세워야 했던 것이다.

총독부의 이런 의도를 모를 리 없던 이회광은 임제종 중앙포교당 개교식이 거행된지 불과 이틀 후인 5월 28일, 11본산 주지들과 모여 4개의 안건 — 사법寺法과 사찰령 시행규칙 준봉, 사법 제정, 본원 과거 관계 의결, 본원 미래 방침 논정 — 을 결정하고, 6월 7일 각황사에서 30본산 주지회의를 개최한다는 통첩을 발송한다.

각 본산 주지들이 상경하고 있던 6월 1일, 북부 경찰서(종로 경찰서)의 서장 스즈키 오모타미鈴木重民는 관청의 허가 없이 기부금을 모집했다는 죄목으로 한용운을 긴급체포한다. 무언의 협조요청이자 위협이었다. 한용운은 조선총독부 관저에서 데라우치 마사타케에게 일장 훈시를 들어야 할 만큼 비중 있는 유명인사도, 본산주지도 아니었지만, 어느새 공권력의 주목을 받는 요시찰 인물이 되었던 셈이다. 그러나 우리는 그날 그

---

84) 강석주 박경훈 공저, 『한국근세불교백년』, 위의 책, p.51.
85) 『매일신보』(1914.11.7)

가 어떤 언어의 폭력과 육체의 고통을 당했는지 모른다. 다만 정치승 이회광의 권모술수는 개혁승 한용운의 패기와 열정을 압도했다는 것, 또한 한용운이 이 날처럼 망국민의 설움을 뼈저리게 느꼈던 적도 없었으리라는 것만은 충분히 알 수 있다.

　　중부 사동 임제종 중앙 포교당 주무 한용운은 관청의 인허認許도 없이 기부금 1,000여 원을 모집한 일로 인하여 북부 경찰서에 피착하였다더니 해서該署에서 심사한 후 지나간 토요일에 경성 지방법원으로 압송하였다더라.[86]

　　중부 사동 임제종 중앙 포교당 주무 한용운 화상이 인허 없이 기부금을 모집한 일로써 북부 경찰서에 피착되었다는 말은 이미 기재하였거니와 다시 확실한 소문을 들은즉 북부 경찰서에서 불러들여 전후 사실을 조사한 후 그 문부間좀는 아직 해서該署 두고 한용운 화상은 즉시 나와 처분만 고대하는 중이오 검사국으로 압송한 일은 당초에 없다더라.[87]

1912년 6월 17일, 강구봉(패엽사), 강대련(용주사), 김구하(통도사), 김금허(유점사), 김륜하(석왕사), 김만호(기림사), 김지순(전등사), 김혜옹(금룡사), 나청호(봉은사), 박철허(보석사), 서진하(법주사), 신호산(성불사), 이회광(해인사), 오성월(범어사), 이순영(법흥사), 장보명(마곡사), 조세고(건봉사) 등 이른바 남북을 망라한 주지 17명과 김일운(봉선사), 김상숙(위봉사), 김치암(고운사), 박한영(백양사), 신경허(대흥사), 이계호(월정사), 정환조(귀주사) 등 7명의 주지대리가 참석한 가운데 30본산회의는 일사불란하게 진행된다.
남쪽 임제종과 북쪽 원종의 승려들은 범어사 주지 오성월의 발의와

86) 「검사국으로 압송」, 『매일신보』(1912.6.4)
87) 「한용운 사실의 후보後報」, 『매일신보』(1912.6.5)

금룡사 주지 김혜옹의 동의라는 형식을 빌려 '본원 과거의 건' 즉 남북 갈등을 해소88)한다. 급진적인 개혁보다 개량주의적 해결을 선호했던 남북의 대표들은 총독부의 내부방침대로 『경국대전』의 사례를 들어가며 조선선교양종이라는 종지로 결정한 것이다. 6월 20일, 원종 종무원 명칭을 조선선교양종 각본산 주지회의원으로 변경한다. 그리고 다음날 경성부는 원종(이회광, 강대련)과 임제종(한용운) 양측을 소환하여 각 종무원의 현판을 철거하라고 명령한다.89) 불교계는 승려들의 도성 출입 문제에 이어 종지 결정마저 다시 한 번 타자 일본의 힘에 의하여 해결한 것이다.

임제종 중앙종무원의 현판을 철거하던 1912년 6월 21일은 한용운의 해방적 관심과 혁명적 정열이 훼손된 현실에 의해 부인되는 순간이며, 근대불교의 태생적 한계가 전면적으로 확인되는 치욕의 순간이기도 하다. 이 과정을 옆에서 지켜본 불교학자 이능화와 조선광문회의 주인 최남선은 이렇게 말하고 있다.

따라서 북당 승려들은 원종도 포기하고 임제종도 불필요하게 되어 이에 선교양종으로서 사법을 제정하였으니 그 본래의 뜻이 이와 같기 때문이 아니라 높은 곳의 뜻에 영합한 것이다. 그러나 이회광이 신청한 선교양종 법찰 대본산 해인사 본말사법은 맨 먼저 승인하였고(이해 7월 2일) 기타 본말사법도 모두 그것을 본받아 차례로 승인되고 시행하게 되었다. 이는 북당에서 종지를 별도로 정하고자 하였던 것이 여기에 이르러 실현될 것이며, 스스로 원종을 세우거나 사사로이 임제 등의 종지를 세운 일 등이 함께 수포로 돌아갔던 것이다. 또한 정무총감으로부터 사찰령 시행 취지의 유시(1911년 9월 10일 관통첩 제270 각도장관 앞 제령시행취지 유고의 건)가 있은 뒤부터는 조동과 연결하거나 진종 등

88) 「회의원 회의전말」, 『조선불교월보』6(1912.7.25) pp.57~77.
89) 「문패철거」, 『조선불교월보』6(1912.7.25) p.78.

에 내부하는 맹약 또 일본 임제(종)에 부속시키고 원종을 창립하는 등의
행사는 모두 함께 와해되었다.[90]

　　한국 말년에 사회적 불안의 파동이 산문山門에까지 침입하여서 종종
의 운동이 일어날 새 불교의 중에서 일본의 조동종과 연락하여 원종의
칭을 표방하는 자 있고 이를 대항하여 자위 자립을 주장하는 편에서는
태고太古 보우普愚의 연원에 인하여 임제종을 따로 내세워서 명호名號
가 한때 효란淆亂할 뻔하더니 사찰령이 이를 아울러 부인하고 구래의
선교양종이란 명칭을 재인정하여 풍파가 가라앉았습니다. 원래는 선종
사찰과 교종 사찰이 각립各立함을 원칙으로 하는 것이거늘 실제에 있어
서는 선교양종禪敎兩宗을 명칭하는 것이 보통이 되어서 선교양종의 종
宗은 종의 본의를 이탈한 셈이 되어버렸습니다.[91]

　　일부 논자들은 사찰령이 승려의 사회적 지위 확보와 사재寺財 보존의
계기를 만들었다고 평가하기도 한다. 그러나 한국 불교사의 특수술어인
'주지전천시대住持專擅時代'는 사찰령과 함께 시작되었다고 볼 수밖에 없
다. 불교 교정을 행정적으로 통할하고 통제하는 절대적인 권한을 총독부
가 한손에 틀어쥐고 있었던 것이다. 그러므로 한용운이 주도한 임제종운
동은 연합맹약을 분쇄하기는커녕 '수포'로 돌아가고, '와해되고' '본의를
이탈하여' 해소된 것에 불과하다. 식민지 조선의 승려들은 데라우치 마
사타케의 손바닥 안에 놓인 삼장법사(?)였고, 조선선교양종이란 '남당과
북당'의 승려들이 총독부의 위세에 눌려, 아니 이능화의 말처럼 '높은 곳
의 뜻에 영합하여承望風旨' 결정한 야합이자 미봉책이었던 것이다.

　　불교연구회와 명진학교 문제로 이회광과 대립하면서 불편한 관계에
있던 홍월초가 자진해서 화해를 청할 수밖에 없었던 것이 불교계의 현실

90) 이능화, 『조선불교통사』, 위의 책 p.94.
91) 최남선, 「조선상식문답」, 『육당』3, 위의 책, p.72.

이었다. 뿐인가. 최취허崔就墟는 조선 불교사찰령을 내려준 천황 폐하와 총독 각하의 성업聖業(?)을 이렇게 찬양하고 있다.

> 천황폐하지성덕이시여 선재善哉라 총독각하지명정總督閣下之明政이시여 당금 국토를 유신하시며 정치를 유신하시며 민업을 유신하시며 도덕을 유신하시난 중에 (중략) 굴압이미신屈壓而未伸 기백년幾百年한 종교를 일제일령으로 하야곰 이승려의 정신을 환기하사 유신우로維新雨露에 보흡普洽케 하사 세계를 공익케 하시며……92)

그럼에도 불구하고 연보들은 하나같이 임제종운동이 한일불교 동맹조약을 '분쇄'했다고 기록하고 있다. 아마 다음과 같은 기사 때문이 아닐까 생각된다.

> 지금으로부터 14년 전 정미년(1907) 봄에 이회광이 비로소 원종 종무원을 설립하고 스사로 대종정이 되야 조선불교의 주권을 잡았었는데 그 후 얼마 아니 되야 조선불교의 유신을 주창하여 대대한 반대를 받고 경윤이 실패에 돌아가매 이회광은 자기의 지위를 도모코자 조선승려 50여명을 모아서 말하기를 조선의 불교는 일본불교의 세력을 빌지 아니하면 조선불교의 개혁을 도모할 수 없다는 취지를 설명하고 일본 조동종에 부속케 할 것을 요구하매 50여명의 승려는 이회광의 감언이설에 미혹하여 쾌히 승낙하고 연서하고 날인을 마친 후 이회광은 조선승려 50여명의 대표로 의기양양하게 일본을 건너갔었다.
> 그가 일본에 건너간 후 일본 조동종 종무원 대표자 홍진설삼과 7개조의 보호조약을 맺은 후에 다시 조선으로 돌아와서 원종종무원의 인가를 도둑코자 운동을 하얐다. 그러나 이회광의 경윤은 뜻과 같이 순성치 못하고 그 이듬해 신해년(1911) 봄에 호남 각 사찰의 승려 한용운 박한

---

92) 최취허, 「법류형제에게 옹축顯祝함」, 『조선불교월보』1(1912.2.25) p.38.

영 진진응 김종래 제씨가 일제히 분기하여 맹렬히 이를 반대하여 임시로 임제종 종무원을 전라남도 송광사에 설립하고 반대의 성토문을 조선 내 각사찰에 선포하는 동시에 종무원의 설립 인가를 당국에 제출하였더니 당시 총독부 당국에서는 양방을 화해시키기 위하여 동년 6월 30일에 제령으로 조선사찰령을 반포하고 동년 7월 8일에 시행규칙이 반포되매 원종도 아니요 임제종도 아닌 이조 세종조 시대부터 생기어난 선교양종의 이름을 부치어 선교양종 30본산을 인가한지라.

이에 이회광의 고심참담한 조선불교와 조동종연합조약도 부질없이 거울의 꽃과 물속의 달鏡花水月에 장사지내고 일찍이 뜻하였던 바를 수류운공水流雲空에 부치게 되었더라.[93]

만일 임제종운동이 성공했다면, 그것은 총독부의 불교계에 대한 간섭과 통제가 그다지 가혹하지 않았고 정교분립을 허용했음을 의미한다. 그러나 임제종운동이 한창 진행 중일 때 총독이 임제종 진영의 대표격인 오성월과 김구하를 불러 훈계하고, 경찰서장이 무고한 혐의를 씌워 한용운을 긴급체포했다가 방면한 간교한 처사 및 이회광의 주도 하에 이루어진 남북의 타협은 무엇을 의미하는가. 또 분쇄되었다면 1년 반에 걸친 대립과 반목에도 불구하고 이회광이 어떻게 주지회의원장 자리를 지킬 수 있었겠는가.

뒤에서 살펴보겠지만, 이회광은 남북의 타협 이후 박한영에게 고등불교강숙의 강사를 맡아달라고 부탁하고, 김금담에게 원장 자리를 양보하는 등 일단 자숙하는 모습을 보여주는 가운데 각황사를 일본식 가람으로 대대적으로 개축하고 능인보통학교 교주로 활동하다가 1914년 1월 5일 다시 압도적인 지지를 받으며 30본산 주지회의원 원장으로 복귀한다.[94]

---

93) 「요승인가 도승인가」, 『동아일보』(1920.7.2)
94) 「조선선교양종 30본산주지 회의소 제3회 총회」, 『해동불보』4(1914.2.20)

임제종 진영은 개종역조改宗易祖를 반대한다는 명분을 내세우고 투쟁했지만, 또 다른 이름의 원종종무원인 조선선교양종종무원에 흡수 통합되고 말았음을 부인하기 어렵다. 그러나 한용운 역시 「나는 왜 중이 되었나」에서 "임제종이란 종을 창립하여 그의 반대운동을 일으켰는데 이 운동이 다행히 주효하여 이회광의 계약은 취소되어 조선의 불교는 그냥 살아있게 된 터이었다."고 아전인수 격으로 해석하고 있다.

물론 남북의 타협으로 원종과 조동종 사이의 연합맹약이 무산되고, 고등불교강숙을 설립하고, 『해동불보』(박한영 1913.11~1914.6 총8호)를 간행하게 되었다면 이 운동의 의미가 전혀 없는 것은 아니다. 그러나 종지 칭호 남용에 관한 통첩 229호[95]을 경상남도 장관 앞으로 보내 임제종 운동의 남은 불씨마저 짓밟고, 조선선교양종 각본산 주지회의원이라는 사생아를 적자로 내세우는 강력한 총독부의 권력 앞에서 한용운을 비롯한 임제종 진영의 승려들은 무기력할 수밖에 없었다. 한용운은 자신이 임제종 종무원 관장대리를 할 수 있었던 것은 김경운을 비롯한 원로승려들이 총독부의 후원을 등에 업고 기세등등한 이회광과 맞서기를 꺼렸기 때문임을 뒤늦게 알아차려야 했다.

만약 이런 상황에서 한용운이 정략적으로 처신했더라면 그는 새로 출범한 조선선교양종 종무원에서 중책을 맡았을 가능성이 크다. 그러나 당시 제정된 본말사법은 본사 주지 자격을 "만40세 이상으로 비구계와 보살계를 구족하며 법랍法臘 10하夏 이상으로 대교과를 수료한 자"[96]로, 말사 주지의 자격을 "연령은 30세 이상으로 비구계와 보살계를 구족하며 법랍 5하 이상으로 사교과를 졸업한 자"로 한다고 명시하고 있다. 학

---

95) 「통첩」, 『조선불교월보』6(1912.7.25) pp.51~52.
96) 「회의원 회의전말」, 같은 책, p.58.

제는 수업단계를 사미과, 사집과, 사교과, 대교과 넷으로 하고 여기에 수의과隨意科를 최상의로 했다. 수업연한은 10년 내지 11년으로 사미과 1년(3), 사집과 2년(2), 사교과 4년(2), 대교과 3년(3)이었다. 한용운은 1912년 현재 34살이었다. 그러나 그는 중책을 맡아달라는 이회광의 제의를 받은 적도 없고, 시도한 적도 없다.

▲ 대향 이중섭, 「노을 앞에서 울부짖는 소」(1953~4)

한용운의 외롭지만 자유로운 방외인으로서의 삶은 이때부터 시작되었는지 모른다. 그는 이번에는 울지 않았다. 블라디보스토크에서 자기를 죽이려고 했던 자들이 동포였기 때문에 방성대곡했지만, 이제는 자신은 물론 남북의 승려, 아니 조선인 모두가 식민지의 적자라는 사실을 절감했던 것이다.

이는 만해가 조선불교계 자체의 현실적 진단은 정확하고 개혁의지가 확고하였으나 그 당시까지만 해도 아직 일제의 침략을 민족적 위기로까지는 간파하지 못했기 때문이라고 이해된다. 즉 그가 『조선불교유신론』
을 저술할 때까지는 반봉건적 의식에서 탈피하지 못하다가 이회광 일파
의 친일 매불사건에 대응한 종지수호운동을 주도하며 반제의식이 형성
되었던 것으로 보인다.97)

일본에 대한 일말의 친밀감과 기대를 부정하는 순간, 체념과 분노의 공
존 속에 식민지 현실을 받아들이며 불교계의 유신을 도모했던 한용운은
더 이상의 굴욕을 거부하고 행동하는 양심으로 새로 태어난다. 그리하여
민족적 자아를 새롭게 확보하고 자신에게 주어진 운명의 길을 기꺼이 걸
었다면, 그가 말한 선파괴 후건설이란 결코 구두선口頭禪만은 아니다. 우
리가 그를 진흙 속에서 핀 연꽃으로 평가할 수 있는 것은 전적으로 이런
뒤늦은 깨달음과 그에 따른 준열한 자기부정에서 비롯된다.

97) 박걸순, 『한용운의 생애와 독립운동』, 위의 책, p.36.

황금의 꽃, 그 개인신화

일생다역락一生多歷落 일생에 기구한 일 많이 겪으니
차의천추동此意千秋同 이 심정은 천추에 아마 같으리.
단심야월냉丹心夜月冷 일편단심 안 가시니 밤달이 차고
창발효운공蒼髮曉雲空 흰머리 흩날릴 제 새벽구름 사라진다.
인립강산외人立江山外 고국강산 그 밖에 내가 섰는데
춘래천지중春來天地中 아, 봄은 이 천지에 오고 있는가.
안횡북두몰雁橫北斗沒 기러기 비껴 날고 북두성 사라질 녘
상설관하통霜雪關河通 눈서리 치는 변경 강물 흐름을 본다.

반생우역락半生遇歷落 반평생 뒤얽힌 운명을 만나
궁북적요유窮北寂寥遊 다시 북녘땅 끝까지 외로이 흘러왔네.
냉재설풍우冷齋說風雨 차가운 방 안에서 비바람 걱정하느니
주회빈발추晝回鬢髮秋 이 밤새면 백발 느는 가을이리라.
　　　　　　　　　　　　　—「외롭게 떠돎 두 수孤遊二首」

한용운은 조선의 필로테테스philoktetes였는지 모른다. 그러나 독니를
감춘 일본에게 물려 썩어 들어가는 상처를 부여안고 투쟁을 하기로 결심
했던 그는 소외와 고독 속에서 발생하기 마련인 자학이나 절망에 빠지지

않고 자신의 신념을 실현하려는 비극적 태도를 관철한다. 그는 비로소 자신에게 주어진 운명의 형식을 발견한 것이다.

그가 만주로 떠났던 것은 임제종 종무원 현판을 철거당하고 실의에 빠졌던 1912년 가을 무렵이 아닌가 생각된다. 그러나 그는 이번에도 예의 습관처럼 "아마 1911년 가을인가보다."(「죽다가 살아난 이야기」)라고 회고하여 혼선을 빚고 있다. 그는 이때 만주에서 독립군 양성 무관학교인 신흥강습소의 일송一松 김동삼(1878~1937)을 만나 많은 의논을 했던 것으로 알려져 있다. 위의 시는 이 무렵에 쓴 것으로 보인다. 한편 그가 떠날 채비를 하고 있던 1912년 7월 22일, 이회광이 박한영과 화해하면서 남북의 갈등은 각황사라는 현실로 수렴되기 시작한다. 이회광이 박한영에게 불교사범학교의 후신으로 설립 예정인 고등불교강숙에서 강사를 맡아달라고 요청했던 것이다.

(1912년) 7월 22일에 원장 이회광 사師가 박한영 사를 동대문 외外 주지회의로 청요請邀하여 과거사는 선천先天에 병부并附하고 금일위시 今日爲始하여 오교 미래의 공동적으로 진행하자 함에 박한영 사는 만족한 환심歡心으로 쾌허快許하여 금추今秋부터 본원 내에 고등불교 강당을 설립하고 해씨該氏는 강사가 되기로 내정하였다더라.98)

박한영은 이때부터 『조선불교월보』에 글을 발표하기 시작한다. 물론한용운은 박한영의 이런 결정이 못내 섭섭했을지 모른다. 그러나 세상을통하지 않고 진실에 이를 수 있는 방법은 없다. 절대선에 대한 요구가크면 클수록 세상은 유일한 존재의 장이자 타락한 현실로 다가온다. 진실의 관점에서는 세상을 거부하지만 현실의 관점에서는 세상을 받아들

98) 「박한영 사 환심」, 『조선불교월보』7(1912.8.25) p.65.

일 수밖에 없는 역설……고슴도치 콤플렉스라는 말이 있다. 어미 고슴도치는 새끼를 품어주면 따갑고, 떨어지면 추우니까 가장 가깝고도 멀지 않은 거리를 유지하며 추위를 견딘다고 한다.

식민지 지식인들은 고슴도치를 닮았다. 이들은 타락한 현실과 초월적인 진실 사이에서 괴로워한다. 타락한 현실을 벗어던지면 마음은 깨끗하나 이상을 실현할 발판이 없어지고, 현실과 타협하면 이상이 무너져 괴롭다. 진흙 속에서 피는 연꽃의 생리와 중생이 다 나을 때까지 병을 앓는 유마의 고통은 둘이 아니다. 그러나 이런 고통은 한용운에게만 주어지는 것은 아니다. 다만 그는 고통을 쾌락으로 흔쾌히 수락했던 점에서 남달랐을 뿐이다.

평소 교학의 재정립을 주장하고 있던 박한영은 종단이 주체가 되어 운영하는 근대적 교육기관의 설립을 간절히 희망했다. 그래서 이회광의 제의를 수락한 것을 두고 타협이고 변절이라고 비난한다면, 산에서 내려오지 않고 선가상승禪家相承의 위의를 지킨 선승의 행위는 현실도피에 다름 아니다. 아니, 이런 논리에 의하면 호랑이를 잡기 위해 호랑이굴에 들어가는 것은 굴복이며, 유마의 고통은 투쟁하지 못하는 자의 비겁일 수밖에 없다. 숲에 가려 하늘을 보지 못하면 불행하다. 손바닥으로 하늘을 가리는 일은 더욱 불행하다.

고슴도치의 교훈은 이에 그치지 않는다. 분리와 융합, 창조적 거리두기를 당시 불교계에 적용한다면, 승려들은 체제타협적인 개량주의자와 체제거부적인 은둔주의자, 그리고 행동주의자로 나누어진다. 한용운은 세 번째 유형을 대표한다. 하지만 그는 이 유형을 대표하는 한 부분이지 전체는 아니며, 이 유형 또한 그렇다.

한용운의 문학 나아가 한국 근대문학의 정신사적 성격은 어떤 가치 총체를 수락한 관점에서 설명하고 이해할 때 그 전모가 드러난다. 그런데 그는 이번에도 자신의 진심과 충정을 오해한 세력들에게 잔인하게 배척을 당한다. 그는 이상과 현실의 부등식을 처절하게 경험하면서 생과 사의 갈림길에 선다.

죽다가 살아난 이야기! 그것도 벌써 20년 전 일이니 기억조차 안개같이 몽롱하다. 조선 천지에 큰 바람과 큰 비가 지나가고 일한이 병합되던 그 이듬해이니 아마 1911년 가을인가 보다. 몹시 덥던 더위도 사라지고, 온 우주에는 가을 기운이 새로울 때였다. 금풍金風은 나뭇잎을 흔들고 벌레는 창 밑에 울어 벌리 있는 정인의 생각이 간질할 때이다.

(중략)

내가 죽다가 살아난 일도 이러한 주위 공기로 인하여 당한 듯하다. 그때는 물론 어찌하여 그런 일을 당하였는지 모르고, 지금까지 의문에 있지마는 다른 사람의 말을 들으면 내가 조선에서 온 이상한 정탐이라는 혐의를 받아서 그리 된 듯하다.

어느 가을날이었다. 만주에서도 무섭게 두메인 어떤 산촌에서 자고 오는데 나를 배행한다고 이삼인의 청년이 따라섰다. 그들은 모두 이십 내외의 장년인 조선 청년들이며, 모습이나 기타 성명은 모두 잊었다. 길이 차차 산골로 들어 '굴라재'라는 고개를 넘는데, 나무는 하늘을 찌를 듯이 들어서 백주에도 하늘이 보이지 아니하였다. (중략)

이때다! 뒤에서 따라오던 청년 한 명이 별안간 총을 놓았다! 아니, 그때 나는 총을 놓았는지 무엇을 놓았는지 몰랐다. 다만 '땅' 소리가 나자 귓가가 선뜻하였다. 두 번째 '땅' 소리가 나며 또 총을 맞으며 그제야 아픈 생각이 난다. 뒤미처 총 한 방을 또 놓는데 이때 나는 그들을 돌아다보며 그들의 잘못을 호령하려 하였다. 그리하여 여러 말로 목청껏 질러 꾸짖었다. 그러나 어찌한 일이냐? 성대가 끊어졌는지 혀가 굳었는지 내 맘으로는 할 말을 모두 하였는데 하나도 말은 되지 아니하였다. 아니, 모기 소리 같은 말소리도 내지 못하였다. 피는 댓줄기 같이 뻗치었다. 그제야 몹시 아픈 줄을 느끼었다.

몹시 아프다. 몸 반쪽을 떼어가는 것 같이 아프다! 아! 그러나 이 몹시 아픈 것이 별안간 사라진다. 그리고 지극히 편안하여진다. 생에서 사로 넘어가는 순간이다. 다만 온몸이 지극히 편안한 것 같더니 그 편안한 것까지 감각을 못하게 되니, 나는 이때에 죽었던 것이다. 아니, 정말 죽은 것이 아니라 죽는 것과 똑같은 기절을 하였던 것이다.

평생에 있던 신앙은 이때에 환체를 드러낸다. 관세음보살이 나타났다. 아름답다! 기쁘다! 눈앞이 눈이 부시게 환하여지며 절세의 미인! 이 세상에서는 얻어 볼 수 없는 어여쁜 여자, 섬섬옥수에 꽃을 쥐고, 드러누운 나에게 미소를 던진다. 극히 정답고 달콤한 미소였다. 그러나 나는 이때 생각에 총을 맞고 누운 사람에게 미소를 던짐이 분하기도 하고 여러 가지 감상이 설레었다. 그는 문득 내게로 꽃을 던진다! 그러면서 "네 생명이 경각에 있는데 어찌 이대로 가만히 있느냐?" 하였다. (중략)

그러나 뼈 속에 박힌 탄환은 아직도 꺼내지 못한 것이 몇 개 있으며, 신경이 끊어져서 지금도 날만 추우면 고개가 휘휘 둘린다. 지금이라도 그 청년들을 내가 다시 만나면, 내게 무슨 까닭으로 총을 놓았는지 조용히 물어보고 싶다.　　　　　　　　　　　　　—「죽다가 살아난 이야기」

임제종운동의 좌절에서 비롯된 절망을 거부하는, 무모할 정도로 뜨거운 열정은 그를 "무슨 이상한 불안과 감격과 희망 속에 싸여 있던" 만주로 이끌었지만, 그곳에서 일개 승려인 그의 존재감이란 예상보다 훨씬 미비하거나 불온한 것일 수밖에 없었다. 블라디보스토크에 이어 다시 만주에서도 일본에서 파견한 정탐으로 오인받고 저격을 당한 그는 1912년 겨울, 아픈 몸을 이끌고 귀국할 수밖에 없었다. 그는 이 저격사건의 후유증으로 평생 체머리를 하게 된다.

그렇다면 그는 이번에도 상처만 안고 돌아왔던 것일까. 아니다. 블라디보스토크에서 구사일생으로 귀국한 후 석왕사에서 진정한 의미의 승려 수업을 하고 도일할 수 있었던 것처럼, 그는 생과 사의 갈림길에서 관세음보살을 친견親見하는 신비체험을 통해 평생 추구하던 황금의 꽃, 그 깨달음의 꽃을 획득한다.

▲ 경주 석굴암의 십일면관음보살상

신비체험이란 일상적이 아닌 전혀 다른 경험 속에서 직접적이면서도 비이성적인 방식으로 심오한 실존과의 합일을 경험하게 해주는 궁극적이고 신적인 실재와의 만남을 체험 당사자가 그 즉시 또는 나중에 종교적 문맥 religional context 안에서 해석하는 경험[99]이다. 윌리엄 제임스William James(1842~1910)는 신비체험의 특징으로 신성성ineffebility, 분별성 noetic quality, 순간성transiency, 수동성passivity 을 들고 있는데, 한용운의 체험은 여기에 부합한다.

그런데 신비체를 관세음보살로 해석한 것은 그가 승려였던 만큼 쉽게 납득이 되지만, 관세음보살이 꽃을 던져 살아났다는 것은 다소 뜻밖의 진술이 아닐 수 없다. 그러나 꽃이 단절의 논리와 반복의 논리를 동시에 보여주는 정중동의 실체라는 사실을 생각하면 그 의문은 쉽게 풀린다. 피면서 지고, 지면서 피는 꽃은 종교현상에서 나타나는 역의 합일coincidentia oppositorum을 가장 극적으로 체현하는 자연이자 초자연이다. 동양적 문화범주 특히 불교 문화권에서 연꽃이 깨달음을 상징하는 이유도 여기에 있다.

99) R. Ellwood. Jr. *Mysticism and Religion*, Prentice Hall, Inc.1980. p.29.

또한 이 세상에 찾아볼 수 없는 섬섬옥수의 미인이 던져주는 꽃을 보고 살아났다는 말은 타나토스Thanatos에 대한 에로스Eros의 승리를 의미한다. 이때 타나토스란 자신을 파괴하고 생명이 없는 무기물로 환원시키려는 죽음의 본능이며, 에로스란 자기를 보존하고 통합하는 본능을 말한다. 그는 모의죽음을 체험하면서 새로운 자아로 거듭 태어난 것이다. 이후 그의 삶과 문학에서 꽃은 완상의 대상을 넘어 하나의 원형상징 또는 개인신화personal myth로 기능하게 된다.

> 기미년 독립선언서 발표 후에 3년이라는 긴 세월 동안 옥고를 겪고 나온 약 1개월을 전후하여 조선불교청년회의 주최로 YMCA회관에서 출감 최초의 강연회가 열렸던 것인데 이에 대한 연사는 만해 선생 한 분이었던 것이며 (중략) 이 「철창철학」의 강연이 있은 수개월 후 천도교 기념관에서 전조선학생대회 주최로 종교강연이 개최되었던 것인데 (중략) 제일 먼저 최린 씨가 연설한 후에 만해 선생이 「육바라밀」이라는 제목으로 장광설을 하였던 바 청중의 열광은 말할 것도 없고 기독교 측의 김필수 목사는 연설을 사퇴하였던 것이다. 그리고 만해 선생이 단에서 물러나올 무렵에 손으로 원을 그리고 주먹으로 그가 공중에다 그린 원에 한 점을 찍으며 하단하였던 것인데 이 신륜身輪으로부터 받은 대중의 인상은 자못 놀라운 것이었다.[100]

> 말하자면 그는 생활의 환경으로나 성격으로나 아주 건조고결한 분이다. 그러나 그는 꼭 한 가지의 기호가 있으니 화초를 좋아하는 것이다. 그의 거처하는 방에는 언제나 화초분이 몇 개씩 있고 또 정원에도 화초를 많이 재배한다. 사(불교사)의 일을 보고 돌아가면 화초에 물주기와 재식栽植하기를 큰 낙으로 삼는다.

---

100) 최범술, 「철창철학」, 『나라사랑』제2집, 위의 책, pp.88~89.

그는 화초를 어찌나 사랑하는지 재작년 7월 학생사건(1929년 광주학생의거) 때에 그가 일시 감금이 되었는데 그는 그의 친지 모씨에게 면회를 청하고 특히 자기의 재배하는 화초를 움 속에 잘 넣어서 얼어 죽지 않게 하여 달라고 부탁을 하고, 계속하여 말하기를 그 화초는 자기 생명의 한 부분이라고까지 말하였다 한다. 그만하면 그의 화초 기호벽이 어떠하였는지 짐작할 수 있다.101)

▲청도 운문사 대웅전 수미단의 연꽃문살

그가 허공에 그린 신륭은 일원상一圓相이며, 깨달음의 꽃이다. 그는 말한다. "오悟한 자에게는 색성향미촉법色聲香味觸法의 육진六塵도 호용互用되는 것이며, 색즉시공 공즉시색이므로 진공묘유가 비일비재한 것이다. 그러므로 견성이라는 것은 마음으로도 볼 수 있고, 또 육진으로도 볼 수 있는 것이다. 영운조사가 도화를 보고 견성하였으니 그것은 누구라도 아는 일이지만, 영운이 도화를 보고 견성할 때에 그 도화가 영운을 보고 견성한 줄은 천고에 아는 사람이 없으니 그것은 일대한사다."102)

그래서일까. '자기 생명의 한 부분'인 꽃은 '님'으로 표상되기도 한다. "새生命의꽃에 醉하랴는 나의님" "죽엄을 芳香이라고하는 나의님"(「가지마서요」), "沙漠의꽃"(「?」) "옛梧桐의 숨은소리"(「찬송」), "愛人의무덤위의 피여있는 꽃처럼 나를 울리는 벗" "옛무덤을 깨치고 하늘끝까지 사못치는 白骨의 香氣"(「타골의 시(GARDENISTO)를 읽고」)……그에게 꽃은 현상인 동시에 본질이었던 것이다. 그는 취미는 어떤 데다 붙이시느냐고 묻

101) 유동근, 「만해 한용운씨 면영」, 『한용운사상연구』, 위의 책, p.18.
102) 「선과 인생」, 『진집』2, p.216.

는 기자에게 이렇게 대답하고 있다.

요사이는 날씨가 추워서 밖으로 나가 산보 같은 것은 못하지마는 이
제는 차차 따뜻해 오면 하루에 한번쯤은 이리저리로 돌아다니기도 하겠
지마는 그중 취미로 일삼는 것은 꽃나무를 저 뜰에다 심어놓고 아침저
녁 물주고 그 생생한 잎사귀, 어여쁜 꽃송이들이 자라나는 양을 바라다
보는 것이 가장 즐겁고 재미나는 일이지요. 그밖에는 아무 것도 아는
것조차 없으니까요.103)

1982년 1월 어느 날, 심우장尋牛莊을 방문했을 때
필자와 대화 도중 여쭙지도 않았는데 황량한 겨울의
꽃밭을 돌아보며 "선생은 늘 꽃을 생불生佛이라고 하
셨지……." 하면서 혼자 빙긋이 웃던 김관호(1905~
1998) 선생의 모습이 떠오른다. 계단 밑에서 인사를
드리고 돌아서는 내게 그는 대문 옆의 향나무를 어루
만지며 다시 이렇게 말했다. "이 향나무는 선생님이
회갑 때 심으셨던 건데, 이렇게 잘 자라고 있다오."
그러면 기존의 연보들은 1907년 겨울 일본에서 귀
국한 후 1912년 겨울 굴라재 고개에서 저격을 당하고

▲ 성북동의 심우장

신비체험을 경험할 때까지의 행적을 어떻게 보고 있을까. "원종 종무원
설립 총회 참석, 박한영 방문, 한일 강제병합, 승려 결혼에 대한 건백서
제출, 화산의숙 강사 취임, 호남 지역 사찰 순례 강연, 『조선불교유신론』
탈고, 임제종운동 관장대리로 선출, 사찰령 발표, 남북의 타협과 조선선
교양종으로 종지 통일, 만주 여행과 신비체험……" 일련의 사건들이 이

---

103) 「심우장에 참선하는 한용운 씨를 찾아」, 『전집』4, p.408.

렇듯 일목요연하게 일어났음에도 불구하고 임제종운동에 성공했다거나 망명을 떠났다는 등 사실에서 벗어난 연보를 작성하고 있다. 그러나 조선 청년들에게 저격을 당할 만큼 만주에서 신뢰를 받지 못했고, 귀국 이후 『조선불교유신론』을 간행(1913.5.25)하고, 표충사에서 강연(1913.9.20)을 하면서 활동을 재개하는 점으로 미루어보면 만주행은 망명이라기보다는 임제종운동이 실패로 돌아간 후 새로운 가능성을 모색하기 위해 떠났던 여행이 아니었나 생각된다. 하긴 임제종운동이 성공했다면, 그가 왜 만주로 떠났겠는가.

망명설이나 분쇄설은 임제종운동의 진행과정, 그 빛과 그림자를 제대로 살펴보지 않았기 때문에 빚어진 심정적 옹호론에 다름 아니라고 할 수 있다. 그런 점에서 혼란스러운 연보들의 세목을 살펴보는 것도 무의미한 일만은 아닐 듯하다.

㉮ 박노준·인권환 ─ 경술년(1910) 8월 국치의 슬픔을 참지 못하고 중국 동북삼성에 발을 들여놓게 된 것으로 만해의 망명생활의 첫걸음이기도 하였다.(p.26.)

㉯ 『나라사랑』 ─ 1909년 『불교유신론』을 발표. 회양군 금강산 표훈사에서 강의하다. 1910년 8월 망국의 울분을 참지 못해 중국 동북삼성(만주)으로 망명의 첫걸음을 내딛다. 1911년 박한영 진진응 장금봉 등의 동지와 함께 한일불교의 동맹조약을 분쇄하다. 장단군 화장사에서 「여자삭발론」을 저술하다.

㉰ 『전집』 ─ 1909년 7월 30일 강원도 표훈사 불교강사 취임. 1910년 9월 20일 경기도 장단군 화산강숙 강사에 취임하다. 승려취처 문제에 관한 건백서를 두 차례나 당국에 제출하여 불교계에 물의를 일으키다. 『조선불교유신론』을 백담사에서 탈고하다. 박한영 진진응 김종래 장금봉 등과 순천 송광사 동래 범어사에서 승려 궐기대회를 개최하고 한일불교 동맹조약 체결을 분쇄하다. 범어사에 조선임제종 종

무원을 설치하여 3월 15일 서무부장, 3월 16일 조선임제종 관장에 취임하다. 그후 종무원을 동래 범어사로 옮기다. 1911년 8월 망국의 울분을 참지 못하여 만주로 망명하다. 1912년 경전을 대중화하기 위해 『불교대전』 편찬을 계획하고 경상남도 양산 통도사에서 대장경 1,511부 6,802권을 열람하기 시작. 장단군 화장사에서 「여자단발론」 탈고(원고는 현재 전하지 않음)

㉠ 임중빈 — 상동.

㉡ 고은 — 상동.

㉢ 김학동 — 1909년 금강산 표훈사에서 강의. 1910년 8월 중국 동북삼성(만주)으로 망명. 1911년 귀국하여 친일불교에 대한 반대운동과 한국불교의 현대화운동을 벌임.

㉣ 고명수 — 1909년 7월 30일 강원도 표훈사 불교강사에 취임. 1910년 9월 20일 경기도 장단군 화산강숙 강사에 취임. 같은 해 백담사에서 『조선불교유신론』 탈고. 1911년 박한영 진진응 장금봉 등과 순천 송광사, 동래 범어사에서 승려 궐기대회를 개최하고 한일불교 동맹조약 체결을 분쇄. 3월 15일 범어사에서 조선임제종 종무원을 설치하여 서무부장에 취임. 3월 16일 조선 임제종관장서리에 취임. 같은 해 가을 만주를 주유하면서 독립지도자들을 만나고 귀국. 1912년의 경우 『전집』과 같음.

㉤ 김삼웅 — 고명수의 「연보」와 같음.

㉥ 한종만 — 1909년 일진회, 한일합방을 건의. 1910년 10월 6일 이회광, 조동종의 대표인 히로쓰 세쓰조弘津說三와 7개조의 굴욕적인 연합맹약을 독단적으로 체결. 현재의 수송동에 각황사를 지어 원종 종무원을 이전하고 조선불교중앙회무소 겸 중앙포교소를 설치함. 한용운 대처제도의 합법화를 중추원 의장 김윤식과 통감부에 각각 건의.

『조선불교유신론』 탈고함. 『원종』 발행(김지순). 1911년 박한영, 진진응, 한용운, 장금봉 등이 송광사에서 임제종을 설립하여 경운노사老師를 임시관장으로 추대하고 이회광의 원종과 맞섬. 관장대리에 한용운이 선임되고 임제종 종무원을 범어사로 이전. 총독부 7조의 사찰령과 8조의 시행규칙을 반포하고 30본산을 정하여 한국불교를 장악

함(9월 1일). 따라서 임제종과 원종은 유명무실해지고 불교 사학교법도 자연히 흩어짐. 한용운 만주로 망명. 1912년 임제종이 서울 대사동에 조선임제종중앙포교당을 설립함. 제1차 본사주지총회에서 30본산주지회의원 설치를 합의함. 경허 입적. 『조선불교월보』 발행.

㉔ 최동호 — 『전집』과 같음.

㉮ 동국대학교백년사 — 1910년에는 만주로 가서 박은식 신채호 등 독립지사와 뜻을 함께했으며 귀국 후에는 강연회를 통해 대중을 교화하고 불교의 개혁을 주장하였다.

소외의 창조적 보상과 좌절

경남 밀양군 표충사에서는 본년(1913) 9월 20일에 본군 동성 외 무봉암으로 포교당 위치를 정하고 임시 개교회를 본성 내 영남루에서 설행하였는데 당지 관헌 신사와 원근 인민이 만여 원員에 달하였는데 당일 개교회장에 대본산 통도사 주지 김구하 씨 취지 설명과 통도사 내 명신학교와 표충사 내 명신의숙 생도의 찬불가와 강사 최고전 씨 설교와 강사 한용운 씨 강연과 본 군수 임영준 씨 축사와 내빈 제씨의 축사가 유하여 불교 진흥의 성황을 발표하였다더라.104)

위의 기사는 김구하의 격려와 배려로 양산 통도사에 비치된 고려대장경 1,511부 6,802권을 열독하며 『불교대전』 편찬에 박차를 가하던 한용운이 오랜만에 푸른 하늘 밑에서 고개를 곧추세우고 강연하는 모습을 보여준다. 1912년 겨울, 만주에서 돌아온 그는 1913년 봄에 『조선불교유신론』을 간행하고 이어 『불

▲ 양산 통도사

---

104) 「표충사 포교당 설립」, 『해동불보』2(1913.12.20)

▲『조선불교유신론』

교대전』을 편찬하기 위해 통도사로 내려가 자료조사에 몰두했던 것으로 보인다.

한편 그가 아직 저격당한 후유증으로 고통을 받고 있던 1913년 1월 9일, 30본산 주지들은 이회광에 이어 금강산 유점사 주지 김금담을 원장으로 선출한다. 앞에서 보았지만, 정치적 입지를 강화하려고 했던 이회광의 계산된 행보였다. 4월에는 범어사의 오성월과 해인사의 백용성이 대선사로 승격하고, 초파일에는 전주의 청수정에 마련된 조선 선종 호남 포교소에서 진진응과 도진호가 설법을 한다. 한용운에게 자복기雌伏期였던 1913년은 이렇게 지나갔다. 자복기란 새가 알을 품기 위해 몸을 도사리는 기간105)을 말한다.

1914년 1월 5일, 김금담이 사임하고 이회광이 원장으로 복귀한다. 1월 13일, 30본산주지들은 경성 동대문 밖 30본산 주지회의소(원흥사)에 대교과 이상의 과정을 가르치고 포교원을 양성하기 위해 고등불교강숙을 설립하기로 결정한다. 학제는 보통학교 학제를 참고하기로 했다. 이회광은 고등불교강숙의 강사와 중앙포교당 포교사로 박한영과 진진응을 각각 임명106)한다. 박한영은 고등불교강숙 강사와 중앙포교당 포교사, 『해동불보』사장을 겸임하게 된다. 만주에서 돌아온 후 침묵하고 있던 한용운이 경성에 다시 올라온 것은『조선불교유신론』과『불교대전』광고가『매일신보』지면을 대대적으로 장식하고 있던 1914년 4월이다.

---

105) 김장호, 「한용운시론」,『한국시의 전통과 변혁』(정음사, 1984) p.14.
106) 「조선선교양종 30본산주지 회의소 제3회 총회」,『해동불보』4(1914.2.20)

한용운 저著『조선불교유신론』정가 35전 특가 25전 대칭예大稱譽가 무無하면 진영웅眞英雄이 아니오 대훼예大毀譽가 무하면 역亦 진영웅이 아니오. 차서此書가 출세出世한 후에 일면으로 막대한 찬상讚賞을 득得하고 일면으로 무한한 타격을 수受하니 조□세造□勢의 걸작이오 송잔설송殘雪의 춘성春聲이라. 간명한 필법으로 도도한 파란을 기起하여 천년 적습積習을 통벽통벽痛闢하고 팔면영롱八面玲瓏의 신교기新敎旗를 양揚한 쾌서로다. 만리장정萬里長程의 방초芳草를 답상踏賞코자 하는 유지제군이어 풍우처처風雨凄凄의 파괴적 기백과 백화난만百花爛漫의 유신적維新的 정신을 애애愛愛하거든 차此를 일독하시오. 박안절규拍案絶叫의 훼예는 제군의 취미趣味에 임하노라. 발매소 경성 중부 사동 조선선종 중앙포교당.107)

차서는 팔만대장경 중의 최요절묘最要絶妙한 어구를 선한문鮮漢文으로 역초譯抄하여 60여 종목에 분과편성分科編成한 광세曠世의 대저작이라. 불교의 막심莫深한 진리와 무궁한 취미를 부인동자婦人童子라도 일견통지一見洞知니 불가의 포교와 교과서에 금과옥률이라. 불교인은 수모誰某라도 일권씩 수지受持하려니와 일반사회에도 대복음이로다.

학생제군이어 산악입지山岳立志와 각고공부刻苦工夫를 모모하거든 차서 중 수학장修學章을 독讀하시오. 사업가 제군이어 참담경영慘澹經營 중에 악마의 곤란이 내來하거든 차서 중 인내 정진장을 독하시오. 학술가 제군이어 불사의不思議의 조화를 지知코자 하거든 불타품을 독하시오. 포화세계泡花世界에 풍로생명風露生命을 유지코자 하는 공상가 제군이어 육체적 단기생활을 희생하여 정신적 영겁생활을 애愛코자 하거든 구경품을 독하시오. 수신가는 자치품 제가사齊家士는 가정을 사회객은 사회를 정치객은 국가장을 독하시오.

차외에도 우주만유의 제반문제를 일망수진一網收盡하였은즉 도도한 고해苦海 중에 원만한 낙원을 득得코자 하는 제군 제군이어 여하한 감정에 의하던지 차서를 일독하시오. 저자는 만강단심滿腔丹心으로 상심고통 중에 재在하신 형제자매에게 유유일선悠悠一線을 간접으로 소개함

107)『조선불교유신론』광고, 『매일신보』(1914.4.11~4.28)

이로다. 조선선종 중앙포교당 광학서포 한용운 찬『불교대전』800여혈
餘頁 순양장(무할인) 정가 85전 특상제 1원 10전(우세郵稅 8전).108)

탈고한지 거의 3년 만에 출간된『조선불교유신론』은「서문」을 포함하
여 모두 18장으로 구성된다. 그는「서론」에서 성공과 실패의 여부는 하
늘에 달려있는 것이 이니리 시람인 니에게 있음을 힘주어 강조한다. 이
런 자아의 절대화는 그의 삶과 문학에서 끊임없는 자기갱신의 부정정신
否定精神으로 기능한다.『님의 침묵』에서 발견되는 작중화자의 신념에 찬
기다림과 하소연도 이를 벗어난 곳에서 찾아가지 않는다.

> 당신의얼골이 달이기에 나의얼골도 달이되얏습니다
> 나의얼골은 금음달이된줄을 당신이아십니까
> 아아 당신의얼골이 달이기에 나의얼골도 달이 되얏습니다
> ─「달을 보며」일부

나는 끝내 절망에 굴복하지 않는다. 나를 놓는 순간, 님도 나를 놓는
다. 나와 너는 동전의 양면처럼 결핍의 존재다. 내가 그림자라면 님은 달
이며, 님이 그림자라면 나는 달이다. 당신이 주는 고통은 쾌락의 또 다른
이름이다. 나는 당신에게 수렴되며 당신 또한 나에게 수렴된다. 세계의
자아화와 자아의 세계화는 동시에 이루어진다. 그러나 "사상의 자유야말
로 사람의 생명이며 학문의 핵심"109)이라고 하면서 개인의 자유는 강조
했으나, 사회적 자유는 간과하고 있어 민족적 불평등을 도외시한 혐의가
없지 않았던 한용운은 옥중에서 작성한「조선독립의 서」에서 그 한계를
돌파하게 된다.

---

108)「불교대전」광고,『매일신보』(1914.5.3~29)
109)「조선불교유신론」,『전집』2, p.48.

자유는 만물의 생명이요 평화는 인생의 행복이다. 그러므로 자유가 없는 사람은 죽은 시체와 같고 평화를 잃은 자는 가장 큰 고통을 겪는 사람이다. 압박을 당하는 사람의 주위는 무덤으로 바뀌는 것이며 쟁탈을 일삼는 자의 주위는 지옥이 되는 것이니 세상의 가장 이상적인 행복의 바탕은 자유와 평화에 있는 것이다. 그러므로 자유를 얻기 위해서는 생명을 터럭처럼 여기고 평화를 지키기 위해서는 희생을 달게 받는 것이다. 이것은 인생의 권리인 동시에 또한 의무이기도 하다.

그러나 참된 자유는 남의 자유를 침해하지 않음을 한계로 삼는 것으로서 약탈적 자유는 평화를 깨뜨리는 야만적 자유가 되는 것이다. 또한 평화의 정신은 평등에 있으므로 평등은 자유의 상대가 된다. 따라서 위압적인 평화는 굴욕이 될 뿐이니 참된 자유는 반드시 평화를 동반하고 참된 평화는 반드시 자유를 함께 해야 한다. 실로 자유와 평화는 전인류의 요구라 할 것이다.[110]

인간 각자가 자신의 능력을 최대한으로 발휘하여 현재의 인간 상태를 넘어설 수 있는 기회를 자유라고 한다면, 이는 우주사적 과업에 자신의 적성과 능력에 따라 참여하는 천부적 권리와 의무가 된다. 민족국가는 자유와 평등을 기본이념으로 삼고 인류가 진보하는 과정에서 반드시 독립되어야 한다. 따라서 조선의 독립은 필연적 진리이자 시대적 요청이고, 세계평화를 실천하는 공존공생의 논리이며, 동양의 평화를 위한 당위적 요청이기도 하다. 조선은 물론 동양, 나아가 세계의 평화와 자유를 침탈하고 있는 제국주의 일본이 투쟁과 부정의 대상이 될 수밖에 없는 것은 이 때문이다.

당신은 나의품에로오서요 나의품에는 보드러은가슴이 잇슴니다
만일 당신을조처오는사람이 잇스면 당신은 머리를숙여서 나의가슴에

---

110) 「조선독립의 서」, 『전집』1, p.346.

대입시요

　나의가슴은 당신이만질때에는 물가티보드러웁지마는 당신의危險을위하야는 黃金의칼도되고 鋼鐵의방패도됩니다

　나의가슴은 말굽에 밟힌落花가 될지언정 당신의머리가 나의가슴에서 떠러질수는 업슴니다

　그러면 조처오는사람이 당신에게 손을대일수는 업슴니다

　오서요 당신은 오실때가되얏슴니다 어서 오서요　—「오서요」일부

　나의 보드라운 가슴은 당신을 위해서는 물도 되고 꽃밭도 되지만, 나와 당신의 자유를 부정하고 말살하는 폭력을 부정하기 위해서는 황금의 칼도 되고 강철의 방패도 된다. 허무와 만능은 하나가 될 수밖에 없다. 불교는 구세주의와 자유주의를 궁극적인 실천 목표로 삼는 종교다. 어찌 세상을 구제하지 않고 천추에 걸쳐 꽃다운 향기를 끼칠 수 있단 말인가.

　벗이어 나의벗이어

　죽엄의香氣가 아모리조타하야도 白骨의입설에 입맞출 수는 업슴니다

　그의무덤을 黃金의노래로 그물치지 마서요 무덤위에 피무든 旗대를 세우서요

　그러나 죽은大地가 詩人의노래를거쳐서 움직이는것을 봄바람은 말합니다　　　　　　　　　—「타골의시(GARDENEISTO)를 읽고」일부

　인간의 비극적 정황은 그 비극적 정황을 떠난 곳에서 극복되지 않는다. 훼손된 가치의 현실을 매개로 했을 때에 비로소 진정한 가치는 획득된다. 유마가 병을 앓을 수밖에 없는 것은 이 때문이다. 황금의 노래는 피 묻은 역사와의 투쟁이 없는 곳에서는 들리지 않는다. 시인과 유마는 둘이 아니다. 유신은 파괴의 자손이며, 파괴는 유신의 어머니다. 그러나 파괴는 모든 것을 없애버리는 것이 아니라 구습 중에서 시대에 맞지 않

는 것을 고쳐서 새로운 방향으로 나아가게 하는 것이다. 한용운의 파괴주의와 자유주의는 평등주의와 구세주의의 이음동의어이며, 그의 문학은 이런 실천적 원리에 의해 표현된 또 다른 삶의 형식이다.

한용운은 타락한 선풍을 바로잡을 것을 촉구한다. 참선은 체體이며 스스로 밝히는 것이며 돈오頓悟다. 철학은 용用이며 연구며 점수漸修다. 아니, 적적성성寂寂惺惺이다. 마음이 고요하면 움직이지 않고, 마음이 깨어 있으면 어둡지 않다. 움직이지 않으면 흐트러짐이 없고, 어둡지 않으면 혼돈이 없다. 흐트러짐이 없고 혼돈이 없으면 마음의 본체가 밝혀진다. 선은 어둠 속에서 자기 존재의 본질을 꿰뚫어 보는 영혼 해방의 기술이며, 속박되고 왜곡된 에너지를 해방시키는 경험인 것이다.

이와 같이 열린 정신적 차원에서는 도화나 대나무 등 무정물도 법신이 된다. 그의 시에서 자주 나타나는 동사형 은유나 활물론적 은유 이면에는 중론적 세계관과 현상의 법신관이 상상적 원리로 작용하고 있다. 그의 상상력은 물질과 비물질, 생물과 무정물은 물론 원관념과 보조관념마저 뛰어넘는다. 모든 자연 현상은 진리의 실체를 보여주기 때문이다.

> 나의노래는 사랑의 神을 울닙니다
> 나의노래는 處女의靑春을 쥡짜서 보기도어려운 맑은물을 만듭니다
> 나의노래는 님의귀에드러가서는 天國의 音樂이되고 님의꿈에 들어가
> 서는 눈물이됩니다   —「나의 노래」 일부

> 님이어 그술은 한밤을지나면 눈물이 됩니다
> 아아 한밤을 지나면 포도주가 눈물이되지마는 또한밤을지나면 나의
> 눈물이다른포도주가 됩니다 오오 님이어   —「葡萄酒」 일부

한편, 근대를 우승열패와 약육강식이 공례로 적용되는 제국주의 시대

로 보는 그는 갑이 을의 세력을 능가할 때 도덕적 견지에서는 죄는 갑에 있고 을에 있지 않다고 하지만, 공례로 본다면 도리어 죄가 을에 있고 갑에는 없다고 말한다. 침략한 너보다 침략을 당한 나에게 죄가 있다는 것이다. 그 결과 님은 가혹한 반성과 참회를 요구하면서 부재의 형식을 빌려 자신을 보여준다.

불평등이란 사물 현상이 필연의 법칙에 의해 제한을 받으며, 평등은 공간과 시간을 초월하여 얽매임이 없다. 불교는 거짓된 현상의 미혹을 벗어나 진리(평등)를 추구하는 종교다. 자유주의와 세계주의는 평등과 진리의 자손이다. 매실을 바라보고 그 갈증을 멈추게 하는 것도 양생의 한 방법이라면, 『조선불교유신론』은 매화나무의 그림자에 지나지 않는다고 겸손해 하는 한용운은 새벽을 기다리는 심정을 토로하면서 글을 맺는다.

佛教大典
集 金生 書

▲『불교대전』의 속표지

　바야흐로 밤이 기니 내게는 잠이 안 오고 생각 적이 길매 도리어 고개 드는 시름! 시름은 끝없기에 한숨과 노래 뒤섞이노니 아우여 형이여, 들리지 않는가. 이는 피리 소리 아니라 닭의 울음소리임을!

『불교대전』은 고려대장경 1,511부 6,802권을 낱낱이 열람하고 한권에서 한두 구씩 초록하여(초록본만 444부이다.) ①서품 ②교리강령품 ③불타품 ④신앙품 ⑤업연품 ⑥자치품 ⑦대치품 ⑧포교품 ⑨구경품으로 편성한 초인적인 거작이다. 『조선불교유신론』이 불교의 혁신을 불교계에 호소한 것이라면 『불교대전』은 불경을 간이화하고 실용화하여 승려의 교육과 불교대중화의 초석을 이룬 업적으로 대장경의 축소판이요, 정수라고 할 수 있다.[111] 한용운은 팔만대장경으로 국난을 막아 보려던 고려인들처럼 이 책을 통해서 모든 사람들이 정의로운 차원에서 평화롭게 살 수 있기를 기원하며 대장경을 주제별로 재구성한 것이다. 서문을 대신한 「무량청정평등각경無量淸淨平等覺經」은 그의 의도를 잘 보여준다.

아我는 여조제천제왕인민汝曹諸天帝王人民을 애민哀愍하여 교敎하여 제선諸善을 작作하고 중악重惡을 불위不爲케 하노라. (중략)
불경의 어語를 득得하면 다 당사지當思之하고 부당한 사事를 작作하면 즉자회과則自悔過하여 거악취선去惡就善하고 기사위정棄邪爲正하되 (중략) 인민이 안녕하여 강자가 약자를 불능不凌하며 각各히 기소其所를 안安하며 오세질역惡歲疾疫이 무無하며 병혁兵革이 불기不起하여 국國에 도적이 무無하고 원왕怨枉이 무하여 구폐자拘閉者가 무할지니 군신인민 君臣人民이 환희치 아니함이 무하리라.112)

여기에서는 그가 지향하는 세계가 불경에서 어떤 이미지로 나타나고 있으며, 그의 작품과 어떤 관계를 이루는지 간략히 살펴보기로 한다. 다음에서 보는 바와 같이 불경에서는 대부분 황금과 꽃의 이미지를 두드러지게 사용하고 있는데, 그의 시 역시 동일하다.

불이 가섭에게 고하시되 여래의 신은 시상주是常住의 신신身이니라. 괴 壞치 아니하며 금강의 신이라……세존이 황금신으로 대중을 시기示己하시고 즉 무량무변한 백천만억의 대열반광大涅槃光을 방방放하시어 시방十 方 일체세계를 보조普照하시니……　　　　　　　　　—『화엄경』

약若 중생이 유有하여 불지佛智와 내지 승지勝智를 명신明信하여 제 諸 공덕을 작作하여 신심회향信心回向하면 차제此諸 중생은 칠보화七寶 花 중에 자연 화생化生하여 수유경須臾頃에 신상광명身相光明과 지혜공

111) 이원섭, 「서문」, 『불교대전』(현암사, 1980) p.6.
112) 「불교대전」, 『전집』3, p.21.

덕을 제보살과 여여히 구족성취具足成就하리라.　　　　　—『무량수경』

　님이어 당신은 百番이나鍛鍊한金결입니다
　뽕나무뿌리가 珊瑚가되도록 天國의사랑을 바듭소서
　님이어 사랑이어, 아츰볏의 첫거름이어　　　　　—「讚頌」 일부

　一莖草가 丈六金身이되고 丈六金身이 一莖草가됩니다
　天地는 한보금자리오 萬有는 가튼小鳥입니다
　나는 自然의거울에 人生을비처보앗습니다
　苦痛의가시덤풀뒤에 歡喜의樂園을 建設하기위하야 님을떠난 나는 아
아 幸福입니다　　　　　—「樂園은가시덤풀에서」 일부

　임의대로 골라 보았으나 황금과 꽃의 이미지가 공통적으로 나타난다. 불경에서는 부처를 금강신으로, 「찬송」에서는 당신을 '백번이나 단련한 금결'이자 '아츰볏의 첫거름'으로 묘사한다. 빛이 정신적 초월성, 영원성, 불멸성을 상징한다면, 황금은 구상화된 빛이다. 꽃은 중심으로부터 방사선형으로 뻗어나가는 지상의 태양이며, 단절의 논리와 반복의 논리를 동시에 보여주는 드라마투루기Dramatrugie다. 『님의 침묵』에 빈번하게 등장하는 광물적 이미지와 식물적 이미지가 영원, 불멸, 깨달음을 내적 의미로 공유하는 이유는 여기에 있다. 굴라재 고개에서의 신비체험이 불교적 이미지의 숲을 거쳐 새로운 형상으로 탄생한 것이다.

　『조선불교유신론』과 『불교대전』은 불교계에서 소외된 현실을 인정하고 싶지 않았던 한용운이 자신을 확인하고 실험하면서 이루어 낸 창조적 업적이다. 그런데 신문관은 왜 이미 1년 전에 나온 『조선불교유신론』을 『불교대전』과 함께 광고하고 있는 것일까. "일면으로 막대한 찬상讚賞을 득得하고 일면으로 무한한 타격을 수수受受했다."는 대목과 관련이 있는 것

은 아닐까. 문맥으로 볼 때 '타격'이란 건백서 제출에 대한 세간의 비난 여론을 의미할 수도 있겠지만, 검열이 그만큼 가혹함을 암시하는 것일 수도 있다. 이는 1905년부터 시작된 일제의 검열의 정체는 합방 후 판매 금지 처분을 받은 책들의 제목을 살펴보는 것만으로도 충분하다. 총 51종 가운데 구한국 학부의 불인가 교과용 도서 39종을 제외한 나머지를 살펴보면 다음과 같다.

> 『음빙실문집』, 『국가사상학』, 『민족경쟁론』, 『국가학강령』, 『음빙실자유서』, 『준비시대』, 『국민수지國民須知』, 『국민자유진보론』, 『세계삼괴물』, 『이십세기지대참극 제국주의』, 『강자의 권리경쟁』, 『대가론집』, 『청년 입지편』, 『편편기담 경세가』, 『소아교육』, 『애국정신』, 『애국정신담』, 『몽견제갈량』, 『을지문덕(국문)』, 『이태리건국삼걸전』, 『소사전蘇士傳』, 『화성돈전』, 『파란말년전사』, 『미국독립사』, 『애급근세사』, 『소학한문독본』, 『남녀평권론』[113)

이런 점에서 당시의 검열 환경을 잊어버리고 문면대로만 읽고 비판하는 것은 경솔한 일이라 생각된다. 아무튼 한용운은 두 권의 책을 잇달아 간행하면서 불교계의 '대선사'로 화려하게 재기했으나 만족하지 않았다. 다음 기사는 그가 선교양종 30본산 주지회의원에 예속되지 않고 정교분립을 지향하는 불교청년 수양단체를 조직하기 위해 다시 활동을 시작했음을 보여준다.

> 경성에 유학하는 고등불교 생도와 중학교 생도가 연합하여 불교를 세계에 익익발휘益益發揮하기로 목적하고 조선불교 강구회를 경성 내에 건설하고 위선 매 일요일이면 회집會集하여 불교에 대한 강연을 연습한다더라.[114)

113) 「시의의 부적한 서적」, 『매일신보』(1910.11.18)

요사이 경성 중부 사동 조선불교 선종포교당 포교사로 있는 한용운 문탁文鐸 김호응金浩應 등 몇 사람이 발기하여 조선불교회를 설립하고 경향京鄕을 통하여 불교를 확장할 취지로 그 동안 대략 방침을 정하였는데 연일 내로 이론異論과 내홍內訌이 생기어 한용운은 불교회를 조직하고 30본산 주지 범위 안에 들어가지 말게 하고 독립으로 불교확장을 도모하자 하며, 각 본산 주지들은 그렇지 않다 하여 피차 의견이 충돌되어 분쟁이 끊일 새 없으므로 그저께 북부 경찰서 고등계로부터 모두 불러다가 조사한 후 불교회를 조직치 못할 줄로 엄중히 설유 방송放送하였다더라.[115]

이미 게재한 바 경성 중부 사동 조선불교 중앙포교당 대선사로 이름 있는 한용운 화상은 불교 신자 문탁 등 기타 제인과 협의 발기하여 불교회를 조직하려다가 인히 중간의 분쟁으로 인하여 제지를 당한 말은 모다 아는 바어니와 지금 자세한 내용을 들은즉 원래 한용운 화상의 불교회 발기 취지는 단순히 조선의 불교를 진흥하며 널리 미치기를 도모코자 함이라는 바 30본산 주지의 간섭 여부로 분쟁이 생겨 당국의 제지로 할 수 없는 사세에 이르러 다시 계교를 내어 불교동맹회라는 이름을 고쳐서 각 절에 있는 청년들을 상경하라고 발첩發牒하였고 기타 동대문 밖 주지 회의소 안에서 강습을 하고 있는 학생까지 권유하여 기어코 목적을 달達키로 결심하고 비밀히 명 일요일에 고양 경찰서 관내 청수동淸水洞 근처 청암사靑庵寺에 모여서 협의할 터이라더라.[116]

이미 누차 기재한 바 경성 중부 사동 선교양종 포교당에서 전도에 종사하는 한용운 화상 등 기타의 발기로 불교청년회를 조직하려다가 당국의 금지로 중지된 후 무슨 마음이던지 또한 불교동맹회를 조직하고 그 내용으로는 30본산 주지의 간섭이 없이 활동하여 한 푼의 돈도 없이 기

114) 「조선불교 강구회를 건설」, 『해동불보』8(1914.2.20)
115) 「불교회의 귀적歸寂」, 『매일신보』(1914.8.15)
116) 「불교회의 재연再燃」, 『매일신보』(1914.8.22)

어코 설립하고 야소교회 포교 같이 길로 다니며 포교할 방침으로써 모든 불교 학생들로 하여금 도장을 찍어 동맹케 한 후 지난번 공일날 동소문 밖 청수동에 나아가서 비밀히 협의한 일은 본보에도 이미 보도한 바어니와 이즈음 북부 경찰서 고등계에서 전기 발기자 한용운을 불러다가 온당치 못한 일을 엄중히 설유하고 동맹회까지라도 조직하지 못하게 이른 후 장래를 경계하여 놓아 보내었다더라.117)

명칭은 '조선불교강구회'에서 '조선불교회'와 '조선불교청년회'를 거쳐 '조선불교동맹회'로 바뀌었지만, 한용운이 기획한 것은 종단의 간섭을 받지 않는 불교청년 수양단체였음을 알 수 있다. 그러나 30본산 주지회의원 원장 이회광이 조선불교동맹회의 설립을 극력반대하면서 그는 다시 북부 경찰서 고등계로 소환당해야 했다. 박한영이 사장으로 취임하면서 개혁의 목소리를 한층 드높였던 『해동불보』도 8호 (1914.6.20)로 종간된다. 남북의 갈등은 아직 멈춘 것이 아니었다. 한용운이 『조선불교월보』에 「원승려지 단체原僧侶之團體」 단 한 편만 발표하고, 편집인 겸

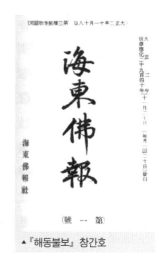

▲ 『해동불보』 창간호

발행인이 되어 『유심』을 개인적으로 간행하게 되는 이유도 여기 있다. 남북의 갈등이 타율적으로 종식된 후 박한영이 「교이불권教而不倦하면 물역구화物亦俱化」, 「불교강사와 정문금침頂門金針」 등을 『조선불교월보』에 발표하자, 한용운 역시 조선불교를 망치는 방관자로 혼돈파混沌派, 위아파爲我派, 오호파鳴呼派, 소매파笑罵派, 대시파待時派가 있다고 신랄하게 비판한 이 글을 여기에 처음이자 마지막으로 발표했던 것이다.118)

---

117) 「불교동맹회도 금지」, 『매일신보』(1914.9.5)

이어 고등불교강숙도 반년 만에 폐교된다. 한용운이 고등불교강숙의 학생들과 손을 맞잡고 불교계가 망각하고 있는 진보와 모험, 구세와 경쟁의 사상을 구현하기 위해 조선불교동맹회를 설립하고 30본산 주지들의 친일적 행태를 공격하자 이회광이 폐교시켜 버린 것이다. 한용운과 박한영은 아직 정치승 이회광의 적수는 아니었다.

그러나 이회광은 그 후에도 불교의 주권을 잡고 있었는데 지난 갑인년(1914) 여름에 당시 경성 고등불교강숙 학생 일동이 조선불교로 하여금 새로운 기운을 얻고자 조선불교회를 조직하매 이회광은 백방으로 주선하여 날마다 동同 강숙의 학생 총대總代를 불러 이를 저해코자 하였으나 학생들은 어디까지든지 강경한 태도로 그들의 주의를 굽히지 아니하매 이회광은 30본산에 통문을 돌리어 이제 고등강숙의 학생들이 한 단체를 조직하여 30본산주지에 대하여 반항의 태도를 보이고 각본산 주지의 지위를 위태케 하고자 하니 각 사찰에서는 즉시 경성 유학생을 불러내리라고 하는 동시에 한편으로 당시 고등강숙의 강주(박한영)에게도 무례한 언사로 사면하기를 권고하여 고등강숙을 폐지시키고 그 유지비를 압수하므로 강주講主와 학생 일동은 부득이 해산하게 되어 조선불교에 많은 공헌이 있을 다수한 인재를 양성하려던 고등강숙은 이와 같은 비참한 운명 아래에 할 수 없이 넘어지게 되었다. 119)

고통이란 쾌락의 다른 이름임을 잘 아는 한용운에게 경찰서란 더 이상 두려운 장소는 아니었을지 모른다. 그러나 와사등瓦斯燈이 하나 둘 켜지기 시작하는 탑동塔洞의 북부 경찰서 정문을 나설 때 그는 이렇게 중얼거리며 어금니를 굳게 깨물지 않을 수 없었다. "많지 않은 나의 피를 더운

---

118) 『조선불교월보』13.14(1913.4~5) 「원승려지단체」는 『조선불교유신론』의 「논승려지단체」와 동일한 글이다.
119) 「철두철미 의문의 인」, 『동아일보』(1920.7.3)

눈물에 섞어서 피에 목마른 그들의 칼에 뿌리고 '이것이 님의 님이라'고 울음 섞어서 말하겠습니다."(「참말인가요」) 그러나 그 더운 눈물의 의미를 잘 알고 있던 고등불교강숙의 학생들이 어둠 속에서 그를 기다리고 있어 그는 외롭지 않았다. 불교계의 '젊은 그들'은 1919년 3월 1일, "苦痛의 가시덤불 뒤에 歡喜의 樂園을 建設하기 위하야"(「樂園은 가시덤풀에서」) 떠나기로 결심한 그를 도와 역사의 첫 페이지에 잉크칠을 하게 된다.

▲ 네온사인으로 빛나는 혼마치本町(충무로)의 야경

해방적 관심의 소유자 한용운. 그는 승리하고, 이룩하고, 누린 사람이 아니다. 처음부터 깨우친 사람은 더욱 아니다. "그를 抗拒한 뒤에, 남에게 대한 激憤이 스스로의 슯음으로 化하는 刹那에 당신을 보았"(「당신을 보았읍니다」)던 "마음은 매우 모질고 그 성정 또한 급한" 인간이었다. 상처받은 영혼을 부정하기 위해 끊임없이 자기를 채찍질하며 달렸던 그는 교단 차원의 배척과 정치적 탄압을 당하면서 일제에 대한 우호적 관심을 버리고 증오심을 불태우기 시작한다. 김소운(1907~1981)의 말처럼 '은원유전恩怨流轉'의 시작인지 모른다. 일본에 대한 착잡한 심정을 『목근통신木槿通信』을 비롯한 여러 글에서 토로한 김소운은 『역려기逆旅記』에서도 '은수恩讎의 첫길'120)이란 표현을 쓰고 있다. 하긴 자신의 충정을 실현하기 위해 데라우치 마사타케에게 건백서까지 제출하며 머리를 숙였던 한용운이 아니었던가. 사랑은 증오로 바뀔 수 있다. 극과 극은 통하게 되어 있다. 이런 심리의 변화를 앞에서 잠시 언급했던 증오의 삼각형 이론 triangular theory of hate으로 살펴보면 다음과 같다.

증오의 첫 번째 구성요소는 친밀감의 부정이다. 우리는 일본에 머물 때 그가 남긴 한시나 회고 및 정토 진종의 창시자 신란의 사상에 대한 열렬한 공감에서 나온 것으로 보이는 승려 결혼에 대한 건백서는 물론 제4부 제1장에서 살펴보겠지만 일본의 근왕파勤王派 승려 겟쇼月照(1813~1858)에 대한 동경을 통해 일본에 대한 친밀감을 어느 정도 확인할 수 있다. 그러나 그는 임제종운동을 전개하면서 자신들의 제국주의적 이해를 위해 조선인과 불교계를 철저하게 지배하고 유린하는 일본의 정체를 새삼스럽게 깨닫게 된다. 이제 일제는 친밀감이나 온정, 보살핌, 대화, 동정심, 존경심 등의 감정을 함께 나눌 수 없는 반감과 혐오의 대상(적)일 뿐이다. 이때 일제에 대해 일말의 기대를 갖고 있었지만 실망했다는 의암 손병희를 비롯한 3.1독립운동 대표들의 배신감 토로는 시사하는 바가 적지 않다.

---

120) 『김소운수필전집』5(아성출판사, 1967) p.39.

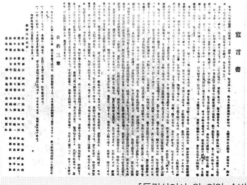

▲ 「독립선언서」와 의암 손병희

문 ; 피고는 정치에 대해 다른 불평을 품고 있던 것은 아닌가?

손병희 ; 행정에 대해서는 불평은 없으나 일본인은 조선인을 부를 때 '요보ょぼ'라며 열등시하고 있는 것이 불평이다. 나 개인으로는 병합 이후에는 정치에 대해서는 입을 닫았고 관령은 준수 복종하도록 신도들에게 가르쳤다. 그럼에도 불구하고 나를 배일당으로 지목하고 있는 현재의 총독은 20년 전부터 알고 있으나 총독 주위의 인간들이 (내가) 총독을 원망한다는 식으로 보고하고 있기 때문에 한번인가밖에 방문하지 않았다. 나는 이제까지 최선을 다했는데 반대의 대우를 받고 있는 것이 불평이다. 이런 사정과 현재의 방침으로는 도저히 조선인을 동화시킬 수는 없다고 생각하고 있다.[121]

---

121) 『비사』 p.89. 『운동』1, p.203. 필자가 다시 번역했다. 한편 1920년 9월 25일 진행된 제5회 복심법원 공판정에서의 문답을 보는 마음은 더욱 착잡하다. "(문) 그대는 한일합방 이전에는 친일파로 청일·러일 전쟁 때에는 일본군대에 원조를 하여 인부들을 공급했고, 또 철도를 부설할 때에는 기술자를 보내 일본군에게 호의를 표했으며, 군자금 1만엔円을 헌납한 것은 틀림없는가? (답) 그렇다. (문) 그런데 한일합방 후에는 대우가 너무 재미없게 되었고, 또 그대의 생명인 천도교의 교당 신축 기부금 모집을 관청에서 중지하고 이미 신도가 납부한 기부금을 돌려주라고 명령을 하자 그때부터 당시 총독부의 조치에 대단한 불만을 갖게 된 것으로 보이는데 정녕 이런 일이 있었는가? (답) 그렇다. 『운동』2, p.316.

문; 피고는 어째서 조선을 독립시키지 않으면 안 된다고 생각하고
있는가?

최린; (중략) 병합 후 10년간의 정책을 보면 일본 정치가는 선정을
표방하고 동화주의를 부르짖고 있으나 실제는 이와 달라 경제상으로 보
면 이일본利日本 해조선주의害朝鮮主義이고, 정치상으로 보면 귀일본貴
日本 천조선주의賤朝鮮主義이며, 인민에 대해서는 나라를 팔아 부를 도
모한 자에게 조선귀속이라는 특별대우를 부여했다. 인간으로서는 그들
만큼 비열한 자가 없는데 조선인민의 모범으로 삼아 선량한 인민의 감
정을 해쳤으며, 지방 인민에게 압제를 가하여 일본의 순사나 헌병을 호
랑이보다도 무서운 존재로 무서워하기에 이르렀으며 (중략)

나의 진정은 일본과 일본인을 배척하는 것이 아니다. 장래 동양 전체
의 행복을 유지하고 증진하려면 일본과 제휴하지 않으면 안 된다고 생
각하고 있다.[122]

문; 어째서 독립을 계획했는가?

오세창; 일본인과 조선인의 취급에 불공평한 점이 있다. 가령 조선인
을 위하여 대학교도 하나 설립하지 않는 등 이런 식으로 차별 취급을
하기 때문에 독립할 필요가 있는 것이다.[123]

증오의 두 번째 구성요소는 위협에 대한 반응으로 강렬한 분노 혹은
두려움의 형태로 표현되는 열정이다. 특히 분노는 개인의 자율권, 즉 개
인의 권리가 침해당했을 때 발생하는 경향이 있다. 인간은 자유로운 존
재로 모두 평등하게 깨달음을 추구한다. 그런데 어떻게 사람 위에 사람
이 있고 사람 밑에 사람이 있단 말인가. 한 번 불붙기 시작한 증오는 타
고 남은 재가 다시 기름이 되듯이 한용운의 내면에서 그칠 줄 모르고 타
오른다.

122) 『비사』 pp.586~587. 『운동』1, p.215.
123) 『비사』 p.508. 『운동』1, p.50.

증오의 세 번째 구성요소는 결정·헌신[124]이다. 결정과 헌신의 특징은 대상집단의 평가절하와 경멸을 통한 가치축소다. 증오하는 사람은 증오의 대상인 개인이나 집단을 인간 말종이나 인간 이하로 깔보며 경멸한다. 그러나 한용운은 식민지 현실을 가상이자 비존재이며 불평등한 현상으로 보았고, 모든 인간은 평등하고 자유롭다고 생각했기 때문에 전혀 다른 질서 체계로 다가온 타자, 근대와의 만남에서 의연할 수 있었다. 또한 일본인들에게도 민족적 열등감을 느끼지 않았다.

다음의 문답은 이런 가치관을 어떻게 내면화하느냐에 따라 미래에 대한 개인의 확신과 소신은 달라지기 마련이라는 사실을 너무도 선명하게 보여준다. 반감이나 혐오는 일관된 신념과 실력으로 뒷받침되지 못할 때 전향의 심리로 전이되기 쉬운 법이다.

> 문 ; 피고는 검사에게 끝까지 자신은 독립운동을 멈추지 않겠다고 진술했는데 지금도 여전히 그런 생각을 갖고 있는가?
> 최린 ; 그렇다. 평화적으로 어디까지 독립운동을 그치지 않을 생각이므로 시기에 따라 스스로 다른 바가 있으리라 생각한다. 따라서 장래의 일은 단언할 수 없다.[125]

> 문 ; 피고는 금후에도 독립운동을 할 작정인가?
> 오세창 ; 나는 선언서에 이름을 냈기 때문에 독립운동을 한 것이 되었으나 처음부터 성공하리라고 생각하지 않았고, 단지 역사에 그 일을 남겨 조선민족을 위해서 기염을 토한 데 지나지 않는다. 금후 이런 운

---

124) 로버트 J. 스턴버그, 카린 스턴버그, 『우리는 어쩌다 적이 되었을까』, 위의 책, pp.110～127.
125) 『비사』, p.596. 『운동』1, p.224. 이병헌은 "左樣です. 平和的に飽迄獨立運動を止めぬ考ですから時期によって自ら異るが處あると思います. 故將來の事は斷言出來ません."을 "그렇다. 어디까지나 독립운동을 할 생각이다."로 번역하고 있다.

동을 한다고 해도 성공하지는 못할 것이다.126)

문 ; 피고는 금후에도 독립운동을 할 것인가?

백용성 ; 기회가 닿으면 할지도 모르지만 지금 생각으로는 모르겠
다.127)

문 ; 피고는 금후 조선독립운동을 할 것인가?

이종일 ; 힘도 없기 때문에 앞으로는 아무 것도 생각하지 않을 작정
이다.128)

문 ; (중략) 수안 의주에서 일어난 내란사건이 그대들이 발표한 선언
서에 선동자극을 받아 일어났다는 것은 안봉하 외 열명 및 박경득 등
피고 사건기록에도 분명한데 이에 대한 의견은 어떤가?

현상윤 ; 이런 내란사건이 일어난 것도, 나는 처음부터 이 독립운동에
관련하지 않았(기 때문에 모른)다. 따라서 단지 당시 운동의 한 자리에
같이 끌려갔던 걸 유감으로 생각하는 것 외에는 하등의 의견을 갖고 있
지 않다.129)

한용운은 고통과 쾌락의 양극을 숨차게 넘나들며 시인과 선승과 혁명
가로서의 삶을 일체화하기 시작한다. 소외의 아픔과 절망의 고통 속에서

---

126) 『비사』 p.521. 『운동』1, p.247. "私は宣言書に名丈を出した故獨立運動をした事とな
りますが最初より成功するものとは思って居りませず. 只歷史に其事を遺し朝鮮民
族の爲めに氣を吐いた過ぎぬので今後左樣な運動をした處で成功すべきものでは
ありません." 이병헌은 이밖에도 많은 답변을 생략하고 있다. 오세창의 명성에 흠
집을 내고 싶지 않았던 것으로 보인다.
127) 『비사』, p.140. 『운동』1, p.195.
128) 『비사』 p.420. 『운동』1, p.262. 이병헌은 "力も無い事故向後は何事も考えぬ積り居
ります."를 "힘 있는 대로 할 것이다."로 번역하고 있다.
129) 『운동』3, p.174. "……(答)左樣な內亂事件が起る事も私は初めから其獨立運動に關っ
た譯でありませんから唯當時運動の席に連って居た事に遺憾に思う外別に何等の意
見は持って居りまん."

형성된 증오심은 불교적 세계관이라는 용광로 속에서 단련되면서 전투적 자유주의와 행동적 수양주의라는 강철 무지개로 변화한다. 그러나 우리들은 살아 있는 자들은 항변하지만 죽은 자들은 자신을 변호할 수 없다는 사실을 망각한 채 현재의 잣대로, 그것도 결과론적인 입장에서 일제 강점기를 살았던 사람들의 행적을 정치적이거나 윤리적인 입장에서 재단한다. 그 결과 한번 결정된 선입관은 좀처럼 고쳐지지 않는다. 다행히 다음의 문답은 광복의 그날까지 독립운동을 멈추지 않으리라는 답변은 한용운만이 할 수 있고, 했던 것이 아님을 보여준다.

문; 피고는 금후에도 조선의 독립 운동을 할 것인가?
한용운; 그렇다. 계속하여 어디까지든지 할 것이다. 반드시 독립은 성취될 것이며, 일본에는 중에 겟쇼月照가 있고, 조선에는 중에 한용운이 있을 것이다.[130]

문; 실력도 없는 독립국이 동양의 일각에서 개재介在하면 오히려 동양의 평화를 어지럽힐 수 있다고 생각하는데 어떤가?
임규; 일본이 조선을 병합했던 것은 시세였고 오늘 조선인이 독립을 기도했던 것도 시세다. 자신의 일은 자신이 하지 않으면 안 된다. 조선이 독립하면 동양은 평화로워진다고 믿는다.[131]

문; 피고는 금후 어디까지라도 조선의 국권 회복운동을 할 것인가?
이승훈; 그렇다. 가능한 수단이 있다면 어디까지나 할 작정이다. 또 이미 말했지만 이번의 독립운동은 우리 동지들만이 한 일이며 외국인이

---

130) 『비사』 p.611. 『전집』1, p.367. 『운동』1, p.194. "(問)被告は今後共朝鮮の獨立運動を
爲す積りか. (答) 左樣です. 繼續して何處迄も企る積りにあります而して必ず獨立
して見る積りです. 日本に僧月照あり朝鮮に僧韓龍雲なからんや." 단 『비사』와 『전집』
에는 겟쇼 대신 월조로 적혀 있다.
131) 『비사』 p.721. 『운동』3, p.75.

나 외국 주재 조선인 또는 학생들과는 하등 관계가 없다. 겨우 일본정
부에 대해 청원하는 정도의 일에 외국인의 조력을 빌릴 필요는 티끌만
치도 없다.132)

문 ; 피고는 조선의 독립이 가능하다고 생각하는가?

신석구 ; 그렇다. 가능하다고 생각한다.

문 ; 장래에도 독립운동을 할 작정인가?

신석구 ; 그렇다. 나는 한일합병에 반대한다. 따라서 독립이 될 때까
지 할 작정이다.133)

역사는 한 마디로 단정하거나 몇 줄의 문장으로 일반화하기에는 너무
복합적이고 심층적인 기억의 창고인지 모른다. 그리하여 그 기억의 문을
가볍게 따고 들어가기란 여간 조심스러운 일이 아니다. 침묵은 금이고
웅변은 은이라 했지만, 역사는 침묵보다 사실에 대한 선명한 해설과 논
리를 담은 웅변을 요구한다. 우리는 제4부 제1장에서 한용운이 자랑스럽
게 비교 대상으로 상정한 일본 승려의 정체를 살펴보면서 한 인간의 평
가란 얼마나 조심스럽고 어려운 일인가를 다시 확인하게 될 것이다.

"당신이 노래를 부르지 아니하는 때에 당신의 노랫가락은 역력히 들
립니다그려. 당신의 소리는 沈默이어요."(「反比例」) 당신은 침묵하고 있는
데 우리만 더 크게 노래 부르고 있는 것은 아닌지 반성할 필요가 있다.

---

132) 『비사』 p.355. 『운동』1, p.148. 한편 1913년 10월 9일 고등법원에서 105인 사건(데
라우치 마사타케 암살미수사건)으로 징역 6년을 선고받았으나 징역 4년 7개월 15일
로 감형되어 1915년 2월 13일에 특사로 풀려났던 남강 이승훈은 "한일합방은 신의
神意에서 이루어진 것이라 별로 반대하지 않았지만, 합방 후에는 자신들의 죄이기
때문에 죄를 회개하면 신은 우리 조선을 다시 독립국이 되게 해주신다고 생각했다.
그러나 이 역시 신의로 이루어지지 않으면 안 되는 일"이라고 진술하고 있다. 『운
동』2, p.272.

133) 『비사』 p.497. 『운동』1, p.189.

거사불교운동과 종립학교

『해동불보』를 종간하고 고등불교강숙까지 폐교
하면서 30본산 주지회의소 원장으로 권력을 장악
하고 있던 이회광이 경성부 황금정(을지로)에 있는
한의사 이상화의 집에서 승속이 연합하여 불교를
진흥한다는 취지로 불교진흥회 발기회를 개최한
것은 1914년 8월 10일이다. 한용운이 불교동맹회
설립을 위해 백방으로 뛰고 있었던 무렵이다. 발

▲ 동국대학교 명진관

기인은 장금봉, 김영진, 이회광, 김호응, 김대운, 홍월초, 김포응, 박두영,
이상화, 김홍조, 이능화, 윤태흥, 나청호, 국창환, 최동식, 송재구, 강대련,
조낭응, 이회명, 성훈, 김영칠, 이지영, 김상숙, 김용태, 김영찬, 이재연,
김성진 등이었고, 임시 회주는 이회광이었다.[134]

불교동맹회 문제로 북부에 소환되었다가 방면(1914.9.4)된 이후의 한용
운 근황을 아무도 전하지 않는 가운데 같은 해 11월 22일 이회광은 불교
진흥회를 설립(인가는 11월 28일)하고, 29일에는 각황사 개축식을 성대하

134) 「불교진흥회회록」, 『불교진흥회월보』2(1915.4.15)

게 거행한다.[135] 조동종 별원과 똑같은 일본식 건축양식의 사찰을 짓는데 대한 여론은 좋지 않았으나, 정치승 이회광의 행보는 거침이 없었다.

　이와 동시에 조선승려 전부가 의무금을 거두어서 각황사를 개축하게 되매 이회광이 당시 원장의 지위에 있었으므로 그 건축 감독까지 그 수중에 넣게 되었다. 이회광은 조선의 특색인 임궁제林宮制를 쓰지 아니하고 당시 조동종 별원 일본 포교사로 그 건축 고문을 시키어 그 집 제도가 전혀 일본 조동종 별원과 추호도 틀림없이 되었으므로 근심 많은 조선 승려들은 그 집 짓는 제도에 대하여서도 다대한 반대를 하였으나 권리가 이회광의 손에 들었으므로 어찌하지 못하고 드디어 눈물을 흘리며 침묵을 지키었으나 내심으로는 이회광에게 많은 원한을 품었었다.[136]

　거사Kulapati, Grhapati는 음역으로 가라월迦羅越 또는 의가하발저疑咖賀鉢底라고 하며 보통 가주家主라고 번역한다. 출가하지 않고 가정에 있으면서 불문에 귀의한 남녀를 가리킨다. 이능화는 30본산 주지들을 문수보살로, 불교진흥회에 참여한 지식인들을 유마거사의 화신으로 본다.[137] 잠시 거사로 참여했던 지식인들의 면모를 살펴보자.

　우선 거사불교운동의 산파역을 맡았던 이능화가 돋보인다. 그는 명진학교에서 어학과 종교사를 가르쳤고, 한성법어학교 교장이자 관립한성외국어학교 학감(1909)과 능인학교 교장(1912.9)을 지낸 교육자이며, 『백교회통』(1912)을 간행한 종교사학자이다. 이밖에 「시일야방성대곡」(1905)으로 유명한 위암韋庵 장지연(1864~1921), 『제국신문』 사장을 지냈고 매일신보사 주간이던 극재克齋 정운복, 호남흥학회의 편집장이었던 예운산

135) 『京城府史』3卷, 위의 책, p.824.
136) 「철두철미 의문의 인」, 『동아일보』(1920.7.3)
137) 「불교진흥은 삼십보살과 무수 유마거사」, 『불교진흥회월보』2(1915.4.15)

인똔雲山人 최동식, 관립한성 한어학교 교관을 지냈고 명진 학교 담임교사로 『산학통편』을 썼던 소농素農 이명칠, 이 솝의 우화를 번안한 『이소보伊蘇譜의 공전격언空前格語』 (1911)의 저자 연몽蓮夢 송헌석, 관립한성 한어학교 출신의 국여菊如 양건식(1889~1944) 등 유력한 지식인들이 거사로 참여하고 있다.

▲상현 이능화

특히 그동안 한용운의 작품으로 알려진 단편 「오悟!」를 『유심』에 발표한 백화白華 또는 국여 양건식은 불교진흥회 기관지이자 거사불교운동의 중심이었던 『불교진흥회월보』 (이능화 1915.3~1915.12 총9호)에 「석사자상石獅子像」과 「미迷의 몽夢」 등 빼어난 한글 단편소설을 발표했고, 1918년 에는 『홍루몽』을 『매일신보』에 138회나 번역연재(1918.3.

▲위암 장지연

23~10.4)했으며, 3.1독립운동 후에는 『개벽』에 중국의 문 학혁명운동을 신속하게 소개하고 『조선문단』의 합평회에 참여하면서 민족주의 진영과 신경향파 진영이 대립하는 계기를 제공하 기도 했던 작가이자 평론가이며 중국문학 연구자다. 북한문학사는 그의 단편 「슬픈 모순」(『반도시론』1918.2)을 1910년대 비판적 사실주의의 기본 특징을 구현한 작품으로 높이 평가하고 있다. 한용운에 앞서 불교계에서 작품 활동을 의욕적으로 전개했던 그는 1944년 광기의 침묵 속에 세상 을 떠났다.138)

양건식은 1914년 11월 30일 오후 1시 각황사에서 거행된 불교진흥회 설립 총회에서 김영진, 윤태홍, 윤직구와 함께 세측위원으로 임명된다.

138) 양건식에 대해서는 졸저, 『한국근대문학지성사』, 위의 책, 『숨어있는 황금의 꽃』(동 국대학교출판부,2000) pp.165~256. 남윤수 박재연 김영복 편, 『양백화문집』총3권 (강원대학교출판부, 1995) 참조.

이능화의 제자로 각황사에 찬조연사로 나온 지 2년 만의 일이다. 일본식 사찰 양식이라 물매가 가파른 각황사의 지붕 위로 한 해를 마감하는 차 가운 눈발이 흩날리고 있었다. 그러나 키가 커서 별명조차 양따렌梁大人 이었고 마음씨 좋게 생긴 양건식은 불교진흥회에서 거사로 활약했기 때 문에 자신의 초기 문학적 업적이 역사의 뒤안길에서 오랫동안 잊힐 줄은 그때까지는 전혀 몰랐으리라. 1914년 한 해는 이렇게 저물었다.

1915년 3월 31일, 선교양종30본산연합사무소는 제4회 정기총회를 열 고 용주사 주지 강대련을 위원장으로 선출하고, 중앙학림의 위치(경성부 창신동 30본사주지회의소)와 교사진용 및 각본말사의 등급을 결정한다. 강 대련은 30본산연합사무소를 각황사로 옮기고 경비부족을 이유로 원흥사 를 경성부청에 매각한다. 경성부청은 1915년 4월 능인학교와 당시 폐교 되었던 사립숭인 보통학교의 아동들을 원흥사에 수용하고 새로 창신공 립 보통학교를 설립한다.[139]

중앙학림은 총독부로부터 종로구 숭일동 1번지(구 북궐 왕묘)를 차용하 고, 10월부터 '총준학인聰俊學人'을 모집하고 강의를 시작한다. 하야카와 게이조早川敬藏가 국어(일본어)와 물리를, 박한영이 불학을, 이명칠이 산술 을 담당했다. 학장 강대련, 학감 김보륜, 요감療監 김능성金能惺, 장재掌財 김침월金枕月이었다.[140] 그리고 11월 5일 불교계는 마침내 숙원사업의 하나인 종립학교 중앙학림의 인가를 획득한다. 예과 1년, 본과 3년의 명 실상부한 불교대학이었다. 일본과 마찬가지로 3학기제였고 수신, 종승宗 乘, 여승餘乘, 종교학 급及 철학 포교법, 국어, 한문, 보조과를 총 30시간 에 걸쳐 강의했다. 오늘날 동국대학교의 전신이다. 근대불교 교육기관이

---

139) 『京城府史』3卷, 위의 책, pp.824~825.
140) 「중앙학림에 호명거好名擧 강사」, 『불교진흥회월보』8(1915.10.15)

명진학교(1906~1910)로 출발한 이후 교단의 변동과 내
부사정에 따라 불교사범학교(1910~1914), 고등불교강숙
(1914~1915), 불교중앙학림(1915~1928), 불교전수학교
(1928~1930), 중앙불교전문학교(1930~1940), 혜화전문
학교(1940~1946), 동국대학(1946~1953)으로 이어지면서
교명과 학제가 변경되어 왔음은 다 아는 대로이다.

▲ 『불교진흥회월보』 창간호

한편, 강대련에게 30본산연합사무소 위원장을 넘겨
준 이회광은 실세를 만회하기 위해 거사불교운동을 의
욕적으로 전개한다. 각황사에서 개최한 만찬회(1915.4.1)
에서 조선 불교의 장래를 위해 설교했던 매일신보사 사장 아베 요시이에
阿部充家(1862~1936)[141]의 후원으로 7월 3일 장충단에서 무차대회도 개
최하고, 기존의 불교잡지 수준을 뛰어넘는 『불교진흥회월보』를 간행한
다. 그러나 중앙학림을 설립하면서 외부지원이 필요했던 불교계에서 거
사불교운동은 이완용을 후원자로 내세운 불교옹호회(인가 1917년 7월 20
일)를 설립하면서 점차 유명무실해지기 시작한다. 불교진흥회는 포교사
양성, 포교서 편찬, 포교당 설치, 회보 발행과 같은 종단사업과 무차대회
같은 자선사업을 의욕적으로 계획했으나 불교잡지를 통한 강학과 포교
라는 제한된 성과에 만족해야 했고, 임원들의 학술사업에 대한 무관심과
세속적 문화 엘리트들과 불교 엘리트들의 갈등은 예상보다 컸다. 또 다
음 기사가 보여주듯 이회광이나 강대련 같은 정치승들의 이해관계에 따
라 부침을 거듭할 수밖에 없는 임의단체에 불과했던 것이다.

---

141) 아베 요시이에에 대해서는 김윤식, 『이광수와 그의 시대』 1.2(솔, 1999) 심원섭, 「이
광수의 친일일기 내면풍경과 불교, 아베 요시이에」, 三枝壽勝(사에구사 도시카쓰)
외, 『한국근대문학과 일본』(소명출판, 2003) 참조.

그 후로 이회광은 더욱더 자기의 조선 승려상 지위를 향상코자 하였으나 불교신도들도 차차 산간으로 좇아 세상에 나와서 여러 가지로 활동을 하는 동시에 이회광의 비열한 야뢰심과 감추지 못할 야심을 발견하여 이회광의 권위가 점점 타락하기에 이르렀다. 그리하여 을묘년 (1915) 봄으로부터 30본산 주지회의소는 30본산 연합사무소로, 원장은 위원장으로 변경하게 됨에 문득 이회광 유점사 김금담에 두려합 소장을 거치어 현재 강대련 씨가 30본산 연합위원장이 되어 조선 전국 각 사찰의 권리를 좌우하게 됨에 이회광은 스스로 자기의 권리가 시들은 것을 알고 강대련과 대립코자 그 해 봄에 경성에 있는 유생 몇 사람과 연락하여 불교진흥회를 조직하여 자기의 권리를 옹호코자 하였었는데 당시 조선 승려들은 이회광의 행동을 불교를 진흥한다 칭하고 시천교주 송병준과 연락하여 조선불교를 시천교에 부속코자 하는 행동이라고 통절히 반대하였으므로 이회광의 제2차 시천교 연락운동도 물거품으로 돌아가고 다만 합천 해인사의 주지 자격으로 앙앙한 불평을 가슴에 품고 몇 해 동안을 번민 중에 맞고 번민 중에 보내게 되었더라.142)

지식인들은 왜 불교계에 대한 곱지 않은 시선에도 불구하고 거사불교 운동에 참여했던 것일까. 우선 타종교와 경쟁하면서 내전의 개편은 물론 외전을 교수할 수 있는 방안을 모색해야 했던 불교계에서는 근대적 학습 능력을 갖춘 세속적 문화 엘리트들의 도움이 필요했다. 종립학교의 설립과 잡지 간행 및 유학생 파견은 종단의 정비와 함께 불교계가 당면한 과제였던 것이다. 반면 지식인들은 자아해방과 계급타파를 지향하는 불교에서 수양주의라는 시대의 이데올로기를 도출하고자 했다.

잘 수양된 인성은 사회를 합리화시킬 수 있는 능력 신장의 전제조건이며, 근대화는 수단의 합리화와 기술적 효용성의 증진만이 아니라 목적의 합리화의 증진에 의해서 이루어지는 총체적 개념이기도 하다. 고유한

---

142) 「철두철미 의문의 인」, 『동아일보』(1920.7.3)

문화적 가치체계를 잃지 않고 근대화를 수립하려고 했던 지식인들이 신전통주의neo- traditionalism를 지향하는 거사불교운동에 참여한 것은 자연스러운 일인지도 모른다. 이때 신전통주의란 전통적인 지향성을 바탕으로 삼으면서 근대적 기술을 보조적으로 이용할 수 있다는 신념의 체계를 의미한다. 이는 근대화 초기에 자연스럽게 나타났던 동도서기東道西器 서학위용西學爲用 중학위체中學爲體라는 표어로 확인된다.

신전통주의는 비타협적인 전통주의의 한계를 극복하고, 전통적인 상징을 직접 이용하여 대중의 정서적 심층부를 건드리며, 서양의 전통문화에 대해 고유한 문화전통의 우월성을 주장하기 때문에 폭넓은 지지를 받았다. 더구나 불교진흥회에 거사로 참여한 지식인들은 민족문화 말살의 위기감을 느낀 최남선이 수사修史 이언理言 입학立學을 표방하고 만든 조선광문회에서 이미 활약하고 있었다.

▲ 조선광문회. 지금은 청계천 광통교 부근 한화빌딩 옆 길가에 표석만 서있다.

전통지향적인 분위기에서 성장했고, 시대와 사회의 문제에 대하여 본질적인 관심을 보이며 계급으로서의 주체성을 인식했지만, 무단정치 밑에서 정치적 자유를 철저하게 박탈당하면서 민족주의와 신전통주의를 융해한 혼합 이데올로기를 선택했던 1910년대 지식인들은 민족운동의 연원지이자 문화적 양산박143)이며 조선의 아카데미아144)로 불린 조선광문회(상리동=웃보시고찌=삼각정)와 불교진흥회(박동=수송동) 및 조선선종 중앙포교당(사동=인사동)이 있는 경성의 중부 일대로 모여들었다. 그런 의미에서 조선광문회와 불교진흥회는 애국계몽운동과

143) 조용만, 『육당 최남선』(삼중당, 1964) p.102.
144) 김윤식, 『이광수와 그의 시대』1, 위의 책, pp.500~502.

1920년대의 국학운동을 이어주는 조선학의 양대 진영으로 1910년대의 문화 1번지이자 지성의 광장 역할을 했다고 할 수 있다.

거사불교운동은 불교가 더 이상 승려들만의 종교적 활동이 아니라 근대공간에서 지식인들의 '지적 활동'이 되었음을 보여준다. 그러나 그동안 한용운을 제외한 지식인들의 '문학'은 주목되지 않았다. 물론 여기서 말하는 '문학'이란 수입된 개념으로서의 문학이 아니다. 더구나 이들은 3.1독립운동 이후 일본 유학생 후배들에게 밀려나게 되는 세대교체기의 경계인이었고, 정교분립의 가능성이 차단된 불교진흥회에서 활약했기 때문에 그 순수한 동기나 업적을 평가받을 수 없었다.

▲『천도교회월보』창간호

1910년대의 신전통주의의 이면에는 총독부와 매일신보사의 정책적 후원이 하나의 요인으로 작동하고 있었음을 부인하기 어렵기 때문이다. 따라서 우리가 일본유학 체험, 반전통, 사회의 진보, 수단의 합리화, 서구화 등 근대화 콤플렉스에 젖은 시선과 친일과 반일의 잣대를 고집하는 한 이들의 업적은 매몰될 수밖에 없다. 뿐만 아니라 양건식을 제외한 거사들과 한용운을 포함한 승려들은 한문체나 한주국종체漢主國從體를 고집하면서 문이재도文以載道의 문학관을 고수하고 있었다. 『천도교회월보』에서 시도한 문체개혁과 기독교의 성서번역과 대비되는 국면이다. 하긴 한용운도 1918년 9월에 간행한 『유심』 창간호에서 처음으로 한글체로 된 줄글 형식의 초기시를 발표하지 않았던가.

제3부에서 보겠지만 『정선강의 채근담』을 간행하면서 종교의 세속화 secularization를 절감했던 한용운은 잡지발행이야말로 번역출판과 더불어 대표적인 근대적 지식활동의 하나임을 깨닫고 조선광문회와 불교진흥회

를 중심으로 활약하던 승속의 도움으로『유심』을 간행하게 된다. 양건식의 작가적 불운 또는 1910년대 문학사에서의 실종(?)은 그가 보수적이고 친체제적인 불교계에서 활약한 것과 무관하지 않다.

그러면 불교계가 모처럼 불교진흥회와 중앙학림을 설립하면서 나름대로 의욕적인 모습을 보여주고 있던 1915년에 한용운은 무엇을 하고 있었을까. 그는 이해 1914년 9월 불교동맹회 설립이 무산된 후, 오랜만에 박한영이 있던 구암사에 내려가 한가롭게 지내며 홍자성의 『채근담』을 번역했던 것으로 생각된다. 이는『정선강의 채근담』의 「출판허가증」과 「서」로 확인된다.

「출판허가증」에는 "지령指令 제254호 전라북도 순창군 구암사 저작 겸 발행자 한용운 다이쇼大正 4년(1915) 6월 22일 부원附願 정선강의 채근담의 출판을 허가함精選講義 菜根譚 出版ノ件許可ス 다이쇼 4년 7월 2일 조선총독부 경무총장警務總長 다치바나 고이치로立花小一郎"라고 적혀있다. 그리고 「서」를 보면 1915년 6월 20일에 원고를 탈고했음을 알 수 있다.[145]

▲『정선강의 채근담』의 「출판허가증」

그는 오랜만에 돌아온 산사에서 참선도 하고 한 시도 지으면서, 국권상실의 비극도 깨닫지 못할 만큼 숨 가쁘게 산과 도시를 넘나들었던 지난날을 돌아보고 있었다. 그래서 1915년 10월부터 수업을 시작한 중앙학림에 강의하러 올라가는 박한영을 기쁜 마음으로 전송하기도 했으리라.

---

145)『전집』4, 속표지 참조.

산한천역진山寒天亦盡 산은 쓸쓸하고 해도 기우는데
묘묘여수동渺渺與誰同 아득한 이 생각 누구와 함께 하랴.
사유기명조乍有奇鳴鳥 잠시 이상하게 우는 새 있어
고선전미공枯禪全未空 한암고목까지는 안 되고 마네.

—「홀로 읊음獨唫」

파란 유리처럼 차갑고 깊은 하늘을 톡톡 쪼아대는 산새의 울음소리만
이 들려오는 깊은 내설악의 바다와도 같은 아침은 투명하다. 고독에 잠
긴 산사의 오후는 짙은 먹빛으로 번지며 번추했던 과거의 기억들을 지운
다. 그러나 마음은 아직 뜨겁다. 고선枯禪마저 그에게는 사치일 뿐이다.

궁산기유몽窮山寄幽夢 깊은 산속에 부치니 그윽한 꿈
위옥절원상危屋絶遠想 높은 집에는 먼 상념 끊어졌다.
한운생벽간寒雲生碧澗 찬 구름 파란 시내에서 일면
섬월도창강纖月度蒼岡 초승달은 푸른 언덕을 지나느니.
광연환자실曠然還自失 텅 비어 얽매임 없는 몸은
일신각상망一身却相忘 도리어 제가 저를 잊기도 해라.

—「한가함詠閑」

대낮의 뜨거운 햇살이 미열로 남은 바위에 앉아 바라보는 황금빛 노
을은 소멸의 아름다움 그 자체다. 그러나 이 비극적 황홀이 마련하는 아
름다운 작별의 순간이 지나면 산은 다시 침묵의 벽으로 다가온다. 너무
투명해서 창백한 산은 견디기 힘든 고독이다. 한용운의 서정은 이 고독
속에서 잉태된다. 서정주는 "이 머리 깎은 중의 사랑을 중이라 해서, 흔
히들 그렇게 보아 오던 습관대로 심산유곡의 안에 한정된 것으로만 생각
해서는 안 된다. 사실은 이 한 산승山僧의 경지는 개화 이후가 가지는 우
리 모든 서정시의 세계에 있어서도 가장 면면한 것 중의 하나였다."[146]

고 말하고 있다.

청산일백옥青山一白屋 푸른 산에 오두막 한 채
인소병하다人少病何多 찾는 사람 적은데 병은 어찌 많아
호수불가극浩愁不可極 하많은 시름 어찌 끝이 있으랴.
백일생추화白日生秋花 한낮에 가을꽃 핀다.　　　　　 ─「병든 시름病愁」

군봉위집도창중群峰蝟集到窓中 뭇봉우리 창에 모여 그림인양 하고
풍설처연거세동風雪凄然去歲同 눈바람은 몰아쳐 지난해인 듯.
인경요요주기냉人境寥寥晝氣冷 인경이 고요하고 낮 기운 찬 날
매화낙처삼생공梅花落處三生空 매화꽃 지는 곳에 삼생이 공이어라.
　　　　　　　　　　　　　　 ─「산속의 대낮山晝」

일암하적막一庵何寂寞 조그만 암자 태고처럼 고요한데
괴좌의난간塊坐依欄干 홀로 난간에 기대어 앉으면
고엽작성오枯葉作聲惡 마른 나뭇잎 서글피 소리내고
기오위영한飢烏爲影寒 주린 까마귀 그림자 차다.
귀운단고목歸雲斷古木 구름은 돌아가다 고목에 끊기고
낙일반공산落日半空山 지는 해 반쯤 산에 걸려
독대천봉설獨對千峰雪 온산에 쌓인 눈 마주 보자니
숙광천지환淑光天地還 봄기운 천지에 돌아오는 기색.
　　　　　　　　　 ─「느낀 대로 쓴 두 수卽事二首」일부

투명한 대낮의 햇살 속에 고개 숙이고 있는 한 무더기의 야국野菊. 짝을
찾아 우는 풀벌레는 솔잎 사이로 달아나고, 푸른 하늘을 담은 샘물 위로
낙엽처럼 병든 자신의 모습이 어른거린다. 창문으로 보이는 산사의 대낮
은 허무하다. 인적이 끊긴 마당 한 구석에서 잎을 올린 채 겨울을 기다리

146) 『서정주』2, p.198.

고 있는 매화……고개를 들어 산을 바라보면 흰 구름도 가다가 쉬는 듯
봉우리에 걸려있고, 몰려가는 낙엽 따라 날아가는 까마귀 울음소리는 골
짜기에 가득하다. 그러나 어찌 막으랴. 저 봄이 오는 소리를……

> 불학영웅불학선不學英雄不學仙 영웅도 신선도 아니 배운 채
> 한맹허부황화연寒盟虛負黃花緣 국화와의 인연만 공연히 어겨
> 청등화발추무수靑燈華髮秋無數 등불 밑에 흰머리 무수한 이 밤
> 소우우성삼십년蕭雨雨聲三十年 서른 해의 나그네라 쓸쓸한 빗소리
> ─「가을밤 빗소리 듣고 느낌이 있어秋夜聽雨有感」

끊임없이 자신을 채찍질하며 달려온 한용운에게 산은 침묵의 의미를
들려준다. 때론 허무의 낭떠러지에 떨어지는 완전한 절망도 필요한 법.
보랏빛 포말 사이로 물러앉은 산은 비에 젖어 우는 낙엽들을 끌어안는
다. 촛불에 비친 그림자가 장지문에 스며드는 외로운 산사의 저녁, 그는
영혼의 도반에게 붓을 든다. 들끓는 바다처럼 살았던 그는 박한영과 장
금봉의 너그러움이 언제나 부러웠다.

> 시주인다병詩酒人多病 시와 술 일삼으매 병 많은 이 몸
> 문장객역로文章客亦老 글 잘하는 그대도 늙어
> 풍설래서자風雪來書字 눈바람 치는 날에 편지 받으니
> 양정난불소兩情亂不少 가슴에 뭉클 맺히는 이 정.
> ─「영호 화상의 시에 붙여次映湖和尙」

1916년 병진년 용띠해가 시작되었다. 그는 경성으로 올라갈 채비를
한다. 작년 가을에 보냈던 『채근담』 번역 원고를 보고 최남선이 출간하
기로 결정했다는 소식도 보내왔고, 박한영과 오랜만에 만나 세상 돌아가

는 이야기도 듣고 싶었다. 문득 임제종 종무원의 마당 한구석에서 눈꽃을 피우고 있을 배롱나무의 민출한 자태가 떠올랐다.

석년사사불승소昔年事事不勝疎 지난날 일마다 소홀했노니
만겁요요일몽여萬劫寥寥一夢餘 만겁인들 한바탕 꿈이 아니랴.
불견강남춘색조不見江南春色早 강남의 이른 봄빛 보려 안 한 채
성동풍설와간서城東風雪臥看書 성동의 눈바람 속 누워 책을 읽느니.
　　　　—「영호 금봉 두 선사와 시를 짓다 – 종무원에서
　　　　　　　　　與映湖錦峰兩伯作－在宗務院」

▲ 대향 이중섭, 「나무 위의 노란 새」(1956)

제 3 부

시대의 불운과
운명의 행운

서화 배척당과 고인의 잔영

한용운의 건백서 제출과 임제종운동에 대한 엇갈린 평가는 단죄와 예외 조항이라는 유혹에 흔들리며 과거를 평가하는 우리의 이중적 잣대를 보여준다. 우리는 1905년부터 가혹하게 시행된 검열을 외면한 채 당시의 글을 읽거나 임의로 재단하고, 심한 경우에는 작가의 명성을 의식한 자체 검열을 시행하기도 한다. 가령 출전을 『시대일보』로 기록한 한용운의 「고서화의 삼일」[1]이나 매일신보사 사장 아베 요시이에가 임진왜란 당시 순사한 동래부사 천곡泉谷 송상현(1551~1592)과 그의 소실 김섬金蟾의 비석 앞에서 참배하고 있는 대목을 삭제한 이광수의 「오도답파여행」[2]은 그 좋은 예일 것이다.

이는 친일이란 결과론이나 동기론만으로 보기 어려운 '너와 나, 우리' 모두의 가슴 아픈 문제라는 사실을 애써 망각하려고 한 결과가 아닐까.

---

1) 만해사상연구회 편, 『한용운사상연구』2, 위의 책, pp.323~331. 편자는 『매일신보』에 5회나 연재된 이 글의 출전을 최남선이 1924년 3월 31일에 창간한 『시대일보』로 밝혀 놓았다. 박걸순, 「한용운의 생애와 독립투쟁」, 위의 책, p.193의 만해 저작일람도 마찬가지다.

2) 『이광수전집』18(삼중당, 1963) p.161과 『매일신보』의 1917년 8월 8일자 연재분을 비교 참조할 것.

'심외무물心外無物(마음 밖에는 아무 물건도 없다)'이란 언제나 유효한 진실의 하나다.

『채근담』을 번역하면서 자유의 주체자, 그 '역사적 인격'에 대한 숙고를 강화했던 한용운은 1916년 9월 4일과 7일 각황사에서 '인생과 우주'를 강연하고, 15일에는 조선선종중앙포교당(임제종 중앙포교당)에서 설법을 하면서 다시 경성에서 활동을 재개한다. 『매일신보』는 그의 근황을 이렇게 전하고 있다.

> 각황사(수송동) 내來 4일 오후 2시 설교 긴경운 사師. 동일 오후 8시 강연 연제— 한용운 사師[3]

> 경성에 재在한 불교 각 포교당의 주최로 연합 추기秋期 대강연회를 개開하는데 장소는 수송동 각황사로 정하고 9월 4일부터 동 10일까지 7일간 매일 오후 2시에 설교가 유有하고 오후 8시에 연설이 유할 터인데 하인何人을 물론하고 다수 내참을 희망한다 하며 설교사와 연사의 씨명은 여하如下하니 9월 4일 주회晝會 설교사 김경운 동 5일 설교사 김남전 동 6일 설교사 강도봉康道峯, 동 7일 설교사 한용운 동 8일 설교사 이회명李晦明 동 9일 설교사 강대련 동 10일 설교사 김일운金一雲 등 제 씨라더라[4]

> 조선선종 중앙포교당(인사동) 금 15일 하오 0시 반에 한용운 화상의 설법이 유하고 동 2시에 불교 강구회원講究會員의 강연이 유하다더라.[5]

이른바 남당과 북당을 각각 대표하는 장소에서 강연과 설법을 했던

3) 「인생과 우주」, 『매일신보』(1916.9.3)
4) 「불교 대강연회」, 『매일신보』(1916.9.3)
5) 「동정란」, 『매일신보』(1916.10.15)

한용운이 의암 손병희의 지낭智囊[6]으로 천도교
의 원로인 위창葦滄 오세창의 집을 방문한 것은
1916년 11월 26일 오후 3시 반이다. "십수년 이
래로 조선 고래의 유명한 서화書畫가 유출무여流
出無餘함을 개탄하여 불석자력不惜資力하고 동구
서매東購西買하여 수현수집隨現蒐集한 자者 1,275
점의 다수를 수집하는데 소비한 고신苦辛과 뇌력
腦力은 개세인蓋世人의 규시窺視치 못할 사事 다多
하였다."는 고서화의 주인이 "우선 목록을 정리

▲ 위창 오세창

출판하여 서화書畫 동호자의 참고자료에 공공供하리라더라."[7]는 기사를 보
고, 배관의 기회를 얻고자 했던 한용운이 오세창의 오랜 친구인 김기우
노인을 모시고 박한영과 함께 돈의동의 여박암旅泊庵을 찾았던 것이다.

오세창은 1864년 기술직 중인中人들의 세거지世居地였던 지금의 을지
로 2가 부근인 이동梨洞에서 북경 역관譯官 역매 오경석의 외아들로 태어
났다. 갑오개혁 이후부터 개화 관료로서 부국강병과 문명개화 사업에 적
극 참여했으며, 독립협회와 천도교, 대한자강회, 대한협회, 기호흥학회
등의 조직을 통해 약육강식의 세계 경쟁에서 살아남을 수 있는 실력 양
성을 위해 계몽운동을 주도했다. 그는 집안의 가업과 가학을 계승하여
구한말과 일제강점기를 통해 문명개화적 행적을 남기고 민족 서화사의
위업을 창시한 인물로 평가된다.

백담사에서 『영환지략』을 비롯한 중국의 신서들을 읽으며 개화사상가
들의 발자취를 더듬었던 한용운이 역매 오경석의 외아들인 그를 진작부

---

6) 현상윤, 「삼일운동의 회상」, 『기당 현상윤전집』4, 위의 책, p.273.
7) 「별견서화총瞥見書畫叢」, 『매일신보』(1915.1.13)

터 만나보고 싶어 했을 것은 충분히 짐작된다. 이들이 3년 후 민족대표 33인의 한 사람으로 활약하는 것을 보면, 이 날의 만남은 그의 말대로 '일세의 기연奇緣'이었는지 모른다. 한용운은 사흘간 8시간에 불과한 짧은 방문을 통해 신라 시대부터 1,200년간에 걸친 1,291인의 수적手迹을 보면서 새로운 인식의 지평을 확보하고 있는 것이다.

「고서화의 삼일」은 총독부라는 절대 권력에 빌붙은 이회광의 간섭과 방해로 혁명적 정열과 해방적 관심을 다시 훼손당하면서 소외되어야 했던 한용운이 경성으로 돌아와 처음 발표한 글이다. 그러나 이 글은『한용운전집』에 수록되지 않았기 때문인지 주목을 받은 바 없다. 다만 미술계에서 오세창을 거론할 때 잠깐 언급하고 있을 정도다.[8]

『매일신보』에 5회 연재(1916.12.7~15)된 이 글은 제1일(11월 26일 오후 3:30~5:30 박한영, 김기우와 동행, 방문 소감과 고미술에 대한 소견, 탁본 5폭과 『근역화휘』 7축 191인의 250화畵 배관), 제2일(11월 27일 오후 1:30~4:30 김남전, 강도봉, 김노석과 동행하여『근역서휘』 23축 692인의 서書 배관), 제3일(11월 28일 오후 2:00~4:30 김기우와 동행 방문. 최남선, 최성우와 합석하여『근역서휘 속』 12축 408인의 서書 배관, 고미술의 역사적 의의와 오세창의 노고 위로) 동안의 고서화에 대한 감상과 소개로 구성된다.

근일에 훈작勳爵을 운동하느니 광업을 소개하느니 강제집행을 당하느니 보안법 위반율에 처하느니 일지日支 문제의 현상懸想이니 구서전쟁歐西戰爭의 예언이니 득의니 낙망이니 장쾌니 비참이니 불佛의 신통으로도 신의 만능으로도 어느 시간까지는 정돈하기 어려운 심리로나 현상으로나 세계적 불사의不思議라고 할 만한 흑풍만장黑風万丈의 경성, 그 중에서 추초황원秋草荒原의 백골白骨된 아我 고인의 잔영殘影 즉 조

---

8) 최열,『한국근대미술의 역사』(열화당, 1998) p.95.

선 고서화를 방문함은 낙막落寞이냐 유한悠閑이냐 감상이냐 우연이냐.
여余는 일세의 기연奇緣을 차此에서도 득득得得하기 족하다 하노라.

한용운은 오랫동안 '첨앙瞻仰의 회회懷를 경경傾'하여 오세창을 만나고 싶
었으나, 흑풍만장의 경성에서 '기로岐路가 다多'하여 '단란團欒의 기회'를
가질 수 없었는데, 마침내 숙지宿志를 풀게 되었다면서 위와 같이 감회를
토로하고 있다.

그런데 '흑풍만장'의 경성이란 표현
에서 우리는 일본 유학생들의 문명적인
감각에 바탕을 둔 타자의 시선과 달리
정치적 감각이 내장된 시선을 보게 된
다. 가령 기당 현상윤은 경성을 경쟁심
의 상실, 나태, 낙후, 허영, 무식, 위선,
중심의 상실, 선배와 선생의 부재로 대
변되는 '두억시니'와 '도깨비'의 도시로
보면서 '아직 멀었다.'9)고 단언하고 있

▲1910년 무렵 혼마치(충무로)의 상점가

으며, 횡보橫步 염상섭(1897~1963)은 "생활력을 잃은 백의의 백성과 이
매망량魑魅魍魎 같은 존재가 뒤덮은" 공동묘지 곧 "화석 되어 가는 구더
기"들이 사는 '대기에서 절연된 무덤'으로 보고 있다.10) 그러면 한용운
은 "추초황원의 백골로 남은 고인의 잔영" 즉 고서화를 평소 어떻게 보
고 있었을까.

9) 현상윤, 「경성소감」, 『청춘』11(1917.11) pp.124~129.
10) 염상섭, 『삼대 만세전 기타』(민중서관, 1959) pp.489~490. 「만세전」(1924)의 개작에
   따른 미세한 표현의 차이는 廉想涉, 白川豊(시라카와 유타카) 譯, 『萬歳前』(勉成出版,
   2003) 참조

여余는 서화를 부지不知한다고 하나니 보다 영寧히 서화 배척당이라 함이 득당得當하리로다. (중략) 여가 서화 배척당 된 소이는 천품의 우의迂意에서 출出함이니 즉 인생의 백년은 결코 지묵간紙墨間에서 왕비枉費할 바 아니라는 판단이 일정하였고, 근래에는 소위 미술이라는 의미에 대하여 기분幾分의 사색을 가하였으나 타산他山의 석石에 탁마琢磨되지 못한 여의 미美에 대한 사고의 완옥頑玉은 미처 미의 광휘를 발휘치 못함인지는 부지不知하겠으나 하물何物보다도 진眞인 우주의 미는 과연 인위적 지묵간에 재在하랴 하는 부정의 독칠에 온장蘊藏되었으므로 서화에 대한 감념感念이 일직냉담一直冷淡하여 '미'라는 만세성萬歲聲의 이裏에서 열렬한 환영을 받는 서화의 문吻도 냉담한 여의 순脣에는 접근되지 못하였더라.

한용운은 서화 배척당임을 자처하고 있는데, 이는 겸양이기 전에 사실인지 모른다. 그는 「불가에서 숭배하는 소회」(『조선불교유신론』)에서 물질은 진리의 가상이며, 소회塑繪(불상이나 불화)는 물질의 가상이므로 진리의 처지에서 바라보면 '가상지가상假相之假相(거짓 모습의 거짓 모습)'일 뿐이라고 말한 바 있다. 본질적으로 감각적인 것을 억제하고 차단하면서 심신탈락心身脫落을 자수자증自修自證하는 선승다운 관점이다. 하긴 이념적 차원으로 보면 선종에서 사상적이고 감각적이며 방편적인 미술이란 생겨날 여지가 없는[11] 것인지 모른다.

이런 논리는 세계의 만물은 단지 일시적으로 존재하며 이데아의 모방이기 때문에 이 세계의 사물을 복사하는 것은 사본을 복사하는 것이라는 플라톤Plato(B.C.427~B.C.347)의 논리와 같다. 플라톤에 의하면 사물과 육체 등의 미는 주관적 관계에서 비로소 성립하는 감각적 영상에 불과하다. 진짜 순수한 최고의 미는 감각적 세계를 초월한 궁극적이고 객관적

---

11) 고유섭, 『한국미의 산책』(문공사, 1982) pp.230~231.

인 실재이며, 존재의 존재인 이데아 그 자체다. 그가 고미술을 '고인의 잔영'으로 본 것도 이와 무관하지 않다. '소멸의 미'란 일정한 질서 감각이 무너지는 순간에 나타나며, '영원'이란 관념을 갖고 있지 않은 사람의 눈에는 비치지 않는다.

그렇다면 한용운이 '가상지가상'에 불과한 고인의 잔영을 보러 온 것은 단지 '완상'을 위함인가, 아니면 "후생 즉 금수 아등我等을 위하여 미술의 황야를 개척하기에 다소의 희생을 불석不惜하던 고인의 수택手澤을 접촉하여 감사한 의의意를 표표하고자 함"인가.

「불가에서 숭배하는 소회」에서 소회가 '가상지가상'임에도 불구하고 오랜 세월 동안 존재한 것은 무슨 까닭이냐고 반문했던 그는 공자묘의 석상을 보고 자신도 모르는 사이에 각별한 경의를 표했고, 관공묘關公廟의 석상을 보고 감동을 받아 "한번 뛰어 어디로 달려갈 듯함을 느꼈던" 어린 시절의 체험을 거론하면서, 그건 옛사람들이 거짓 모습으로 된 대상을 만들어 중생의 모범이 되기를 바랐기 때문이라고 말한

▲ 전남 구례 천은사 극락전의 「아미타팔대보살도」

다. "마음이 대상에 부딪히면 움직이고對境而動心, 마음이 움직이면 행동도 따르기 마련心之所動 行亦隨之"이라는 것이다.

또한 그는 그림과 상이 같은 가상이지만 마음을 움직이는 양상이 다른데, 이것은 "대상에 직간접의 차이가 있듯이 마음에도 직간접적인 감동의 차이가 있기境有卽接間接之異 心亦有卽動間動之差" 때문이라고 한다. 이때 간접대상이란 사람의 말을 기록한 글文者人而言事而記者이며, 직접대상은 그 사람인 상像者卽其人을 가리킨다. 글과 상 역시 보는 대상이 다르면 '마음'

所定之心과 '느낌'所受之感이 달라지듯이, 마음을 움직이는動心 양상이 다를 수밖에 없다는 것[12]이다. 한용운은 예술형식의 서열을 '회화─ 연극조각 건축─ 시와 음악'으로 나눈 플라톤과 달리 약속의 기호로 변해 버린 일상어를 불신하면서 언어도단言語道斷의 경지를 추구하는 승려답게 글을 간접대상으로 보고 있다. 그러나 이런 언어에 대한 부정과 회의는 역설적으로 시원始原의 언어를 찾는 원동력이 된다. 또 그가 분류한 직접대상과 간접대상은 공간예술(회화, 조각)과 시간예술(시)에 대응된다.

한용운은 그럼에도 사람들은 애매가상曖昧假相이 사람의 도덕적 심경에 불가사의한 영향을 미친다는 사실을 모르고, 미신으로 몰아붙이며 파괴하려고 한다고 비판한다. "소회라는 것은 중생이 상대해야 할 대상塑繪者衆生之境也"이라는 것이다. 이 말은 그가 예술을 어떤 대상을 모방하는 행위를 통해서 성립되는 감각적이며 특수하게 변용된 이념의 현현체로 보고 있음을 보여준다.

플라톤이 모방mimesis에서 발견한 참된 의의는 모방하는 자가 그 행위를 통해서 스스로 지향하는 대상과 유사한omoion 것으로 된다는 점에 있다. 예술가는 어떤 대상에 대한 공감에 촉발되어 표현(모방)하고, 향수자는 여기에 표현된 것을 수용(모방)하면서 모방의 대상에 스스로 접근한다. 예술의 독자적 의의는 여기서 결정된다. 참된 예술은 이상적 형식과 전형으로서의 미를 표현함으로써 향수하는 자의 정신에 훌륭한 조화를 부여하고 선으로 향하는 습성ethos을 만들어 내는 것[13]이다.

"난신亂信의 도구는 없애고 석가상만 모시고 받들면서 모독하지 말며, 그 얼굴을 쳐다보고 그의 한 일을 생각하고 그 감정으로 그의 행동을 실

---

12) 「조선불교유신론」, 『전집』2, p.71.
13) 竹內敏雄(다케우치 도시오), 안영길 외 옮김, 『미학·예술학사전』(미진사, 1989) p.25.

천하면, 거짓 모습의 거짓 모습이기는 하
지만 진리에 부끄러울 것이 없다." 이 말
은 결국 한용운이 미와 선이 하나가 된
상태인 선미善美kalokāgathia라는 이상을
내세웠던 플라톤처럼 인생에 유용한 것,
목적에 합치된 것만을 선과 미로 본다는
것을 의미한다. 또한 "여래의 참된 상을

▲ 경주 석굴암의 본존불

받드는 것으로 족할 뿐 멀리 부처님의 화현에까지 숭배의 대상을 확대한
다는 것은 지나치게 번거로운 일이 아닌가?"라는 반문은 그가 아직 이념
의 가시적 표현인 미의 이상을 추구했을 뿐, 목적의 표상을 갖지 않는
주관적 합목적성을 확보하지 못했음을 보여준다.

　선인의 흠모慕前之誼와 후인의 권장勸後之境으로 요약되는 효용론적 예
술관이라고 할 수 있다. 이는 마음은 대상에 부딪혀 움직인다는 사실을
인정하면서도—이것은 미가 근원적으로 미적 직관에서 주관과 객관 사
이에서 성립함을 의미한다—소회라는 객체 자체의 미는 거론하지 않은
점으로도 확인된다.

　미의 감각적 구상성을 없앤 초감성적인 미를 추구하는 한용운은 현상
에서 감각적으로 파악되는 미적 가치에는 부정적이다. 그러나 그의 말처
럼 미적 가치가 있는 것으로 체험되는 대상은 주체의 의식을 초월하여
그 바깥에 있는 것이 아니라, 그 안에 내재한다. 미의 가치는 주체나 객
체 어느 한 측면에만 속할 수 있는 것이 아니다. 한편으로는 대상의 성
질과 형태에 의거하는 동시에 다른 한편으로는 주체의 태도와 활동에 의
존하며 이루어진다. 미는 대상과 자아 사이의 긴장 관계에서 성립하는
것이다. 한용운은 개개의 사실을 보편화하고 추상화하는 인식가치 즉 진

리를 선호할 뿐, 개성적이고 구체적인 것에 입각하는 체험의 가치 또는 목적 관계에서 떠나 오로지 그것 자체로서 쾌감을 부여하는 대상에 귀속되는 미에 대해서는 무관심하다. 해방적 관심의 소유자에게 개념에 의거하지 않고 모든 관심을 떠난 객관적 미 또는 예술이란 아직 사치며 여기餘技였는지 모른다. '가택이불가난可擇而不可亂(가리어 혼란이 없어야 하겠고)' '가간이불가번可簡而不可煩(간략하여 번잡하지 않아야 하겠다)'이라는 효용론적 관점에 충실한 한용운은 윤리적이고 감계적인 관점에서 예술을 보고 있는 셈이다.

만일 그가 종교적·윤리적·정치적인 가치판단과의 관련에서 미와 예술의 본질을 규명하는 대신 예술이 현실에서 작용하는 경험적이며 심리적인 과정에 관심을 기울였더라면, 물질적 세계와 정신적 세계의 조화를 획득했던 — 물론 당시의 미신적 요소와 타락상을 부인할 수는 없지만 — 불교미술의 공적을 폭넓게 헤아릴 수 있었으리라. 조각에서 예지적 요소만이 강조된다면 "감각성이란 매우 희박해지고, 더욱이 이런 초이지적 이성만이 두터워지면 불보살로서의 가장 중요한 일면인 정감적 자비의 표현이란 것이 소극적인 데로 기울어지지 않을 수 없고, 그렇다면 다시 대중에 대한 불보살 조상의 일반성이 매우 적어지지 아니할 수 없다."[14]는 지적을 경청할 필요가 있는 것이다.

한용운이 미의식을 정녕 미적 가치 체험으로 이해하기 위해서는 의식 과정에서 추출된 도덕적 교훈과 같은 특정 요소에 미적 가치를 귀착시키는 논법을 배척하고, 의식의 전체성에 걸쳐 그 미적 특수성을 구했어야 한다. 그래서일까. 그는 수많은 고서화를 배관하면서 이런 경직된 미의식을 바꾸게 되었던 것으로 보인다. 이 날의 체험 이후 "불립문자不立文

---

14) 고유섭, 「조선미술과 불교」, 『한국미의 산책』, 위의 책, p.244.

字가 견성성불의 한 길이라면 불리문자不離文字는 성性의 원성圓成인 동시에 도생度生의 대용이 되는 것"[15]이라고 주장하는 것으로 미루어 볼 때, 그는 체용론 또는 법신法身과 응화應化의 화엄적 세계관에 입각하여 미적 인식의 편협성을 극복했던 것 같다. '아름다움schön'이 '보다schauen'와 어원적 동일성을 갖고 있듯이, 미란 근본적으로 본다는 행위를 전제하지 않던가. 따라서 그의 진정한 방문 목적은 이런 "부정否定의 독궤에 온장蘊藏된" 자신의 예술관을 확인하고 싶은 공격성과 한편으로는 '타산他山의 석石'에 충격을 받아 "미에 대한 사고의 완옥頑玉"이 깨어지기를 바라는 피학성의 혼재에 있다고 할 수 있다.

김기우 노인이 화첩을 가지러 가고, 잠시 사방을 둘러보던 그의 눈동자는 돌연 서고 벽 위에 걸린 5개의 탁본 가운데 하나인 '물구소형物苟小兄'이라는 네 글자에 머문다. 뚫어지게 바라보고 있는 그에게 위창이 나무상자를 열어 돌 하나를 꺼내 보여준다. 이 글자가 각인되어 있는

▲ 고구려 성벽의 돌

고구려 성벽의 돌이다. 그는 돌을 매만지며 고구려의 위대한 역사와 패망의 비극을 이렇게 토로한다.

여汝는 당시에 영예 있는 인의 수手에 각자刻字 되었으리라. 고구려는 동으로 흑룡강의 피안까지 북으로 몽고까지 서으로 발해까지 사실상으로 토지를 개척하고 흉해胸海에는 소小하여도 아세아 대륙을 일수一手로 통괄코자 하는 대이상을 포장包藏한 광개토왕과 여如한 대영군大英君을 산출치 아니하였느냐. 백만의 수병隋兵을 살수薩水 이북에 편갑

15) 「문자文字 비문자非文字」, 『전집』2, p.304.

片甲도 생환치 못하게 한 대영웅 을지문덕 기인其人을 잉육孕育하였었
느니라. 그러나 그러한 고구려도 조화소아造化小兒의 피롱被弄을 해탈치
못하여 만고흥망의 복철覆轍을 도답蹈하였구나. 여는 얼마나 추우秋雨 빈
분繽紛한 오탄강상烏灘江上에서 행인行人의 지점指點을 수수受하다가 마침
내 여余의 안안眼에까지 영영映하냐고 무성無聲의 문문問을 발하였으나 기
석其石은 천년을 일일一日과 여여如히 침묵이더라.

이런 비장한 감개는 춘원 이광수가 『무정』에서 평양성에 오른 이형식
의 입을 빌려 "비탈 우헤 웃둑 섯난 오래인 성이 마치 사람과 갓히 정도
잇고 눈물도 잇는 것 같이 생각되고, 할 말이 만흐면서도 들어줄 자가
업서서 못하난 듯한 괴로워하난 빗치 보이난 듯하다."고 했던 탄식과 비
슷하다. 그러나 "그리워하던 아我 고인의 수택을 접촉"하며 "미美의 광光
에 탈연奪戀"되는 황홀경을 느끼는 한용운과 달리, 이광수의 분신인 이형
식은 박진사의 무덤을 보고 "그 무덤 밋헤 잇난 불상한 은인의 썩다가
남은 뼈를 생각하고 슯허하기 보다 그 썩어지는 살을 먹고 자란 무덤 우
의 꽃을 보고 즐거워하리라 하얏다."16)며 과거와의 단절을 결심한다.

이광수가 고향 정주의 후배 현상윤과 함께 과거에 대한 비탄과 애증
속에 전통단절론으로 기울었다면, 한용운은 과거에 대한 긍지와 비감 속
에서 민족문화를 재창출하는 원천으로 전통을 긍정하는 신전통주의적
역사인식을 확보하고 있다. 그는 차가운 한 덩어리의 돌에서 감추어진
진실의 빛을 보았던 것이다. 한용운이 "물질문명은 인지개발의 과도시대
에 면할 수 없는 점진적 현상일 뿐 구경究竟의 문명은 아니다."17)라고
선언할 수 있는 자신감은 이 날의 체험과 무관하지 않다. 중론적 세계관

---

16) 「무정」, 『매일신보』 63회(1917.3.21), 64회(1917.3.24)
17) 「조선청년과 수양」, 『유심』1(1918.9) p.6.

으로 보면 흥망성쇠란 '조화소아의 피롱'에 불과한 것이다.

▲ 청일전쟁의 무대가 되었던 평양 시가지

　이어 백제 유허비遺墟碑의 '통격석비□通擊石飛□'라는 다섯 글자를 보며 한용운은 "암담한 계룡산의 월색, 명인鳴咽한 백마강의 파성波聲"을 떠올린다. 그리고 신라승 영업靈業이 새긴 지리산 단속사斷俗寺의 신행神行 선사비禪師碑의 '동우불광청同遇佛光淸(함께 맑게 빛나는 불광을 만나다)'과 윤공부尹孔俯가 회암사檜巖寺의 무학無學 자초(1327~1405)의 선사비에 새긴 '일시동인실개유지一視同仁悉皆宥之(너와 나 구별 없이 사랑하여 모든 이들을 용서했다)'의 탁본을 읽으며 불가의 명적名跡을 뜻밖에 여기서 보게 되어 부끄럽다고 생각한다.

　이렇게 열중하여 탁본을 보고 있을 때 김기우 노인이 위창 오세창이 직접 장정했다는 『근역화휘』를 가져온다. 『근역화휘』는 제1축(31인 40화), 제2축(30인 41화), 제3축(31인 41화), 제4축(20인 29화), 제5축(29인 32화), 제6축(24인 34화), 제7축(26인 33화) 총 191인 250화로 구성된다. 고서화 배관이 본격적으로 시작된다.

▲『근역화휘』

제1축의 첫머리를 장식한 공민왕(1330~1374)의 「삼양도三羊圖」를 보던 한용운은 고구려와 백제를 회고할 때 일렁였던 감회의 여파가 "돌연히 흉해胸海를 진탕振盪하여 전속력으로 패초잔와敗礎殘瓦의 일편 황지荒地를 유留할 뿐인 개성의 만월대에 경주傾注"됨을 느낀다. 만일 공민왕이 그림 그리는 데 시간을 허비하지 않고 경국지책과 신민臣民의 명덕明德을 강강講하였던들 중흥주의 금관은 분명 그의 머리에 씌워졌을 것이라는 것이다.

이어 제4축까지 보고 숨을 돌리자 다과가 나온다. 그러나 눈으로 그림을 보고 손으로는 필주筆主를 초록하기에 바쁜 그에게는 몇 조각의 감을 집어먹는 일조차 번거롭다. 그는 비로소 '심수만경전心隨萬鏡轉(마음이 온갖 대상의 움직임을 따른다)'의 뜻이 바로 여기에 있음을 깨닫는다.

제7축을 다 보고 공폭空幅이 나오자 옆에 있던 박한영이 "최선의 진화眞畵는 차此에 재在하도다. 인우쌍망人牛雙忘의 경경이 차此가 아니냐?"고 말한다. 뛰어난 불교회화는 "신앙의 대상으로 그려지는 것이 아니라 선기禪機의 직현체直顯體로서 감상의 대상으로 그려진다. 말하자면 재래의 신앙대상 즉 대상적이었던 것이 피감상체로써 전치轉置된 곳에 선종으로 말미암은 미술의 180도적 코페르니쿠스적 전향이 있는 것"18)이라는 지적이 생각나는 순간이다. 박한영은 유법의 극치에 가서 다시 무법으로 돌아온 무비법無非法의 이치를 말했던 것이다. 『개자원화전芥子園畵傳』에서 왕안절王安節은 '유법지극귀어무법有法之極歸於無法(법식을 지키기를 극진히 했다가 그 법식을 떠남에 귀착하는 것)'이 그림의 도라고 말한 바 있다.

---

18) 고유섭, 「조선미술과 불교」, 『한국미의 산책』, 위의 책, p.246.

이렇듯 무심한 가운데 속 깊은 발언을 하고 있는 것으로 미루어 볼 때, 이 날의 방문은 김기우 노인보다는 박한영의 주선으로 이루어진 것이 아닌가 생각된다. 박한영은 이미 오세창, 김기우, 최남선, 김노석 등과 함께 산벽시사珊碧詩社를 주도하고 있었다. 다음은 그가 우당于堂 윤희구(1867~1926)에게 준 시다.

> 일자함관엄도광一自函關淹道光 함관을 한번 만나 도의 빛을 감추고는
> 고회석과송잔양孤懷碩果送殘陽 외로이 큰 과일 품고 남은 삶을 보내나니
> 사화무괴점청사詞華無媿占靑史 뛰어난 문장은 청사를 차지하기 부끄럽지 않고
> 가계상소치일상家計常疎寘一觴 살림살이는 등한하여 술잔 한잔 안 두었네.
> 증과계교동소화曾過溪橋同笑話 시내다리 지나면서 함께 웃고 이야기했더니
> 회당월야탁심향會當月夜託心香 마침 달 밝은 밤을 맞아 마음 향기 보내네.
> 유방세모지수위幽芳歲暮持誰慰 꽃 없는 이 세밑에 누구 위로 받으리.
> 대득국배첨취광待得菊醅添醉狂 국화주로 취한 광기 보태기 기다리네.
> ― 박한영, 「산벽시사 동인들에게 윤우당 희구
> 珊碧詩社遞贈同人 尹于堂喜求」[19]

산벽시사는 동인이 무려 16명이며, 위창 오세창, 육당 최남선, 우당 윤희구를 비롯하여 우향又香 정대유(1852~1927), 관재觀齋 이도영(1885~1933), 성당惺堂 김돈희(1871~1937), 춘곡春谷 고희동(1886~1965), 석정石汀 안종원(1874~1951) 등 화가들도 참여한 시단[20]으로 육교시사六橋詩

社21)의 계보를 잇고 있다. 박한영은 평소 서화 배척당을 자처하는 강팍한 한용운에게 심미안을 틔워주고 폭넓은 대인관계를 맺게 해주려고 이 자리를 마련했던 것으로 보인다. 이는 그가 첫날만 동석했다가 이후 나오지 않은 점으로도 확인된다. 그는 이미 친하게 지내고 있던 오세창22)이 수집한 진적을 여러 차례 보았던 것이다.

하긴 석전이란 호는 추사가 백파 긍선에게 주었던 호가 아니던가. 우리는 뒤에서 석전의 눈부시게 펼쳐지는 해박한 화론을 살펴보게 된다. 미당은 스승 석전에 대해 이렇게 말한 바 있다.

> 위의 생각에 잠기다가 나는 또 석전 스님의 그 석전이란 호가 추사 김정희가 손수 유지로 지어 준 것이라는 걸 아울러 생각해 내곤 긴 흥에 잠긴다. (중략) 그러나 그런 추사의 정신보다도 오히려 더 우리를 감동하게 하는 것은 멀다면 멀기도 한 저 일곱 대가의 사이를 추사가 준 이 아호를 지닐 만한 사람이 생겨 나오기를 고스란히 기다리다가 백파의 7대 법손 박한영을 만나 그것을 비로소 전해 주어 실천해 낸 백파 계통의 대대의 중들의 영원을 하루같이 여겨 이어 살아온 그 끈질기고 한결같던 마음의 힘이다. (중략)
> 더구나 백파와 추사가 타시락거리면서도 서로 협력해서 그렇게 남겨 준 석전이란 아호를 받은 본인이 "백파 하나를 가지고 성내기도 하고 좋아하기도 한 것은 모순인 것 같다對一白坡而或嗔或善似乎矛盾者"고 완당을 은근히 핀잔하면서도 완당이 남긴 그 아호를 그대로 받아쓰고 살다간 것을 보는 것은 더욱더 신비한 매력이 된다.23)

20) 심삼진, 『석전 박한영의 시문학론』, 위의 논문, p.8.
21) 정옥자, 『조선후기 중인문학연구』(일지사,2003) pp.116~142. 참조.
22) 박한영, 「오위창 세창」, 「2월 10일에 위창 석정 등 여러 노인이 내원암을 찾아와 함께 시를 짓다二月十日葦滄石汀諸老訪大圓蘭若共賦」 김달진 편역, 『현대한국선시』, 위의 책, p.101.
23) 『서정주』5, pp.28~29.

서정주는 백천년의 다리로 이어지는 조상들의 인생법에 대해 감탄하면서, 어린 제자의 깎인 머리를 보고는 "정주, 깎아놓으니 새파란 게 꼭 좋은 알 같구나. 되었네 되었어." 하며 어린아이처럼 깔깔깔 웃던, "그 정말의 단단하고 큰 차돌덩이같이 꽝꽝한, 밉지 않은 앞뒤짱구인" 스승 석전을 그리워하고 있다. 그는 "춘원 이광수가 그 오랜 동안의 기독교 신앙 뒤에 이 분한테서 머리를 박박 깎고 불교도가 된 것도 그런 그의 웃음에 말려들어 같이 웃다가 재미나게 그랬던 것 아닌가 생각된다."

▲미당 서정주

고 말하고 있다. 미당은 '불거이거자佛居而居者(있지 않으면서 있는 것 같은 사람)'와도 같았던 스승 석전에게 신라정신의 정수를 느꼈는지 모른다.

한용운은 박한영의 의미심장한 한 마디를 듣고 2시간이나 열광하며 본 7축 191인의 250화畫가 홀연히 일구一句의 선화禪話로 바뀌는 것을 느낀다. 순간, 그는 지난 10월 19일 입적한 장금봉의 얼굴을 떠올리며 그도 같이 있었으면 얼마나 좋았을까 하고 한숨을 내쉰다. 다음 기사는 장금봉이 한용운 박한영과 함께 '글자가 없는 책'을 읽던 진정한 도반이자 시승詩僧이었음을 잘 보여준다.

전남 순천군 선암사 주지 장금봉 화상은 불교의 묘오를 조람하여 다년간 강단에 집편하였고 기후其後에 교육에 종사하더니 선암사 주지의 임任에 거居한 이래로 도덕 언행 인의 예법의 사체를 궁행하여 선림禪林에 성예聲譽가 훤자暄藉하였고 우又 시문에 난숙하여 이영재李寧齋(이건창) 여하정呂荷亭(여규형) 황매천 송염재宋念齋(송태회) 제대가로 호상수창互相酬唱하여 갑을을 상쟁相爭하더니 다이쇼 5년(1916) 음 9월에 불행

허 입적하여 산야간山野間 지여부지知與不知가 막불차탄莫不嗟歎한데 경
성부 중앙학림에서는 박한영 한용운 양 선사의 발기로 다이쇼 5년 11월
5일에 추도식을 거행하였는데 박한영 화상의 제문 급 여하정 최동식 양
선생의 추도문이 유하였고……[24)

▲ 1911년의 태평로 전경

어느 날이건 오후에는 한가하니 언제든지 와서 마저 보고 가라는 위
창의 고마운 말을 뒤로 하고 나올 때, 어느 곳에서 울리는 종소리가 "인
생의 흑암黑暗을 파破"하고 있다. 한용운은 어둔 가을 밤하늘을 밝히던
국화를 벗 삼아 곡주를 나누던 장금봉을 생각하며 숙소로 돌아갔다. 아
까 중앙학림으로 돌아가던 석전의 구부정한 어깨가 자꾸 눈에 밟혔다.
누구보다 장금봉을 사랑했던 그였다. 흑풍만장의 경성을 밝히고 있는
'만가홍등滿街紅燈' 그 근대화의 위용 너머 아스라이 먼 곳에서 찬란하게
빛나는 역사의 불빛을 생각하며 한용운은 잠을 청했다. 다음 두 편의 시
는 한용운과 박한영의 장금봉에 대한 곡진한 사랑을 잘 보여준다.

24) 「애도 장금봉 화상」, 『조선불교총보』1(1917.3.20) p.38.

시주상봉천일방詩酒相逢天一方 시와 술로 서로 만나 즐기니 천리타향
소소야색사하장蕭蕭夜色思何長 쓸쓸한 이 한밤에 생각 아니 무궁하랴.
황화명월약무몽黃花明月若無夢 달 밝고 국화 벌어 애틋한 꿈 없었던들
고사황추역고향古寺荒秋亦故鄕 가을철 옛절이기로 어딘 고향 아니리.
　　　　　　—한용운, 「금봉선사와 밤에 시를 읊다與錦峰伯夜唫」[25]

추진강남엽정소秋盡江南葉正疎 강남에 가을 깊어 나뭇잎도 성근데
임공일거월공여林公一去月共餘 임공이 한 번 간 뒤 달만 환히 비치누나.
가진수속조계발家珍誰續曹溪鉢 조계의 바른 법을 누가 감히 이을 것가.
향안만비사해서香案漫飛四海書 책상에 많은 책들 흩어져 어지럽네.
백우야당유고목白藕野塘唯古木 못에 핀 연꽃과 고목 하나 뿐인 것을
홍매심원경황허紅梅深院更荒墟 홍매 피던 뒤원도 황량하기 그지없고
운귀이십칠년계雲歸二十七年契 이십칠년 맺은 정이 구름처럼 허망하여
감읍한산상효초感泣漢山霜曉初 서릿밤 첫새벽에 나는 홀로 울고 있소.
　　　　　　— 박한영, 「금봉상인을 추도함追悼錦峰上人 구월九月」[26]

25) 『전집』1, p.157.
26) 서정주 번역, 『석전 박한영 한시집』(동국역경원, 2006) p.58.

국민의 정신적 생명, 그 뿌리

이튿날, 한용운은 바빠서 참석하지 못한다고 전해온 박한영 대신 선승 김남전金南泉(1868~1936)과 강도봉, 그리고 광문회에 머물고 있는 김노석 노인과 함께 동행하여 총23축으로 된 『근역서휘』를 배관한다. 『근역서휘』는 본첩 23축(692인의 서)과 속첩 12축(408인의 서)으로 이루어진다.

한용운은 신라 최고의 명필 김생(711~?)이 흑지黑紙에 금니金泥로 사경한 『금강경』의 「정심행선분淨心行善分」의 초두初頭 몇 행과 고운孤雲 최치원(857~?)이 은니銀泥로 썼다는 「비니장毘尼藏」의 일부분을 보며, 금니와 은니로 사경寫經할 만큼 불교를 숭상했던 신라의 찬란한 역사를 회고한다. 그때 그의 눈에 포은圃隱 정몽주(1337~1392)의 글이 "백열적白熱的으로 영사映射"된다. 공민왕과 대비되는 그의 글을 보며 "국가의 운명과 같이 정사한 고려 최후의 남아"를 생각하지 않을 수 없었던 것이다.

선죽교의 냇가에서 빨래하는 아낙이나 훨훨 날고 있는 백구처럼 무심한 역사를 한탄할 때, 다시 그의 눈을 강렬하게 잡아당기는 글이 있다. 그는 매죽헌梅竹軒 성삼문(1418~1456)이 만고의 충신이 될 수 있었던 이유는 이 시 한 편만으로도 충분하다고 생각한다. 그리고 "일조一朝의 현실은 백년의 이상에서 출出하나니 평거平居의 수양이 무無하고 일시의 요행을 희기希冀하는 자는 우중愚中의 우愚"임을 통감한다. 성삼문은 이렇게 연꽃의 덕을 노래했던 것이다.

연혜연혜蓮兮蓮兮 기통차직旣通且直(연이여, 연이여 이미 속은 비었고 겉은 곧구나) 불유군자不有君子 갈이비덕曷以比德(군자가 아니면 그 덕을 누구에게 비교하겠는가) 재니불후在泥不朽 재수불착在水不着(진흙에 있어도 더럽지 않고 물에 있어도 뿌리내리지 않누나). 군자거지君子居之 하루지유何陋之有(군자가 살고 있거니 무슨 더러움이 있겠는가) 연혜연혜蓮兮蓮兮 청명지왈정우請名之曰淨友(연이여, 연이여 청컨대 이름을 정우라고 하리라)

한용운은 『조선불교유신론』에서 약자는 강자의 횡포를 비난하기에 앞서 자신의 나약을 반성해야 한다고 말한 바 있다. 일종의 자학적 역사관이며, 선실력양성 후독립론인 듯하다. 그러나 그는 자유란 만유의 생명이며 자유주의는 남의 자유를 침범하지 않는 것으로 그 한계를 삼는다고 선언하면서 평등과 대등의 세계관과 평화와 공존의 논리를 주장한다. 그가 제5축의 손암巽菴 심의겸(1535~1587), 성암省庵 김효원(1542~1590), 송강松江 정철(1536~1593)의 글을 보며 "조선의 계급 사회로 수라장修羅場을 작作하던 색당色黨"을 안타까워하는 이유는 여기에 있다.

이어 구봉龜峯 송익필(1534~1599)의 명문 — "화욕개시방유색花欲開時方有色(꽃은 피려고 할 때 가장 고운 빛이 있고) 수성담처각무성水成潭處却無聲(물은 못을 이루는 곳에서 문득 소리가 없어진다)" — 을 읽으며 가벼운 시취詩趣를 느낀다. 문文은 간접대상이며 상像은 직접대상이라고 했지만, 역시 그림보다는 시에서 더 많은 감흥을 느끼는 시승詩僧의 면모를 보여준다. 그러나 그는 역시 뜨거운 해방적 관심과 혁명적 정열의 소유자였다. 이

것은 제6축을 보던 그가 1592년 임진왜란이 일어나자 평안도 도순찰사
가 되어 왕의 피란길에 호종했고, 이듬해 평양 탈환 작전에 공을 세워
평안도 관찰사가 되었던 오리梧里 이원익(1547~1634)의 서간을 보며 깊
은숨을 들이키는 대목에서 확인된다. 이원익은 남쪽 지방에 병사兵使로
있던 어떤 사람이 계란과 생선을 보내자 이렇게 답장했던 것이다.

> 인사를 차리는 일도 생전에 좋아하지 않는 일이었고, 다만 군대와 백
> 성을 편안하게 안정시킬 것만 원합니다.修人事生所不喜只願綏定軍民 남
> 쪽 진을 굳게 고수하여 우뚝하게 나라의 장성이 된다면, 늙어 죽고 사
> 는 것에 아무런 미련도 없을 것입니다.壯固南鎭屹然爲國家長城則老生死而
> 無憾矣 삼가 절합니다.謹拜

한용운은 재상의 품위와 우국지정을 보여준 이원익의 영혼에게 묻는
다. "군민이 완정부綏定否아, 남진南鎭이 장고부壯固否아. 그의 영靈이여,
감憾이 유有한가, 감이 무無한가?" 대상의 파악 방법은 예술가 자신의 성
격에 기인한다는 말은 진실이 아닐 수 없다. 그래서일까. 한용운은 "연쇄
요공응미귀烟鎖瑤空鷹未歸(안개 낀 변방 밝은 하늘엔 매도 돌아가지 않고) 계화
음리폐주비桂花陰裡閉珠扉(계수나무 꽃 그늘진 곳에는 고운 사립문도 닫혀 있네)
계두진일신령우溪頭盡日神靈雨(시냇가엔 하루 종일 신령한 비가 내리고) 만지
향운습불비滿地香雲濕不飛(땅에 가득한 향기로운 구름은 젖어 날지도 않네)" 라
고 고독을 노래한 허난설헌(1563~1589)의 시를 읽으면서도 손에 잡힐 듯
한 여운만 느낄 뿐이다. 그리고 임진왜란을 온몸을 던져 막아낸 송상현
과 구국의 영웅 이순신(1545~1598), 사명대사 유정(1544~1610)의 글을
보며 "난만爛漫한 감상을 초월하여 침묵의 경의를 수守"하는 것이다.
　이어 숨을 돌리고 사명대사에게 보낸 한음漢陰 이덕형(1561~1613)의

글과 석釋 언기彦機(1581~1644), 석봉石峯 한호(1543~ 1605), 오산五山 차천로(1556~1615)의 글을 보던 그는 이괄(1587~1624)의 글을 보며, 잠시 반항의 역사를 생각한다. 그리고 다시 제10축에서 제13축까지 단숨에 뛰어넘는다. 그러자 옆에서 같이 보던 김남전이 천천히 보자고 말한다. 그는 불교계의 명필가인 김남전이 "서법書法의 자황雌黃을 감별"하려는 것은 당연한 일이지만, 자신은 "서법보다 역사적으로 견見"하므로 동관이취同觀異趣일 수밖에 없다고 생각한다.

잠시 김남전과 강도봉에 대해 알아본다. 김남전은 1911년 4월 15일 범어사 동래 포교사로 취임했고 다

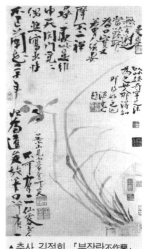

▲추사 김정희, 「부작란不作蘭」

음해 서울 범어사 중앙포교당 포교사로 추대되었던 선승이며 명필가이기도 하다.[27] 1917년 4월 27일 내한한 진종 동본원사 법주 오타니 고엔大谷光演을 위해 매일신보사에서 마련한 좌담회에 한용운과 함께 참석[28] 하게 되는 그는 박한영을 이렇게 상찬하기도 했다. "시문군독출詩文君獨出(그대는 시와 문장에 홀로 뛰어나) 당송삼사퇴唐宋三舍退(당송唐宋의 삼부자 소순, 소식, 소철도 물러서나니) 욕종하풍거欲從下風去(그의 바람 밑으로 따라 가려고) 발어수곡계發語遂梏械(말을 내면 드디어 수갑 채이네)"[29]

다음은 1921년 범어사의 오성월, 김석두, 석왕사의 강도봉 등과 협의해서 한국불교의 정맥을 이은 선종의 중앙기관인 선학원禪學院을 창건했던 그의 이력을 잘 보여준다.

27) 「남전한규南泉翰圭 대선사비」, 『남전법묵南泉法墨』(불광출판부, 1993) pp.101~102.
28) 「광연 법주法主의 선승鮮僧 접견」, 『매일신보』(1917.4.28)
29) 「석전 박한영 씨의 내장산 상설시 30구에 답함 10절次石顚朴漢永氏內藏山賞雪三十句十節」, 강석주 편, 『남전선사문집』(인물연구소, 1978) p.123.

중앙교당 포교주임 김남전 씨—씨는 금년이 오십유일이니 경남 합
천군 가야면 인이오 현재는 경성부 인사동 188번지이니 (중앙교당 불교)
의 포교주임이 되어 제세濟世의 술術을 강講하는 바 금일이라. 메이지
18년(1885) 경에 합천 해인사에서 도를 득한 후 메이지 41년 2월 14일에
해인사 금강계단에서 수계하였다. 약 7개년간 한학에 종사하여 칠서를
연구하였으며 또는 메이지 20년부터 향 27년 곧 7개년간 불교서를 수업
하였다.
　　메이지 37년(1904) 1월 15일엔 해인사 총섭이 되었고 메이지 44년
(1911) 4월 15일엔 동래 범어사의 포교사가 되었고 다이쇼大正 6년
(1917) 4월 27일엔 간동 석왕사의 포교사가 되었으며 다이쇼 7년분에
지하여 현 중앙포교당의 포교사가 되었더라. 씨는 원래 구제창생으로써
천직을 삼으나 그러나 씨의 자선적 행위란 기함에 족한 것이 많다. 곧
혹은 빈민을 위하여 사낭私囊을 경傾함이 적지 아니하며 혹은 이재자
이병자 사망자를 위하여 혹 수십원 혹 백원으로 구제함이 적지 아니하
다. 실로 우리 사회에 대한 활불이라 하겠다.30)

　　강도봉은 1911년 범어사에서 세운 법륜사의 포교사31)로 활약했고
1915년에는 석왕사 선실 좌주를 지내기도 했으며32) 1916년 9월에는 각
황사에서 개최된 연합 추기秋期 대강연회에서 한용운과 함께 강연을 하
기도 했다.33)

　　경성 간동 포교당 주인 강도봉 씨—씨는 도고덕심道高德深한 포교
사이라. 일찍 몸을 불교계에 임하여 그의 학이 심대하며 그의 도가 남
에 지내는 점이 있다. 현금 간동 석왕사 포교당에서 씨가 기와起臥함과
동시에 포교의 대임 대책을 부負하고 주야로써 도를 전하는 독신자일

---

30) 「경성과 신사」, 『반도시론』제2권10호(1918.10) p.92.
31) 「포교성황」, 『매일신보』(1911.5.17)
32) 『불교진흥회월보』3(1915.5.15)
33) 「불교 대강연회」, 『매일신보』(1916.9.3)

다. 말미암아 매주일이면 7, 80명의 외래자가 내집하여 씨의 설법을 다투어 듣는 바이며 현금 회당의 신자의 수효는 남 500여명 여 500여명에 달한다 하며 또한 동당의 설립은 다이쇼 3년도(1914)에 있었으며 경비는 석왕사에서 지출하나 임원 전부는 의무 복역에 있다 한다. 씨의 금년은 46세오 씨의 출가한 용후庸後 연수는 22개년에 지하니 씨의 봉직이란 만 2개년에 달하니라. 씨는 자못 인망과 성예가 높은 인격자이며 동시에 신앙이 자못 돈독한 구세적 포교자라 가히 칭하겠더라.[34]

한용운의 심미안은 그가 거론하고 있는 인물의 면모에서도 확인된다. 여기서 거론한 고서화의 주인은 46명인데, 그는 주로 공민왕의 그림, 정몽주, 성삼문, 이원익, 정재定齋 박태보(1654~1685), 삼계三溪 최경회(1532~1593), 고송孤松 임경업(1594~1646) 등의 글을 보면서 역사적 교훈에 따른 감개를 토로하고 있다. 고서화를 심미적 대상물로 보기 전에 그 내용이나 정신을 담고 있는 그릇으로 보는 문이재도의 전통에서 자유롭지 못한 셈이다. 그는 시취와 여운을 느끼면서도 송익필과 허난설헌의 시, 신사임당(1504~1551)의 초충도草蟲圖, 순조 시대의 기생인 소미小眉의 난蘭, 수산遂山 박창규(1783~?)의 낙화烙畵, 아계鵝溪 이산해(1539~1609)의 한국도寒菊圖, 추사 김정희의 글씨를 간단하게 언급하고 있을 뿐이다.

"유시幼時로부터 서화를 학습한 사는 절무絕無하고 타인에게도 권장치 안할 뿐 아니라 서화를 학습하는 인人을 대함에 왕왕 비난한 사事도 유有하며, 서화의 미오美惡를 물문勿問하고 일폭도 장치藏置한 사事가 무無하도다."는 고백은 겸양만은 아닌 듯하다. 그에게는 아직 감성적으로 매력 있는 대상을 초월자와 관계없이 묘사하여 화려하게 꾸미는 예술과 가능성을 통해서 초월적 존재 그 자체를 현현시키는 형이상학적인 예술을 구

34) 「경성과 신사」, 『반도시론』, 위의 책, p.95.

▲ 자산 안확

▲ 『문장』 창간호

분할 만큼 마음의 여유가 없었는지 모른다.

한용운은 고서화 자체의 아졸미나 고완미 등 아름다움을 동경하거나 그리워하는 것이 아니라, 거기에 반영된 내용이나 정신을 비판하면서 우리 역사의 정통성과 정신문화의 우월성을 찾고 있다. 전통단절론과 다른 비판적 전통긍정론이며, 고서화를 수집보존하여 국수國粹와 자강의 근본을 찾으려고 한 오세창의 계몽주의보다 적극적인 역사인식이다. 오세창은 서화양처書畵兩處란 "득천기지전得天機之全(자연의 온전함을 얻고) 발신광지비發神光之秘(신광의 비밀함을 발휘하여) 착색인문着色人文(인문으로 빛을 내서) 병구불후並驅不朽(아울러 영구히 없어지지 않는 곳으로 몰고 나가는 것)"35)라고 정의한 바 있다.

또한 그의 심미안은 다종다양으로 표현되는 미술을 연속적인 소운동으로 설명하기보다 "정신의 운용인 상상적 창작" 또는 "창작적인 정신 운용"으로 관찰하여 우리의 미술이 외국의 문물을 숭배모취崇拜摹取한 것이 아니라 채장보단採長補短한 것36)이라고 주장하는 자산自山 안확(1886~1946)의 미술론보다 심정적이다. 나아가 1930년대에 골동품에서 발견한 심미적 인식으로 이윤의 목적에 지배

---

35) 오세창 편저, 홍찬유 감수, 『국역 근역서화징』상(시공사, 1988) p.1.
36) 안확, 최원식·정해렴 편역, 『안자산 국학논선집』(현대실학사, 1996) pp.385~415.

되는 현실에 대한 비판을 전하려고 했던 상허尙虛 이태준(1904~?)의 근대적 미의식이나 문장파의 상고주의37)와도 다르다. 역사적 교훈의 발굴이라는 목적성을 앞세운 효용론적 관점이라고 할 수 있다.

이어 우암尤庵 송시열(1607~1689)의 글과 미수眉叟 허목(1595~1682)의 전篆, 문곡文谷 김수항(1629~1689), 약천藥泉 남구만(1629~1696)의 글을 보던 그는 제17축에서 넘기던 손을 멈춘다. 1689년 기사환국 때 서인을 대변하여 인현왕후(1667~1701)의 폐위를 강력히 반대하다가 모진 고문을 당하고, 진도로 유배를 가는 도중 노량진에서 숨을 거두었던 정재 박태보의 서가 있었던 것이다. 순간, 그는 비리를 보면 참지 못하고 의리를 목숨보다 소중히 여겼던 박태보가 "차철此鐵이 냉冷하니 경자래更煮來하라."고 외쳤던 "어음語音이 이막耳膜에 고동치는" 것을 느낀다.

다시 눈을 들어 청천靑泉 신유한(1682~1752), 직암直庵 윤사국(1728~1809), 다산茶山 정약용(1762~1836)을 거쳐 추사 김정희의 글을 마지막으로 수록한 제23축을 다 보고 시계를 보니 어느덧 오후 4시 반을 가리키고 있다. 불과 3시간 만에 692인의 진묵을 열람한 셈이다. 속첩이 있었지만 내일을 기약하고 집으로 돌아오니 어느 지인의 부음이 기다리고 있다. 한용운은 새삼 "인세의 무상을 상기"하면서 깊은 잠에 빠져든다.

11월 28일, 김남전과 강도봉이 일이 있어 오지 못한다고 연락을 보내오고, 김노석 노인도 오지 않자 혼자 길을 나섰던 그는 도중에 김노석 노인을 만나 동행한다. 여박암에 들어가자 '조선 제일류의 호고가好古家'인 최남선과 최성우가 앉아 있다가 반갑게 인사를 한다. 최성우는 광문서관(경성 중부 대사동)의 주인이기도 하며, 1910년 조선광문회 발족 당시 주요 멤버이기도 하다. 그는 『신자전』(신문관, 1915)을 편찬할 때 자획 교

---

37) 송인화, 『이태준문학의 근대성』(국학자료원, 2003) p.266.

▲ 육당 최남선

열을 담당하기도 했다.38) 『조선불교유신론』과 『불교대전』의 광고와 총판매를 도맡았던 것을 계기로 조선광문회의 주인 최남선과 한용운은 이미 알고 지내던 사이였다. 한용운은 3.1독립운동으로 취조를 받을 때 최남선을 5, 6년 전 즉 1913, 4년부터 안다고 말한 바 있다.39) 한용운이 1917년 4월에 『정선강의 채근담』을 신문관에서 출간하고, 최남선이 1918년 9월 『유심』 창간호에 글을 기고하게 되는 인연은 이미 이때 마련되었던 셈이다. 하긴 최남선은 한용운이 경외하는 박한영이 총애하는 제자가 아니던가. 최남선은 "스님이 몇몇 동지와 종단을 바로잡고자 하실 적에 나 역시 미비한 힘으로나마 스님을 도와 조그마한 보탬이 되지 않았나 한다."40)고 회상하면서 박한영과의 인연이 임제종운동이 전개된 1911년을 전후하여 시작되었다고 말한 바 있다. 이날 여박암에 모였던 사람들은 대부분 『유심』의 필자가 되고 3.1독립운동의 주역으로 활약하게 된다.

육당 최남선이 조선광문회를 설립한 것은 한일합방 두 달 뒤였다. 전통은 부정되고, 근대화는 훼손되고 타락한 방식으로 전개되고 있었다. 1910년 10월 29일, 최남선은 고문헌을 보존하고 고문화를 선양하기 위해 광문회 설립을 계획하고 간행물 예약금 모집 허가를 경무총감부에 청원했던 것이다.

---

38) 조성출, 『한국인쇄출판백년』(보진재, 1997) pp.95~99. 조용만, 『육당 최남선』, 위의 책, p.113.
39) 『운동』1, p.388. "(問)崔南善とも知合ったのか. (答)五,六年前京城で知合となり其後親しく交際して居ります."로 되어 있으나 「전집」1, p.367에는 "6년 전부터 안다."라고만 번역되어 있다.
40) 최남선, 「발문」, 『석전시초』, 위의 책, p.1.

이렇게 탄생한 조선광문회에는 위암 장지연과 함께 『황
성신문』에서 날카로운 필봉을 휘둘렀던 석농石農 유근
(1861~1921)이 머물면서 『신자전』을 편집했고, 대종교 2
대 교주 백유伯猷 김교헌(1868~1923)과 우정偶丁 임규 역
시 상주하다시피 지내고 있었다. 특히 일본문법 대가이자
한글학자이기도 했던 임규는 게이오慶應 대학 경제과를 졸
업하고 청년학원에서 조선유학생들에게 일본어를 가르치
다가 최남선의 권유로 1908년 귀국하여 신문관과 조선광   ▲ 심전 안중식
문회에서 국학관계 신간서적을 발간했다. 그는 육당의 모
든 학문적 지원을 했으며, 해공海公 신익희(1892~1956)와
고하古下 송진우도 그의 제자라고 한다.[41]

또한 한샘 주시경(1876~1914), 백연白淵 김두봉(1890~
1961), 애류崖留 권덕규(1890~1950), 효창曉蒼 한징(1887~
1944), 환산桓山 이윤재(1888~1943) 등 국어학자와 한시의
대가로 친일파로 전신한 매하산인梅下山人 최영년(1859~   ▲ 춘곡 고희동의
1935), 서화협회(1918)를 이끌고 있던 소림小琳 조석진(1853   「자화상」(1914)

~1920), 『소년』의 표지화를 그린 심전心田 안중식(1861~1919), 우리나라
최초의 서양화가이자 『청춘』의 표지화를 그린 춘곡 고희동도 단골 출입
손님이었다. 그리고 신문관 시절부터 인촌仁村 김성수, 도산 안창호, 천
풍天風 심우섭(1890~?), 하몽何夢 이상협(1893~1957), 민세民世 안재홍
(1891~1965), 춘원 이광수, 순성舜星 진학문(1890~?), 고우 최린 등 민족
지사와 언론인 및 문인들이 모여 민족의 장래를 의논하고 토론했다. 심

---

41) 임규 원저, 홍찬유 감수, 정후수 역주, 『국역 북산산고—임규 시전집』(깊은샘, 2004)
   p.6.

지어 『일본풍경론』의 저자인 일본의 국수주의 사학자 시가 시게타카志賀
重昂(1863~1927)도 조선에 오면 광문회를 찾았다.

뿐인가. 앞에서 보았듯이 이능화와 양건식 등 거사불교운동의 주역들
과 박한영 권상로 최동식 등 승려들이 수시로 출입하며 학문과 시국을
논했다. 조선광문회가 '문화적 양산박'이며 '조선의 아카데미아'로 일컬
어지는 것도 무리는 아니다. 앞에서 보았듯이 웃보시고찌에서 인사동에
이르는 경성의 중부 일대는 조선조의 전통문화와 근대 신문물이 공존하
는 신구문학 교체기의 지성적 공간이었던 것이다. 아무튼 한용운이 여박
암에서 최남선과 고서화를 함께 배관한 것은 이제 그가 불교계를 넘어
지식인 사회의 한복판에 서게 되었음을 의미한다.

안부 묻기를 끝내고 일행은 바로 『근역서휘 속』을 보기 시작한다. 초
은樵隱 이인복(1308~1374)의 금자金字와 공민왕 때 명나라에 갔다가 이
성계의 역성혁명 소식을 듣고 고절을 지키다 불귀의 객이 된 김주42)의
글이 있는 제1축, 그리고 제2축과 제3축에 이어 제4축의 '일탄一嘆을 발
發'하게 하는 고송 임경업의 글을 본 후 제5축을 덮자, 다시 토정土亭 이
지함(1517~1578) 등 44인의 서(전축)와 석북石北 신광수(1712~1775) 등
32인의 서(후축)로 구성된 『근역서휘 재속』이 기다리고 있다. 이어 3축으
로 된 『근역서휘 삼속』의 제1축을 보던 그는 깊은 감회에 젖는다. 임진
왜란이 일어나자 의병장으로 금산 무주 등지에서 왜병과 싸워 크게 전공
을 세웠고, 이 해 6월 제2차 진주성 싸움에서 싸우다 장렬하게 순절한
삼계 최경회의 글이 있었던 것이다. 그는 마음속으로 외친다. "촉석루는
의구依舊하니라. 남강은 부진不盡이니라. 혼魂이여, 백魄이여, 장사의 영靈
이여, 남국풍우에 장사는 무양無恙하오?"

---

42) 여기서 말하는 김주金澍(1512~1563)란 김주金湊(?~1404)를 가리킨다.

추연한 감개에 젖어 창암蒼巖 이삼만(1770~
1845)의 서書와 "섬교纖巧를 극極하여 기其 정
세精細함을 탄미치 아니할 수 없"는 호산湖山
서홍순(1798~?)의 태서苔書가 있는 제2축을
보고, 마지막으로 제3축의 운미芸楣 민영익
(1860~1914)의 서를 보니 시계는 오후 4시 반

▲ 운미 민영익, 「묵란도」

을 가리키고 있다. 한용운은 마침내 『근역서
휘』 35축(1,100인의 서)과 『근역화휘』 7축(191인의 250화)을 합친 총 1,291
인의 수적을 전부 배관한 것이다.

사람은 사람을 통해 초월한다. 우리는 이 사흘간의 체험을 지켜보면서
이 말을 떠올리지 않을 수 없다. 사전상승師傳相承의 아름다운 전통은 아
직 사라진 것이 아니었다. 그러나 일본 유학생들은 이를 인정하려 하지
않았다. 기당 현상윤은 「경성소감」에서 이렇게 말하고 있다.

내 동경에 간 후에 제일 부럽고 제일 귀貴엽게 생각된 것은 저 곳에
잇는 청년들이 자기네 선배를 가르쳐 아모 선생, 아모 씨라고 불을 때
에 그 선생이라 씨라 불리어지는 사람이 만이 잇는 것을 본 일이라. 남
의 곳은 저러케 청년 후생의게 모범되여 만한 사람이 기수其數 불가승
산不可勝算이어늘 지금 우리 곳에는 청년의게 선생이라 씨라 불녀질 사
람이 과연 몟 사람이나 되는고 하고 이 일을 생각하면 마음이 서늘하야
짐을 스사로 깨닷지 못하겠다. 아모려나 경성에는 선생이 업고 선배가
업는 것은 사실인 듯하다.

그들은 자신의 충정에도 불구하고 동포에게 버림받았다거나 혹은 포
기되었다는 사실이 야기하는 '분노', 그로 인한 '공격성' 그리고 '자기
비하'의 삼각대로 구성되는 포기 신경증 환자였는지 모른다. 앙띨레스

Antilles 출신의 흑인으로 알제리 독립 투쟁을 이끈 사상가이자 혁명가인 프란츠 파농Frantz Fanon(1925~1961)은 저메인 귀엑스Germaine Guex의 포기 신경증La nérvose d'abandon[43] 개념을 원용하여 르네 마렝의 소설 주인 공인 흑인 남성 장 브뇌즈의 심리를 분석하고 있는데, 이는 식민지 지식인의 내면연구에 좋은 참고가 된다. 하긴 이런 심리는 보호국으로 전락하면서 실질적으로 식민지 백성이 되었던 식자층의 내면을 이미 지배하고 있었을 가능성이 크다.

흔히 말하는 한국 근대문학의 고아의식[44]이란 포기 신경증의 또 다른 이름인지도 모른다. 이는 유아기 시절 권위적인 아버지로 인해 과장된 아버지상을 가졌던 사람이 소년기에 접어들면서 권위적인 아버지가 아들과의 관계를 파괴하거나, 아들 쪽에서 아버지에게 실망하는 경우에 나타난다. 그러나 심리적 고아 한용운은 '증오의 삼각형'을 전투적 자유주의와 자기존엄의 기율로 승화시켰던 것처럼, 근대라는 타자의 질서 체계에 갇혀 과거를 부정의 대상으로 인식하면서 민족적 열등감에 젖었던 젊은 문인들의 포기 신경증 또는 고아의식을 거부한다. 그리하여 그들이 경멸하던 연상의 선배들과 함께 "한국 고서화에 대하여는 여余만큼 인연이 심후한 인도 좀처럼 쉽지 못하리로다."는 자부에 걸맞은 인생 최대의 행복을 느낀다. 더구나 그는 동행자들 가운데 유일하게 사흘 내내 배관하는 안복眼福을 누리지 않았던가. 그는 극히 짧은 8시간을 통하여 시간적 현존재인 인간의 무시간적 현존 가능성을 체험한다. 아니 예술의 초시간성을 경험하는 황홀경을 누린 것이다.

한용운은 "변천의 속速이 화륜火輪과 여如하고 모순의 사事가 십지十指

43) 프란츠 파농, 이석호 옮김, 『검은 피부 하얀 가면』(인간사랑, 1998) pp.94~95.
44) 졸고, 「이인직의 죽음, 그 보이지 않는 유산」, 『한국어문학연구』42(한국어문학연구회, 2004) 참조.

를 기起하는" "세계적 불사의라고 할 만한 흑풍만장의 경성"에서 편안히 앉아서도 열람하기 어려울 정도의 수많은 고서화를 수집한 위창에게 감사드리지 않을 수 없었다. 그의 말대로 위창이 고서화를 수집한 것은 일조일석의 일이 아니며, 가전家傳의 사업이라고는 하지만 "중간에 세고世故의 황파荒波를 인因하여 유실된 것"도 적지 않고, "다년多年의 심력心力을 비費하여 효천曉天의 잔성殘星과 여如히, 궁산窮山의 낙화와 여如히 섞이고 거두기 어려운 잔편단간殘編短簡의 고서화"를 수집하기 위해 치른 "신노辛勞와 성근誠勤에 대하여는 하인何人이라도 동정을 표表치 아니할 수 없는" 것이다.

고서화는 결코 '고인의 잔영'이 아니라 민족의 창조적 문화 역량을 보여주는 전통의 원천이며, 정신문명은 물질문명의 우위를 점한다는 사실을 새삼 깨달을 수 있었던 서화 배척당 만해는 배관의 기회를 준 위창에게 이렇게 고백하고 있다.

여는 문聞하였노라. 기국其國의 고물古物은 기其 국민의 정신적 생명의 근根이라 하더라. 여는 차此 고서화를 견見할 시時에 대웅변의 고동연설鼓動演說을 청聽함보다도 대문호의 애정소설을 독讀함보다도 하何에서 득得함보다 더 큰 자극을 수受하였노라.
위창葦滄 선생은 조선의 독일무이獨一無異한 고서화가古書畵家로다. 그런고로 그는 조선의 대사업가라 하노라. 여는 주제넘은 망단妄斷인지는 모르지마는 만일 사태沙汰는 났으나마나 북악北岳의 남, 공원은 되었으나마나 남산南山의 북에 장차 조선인의 기념비를 입立할 일이 유하다 하면 위창 선생도 일석을 점령할 만하다 하노라. 조선 고서화의 필주筆主되시는 여러 어른의 영靈이시여, 위창 선생이시여, 일한日寒이 여차如此하니 유명자애幽明自愛어다.

▲『근역서화징』의 본문

이후 오세창은 1917년 봄에 이 책의 편술을 완료하고 『근역서화사』로 상재했다가 1928년 『근역서화징槿域書畵徵』으로 제명을 바꿔 출간한다. 술이부작述而不作(전해 오는 것을 옮겨 기록하되 마음대로 짓지 않는다)의 정신과 무징불신無徵不信(증거가 없으면 믿지 않는다)의 자세를 강조한 실학파의 전통을 따른 것이다.

한편, 이 글이 발표되기 전부터 해강海岡 김규진(1868~1933)도 「서화담書畵談」을 『매일신보』에 연재(1916.11.28~1917.11.10. 총151회)하기 시작했다. 정치적 자유를 박탈당한 대신 그 반대급부로 얻었던, 그래서 총독부와 매일신보사의 정책적 후원의 혐의가 짙은 1910년대의 신전통주의적 분위기를 잘 보여주는 좋은 예의 하나가 아닌가 생각된다. 지정之亭 안택중(1858~1929)이 창립한 신해음사辛亥唫社(1912)에서 한시 명작을 채집해서 간행하고, 신문관에서 경성 대백일장인 의과회擬科會(1917.6.10)를 성황리에 개최하는가 하면, 일본 제국학사원에서 『운양집』 8권을 간행한 운양 김윤식에게 학사원상을 수여하기로 결정(1915.4.15)한 것도 이와 무관하지 않다. 「고서화의 삼일」이 연재되었던 것도 이런 점에서 이해된다.

평양 화단의 명가 소남少南 이희수(1836~1909)의 제자로 열여덟에 중국에 건너가 아홉 해를 있다가 되돌아왔던 김규진은 1902년경 일본에 가서 사진기술을 익혀 1903년 소공동 대한문 앞에 '천연당天然堂'이라는 사진관을 열었고, 1913년에는 그 사진관 안에 '고금서화관古今書畵觀'이라는 최초의 근대적 화랑을 개설하여 표구 주문과 함께 서화매매를 알선하기도 했다. 1915년 5월에는 '고금서화관' 신축건물에 다시 '서화연구회書畫研究會'라는 3년 과정의 사설 미술학원을 열어 후진양성과 전람회를 개최했다. 다음 기사는 그의 이력을 잘 보여준다.

경성 천연당 사진관에 부설한 고금서화관 주인 해강 김규진 씨는 고故 아동我東 명필 이소남李少南의 수발受鉢로 자칠세自七歲 우금于今 40년 서화 전문 대가인데 18세에 입중원入中原 10년 유학에 강호 안목江湖眼目과 서화진경書畫眞境을 개묘귀국蓋妙歸國하여 구한국 영친왕李垠(1897~1970) 전하의 서법書法 교사로 당시 명필 명화라. 우又 해강 선생의 묵보墨寶를 연락連絡하여 본인가本人家에 서화관 지점을 설립하고 현판 간판 주련 용구 소각체小各體며 혼인 수연 교제상 기증품의 적용될 수묵 담채 각종 고등서화를 수구수응隨求酬應하오니 첨군자는 전람면의展覽面議하시오 평양 남문 내 옥동 기성사진관 김영선金永善 백45)

▲『매일신보』에 실린 해강 김규진의 고금서화관 광고

우리는 1916년 9월 경성에 올라온 한용운이 11월 26일부터 28일까지 오세창을 방문하고 심미적 인식의 전환을 경험하는 과정을 살펴보면서 역사란 백과사전보다 두껍고 다양하며 집단적이고 사회적인 상호작용에 의한 기억의 총체임을 확인했다. 그리하여 한용운이 식민지의 고뇌를 혼자 짊어진 예외적 인간은 아니며, 총독부라는 현실에 순응할 수밖에 없었던 불교계의 대응 또한 결코 훼손된 가치로 버무려진 것만은 아니라는 것, 그럼에도 지배자들의 정책적 후원에 의한 신전통주의적 분위기 조성과 그 뒤에 숨어 있는 식민지 현실에 대한 망각의 우려를 모를 리 없었

45)『매일신보』(1914.7.3)

던 한용운은 진정한 가치를 찾아 떠나는 행보를 멈추지 않았다는 것을 알 수 있었다.

또한 한용운은 아직 사전상승의 전통이 엄연한 여박암에서 연상의 지인들과 1,200년의 세월에 걸친 1,291인의 고서화를 배관하면서 전통이란 그 국민의 정신적 생명의 뿌리이며, 역사의 흥망성쇠란 우주의 배꼽에서 나오는 들숨과 날숨의 다른 이름이라는 것을 깨달았다. 그는 이 3일간의 체험을 통해 절대자란 스스로를 끊임없이 부정하고 이 부정을 매개로 다시 자기를 회복하면서 변증적으로 발전하는 주체임을 파악했다. '부정의 독'에 온장된 심미안이 통렬하게 부정되는 황홀한 체험을 했던 것이다.

사실, 그가 "지묵간紙墨間에서 왕비枉費"하는 노릇이라면서 '일직냉담一直冷淡'했던 미적 향수란 '관심의 결여'이기 전에 강렬한 관심을 전제한다. 그가 추구한 '인생의 백년'을 초월하는 '우주의 미'는 얼마든지 "인위적 지묵간에 재在"할 수 있는 것이다. 한용운이 피(물질문명)를 피로 씻는 것에 불과한 실력양성론의 한계를 깨닫고, 정신문명의 우월성과 주체 의식, 능동적 의지와 실천력의 강화로 요약되는 전투적 수양주의를 내세우면서 물질문명의 한계를 극복할 수 있었던 원동력의 일부는 이때 형성된 것으로 보인다. 심훈(1901~1936)의 맏형이며 매일신보사의 기자였던 천풍 심우섭은 연재가 끝나는 날, 그의 심정을 헤아린 글을 발표하고 있다.

만해 군의 고성대명高姓大名은 아직 지知치 못하나 『매일신보』 지상에 게재되는 「고서화의 삼일」의 기사로 인하여 여余는 군에게 일언을 고품 아니치 못할 만한 감동을 수퓻하였노라. 오위창 장丈의 보장寶藏인 목갑 중 일편 석물 즉 '물구소형' 녁자를 각한 성석城石은 벽두로 군의 뇌중腦中에 일대 감상을 시示하는 듯하도다. (중략) 일절 수백 자는 차가 군의 문장을 찬란하게 발휘함인가. 억抑 감촉이 예민하여 추고상금推古 想수의 만강울회滿腔鬱懷를 폭로함인가. 여는 영寧히 후자로서 군을 신信하고저 하노라46)

비록 매일신보사에 몸을 담고 있지만, 심우섭 역시 「고서화의 삼일」을 보며 '추고상금의 만강울회'를 느끼지 않을 수 없었던 것이다. 이어 이 글을 옆의 친구에게 보여주자, "재삼 숙독하다가 여余를 향하여 왈 문세 文勢를 본즉 승려의 소작인 듯한데 승으로는 꽤 어지간한 걸."이라고 했다면서 이렇게 글을 맺는다. "청컨대 기인其人의 차언을 경청하라. 차언 으로써 금일 조선 승려의 사회에 재한 위치를 가측可測이며 군이 과연 승려의 일인일진대 군의 쌍견雙肩에 담재擔在한 대책임을 자각하리로다. 자각하라. 문구는 비록 모호하나 차역此亦 군을 기대하는 지정至情과 아 我 불교계의 부흥을 원망願望하는 성의로 수언數言을 고하노라."

심우섭의 고언苦言은 지나친 것은 아니었다. 불교계의 문학에 대한 무지와 비우호적인 태도에 실망한 나머지 아내의 입을 빌려 "조선 사람 정도에 무슨 문학을 알겠소 그저 쓸데없는 이야기나 늘어놓으면 소설로 알지."47) 하고 탄식했던 양건식도 이렇게 승려들의 분발을 촉구한 바 있다. "요컨대 귀족의 호법護法과 명사의 귀의歸依가 유有한 금일 조선불교계의 주인공 된 승려는 더욱 내용의 충실을 완기完期치 아니치 못하겠도다."48)

한용운은 '고인의 잔영', 아니 '이념의 감각적 현현顯現'인 고서화와 만나면서 다시 한 번 혁명적 열정을 영혼의 해방과 중생의 구제라는 불 교의 가르침으로 내면화하고, 시대의 불운을 운명의 행운으로 바꾸는 계

---

46) 천풍, 「만해 군아」, 『매일신보』(1916.12.15)
47) 「실지모사 귀거래」, 『불교진흥회월보』6(1915.8)
48) 양건식, 「조선불교의 현상과 장래」, 『반도시론』제1권4호(1917.7.10) p.45.

기를 갖게 된다. 임제종운동의 실패 후에도 『조선불교유신론』과 『불교
대전』을 간행하며 재기했고, 다시 용기를 내어 불교동맹회를 설립에 앞
장섰지만 무산되면서 소외감 속에 울분의 세월을 보내야 했던 한용운이
이후 폭발적으로 『정선강의 채근담』과 『유심』을 간행하고, 3.1독립운동
에 참여하게 되는 원동력의 일부는 「고서화의 삼일」을 발표하면서 형성
되기 시작했다고 해도 지나친 말은 아니다.

　고서화와의 만남, 그것은 낙막도, 유한도, 감상도, 우연도 아니다. 일세
의 기연은 더욱 아니다. 그것은 침묵하고 있는 '님'과의 극히 짧고도 긴
만남이었다. 아니, 역사와의 대면이었다.

동양적 은일과 종교의 세속화

활수양活修養 진문장眞文章 『정선강의 채근담』
한용운 사師 찬撰(발행소 경성부 황금정 신문관)
『정선강의 채근담』 280혈頁 35전.
　수양의 요체와 문장의 묘미를 겸존구비兼存具備
하여 수처隨處에 양진양원養眞養圓의 경계를 발견
하고 무시無時로 쾌심쾌의快心快意의 사설辭說을 완
미玩味할 자는 명인明人 홍자성洪自誠의 『채근담茱
根譚』이 시이是已라. 그 상상은 삼교三敎를 정련精練
하여 편편片片이 양금良金이오 그 문문은 백가百家
를 효찬肴饌하여 자자字字이 채금彩錦이라. (중략)
　금수에 불교계의 대지식 한용운 사가 추열도탕趨
熱蹈湯 차 세계에 일복一服 청량제를 투여投與할 의意로 특히 차서를 취
하여 정도精到한 식견과 미묘한 변론辯論으로 정화를 채철採綴하고 지
의旨義를 강명講明하노니 원서原書의 기奇와 보술補述의 정精이 양양상
제兩兩相濟하여 과연 금화쌍미錦花雙美의 관觀이 유한지라.[49]

講義 精選 明 洪應明 著
朝鮮 韓龍雲 講義
東洋書院 發行
茱根譚

▲『정선강의 채근담』

위의 광고문은 한용운에게 1917년이 그 어느 해보다 의미 있는 한 해

---

49) 「정선강의 채근담」 광고, 『매일신보』(1917.4.8)

였음을 보여준다. 오세창의 여박암을 방문하면서 대인관계의 폭을 넓힐
수 있었던 그는 당시 최고의 출판사인 신문관에서『정선강의 채근담』을
간행했다. 이는 불교동맹회 문제로 잠시 우여곡절을 겪었으나 은일과 자
적의 그늘로 물러앉아 텅 비고 가득한 마음으로 동양의 생리와 마음을 담
은『채근담』을 번역하는 모습을 옆에서 흐뭇하게 지켜본 박한영과 그의
출간 부탁을 넌지시 받았던 최남선의 보이지 않는 배려였다고 생각된다.

> 만해상인이 참선을 하는 여가에 환초공이 저술한 채근담을 뽑아서
> 강의하고 편록하여 나의 낮잠이 처음 깨는 깊숙한 암자에 와서 보여준
> 다.. 다시 이 세계에 분주히 바쁘게 왔다 갔다 하여 더운 데로 달리고 끓
> 는 것을 밟는 사람들로 하여금 능히 녹수청산의 사이로 걸음을 돌려서
> 바람 앞에서 한 번 읽고 소나무를 어루만지면서 한 번 읽고 돌을 쓸고
> 앉아서 한 번 읽게 한다면 전일에 부귀의 호화로움을 구하던 생각이 깨
> 끗이 소멸될 것이며 육미를 잊고 허근으로 돌아감이 여기에 있을 뿐이
> 다. 여기에 있을 뿐이다.
> — 을묘 유월榴月 상완上浣 석전산인石顚山人 삼가 서를 씀

1917년에는 경남 통도사 주지 김구하가 30본산 주지회의의 결의로 강
대련에 이어 제3대 30본산 위원장이 되고, 3월에는『조선불교총보』(이능
화 1917.3.20.~1920.4.20 총21호)가 간행된다.「춘원의 소설을 환영하노라」
(『매일신보』1916.12.28~29)를 시작으로 발표지면을『매일신보』로 넓혔던
양건식은 10월 3일 불교옹호회 서기로 임명된다. 그러나 그는 이후「지
나支那의 소설 급 희곡에 취就하여」(『매일신보』1917.11.6~9),「슬픈 모순」
(『반도시론』1918.2.20) 등을 발표하면서 이완용을 총재 겸 평위원장으로
추대한 불교옹호회와 거리를 두기 시작한다. 그가『유심』에「오悟!」를
발표하게 되는 것은 불교계에 대한 실망감과 한용운에 대한 존경심과 무

관하지만은 않다고 생각된다. 30본산연합사무소 위원장으로 선출된 김구하를 단장으로 곽법경, 권상로, 강대련, 김상숙, 김용곡, 나청호, 이지영, 이회광 등 총 9명으로 구성된 일본불교시찰단이 1917년 8월 31일 일본에 건너가 메이지 일왕의 능에 참배하고 '천황의 권속眷屬인 우리들'이라는 문구로 시작되는 축문을 봉독한 것을 필두로 적극적인 친일행위를 거리낌 없이 자행하고 9월 24일 돌아왔던 것이다. 양건식은 「시찰 축하의 문사」(『조선불교총보』 1917.10)에서 일본불교시찰단에게 민족적인 긍지와 불교문화 발신자로서의 자존심을 잃지 말기를 당부한 바 있다.

『채근담』은 명말에 성했던 '청언서淸言書'의 하나로『선불기종仙佛奇蹤』 4권을 편집완료한 홍자성이 그 사상적 정화를 뽑아 유교적 교양의 바탕 위에 삼교합일의 사상을 대구 형식의 어록으로 기술한 책이다. 세상에 나가는 사람이 가져야 할 교우의 도를 말한 전집(222조)과 산림자연의 정취와 퇴은한거退隱閑居의 즐거움을 말한 후집(135조) 총 357조로 이루어지는 이 책에는 홍자성본과 홍응명본이 있다.

전자는 삼봉주인 우공겸의 제사題詞를 앞머리에 놓고 환초도인 홍자성 저, 각미거사 왕건초 교라고 한 만력본이며, 후자는 수초당 주인의 「지어識語」를 앞머리에 놓고 청의 석성재의 제사를 넣어 합찬한 건륭본이다. 전자는 약본略本이라 하고, 후자는 전자와 공통되는 내용을 담고 있지만 장수가 훨씬 많아 광본廣本이라 한다. 광본은 어떤 사람이 만력본을 증보 편집한 뒤 홍자성의 본명인 홍응명으로 고쳐 놓은 것으로 짐작되는데, 한용운은 「범례」에서 청나라 고종 건륭 연간에 만든 광본을 주로 삼고 일본의 주석서50)를 참고하여 번역했다고 밝히고 있다.

이 책의 이름은 송나라의 왕신민汪信民이 "사람이 채근을 잘 씹을 수

---

50) 今井宇三郎(이마이 우사부로) 譯註, 『菜根譚』(岩波文庫, 1985) pp.388~389.

있다면 무슨 일이든 다 이룰 수 있다."고 한 말에서 비롯된다. 딱딱하고 줄기가 많은 채근을 잘 씹을 수 있다면 사물의 참된 맛도 맛볼 수 있다는 뜻이다. 또한 채근은 빈곤한 살림이라는 의미를 갖고 있어 빈한한 생활을 충분히 감내할 수 있는 인물은 인생의 온갖 사업을 달성할 수 있다는 뜻을 담고 있기도 하다.

한용운은 채근을 씹으며 살아야 했던 궁핍한 시대의 민족에게 용기를 주는 수양서로 이 책을 펴냈던 것으로 생각된다. 박한영도 「서언」에서 이렇게 식민지 현실에 대한 안타까운 심정을 토로하고 있다. "비록 구산의 녹음 속에 가만히 있어도 오히려 땀이 배도록 더운 기분인데 하물며 다시 이 산 밖에는 화산과 고해가 많음에랴. 밭고랑에서 김매다가 더위에 병들고 바닷가의 더운 장독에 부딪히면서 왔다 갔다 하는 사람들을 생각할 때에 우리 부처님의 생령을 연민히 여기시던 마음을 저절로 가지지 아니할 수가 없다."

현실 정치에 참여할 수 없음을 탄식했던 한용운인 만큼 젊은 시절 관로에 나갔다가 신산을 맛본 끝에 선정禪定에 들어 지냈던 홍자성이 자신의 인생 체험을 기록한 이 책에 대한 공감은 남달랐을 듯하다. 시대만 불운하지 않았더라면 그 역시 유교적 교양을 바탕으로 불교와 도교에 통하는 삼교겸수의 선비적 전통에서 오롯이 성장했을 것이다. 그가 『채근담』을 번역했던 이면에는 시대와 공간을 뛰어넘는 이런 공감대가 가로놓여 있었다.

『정선강의 채근담』은 「범례」, 「서언」(박한영), 「서」를 앞에 놓고 심신을 수양하고 반성하여 자신과 외물 사이에 생기는 관계를 조화시키는 수성修省 22조와 일체의 사물을 접촉 상대하는 지혜인 응수應酬 33조, 독자들에게 통과를 맡겨 시행되기를 기대한 저자의 이상적 의견인 평의評議

17조와 마음 가운데 따로 한가한 곳을 마련하여 한 점의 번뇌도 없는 경지인 한적閒寂 14조, 그리고 처세수양의 모든 문제를 논한 결론인 개론槪論 193조 총 279조의 원문을 선한문鮮漢文으로 독해하고 여기에 강의를 붙인 형태로 구성된다.

이 책의 간행 의의는 「서」에 담겨 있다. 사람은 사람이지 사물이 아니며, 사람으로서 사물의 부림을 받는 것은 사물의 변지駢指(병신, 무용지물)다. 그런데 권력이나 이익에 부림役物者을 받으면서도 슬퍼할 줄 모르는 노예나 세상을 등지려는 허무주의자와 같은 '역사상의 불인격자'가 너무 많다. 그러나 내가 주체物役者가 되어 사물을 움직인다면, 세간에 들어 있으면서 세간을 벗어나고, 세간에서 벗어났으면서 세간에 들어갈 수 있다. 사람은 "자유의 주체이므로 자유가 없다면 차라리 죽느니만 못하다不自由無寧死"는 것이다.

한용운은 『채근담』의 동양적 은일의 정신을 『조선불교유신론』에서 표명했던 자유주의와 전투주의를 내포하는 행동적 수양주의의 차원으로 이끌어 올리고 다음과 같이 해석한다. "세상이 원래 진세가 아니오, 바다가 원래 고해가 아닌데 세상 사람들은 이것을 모르고 그 마음을 스스로 먼지 끼고 스스로 괴롭게 하니 어찌 가련하지 않은가."[51] 이것은 "일을 꾀함이 나에게 있다고만 이를 것이 아니라 일을 이루는 것도 나에게 있다고 해야 한다"[52]는 선언을 순화한 표현에 다름 아니다. 사람이 꾀하는 일의 성패를 하늘이 좌우한다는 것은 '자유'의 포기이고, 자유의 상실은 곧 '노예'로의 전락을 의미한다. 그런가하면 "연꽃은 진흙 속에 나지마는 진흙에 더럽혀지지 아니하고 도리어 선명한 꽃이 피고 미묘한 향내를 내

---

51) 「정선강의 채근담」, 『전집』4, p.229.
52) 「조선불교유신론」, 『전집』2, p.35.

니 이것은 진흙 속에 있지마는 진흙에서 벗어나는 것"이라면서 "세상에서 벗어나는 길을 배우는 사람은 마땅히 연꽃에서 배워야 할 것"[53]이라고 강조하기도 한다.

한용운이 강조한 수양주의는 이 책을 읽으면 육미를 잊고 허근으로 돌아갈 것이라고 했던 박한영의 초속미超俗味나 조지훈이 말하는 둔세遁世의 미와 자적自適의 멋[54]을 넘어 출세出世와 섭세涉世의 경계를 끊임없이 넘나드는 행동적 수양주의 또는 연꽃의 미학이라고 할 수 있다. 그는 자신의 신념을 다음과 같이 간명하게 정리하고 있다.

　　내 마음의 빙탄氷炭이란 자기 마음의 본체를 알아보지 못하여 맑고 조용함을 보전하지 못하고 가지가지 망령된 생각이 자기 마음속에서 충돌하여 흡사히 얼음과 숯이 서로 용납하지 못하는 것과 같음을 말하는 것이다. 만일 이 마음속의 빙탄을 제거하여 마음의 본체를 지키면 가슴속에 가득 찬 것이 다 화기요 어디로 가든지 그 땅을 따라 훈훈한 봄바람이 있을 것이다. 사람의 우주 만물에 대한 태도는 객관적이 아니라 주관적이요, 의뢰적이 아니라 자치적이요 노예적이 아니라 자유적이요 유물적이 아니라 유심적이다.[55]

『정선강의 채근담』은 중속衆俗과 더불어 화락하되 그 더러움에 물들지 않고, 고아高雅의 경지에 뜻을 두어도 고절孤絶의 생각에 빠지지 않는 성숙한 관조의 높이와 심원한 통찰력의 넓이를 보여준다. 둔세의 미와 자적의 멋. 이는 삶의 여유도 아니고 사치도 아니다. 그러나 한용운은 이 책을 간행하면서 "풍습을 개혁하려는 자는 마땅히 그 쉬운 일부터 시작

53) 「정선강의 채근담」, 『전집』4, p.179.
54) 조지훈, 『채근담』(현암사, 1970) p.4. 조지훈은 만력본(약본)을 저본으로 삼아 '자연, 도심, 수성, 섭세'로 재구성하여 번역했다.
55) 「정선강의 채근담」, 『전집』4, pp.231~232.

해서 차츰 근본에 미치도록 할 것이지 어려운 일을
마구 바로 잡으려 해서는 안 된다."56)는 말을 되새
겨야 했을지 모른다.

아무리 만고 유일의 청담묘체요 수양요결57)이라
는 평가를 받았지만, 현상윤이나 염상섭은 물론
"풀이며 나무까지도 오랜 가물의 투습이 들어서 계
모의 손에 자라나는 계집애 모양으로 차마 볼 수가
없다."58)며 식민지 현실에 절망하고 있던 이광수
같은 후배 지식인들에게 이 책은 여전히 고매한
'선사의 설법'이었을 뿐이다. 『매일신보』 기자들이

▲ 춘원 이광수

그의 글을 보고 코웃음을 쳤던 것은 불교계의 초라한 사회적 위상을 보
여준다.

임제종운동을 주도하고, 『조선불교유신론』과 『불교대전』을 간행하면
서 불교계의 '대선사'로 이름을 알렸으며, 여박암에서 새로운 심미안을
획득하고 『정선강의 채근담』을 간행하면서 불교계의 '선지식'으로 명성
을 떨친 한용운이 폐간된 『청춘』(최남선 1914.10~1918.9 총15호)의 뒤를
이어 월간 불교잡지 『유심』을 창간할 준비에 착수한 것은 이런 독자들의
냉담한 반응에서 비롯된다. 또 그는 유심사를 제2의 문화적 양산박으로
만들고 싶었는지 모른다. 웃보시고찌의 조선광문회, 인사동의 임제종중
앙포교당, 돈의동의 여박암, 계동 1번지 중앙고보의 관련인사들이 『유심』
의 필자가 되고 3.1독립운동의 주역이 되는 것으로 미루어볼 때 이는 지
나친 추측만은 아니다. 잠시 당시의 불교잡지들을 살펴본다.

---

56) 같은 책, p.44.
57) 「채근담의 활강의」, 『조선불교총보』3(1917.5.20)
58) 이광수, 「동경에서 경성까지」, 『청춘』9(1917.9) p.80.

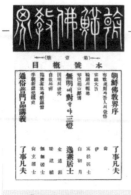

▲ 『조선불교계』 창간호

▲ 『조선불교총보』 창간호

　　1910년대는 그 어느 분야보다 종교계가 활발하게 잡지 간행에 앞장섰던 시기다. 1910년 8월부터 1919년 12월까지 발행된 98종의 잡지 가운데 종교잡지가 30종(유교 7, 불교 6, 기독교 7, 천도교 7, 시천교 3)이나 차지하고 있다. 같은 시기에 종합잡지 4종, 학술잡지 7종, 문예잡지 5종 여성잡지 2종이 간행된 것에 비하면 상당히 큰 비중이다.[59] 정치적 발언을 봉쇄당하고 언론 출판 집회의 자유를 박탈당한 대가로 주어진 혜택(?)이었는지 모른다. 일제는 소외되었던 불교계를 위무하며 그들로 하여금 한국인을 '순량한 신민으로 화성化成'하는데 앞장을 세우려고 했던 것이다.

　　1908년 3월 원종종무원을 설립했던 불교계는 지상포교운동의 일환으로 『원종圓宗』을 간행했으나 2호로 종간하고, 보수적인 문학관과 정교유착성이 강했던 『조선불교월보』를 간행했다. 남북의 갈등이 종식된 후 『해동불보』를 간행했으나, 이 역시 "대승불상大乘佛上을 천화闡化하기로 종지宗旨함. 순수한 학리와 덕성을 공구계도功究啓導를 요요要要하고 절대적 정치치담政治侈談과 시사득실時事得失은 불요不要함"이라는 편집강령을 내세우지 않을 수 없었고, 그나마 이해관계에 따라 종간될 수밖에 없었던 것은 이미 앞에서 살펴본 바 있다.

---

59) 영신아카데미 한국학연구소, 『한국잡지개관 및 호별 목차집』(중앙대학교, 1973) p. 113.

이후 불교계는 『불교진흥회월보』, 『조선불교계』(권상로
1916.4.5~1916. 6.5 총3호), 『조선불교총보』를 잇달아 간행
한다. 특히 이전 불교잡지들의 성격을 계승하면서도 근대
적 체제로 편집하여 논설, 교리, 사전史傳, 학술문예와 소설
란을 상설하고 시문체時文體로 불린 한글체를 채택했던 『불
교진흥회월보』는 '재미있는 소설'의 수준을 상회하는 양건
식의 단편소설과 번역소설을 실었다. 이어 간행된 『조선불
교계』는 3호로 종간되었지만 근대잡지의 성격이 뚜렷했고,

▲ 『청춘』 창간호

『조선불교총보』 역시 관보와 휘보만을 남기고 여러 항목
을 통괄하면서 전문지 성격을 강화하고 있다.

한용운은 기존의 불교잡지들을 『청춘』이나 『학지광』(1914.
4~1930.4 총29호) 등과 비교하면서 이제는 승려들의 포교
활동도 설법 예불 등 전통적 방식에 머물 수 없고, 지식인
들의 일반적인 지적활동과 구별을 할 수 없게 되었음을 절
감한다. 간행 중인 『조선불교총보』가 다원적인 종교상황,
과학과 종교의 문제, 불교교리의 소통성 문제는 물론 불교

▲ 『학지광』 제4호

문학의 가능성에 이르기까지 긍정적인 변화를 보여주고 있
긴 하지만, 정교유착성이라는 한계는 어쩔 수 없었다.

『정선강의 채근담』을 간행한 후 동본원사 법주 오타니 고엔과 대담
(1917.4.27)하는 자리에 초대되었을 때, 그의 머릿속에는 지상포교운동의
연장선상에 있으면서도 기존의 불교잡지들과 다른 잡지 간행에 대한 욕
구가 그득했을 것으로 보인다. 이 자리에는 30본산 위원장 김구하(통도
사), 강대련(용주사), 나청호(봉은사), 이회명(건봉사), 각황사 포교사 김경운,
석왕사 포교사 김남전, 범어사 포교사 한용운, 불교총보사의 권상로, 불

교웅호회의 이능화, 일본의 불교학자 난조 후미오南條文雄(1849~1927),
무라카미 센쇼村上專精(1851~1929)가 참석했다. 통역은 매일신보사 간사
나카무라 겐타로中村建太郎가 맡았다.

▲ 김구하

금일 귀사 감사 중촌 씨의 소개로 대곡광연 법주에게
보임을 얻음은 실로 소승의 큰 영광으로 아는 바이오이다.
우리에게 대하여 여러 가지 친절한 문답이 있었으며 이
통역은 모두 중촌 감사에게 수고를 끼쳐 매우 미안도 하
고 감사하였소이다. 그리고 그 법주의 말씀에 전일에는
우리기 서로 일본이니 조선이니 하는 구별이 있어 불교계
에까지도 연락이 되지 못하였으나 이제부터는 우리가 한
집안이 되었은즉 손목을 서로 잡고 이 불교를 위하여 힘
쓰며 활동하여 보자는 말씀은 더욱 소승의 가슴을 찌르는
듯이 감동되어 얼마나 한 용기를 그 말씀 가운데로부터
얻었소이다. 아무쪼록 하루라도 바삐 피차간 연락이 되어
한번 우리 불교가 크게 발전이 되는 것을 보아야 하겠습니
다─김구하 화상의 말.

▲ 강대련

대곡광연 법주는 황족과도 인척이 되며 화족 중에 가장
좋은 집으로부터 출가하여 이제는 높은 지위에 있는 터이
며 일본 내지에서는 도저히 면회를 얻기도 어려운 터이언
마는 이제 우리가 그에게 면회하여 그의 성행을 친접함을
얻은 것은 실로 우리에게 무쌍한 영광이오며 이로부터 우
리 조선에서도 존귀한 집안에서 출가하는 이가 많아져서
옛적 고려 때 대각국사와 같은 이도 많이 나시기를 바랍니다. 그리고
소승은 다만 그 법주의 하신 말씀 같이 어서 우리 불교가 서로 연락되
어 크게 발달되기를 부처님께 축원합니다.─강대련 화상의 말.

대곡광연 법주를 뵈옵고 나서 무슨 감상이 있더냐 묻는 말씀이지요.

아무 별 감상은 없었습니다. 다만 일본의 불교는 모두 조선에서 가르쳐
준 것인데 이제는 조선의 불교는 점점 쇠패하여 금일과 같은 궁경에 빠
지고 우리로부터 배워 간 곳에서는 극도로 발달되어 도리어 우리가 다
시 배워 올 수밖에 없이 된 것을 깊이 감동하였습니다. 더욱이 내지 불
교의 왕성함을 생각하는 동시에 우리도 어서 내지와 연락하여 한번 마
음껏 발전을 시켜볼까 바라고 있습니다. 그리고 아무쪼록 대곡 법주는
신체가 건강하여 더욱 불교를 위하여 활동하여 주시기를 바랍니다.

— 한용운 화상의 말.60)

한국에서 근대성은 다양한 사회집단과 지역에 따라 다르게 나타났다.
몇몇 사회집단에게 식민지 근대성은 기득권의 손실을 의미했지만, 다른
집단들에게는 사회적 이동이라는 기회를 제공61)했다. 그런 점에서 김구
하와 강대련의 지나치게 겸손한 답변은 한국 근대불교의 타율성과 신분
이동에 따른 승려들의 체제지향성을 보여준다. 그러나 연상의 도반들과
호연지기를 나누며 지명도 높은 선승으로 성장했던 한용운은 달랐다. 그
는 불교의 역수입 현상이 안타까울 뿐이며, 우리도 어서 발전하여 일본
불교와 대등해지기를 희망한다고 말하고 있는 것이다. "군자는 환난에
처하되 근심하지 않으나, 즐거운 자리를 당하면 두려워하고, 권세 있는
자를 만나되 두려워하지 않으나, 외로운 사람을 만나면 마음이 두근거린
다."62)는 말은 결코 구두선이 아니었다.

한용운은 이에 앞서 3월 26일에 거행된 중앙학림 제3회 수업식修業式
에서 강제병합 조약체결을 주도했던 백작 이완용과 총독부 편집과장이
며 중앙학림 고문인 오다 세이고小田省吾(1871~1954)와 함께 축사를 할

---

60) 「광연 법주法主의 선승鮮僧 접견」, 『매일신보』(1917.4.28)
61) 신기욱 · 마이클 로빈슨, 도면희 옮김, 『한국의 식민지 근대성』(삼인, 2006) p.51.
62) 「정선강의 채근담」, 『전집』4, p.212.

때도 이렇게 말한 바 있다.

> 여余는 작년(1916) 예비과 수업식에도 참관하고 또 금년 본과 진급식
> 에도 참말參末의 영榮을 득함은 실로 무상한 영광으로 사思하는 바이외
> 다. 여러분이 금일에 영예있는 진급장을 받음은 과거 일년간 면학한 결
> 과이온즉 하사何事에든지 상당한 고통을 경과치 아니하면 낙과樂果를
> 득하지 못함을 지知할지로다.
> 인은 학식의 진보됨을 수隨하야 인격이 숭고하나니 차는 학식을 활
> 용함이라 만일 인人이 학식을 유하고도 조행과 도덕을 위배하면 도로혀
> 부도덕 파렴치의 천장부淺丈夫를 작作하나니 여러분은 학식의 진보를
> 종從하야 조행을 자결自決하고 도덕을 함양하야 불교의 위인을 성成하
> 는 동시에 도덕이 부패한 사회의 도사導師가 되기를 바라나니다. 최후
> 의 일언은 여러분의 건강을 축祝하나니다.63)

평소 한용운이 주장하는 행동적 수양주의가 잘 나타난 축사다. 그는
학생들에게 고통을 두려워하지 않고 '도덕이 부패한 사회'를 개조할 수
있는 역사의 파수꾼이 될 것을 부탁한다. 그리고 최후까지 싸우기 위해
서는 자기의 건강을 잘 관리하라는 당부의 말을 잊지 않는다.

한편 "임제종 영원사 관장 노진실전蘆津實全이 4월 4일에 내한하여 4
월 6일에 중앙학림 강사 박한영 김보륜 김포광 포교사 김경운 월보 편집
원 이능화 권상로 외 3인이 묘심사에 왕견往見하였는데 혼화渾和한 기상
과 융융融融한 법담이 유하였더라."64)는 기사는 불교계 각 종파의 대표
자들이 여전히 일정한 세력을 갖고 내한하고 있었음을 보여준다.

암울했던 지난날을 잇달아 간행한 세 권의 저서로 보상받으면서 불교

---

63) 『조선불교총보』3(1917.5.20) p.176.
64) 「양종 고승의 내한」, 『조선불교총보』4(1917.6.20)

계의 선지식으로 성장했던 한용운은 이제 자신을 보다 투명하게 직시할
필요를 느낀다. 한은 그 매듭이 풀렸을 때 충만감과 허무감을 동시에 주
는 법. 그는 오세암으로 들어간다. 그리고 1917년 12월 3일 밤 10시경
좌선 중에 갑자기 바람이 불어 무슨 물건이 떨어지는 소리를 듣고 의심
하던 마음이 씻은 듯이 사라지는 체험을 한다. 견성이다.

> 남아도처시고향男兒到處是故鄕 남아란 어디메나 고향인 것을
> 기인장재객수중幾人長在客愁中 그 몇 사람 객수 속에 길이 갇혔나.
> 일성갈파삼천계一聲喝破三千界 한 마디 버럭 질러 삼천세계 뒤흔드니
> 설리도화편편홍雪裏桃花片片紅 눈 속에 점점이 복사꽃 붉게 지네.
> ──「오도송」

▲만해 한용운의 필적. 진리의 바퀴가 크게 굴러간다는 의미의 '전대법륜'

진정으로 깨달은 사람은 오도송을 짓지 않는다는 비판도 있다. 그러나
해인삼매海印三昧의 경지를 문자로 형상화하는 것은 정신적 개안의 절정
에서만 가능하다. 또한 이런 문자행위는 문자와 비문자를 차별하지 않는
문자관文字觀에 의한 하나의 발현이기도 하다. 강물 속으로 자기의 그림

자를 찾아 들어가는 진흙으로 빚은 소에게 열반과 지옥은 피고 지는 꽃의 앞과 뒤에 다름 아니다. 그는 눈부시게 빛나는 허공을 가로지르며 쏟아지는 눈 속에서 불타오르는 꽃을 본다. 그리고 세간에 들어있으면서 세간을 벗어나야 하고 세간을 벗어났으면서 세간에 들어야 한다는 의미를 다시 한 번 깨우친다. 그는 다시 일어선다.

▲ 금동미륵보살 반가상(국보 제83호)

수양주의의 안과 밖

1918년에 들어오면 한용운의 근황을 보도한 기사는 잘 보이지 않는다. 다만 홍수로 피해를 입은 이재민들을 위해 구제금 30원을 기부했다[65]는 짤막한 동정 기사가 있을 뿐이다. 그러나 한용운은 이해 봄부터 『유심』을 간행하기 위해 동분서주하고 있었던 것으로 보인다. 그는 처음

▲ 1918년 11월 11일, 4년 6개월 만에 끝난 세계대전에 환호하는 파리 시민들

취조를 받을 때 신흥사에서 언제 올라왔느냐는 순사 도요하라 다쓰키치 豊原辰吉의 질문에 다이쇼 7년(1918) 음력 3월 중순에 상경했고, 그 목적은 수양에 관한 『유심』이라는 서적 편찬 때문이라고 대답하고 있다.[66]

1918년 11월 11일, 제1차 세계대전이 독일의 패전으로 끝나면서 전쟁

---

65) 『매일신보』(1918.8.22)
66) 「한용운취조서」, 『전집』1, p.361.

으로 인한 파괴와 유혈은 유럽문명의 우월성에 대한 믿음을 흔들어놓았고, 정신의 개조와 혁신에 대한 열망은 가속화되었다. 종교개혁에 대한 기대와 요구 또한 예외일 수는 없었다. 『무정』으로 문명을 떨친 이광수도 이렇게 종교계의 혁신을 요구했다.

조선의 2대 종교 단체 되는 불교나 야소교에서는 근래 청년 신도 산에는 진부한 구투에 반항하여 자각적 신운동을 일으키려는 기세가 있으니 아직 구체적으로 표현된 것은 많지 아니하더라도 그러한 청년들을 접할 때마다 담화로 듣는 바를 보건대 그것이 폭발하여 대성을 발할 날이 밀지 아니한 듯하다. 모든 진보는 전습을 비판하는 데서 생기는 것이니 구투에 반항한다 함은 비판하였음을 의미함이오 비판한다 함도 정신적 자각이 생하였음을 의미함이라. 이 모양으로 각 방면에 영적 자각의 서광이 보이니 희약喜躍치 아니하려한들 어드랴.67)

▲『유심』 창간호

일제는 1911년 8월 23일 칙령 제229호로 제1차 조선교육령을 공포하고 "교육은「교육에 관한 칙어」의 취지에 바탕하여 충량한 국민을 육성하는 것을 본의로 삼는다."(제1장 제2조)고 선언하면서 조선어와 한문 교재에서 '조선역사'를 거론조차 할 수 없게 만들었다. 이처럼 일제가 천황제를 조선 민족의 도덕과 교육의 지배자의 위치에 올려놓고 민족 정체성의 근간을 흔들고 있을 때 『유심』이 간행된 의미는 적지 않다. 한용운은 대중문화와 물질문명의 범람 속에서 방황하던 청년들로부터 자발적 동의를 만들어내고,

67) 이광수, 「부활의 서광」, 『청춘』12(1918.3) p.29.

이끌어내며, 유지시키는 의미와 가치체계로 인권과 사회적 평등과 자유를 지향하는 행동적 수양주의를 제시하면서 일제에 의해 잠식당하는 문화적 헤게모니를 되찾고자 했던 것으로 생각된다. 1918년 8월 31일, 『매일신보』는 다음과 같은 광고를 싣고 이 잡지의 탄생을 알리고 있다.[68]

한용운 주간 월간 수양잡지 『유심』 정가 1책 18전 경성 계동 43번지 유심사

창간호 요목要目

「시아수양관是我修養觀」— 최린

「우담발화재현어세優曇鉢花再現於世」— 박한영

「동정 받을 필요있는 자 되지 말지어다」— 최남선

「유심」— 이광종

「종교와 시세」— 이능화

「심론」— 김남전

「심」, 「고통과 쾌락」, 「조선 청년과 수양」, 「고학생」, 「전로」— 한용운

「반본환원」— 강도봉

「수진修進」— 유근

「가정교육은 교육의 근본」— 서광전

「자기의 생활력」— 김문연

「위생적 하기 자수법自修法」— 임규

「생의 실현」— 인도 철학가 타쿠르 원저

「오悟!」— 양국여梁菊如

「수양총화」

『조선불교유신론』에서 선언하고, 『정선강의 채근담』에서 확인한 일본의 지배에 대한 자발적 동의를 거부하는 행동적 수양주의는 '매화'로 표

---

68) 최덕교, 『한국잡지백년』2(현암사, 2004) p.498. 「오!」, 「우담발화재현어세」, 「위생적 하기 자수법」을 한용운의 작품으로 보고 있어 수정을 요한다.

상된다. 그는 「처음에 씀」에서 "가쟈가쟈沙漠도아닌氷海도아닌우리의故園 아니가면뉘라서보랴 한송이두송이피는梅花"라고 노래하고 있다. 차가운 식민지의 어둠 속에서 피면서도 향기를 팔지 않는 매화는 유심의 객관적 상관물이다. 아니, 한 사회집단의 성원들을 서로 맺어주며 또 이들을 다른 사회집단의 성원에 대립시키는 생각과 소망과 감정의 덩어리 일체인 세계관vision de monde의 구체적 표상이다. 그는 국권을 상실하고 훼손된 가치관과 문화적 충격으로 혼란을 거듭하고 있는 식민지의 독자들을 불교적 세계관으로 교정하겠다는 의지를 이렇게 천명한 것이다.

『유심』은 항목별 목차를 생략하고 있는데, 한용운을 제외한 필자와 글을 보면 다음과 같다. 단 괄호는 권수.

김남전 ─「심론心論」(1), 「심의 성性」(2)

강도봉 ─「반본환원反本還源」(1)

서광전 ─「가정교육은 교육의 근본」(1)

위음인 ─「유심에」(2)

백용성 ─「파소론破笑論」(2)

박한영 ─「우담발화재현어세」(1), 「유심은 즉 금강산이 아닌가」(2),
　　　　　「타고올陀古兀의 시관」(3)

권상로 ─「피차일반」(2), 「피하위자彼何爲者오」(3)

이능화 ─「종교와 시세」(1)

김문연 ─「자기의 생활」(1)

양건식 ─「오!」(1~2)

최　린 ─「시아수양관是我修養觀」(1)

최남선 ─「동정 받을 필요 있는 자 되지 말라」(1)

이광종 ─「유심」(1), 「수선양심修善良心」(2), 「정좌법」(3)

유　근 ─「수진修進」(1)

임　규 ─「위생적 하기夏期 자수법自修法」(1), 「인격수양의 초보」(1)

홍남표 ― 「근로하라」(3)
현상윤 ― 「먼저 이상을 세우라」(3)

우선 필자들을 보면 승려(강도봉, 권상로, 김남전, 박한영, 백용성, 위음인)
와 거사(김문연, 서광전, 양건식, 이능화), 민족주의 진영의 지식인(이광종, 임
규, 유근, 최남선, 최린, 홍남표, 현상윤)으로 나누어진다. 물론 당시 지식인들
은 종합인문학적 소양의 소유자들이었고, 다방면에서 활동했기 때문에
이런 분류는 자의성을 면치 못한다. 잘 알려지지 않은 필자들의 이력을
살펴본다.

서광전은 양정여학교 교감으로 불교진흥회에서 정관재正觀齋 거사로
활약했다. 그의 부인 박하경은 일본에서 미술 공부를 했으나 한문에 소
양이 없음을 한탄하고 뒤늦게 양원여학교 고등과에 입학하여 졸업한 후
사립 양정여학교 교사가 되었다고 한다.[69] 그는 동부 호동에 있는 사립
호동학교가 예산 부족으로 폐지하게 되었을 때 "풍우를 불계하고 백방
주선한 결과" 성훈을 교장으로 추천하여 한층 확장하게 만든 주역[70]의
한 사람이다. 그는 한용운이 임제종 중앙포교당에서 취지 설명을 할 때
축사를 하기도 했다. 다음 기사는 그가 불교계를 위해 직언도 서슴지 않
았던 인물임을 보여준다.

　　신사 서광전徐光前 씨가 재작 일요일에 박동 각황사에 전왕前往하여
　　해사 승려를 논박하기를 근일 승도의 상태를 관찰한즉 전일의 누습을
　　혁거革祛치 아니하고 의뢰依賴 사상만 고수하여 타인의 일분전一分錢
　　일립미一粒米에 침혹沈惑하고 여하히 하여야 할지 기其 불교 발전의 책
　　은 강구치 아니하니 이금以今 형편으로 인순도료因循度了하면 불교의

69) 「유지경성有志竟成」, 『매일신보』(1911.5.24)
70) 『매일신보』(1912.4.13)

명칭은 자연 소멸내이消滅乃已니 개석慨惜치 아니하리오. 승려 중 부요
자富饒者들은 자금을 구취鳩取하여 학교를 설립하고 교도教徒를 모집하
여 열심교수熱心教授한 연후에야 위축부진한 불교를 만회하겠고 만일
타인의 역力만 희망하는 경우이면 영寧히 차此 사문寺門을 봉쇄하는 것
이 타당하다 함에 만좌滿座 제승諸僧들이 불무감복不無感服하여 위선
학교 설립할 안건을 제의提議하였다더라.[71]

우송거사寓松居士 김문연도 불교진흥회에 발기인으로 참석했던 인물이
다. 석농 유근은 앞에서 잠시 보았지만 1898년 한서翰西 남궁억(1863~
1939) 소봉小蓬 나수연(1861~1926) 위암 장지연 등과 함께 『대한황성신
문』을 인수해 그해 9월 5일 국한문혼용의 『황성신문』을 창간했고, 1910
년에는 최남선이 주도하는 조선광문회에 참여하여 장지연 김교헌과 함
께 고전간행에 힘을 기울였으며, 1915년 김성수가 인수한 중앙고보의 초
대 교장을 지낸 애국 계몽가이다.

이광종은 중앙학교 한문교사[72]였으며, 천도교계 인사인 홍남표는
1924년 3월 창간된 『시대일보』 기자로 재직하다가 김재봉金在鳳 등의 코
르뷰로高麗局 국내부 조직과 연결되어 『시대일보』 야체이카 책임자로 활
동했고, 1926년 6.10만세운동을 준비하던 중 선전문건 제작자들이 검거
되어 당조직이 와해되자 상하이로 망명하여 그해 9월 중국공산당에 입
당하게 되는 사회주의자다. 한용운이 일본에서 만나 우정을 나누고 있던
최린은 3·1독립운동의 실질적 주역이었으나 이후 변절하여 1945년까지
친일행각으로 일관했음은 다 아는 대로이다.

이렇듯 다양한 필진을 동원한 것을 보면 한용운은 조선광문회, 불교진

---

71) 「각황사의 설교 협의」, 『매일신보』(1911.10.3)
72) 김은호, 『서화백년』(중앙일보사, 1981) p.84.

흥회, 임제종중앙포교당과 중앙고보, 여박암, 중앙학림(숭일동) 사이에 위치한 유심사(계동 43번지)를 중심으로 승려들과 거사, 민족주의 진영의 지식인들과 학생은 물론 천도교계 인사들까지 망라하여 "인간 역사의 첫 페이지에 잉크칠"(「당신을 보았습니다」)을 하려는 거대한 꿈을 꾸고 있었음을 알 수 있다.

먼저 승려들의 글을 살펴보면, 위음인은 『유심』을 시대와 사회의 필연적 요청으로 태어날 수밖에 없는 잡지라고 말하고 있다. 그런데 일부에서는 위음인을 한용운으로 보고 있으나 '만해 도인의 주관 하에' 운운하고 있는 점으로 미루어볼 때 그렇지 않다고 생각된다.[73] 고통을 받고 있는 중생을 제도하지 않으면 자신도 해탈할 수 없다는 대승불교의 이념을 고려할 때, 위음인이 보여준 인식은 결코 새롭거나 예외적인 것은 아니다. 그러나 그는 다음과 같이 근대적인 편집 체제를 요구하고 있어 주목된다.

> 유심 유심 유심이란 구어句語는 삼천재三千載의 원고遠古로 전래하얏지만 사의사조辭義詞藻 그 내용에 취호야 가장 근대적으로 일체의 조직을 책도策圖하고 영능靈能의 소급티로 염등천용㵑騰泉湧한 열렬한 사상을 거연필巨椽筆로 여지업시 휘사寫揮하며 일방으론 신문어新文語를 소개하며 일방으로는 고전적을 천선闡宣하야 교의적으로 역사적으로 우리의 전 사상계를 통관統管하야 장래의 우리사회에 여래如來의 아뇩보리阿耨菩提를 구담苟擔할 청년에게 홍법으로 제중濟衆으로 희생적 정신, 의용적毅勇的 기백, 도덕적 근성을 정각함양하게 하며 아울러 열심과

---

73) 김학동, 『한국근대시인연구』(일조각, 1979) p.5. 「타고올의 시관」과 「오!」를 한용운의 작품으로 보고 있다. 김재홍, 『한용운문학연구』(일지사, 1982) p.26. 「오!」를 한용운의 작품으로 오해했고 졸저, 『한국근대문학지성사』, 위의 책, p.205.도 「우담발화재현어세」와 「학생의 위생적 하기 자수법」를 한용운의 작품으로 오해한 바 있다. 우산두타寓山頭陀는 박한영의 호이며 계동산인桂東散人은 임규의 호이다.

성의로 인도상人道上 전도자傳道者 되기를 기망期望함이 주안이다.

불교근대화운동이 불교인들의 각성과 포교의 현대화 및 교학의 재정립을 목표로 하고 있지만 지나치게 교단 중심으로 전개되었음을 부인하기 어렵다. 그래서 위음인은 불교사회의 혁신은 물론 전체사회의 발전을 도모하는 불교근대화운동이 될 것을 촉구하고 있는 것이다. 그는 "불교사회의 유신과 전체사회의 앙진"을 위한 원동력으로 유심을 정의한다. 자아의 실현과 정의의 실현은 정비례한다. 유심으로 집약된 불교사상이 식민지의 구원 논리로 대중들에게 다가설 수 있을 때 불교의 대사회적 책임은 시작된다. 박한영은 불교강사들에게 첫째, 공고貢高(자만)를 버리고 허심박학虛心博學해야 하며 둘째, 나산懶散(게으름)을 버리고 용맹정진해야 하며 셋째, 위아爲我(독선)를 버리고 망아이생忘我利生해야 하며 넷째, 간린慳吝(교만과 인색)을 버리고 희사원통喜括圓通해야 하며 다섯째, 장졸藏拙(단점 감추기)을 버리고 호문광익好問廣益해야 한다고 비판한 적이 있다.74)

> 자고로 심을 교수하시는 제성인도 수학하는 인연을 수隨하야 설하시되 차심此心이 만법의 주主라 하시며 만법이 다 차심으로 종從하야 건립되었다 하며 혹 공적영지空寂靈知라 하시며 혹 무주무념無住無念이라 하시며 혹 삼계三界가 유심이라 하시며 혹 본각本覺이라 청정淸淨이라 원명元明이라 원묘元妙라 묘법이라 백천가지로 칭명稱名하였으나 기실其實은 일심을 단지但指할 이이而已오. (중략)
> 선각자ㅣ 인민燐愍하사 세상에 출현 시에 인인人人으로 하야곰 본심本心을 각오케 하기 위하야 방편을 시설하니 중생의 심념心念과 시처時處의 수수殊를 인하야 교법이 역시 다단多端하나 기실은 일개 심지心地를

---

74) 박한영, 「불교강사와 정문금침」, 『조선불교월보』9(1912.10)

반현反現함에 불과하나니라75)

　심자心者는 만법의 본이며 중생의 원源이라. 오호연야惡乎然也오 ᄒ
면 불경 운云하되 '무변허공無邊虛空이 각소현발각覺所現發이라' 하시며
우운又云하되 '공생대각空生大覺 중中이 여해일구발如海一漚發이라' ᄒ
시니 각覺은 즉 중생의 본구적本具的 일물야一物也라 (중략)
　이차관지以此觀之컨디 차심此心이 본本 되며 원源 되는 거슨 우지愚
智를 물론ᄒ고 심이라 칭稱치 아니치 못할지라.76)

　이에 일물이 유有ᄒ야 관觀ᄒ되 형이 무ᄒ고 청廳ᄒ되 성이 무ᄒ며
수手로 가히 모模치 못ᄒ고 족足으로 가히 답踏치 못ᄒ며 허虛ᄒ야 용容
치 못ᄒ미 무하고 영령靈ᄒ야 지知치 못ᄒ미 무ᄒ고 명명明ᄒ야 촉燭치 못
ᄒ미 무ᄒ며 대大ᄒ면 가히 시방十方을 포包ᄒ고 소소小ᄒ면 가히 미진微
塵을 석析ᄒ며 출입이 무상ᄒ야 기其 향向을 막지莫知ᄒ는 자는 기其 유
심을 위謂ᄒᄆᆫ져.77)

　김남전과 강도봉은 독자들의 수준을 고려해서 국한문
체나 한글체로 유심의 의미를 구체적으로 제시하는 대신
『화엄경』을 소의경전所依經典으로 삼고 유심을 정의하고
있어 실망스럽다. 이광종 역시 원효(617~686)의 『대승기
신론소』와 유사하게 유심을 설명하고 있을 뿐이다. 듣는
사람의 능력根機에 따라 설법을 달리한다는 대기설법對機
說法이나 수류응동隨類應同의 교훈을 잊고 있는 셈이다.
　대중의 수용 자세에 따라 포교방법도 달라져야 한다.
상구보리上求菩提와 하화중생下化衆生이란 위로부터의 혁

▲ 퇴경 권상로

75) 김남전, 「심론」, 『유심』1(1918.9) pp.37~38.
76) 강도봉, 「반본환원」, 『유심』1(1918.9) p.38.
77) 이광종, 「유심」, 『유심』1(1918.9) p.26.

명도 아니고 아래로부터의 혁명도 아니다. 평등개념一切衆生悉皆佛性으로 중생을 제도하려면 승려들도 옆으로부터의 혁명Revolution von seiten[78])을 실천해야 한다. 사상이 아무리 탁월해도 그것이 생명과 행위의 전체 속에 편입될 수 없을 때 그 가치를 확보하기는 어렵다. 한용운의 문체 개혁은 그래서 소중하다. 퇴경退耕 권상로의 「피차일반」은 대화체 형식의 글이다. 여기에서 나我는 쾌락지향적인 인물이며 그彼는 금욕주의적인 인물이다.

> (나我) 물론 죽엄이란것은 면ㅎ기가 불가능이야. 그리닛가 갓가이 ㅎ는것보다 멀이홀 밧게업셔. (중략) 즉 죽엄의 공포와 비애를 멀이홀나면 미의美衣 미식美食 미주美酒 미녀美女 방종 유흥 금전 재보에 탐ㅎ고 ㅆ져야지 소위 탐닉ㅎ야 가지고 이에서 피로하고 만족ㅎ야지.
> (그彼) 그는 차져도 업는 만족이요 정말 만족은아니야. 가상의 만족이오 무자각의 만족이야.(중략)
> (국외자) 피아의 상쟁은 해탈과 탐착의 분기점이다. 그러나 차此는 인人이 인人에게 전傳치 못ㅎ고 인人이 인人에게 수授치 못ㅎ느니 오즉 자각이 잇슬뿐이라. 자각은 수양에 재在ㅎ니라.

나와 그는 서로 견해를 굽히지 않는다. 퇴경 권상로는 이런 갈등을 자각으로 해결하라고 촉구하고 있다. 「피하위자彼何爲者」 역시 비슷한 내용의 글이다. 그러나 식민지 현실과 제국주의의 횡포라는 외부적 갈등 요인에 대한 지적이나 암시도 없이 오로지 '철오徹悟한 식견'과 '웅대한 기상'을 갖고 청년들은 수양에 힘써야 한다고 주장하고 있어 공허하다. 다

78) 최문환, 『민족주의의 전개과정』(삼영사, 1982) p.312. 혁명에는 위에서의 혁명Revolution von oben과 아래로부터의 혁명Revolution von unten 그리고 옆으로부터의 혁명이 있다. 옆으로부터의 혁명을 추진시키는 힘은 민중의 토대 위에 선 지식계급층에서 나온다.

른 종교들과 비교하면서 불교의 쇠퇴 원인을 외부에서 찾고 있는 이능화는 「종교와 시세」에서 불교의 우월성을 이렇게 말하고 있다.

야耶의 호처好處는 일신一神을 숭배ㅎ야 기영己靈을 존중홈에도 민지民智롤 개발홈에도 하방면이든지 유교보담 간명직첩ㅎ도다. 수연雖然이나 광대무외廣大無外 최상정도最上正道로 유야儒耶 이자二者는 불佛에게 일두지一頭地를 양양讓홀지니라. 불佛의 호처는 유심을 위주홈으로 일리一理가 제평齊平ㅎ며 만사가 원융ㅎ니라. (중략)
불은 불연不然ㅎ야 이단이나 마귀나 일체로 자비ㅎ며 (중략) 불은 절대적인더 시방세계十方世界 즉 무변흔 공간, 삼지겁파三祇劫波 즉 무량흔 시간은 모두 오심일념중물吾心一念中物인 고로 일념에 돈오頓悟를 득ㅎ면 산하대지山河大地 색공명암色空明暗이 일시에 소운消殞ㅎ고 영광靈光이 독로獨露 ㅎㄴ니라.

이능화가 선택한 삶의 가치는 우리 문화의 기층을 확인하고 문화적 주체성을 확보한 '조선학'에서 발견된다. 일본에서 건너오는 근대문화와 종래의 주자학적 세계관 사이에서 당황했던 상현 이능화, 육당 최남선, 백암白巖 박은식(1859~1925), 단재 신채호, 위암 장지연, 위당 정인보, 호암湖巖 문일평(1888~1936), 퇴경 권상로 등은 한국의 전통사상과 문화유산을 고찰하면서 한국 역사의 형성과 전개를 분석했다. 개개의 정신 영역도 결국은 문화 총체의 작용태의 일부에 지나지 않는다면, 조선학 또는 국학으로 '조선적'인 정체성의 근거를 확보한 의미는 적지 않다. 이능화를 비롯한 국학자들이 근대문학 사상사에서 차지하는 몫은 전통적 세계관에 안주하지 않고 조선학을 통해 전통적 문화사상의 우월성을 확인했던 점에 있다고 해야 할 것이다.

양건식의 「오!」는 위앙종의 3대 법손인 향엄香嚴 지한智閑의 격죽견성

擊竹見性을 소재로 한 단편소설이다. 위앙종은 위산潙山 영우靈佑를 개조로 하며, 앙산仰山 혜적慧寂이 대성한 남산선南山禪으로 오가칠종吾家七宗의 하나이다. 특히 향엄의 법사인 혜적은 조사선祖師禪과 여래선如來禪을 구분한 인물로 유명하다. 전자는 글자의 뜻풀이에 얽매이지 않고 이심전심으로 전하는 선법이며, 후자는 여래의 가르침으로 깨닫는 선법이다.

한용운도 "상도의 선이라 할지라도 엄밀히 분류하면 오悟의 기연에 있어서는 선외선禪外禪을 가릴 수가 있다."[79]고 하면서 석존의 견성오도와 영운靈雲 지근志勤 선사의 도화견성桃花見性과 향엄의 격죽견성을 선외선禪外禪으로 높이 평가한 바 있다. 이들은 유정적, 의식적인 교도를 받지 아니하고 무정적, 비의식적 즉 자연의 기연을 통하여 오입悟入하였기 때문에 선외선이라는 것[80]이다. 위산, 앙산, 향엄의 3대가 벌이는 갈등과 해결은 불교에 관심이 있는 독자들의 흥미를 끌기에 충분한 소재임을 알 수 있다.

> 四面의山들이 풀은옷을 버셔버리고 次次 누른옷을 가라입게 되니 써롤 마처 오는비는 쌀쌀훈 北國의 바롬을 따라 우수수ᄒ는 落葉樹의 벌벌썰고잇는 적은 가지롤 싯치고는 털을 상긋ᄒ고 슯흔듯이 울고 잇는 山시의머리롤 짜리고 지녀여 가는디 지바론 참나무와 상술이나무들은 벌셔 제 몸의落葉을 다 썰어치고 맨몸둥아리가 되야 불이낫케 過冬의준비를훈다.

서두의 배경묘사가 섬세하다. 양건식이 잘 활용하는 심리적 배경이다. 모든 생명이 시들어버린 초겨울의 스산한 풍경을 보여주면서 앞으로 등

---

79) 「선외선」, 『전집』2, pp.323~328.
80) 「선과 인생」, 『전집』2, p.317.

장할 작중인물의 허무한 마음을 환기한다. 작품은 위산 회중會中의 경내
境內로 옮겨진다. 낙엽을 쓸다 지친 승려들이 마당에서 낙엽을 태우며 불
을 쪼인다. 더 땔 것이 없자 옆에서 곁불도 쬐지 않고 낙엽을 쓸던 한 스
님이 땔감을 가져온다. "제 구하는 道에 專念을 쓰기 쩌문에 늘 大衆과
싸로 쩌려져 저는 저의 努力으로 生命을 삼고" 있는 향엄 지한이다. 그
러나 지한이 가져온 것은 땔감이 아니라 경전이었다.

　양건식은 지한이 경을 태우려고 결심하게 될 때까지의 갈등이나 고민,
가령 스승의 총애를 시기하는 동료 등 많은 극적 요소가 있음에도 불구
하고 주인공의 내력과 성격을 일반화하고 있다. 그 결과 지한이 경전을
태웠다는 소식을 듣고 놀라 달려와 영문을 묻는 스승 앙산에게 다음과
같이 대답하는 장면은 신파 분위기를 떨쳐내지 못한다.

　　"웬일이야 智閑아 그게 經 안이냐……"
　　혼즉 香嚴이 가만히 몸을 돌이키며 對答흔다.
　　"예 經은 經이올시다. 그러나 이 經은 제게 對히서는 아모所用도업슴
　　니다. 도리혀 이 쩌문에 얼마큼 障碍가 되얏는지 몰으겟슴니다. 저는 제
　　시길을 찾기爲ᄒ야 爲先 제過去의 障碍브터 찌트려 버립니다. 그 第一步
　　로 오날 이 思想의 껍즐을 살너 벌이는것이올시다."

　개화기의 신소설들이 그 공과는 차치하더라도 근대화의 갈등을 어느
정도 형상화하고 있는데 반해 이 작품은 개인과 세계의 분열과 통합에
따른 갈등도 없이 이야기의 초점을 깨달음에 맞추고 있을 뿐이다. 당대
적 의미나 현장성이 결여된 과거의 이야기는 '야담'과 다를 바 없다. 소
설은 대상의 총체성을 객관적이고 역사적으로 묘사하는 장르다. 중도적
인물이 디테일의 상호작용을 통해 그 시대의 상세한 정황까지 보여주었

으면 하는 것은 지나친 기대였을까. 그나마 향엄이 위산의 슬하를 떠나 혜충국사의 거처로 올 때까지의 묘사에서 보이는 서술적 역전 기법은 주목할 만하다.

香嚴이 이곳에 居處를 定ᄒ기ᄭ지는 그는 各處 叢林을 尋訪ᄒ얏다. 그러ᄂ 結局은 그의 雜念을 沈定케 홈에는 너모 同參僧이 만핫다. "이리ᄉ셔는 도모지 안되겟다. 나ᄂ 암만ᄒ야도 혼ᄌ 從容히 修行ᄒ여야 ᄒ겟다." 그래 맛춤니 南陽 白崖山 黨子谷 慧忠國師의 舊跡을 생각ᄒ고 맨 那終에 여기롤 츠져온 것이다.

서술적 역전은 세계의 질서에 서술의 주체가 개입하면서 일어난다. 그러나 양건식은 식민지의 비참한 현실을 비웃으며 이기적으로 살아가는 지식인의 허위의식을 「석사자상」에서는 잘 보여주었지만 이 작품에서는 그렇지 못했다. 작가에게 세계관이란 자신의 낡은 체험을 극복하게 하는 힘인 동시에 목적론적인 의미의 틀로 기능한다. 작가의 창작력은 세계관에 작품을 끼워 맞추는 능력이 아니라 특이한 개별성으로부터 미적 보편성으로 전이시키는 환기 능력인 것이다. 「오!」는 불교적 세계관이 관념의 틀로 작용한 경우라 할 수 있다. 이런 사례는 한용운의 시에서도 종종 발견된다. 다음은 그 결말이다.

씽하고 돌의 부듸친 대소리만 몹시 크게 그의 머리에 울니인다. 그째 香嚴의 感受ᄒ 精神은 대에서 나ᄂ 소리에만 占領되얏다. 世界ᄂ 擊竹하ᄂ의 現前이얏다. 그째ᄂ 大地도 업고 그 自身의 存在도 업섯다. 다만 ᄒ 擊竹 소리뿐이얏다. 그것은 일즉이 經驗치 못ᄒ 不可思議ᄒ 大音樂의 諧調이얏다.

선은 일체를 놓는다. 선은 마음의 바다이며 마음의 허공이다. 선은 언어도단의 경지다. 소설가 양건식의 고민은 여기에서 비롯되었다고 할 수 있다. 참고로 한용운은 향엄이 지었다는 오도송을 「선외선」에서 이렇게 해석하고 있다.

> 일격망소지一擊忘所知 한 소리에 알던 바 모두 잊으니
> 경불가수치更不假修治 앎을 닦아서 그리됨 아닐세,
> 동용양고로動容揚古路 용모를 가다듬어 옛길 떨쳐도
> 불타초연기不墮悄然機 쓸쓸한 기틀에는 떨어지지 않고.
> 처처무종적處處無踪跡 어디에다 남기지도 않은 발자취
> 성색망위의聲色忘威儀 성색은 위의도 까마득 잊어.
> 제방달도자諸方達道者 여러 곳 큰 도에 통달한 이를
> 함언향상기咸言向上機 높은 근기 탓인 줄만 모두 말하네.

승려들과 거사는 물론 민족주의 진영의 인사들은 전통 문화의 파괴, 민족적 자긍심의 추락을 극복해야 한다는 위기의식을 공유하고 있었다. 그런데 민족주의 진영의 인사들은 승려들과 달리 개조론에 입각한 수양주의를 주장하고 있어 주목된다. 먼저 최린의 글을 보자.

> 수양은 즉 인격의 향상이며 인격이라 홈은 개성의 발전이 혹或 정도에서 전반의 활동 전반의 노력을 감당홀 만훈 실력을 지칭호야 언흠홈이라. 고로 인격의 향상은 육체 급 정신의 병행발달을 의미홈은 물론인뎌.

인격 수양을 통해 실력을 양성하자는 주장은 승려들의 관념적인 유심론보다 구체적이고 실천적이다. 생의 고통과 비애를 초월해서 보다 적극적인 해결을 구하려고 했던 청년들 사이에서 공감을 얻었던 수양주의다.

당시 일본에서도 사상, 인격, 신 같은 관념으로 무의미한 찰나의 연속에
어떤 질서를 부여하고 불변의 진리에 도달하려고 하는 인격주의가 유행
하고 있었다. 그러나 주어진 현실을 천부적인 것으로 인식할 때 준비론
적 수양주의는 결정적인 한계를 드러낸다. 최린은 불교에서 말하는 일체
중생실유불성과 동학에서 말하는 인내천人乃天이 노예상태를 전제로 한
것이 아님을 잊고 있는 듯하다. 그가 3·1독립운동 이후 보여준 훼절은
차등을 인정하는 가운데 평등을 주장했던 비논리성과 패배주의에서 싹
텄는지 모른다. 그는 일본판사에게 이렇게 말한 바 있다.

> 문; 그대는 일한병합에 대해 어떤 감상을 갖고 있는가?
> 최린; 반대의 생각을 갖고 있다.
> 문; 그래서 그대는 이후 조선을 독립시켜야 한다고 생각으로 가득
> 찼는가?
> 최린; 나는 일한병합에 대해 그다지 재미있게 생각하고 있지 않았다.
> 하지만 원래 병합이란 조선인이 저지른 죄라는 자각이 있었으므로 개인
> 으로서는 불평이 있었지만 자업자득이라 하여 대세는 어떻든 어쩔 수
> 없다고 생각하고 있었다. 그런데 10년 후 오늘에 이르러서는 총독정치
> 가 가혹과 학대를 극함으로써 대단한 원망을 갖게 되었고 합병 당시와
> 는 시세도 다르므로 총독정치 치하에 있는 것을 재미없이 생각했고 생
> 존권으로서 스스로 정치를 요구하고 싶다는 생각이 일어났다.[81]

---

81) 『운동』2, p.236. "(問)其方は日韓併合に付ては如何なる感想を持って居ったか. (答)反
對の考えが有りました. (問)そこで其方は爾來朝鮮を獨立させたいと云う考えが充分
あった譯か. (答)私は日韓併合に付ては余り面白く思って居りませんでしたが元來併
合なるものは朝鮮人が爲したる罪であると云う自覺が有りましたから個人として
は不平が有りましたけれども自から爲されたるもので有って大勢は如何んとも爲
すこと能わず當時仕方がないと考えて居りました. 而して十年後の今日に至りては
總督政治の苛酷虐待を極めるを以て非常に怨みを有し併合當時とは時勢も違います
から總督政治の下に居ることを面白からず考え生存權として自から政治を爲す要求
をしたいと云う考えが起りました."

유근의 「수진修進」과 임규의 「인격수양의 초보」는 수양과 교육의 상보적 관계를 주장한 글이다. 한 사회의 개선과 개량을 기성체제의 전면적 부정에서 찾았던 백암 박은식과 단재 신채호의 전투론과 달리, 국권상실의 원인을 민족 자체의 내부적 역량 부족에서 찾은 도산 안창호의 준비론 또는 무실역행 사상과 동일한 맥락이다. 특히 도산의 분신이라고 할 이광수가 1922년 『민족개조론』에서 우리 민족이 '분명한 생각을 경영할 만한 실력'을 갖추는 개조의 과정을 거친 다음에야 일본에 동화되든지 일본의 일부로 남아 자치를 하든지 독립을 하든지 스스로 진로를 결정해야 한다고 주장했음은 널리 알려진 사실이다. 그러나 민족성 개조론은 차등의 세계관이기 때문에 잘난 사람만 정당한 권리를 누리게 된다. 한편 최남선은 보다 급진적인 수양주의를 주장한다.

> 세계는 힘잇는 이의 것이오 용기잇는 이의 것이오 부즈런훈 이의 것이오 애쓰는 이의 것이니 (중략)
>
> 고금 역사를 일이관지훈 대경대법大經大法이라 크게는 국가사회도 그러흐며 격게는 개인의 일생도 이러홀 짜름이니 이로써 기왕旣往을 징험홀 것이오 이로써 현재를 경척警惕홀 것이오 이로써 장래를 점복할지니라.

최남선은 이 글에서 세계는 강자의 것이라고 선언한다. 우승열패론과 약육강식론의 강력한 긍정이다. 동정의 권리도 강자의 전유물이며, 동정은 강자가 약자에게 베푸는 은전일 뿐이라는 것이다. 이때 강자는 "능히 홀 만흐며, 능히 흐며, 흐야서 능히 이루며, 이룬 것을 능히 늘리고 불리는 이"이고, 약자는 '그렇지 못훈 이' 즉 병신이며 죄인이며 사회의 낭유稂莠(잡초)며 문명의 모적蟊賊(탐관오리)이다. 이것은 바다의 거대한 힘만

찬양하고 그 이면의 파괴력을 잊은 모순된 논리다. 기존의 문화를 어떤 방향으로 변혁시켜야 한다는 방향을 제시하지 않고, 강자의 지배문화를 수용할 때 수용자들은 열등의식에 사로잡혀 자기부정론과 종속론에 빠지게 된다. 그의 급진적 수양주의 역시 차등의 세계관에 입각한 개조론이라 할 수 있다. 자기 민족에 대한 애정이 증오로 역전된 느낌마저 든다.

계몽자로서의 지식계급이 지성동원intellectual mobilization의 책임만 강조하면서 민족역량의 열세를 기정사실로 간주할 때, 그들과 민중은 멀어진다. 지성동원은 민족적 동원을 선도하는 동기일 뿐 지배하는 세력은 아니다. 이는 종교적 동원의 경우도 마찬가지이다. 문자적 공인들의 행위가 역사의 심판을 받는 것은 그들이 집단화한 사상이 한 민족의 정신적 구조 형성에 지대한 영향을 미치기 때문이다.

승려들과 거사들은 민중의 열등감을 인정하지 않았지만, 잠재력을 개발하여 이상을 실현하라는 관념적이고 초월적인 수양주의를 주장하였고, 문체의 개혁에도 소극적이었다. 반면 일본 유학을 경험한 민족주의 진영의 지식인들은 문체를 개혁했지만, 민중의 열등한 능력을 인정하고 실력을 배양하여 이상을 획득하라는 준비론적 수양주의 또는 관념적 개조론을 주장했다.

'문명'을 소중하게 여기는 개조론은 식민지 현실을 타파하는 해답의 하나로 기능한다. 개인의 잠재력을 계발하여 깨달음을 획득하자는 소극적이고 관념적인 수양주의보다 개조론에 입각한 수양주의는 비교대상을 상정하고 민족적 자아의 발견을 촉구하는 적극적이고 실천적인 역사인식이라 할 수 있다. "우리도 남과 갓치 살쟈!"[82]는 현상윤의 절규는 실존적 문제였던 것이다. 또 경쟁의식은 대타의식을 수반하며, 한 개인과

---

82) 현상윤, 「먼저 이상을 세우라」, 『유심』3(1918.12) p.38.

사회를 넘어 국가의 발전을 가속화하는 원동력이 되기도 한다. 그러나 문명은 노력해서 획득할 수 있는 목표일 뿐 타고난 조건은 아니다. 개조론은 차등의 세계관이므로 잘난 사람과 훌륭한 나라만 높이 평가한다. 끊임없이 경쟁을 부추기고 투쟁을 미화한다.

토착문화와 민족적 정체성, 전통과 자국민의 역량을 회의하는 한 지배자들이 행하는 영혼의 지배를 거부하기란 힘들다. 지배를 당하고 있는 현실과 제국주의의 횡포라는 원인을 무시하고 일방적으로 대타의식만 강요할 때 수용자들은 문명은 노력해서 이룩할 수 있는 목표라는 사실을 망각하고 열등감에 빠지게 된다. 있는 자와 없는 자, 잘난 자와 못난 자의 문제가 아니라 빼앗은 자와 뺏긴 자의 문제라는 사실을 명심할 필요가 있다.

개조론자 가운데 일부가 1920년대에 일본인과 한국인 사이의 우정과 진실한 협력 및 관민간의 공감, 조화, 상호부조를 추구하면서 '정신적 각성'을 강조하는 농촌진흥운동 같은 국가주도의 이데올로기적 프로그램에 동참하며 의식의 신민화에 앞장서게 되는 이유는 여기에서 비롯된다. 최남선이 "독립선언서나 여러 문서에 기재된 사항 이외에 총독정치에 대해서 피고는 어떤 불평불만을 갖고 있는 것이냐?"고 묻는 일본판사 나가시마 오조永島雄藏에게 "나는 단지 민족적 자존심에 의지하여 조선의 독립을 이상으로 하고 있을 뿐이며, 나 같은 일개 서생이 이런 중대한 문제를 해결할 수 있다고는 생각하지 않는다."[83]고 토로했던 이유도 이와 무관하지만은 않을 듯하다.

---

83) 『운동』3, p.97. "私は只民族的自尊心に依り朝鮮の獨立を理想として居るに止まるのであって私等の如き一介の書生が斯樣な重大なる問題を解決しようとは思って居りません."

초기시와 문체의 개혁

"보통문은 선한문체鮮漢文體, 단편소설은 한자 약간 섞은 시문체, 신체시가는 장단격조長短格調 수의隨意, 한시는 즉경즉사卽景卽事". 이렇게 문예 현상공고를 낸 한용운은 문체개혁의 첫 시도로 자유시를 선택한다. 초기시 「심」은 만물의 동일체성으로 볼 때 삼라만상 그 어느 것이 전심傳心의 비결이 아니겠느냐는 「고통과 쾌락」(1호)을 압축·생략·변형의 과정을 거치지 않고 줄글 형태로 진술한 것이다.

> 心은心이니라
> 心만心이 아니라非心도心이니心外에논何物도無ᄒ니라
> 生도心이오死도心이니라
> 無窮花도心이오薔薇花도心이니라
> 好漢도心이오賤丈夫도心이니라 　　　　　　　　　　─「心」 일부

이 시의 비유방식은 직선의 방정식과 같다. 유심 즉 법신이 X라면 응화인 만물일체는 Y가 되고, 반대의 경우도 동일하다. 보조관념과 원관념 사이의 유사성과 관련성을 유추하여 동격으로 병치하면서 무한한 의미

수렴과 확장이 이루어진다. 대립적인 관념차를 소거함으로써 독자들에게 충격적인 의미를 부여한 계사은유copula metaphor다. 이런 은유는 비로자나Vairocana의 이름으로 불리는 법신Dharma-kaya을 우주 자연 전체의 본체로 보며, 모든 현상들을 응화avatara, sambhava로 간주하는 화엄적 세계관에서 비롯된다. 흔히 인격적 실체로 묘사되는 법신은 수많은 개별적 제법들이 불가분리의 유기적 통일성을 유지하면서 시시각각으로 변화하는 연기緣起의 주체이다.[84]

대부분의 신체시가 영탄조로 말의 낭비를 하고 있을 때 추상적인 관념을 상즉상입의 원리로 구체화함으로써 상상력의 확대를 도모한 이 시의 의미는 적지 않다. 일심, 일승一乘, 유심, 금강산, 태양, 우담발화, 황금의 꽃은 결국 깨달음의 객관적 상관물이다. 그러나 아직 한문체와 국한문체의 통사구조에 익숙한 언어습관을 벗어나지 못해 문어투의 종결어미가 우세하다. "선생의 문학은 주로 비분강개와 기다리고 하소연하는 것과 자연관조의 세 가지로 나눌 수 있다."[85]는 지적과 달리 초기시에는 아직 교술적인 태도가 강하게 드러나고 있다.

> 배롤쯰우는흐르믄 그근원이 멀도다 송이큰꽃나무는 그뿌리가깁도다
> 가벼이날이는쩌러진입새야 가을바라믜구쎄미랴
> 셔리아레에푸르다고 구태여뭇지마라 그대(竹)의 가온대는 무슨걸림
> 도업느니라
> 美의音보다도妙흔소리 거친물ㅅ결에돗대가낫다
> 보나냐새별가튼너의눈으로 千萬의障碍롤打破ㅎ고 大洋에到着ㅎ는得意
> 의波롤

84) 이기영, 「화엄사상의 현대적 의의」, 『한국화엄사상연구』(동국대학교출판부, 1986) p. 334.
85) 조지훈, 「민족주의자 한용운」, 위의 책, p.262.

　　보일리라宇宙의神秘 들일리라萬有의妙音
　　가쟈가쟈沙漠도아닌氷海도아닌우리의故園　아니가면뉘라서보랴　한송
　이두송이픠는梅花　　　　　　　　　　　　　　　　—「처음에 씀」

　이 작품은 구어투의 한글체로 쓰면서 도치법과 생략법을 구사하고 있
다. 더구나 "송이 큰 꽃나무—대나무—고원—매화"로 이어지는 의미 확
장을 통해 이울어진 꽃을 피우기 위해 고통의 현실을 인내해야 한다는
주제를 전달하는데 성공한다. 가을바람이 차가워서 낙엽이 떨어지는 것
이 아니듯 고통의 현실은 존재론적 순환의 이법에 불과하다. 고향과 꽃
은 고통의 바다를 건넜을 때 획득되는 총체적 가치나. 깨달음이라는 주
제를 관념적으로 묘사한 「心」과 감각적으로 형상화한 「처음에 씀」은 시
인으로의 변신에 따른 성공과 실패의 가능성을 동시에 보여준다. 나중에
보겠지만 『님의 침묵』의 88편도 이런 점에서 예외는 아니다.

　　江 上數峰의 푸른빗 너머로 白牧丹花가튼 한쪼각 구르미 오른다
　　무엇보다도 敏速혼 나의腦가 무어슬 늣기랴다가 미처 늣기지못혼 그
　刹那 구르믄 벌써 솜 뭉치가치 픠여서 한편 하느롤 더퍼온다
　　仙娥야 그 솜뭉치 좀 빌여라 가벼운 치위롤 견듸지못ㅎ는 보드러운
　싸글 싸주자
　　仙娥는 沈默이다 (중략)
　　제아모리 惡魔라도 엇지 마그랴 焦土의中에서도 金石을 쑤를듯혼 眞
　生命을 가졋든 그 풀의 勃然을
　　사랑스럽다 鬼의斧로도 魔의牙로도 엇져지못홀 一莖草의 生命
　　　　　　　　　　　　　　　　　　　　—「一莖草의 生命」일부

　한용운은 한 포기의 풀에서 참 생명의 의미를 이끌어낸다. 꽃은 잠복
과 출현, 소멸과 생성의 대립을 극복하는 영원한 순환과 회귀성의 상징

이다. 앞에서 보았던 두 편의 시보다 현재형 어미를 더 많이 사용하면서 삶의 현장성이 강화된다. '부드러운 싹—풀—일경초'와 '추위—어둠 (수묵색의 장막)—악마'라는 대립항을 설정하고 후자가 결코 전자를 훼손할 수 없음을 보여준다. 한용운은 일경초에서 읽어낸 강인한 생명력과 저항의지를 읽어낸 독자들에게 나누어주고 싶다며 이렇게 말하고 있다.

> 이 글을 초草ᄒᆞ믄 어늬 날 저녁째다. 다 쓰랴홀즈음에 엽에 잇는 분재盆栽의 장미화는 씩씩ᄒᆞ게 고흔빗과 사뭇치게맑은향기가 붓대에 오른다. ᄲᆞ른감상은이빗과 향기롤가져서 모든 열자패자劣者敗者에게 나누어 주고 십다.86)

한용운은 화초를 가꾸며 현상 너머의 본질을 통찰하고 언어의 남용을 절제할 수 있는 힘을 길렀다. "화훼를 재배하는 것은 키우는 사람의 심지를 굳게 하고 덕성을 기르기 위함凡培植花卉只欲益心志養德性耳"87)이라는 사실을 잘 알고 있던 그는 유심사 담 너머에 있는 오동을 바라보며 이렇게 말한다. "오동은 마력도 업고 성능聖能도 없고 다만 자연일 ᄲᅮᆫ이어늘 다만 보ᄂᆞᆫ 사람이 선미善美를 감感ᄒᆞ야 오동화될 ᄯᆞ름이라. 인생과 자연이 엇지 양계兩界가 잇스리오. 오동 즉 아我오 아 즉 오동이니 아여오동我與梧桐이 비일비이非一非二니라."88) 그는 화초를 기르면서 터득한 화초의 특성과 재배법, 각 화초에 관한 옛 사람의 기록, 화초의 품격을 논한 문장이나 시, 그리고 자기의 생각을 담아 『양화소록養花小錄』으로 남긴 인재仁齋 강희안(1417~1465)의 후예였다고 할 수 있다. 하긴 후학들도

---

86) 「전로를 택하여 진進하라」, 『유심』1(1918.9) p.16
87) 강희안 지음, 서윤희 이경록 옮김, 『양화소록』(눌와, 1999) p.118.
88) 「전가前家의 오동」, 『유심』3(1918.12) p.9.

한용운은 화초 가꾸기를 매우 즐겨 심우장 뜰에는 화초들로 가득하여 봄부터 가을까지 꽃이 피어있지 않는 날이 없었으며, 화초는 매화 난초 외에 개나리 진달래 코스모스 백일홍 국화 등이었다고 증언하고 있다.[89] 그러나 이상적 아름다움ideal beauty의 실현자인 선아仙娥는 여전히 '침묵'이다. 정중동의 꽃과 그 꽃을 피우려는 나 사이에 놓인 거리는 멀다. 「天涯의 惡路」는 이를 극복하기 위해 필요한 신념을 보여준다.

> 天涯의 惡路, 運命의 神이 아니다 너의 墳墓는 躊躇가아니고무어시냐
> 人生의 遅路는 快樂도 아니오 悲哀도아니오 活動뿐이라 酷寒을마그미 毛外
> 套뿐이랴 힘잇게運動홀지라 盛暑롤 避暑미 扇風機가 아니다 冷靜흔 頭腦
> 는 百道의 淸泉을 超越하리라 開山攻城의 大砲도 虛空이야쌧칠소냐 넓기
> 도넓다 너의 衿度 제아모리가리고자흐지마는 사못치는찬빗이야 黑暗인
> 들엇지흐리 崑山의石이 굿지아니흐랴마는 波斯의市에 白玉黃玉紅玉靑玉

"天涯의 惡路, 運命의 神이 아니다." 이 명제는 그가 획득한 행동적 수양주의의 중핵이다. 직설적인 진술과 관념적 구호로 돌아간 느낌이 들어아쉽지만, 이 시는 그의 삶과 문학을 이끄는 기율과 신념을 보여준다는 점에서 소중하다. 그는 누구에게나 평등하고 대등하게 주어진 자존과 자유를 성취하라고 촉구하면서, 행동화 과정에서 필연적으로 만나게 모든 고난은 보석 같은 '冷靜흔 頭腦'만 있으면 '사못치는찬빗'처럼 극복할 수 있다고 주장한다.

수필 「조선청년과 수양」(1호)은 자기 적성과 취미에 걸맞은 목표를 세우고 용맹정진할 것을 요구한다. 일관적인 분투가 필요한 오늘, 물질문명에 오염된 조선청년들은 아직 뜻을 세우지 못하고 있다. 물질문명은 인

---

89) 「만해가 남긴 일화」, 『전집』6, p.379.

지개발의 과도시대에 피할 수 없는 점진적 현
상이며 인생 구경의 목표는 아니다. 물질문명
에 침입 당하면서 피문명 시대를 사는 청년들
의 배금주의와 영웅주의를 이해하지 못하는
것은 아니지만, 헛된 금전광과 영웅 숭배열은
불평과 번민을 증가시킬 뿐이다. 심적 수양이
없으면 사물의 사역자가 되기 쉽다. 실행은 수
양의 소산이며, 정신수양을 하면 물질문명을

▲ 쇼와昭和 초기의 혼마치(충무로) 입구

이용하여 쾌락을 얻을 수 있다. 심리적 수양은 궤도이고, 물질적 생활은
객차이며, 개인적 수양은 원천이며, 사회적 진보는 강호江湖다. 일제 식민
통치에 순응하는 개인의 일상적 허영과 욕망을 경계하고 있는 글이다.

「고통과 쾌락」(1호)은 역설의 논리로 빛난다. 고통을 피하는 자는 쾌락
을 찾지만 쾌락은 고통을 피한다. 고통은 차안이고 쾌락은 피안이다. 차
안(고통)에서 닻줄을 풀지 않고 피안(쾌락)에 도달할 수 없다. 고통과 쾌락
은 감수의 차이로 외계에서 오는 충동의 감촉력에 불과하다. 고통과 쾌
락의 원인은 물질에 있지 않고 심리(관념)에 있다. 차별은 자기의 감상을
표준으로 한 일시적 현상이다. 사람은 외계의 사물에 포로 되는 존재가
아니므로 만유의 절정에 서서 종횡자재 해야 한다. 이때 비로소 번뇌는
보리가 되고 고통은 쾌락이 된다. 고통과 쾌락을 양거쌍망兩去雙忘하면
낙원 아닌 공간이 없고 득의롭지 않은 시간이 없다는 것이다.

「전로를 택하여 진하라」(1호)도 위와 비슷하다. 길에는 선악의 두 길이
있으나 선악을 결정하는 기준은 없다. 선이란 죽어지내는 소극성이 아니
라 우자優者되고 승자되어 뭇 사람들을 보호하고 만물을 애육하는 자가
되는 것이며, 악이란 열자와 패자 되어 남들에게 동정 받는 자 되고 사

물에게 부림을 받는 자 되는 것이다. 다시 말해 선이란 대등하고 평등한 세상에서 자아를 실현하여 사람답게 사는 일이며, 악이란 대등하고 평등한 세상에서 차등과 불평등을 자초하면서 사람답지 못하게 사는 것이다. 덮어놓고 복종하고 굴복하는 것은 의무가 아니라 죄악이다. 열자패자에게는 권리도 의무도 도덕도 법률도 생사도 없다. 조물주는 결코 열자패자를 미리 결정하지 않았다. 중생이 동일불성이고 천부인권이 균시평등이라면 열자는 스스로 열자될 따름이고 패자 역시 그렇다.

이와 같이 한용운의 행동적 수양주의는 자기부정을 통한 실천력의 강화를 목표로 한다. 이는 권상로의 자치론적 개혁주의보다 주체적이며, 박한영의 오후悟後 수행주의보다 급진적이다. 그리고 민족주의 진영의 지식인들의 준비론적 수양주의나 관념적 개조론보다 실천적이고 주체적이다. 전투적 자유주의와 행동적 수양주의는 한 뿌리의 두 가지다.

행동적 수양주의는 「고학생」(1호)에서도 잘 나타난다. 일시의 빈곤은 대인격을 빚어내는 천연의 사우요 실습의 교육이다. 빈곤은 인생 생활의 진미를 맛보게 해주며 권태를 구축한다. 또한 권면을 증장하며 행복의 황야를 개척하는 분투력을 주며, 민생의 어려움을 연민하는 자선심을 길러주니 어찌 인생의 불행이라 할 수 있는가. 부득이 보조를 받더라도 선의와 불의를 가려야 한다. 비굴로 인한 정신의 손실은 학문의 소득보다 더 크다. 고통을 인내하고 지조를 변치 않고 일신의 복락을 희생하여 중생을 구제한 석가 예수 공자 소크라테스가 바로 그런 사람들이다. 한용운은 이완용과 함께 불교중앙학림 제3회 수업식에 참석했을 때 이와 동일한 의미의 축사를 한 바 있다. 젊은 학생들이 사회적 신분 상승 수단인 교육에 대한 욕망 때문에 친일적인 행위를 서슴지 않는다면 그보다 큰 불행은 없다고 판단했던 것이다.

「마는 자조물이라」(2호)는 마는 망심에서 나오는 환영 곧 자기의 심마
心魔이므로 자신自信의 군군軍으로 전진하라는 글이다. "마를 항복시키려는
자는 먼저 자기의 마음부터 항복시켜야 하니 마음이 조복하면 곧 모든
마가 퇴청하고 횡橫(횡포)을 제어하려는 자는 먼저 자기의 기氣를 제어해
야 하니 기가 평담하면 곧 외부의 횡이 침해하지 못한다."[90]와 동일한
내용이다.

『유심』의 초기시와 산문은 『정선강의 채근담』의 강의와 동일한 사유
방식으로 이루어진다. 가령 항공기가 발달한 과정을 소개한 「항공기발달
소사」(2호)와 아르키메데스Archimedes, 갈릴레이Galileo Galilei, 케플러Kepler,
Johannes(1571~1630) 뉴턴Newton, Sir Isaac(1642~1727), 다윈Darwin,C.R.
(1809~1882), 월리스Wallas, Alfred Russel(1823~1913) 등을 소개한 「과학
의 연원」(2호)은 "세상 밖의 상태를 깨닫지 못하면 더러운 속세의 여러
가지 인연을 초월하지 못한다."[91]는 교훈과 무관하지 않다. 한용운은 정
신문화의 중요성을 강조하면서도 정신수양만 중시한다면 사회개혁을 추
구할 때 부당한 사회제도를 놓아둘 수 있다는 사실을 잊지 않았다.

「자아를 해탈하라」(3호)는 『정선강의 채근담』의 「서」와 동일한 내용이
다. 사람은 사물에 계박繫縛되기 쉬운 자다. 사람은 만물의 영장이 되어
세계 만유의 주인공이라 자칭하며 오만하지만, 만사사물의 계박을 면치
못하니 얼마나 치욕인가. 계박을 피하고자 하는 소극적 태도, 독선, 포기,
도피도 다른 의미의 계박이다. 계박과 해탈은 타他에 있지 않고 아我에
있으며, 물物에 있지 않고 심心에 있다. 일체의 해탈을 얻으려면 자아를
해탈해야 한다. 이때 비로소 입세入世가 출세出世이고 출세가 입세라는

---

90) 「정선강의 채근담」, 『전집』4, p.105.
91) 같은 책, p.48.

역설 곧 반상합도反常合道가 성립한다. 계박의 책임도 해탈의 책임도 모두 나에게 있다. 해탈을 얻어 대지를 답파하면 일체의 마굴은 홀연히 정복되고 쾌락의 식민지로 변한다.

「천연遷延의 해」(3호)도 즉각적 실천의 중요성을 강조한 글이다. 금강산은 천하의 명산이나 그곳에 살면서도 명승을 보지 못하고 늙어 죽는 사람이 있다. 내일을 기약하기만 하고 오르지 않기 때문이다. 사람은 저절로 오는 기회만 기다리는 자가 아니며 기회를 촉진하고 시세를 창조하는 자다. 노력용진하는 자에게 기회가 아닌 때란 없다. 천연하는 자에게는 기회도 없고 성成도 없고 패敗도 없고 사회도 없고 생도 없고 죽음도 없다는 것이다.

「전가의 오동」(3호)은 앞에서 보았지만 「일경초의 생명」과 함께 자아를 세계화하고 세계를 자아화 또는 일즉다—即多 다즉일多即—의 물아일여 사상이 잘 드러난 글로 그의 문학적 상상력의 모태를 보여준다. 「무용의 노심勞心」(3호)은 인과응보의 법칙을 말하고 있다. 과거는 이미 가버려 다시 돌아오지 못하고 미래는 아직 오지 않았으니 인생의 최대 기회는 현재에 있다. 지나간 일을 회한하여 과거의 노예가 되고 미래를 염려하여 미래의 포로가 됨은 어리석다. 하늘과 신은 스스로 돕는 자를 돕는다. 노勞라 하면 마음을 노하든 역役을 노하든 상당한 반면의 수확을 얻는다. 인과응보의 원칙이다.

「훼예毁譽」(3호)는 풍문과 소문 사이에서 고통을 겪었던 지난날의 체험에서 우러난 글인 듯하다. "세한연후 지송백지후조야歲寒然後 知松柏之後凋也(추워진 후에야 소나무나 잣나무의 의미를 깨닫는다)"(『논어』 자한子罕27)라고 했다. 설상雪霜을 능가하는 송백은 해가 찰수록 그 고절을 홀로 드러내고, 진정한 용사는 적이 많을수록 용기백배한다. 남의 훼예로 심사가 어지러워 하던 일을 멈춘다면, 이는 우주의 노예요 만유의 변지다. 남의 훼예에 피동되어서 자신의 입지를 희생하지 말라. 사람은 세상의 훼예를 무시하는 호담이 있어야 만인의 이상을 초월하는 쾌사를 창조할 수 있다는 것이다.

▲ 고람古藍 전기田琦, 「계산포무도溪山苞茂圖」

한용운이 『조선불교유신론』에서 선언하고 『정선강의 채근담』과 『유심』에서 확인한 일본의 지배에 대한 자발적 동의를 거부하는 행동적 수양주의는 "세간생세간장世間生世間長(세간에 들어 세간에 난다)"의 중핵적 원리이며 민족 자조론의 다른 이름이다. 아니, 수양을 꽃받침으로, 행동을 꽃잎으로 삼은 황금의 꽃인지 모른다. 그래서 그는 타락한 현실과 타협하지 않으며, 출세간의 은둔과 선각자의 자만을 거부한다. 그가 기르는 꽃은 중생들이 모두 깨달을 때까지 피지 않는다. 그가 혁명가와 선승 그리고 시인의 삼위일체적인 삶을 살 수 있었던 것은 행동적 수양주의를 정신적 기율로 삼았기 때문이다.

모순의 현실을 진실의 역설적 현상으로 바라보는 행동적 수양주의와 차등을 강조하는 준비론적 수양주의는 다르다. 적자생존론에 바탕한 준비론적 수양주의는 자칫하면 현실타협적인 굴절과 계층 단절론을 마련할 수 있지만, 화엄적 세계관을 바탕으로 자유주의와 평등주의를 지향하는 행동적 수양주의는 이런 오류를 범하지 않는다. "그의 행동철학은 흔들리지 않는 세계에 대한 관심과 서로 대립하면서도 또 이를 보충하고 합치는 한 짝을 이룬다. 고요한 세계에 대한 그의 느낌은 그의 행동철학이 그 근거로서 요구하는 일종의 허무의 인식을 제공하고 또 다른 편으로는 그 허무의 정열을 다시 초연한 정신의 기율로 제어했던 것이 아닌가 생각된다."92)는 지적은 시사적이다. 어쩌면 3.1독립운동 이후 역사의 문과 유혹의 문으로 점차 갈려 나가게 되는 지식인들의 내면 풍경은 이미 『유심』에서 흐릿하게나마 그 모습을 드러내고 있었는지 모른다.

---

92) 김우창, 『지상의 척도』, 위의 책, p.209.

인간 역사의 첫 페이지와 잉크칠

불교가 영혼의 통찰력으로 표범처럼 치닫는 한용운의 삶을 안으로 잡아 당겼다면, 박한영은 서권기書卷氣(서책의 기풍)와 문자향文字香(문자의 향취)의 문기文氣로 경박과 치기로 흐르기 쉬웠던 그를 지긋이 압도했다. 한용운이 시대의 불운을 운명의 행운으로 바꿀 수 있었던 동력은 이 두 개의 동력을 벗어난 곳에서 발견되지 않는다. 비록 전통적 의미의 시단詩壇이나 가단歌壇은 새롭게 형성되는 문단文壇에 밀려 서서히 퇴색되고 있었지만, 사전상승의 전통은 시승을 포함한 문인들 사이에서 여전히 이어지고 있었고, 한용운은 이런 전통과 우정 속에서 넘침과 기다림의 시학을 체득하면서 뒤늦게 황금의 꽃을 피울 수 있었던 것이다.

끊임없는 정진에 의한 자기혁신을 주장하는 박한영은 불교가 개혁의 의지가 없을 때 진정한 경지를 타개할 수 없듯이 시도詩道 또한 마찬가지라고 생각한다. 그에게 시와 선은 둘이 아니다. 박한영은 한문학은 전형을 고집하면서 파격을 폄하하고 속박했기 때문에 자유달의自由達意한 산인散人이라도 '허문공언虛文空言'의 관념적 형식주의에 빠질 수밖에 없었다고 비판[93]하면서, '서락창사抒樂暢思'와 '인심감발人心感發'의 시는 천뢰天籟와 인뢰人籟가 어우러졌을 때 비로소 이루어진다고 주장한다.

천뢰란 그 신비로운 운율이 순연히 천연적으로 흘러넘치어 마치 천
상의 묘화처럼 걷잡을 수 없어 물속에 잠긴 달과 거울에 비치는 형상과
같은 것이며, 인뢰란 그 정밀함과 공교함을 인력으로 다하여 마치 태산
에 오르는 것처럼 한 걸음 한 걸음 정상에 오르다보면 수없는 작은 산
들이 한 눈에 비치는 것과 같은 것이다.[94]

천뢰의 신운神韻에 치우치면 공소空疎와 부박浮薄에 흘러 실질적인 솥
속의 연육軟肉을 맛보지 못하며, 인뢰의 정공精工에 치우치면 경속輕速과
섬교纖巧에 흘러 상승의 경지를 밟지 못한다. 시도가 완만해지는 요체,
다시 말해 좌우에 떨어지지 않고 시의 큰 규칙을 밟아나가는 것은 신운
의 천뢰를 창唱하여 정공의 인뢰를 맞춘 후에야 가능하다. 이때 천뢰와
인뢰는 천재天才와 인공人工으로 바꾸어 읽어도 무방하다. 아무리 천재라
하더라도 인공을 다하지 않으면 성공할 수 없는 것이다.

천뢰론은 엄우嚴羽(1197?~1253?)의 시선오설詩禪悟說에서 왕사정王士禎
(1634~1711)의 신운설神韻說로 이어지는 도문일치론道文一致論이라고 할
수 있다. 다음은 시와 선이 하나라는 시선일규詩禪一揆의 신념을 잘 보여
준다.

시란 문예의 소품이므로 도를 닦는 이들의 힘 쓸 바는 아니다. 그러
나 하나의 시로 본다면 우주간의 청숙한 하나의 기운이 넘쳐흘러서 시
가 되는 것이다. 그러므로 시인의 눈빛은 마치 달빛과도 같아 천고를

93) 박한영, 「불광원편佛光圓偏은 미래未來에 당관當觀」, 『조선불교월보』15(1913.6)
94) 박한영, 「천뢰와 인뢰가 부합해야 시도는 원만하다天籟叶人籟詩道方圓」, 『석전문초』,
위의 책, pp.22~31.

비추며 부질없는 세상의 공명을 하찮게 보는 것이다. 그러므로 시를 말함에 어찌 아무런 음운과 절주가 없이 천지자연의 조화인 천뢰에 부합할 수 있겠는가. (중략)

　고금 명가의 작품에는 기승전결의 법칙을 잘 이용하였으나 우리나라에서는 속히 짓는 한 가지 비결만을 꾀하여 운자를 정한 후에 가장 먼저 함련頷聯 경련頸聯 양구를 짓고 다시 첫머리에 붙일 기구起句를 찾고 그 다음 결구를 만들어 글을 완성하니 설사 중간의 연구聯句가 볼만하다 하더라도 전체 일편에 짜임새가 없어 서로 조응하지 아니하고 제각기 분리되니 이 어찌 법칙에 맞고 음률에 일치한다고 말할 수 있겠는가.[95]

문장이란 배워서 능할 수 없으나 기운이란 기를 수 있다. 시인의 가슴속에 기운이 충만하면 외모에 넘치며, 그 기운은 그의 말에 유동流動하며, 문장으로 나타난다. "유수지위물야 불영과불행流水之爲物也 不盈科不行 (물은 웅덩이를 채우고 나서야 흘러간다)"(『맹자』 진심장구盡心章句 상)이라고 하지 않던가. 또한 이지러진 물결에 어찌 달을 온전히 담을 수 있단 말인가. 박한영을 존경하여 따랐던 가람 이병기(1891~1968)도 위대한 천재는 서권기와 문자향을 흡수하여 이루어진다면서 이렇게 말하고 있다.

　천재라고 공정을 아니 닦아서는 될 수 없다. 천재는 공정을 닦되 같은 동안에 보다 더 많은 수확과 효과를 얻을 수 있다. 그러므로 다만 구두선으로 될 수 없지마는 턱없는 '불립문자不立文字 즉견자성則見自性'이라는 것도 부당하다. 이 세상에는 신수神秀보다는 혜능慧能을 본받는 이가 많으나 과연 혜능은 본받아 될 수가 없고 배운다면 차라리 신수를 본받아야 하리라. 오도는 혜능이 하였으되 학문으로는 신수가 닦은 것이다.[96]

95) 「일종의 시방식은 한반도의 체제가 되었다—種詩式自爲半島體製」, 같은 책, p.27.

서권기 문자향을 지향하는 상고주의와 시선일규론은 엄정한 자기실현
이라는 목표를 공유한다. 박한영과 최남선이 사제관계를 평생 유지한 이
면에는 이런 치열한 학문의 자세가 가로놓여 있다. 최남선은 공정과 인
뢰를 학문의 원리로 삼고 외길을 걸었던 학자였다.

스님은 고사에 깊은 조예며 통철한 식견으로 내경과 외전을 꿰뚫어
보신 분인데 외람되게도 나와 같은 사람을 말벗으로 여겨 주신 영광을
누리게 되었다. 이 때문에 날이 갈수록 교분이 두터웠던 바 어지러운
시대를 만나 불법 또한 쇠퇴되고 심지어는 권력을 배경으로 이익만을
추구하여 종풍이 크게 흔들리고 있었다. 이에 스님은 몇몇 동지와 종단
을 바로잡고자 하실 적에 나 역시 미비한 힘으로나마 스님을 도와 조그
마한 보탬이 되지 않았나 한다. 그러는 중에 나와 정이 두터워진 것을
그 누구도 짐작할 수 없었던 바였다.
　그러나 나의 간직한 뜻을 펴기에는 너무나 많은 어려움이 있었기에
언제나 혈혈단신으로 국내를 유람하며 역사를 연구하고픈 생각뿐이었
다. 스님은 이러한 나의 마음을 짐작하시고 해마다 늦여름 초가을 사이
엔 나와 함께 여행길을 마련하여 일찍이 동으로는 금강산을 갔다가 바
다를 따라서 낙산사에 이르러 경포대에서 뱃놀이를 하였고 남쪽으로는
지리산을 두루 본 후 바다를 건너 한라산 정상에 올라 물을 마시며 노
는 말떼를 함께 구경하였고 위로는 백두산을 순례하며 천지의 기슭에서
수면에 퍼지는 아침햇살의 현란한 장관에 함께 심취하기도 하였으며 차
호遮湖의 그윽한 경치며 묘향산의 기발한 경관까지도 함께 가지 않았던
곳이 없었다.[97]

조선광문회를 설립하고 1911년을 전후하여 화엄종주로 불렸던 박한영
을 스승으로 모시고 함께 여행을 다녔던 최남선은 조국산하에서 숭엄한

---

96) 이병기, 「서권기書卷氣」, 『가람문선』(신구문화사, 1966) p.200.
97) 최남선, 「발문」, 『석전시초』, 위의 책, p.1.

진리를 추상한 것으로 보인다. 그에게 조국산하는 법신이었고, 조선심은 응화였다. 아니 그 반대이기도 하다. "조선의 국토는 산하 그대로 조선의 역사이며 철학이며 시며 정신"이라고 선언한 육당은 이렇게 말한다. "금강산은 조선인에 있어서 풍경 가려佳麗한 지문적地文的 일현상—現象일 뿐 아닙니다. 실상 조선심의 물적 표상, 조선정신의 구체적 표상으로 조선인의 생활·문화 내지 역사에 장구長久코 긴밀한 관계를 가지는 성적聖的 일존재입니다. 옛날에는 생명의 본원 영혼의 귀지처歸地處로까지 생각되고 근세까지도 허다한 예언자豫言者의 전당이 된 곳입니다."[98]

최남선을 비롯한 일군의 민족주의 사학자들은 국가라는 형식과 정신이라는 내용의 이분법을 설정함으로써 상처 난 국가적 자존심을 치유하려고 했다. 자연 속에 숨어있는 진리를 찾았던 최남선에게 불교는 "세계 철학의 연원이며 동양문화의 총수"였다. 그런 의미에서 최남선의 『백팔번뇌』(조선심)와 한용운의 『님의 침묵』(님)은 의미론적 띠를 형성한다. 그러나 역사적 원동력을 정신사관에서 발견한 최남선은 이후 물질적인 생산력의 발전에 근거를 둔 일원론적인 역사법칙으로 한국사를 이해했던 백남운(1894~1979)이나 이청원(?~?) 등 사회경제학자들의 비판을 받는다. 하지만 이들은 정신과 물질이라는 논의 기반의 차이에도 불구하고 모두 일원적인 원리에 입각해서 한국사를 이해하는 공통점을 갖는다. 다음 시는 박한영의 최남선에 대한 곡진한 사랑을 잘 보여준다.

심상휴수해산회尋常携手海山廻 언제나 손을 끌고 산으로 바다로
적막추등방고퇴寂寞秋燈訪古堆 적막한 가을밤에 옛스런 곳 찾아가지.
서해중련비오세誓海仲連非傲世 노중련 고결한 맹세 세상에 오기 없고
구심남사최난재嘔心南史崔難才 남사에 도취되어 가장 뛰어났지.

98) 「금강예찬」, 『육당』6, 위의 책, p.161.

황계악악촌다암荒鷄喔喔村多暗 홰치는 첫 닭소리 어둠이 깔려
잔월휘휘야욕개殘月輝輝夜欲開 그믐달 어둑어둑 동이 트려하네.
뇌뇌가능소열뇌磊磊可能消熱惱 훤칠한 그 인품에 번뇌를 잊고
동성황엽엄료배東城黃葉掩醪杯 동성에 국화꽃을 술잔에 띄우네.
　　　　　　　　　　　　　　　─박한영, 「육당 최남선」

▲ 1926년 8월초 백두산 천지에서, 최남선, 박한영, 김충희(왼쪽부터)

　이밖에도 「마하연 달빛에摩訶衍月夜漫吟」, 「수렴동水簾洞」, 「가을밤 최
육당을 찾아갔다 만나지 못하고秋夜訪崔六堂不遇」, 「육당과 삼방협에서同
崔六堂三防峽述懷」 등은 두 사람의 돈독한 관계를 잘 보여준다. "한라산에
두 번 들어가고再入瀛州島, 금강산 단풍에 다섯 번 취했으며五醉東岳楓, 세
계대전이 지나간 뒤 걸어서 백두산에 올랐던雜隨軍馬後 步屧白頭崇" 박한
영은 "반평생 산을 벗 삼을 때 최육당이 가장 좋더라平生名山朋 六堂最從
容"99)고 칭찬하고 있다. 그래서 그는 문학청년의 치기를 부리며 방황하
던 서정주를 이렇게 꾸짖은 적도 있다.

───────────
99) 「돌을 쓰는 부스러기 이야기拂石譚藝」, 『석전 박한영 한시집』, 위의 책, pp.32~34.

나는 석전 스님 몰래 가야금 꾼인 내 친구 미사眉史(배상기)와 같이 음주도 가끔 했고 기생집에도 가 보았고 또 한 번은 법당 마루에서 담배를 피우다가 스님한테 들켜 혼도 났다.

"이 사람아! 꼭 굴뚝같네. 최남선이는 서른이 훨씬 넘어서도 담배를 끊고 공부해서……"

지금도 맑은 새벽에 눈이 뜨이면 그 꾸지람 소리가 귀에 역력하다. 그 소리는 내가 일곱 살 땐가 툇마루에서 낮잠이 들었다가 굴러 그 아래로 떨어지려 할 때 어디에서 지켜보고 계셨는지 재빨리 쫓아 나와 나를 그 두 팔에 받아 안던 그때 음성과 그 안쓰러워하시는 울림이 같은 것이다.[100]

미당은 지금까지의 생애에서 박한영 스님처럼 구도의 사람을 좋아하는 인물은 보지 못했다면서, 석전의 경우는 부로父老가 자기 집 어린애의 잘하는 것을 좋아하는 것보다도 훨씬 더 하셨다고 말하고 있다.[101] 그래서일까. 박한영은 육당뿐만 아니라 많은 지인들과 함께 여행을 다니며 조국산하에 대한 사랑을 확인했다. 이병기는 1922년 8월 11일의 일기에서 애류 권덕규와 함께 석전을 모시고 백양사로 내려갔고, 1926년 12월 29일에는 석전에게 시조 3수를 보냈다고 적고 있다.[102]

박한영은 신전통주의적 세계관을 지닌 민족주의 진영의 지식인은 물론 여러 시승과 묵객 및 젊은 문인들 사이에서 보이지 않는 종장宗匠이었다. 또한 이들에게 국토기행이란 공간의 이동이 아니라 조선심을 찾는 성지순례이자 민족혼의 탐색이기도 했다. 간산지법看山之法과 간문지법看文之法은 둘이 아니라 하나였던 것이다. 이런 보이지 않는 유산을 계승했던 조지훈도 이렇게 말하고 있다.

---

100) 서정주, 「천지유정」, 『서정주』3, p.171.
101) 서정주, 「나와 내 시의 주변」, 『서정주』5, p.274.
102) 이병기, 『가람문선』, 위의 책, pp.108~119.

이 무렵은 내가 오대산에서 나와서 조선어학회의 『큰사전』 편찬을 돕고 있을 때여서 뿌리 뽑히려는 민족문화를 붙들고 늘어진 선배들을 모시고 있을 때라 슬프고 외로울 뿐만 아니라 그저 가슴속에 불길이 치솟고 있을 때였다. 이때 나는 신앙인의 성지순례와도 같은 심경으로 경주를 찾았던 것이다. 103)

박한영이 기행시를 많이 지은 이유는 조국산하에 대한 애정이 남달랐기 때문이다. 그는 문학의 속성을 우리寓理, 서사, 논정論情으로 나누고 있다. 국한문혼용체로 쓴 우리는 교리적 서술이며, 한문체로 쓴 서사와 논정은 선적 시문이라고 할 수 있다.104) 『석전시초』에 수록된 400여 수의 시는 대부분 자연의 화엄세계를 노래한 서사와 논정의 선취적禪趣的 기행시라고 해도 지나친 말이 아니다.

비선비불우비천非仙非佛又非天 신선도 부처도 아니면서 자연도 아닌가.
암암애애함자연嵓嵓靄靄唨紫烟 희고 흰 바위산에 보라빛 아지랑이
수도등사한각필雖道登斯閑閣筆 여기서는 붓도 멎는다 누가 말했나
통신완이입시선通身宛爾入詩禪 온몸에 훤히 트이는 시와 선.
— 박한영, 「헐성루歇惺樓」

아무리 심오한 불교적 세계관이라 하더라도 작품에 관념적 자료나 정보로 잔존하고 있을 때 문학사상으로서의 가치를 상실한다. 도스토예프스키Dostoevskii, F.M(1821~1881)의 『카라마조프 씨네 형제들』이 정상의 문학으로 군림하고 있는 이유는 이 작품이 갖고 있는 철학적 심오성이나 관념적 난해함보다 이 관념극이 인물과 사건이라는 구성체에 의해 실현

---

103) 조지훈, 「돌의 미학」, 『조지훈전집』4(일지사, 1973) p.23.
104) 이종찬, 『한국의 선시』(이우출판사, 1985) p.22.

되고 있기 때문이다. 이 작품에서 사형제는 이념적인 갈등을 표출하는 상징으로 기능하고 있으며, 이념적인 결론은 주요 인물들의 개인적 파탄으로 통합된다.[105] 박한영의 경우, 비록 한시이지만 자연은 자연이면서 자연이 아니고, 자연은 선이면서 선이 아니라는 경지를 금강산이라는 친숙한 자연과의 만남을 통해 잘 보여주고 있다. 이런 박한영이기에 『유심』에 쓴 세 편의 글이 더욱 주목되는지 모른다.

우담발화Udumbara는 현실의 꽃이 아니라 일체법一切法의 최정각最正覺을 상징하는 꽃이다. 그런데 이 꽃은 조선조 이후 시들어 가다 '난데없는 참천형극參天荊棘'을 맞아 이 땅에서 사라졌다. 이 꽃을 피우기 위해 유심사가 출현했고, 각오를 새롭게 하면 이 꽃은 반드시 다시 피어날 것이라고 요약되는 「우담발화재현어세優曇鉢花再現於世」(1호)는 안으로 국민의 정신 수양을, 밖으로 민족의 독립을 위한 각성과 실천을 요구하는 이 잡지의 발행 목표를 불교적인 비유로 잘 묘사하고 있다.

한용운의 '송이큰 솟나무'와 '한송이 두송이 픠는 梅花' 그리고 박한영의 우담발화는 유심을 상징한다. 박한영은 한용운이 1912년 굴라재 고개에서 생과 사의 고비를 넘나들 때 관세음보살에게 받았다는 그 황금의 꽃을 "삼천년간三天年間에 성인聖人이 출出호면 기其 영서靈瑞를 응응應호야 일도개화一度開花호는" 우담발화로 재해석한 것이다. 그렇다. "청연화 홍, 적, 백연화가 물에서 나와 물에서 자라고 물에 뿌리내리지 않듯이, 여래는 세간에서 크고 세간의 법에 있어도 세간의 법에 뿌리내리지 않는다."[106]

한용운의 삶은 이 황금의 꽃을 찾는 영혼의 여행이었다. 화려한 꽃도 이름 없는 꽃도 모두 그 나름대로 온 힘으로 존재한다. 스스로 전 존재를

105) Rene Wellek & Austine Warren, *Theory of Literature*, Penguin Books, Inc. 1976. p.132.
106) 「우담발화재현어세」, 『유심』1(1918.9) p.30.

▲ 속초 신흥사 극락보전의
빗동식물꽃살문

들어 그것이 바로 진리임을 보여준다. 그러나 그 꽃은 없음으로 있음을 증명한다. 우리는 우담발화의 부재를 현존을 이루기 위한 전 단계의 고통으로 받아들이지 않으면 안 된다. 부재는 현존이고 고통은 쾌락인 것. 이렇게 사유하였을 때 필연적으로 다가오리라 믿어지는 세계는 모든 정의가 실현되는 자유의 세계다. 창조적인 부정정신을 극적으로 체현하고 있는 황금의 꽃은 부처이자 님이며, 일체법의 최정각이며 서응瑞應인 우담발화이며 유심인 것이다.

우담발화優曇鉢華 재현호 금일로부터 차화此花는 반다시 신위력이 불무不無ᄒ야 대광명을 방放ᄒ며 자묘음慈妙音을 연연演ᄒ며 (중략) 심광법문深廣法門을 사유ᄒ는 자는 교투분비交鬪紛飛ᄒ든 의상意想이 일시에 심성深省홀 것이니 오호라 미목을 척기시간剔起試看ᄒ면 이 우담발화는 백초두변百草頭邊에 발현홀 명일이 필유必有홀 것이라.

「유심은 즉 금강산이 아닌가」(2호)는 박한영의 엄정한 시관과 시서화에 대한 탁발한 안목은 물론 조국 산하를 여행하면서 숭엄한 진리를 발견하는 화엄적 세계관을 잘 보여준다. 그는 사물은 스스로 자성自性일 뿐이지만 해석은 구구한데, 이는 금강산은 하나지만 탐승하는 수많은 사람들이 각자 느끼는 감회와 풍정이 각각 다른 이치와 같다고 말한다. 이어 불자, 도사, 유학자, 시인, 과학자, 화가들의 소견을 예로 들고 있는데, 이때 그의 박람강기와 시격詩格을 논하는 안목은 눈부시다.

▲ 겸재 정선, 「금강내산」

가령 승려라면 "차산此山은 대반야경 상제보살常啼菩薩 구법품求法品에 재在ᄒ며 대화엄경, 보살 주처품住處品에 입入ᄒ인즉 강만岡巒과 동천洞川은 모다 불보살의 휘호徽號가 안이면 도량법회道場法會의 가명嘉名이라고" 할 것이며, 시인이라면 "준발峻拔ᄒ 상화想華와 표일飄逸ᄒ 청음淸韻을 잔십단구殘什短句에 토로ᄒ 것도 심다甚多하리라."는 식이다.

이어 석전은 천불동, 만물초, 구룡연, 팔담, 발연사, 단홍교, 연주포, 계수대, 유점사, 오십삼불, 효운동, 은선대, 십이폭동, 만폭동, 진주담, 보덕굴, 영원동, 백탑동, 도솔암, 망군대, 정양사, 혈성루, 중향성, 마하연, 비로봉, 만회암, 삼일포, 사선정, 해금강으로 이어지는 금강산의 절경을 손바닥 위에 놓고 바라보듯 묘사한다. 한라에서 백두까지 나아가 중국까지 함께 여행을 다니며 최남선에게 새로운 역사의식을 일깨워 준 그가 아니면 쓸 수 없는 경지다. 그는 최남선과 함께 금강산(1924.10), 지리산(1925. 3), 백두산(1926.7)을 탐승한 바 있다. 최남선이 『심춘순례』(1926)의 첫머리에 "이 작은 글을 석전대사께 드리나이다."라고 헌사를 붙인 것은 결코 지나친 겸손은 아니다. 박한영은 벽초碧初 홍명희(1888~1968), 춘원 이광수, 위당 정인보와 함께 『백팔번뇌』(1926)에 「발문」을 쓰며 육당에 대한 곡진한 애정을 보여주기도 했다.

박한영과 금강산을 여행했던 위당 정인보도 「석전상인소전」에서 "상인의 경지는 마치 거울에 그림자 스치듯 하고, 시를 지으면 생각을 붙이기가 비범하고, 독특한 조예가 현묘하여 그 높은 경지에 이른 작품은 바로 고인과 계합되며, 문 또한 선리禪理를 표현하기에 막히거나 거리낌이 없으며" "스님을 따라 국내 명승을 노닐 적마다 산천풍토며 인물로부터 농공상판, 가요, 패관의 이야기에 이르기까지 모두 평소에 익숙한 듯하니 제 고장에 사는 사람으로 아득히 미치지 못한다고 여길 정도"라고 상찬한 바 있다. 산강山康 변영만(1889~1954) 또한 "지금 산문에서 그와 짝할 이를 찾아보기 어렵고, 그의 시는 우아하고도 청려하고 성정은 호탕하여 승속과 현우賢愚를 불문하고 크게 사랑과 존경을 받아 오래 지나도 처음과 같다."[107]고 칭송하고 있다. 석전은 단재 신채호의 49제를 지내는 산강의 뜻을 높이 기려 「변산강 공여에게 게송을 줌偈言贈奇卜山康恭廬」을 보낸 바 있다.[108]

한편 박한영은 이 글 중간에서 "유심이란 석가세존이 오도한 당일에 선언한 삼계유심소조三界惟心所造일 뿐이며, 말과 글로 미칠 수 없는 도리다. 그러나 말과 글을 거부하지 않는 것도 하나의 이치라면 자신은 유심을 금강산이라고 하겠다."고 말하고 있어 주목된다. 그는 이미 「우담발화재현어세」에서도 "유심이라 하면 언문言文으로 가급可及지 못할 도리

---

107) 실시학사고전문학연구회 역주, 『변영만전집』상(대동문화연구원, 2006) p.160.
108) 『석전시초』, 위의 책, p.32. 해석은 김달진 편역, 『현대한국선시』, 위의 책, p.116. 참조.

니라. 그러치만은 또한 언문을 불거不拒하리라." 고 하면서 문자의 긍정과 부정이 다르지 않음을 말한 바 있다. 그는 말의 빌림依言과 말의 떠남離言을 차별하지 않는 것이다. 한용운 역시 불립문자不立文字와 불리문자不離文字, 아니 문자와 비문자非文字를 구분하지 않음은 앞에서 살펴본 바 있다.

▲ 겸재 정선, 「문암관일출文巖觀日出」

　　일日이 어찌 편향편조偏向偏照가 유ㅎ리오. 왕자往者와 행자行者의 범위와 방향을 초월치 못ㅎ고 국촉국促한 자견自見에 자박自縛ㅎ 소이所以로 됨이니라. 엇지ㅎ야 산거자山居者 해거자海居者와 내지 동도자東渡者 서귀자西歸者롤 모다 비로봉 정頂에 회좌會座ㅎ야 져 일물이 허공 중에 용현湧現ㅎ홈을 동관同觀ㅎ야 전일前日의 편견적의偏見積疑롤 일소이파一笑而破ㅎ야 볼가. 오호라 유심관은 금강산 비로봉정毘盧峰頂에서 일출관日出觀으로써 관지觀止ㅎ얏도다.

　유심을 금강산 비로봉 위로 찬란하게 떠오르는 태양으로 규정한 박한영은 언어를 빌리는 순간 깨달음의 오묘한 경지가 사라지는 것이 못내 아쉬웠던 것일까. 말머리를 돌려, 백묘화白描畵의 대가 용면龍眠 이공린李公麟(1049~1106)이 금강산을 그렸다면 다음과 같았을 터, 적어도 유심을 논하는 글이라면 이 정도는 되어야 하지 않겠느냐고 반문한다.

　송나라의 용면 이공린은 전문적인 화론을 저술하지 않았고 제발題跋도 많이 남기지 않았지만, 그림에 대해 논한 단편적인 말들은 매우 정심하고 독창적이다. 특히 문학작품에서 소재를 취해 그린 그림은 표현된 사상과 감정이 반드시 원작의 주지에 부합되는 것도 아니고 건강한 것도

아니지만, 그는 문학작품에 묘사된 사건과 모순을 대할 때 주로 인물의
내면적인 정신세계에 착안하고 부착적인 상황을 버렸다. 산곡도인山谷道
人 황정견黃庭堅(1045~1105)이 그의 작품을 통해 "무릇 글씨와 그림은 마
땅히 운韻을 보아야 한다는 것을 깨달았다."고 했는데, 이때 운이란 곧
신神을 보는 것이었다.[109] 석전의 해박한 화론이 눈부시게 펼쳐진 대목
을 조금 길지만 인용한다.

일품일품逸品의 대가는 지필砥筆 이전以前에 여피如彼히 창광무제蒼曠無
際ᄒᆞᆫ 동북명해東北冥海와 감암즉력嵌巖峛屴ᄒᆞᆫ 만천봉만萬千峰巒이 안한
安閒ᄒᆞᆫ 흉금흉금胸襟 중中에 암연闇然히 왕한돌올汪瀚突兀ᄒᆞᅣ 완이宛爾ᄒᆞᆫ
창백해산蒼白海山이 구체적 포납무외包納無外ᄒᆞ게 될 시時를 역칭亦稱
화가畵家 삼매三昧라.

용면거사龍眠居士는 낙화청창落花晴窓에 안상이기安詳而起ᄒᆞᅣ 경경
지필輕輕砥筆ᄒᆞ되 표묘縹緲 유무간有無間에 이이별별剕嵭ᄒᆞᆫ 중산초경衆山初
境에 등한기수等閒起手ᄒᆞ얏고 기차其次는 이만瀰滿ᄒᆞᆫ 백운과 담말澹抹ᄒᆞᆫ
청람晴嵐으로 심원ᄒᆞᆫ 국세局勢를 개정槪定ᄒᆞ얏다.

기외其外에 벽공碧空과 일제一際ᄒᆞᆫ 영발瀛渤의 장풍노도를 요응遙應
케 ᄒᆞᆫ 후에 점근漸近ᄒᆞᆫ 가경佳境으로 방입方入ᄒᆞᅣ 촉촉矗矗ᄒᆞᆫ 암장嵒嶂
과 정정亭亭ᄒᆞᆫ 향대香臺로 대치對峙를 표준標準ᄒᆞ고 책설噴雪한 격단激
湍과 영벽映碧ᄒᆞᆫ 보전寶殿으로 간가間架를 장점裝點ᄒᆞᅣ 교갈방박膠暢磅
磚ᄒᆞᆫ 중중위치重重位置를 포열鋪列하게 된즉 이러ᄒᆞᆫ 장관기경壯觀奇景을
역력묘진歷歷描眞ᄒᆞ는 기인其人의 완하腕下에ᄂᆞᆫ 청풍이 삽삽颯颯ᄒᆞᅣ
소연逍然히 부유진환蜉蝣塵寰을 형탈逈脫ᄒᆞ고 장엄ᄒᆞᆫ 미륵 누각 중에
인입引入ᄒᆞᆷ과 여여如如한 일경一境을 또한 초월ᄒᆞᅣ 주저주저ᄒᆞ다가 만고운
소萬古雲霄에 특립용취特立聳翠ᄒᆞᆫ 비로봉이 피로현출披露現出ᄒᆞ게 하고
방필이립放筆而立ᄒᆞᅣ 완이사고莞爾四顧ᄒᆞ니 기봉其峰이야말로 영인令
人으로 경앙景仰홀사록 고형막반高逈莫攀ᄒᆞᅣ 가망可望은 홀지언뎡 가

109) 갈로葛路, 강관식 역, 『중국회화이론사』(미진사, 1989) pp.239~245.

즉可卽은 불능이라 ᄒ겟고 또한 사해군봉四海群峰이 모다 하풍下風에
제락齊落ᄒ야 혹은 부루培塿로 혹은 유무有無로 부감俯瞰ᄒ게 되얏더라.
　여사如斯호 진경眞景롤 백묘白描ᄒ는 자라야 용면거사라 칭ᄒ기 불괴
不愧ᄒ고 자차自此로 더욱더 조선의 금강산은 세계 명산 중에 고일착高
一着ᄒ야 우내宇內에 독보 천승擅勝ᄒ리라. 유심관惟心觀에 입입入入하는 순
서도 금강산도金剛山圖 기수起手ᄒ는 것과 상사相似ᄒ다 ᄒ겟지마는 즉
금卽수에 조선에 신출현한 유심문惟心文도 역부여시亦復如是호지라.

이런 탁발卓拔하고 정치精緻한 금강산도는 화론畵論을 모
르거나 시서화詩書畵 겸수兼修의 교양이 없으면 묘사하기 어
려운 경지라 생각된다. 그러나 박한영은 자신은 이 금강산도
金剛山圖에 비한다면 "기첩幾疊의 중산초경衆山初境을 지녀여
백운청람白雲晴嵐으로 심원호 국세局勢를 개정槪定ᄒ는 중"에
불과하니 그 안의 용면거사는 과연 누구냐고 묻는다. 한용운
이 이 글을 읽었을 때 과연 어떤 심정이었을지 헤아리기란

▲ 라빈드라나드 타고르

결코 어렵지 않다. 산벽시사의 동인이자 육당 최남선의 스승
인 박한영은 다시 한 번 한용운에게 심미안을 보여주고 있는 것이다.
　하긴 김남전도 「화난서畵蘭序」에서 "난초를 그리는 그 마음은 본래 어
떤 물건이 아니어서 그 허령한 본체는 모든 것을 두루 싸고 가장 깊으며
아주 깨끗하고 묘하며 순수하며 항상 천하에서 홀로 높았으니 이것이 천
진이 아니면 무엇이겠느냐?"[110]며 반문한 명필가였고, 최남선은 만주 건
국대학에 재직할 때, 이공린의 나한상을 구입한 후 그의 작품세계와 중
국회화의 흐름을 자세히 논하기도 했다.[111] 한용운은 이런 외우畏友들이

---

110) 『남전선사문집』, 위의 책, p.128. "寫蘭之心本來無物其虛靈之體包搏淵深冲湛妙粹獨尊
　　乎天上天下此不是天眞者歟"
111) 「이용면 나한도」, 『육당』9, 위의 책, pp.355~356.

있어 외롭지 않았고, 절차탁마切磋琢磨를 게을리 할 수 없었던 것이다.

한국근대문학에서 타고르Tagore, R.(1861~1941)의 문학적 영향을 논의할 때, 『님의 침묵』은 수용과 극복의 좋은 증거로 주목을 받았다. 그런데 한용운은 타고르의 글 가운데 철학적으로 가장 중요하다고 국내에 소개되었던 「생의 실현」(1.2호)을 번역했고, 박한영은 그의 사상과 문학을 논한 「타고올陀古兀의 시관」(3호)을 발표하고 있다. 특히 이 두 편의 글은 「세계적 대시인·철인·종교가 타꼬아 선생」112)과 순성 진학문의 「인도의 세계적 대시인 라빈드라나드, 타쿠르」113)에 이어 타고르를 본격적으로 소개한 글이기도 하다.

「생의 실현」Sadhana, The Realization of Life은 서양인과 인도인의 인식론적 차이점을 분석하면서 동양문화가 서양문화보다 정신적으로 우월하다고 주장한 글이다. 타고르에 의하면 동서양의 문화적 차이점은 보루(성벽)문화와 삼림문화 사이에 있다. 서양문명은 분리·비생명·비동화·물질·소유·유한성을 추구하는 닫힌 문화이지만, 인도문명은 교통·생명·동화·정신·존재·무한성을 추구하는 열린 문화라는 것이다. 타고르는 인생 또한 주체와 객체가 분리되는 삶(소유)과 합일되는 삶(존재)으로 나누어진다고 주장한다. 인간이 만물의 영장이라는 것은 "한갓 인류가 타물을 소유할 힘이 있다는 까닭이 아니라 만물과 합일할 힘을 갖기" 때문이라는 것이다. 그가 염원하는 진정한 삶의 소유자는 철인 브라마Brahma이다.

우주의 본체인 영靈에 접촉호야 지혜에 충만되야 자기의 영과 합치

---

112) 일승배자, 『신문계』4권 2호(1916)
113) 「타선생 송영기」, 『청춘』11호(1917)에는 「기탄쟈리」, 「원정園丁」, 「신월新月」의 일부와 「쫓긴이의 노래」가 원시 The Song of Defeated와 함께 수록되고 있다.

ᄒᆞ야 자각을 득ᄒᆞ고 그리ᄒᆞ야 내적 자아의 원만완전ᄒᆞᆫ 조화를 보保ᄒᆞ야 온갖 방자ᄒᆞᆫ 욕망으로부터 해방된 자ㅣ 인사 자연의 온갖 방면으로부터 신에 달達하여 심의 평화를 득ᄒᆞ야 우주의 생명에 철徹ᄒᆞᆫ 자를 철인哲人 이라 ᄒᆞᄂᆞ니라.

타고르는 "인人은 원래 자기의 노예도 안이오 우주의 노예도 안이라. 인은 다만 애愛에서 생生하는 것"이라고 선언한다. 인간의 완성은 '완전한 이해'의 다른 이름인 '사랑'에서만 이루어진다. 문학도 예외는 아니다. "무릇 우리의 시, 철학, 과학, 예술, 종교 등은 더욱 고高히, 더욱 광廣히, 우주 전반에 긍亘하여 의식을 확장하지 안이하면 안이 되느니라." 그러나 한용운은 타고르에 대한 감상이나 비평문을 쓰는 대신 『님의 침묵』에서 「타골의 시(GARDENISTO)를 읽고」만을 남겼을 뿐이다. 과연 그는 어떻게 타고르를 평가하고 있었을까. 박한영의 「타고올의 시관」은 이런 의문의 일부를 풀 수 있는 계기를 제공한다.

「타고올의 시관」은 박한영의 동서고금을 넘나드는 해박한 문학적 지식과 비평적 안목을 보여주는 글로 다음과 같이 요약된다. 1913년에 노벨상을 수상한 타고르는 인도문명의 대표자이자 동서문명의 조화자이며, 신사상의 개조자다. 혹자는 타고르는 사상계의 조화자일 뿐 사상계의 혁명자는 아니라고 하지만 그렇지 않다. 물아일여物我一如와 인신일체人神一體의 진리를 깨닫고 서양의 물질문명(도성문명)과 동양의 정신문명(삼림문명)을 통합할 것을 주장한 타고르는 문학과 철학과 종교를 통합한 대문호라는 것이다.

박한영은 타고르를 '신시대의 전구前驅'이며, 그의 출현 의미는 "달마達磨 동래東來와 같다"며 이렇게 극찬한다. "대저 타고올은 예언자되며 철학자되며 종교가되며 교육가되며 인도의 애국자되며 범계梵界의 중흥

위인이 되겟다 하느니 종합ㅎ야 언를하면 타고올은 인도문명의 대표이며 동서양 문명의 조화자이며 금후 세계 신사상의 개종자이니라." 순성 진학문이 "인도의 대사상가 대시성 노대국의 위인 불교의 대표자"라고 극찬했던 것과 유사한 심정적 반응이다.114) 그러나 박한영은 타고르의 사상에는 불교보다 바라문적인 성격이 강하다는 지적 또한 잊지 않는다,

> 타고올의 사상은 비록 바라문과 노소盧騷(루소)와 니채尼采(니체)의 사상을 다연多沿ㅎ얏스나 기其 사상을 혁명혼 자인 고로 타고올의 사상을 즉 바라문도 안이오 또혼 석가도 안이오 기독도 아니오 백랍도柏拉圖(플라톤)도 안이오 내지乃至 왜갱왜鏗(베이컨)과 백격삼白格森(베르그송) 니파의 일一은 아니라. (중략)
>
> 그러나 지자智者는 광光의 채색을 분석ㅎ야 그 합성의 분수로써 이以ㅎ면 바라문광이 위다爲多ㅎ리라. 타고올의 명저는 생의 실현이니라. 상래上來의 소술所述홈은 즉 기서其書의 개종명의開宗明義의 제일분이라. 차는 우리 동양 인사人士에 재在ㅎ야는 일즉히 내전內典을 섭렵혼 자인 고로 비상가괴非常可怪의 의논이 불시不是라하지만은 구주歐洲엔 즉 실노 미문未聞한바를 문聞혼지라.

박한영은 타고르의 문학을 문예와 철리와 연관하여 언급하였을 뿐 그의 역사인식은 거론하지 않았다. 시선일여詩禪一如를 주장하는 박한영은 타고르의 문학과 사상에 대해 남다른 유대감을 느끼며 다음과 같이 옹호하고 있다. "세인이 철학과 문예를 지목ㅎ야 처녀와 갓다 ㅎ며 종교를 지목ㅎ야 고승枯僧과 갓다 ㅎ되 져 타고올의 철학과 문예는 처녀와 갓지 안이ㅎ며 타고올의 종교는 고승과 갓지 안이ㅎ니라. 비록 논자는 말하되 타고올은 사상계의 조화자는 될지언뎡 사상계의 충분혼 혁명자는 불위

---

114) 석전, 「타고올의 시관」, 『유심』3(1918.12) p.97.

不爲라흐지만은 (중략) 우리 동방 사람은 타고올에게 사숙흐거나 신교神
交코져 홀진딘 장차 삼십이상三十二相으로만 타고올을 견見치 말지니라.”

한용운은 「생의 실현」을 번역하면서 동양적 세계관의 우월성을 확인
했으나, 박한영과 달리 『우파니샤드Upanishad』의 초월적 명상주의에 회
의를 느꼈는지 모른다. 타고르가 보고 있는 부처는 ‘우리 인도의 명가名
家의 일’에 지나지 않을지 모르나, 한용운에게는 진정한 구원의 실체이며
역사적 힘의 실재였다. 불교는 그에게 삶과 문학에 대한 구원의 논리를
끊임없이 제공한다. 그는 삼림 속의 철인보다 궁핍한 식민지 시대의 예
언자가 되기를 희망한다. 중생의 아픔이 치유되지 않는 한 내 병이 낫지
않는다는 유마의 서원이 그의 정수리를 짓누르고 있었을 때 문학과 종교
그리고 역사는 동떨어진 단위 개념이기를 거부한다.

삶의 진실은 혁명적인 정열과 투쟁으로만 드러나는 것은 아니지만, 식
민지 현실에서는 법신과 응화의 화엄적 세계관도, ‘개인과 우주 간에 있
는 조화’를 추구하는 명상주의도 실현되기 어렵다. 한용운이 “무덤위에
피무든旗대를 세우서요”(「타골의 시(GARDENISTO)를 읽고」)라고 외친 것
은 이 때문이다. 문학은 어떤 것이라고 규정된 존재이면서 동시에 어떤
것으로 자기를 스스로 규정하는 역동적 존재이다. 한용운이 타고르를 비
판하면서 획득한 자기 목소리는 그래서 소중하다. 자신의 삶과 문학은
자신만이 책임질 수 있는 것이다.

이와 같이 한용운과 타고르의 문학은 같지만 다르고, 다르지만 같다.
요컨대 형태와 문체 면에서의 영향관계를 인정한다 하더라도 양자 사이
에는 정신적인 면에서 간극이 있다. 식민지 치하에서 남의 지배를 받는
민족의 시인이라는 공통점에도 불구하고 타고르의 시가 초월자에 대한
찬양 일변도의 예찬인데 반해 한용운은 당대를 모순의 시대로 파악하고

이에 대한 비판과 정신적 응전을 분명하게 제시하고 있는 것이다. 그런 점에서 한용운과 박한영의 문학도 같지만 다르고, 다르지만 같다.

박한영은 전거典據와 비유로 가득한 한문체를 고집했고 자신을 드러내려고 하지 않았기 때문에 오늘날까지 많은 사람들의 주목을 받지 못했다. 그러나 그를 제외한 한용운의 문학과 불교란 상상하기 힘들다. 박한영은 한국 근대문학사에서 여백의 미학과 삶의 깊이를 제공한 달인지도 모른다. 정인보의 회상은 이를 함축적으로 보여준다.

> 몇 해 전(1939) 나는 석전 스님과 같이 동으로 금강산에 노닐어 마하연에서 이틀을 묵었다. 밤에 잠을 깨자, 스님이 안 계심을 이상히 여겨, 지게를 열고 보니, 스님이 고개를 숙이고 앞 대청에 앉아 있었다. "왜 혼자 여기 혼자 계십니까?"하고 물었으나 스님은 아무런 대답이 없으셨다.
> 이튿날 밤에도 또한 그러했다. 나는 그제야 비로소 스님께서 남몰래 수도하신다는 것을 알았다. "스님! 참선하십니까?" "아니……"라고 말할 뿐이었다. 나와 스님과 사귄지는 꽤 오래되었다.[115]

박한영은 '물외도인物外道人(물외에 노니는 도인)'처럼 남들이 알았으나, 그는 정작 남들이 그렇게 아는 것조차 몰랐던 사람이다. 그는 한용운이 말하는 것처럼 "배고프면 밥을 먹고飢來喫飯 곤하면 잠을 자는因來卽睡" 지인至人이었다.[116] 그러나 그의 문학은 자신을 둘러싸고 있던 정치적·사회적·종교적 현실 전체에 대한 일관되고 있는 대답이자 반성적 절차에서 우러나온 맑고 깊은 물줄기로 후학들의 가슴 속에 흐른다.

석전의 제자 신석정(1907~1974)은 이렇게 말한다. "석전 스님은 당시 불교계에 있어서만 거벽이 아니라 육당과 위당도 감히 따르지 못하는 대

---

115) 정인보, 「석전상인소전」, 『석전시초』, 위의 책, p.11.
116) 『전집』4, p.93.

석학으로 이름 높은 분이었다. 그때(1930년) 석전 스님은 환갑을 갓 넘기신 때였으니 조촐하게 노경을 맞으신 풍채가 마치 거악을 바라보는 듯했다. 유창한 편은 아니었지만 거침없는 말씀에 따르는 담담한 체취에서 품겨 나오는 고매한 품격은 그대로 내 인격 형성을 훈도한 기층이 되었다고 생각한다."[117] 서정주 역시 1933년 가을 방황하던 자신을 거두어 품어 주고 문학의 세계로 이끌어 준 '내 뼈를 덥혀준' 스승으로 석전을 기리고 있다.[118] 한용운 또한 그가 있었기에 문인으로서의 시벽詩癖을 통어하고 『님의 침묵』이라는 우담발화를 피워낼 수 있었을지 모른다. 박한영이 보여준 문기文氣는 정체성 형성의 또 다른 원천으로 한용운을 거치고 많은 제자 문인들을 기다려 되살려지고, 재창조되었던 것이다.

지금까지 살펴본 바와 같이 한용운은 크게는 식민지 현실을, 작게는 불교계의 현실을 『유심』이라는 상상력의 공간을 통해 극복하려고 했다. 그러나 『유심』은 "「생의 실현」은 불인가不認可로 인호야 연재치 못호오니 미의微意롤 양량호시오."라는 안내문과 함께 3호(1918.12.)로 폐간된다. 그는 다시 현실정치에 참여할 수 있는 가능성을 타진하기 시작한다. 사실 재정적인 후원도 없고 인적 자원도 많지 않은 환경에서 정교분립을 지향하는 불교잡지를 3권이나 낸 것만도 대단한 일이었다. 또 1918년 10월 파리 강화회의와 민족자결주의National Self Determination 제청 소식을 보도하는 『매일신보』와 『오사카마이니치신보大阪每日新報』를 보는 순간부터 그의 가슴은 이미 뛰기 시작했고, 이미 잡지 간행의 의욕을 잃고 있었는지도 모른다.

민족자결주의는 제1차 세계대전이 종결되자 미국대통령 윌슨Wilson.

117) 신석정, 『난초 잎에 어둠이 내리면』, 위의 책, p.285.
118) 「영호종정 스님의 대원암 강원」, 『미당서정주시전집』2(민음사, 1991) p.916.

T.W.(1856~1924)이 종전 후의 패전국 식민지 처리원칙으로 발표한 14개 조항 중 제5항의 내용이다. 따라서 승전국인 일본의 지배하에 있던 식민지 조선에는 적용될 성질이 아니었다. 그러나 한용운은 일본판사에게 "민족자결이라는 것이 그런 구역을 정했는지는 모르나 전세계적으로 병합한 나라의 문제라고 생각했다. 조선도 그 운동을 하면 독립이 될 줄 알았다"[119]고 답변하고 있다. 민족자결이란 전세계에 대한 문제로 믿었다는 것이다.

▲ 고종황제

1919년 1월 21일 고종이 한 많은 인생을 마감하면서 그의 마음은 더욱 다급해지기 시작했으리라 생각된다. 태평시대에 고종명考終命을 했다고 해도 한 나라의 황제가 붕어하면 전 국민이 비통하기 마련인데, 고종은 일본에게 당한 사사건건의 원한은 고사하고 의혹의 죽임을 당했다는 풍설마저 있었고, 붕어한 날짜를 발표할 자유가 없었으니 반드시 무슨 일이 일어날 만한 정황이었다. 3.1독립운동은 윌슨의 민족자결주의에 대한 환상뿐만 아니라 고종 황제의 붕어에 대한 분개에서 비롯되었다고 해도 과언은 아니지만, 독립을 회복하려는 한민족의 말살하지 못할 결의에 대한 가장 훌륭한 증언이 되었던 것만은 분명하다.[120] 뿐인가. 동족에 의한 가혹한 통치를 받느니 차라리 이민족에 의한 관대한 지배가 더 나을지 모른다고 하여 일본의 통치를 긍정적으로 받아들였던 일부 한국민

---

119) 『전집』1, p.368. 『운동』1, p.389. "(答)民族自決と云うことは左樣區域を定められたものになることは知らず全世界の併合せられた國に關する問題だと考えて居り朝鮮も其運動をすれば獨立を許されるものだろうと思ったのです."

120) 프랑크 볼드윈, 「윌슨, 민족자결주의, 3.1운동」, 『3.1운동 50주년 기념논집』(동아일보사, 1969) p.532.

들의 실망과 분노는 날이 갈수록 깊어지고 있었다. 그들이 기대했던 식민통치는 예상보다 가혹했다. 일제는 무단정치를 통해 한국인을 탄압하는 한편 한국을 본격적으로 수탈하기 위한 기초 작업을 서둘렀다.

우선 토지의 자유로운 처분과 소유권의 확립이 필요했던 일제는 2,000만원의 거액을 투자하여 토지조사사업을 실시했고, 이때부터 근대적 토지소유권이 확립되었다고 할 수 있다. 그러나 문제는 무엇으로 소유권을 인정하고 누구에게 토지의 소유권이 돌아가느냐 하는 점이었다. 일제는 일정 기간 내에 소유자에게 토지의 소유를 신고하게 하고, 그에 따라 소유권을 확정했기 때문에 기간 내에 신고하지 않은 자는 토지를 잃었고, 궁원이나 관청 등 공공기관의 토지는 총독부 소유가 되었다. 그 결과 총독부는 한국 최대의 지주가 되었으며, 많은 농민들은 생활의 근거지를 박탈당하고 새로운 지주와 소작관계를 맺거나 고향을 떠나지 않으면 안 되었다. 그리고 다 아는 대로 총독부는 소유한 토지를 동양척식주식회사를 비롯하여 일본인들에게 헐값으로 불하했던 것이다.

일본 자본주의 경제는 제1차 세계대전 특수特需로 급속히 발전했지만, 물가 폭등으로 전쟁 말기에는 실질임금이 전쟁 전의 70% 이하로 떨어졌다. 더구나 쌀값은 정부의 가격조절 실패와 시베리아 출병을 예상한 지주와 쌀 상인의 투기와 매점 행위로 급격히 상승하여 민중들은 심각한 식량위기와 생활난에 빠졌다.

이런 가운데 1918년 7월 23일 도야마富山 현 우오즈漁津 시의 어촌 아낙들이 이 현에서 생산된 쌀이 다른 지역으로 유출되는 것을 저지하는 운동을 일으켰고, 이를 계기로 현내 각지에서 대중운동이 잇따르면서 급속하게 전국 각지로 파급되어 70만 명으로 추정되는 대중들이 참가하는 쌀소동이 일어났다. 이로 인해 9월 28일 데라우치 마사타케 내각이 붕괴

되고 하라 게이原敬(1856~1921)의 정우회政友會 내각이 탄생했다. 이 여파로 일제는 산미증산계획을 수립했으나 사정이 여의치 않자 계획된 생산량보다 더 많은 쌀을 가져갔고, 한국에서의 쌀 소비량은 해마다 감소되었다. 궁핍한 시대의 어둠 속에서 살아가는 한국 민중들의 고통은 날이 갈수록 깊어질 수밖에 없었다.

또한 자신들을 야만시하고 차별하는 일본에 대한 민중들의 불만은 거의 폭발 직전에 이르고 있었다. 이갑성의 경우, "일본정부는 조선인에 대해 조선 고유의 언어를 교육하지 않고, 조선역사를 가르치지 않으며, 징병의 의무를 지우지 않고 정치에도 간여하지 못하게 하면서 조선인을 도외시하고 있으며, 조선인에게 열등 대우를 하고 있어 독립운동을 희망했다."[121]고 말하고 있다.

뿐인가. 일제의 수탈은 농업에만 국한되지 않았다. 일제는 1911년 어업령을 제정하여 한국 수산업을 재편성했고, 재계의 요청에 따라 종래의 회사령을 철폐하고 일본자본의 한국진출을 보장하는 제도적 기틀을 마련했다. 이에 따라 일본의 재벌은 한국으로 진출하여 저임금 장시간 노동이라는 유리한 조건을 이용하여 한국의 상공업을 좌우하게 되었다. 이런 가운데 데라우치 마사타케에 이어 1916년 5월 10일 제2대 총독으로 부임했던 하세가와 요시미치는 무단정치의 고삐를 더욱 옥죄이며 토지조사사업을 완료했던 것이다. 다음 기사는 가혹한 일제의 검열로 사회모순을 언급할 수는 없었지만 날로 심각해지는 주택난과 폭등하는 쌀값 때문에 고통을 받았던 한국인들의 비참한 모습을 잘 보여주고 있다.

쌀값이 30냥이 넘는 금일에 대지주나 미곡상들은 졸부가 되고도 이

---

121) 『운동』1, p.345.

위에 더 오르기를 조일는지도 알 수 없지만은 참혹한 것은 빈민의 생활이라. 변변치 못한 수입을 가지고 그러지 않아도 지내여 가기가 어려운데 쌀값이 요사이 같이 고등하니까 아무리 수입의 전부를 쌀값으로 들이민다 하여도 호구가 곤란하여 처자는 기한에 우는 참혹한 지경이라.

이제 한 비참한 소설 이상의 전례를 듣건대 남촌 어느 동네 겟놀이하는 사람의 집 행랑에 다섯 식구의 가족이 있다. 부부에 자녀 삼남매인데, 끝에 아이는 아직 젖도 먹고 밥도 먹는 고로 반 식구쯤 되어도 5, 6세 7,8세 된 남매는 모두 장정이나 다름없이 먹는 축이라.

이 가족의 어른 되어 무서운 시계에 네 식구를 기를 사람은 지게벌이를 하는데, 시골서 올라온 지가 일 년쯤밖에 안 되는 고로 착실한 벌이길을 찾아들어갈 소개도 얻지 못하여 지게나 가지고 앞 병문에 나가서 삯짐이나 지고 혹시 모군 노릇도 하나, 지게벌이도 여간 것은 구루마에게 빼앗기고 모군도 반연이 없으면 용이치 못하여 하루 버는 것이 운수가 좋아야 40전 내외밖에 되지 않고 비색한 날은 하루 단 몇 푼을 벌지 못하여 기력 없는 몸으로 빈 지게만 걸머지고 빈 주머니만 앞을 세우고 설렁설렁 들어오는 날도 있다.

적든지 많든지 벌이가 매일 여전하기만 하면 하루 한 끼 좁쌀죽이라도 예산을 세우겠지마는 버는 날도 있고 못 버는 날도 있는 고로 요량을 잡을 수가 없는데, 요사이 같은 쌀 시세에는 하루 50전을 벌어도 다섯 식구의 호구가 곤란한 지경에다가 아침에 굶고 병문에 나가서 돈냥이나 벌면 허리가 굽어서 짐을 질 수가 없으니 위선 막걸리 두어 잔이라도 사먹고 밥을 굶어도 이것은 굶지 못할 담배라도 사 넣고 보면 요사이 돈에 10전 쓰기는 우습다. 그래서 다행히 2, 30전이라도 남겨가지고 들어오면 좁쌀죽을 쑤어서라도 두 끼는 배비하던 것이 요사이는 한 끼도 부족하게 되니 생활은 점점 궁한 지경에 들어갈 뿐이라.

주인집은 빚놀이가 직업으로 규모가 무서운 살림이라 행랑 구실은 혹독히 시켜도 어린 아이에게 물 찌기 한술 주는 일 없고 그전에는 아이 어미가 이웃집 사람의 동정으로 밥그릇이나 착실히 얻어서 아이들을 먹인 일도 적지 아니하였으나, 쌀값이 고등한 뒤에는 이웃집에서도 밥한 그릇 내이지 아니하니까 큰 아이들은 밥 달라고 울며 조르다가 쓰레

▲ 백화 양건식

▲『반도시론』(1917.4.10.~
1919.4.10. 총25호) 사장 다케
우치 로쿠노스케竹內錄之助

기통에서 참외껍질이나 주워 먹는 형상이오, 젖먹이 아이
는 젖을 달라고 보채이나 얼굴에 부앙이 나게 된 어미의
배에 무엇이 들어가야 젖이 나오지 주인집에서는 굶는 꼴
보기 싫으니 다른 데로 나가라고 독촉이 자심하고 밤으로
낮으로 아이들의 조르는데 정신조차 시진한 중 수일 전에
는 아이들을 두고 저녁때에 나간대로 밤에도 돌아오지를
아니하매 아비 되는 이는 어린아이를 달래이노라 식은땀
이 죽죽 흐르고 큰 아이는 "밥 달라고 조르지 않을게. 어
머니 어서 와—" 하고 시름없이 울고 앉은 모양을 보고 이
웃 사람들은 아무개 어미가 배가 고파 도망을 갔나 보다
하는 소문이 퍼졌더니 자식들을 떼어버리고는 아무 데도
발길이 돌쳐서지 않든지 다시 들어와서 한 되 30냥이 넘는
쌀 시세만 바라보고 참혹한 다섯 식구가 배고픈 것을 하소
연할 데도 없이 지내이는 것이야말로 가련하고 궁측한데
이러한 사람들의 생활에는 이제 와서는 쌀값이 한 냥 두
냥 떨어지는 것도 아무 소용없이 이 곤경을 구제하여 주는
것이 실로 초미의 급한 일이다. 슬프다. 경성 시내뿐이라도
이와 같이 잔잉한 곤경에 우는 가정이 어찌 한 둘에만 그
치랴.122)

양건식이 1918년에 발표한「슬픈 모순」의 주인공 '나'
가 약자로서의 모멸감에 사로잡혀 경성 시내를 방황하는 것은 전적으로
이런 비참한 현실에서 비롯된다. 감리교 목사 김창준(1890~1959)도 "조
선인의 지위와 권리가 일본인과 동일하지 않고 한 단계 아래의 대우를
받고 있는 것을 일단 불평으로 생각하기 때문에 조선의 독립을 희망한
다."123)고 토로하고 있다. 도스토예프스키의「학대받는 사람들」을 읽고

---

122)「낭하廊下에 만滿한 제기啼飢의 성聲」,『매일신보』(1918.8.15)
123)『운동』1, p.352.

있으며, 침실 벽에 막심 고리키Maksim Gorkii(1868~1936)의 초상화를 걸어놓고 있는 '나'는 "집안食口와나의趣味가아주달은것" "社會에對한弱한나의不平의소리" 그리고 "現在의生活의無滋味한것"이 "실마리를일흔실과갓치셔르엉키러져서가슴을치밧치고뭉게뭉게일어"나는 것을 느끼며 집밖으로 뛰쳐나온다.

전차를 타고 종로에 내렸으나 뚜렷한 목적지가 없는 나는 다시 전차를 탔다가 결국 사동에 내려 걸어가면서 일그러진 삶의 초상화들을 보게 된다. "尙宮갓흔나이近쉰이느되는肥滿한婦人"이 나이답지 않게 짙은 화장을 하고 "일홈도알수업는色紬緞으로전신을 감고" 점잖게 지나가는 모습을 보고 "이러한 계집쳐놓고모다秘密히子息벌되는男妾을두고밧게나와서점잖게빼히는것들"이라며 침을 뱉기도 하고, "조고마한 兒孩놈이져만혼支機에제힘에過한짐을지고오는것을보고熱이" 나는 것을 느끼며, "人力車夫가쥬머니에서 칼標끄으내는것을보고熱이" 나기도 하는 것이다. 참고로 중국산 칼표(PIRATE) 담배는 한 갑에 5전으로 국산담배보다 비쌌는데도 부유층에서 주로 애용하고 있었으며, 그 질과 맛이 좋은 편이어서 고급담배로 취급되고 있었다.[124] 그런데 3.1독립운동을 전후하여 15전까지 올랐던 것으로 보인다.[125] "이러훈때에는 술노이저바리"지만, "혼져술집에가본적이업"는 나는 걸어가면서 이렇게 생각한다.

---

124) 김천흥, 『심소 김천흥 무악 70년』(민속원, 1995) p.48.
125) 「붓방아」, 『매일신보』(1919.1.13) "담배값이 또 올랐다. 4전으로부터 13전까지 끌어올려도 여전히 잘 팔리는 칼표의 15전을 위시하여 여러 가지가 다 올랐다. 이왕에는 전쟁 핑계를 하고 모든 물건이 올라갔거니와 강화가 된 이때를 당하여 무슨 핑계를 할 모양인고 이번에는 강화된 핑계나 또 하여 볼는지. 핑계거리가 없어 그리하였던지 이번에는 올리겠습니다 말 한마디 없이 시치미를 뚝 따고 올리었으니 그리한다고 사자시는 손님들 편에서도 그 시치미를 따고 아니 사먹으면 어찌 하라고."

이때 믓둑 "나와갓흔弱者는대낫에 이러흔活動의天地를남과갓치내노라하고단일資格이업다." 이러흔생각이는다. 그러닛가길에셔노는兒孩들도나보다는以上의强흔힘과鞏固흔意志를가지잇는듯이생각되야이길노이러케지내가는나는다시금붓그룹기도흐고또無情스룹기도흐얏다. 그래생각흐는것이안이라다만漠然흔게弱者에對흔强者의壓迫이라흐는것을깁히痛切히늣기여셔不安과恐怖흔생각이뭉렁뭉렁머리를따린다. 얼는이생각에서버셔느츠고흐야보왓스느구루마소리, 人力車夫의사람치는소리신발소리, 떠드는소리가혼잡이되야귓속으로들어올뿐이라. 버셔나기는姑捨하고漸漸苦痛만더흘뿐이다. 암만흐야도참을수가업셔那終에는知覺을일혀버린듯이그져機械的으로걸었다.[126]

▲ 사벨을 차고 있는 일본 경찰들

안동安洞으로 나온 나는 조선인 순사보가 파출소에서 술에 취한 막벌이꾼들을 마구 때리는 장면을 보게 된다. 구경꾼들로부터 "술에잔득醉흐야이믜에피를흘니고縛繩을지고구석에박혀안젓"는 노동자들이 저토록 뺨을 맞고 있는 이유가 술김에 하이칼라들이 놀고 있는 내외술집에 들어갔

126) 「슬픈 모순」, 『반도시론』제2권2호(1918.2.20) p.73.

다가 거절당하자 개수통을 들어 방안에다 던져 의걸이장을 파손했기 때문이라는 사실을 알게 된다.

나는 "조선스람의 向上心과 自覺업는것은 말홀 必要도업거니와 屛門軍對巡査補가 自覺이업고 向上心이업서 그 地位에 滿足홈은 다 一般"임에도 불구하고 다만 "官服을 입고 칼을 채워진까닭에 巡査補는 막버리軍을 徵戒ㅎ는 權利와 資格이잇"으니 모순도 이만저만이 아니라고 생각한다. 그러나 나 역시 이런 모순에서 예외가 될 수 없는 것은 물론이다.

> 그러느 나도 生活의 壓迫으로 나의 眞實性과 矛盾이 만흔것은 事實이다. 스스로 生活의 曠野에서서 본즉 내가 只今까지 꾸둔 꿈은 時時刻刻으로 깨여져감을 볼 수 잇다. 그져 다만 理想만 그리든 숫버이마음은 冷冷호 現實의 障壁에다 다쳐 부셔져 悲慘호 殘骸만 남앗다. 속일줄 모르며 阿諛홀줄 모르고 조곰도 나를 屈ㅎ야 본일 업든 마음은 호 以前 꿈에 지내지못 ㅎ앗다. 只今 여긔가는 나의 模樣을 보건대 無情ㅎ게 어느덧 虛僞의 옷을 두루고 方便의 烙印이 박혀잇음을 보겟다. 이러호 生活은 슯으고도 더러온것이다. 나는 나의 唯一無二한 眞實性이 이와 갓치 漸漸 깍기여가고 矛盾이 됨을 衷心으로 슯허ㅎ는터이다.

이상과 현실의 부등식은 원형으로 존재하는 삶의 비극적 진실이다. 더욱이 남에 의해 자유를 빼앗긴 식민지 현실에서 이상과 현실 사이의 거리는 더욱 멀다. 이런 현실의 모순을 알고 있는 식민지 지식인 '나'는 "앗가 그 不安과 苦痛이 일어나셔 한참을 夢幻境에 彷徨"하다가 생각없이 인력거를 타고 야조현夜照峴 병문屛門까지 온다.

황토현黃土峴 천변川邊 쪽에 사는 김영환을 찾아가다 길에서 그를 만나 후배 백화白化의 가출 소식을 듣고, 나는 덜컥 가슴이 내려앉는다. 오늘 "새벽꿈에 백화가 내게 와서 兄님 나는 죽노라고 우는것을 보았"던 것이다. 나는 "精神이 錯亂하여 熱에 띠인 스람"같이 집에 돌아온다. 책상 위에 백화가 보낸 편지가 놓여 있다.

> 兄님! 나는不幸히無識혼父母의子息으로태히여나셔서十九年동안을이世上
> 것친물결에빠져혜져거리다가怨恨을머금고只今九泉으로가느이다.(중략)
> 兄님! 나는兄님이다아실듯ㅎ야말안이ㅎ느이다. 그러느다맛아버님이
> 야속혼졋은이즉도氣力이 强壯ㅎ신어른이날ㅁ다아모졋도안이ㅎ시며나에
> 게집안生活의全部롤떠먹기시고아참저녁으로안버러온다고惹端을 치님시
> 니시다
> 兄님! 아버님이나롤社會에나셔게못맨드셧느이다. 그럼으로나는七八年
> 夜學에단이여나의實力을補充하려ㅎ얏느이다. 十年동안어린 몸으로집안
> 살님을ㅎ야가며밤에이것ㅎ는것도모(하)게ㅎ시며역졍만내히시니다. 그럼
> 으로나는죽삼느이다.
> 兄님! 그런데나는兄님에게나의妹姉東淳이롤들이읍내다. 요사이집안눈
> 치롤본즉東淳을某貴族의妾으로주려고周旋ㅎ는模樣이외다. 그러느當者東
> 淳이는泥中의蓮花갓치限死하고不應하더이다.

발신인 백화와 수취인 나는 식민지의 타락한 현실에 질식하고 있다. 그러나 문제는 이런 모순의 고통이 식민지 현실에 편승하여 사는 군상들에 의해 더욱 가속화되고 있다는 점이다. 따라서 이들의 고통은 죽는다고 해결되지 않는다. 자살이란 무책임한 현실도피의 감행에 불과하다. 이 작품이 "그後三四日後에나는永煥이와作伴ㅎ야白化의 집을 츠졋다."는 중립적인 차원의 결말로 끝나는 이유는 여기에 있다. 양건식은 비참한 현실의 모순 속에서 괴로워하는 주인공의 내면을 통해 죽는 것만이 최선의 방법은 아니라는 것을 반문하고 싶었는지 모른다. 그런데 이런 슬픈 모순의, 아니 흑풍만장의 경성에서 절대빈곤 속에 살아야했던 식민지의 적자赤子들에게 고종의 의문사와 윌슨의 민족자결주의 소식이 들려왔던 것이다. 분노와 자학의 용광로에 기름을 들이부운 격이었는지 모른다.

한용운은 이럴 바엔 차라리 『유심』이 폐간된 것이 잘 된 일이라고 생각하며, 1919년 1월 27일경 재동에 있는 보성고등보통학교장 최린의 집을 찾아간 것으로 보인다. 그리고 "현재 열국 간에 평화회의를 개최 중인데 세계의 영원한 평화를 유지하기 위하여 각 식민지 주민은 독립할 좋은 기회가 되었으므로 각국 식민지 영토의 주민은 다 독립을 할 것이고 우리 조선도 민족 자결에 의하여 독립하는 것이 좋을 것이니 우리도 운동을 하여서 독립을 하는 것이 어떠냐?"[127]고 물었다. 한용운은 천도교계 인사들과는 많은 친분은 없었으나, 최린은 오랜 지기인 만큼 그를 찾아가 시국에 관한 울분을 토로하며 천도교의 분발을 촉구한 것이다. 최린은 그가 찾아온 사실을 이렇게 진술하고 있다.

문 ; 한용운과는 언제 만났는가?
최린 ; 그는 일본에 유학하고 있을 때부터 알았으나 올해 1월말 경 나에게 와서 현재 민족 자결이라는 일이 제창되고 있는데 조선에서도 독립운동을 해보면 어떻겠는가 하고 말했다. 그때는 손병희와 상담했던 후였으나 한용운은 우리들이 그런 계획을 하고 있는지 모르고 왔던 모양이다. 우리들의 계획은 아직 결정되지 않았기 때문에 누설되어서는 좋지 않다고 생각했기 때문에 수단방법을 연구하지 않으면 안 된다고 대답했을 뿐이다. 그 후 수차례 그 일로 한용운이 방문했기 때문에 1월말 경 우리들의 계획을 밝혔고, 한용운은 자신도 참가하고 싶다고 말했다.[128]

최린은 중앙학교 교장인 송진우나 조선광문회 대표인 최남선, 중앙학교 교사인 현상윤 등과는 거사계획을 은밀하게 의논하고 있었으나 한용운에게는 처음부터 이 사실을 알리지 않았던 것이다. 잠시 그가 최린을

---

127) 『전집』1, p.364.
128) 『비사』, p.594. 『운동』1, p.221.

방문했던 1월 27일 이전의 천도교계의 움직임을 살펴보면 다음과 같다.

문; 그대 등 33명이 국권회복의 목적을 세우게 된 동기는?

손병희; 근래 동경에서는 유학생들이 한국의 독립에 관해 정부에 의견서를 제출했고, 또 경성에는 괴이한 폭발사건이 있었으며, 또한 조선의 학생들은 조만간 국권회복 의견서를 총독부에 제출했다는 풍설도 있었다. 이런 일은 함부로 일어나면, 특히 학생들이 일을 일으키면 성공은 기약할 수 없다고 생각하고 나는 올해 1월 20일 경 권동진 오세창 최린을 집으로 불러 학생들이 아무리 소요를 일으켜도 목적을 달성할 수 없을 뿐 아니라 오히려 세상의 안녕을 어지럽힐 뿐이니 상당한 동지들이 있다면 우리들이 정식으로 그 의견서를 정부에 제출하는 게 어떠냐고 말했던 일이 있다.

그때는 그것으로 헤어졌는데 열흘 남짓 지난 후 세 사람이 내게 와서 상당한 동지들이 있고 특히 그 중에는 야소교도도 있다고 말하기에 그것이 동기가 되어 국권을 회복하는 목적을 세워 오늘까지 진행했던 것이다.129)

문; 동지를 모으게 된 순서는?

최린; 나도 처음부터 조선의 병합에 반대하였으며 손병희 권동진 오세창 등도 같은 생각을 갖고 있었다. 올해 1월 27일경 손병희가 불러 그 집에 갔는데 권동진 오세창도 와있었다. 그때 손병희가 현재 세계는 평

---

129) 『운동』1, p.40. "(問)其方等三十三名が國權回復の目的を立つるに至りし動機は如何.(答)近來東京にては留學生が韓國の獨立に就き政府に意見書を提出し又京城には怪しき爆發事件あり尚お朝鮮における學生等は近く國權回復の意見書を總督府に提出するとの風說もありました. 斯の事は猥りに起しては殊に學生などに於て事を起しては其の成功は覺束なしと考え本年一月二十日頃權東鎭,吳世昌,崔麟等を自宅に招きまして學生たる子供が如何騷擾しても其目的を遂げる事は出來ぬのみならず却て世の安寧を紊す計りであり今玆に相當の同志あらば我等が正式に其意見書を政府に提出するが如何がと申しました事があります. 其時は夫れで別れたがその後十日計り過ぐて三人の者が私に其同志に相當の者があり殊に其內に耶蘇敎徒もあると申しましたのでそれが動機で國權を回復する目的を立て今日迄進行して來りましたのであります."

화를 창도하고 있는데 조선은 일본에 병합되어 있어도 일본정부가 취하는 동화정책은 조선의 현상에 적합하지 않다. 그 의견을 발표하여 독립을 도모하지 않겠는가 하여 이에 대해 동지를 규합하지 않을 수 없으니 각 방면의 의견을 탐색해 보는 것이 어떤가 하는 일이 있었다.

그래서 나는 전술한 것처럼 독립선언서를 발표하는 일에 착수했고, 그 후 최남선이 온 것을 기회로 그에게 그 일을 말하고 선언서 기안을 의뢰했으며, 최남선은 이를 맡았고 나는 그에게 우리가 독립을 도모하는 것은 일본을 배척하기 때문에 하는 것이 아니니 원만하게 해결하여 이후 화목하지 않을 수 없으므로 격렬한 문구 등은 사용하지 않도록 주의하여 달라고 했던 것이다.130)

▲ 2·8 독립선언의 주역들

현상윤 역시 1918년 11월경부터 의견 교환과 모의를 거듭하다가 1919년 1월 초에 송계백(1896~1920)이 이광수의 2.8독립선언서 초안을

130) 『비사』, p.680. 『운동』1, p.121.

가지고 온 것을 계기로 천도교는 최고 간부회의를 열고 궐기를 결정했고, 이후 "우리 네 사람(최린, 최남선, 송진우, 현상윤)은 또 다시 중앙학교 구내인 교장 숙사에 회동하여 기독교 대표로 이승훈 씨와 불교계 대표로 한용운 씨를 교섭하기로 하고 이씨에게는 자신이, 한용운에게 최린이 각기 교섭하기로 했다."고 말하고 있다.[131] 한용운은 3.1독립운동의 초기 과정에서 아직 초대받지 못한 손님이었던 셈이다. 최린이 "한용운은 절친한 사이로 서로 왕래하고 있는데 동인同人은 세계의 대세가 변했는데 독립 계획이 있는가 어떤가 하길래 나는 희망이 있다는 취지로 말했고, 그 후 독립운동을 말하자 동인同人은 스스로 자진하여 찬성했던 것이지 따로 내가 권한 것은 아니다."[132]라고 한 말은 그런 의미에서 이해된다.

도쿄東京 유학생들의 독립운동 계획에 충격을 받은 최린 등은 운동의 삼대원칙을 "대중화, 일원화, 비폭력"으로 결정하고, 그 실행방침으로 동지들의 규합, 독립선언서 발표, 시위운동의 시행, 일본정부와 귀족원 중의원 조선총독부에 국권반환요구 의견서 제출, 미국 대통령 윌슨과 파리강화회의에 독립원조 청원서를 보내 세론을 환기하기로 결정했다. 한편, 현상윤은 중앙고보 시절의 제자 서정주에게 한용운에 대한 솔직한 인상을 이렇게 털어놓고 있다.

1949년 봄이던가. 나는 어떤 필요로 전 고려대학교 총장 현상윤 옹에게서 3.1운동의 경험담을 들은 일이 있었는데 그때 현옹이 말씀한 만해 스님의 3.1운동 당시의 모양이 재미있게 생각되니 여기 먼저 옮겨볼까 한다.
"3.1의거 계획 당시, 한용운 씨가 처음 오신 걸 보고, 우리는 꼭 무슨

131) 「삼일운동의 회상」, 『기당 현상윤전집』4, 위의 책, p.275.
132) 『운동』2, p.239.

첩자나 아닌가 생각했어요." 현옹은 그때를 회고하고 재미있는 듯 미소를 띠었다. "사람이 보니, 껌정 두루마기에 껌정 고무신에 얼굴은 가무잡잡 불그스레하고 키는 나지막한 청년인데 처음 우리 판에 와서부터 어떻게나 열심히 한몫 끼워 달라고 조르던지, 아무 소개도 없이 나타나서 이러니 의심 안 할 수가 있나요? 이거 아무래도 무슨 첩자지 했지.

아, 우리들 최린이라든지 송진우라든지 최육당이라든지 서로 아는 사이거나 알 만한 사이였지만 부지초면의 이름도 성도 알 수 없는 청년이 뜻밖에 나타나서 이래 대니 이이가 애국자 한용운인지를 대뜸 누가 믿어줄 수가 있나. 그래 처음에 와서 졸라 대는 걸 받아들이지 않고 몇 번인가를 거듭거듭 와서 꼭 끼워달라고 졸라대서야 겨우 그 열성에 감동해 한몫 끼웠어요. 여러 차례 와서 하는 것 두고 보니 첩자가 아닌 걸 알겠더군.(현옹은 여기서 또 미소를 지었다.)

참 우스운 일이지. 만해를 갖다 처음 몰라 드린 걸 생각하면…… 맞아들였더니 좋아라 하고 어찌 된 사람이 그리도 지성스러운지. 그 뒷일은 잘들 아시지 않소? 이분은 한번 불이 붙으면 꺼질 줄을 모릅넨다. 뒤에 33인 중 28인이 명월관에 참석해서 독립선언서를 읽고 우리 독립만세를 부를 때에도 이 분이 젤 먼저 선창했지요. 불교대표 중의 또 한 분 백용성은 이 분이 참가한 뒤에 또 이끌려 들어왔고……"

이 현옹의 말씀을 빌어볼 것 같으면 내가 뵙지 못하고만 그 만해 선생은 고진 중에서도 고진이었던 걸 알 수가 있다.[133]

『유심』에 이미 「먼저 이상을 세우라」(3호)를 썼고, 한용운보다 14살이나 연하였으며, 대동상고 꼭대기에 위치한 유심사를 몰랐을 리 없는 와세다 대학 출신 현상윤의 회고를 이렇게 전하는 미당의 글을 읽는 마음이 착잡하다. 미당은 훗날 「오장 마쓰이 송가伍長松井頌歌」(1944)를 썼고, 현상윤은 취조과정에서 이렇게 말하고 있어 더욱 그렇다.

133) 서정주, 「한용운과 그의 시」, 『서정주』2, pp.194~195.

문 ; 그러나 피고는 그렇게 말을 하지만 최린 최남선 등은 피고도 처음부터 조선독립운동에 관한 동지라고 진술하고 있는데?

현상윤 ; 일체 그런 관계는 아니다.

문 ; 그건 피고의 진심에서 나온 답변인가?

현상윤 ; 그렇다.

문 ; 그러나 그렇게 거짓말 하지 말고 정말로 사실을 자백하는 게 어떤가?

현상윤 ; 어떻게 조사했어도 없는 일을 말할 수 없다.

문 ; 그러나 사물에는 정도가 있다. 피고 혼자 거부해도 다른 동지가 피고의 동지라는 걸 진술하고 있는 이상 어쩔 수 없는 거 아닌가. 더구나 최린 같은 사람이 피고를 모함하기 위해 일부러 피고를 동지라고 할 수는 없을 터 그 정도의 도리를 알고 정말로 말해 보는 게 어떤가.

현상윤 ; 실은 지금까지 사실과 다른 말을 했지만 실제는 2월 초 최린과 송진우에게 조선의 독립에 관한 권고도 받았고, 최린은 원래 내가 보성중학에서 배울 때 교장이며, 송진우는 중앙학교 교장인 관계로 두 사람 모두 윗사람이기 때문에 이들의 주장에 반대할 수 없었고, 그들이 말하는 대로 동지임을 승낙했다. 그러나 나는 동지가 되었을 뿐 남에게 권유하거나 청년학생들을 선동하는 일은 하지 않았다. 그런 관계로 나는 동지가 아니라고 부인했던 것이다. 따라서 저간의 사정을 헤아려주기 바란다.

나도 조선의 독립에 대해서는 과연 될 수 있는지 어떤지는 대단히 의문이다. 대세로 논하면 도저히 그런 일은 불가능하다고 생각하고 있다. 또 하나는 독립운동 따위에 찬성하여 어떤 임무를 담당하여 분주한 것은 대단히 위험한 일이라고 생각하고 있었다. 그러므로 단지 동지라는 찬성을 표했을 뿐 기타 행동은 하지 않았다.(중략)

문 ; 이밖에 달리 할 말은 없는가?

현상윤 ; 나는 한때 민족자결주의에 미혹하여 최린 송진우 최남선 등의 이야기에 따라 독립운동에 찬성하고 동지가 되었으나 지금 생각하면 너무 바보 같았다고 자책하고 있으며, 내 생각이 어리석었음을 후회하고 있다. 앞으로는 다시 그런 부정하고 무분별한 일은 하지 않겠다. 모쪼록

관대한 처분을 해달라. 내 희망은 이것뿐이고 다른 희망은 없다.134)

문 ; 피고인은 최린 송진우 최남선과 조선독립운동 일로 만나 의논한 적이 있는가?

현상윤 ; 제1회에는 본년(1919) 2월 1일경 최린 집에서 송진우 최남선 최린이 회합하여 독립운동에 대해 상담하고 있었다. 나는 밤 9시경에 우연히 갔다. 나는 최린과는 매제 관계라 이전부터 며칠 그 집에 드나 들었다. (중략) 또한 동지를 모은다든가 귀족 및 기독교 측에 교섭한다는 이야기는 앞에서 듣지 못했지만 어쨌든 늦게 가서 상세한 말은 듣지 못했다. 또 최남선 송진우가 찬성했던 것을 몰랐고 나는 시종 침묵하고 한마디도 하지 않았다.135)

죽은 자는 말이 없다. 그러나 역사는 승자의 몫만은 아니다. 진실은 오랜 세월을 침묵을 뚫고 한 떨기 꽃으로 피어나기도 한다. 우리는 앞에서 이미 최남선의 현상윤에 대한 실망감과 배신감을 살펴보면서 이 말을 확인한 바 있다. 그렇다. 한용운은 3.1독립운동 초기 조직화 단계에서 비록 연하의 현상윤에게 청년으로 불리고 첩자로 의심을 받을 만큼 경원을 당했지만, 불교계 대표로 참여하면서 문학과 삶과 불교는 하나이면서 셋이고 셋이면서 하나라는 사실을 증명하고 수동자patient에서 능동자agent로 변신한다. 선의의 정치적 역량에 의한 역전극이라 할 만하다.

---

134) 『운동』3, pp.37~38. "……(答)私は一時は民族自決主義に迷い崔麟宋鎭禹崔南善等の話に依って獨立運動に贊成し同志となりましたが今になって考えて見れば誠に馬鹿らしい事と思い過ぎし自分の考えが愚かであった事を後悔して居る次第であります. 將來は再び斯樣な不正不心得の事は致しません. 故可成寬大の御處分をして頂きとう存じます. 私の希望は之丈で他に希望はありません."

135) 같은 책, p.172. "……(答)……尙お同志を募るとか貴族及耶蘇教側には交涉すると話は前に聞きませんでした. 兎に角私は遲く行って詳しいことは聞いて居ません. 又崔南善宋鎭禹が贊成して居た事は私には判らず私は終始默して一言も發しなかったのであります."

▲ 성덕대왕신종(국보 제29호) 비천상

한용운이 김규현에게 중앙학림 학생들을 유심사로 들어오라고 지시한 것은 2월 28일이었다. 그는 자정이 넘어 모인 김규현, 김상헌, 김법린(1899~1964), 정병헌, 오택언, 신상환 등 7명에게 내일 오후 2시에 독립선언을 한다는 것과 이제까지 비밀로 할 수밖에 없었던 이유를 설명하고, 독립선언서 3천장을 나누어주며 청년의 역량을 유감없이 발휘해 줄 것을 부탁했다. 이들은 불교연구와 불교대중화를 목표로 중앙학림에서 공부하던 유심회의 간부들이었다.136)

1919년 3월 1일, 아직 차가운 바람이 휘몰아치는 계동 꼭대기의 언덕에 있는 여두소옥如斗小屋137) 지붕 위로 아침 해가 솟아올랐다. 뿌연 유리 창가에 서서 뒷짐을 지고 일출을 바라보던 한용운은 숨어있는 황금의 꽃을 찾기로 뜻을 모은 동지들이 저마다 벅찬 감개 속에 저 해를 바라보고 있을 것을 생각하며 조용히 향을 살랐다. "鬼의 斧로도 魔의 牙로도 엇져지 못홀 一莖草의 生命"을 담은 조촐한 화분이 낡은 책상 위에서 찬란한 햇빛을 받으며 빛나고 있었다. 문득 "네 목숨이 경각에 있는데 어찌 이대로 가만히 있느냐?" 하면서 꽃을 던져주던 관세음보살의 모습이 떠올랐다. 한용운은 가부좌를 틀고 눈을 감았다.

---

136) 안계현, 「3.1운동과 불교계」, 『3.1운동 50주년 기념논집』, 위의 책, pp.271~300.

137) 김은호, 『서화백년』, 위의 책, p.115. "어머니와 누님의 공으로 나는 11개월 만에 가출옥으로 감방에서 나와 한용운 선생이 기거하시던 계동 꼭대기 대동상업학교 앞의 유심사라는 잡지사 안방에 세를 들었다."

태화관에서 동지들과 모이기로 한 시간은 아직 많이 남았다. 밝은 햇살을 받은 이마가 자글거리고 있었다. "오호嗚呼라 미목眉目을 척기시간剔起試看ᄒ면 차此 우담발화優曇鉢花는 백초두변百草頭邊에 발현發現홀 명일明日이 필유必有할 것"이라며 빙그레 웃던 석전의 모습이 그리웠다. 순간, 오늘 이후 그와 언제 만날지 모른다는 생각에 가슴이 뭉클해졌다. 그러나 인간 역사의 첫 페이지에 잉크칠을 하기 위해서, 저 삼천년에 한번 핀다는 우담발화 그 기다림의 꽃을 보기 위해서는 적은 아픔에 연연할 수는 없다. 그는 우담발화의 한복판에 앉아 하늘 높이 점으로 솟구쳐 오르는 자신을 느낀다. 할!

제 4 부

정지된 시간과
움직이는 삶

고통과 쾌락의 변증법

3.1독립운동은 1876년 개항 이래 외세에 대해 일어난 일련의 저항운동이 민중에 의해 집약적으로 전개된 전민족적인 항일독립운동이며, 세계 역사상 가장 고조된 혁명적 분위기 속에서 각 사회계층이 민족의 해방을 위해 거족적으로 동원된 독자적이고 통일적인 민족해방투쟁이다. 비록 사상적으로 구조화된 사유의 기

▲ 고종황제의 국장

반에서 조직화된 것이 아니고 또한 현실적 목표를 쟁취하지 못했지만, 3.1독립운동은 이후의 독립운동 선상에 뚜렷한 역사적 지평과 의식의 방향을 제시하면서 현재적이며 미래적인 사상사적 위치를 확보한다. 그러나 경성복심법원 결심공판에서 재판장 쓰카하라 도모타로는 "소요 60일, 참가인원 50만. 처음에는 단지 만세를 부르고 독립선언서를 배포하는데 지나지 않았으나, 나중에는 관공서를 습격하고 관리들을 구타 살상하여 조선 미증유의 소요가 되었다."[1]고 3.1독립운동의 의의를 평가절하하고

있다. 이것은 '집회와 데모'를 '폭동과 데모'로 왜곡하고, 일본의 군관軍官이 자행한 한국 민중에 대한 탄압을 반일폭동에 대한 대응이었을 뿐이라고 합리화하면서 타민족 지배를 합리화하고 당연시하는 일본 당국의 입장을 대변한다. 그가 독립운동을 전개하는 과정에서 한국인 7천명 이상이 살해되고 수많은 교회와 가옥이 불탔다는 것을 언급하지 않았음은 물론이다. 다음은 3.1독립운동의 서막을 열고 출판법 및 보안법 위반으로 체포된 한용운에 대한 경찰심문조서다.

문 ; 본적 주소 출생지 성명 신분 연령은?

한용운 ; 본적—강원도 양양군 도천면 신흥사 승려 현주소—경성부 계동 43번지 출생지—충청남도 홍성군 읍내 한용운 41세 (중략)

문 ; 그대가 손병희 외 31인과 같이 조선독립을 할 선언서를 비밀히 배포한 목적과 동기는 무엇인가?

한용운 ; 본년 1월 27,8일경 나는 최린과 나의 집에서 회합하여 여러 가지 시국에 대한 문제를 논의하던 중 구주전쟁도 끝나고 강화담판을 체결하기까지에 이르렀으며 기타 식민지에서는 자결의 원칙에 의하여 자유독립을 하려고 하니 이때 독립할 운동을 하자 하였다. 그러나 소수의 인원으로써는 목적을 달하기 어려우니 다수의 동지를 얻는데 같이 힘쓰자고 말한 후 작별하였다. 그 후 재삼 최린과 상담한 바 천도교회는 신도가 많으니 천도교를 중심으로 운동하자고 하였으며, 본년 2월 중에는 천도교인 오세창을 만나 서로 의논할 것을 말하고 동인의 찬성을 얻었으며 또 동인에게 다른 곳에서 인물을 구하여 동지를 모집할 것을 말하였다. (중략)

문 ; 그곳(주;2월 28일 모인 가회동 손병희 집)에서 여하한 의논을 하였는가?

한용운 ; 3월 1일 선언서를 낭독하기로 하였으며 그 장소는 최초 파고다 공원이 적당하다고 하였으나 박희도가 이것을 반대하였다. 그것은 파고다 공원에는 각 지방에서 모인 사람이 많을 뿐만 아니라 또 내가 오늘 비밀히 들었지마는 학생들도

---

1) 『운동』2, p.229.

미리 알고 있다 하므로 이들 학생이 많이 모였을 때 우리들이 경찰에 인치되면 이들 대중과 학생이 어떠한 난폭한 행동을 할지 모르니 차라리 다른 곳을 선택하는 것이 좋다고 하여 명월관 지점으로 변경하자는 의논을 하고 각각 돌아갔다.

문 ; 어젯밤 선언서의 인쇄물을 각자가 분배하기로 하였는가?

한용운 ; 아니다. 어젯밤 각자가 분배하기로 하지 않았다. 나는 재작일(2.27)에 최린 집에서 선언서의 초안을 한 번 읽어보고 어제 낮에 이종일에게서 3천매의 인쇄물을 받아서 그것을 어젯밤 12시경 중앙학림의 학생 정병헌, 김상헌, 오택언, 전규현, 신상환, 김법윤 외 1명을 불러서 전부를 교부하고 배포할 것을 명하였다.(중략)

문 ; 선언서의 문면은 누가 지었는가?

한용운 ; 누가 제작하였는지는 모르나 최린이가 담당하였다.

문 ; 어느 곳에서 인쇄하였는가?

한용운 ; 나는 확실히 알지 못하나 보성사에서 인쇄한 줄로 생각한다.

문 ; 선언은 어떠한 목적으로 하였는가?

한용운 ; 독립목적을 관철하기 위하여 지난 27일 일본정부와 양의회에 대하여 조선독립에 관한 통지서를 임규라고 하는 사람이 가지고 동경으로 출발하였고, 오늘 조선총독부에 대하여 결의서를 제출하였다.[2]

1919년 3월 1일 오후 2시, 한용운은 명월관의 별관인 태화관에 모인 민족대표들 앞에서 독립선언을 발표하게 된 소감을 밝혔다. "오늘 우리가 이 자리에 모인 것은 다 아시는 바와 같이 조선의 독립을 선언하기 위함이외다. 이 영광스러운 날, 우리들이 민족대표로서 독립선

▲ 3·1독립운동 이후의 삼엄한 경계

2) 『비사』, 위의 책, pp.601~604, 『전집』1, pp.361~363. 『운동』1, pp.108~110. 2차 조사는 3월 11일에 있었으나 1차와 거의 동일하다.

언을 하게 된 것은 극히 경하할 일이며, 그 책임이 막중함을 통감하지 않을 수 없습니다. 오늘 이후 우리 모두 공동 합심하여 조선의 독립을 도모하지 않으면 안 될 것입니다. 마지막으로 여러분의 건강을 축원하는 의미로 축배를 들고 만세삼창을 하겠습니다."

역사적인 인사말을 마치고 만세 삼창을 한 다음 순사들에게 체포되어 북부 경찰서로 송치될 때 한용운은 무엇을 보았던 것일까. 그리고 불교계는 그때 무엇을 하고 있었던 것일까. 그는 압송당하는 차 안에서 만세를 외치는 어린 학생들을 내다보며 쏟아지는 눈물 속에서 "왼갖 倫理, 道德, 法律은 칼과 黃金을 祭祀지내는 煙氣"(「당신을 보았습니다」)에 불과한 것을 깨닫는다.

> 지금은 벌써 옛날이야기로 돌아갔습니다마는 기미운동이 폭발될 때에 온 장안은 ×××××소리로 요란하고 인심은 물 끓듯할 때에 우리는 지금 태화관, 당시 명월관 지점에서 ××선언 연설을 하다가, ×××에 포위되어 (중략)
>
> 그 때입니다. 열 두서넛 되어 보이는 소학생 두 명이 내가 탄 자동차를 향하여 ××를 부르고 두 손을 들어 또 부르다가 ××의 제지로 개천에 떨어지면서도 부르다가 마침내는 잡히게 되었는데, 한 학생이 잡히는 것을 보고도 옆의 학생은 그래도 또 부르는 것을 차창으로 보았습니다. 그 때 그 학생들이 누구이며, 또 왜 그같이 지극히도 불렀는지는 알 수 없으나, 그것을 보고 그 소리를 듣던 나의 눈에서는 알지 못하는 사이에 눈물이 비 오듯 하였습니다. 나는 그 때 그 소년들의 그림자와 소리로 맺힌 나의 눈물이 일생에 잊지 못하는 상처입니다.[3]

세상은 순식간에 전복되었다. 그러나 불교계는 한용운과 중앙학림 학생

---

3) 「평생 못 잊을 상처」, 『전집』1, pp.253~254.

들은 물론 거리에 나와 목이 터져라 대한독립 만세를 외치는 민중들과 어린 학생들이 흘리는 눈물의 의미를 애써 외면하고 있었다. 그래서 이런 지적마저 나왔다. "불교측에 있어서는 중앙학림 강사 한용운과 해인사 승려 백용성 2명은 천도교의 간부와 내통해서 선언서에 서명했으나 30본산 사무소의 최고 간부들은 하등 관계없다. 따라서 불교도 중에서 불령자不逞者로 주목할 자들은 중앙학림 학생 일부와 전기 서명자 2명과 친교 있는 자들 및 그들의 궤변에 편승한 소수의 승려에 지나지 않는다.[4]

대다수의 평론가들이 지적하듯이 현대 한국문학의 발생과 전개를 논할 때 가장 큰 테두리는 식민지 상황이다. 한용운의 경우 식민지 상황은 극복되어야 할 대상이었고, 불교는 그의 의지에 형이상학적 힘을 부여하는 종교였다. 그러나 불교계는 역사 앞에 극심한 무력 증세를 보여주었다. 물론 당시의 승려들이 모두 일본에 투항했던 것도 아니며, 그들의 공적이 참여와 비참여의 이분법으로 재단될 만큼 가벼운 것도 아니지만, 빈곤한 역사의식과 현실타협적인 태도를 어떻게 평가해야 할지 곤혹스러울 때가 한 두 번이 아니다. 다음은 한용운이 3.1독립운동에 백용성과 함께 불교계를 대표할 수밖에 없었던 이유를 보여준다.

과반過般에 소요사건騷擾事件이 발발한 이래로 종종의 착오가 발생하며 제종諸種의 풍설이 훤전喧傳하야 전민족의 사상계가 동요되는 동시에 보통사회는 물론하고 특히 오교吾敎에까지 기其 영향이 파급하야 종교인의 본분을 자실自失하는 자 다多하니 심히 유감되는 바이라.

제군은 현명한 총지聰智와 명석한 두뇌로 고찰할지어다. 원래로 종교와 정치는 기其 부분部分과 목적이 전연 별물이라 빙탄불상용氷炭不相容하는 바인데 차에 제군이 세계대세와 시대사조를 불고不顧하고 수파축

4) 『운동』3, p.292.

랑水波逐浪하야 교인된 본지本旨를 망실하니 어찌 오교의 불행이 차此에 지至하리오. (중략)

　오교의 목적은 정신적으로 난마亂麻한 사상계를 지배하야 안심입명安心立命을 여여與하며 실제적으로는 복잡한 사회를 정연正然히 하야 사회개발의 사명을 대帶한 자인즉 오교를 광포廣布코자 하고 오교를 독신篤信하는 오등吾等 불교도는 성심성의로 당국자의 정책을 체인體認하야 내內로는 오교 청년으로 하여금 덕지양육德智兩育을 함양하야 종교인다운 인격을 작하야 외경外境에 치주馳走치 말지며 외外로는 일반사회의 사상계를 교도하야 순량한 민족을 양성하야 유언망설을 신신치 말며 선동과 협박을 능히 배척하고 각기 업業에 안주하도록 노력하는 것이 즉 불자된 본의며 교소教祖의 진정한 노파심공老婆心功이며 우又는 국리민복國利民福의 일대양책一代良策인 줄 사思하노니 제군은 이상 주지主旨에 배부背負치 않고 일반 신도를 유도하기를 절망切望하고 일언을 진술하노라.5)

불교중앙학림은 기보旣報와 여여如여히 래來 오월 오일 내로 시업始業하라는 당국에 지휘指揮도 유유有함으로 학림교직원은 차此 개학준비에 다망多忙 중이며 삼십본산연합사무소에서는 차유此由로 각본산에 통첩을 발하야 학생을 속속기송速速起送하라 하였으나 해該 학생등은 의운疑雲을 미철未撤하였음으로 용이容易히 입경入京치 아니하야 차此로 종從하야 개학일자도 자연 연기될 모양인즉 일반학생은 속속상락速速相洛하야 학습을 물광勿曠케 할지며 당국에서도 안심등교安心登校하라는 훈유까지 유유有하더라.6)

　사회가 정치와 경제적으로 변화하는 과정에서 사회의 엘리트들이 현상유지를 할 수 있는 나라는 혁명이 필요하지 않다. 그러나 엘리트들이 새 제도를 조직하고 이끌어 나갈 능력이 없다면 이들은 혁명의 목표가

---

5) 김용곡, 「경고법려警告法侶」, 『조선불교총보』16(1919.6.20)
6) 「중앙학림의 개교」, 『조선불교총보』15(1919.5.20)

된다. 한용운은 불교계의 불합리한 모순부터 파괴하자고 주장했으나, 일제에 의하여 보장된 신분상승의 위치를 음미하고 있던 주지들은 그의 주장을 받아들이지 않았다. 한용운은 스스로 불교계를 대표할 수밖에 없었다. 또 이런 경고를 들은 중앙학림 학생들이 30본산 주지들의 친일성과 무기력성을 비판하고 나서지 않았으리라 생각하기도 어렵다. 그래서일까. 30본산연합사무소는 학감 이고경 대신 박한영을 중앙학림장으로 선임하고 학림에 관한 일체사무를 담당하게 한다. 학생들의 반발을 고려한 조치다. 학생들은 누구보다 박한영과 한용운의 관계를 잘 알고 있기 때문이다. 한용운이 3.1독립운동에 참여한 것은 민족적 자존심의 회복이기 전에 불교계의 타성에 대한 도전인지 모른다. 조금 중복되는 부분이 있으나, 독립운동에 대한 그의 신념과 확신의 안팎을 살펴본다.

문 ; 피고는 금번의 독립운동으로 독립이 될 줄로 아는가?
한용운 ; 그렇다. 독립이 될 줄로 안다. 그 이유는 목하 세계평화회의가 개최되고 있는데 장래의 영원한 평화가 유지되려면 각 민족이 자결하여 독립하지 않으면 안 된다. 그래서 민족 자결이란 것이 강화회의의 조건으로서 윌슨 대통령에 의하여 제창되고 있는 것이다. 오늘날의 상태로 보면 제국주의나 침략주의는 각국에서 배격하여 약소민족의 독립이 진행되고 있다. 조선의 독립에 대하여서도 물론 각국에서 승인할 것이고 일본서도 허용할 의무가 있다. 그 이유는 이곳에서 압수하고 있는 서면에 기재된 바와 같다.
문 ; 피고는 금후에도 조선의 독립운동을 할 것인가?
한용운 ; 그렇다. 계속하여 어디까지든지 할 것이다. 반드시 독립은 성취될 것이며 일본에는 중에 겟쇼月照가 있고 조선에는 중에 한용운이가 있을 것이다.[7]

7) 『비사』, p.611. 『전집』1, p.367. 『운동』1, p.194.

문 ; 피고는 일본에 간 일이 있는가?

한용운 ; 지금으로부터 12년 전 불교를 수련하기 위하여 동경에 가서 조계종(주 : 조동종) 대회(주 : 대학)에 들어갔으나 학자學資를 계속할 수 없어 반년 만에 돌아왔다. (중략)

문 ; 이 선언서에서는 최후의 일인 최후의 일각까지 라는 것이 있는데 그것은 폭동을 선동한 것이 아닌가?

한용운 ; 그런 것이 아니다. 그것은 조선 사람은 한 사람이 남더라도 독립운동을 하라는 것이다. (중략)

문 ; 피고는 금후에도 조선 독립운동을 할 것인가?

한용운 ; 그렇다. 어디까지라도 그 뜻을 버리지 않을 것이다. 나는 자유 없는 생존을 바라지 않기 때문에 일본승려 겟쇼처럼 바다에 몸을 던지는 일은 하지 않을 것이다. 설사 목이 잘려도 정신은 영원히 살아있기에 나는 자유를 얻기 위해 최선을 다할 생각이다. 나는 겟쇼 이상의 존재라고 스스로 자부한다.[8]

33인의 대표 가운데 이렇듯 당당한 답변을 한 사람은 한용운 외에도 우정 임규, 은재 신석구, 남강南岡 이승훈 등이 있다. 그런데 『3.1운동비사』와 이를 수록한 『한용운전집』은 위의 별색 지문 부분을 "그렇다. 언제든지 그 마음을 고치지 않을 것이다. 만일 몸이 없어진다면 정신만이라도 영세토록 가지고 있을 것이다."로 의역하고 있는데, 이는 겟쇼月照 (1813~1858)라는 일본 승려의 경력과 무관하지 않을 듯하다.

교토의 청수사青水寺 성취원成就院 주지인 겟쇼는 에도江戶시대 말기의 근왕파勤王派 승려로 우대신右大臣 고노에 다다히로近衛忠熙(1808~1898)의 지우知遇를 입었다. 1854년 동생에게 주지직을 물려주고 여러 지방을 순례한 후 교토京都로 돌아온 그는 우메다 운빙梅田雲浜(1815~1859) 등과 함께 존왕양이尊王攘夷 운동에 종사하며 막부의 개화정책에 반대했다. 1858

---

8) 『비사』, p.620. 『전집』1, p.372. 『운동』1, p.396.

년 다이로大老 이이 나오스케井伊直弼(1815~1860)가 일
으킨 안세이安政의 대옥大獄으로 신변에 위험이 닥쳐오
자 그는 사이고 다카모리西鄕隆盛(1827~1877)와 같이 교
토를 탈출하여 사쓰마薩摩(가고시마현) 번藩으로 들어갔
다. 그러나 입번入藩을 거절당하자 두 사람은 함께 죽기
로 결심하고 11월 15일 밤 긴코만錦江灣에서 바다로 뛰
어들었다. 사이고 역시 사쓰마 번주藩主 시마즈 나리아

키라島津齊彬(1809~1858)의 급서急逝에 절망하고 있었던
것이다. 그러나 사이고 다카모리는 구출되고, 겟쇼만 죽

▲ 정한론자 사이고 다카모리

었다.9) 요컨대 겟쇼가 일본의 근왕파 승려였고, 더구나 정한론자인 사이
고 다카모리와 동반자살心中을 시도했다가 죽은 인물이기 때문에 의역한
것으로 생각된다. 그러나 보다 중요한 이유는 "고등법원 예심판사 남상장
楠常藏 조서는 지방법원 예심판사 영도웅장永島雄藏 조서와 동일하므로 약
함"10)이라는 석연치 않은 이유를 내세우고 생략한 「한용운 고등법원 예
심심문조서」에 있지 않나 생각된다. 본문을 번역하면 다음과 같다.

한용운 고등법원 예심심문조서
피고인 심문조서 제1차
피고인 한용운
다이쇼 8년(1919) 8월 27일 고등법원에서
예심판사 구쓰 쓰네조楠常藏 서기 미야하라 에쓰즈구宮原悅次
문 ; 성명 연령 족칭 직업 주소 본적지 및 출생지는?

---

9) 카시와라 유센 지음, 원영상 윤기엽 조승미 옮김, 『일본불교사 근대』(동국대학교출판
부, 2008) pp.20~21.
10) 『전집』1, p.372. 『비사』와 『전집』은 2회 실시된 「한용운 고등법원 예심심문조서」를
수록하지 않고 있다.

한용운 ; 이름은 한용운. 40세 7월 20일생. 직업은 승려. 주소는 경성부 계동 43번지. 본적지는 강원도 양양군 도천면 신흥사. 출생지는 충청남도 홍성군.

문 ; 작위 훈장 기장을 갖고 연금, 은급을 받았으며 또 공무원의 직에 있었던 적은 있는가?

한용운 ; 없다.

문 ; 지금까지 형벌을 받았던 적은 없는가?

한용운 ; 없다.

문 ; 피고는 본년 2월 20일경 최린에게 이번 조선 독립운동 기획을 듣고 여기에 가맹하여 3월 1일 명월관 지점에서 회합하여 선언서를 발표하고, 그 곳에서 체포된 것이 틀림없는가?

한용운 ; 그렇다.

문 ; 그동안 피고가 백상규(백용성)를 동지로 가입시켰고 기타 행동을 한 일에 대해 지방법원에서 진술한 바는 틀림없는가?

한용운 ; 모두 맞다.

문 ; 독립운동 방법은 어떤 것인가?

한용운 ; 선언서를 배포하여 독립을 발표하고 강화회의 대표자에게 발송하고 또 미국대통령 윌슨에게도 발송하는 한편 일본정부에도 청원서를 보내는 것이다.

문 ; 선언서를 인쇄하여 배부하는 것은 어떻게 된 것인가?

한용운 ; 일반인민 조선인에 대해 우리가 독립을 했다고 하는 것을 알리기 위함이다.

문 ; 독립선언을 하면 조선은 전부 독립된다는 것인가?

한용운 ; 독립선언과 동시에 정신상에서 독립이 되지만, 일본국 승인을 얻지 못하면 형식상 완전한 독립이라고 할 수 없다.

문 ; 독립선언서를 발표하는 것은 그대가 말하는 그런 것이 아니라 조선민족 일동이 독립의견을 발표하도록 권유한 것은 아닌가?

한용운 ; 나는 오로지 우리들이 발표했으니까 승낙한다는 식으로 단순하게 생각했다.

문 ; 그러나 선언서 취지는 그렇지 않지 않은가?

한용운 ; 선언서 공약 3장 제2항은 우리가 독립의사를 발표하고 우리들이 할 수 없을 때에는 그 뒤를 이은 사람이 그 의사를 이어 독립하도록 하라는 의사를 썼던 것이라고 생각하고 있다.

문 ; 강화회의나 정부에 청원서를 제출한 의사는 무엇인가?

한용운 ; 그것은 누구든 우리들이 독립선언을 했으니 승인하여 달라는 의미로 발송했던 것이다.

문 ; 피고들은 독립선언을 하면 정부나 강화회의에서도 곧장 그것을 인정할 것으로 생각했나?

한용운 ; 그것은 즉시 승인하리라 생각했다.

문 ; 이런 말도 안 되는 일로 독립이 얻어질 수 있다고 피고들이 생각하고 있었다고는 생각하지 않는데, 실제로 그런 생각을 갖고 있었나?

한용운 ; 나는 그 정도로 승인을 받을 수 있다고 생각하고 있었다.

문 ; 그것은 독립선언으로 하여 조선 전체를 소요시켜 그 반향을 강화회의에 제출하고 그 결과 열국의 힘을 빌려 일본으로 하여금 어쩔 수 없이 조선의 독립을 승인하게 하려는 방법은 아닌가?

한용운 ; 그렇지 않다.

문 ; 이게 선언서인가? (이때 330호의 3을 보여줌.)

한용운 ; 그렇다.

문 ; 여기에는 불온과격한 문구가 많이 있는 것을 보면 조선민족을 이로써 선동할 의사는 아니었는가?

한용운 ; 특별히 과격한 문구가 있다고 생각하지 않는다. 따라서 그런 생각으로 했던 일은 아니다.

문 ; 선언서를 작성한 사람은 그런 선동의 의견은 없어도 문장에는 선동적 문구가 나오기 때문에 이것을 생각한 자는 자극을 받고 끝내는 폭동도 일으킬 수 있다고 생각하는데 어떤가?

한용운 ; 선언서에는 대개 온당한 문자만 사용되고 있으며 추호도 불온한 문구는 없다고 생각한다. 따라서 그것 때문에 불온한 행동을 취할 자는 없다고 생각한다.

문 ; 실제로 피고들이 발표한 선언서에 선동되어 평안북도 의주군 옥상면, 황해도 수안군 수안면, 경기도 안성군 양성면 및 원곡면 등에서 독립을 목적으로 폭동을 일으킨 일이 있는데 어떤가?

　한용운 ; 전에 예심결정에서 그 일을 알았으나, 나는 그런 일이 일어
난 것을 매우 유감으로 생각한다.

　문 ; 피고는 예심에서 이승훈에게 각 지방 교회에서 3월 1일에 독립
선언을 발표한다는 것을 들었다고 진술했는데 그것은 틀림없는가?

　한용운 ; 틀림없다.

　문 ; 그 때 어떤 방법으로 발표한다고 들었나?

　한용운 ; 그것은 듣지 못했다.

　문 ; 피고는 평소 지사로서 자임하고 있는가?

　한용운 ; 그렇지 않다.11)

　한용운은 "피고는 평소 지사로 자임하고 있는가?被告は平素志士をして
自ら任じて居る譯か."라는 일본 판사의 질문에 "그렇지 않다.左樣でありま
せん."고 대답하고 있다. 앞서 열린 검사심문조서(1919.3.11)에서는 "일본
에는 중에 겟쇼가 있고 조선에는 중에 한용운이가 있을 것"이라고 호언
했고, 지방법원 예심심문조서(1919.5.8)에서도 예심판사 나가시마 오조永
島雄藏에게 "겟쇼 이상의 존재라고 스스로 자부한다."고 장담했던 그로서
는 치욕적인 답변이며, 옥중에서의 수많은 일화들을 기억하고 있는 우리
들로서도 받아들이기 어려운 대목이 아닐 수 없다. 뿐인가. 그는 "피고들
이 그런 말도 안 되는 이유로 독립이 얻어질 수 있다고 생각하고 있었다
고는 볼 수 없다.其樣な話にならぬ事で獨立が得られようと被告等が思って居
たものとは思われぬ."는 예심판사 구쓰 쓰네조의 힐난대로 요령부득의 답
변을 하고 있다.

　독립선언은 정신상의 독립일 뿐 일본의 승인을 받아야 완전한 독립이
된다거나, 독립선언을 했으니 일본 정부나 파리강화회의에서 곧장 승인

11) 『운동』2, pp.220～222.

해 줄 것으로 생각했다는 등 전략적 위장술이라고 보기에는 너무 순진하고 때로는 굴욕적인 발언을 하고 있는 것이다. 그는 석 달 후에 속개된 제2차 피고인 심문조서에서도 구스 쓰네조의 질문에 이렇게 소극적으로 답변하고 있다.

피고인 심문조서 제2차
피고인 한용운
다이쇼 8년(1919) 11월 6일 고등법원에서
예심판사 구쓰 쓰네조 서기 마루야마 도시오丸山壽雄
문 ; 한용운인가?
한용운 ; 그렇다.
문 ; 피고인이 최린에게 독립운동에 관해 상세한 이야기를 듣고 마침내 참가하게 된 것은 언제인가?
한용운 ; 1919년 1월 25일경 최린을 방문하고 그와 잡담하던 중 요즘 민족자결주의에 따라 강화회의가 열리고 있으니 이때를 틈타 조선의 독립을 도모하면 어떻겠느냐고 이야기했다. 그 후 여러 번 최린을 방문하여 독립운동에 대해 이야기했는데, 2월 20일경 최린이 독립운동에 대해 천도교측과 야소교측과의 합동 이야기가 일어나고 있음을 알려주었다. 2월 24일부터 27일 사이에 마침내 합동이 성립하여 운동을 실행할 수 있게 되었다고 해서 나도 참가하는 것은 물론 불교측에서 3,4명이라도 규합해서 참가하려고 했다.
문 ; 마침내 운동을 실행하게 되었다고 하는데, 그 운동방법은 어떤 것인가?
한용운 ; 그것은 독립선언서를 3월 1일 파고다공원에서 낭독발표하고 동시에 이를 다량으로 비밀인쇄하여 경성과 각 지방에 배포하며, 또한 제국정부의 귀족원과 중의원, 미국대통령, 조선총독부, 파리 강화회의 열국대표자에게 독립 선언을 했다는 사실을 통지하는 것이다. 하지만 선언서를 조선 내 각 지방에 배포한다는 것은 나중에 이승훈의 발의에 따라 결정했다. 통지는 독립했다는 사실을 통지하고, 승인을 구한다는 취지의 서면으로 하든가 의견을 서술하든가 해서 독립선언을 하면 조선은 독립하는 것이 되므로 청원 따위를 할 필요가 없는 것이다.

문 ; 선언서 기타 서류에는 처음부터 어떤 취지를 기재한다는 것을 최린에게 들어 알고 있었는가?

한용운 ; 선언서에는 독립한다는 것을 기재하고, 기타 서면에는 독립한다는 취지를 쓴다는 생각이었으나 최린과 이 일에 대해 말을 맞춘 적은 없다. 그 후 2월 24일경 최린 집에서 선언서와 윌슨과 깅화회의 열국 대표자에게 보내는 각 서면 초안을 보았고, 27일경에는 최린 집에서 정부와 총독부, 귀족원과 중의원에 보내는 서면 초안을 보았다. 그러나 선언서에 기재된 것은 내 생각대로 쓰고 있었으나 윌슨에게 보내는 건 너무 탄원적이라 나는 동의하지 않았고, 동의하지 않는 곳에는 연필로 정정했으나, 이미 그 서면은 청서淸書하여 상하이의 현순玄楯에게 보낸 뒤라 강하게 부동의不同意를 주장할 수 없었다. 열국 대표자에게 보내는 서면도 자구상字句上 재미없는 곳이 있어 이 또한 연필로 정정했으나, 이미 현순에게 보낸 뒤라 모두 부동의를 주장하지 못했다. 정부 총독부 및 귀족원 중의원에 제출하는 서면은 모두 동일한 취지였고 더 이상의 것은 보지 못했다.

문 ; 백상규(백용성)는 그대가 권유하여 독립운동에 참가하게 된 것인가?

한용운 ; 2월 26일경 봉익동의 백상규 집에 가서 독립운동 기획이 있는데 참가하지 않겠느냐고 권유하여 동의를 얻었지만, 독립운동 방법에 대해서는 어떤 말도 하지 않았다. 그래서 다음날 27일경 상세한 이야기를 해주려고 백상규를 집으로 불렀다. 그런데 급히 최린이 만나 이야기를 하자고 하여 내방한 백상규를 기다리라 하고 최린 집에 달려갔는데 의외로 시간이 걸려 밤 1시경 귀가해 보니 백상규는 이미 돌아가고 없었다. 그래서 다음날 아침 백상규를 방문했으나 그가 부재중이라 결국 3월 1일 회합할 때까지 면담할 수 없었다.

문 ; 그러나 앞서 예심에서 피고인은 백상규를 피고 집으로 불러 독립운동에 대해 3월 1일 선언서를 발표하며 또한 일본정부와 총독부에 청원서를 내게 되었다고 이야기했다고 진술하지 않았는가?

한용운 ; 그렇게 진술했다면 예심조서의 기재가 잘못된 것이다.

문 ; 정부와 기타에 제출하는 서면에는 언제 조인했는가?

한용운 ; 27일경 최린 집에서 조인했다. 그때 백상규에게 위탁을 받았으므로 그를 대신하여 조인했다.

문 ; 2월 27일 밤 손병희의 작은집妾宅인 김상규 집에는 가지 않았는가?

한용운 ; 가지 않았다. 그러나 2월 28일 밤에는 가회동의 손병희 집에는 갔다.

문 ; 28일 심야회합에서는 어떤 일을 의논했는가?

한용운 ; 동지들 사이에 모르는 사람이 있으니까 서로 얼굴을 알아두기 위해서 그날 모인 것이다. 그 자리에서 박희도가 3월 1일 파고다 공원에는 여러 모임의 학생도 다수 오게 되어 있으니 우리 일동이 같은 장소에서 선언서를 발표하고 체포되면 군중심리에 따라 군중들이 경관에게 어떤 폭행을 할지 모르고, 따라서 우리들 계획을 그르쳐서는 안 되기 때문에 선언서 발표 장소를 변경하자고 발언했다. 그래서 결국 명월관 지점으로 변경하기로 결정했던 것이다. 처음에 파고다 공원에서 발표할 때 내가 선언서를 낭독하기로 결정되었으나 명월관 지점으로 변경했기 때문에 그럴 필요가 없어졌다.

문 ; 3월 1일에는 오후 3시경에 인사동의 명월관 지점에 동지 일동이 모였고 같은 장소에서 선언서를 각자에게 배포하고 피고인이 인사를 하고 만세를 부르고 식사를 할 때 그 장소에서 체포되었는가?

한용운 ; 그 장소에서 선언서를 각자에게 배포했던 것은 아닌 것으로 생각된다. 동지 일동이 전부 왔는지 안왔는지 알 수 없으나 기타는 심문한 대로다.

한용운 ; 피고인은 2월 28일 이종일 집에 가서 선언서 약 3천매를 받고 돌아와 학생 김규현 오룡언 신상완 정병헌 김법윤 등 수 명으로 하여금 다음날 즉 3월 1일 밤에 경성 시내 곳곳에 배포하게 했노라고 진술한 것은 틀림없는가?

한용운 ; 그렇다.

문 ; 피고인은 2월 26일 최린 집에서 이인환(이승훈)에게 지방의 교회에서 3월 1일을 기해서 독립선언서를 발표하게 되어 있다고 하는 것을 들은 일이 있는가?

한용운 ; 들었다.

문 ; 또 손병희 집에서 모였을 때 즉 2월 28일에 학생들이 우리들의 독립선언서를 응원하기로 되어 있다는 이갑성의 이야기를 들은 적이 있나?

한용운 ; 그런 말을 들은 기억은 없다.

문 ; 앞선 예심에서는 지금 들려준 식으로 진술했는데 어쩐 일인가?

한용운 ; 그렇게 되어 있는지 어떤지 알 수 없으나 지금은 기억할 수가 없다.(이때 제330호 증거 6, 7, 8 및 419, 420을 보여줌.)

문 ; 이것은 모두 그대가 제출한 서면의 복사본인가?

한용운 ; 그렇다. 이 서면 가운데 419, 420에 날인되어 있는 내 이름 밑의 인영印影은 내 인장에 틀림없고, 백상규 이름 밑의 인영은 내가 그의 인장을 맡아 대신 날인한 것이다.

문 ; 취조 결과에 의하면 수원군 안성군에서 일어난 내란사건은 그대들이 발표한 선언서에 관계없는 것 같지만, 수안군 의주군에서 일어난 폭동은 피고들이 발표한 선언서에 선동자극을 받고 일어났다는 것은 안봉하 외 수십 명 및 박경득의 공소사건 기록에 비추어 명백한 것 같은데 어떤가?

한용운 ; 우리들이 발표한 선언서에는 폭동을 명령한 취지가 기재되어 있지 않다. 그 지방민들이 선언서의 취지를 전적으로 오해해서 폭동을 일으킨 것이므로 우리들과는 관계가 없다.

다이쇼大正 8년(1919) 11월 6일 우右 피고인 한용운12)

한용운 역시 '인간'이었다. 다만 그는 고통을 쾌락으로 받아들이는데 익숙했고, 잘못을 인정하고 개선하는데 누구보다 용감했던 진정한 의미의 '표변'을 할 수 있는 인간이었다. 그런 의미에서 이능화의 '표무은변豹霧隱變'이란 그에 대한 화룡점정畵龍點睛의 인물평이라 생각된다. 그러나 그가 지루한 예심 기간 중 일제로부터 정신적으로나 육체적으로 어떤 가혹한 고통을 받았는지 아는 사람은 아무도 없다. 위의 진술을 액면대로 신뢰하기 어려운 이유도 여기 있다. 그런데도 그가 초인이기를 바랐던 후학들은 구차한 이유를 내세우며 2회에 걸쳐 진행된 피고인 심문조서를 삭제했다. 「고서화의 삼일」의 출전을 『시대일보』로 변경한 것과 동일한 의미의 왜곡이며 신화 만들기이다. 풍란화 매운 향내라는 문화적 기억 또는 우리의 보상심리로 창조된 이미지 때문에 그의 진면목을 보지 못하는 것이야말로 그가 결코 희망하지 않았으리라 생각되는 우리의 미망이며 아집인지 모른다. 그런데 우리는 위의 진술을 꼼꼼히 살펴보면 한용운이 공약삼장을 추가했다는 것 또한 하나의 오해일 가능성이 크다는 사실을 알게 된다.

우선 이 오해는 제1부 제1장에서 살펴보았던 「독립사건의 공소공판 한용운의 맹렬한 독립론 제4일 오전의 기록」과 무관하지 않다. 거기에 이런 대목이 있다. "문 ; 그 서류를 보고 독립에 찬성하였나? 답 ; 그것을 보고 찬성한 것이 아니라, 다소 나의 의견과 다른 점이 있어서 내가 개정한 일까지 있소."[13] 그러므로 문면대로만 본다면 '개정'은 명백하다.

らざる處がありましたので之れも鉛筆にて更正しましたがすでに玄楯の許に送付した後のことでありましたから總て不同意を唱えず政府總督府及貴衆兩院に提出する書面は何れも同一の趣旨であると云う事でありましたがより以上のことは見ませんでした。……"

13) 『전집』1, p.373.

아니, 최남선의 독립선언서가 마음에 들지 않아 한용운이 공약삼장을 추가했다는 설정은 너무 당연한 것처럼 생각된다. 그러나 심문조서를 살펴보면 전혀 그렇지 않다.

한용운은 위에서 보듯 2월 24일경 최남선이 작성한 독립선언서 초안을 보고 "선언서에 기재된 것은 내 생각대로 쓰고 있었으나 월슨에게 보내는 건 너무 탄원적이라 나는 동의하지 않았고 동의하지 않는 곳에는 연필로 정정했으나, 이미 상하이의 현순(1880~1968)에게 보낸 뒤라 부동의를 주장할 수 없었다."고 진술하고 있다. 뿐인가. 최린은 "선언서 기타 서면은 최남선이 기초한 것을 그대가 받아 손병희, 권동진, 오세창에게 보여주고 찬동을 얻었으며, 이를 함태영에게 교부하여 기독교측 유지들의 동의를 얻은 다음 불교측의 한용운도 이의가 없다고 하므로 천도교측 15인, 기독교측 16인, 불교측 2인 도합 33인이 각각 서명하고 기타 서면에도 33인이 서명 날인했다고 하는 것인데 틀림없는가?"라는 재판장 쓰카하라 도모타로의 질문에 "그렇다."[14]고 대답하고 있다.

따라서 한용운이 말한 '내가 개정한 일'이란 연필로 수정했던 것을 가리킬 뿐 공약삼장을 추가했다는 말이 아님을 알 수 있다. 그리고 제2부 제1장에서 신석구를 취조하는 과정에서도 살펴보았지만, 일본검사와 판사들은 한용운에게만 공약삼장에 대해 질문을 한 것이 아니다. 그들은 "최후의 일인까지 최후의 한 시각까지 민족의 정당한 의사를 쾌히 발표하라"는 공약삼장의 제2항이 갖고 있는 선동성을 입증하여 3.1독립운동

---

14) 『운동』2, p.240. "(問)宣言書其他の書面は崔南善が起草したるものを其方が受取り孫秉熙,權東鎭,吳世昌等に示し其贊同を得たる上之れを咸台永に交付し耶蘇教側有志の同意を得之れから佛教側の韓龍雲も異議がないと云うことで天道教側の者が十五人耶蘇教側の者が十六人佛教側より二人都合三十三人の者が各々署名し又其他の書面にも三十三人の者が署名捺印する事になったと云うことであるが相違なきか. (答)左樣です."

대표자들을 내란선동죄로 기소하기 위해 피고 전원에게 집요하게 질문하고 있다. 특히 최남선의 경우 더욱 그렇다.

　문 ; 이 선언서에서 우리들의 생존권을 박탈하고 운운한 취지는 무엇인가? (제3호 증거를 보여줌.)
　최남선 ; 그 생존권은 경제학에서 말하는 것이 아니고 민족적 생존권의 의미로, 요컨대 조선민족의 생존권을 박탈했다고 하는 취지다.
　문 ; 이 선언서의 공약삼장 중 최후의 일각, 최후의 일인까지 민족의 정대한 의사를 쾌히 발표하라고 하는 취지는 무엇인가?
　최남선 ; 최후의 일각이란 강화회의가 끝날 때까지의 의미이고, 최후의 일인까지란 한 사람도 남김이 없이 하라는 의미이다.
　문 ; 일체의 행동은 질서를 중시하라는 것은 어떤 취지인가?
　최남선 ; 그것은 단지 민족자결의 의사가 있음을 발표하는 것이므로 소요를 일으키는 일을 하지 말라는 경고다.
　문 ; 최후의 일인까지 최후의 일각까지라고 쓰고, 또한 특히 질서를 중시하라고 쓴 것은 조선독립을 열망하고 있다는 사실을 발표하는데 폭동을 일으키는 것이 필요하다고 생각해서 지방민들의 난폭함을 이용하여 암암리에 폭동을 선동한 것이라고 생각되는데 어떤가?
　최남선 ; 나는 결코 그런 생각을 갖고 있지 않다. 또한 나는 그 선언서를 발표한다고 해서 조선의 독립이 성취되리라고 생각하지 않았기 때문에 폭동을 선동할 필요도 없었다.15)

15) 『운동』3, p.98. "(問)此宣言書に吾生存權を剝奪し云々とある趣旨如何. 此時第3號證を示す (答)其生存權は經濟學上より云った民族的生存權の意味で要するに朝鮮民族の生存權を剝奪したと云う趣旨です. (問)此宣言書の公約三章中の最後の一刻最後の一人迄民族の正當なる意思を快く發表せよとある趣旨如何. (答)最後の一刻と云うのは講和會議が終る迄との意味最後の一人迄とは一人も不殘と云う意味です. (問)一切の行動は秩序を重んぜよとあるは如何なる趣旨なるか. (答)夫れは只民族自決の意思を發表するのであるから騷擾を起す様なことをするなと戒めたのです. (問)最後の一人迄最後の一刻迄と書き又特に秩序を重んぜよと書いたのは朝鮮獨立を熱望して居ることを強く發表するには暴動を起すと云うことが必要であると考え地方人の粗暴なる所を利用し暗々裡に暴動を煽動するものであったと思われるが如何. (答)私は決して

▲ 수감되는 독립운동가들

더구나 1920년 10월 30일 정동 특별법정에서 진행된 경성복심법원 판결공판에서 재판장 쓰카하라 도모타로는 최남선을 징역 2년 6개월에 처하는 이유를 다음과 같이 말하고 있다.

> 피고 최남선은 스스로 붓을 잡고 앞의 피고 손병희, 최린, 권동진, 오세창의 협의 결과로 이루어진 취지에 자기 의견을 더하여 해당 관헌의 허가를 얻지 않고 출판하게 되는 독립청원서의 기초에 착수했으며, 자택에서 피고 손병희 외 32명 명의의 조선민족을 대표하여 "조선민족은 독립국이며 조선인은 자주민임을 선언함으로써 조선인은 그 독립을 위해 분기하고 최후의 일인까지 최후의 일각까지 독립의 의사를 발표하고 맥진해야 한다."는 뜻의 조선독립운동을 선동하여 국헌을 문란하게 하는 취지의 문장을 저작하고, 2월 10일경 기초를 마치고 2월 15일경 피고 최린에게 교부했으며······16)

> 左樣な考を懷いて居らず又私は其宣言書の發表により朝鮮の獨立が成就するものとも思って居らなかったのですから暴動を煽動する必要もなかったのです."

또한 3.1독립운동의 진행과정을 보면 공약삼장을 추가하여 다시 인쇄할 시간적인 여유도 없었다. 보성사 공장장 김홍규는 33인의 이름 순서를 바꾸기 위해 이종일로부터 받은 활자조판 — 최남선이 비밀이 누설될까봐 신문관에서 제작했다. — 의 일부를 같은 활자로 고쳐서 인쇄[17] 했을 뿐이라고 증언하고 있다. 더구나 최남선은 고등법원 예심심문에서 "이 최후의 일인이나 일각이란 전쟁에서 죽을 때의 최후의 일인 또는 일각이라는 식으로 모방한 것으로 보이며, 이는 그 정도로 극렬한 의미로 인심을 자극하는 것으로 생각되는데 어떤가?"라는 구쓰 쓰네조의 질문에 "읽는 사람이 어떻게 해석하는지 모르겠지만 나는 그렇게 생각하지 않았고, 이번의 세계개조가 해결될 때까지 독립을 발표하라는 의사로 썼다."[18]고 분명하게 밝히고 있다. 그런데 이런 모든 재판자료를 집대성한 이치카와 마사아키 역시 "독립선언서는 최남선의 초안을 채용하고 여기에 한용운이 공약삼장을 추가하여 완성했다."[19]고 기술하여 혼란을 부추기고 있는 것이다. 또한 한용운의 경우 제1부 제1장에서 보았지만, 재판장 쓰카하라 도모타로는 3년형을 선고하는 이유로 중앙학림 생도 오택언 외 수명에게 선언서 약 3천매를 교부하여 반포했으며, 태화관에서 독립선언서 취지 연설을 하고 조선독립 만세를 불러 치안을 방해"했다고 적시했을

---

16) 『운동』2, p.329. "被告崔南善は自ら筆を執り前示被告孫秉熙,崔麟,權東鎭,吳世昌の協議結果に成りたる趣旨に自己の意見を加え當該官憲の許可を得ずして出版すべき獨立請願書の起草に着手し其の自宅に於て被告孫秉熙外三十二名名義の朝鮮民族を代表し'朝鮮は獨立國なり朝鮮人は自主民なることを宣言したるにより朝鮮人は其獨立の爲奮起し最後の一人迄最後の一刻迄獨立の意を發表し驀進すべき'旨朝鮮獨立運動を煽動し國憲を紊亂すべき趣旨の一文を著作し同月十日頃其起草を終り同月十五日頃被告崔麟に交付したるに……"

17) 『운동』2, p.258.

18) 『운동』2, p.135. "讀む人が何と解釋するか知れませんが私は左樣な考えでなく今度世界改造の解決が到着する迄獨立意思を發表せよと云う意思で書きました."

19) 「해제」, 『운동』1, p. xiii

뿐이다.

결국 한용운의 공약삼장 추가설은 재판과정이나 심문조서에 대한 불성실한 천착은 물론이거니와 3.1독립운동 이후 한용운과 최남선이 걸었던 행보의 차이[20]에서 비롯되었던 것으로 보인다. 최린이 "최남선은 학자로 생활하고 싶다고 생각했고, 정치에는 취미가 없기 때문에 독립선언서에 이름을 내는 것은 재미없다고 했다."[21]고 증언했던 것처럼, 육당은 학자로서 너무 가혹한 시대를 만났던 것인지 모른다. 아무튼 이는 동기보다 결과를 중시하여 발생한 환원론적 오류 또는 한용운에 대한 우호적 관심이 빚어낸 감정론적 오류라고 할 수 있다. 그러나 일본의 근왕파 승려와 자신을 비교하며 지사를 자임한다고 했다가 일본판사 앞에서 부인하고, 심문과정에서 자치론적 발상을 보여주었으며, 공약삼장을 추가하지 않았다고 해서 한용운의 위대성이 훼손되는 것은 아니다.

현실 정치에 참여할 수 없었기 때문에 관념적으로, 아니 문학적 상상력을 통해 혁명을 일으켰던 그가 살벌한 공권력의 폭압에도 굴하지 않고 불교계 대표로 참여했고, 최후진술을 통해 당당하게 소신을 피력하면서 자기 삶의 기강을 확보하고 이를 평생 실천하면서 항일의 길을 걸었다는 것으로도 그는 위대하다. "끝이 좋으면 다 좋다All's well that ends well."는 말도 있지 않은가. 땅바닥에 넘어진 자는 그 땅바닥을 딛고 일어난다. 더구나 그는 절망과 공포에 굴복하지 않고 형이상학적 원동력과 이성에 대한 설득력을 보다 확실하게 획득했다. 「조선독립의 서」는 그가 서대문형무소의 어둠 속에서 건져낸 시대정신과 형이상학적 정열을 불꽃처럼 보여준다.

한용운은 옥중에서 정치적 사회적 활동 전체를 통괄하는 근본적인 존

---

20) 홍일식, 「3.1독립선언서연구」, 『육당이 이 땅에 오신 지 백주년』, 위의 책, p.255.
21) 『운동』2, p.242.

재방식을 불교적 세계관에 입각하여 회의하고 반성함으로써 자유라는 천부적 조건에 근거한 민족자조론을 도출해 냈다. 평등과 대등의 세계관이며 평화와 공존의 논리다. 불교가 제공하는 부정의 정신으로 볼 때 식민지 현실은 위장된 침묵이며 어둠에 불과하다. 그는 3.1독립운동에 참여하면서 시대의 어둠을 밝혀줄 황금의 꽃이 이 땅 구석구석에서 지천으로 피어나리라 확신했다. 그러나 그 꽃은 다시 역사의 지평 너머로 사라지고 말았다. 그런 의미에서 2년 8개월여의 옥중생활은 숨쉬기 힘든 진공의 벽과 싸우는 자기해체의 고통인 동시에 생애 처음 전면적으로 돌입했던 수선안거修禪安居였는지 모른다. 어둠은 깨달음을 추구하는 자에게 성찰력을 제공하는 법이다.

> 당신의소리는 沈默인가요
> 당신이 노래를부르지 아니하는때에 당신의노래가락은 역역히들닙니
> 다 그려
> 당신의소리는 沈默이여요   —「反比例」일부

침묵은 체념도 포기도 아니다. 그것은 생의 유일한 가치이자 자세인 반항의 또 다른 모습이다. 없음으로 있음을 증명하는 당신의 소리는 침묵이며, 당신의 그림자는 광명이다. 삶은 투쟁과 열정은 물론 해체의 고통을 통해서도 의미의 상자를 열어 보인다.

> 일념단각정무진一念但覺淨無塵 물처럼 맑은 심경 티끌하나 없는 밤
> 철창명월자생신鐵窓明月自生新 철창으로 새로 돋는 달빛 고와라.
> 우락본공유심재憂樂本空唯心在 우락이 공이요 마음만이 있거니
> 석가원래심상인釋迦原來尋常人 석가도 원래는 예사 사람일뿐.
>   —「옥중의 감회」

▲ 논산 쌍계사 대웅전의
빗국화꽃살문

깊고 푸른 밤하늘에 유유히 떠있는 달은 유전流轉과 영원을 표상하는 자연의 거울로 닫힌 시간을 거부한다. 달은 움직이면서 고요하고, 고요하면서 움직인다. 달을 보지 않고 달을 가리키는 손가락을 보아서는 안 된다. 석가는 예사 사람이었으나 다만 달을 진정으로 볼 수 있는 사람이었을 뿐이다. 한용운은 철창 사이로 떠오른 달을 바라보며 어둠을 밀쳐내는 힘, 그 부활의 의지를 읽어낸다. 그의 한시에서 달과 꽃이 소재로 자주 등장하는 것은 이들이 소멸과 생성을 거듭하는 영원한 순환을 표상하고 있기 때문이다. 우리는 그 결정적 계기를 굴라재 고개의 신비체험에서 확인한 바 있다.

작동설여화昨冬雪如花 지난겨울 내린 눈이 꽃과 같더니
금춘화여설今春花如雪 이 봄에는 꽃이 되려 눈과 같구나.
설화공비진雪花共非眞 눈과 꽃 참 아님을 뻔히 알면서
여하심욕렬如何心欲裂 내 마음은 왜 이리도 찢어지는지.
　　　　　　　　─「벚꽃을 보고 느낌이 있어서見櫻花有感」

　실상에 눈을 뜬다는 것은 생산적인 지향성을 갖고 자기 자신이 이 세계와 창조적이고 능동적으로 관계하는 힘을 갖게 되었음을 의미한다. 이때 대상은 이미 대상이 아니고 그와 함께 나란히 선다. 철창 속에서 바라본 달이 어둠 속의 밝음이라면, 꽃은 밝음 속의 어둠이다. 작년에 내린 눈이 꽃과 같더니, 이 봄에 핀 꽃은 눈 같다. 그러나 눈은 눈이지 꽃이 아니며, 꽃은 꽃이지 눈이 아니다. 아니, 눈도 눈이 아니며 꽃도 꽃이 아니다. 모두가 본래의 의미일 뿐이다. 자아와 자연의 완전한 조응이다.

그럼에도 불구하고 그는 내 마음은 어째서 이렇게 찢어지느냐고 묻는다. 이것은 그의 고요한 삶의 수면을 흔들어대는 어두운 유혹인가. 아니다. 그것은 종교적 경건함과 고요한 세계에만 머물러 있을 수 없게 하는 삶의 움직이는 세력이며 욕망이다. 시벽詩癖이자 시수詩愁다. 생명과의 조응의식이며 절대적 주관이다.

한용운의 한시는『님의 침묵』과 비교할 때 직설적인 개성의 그림자가 너무 뚜렷해서 내외에 도사린 함축미에서 물형에 그친 느낌이 크다[22]는 평가를 받는다. 그러나 그의 삶에 내재하는 존재방식과 인간적인 다양성을 증언한다는 점에서 소중하다. 이런 흔들림을 승려답지 않은 낭만적 정서로 비난할 수 있을지도 모르겠지만, 모순으로 가득찬 삶의 현장과 구체를 외면하는 것이야말로 굳어버린 용암 위에 채소를 가꾸는 일인지 모른다. 다음에서 우리는 이 흔들림의 진정한 의미를 보게 된다.

> 그러나 나의길은 이세상에 둘밧게업습니다
> 하나는 님의품에안기는 길입니다.
> 그러치아니하면 죽엄의품에안기는 길입니다
> 그것은 만일 님의품에안기지못하면 다른길은 죽엄의길보다 험하고
> 괴로운 까닭임니다
> 아아 나의길은 누가내엿슴닛가
> 아아 이세상에는 님이아니고는 나의길을 내일수가 업습니다
> 그런데 나의길을 님이내엿스면 죽엄의길은 웨내섯슬가요
>   ―「나의 길」 일부

나의 길은 둘 밖에 없다. 하나는 합일(초월)이며 다른 하나는 분리(죽음)다. 그러나 님은 이 두 개의 길을 동시에 부여한다. 나는 이 죽음의 길보

---

22) 이병주, 「만해선사의 한시」, 『한용운사상연구』, 위의 책, p.279.

다 험하고 괴로운 모순의 길을 통과하지 않으면 진정한 초월도 죽음도 이루어낼 수 없음을 깨닫는다. 이는 자아의 진실과 세상의 허위 사이에서 괴로워하는 비극적 진실이다. 아니 진정한 의미의 선이다. 삶의 구체와 세목을 떠난 깨달음이란 공허하다. 대상 그 자체로 들어가서 내부에서 있는 그대로 사물을 바라보는 것이 선23)이라면, 진정한 선은 이런 흔들림 또는 생명의식이 없을 때 이루어지지 않는다. 활선活禪과 돈오頓悟의 이면에는 이런 생명의 조응의식이 있는 것이다.

사람은 아직도 실현되고 있지 않은 그 어떤 목적을 실현하기 위해 행동할 때 가장 자유롭다. 「조선독립의 서」가 그 목적을 실현하기 위한 형이상학적이고 전투적인 힘을 보여준다면, 옥중 한시는 끝없는 동경과 열망으로 가득한 삶의 육성을 들려준다. 그가 옥중에서 보낸 고통의 세월은 그의 삶과 문학의 위의威儀를 강화하는데 기여한 열린 시간이었다고 할 수 있다. 출옥(1921.12.22) 이튿날 찾아온 기자에게 고통과 쾌락의 변증법을 말할 수 있었던 자신감은 전적으로 이런 깨달음에서 비롯된다.

> 22일 오후에 경성감옥에서 가출옥한 조선 불교계에 명성이 높은 한용운 씨를 가회동으로 방문한즉 씨는 수척한 얼굴에 침착한 빛을 띄우고 말하되 "내가 옥중에서 느낀 것은 고통 속에서 쾌락을 얻고 지옥 속에서 천당을 구하라는 말이올시다. 내가 경전으로는 여러 번 그러한 말을 보았으나 실상 몸으로 당하기는 처음인데 다른 사람은 어떠하였는지 모르나 나는 그 속에서도 쾌락으로 지냈습니다. 세상 사람은 고통을 무서워하야 구차로히 피하고자 하기 때문에 비루한 데 떨어지고 불미한 이름을 듣게 되나니 한번 엄숙한 인생관 아래에 고통의 칼날을 밟는 곳

---

23) 鈴木大拙(스즈키 다이세쓰), 『禪とは何か』(春秋社, 1963) p.65. 스즈키는 마쓰오 바쇼 松尾芭蕉(1644~1694)와 테니슨Tennyson,A.(1809~1892)의 시를 비교하면서 동양의 시적 경지는 선적 체험과 같은 절대적 주관absolute subjectivity이라고 말하고 있다.

에 쾌락이 거기 있고 지옥을 향하야 들어간 후에는 그곳을 천당으로 알 수 있으니 우리의 생각은 더욱 위대하고 더욱 고상하게 가지어야 하겠다."고 씨는 일류의 철학적 인생관을 말하야 흐르는 물과 같으므로 다시 말머리를 돌리어 장래는 어찌 하랴느냐 물은즉 "역시 조선불교를 위하야 일할 터이나 자세한 생각은 말할 수 없다."고 하더라.24)

참고로 1918년 12월 『유심』을 정간 당한 후 1919년 3월 1일 오후 2시 한용운이 33인을 대표하여 독립선언서 발표 취지를 연설하고 만세삼창을 할 때까지를 간략하게 정리하고, 『3.1운동비사』와 『한용운전집』의 취조서와 공소공판기의 완역 여부를 살펴보면 다음과 같다.

1월 20일경 손병희, 권동진 최린 오세창을 불러 독립운동에 대해 이야기 나눔. 단 최린은 1919년 1월 27일 또는 1월 28일 오세창은 1월 21 또는 1월 말경으로 증언하고 있음.

1월 25일에서 28일 한용운, 25일경 최린을 방문하여 천도교가 독립운동에 앞장서라고 건의함. 단 최린은 1월 말경에 자신을 찾아왔다고 증언하고 있음.

2월 1일경 송진우 최남선 현상윤, 최린 집에 모여 독립운동 이야기를 함.

2월 3일 송진우 최린 최남선 현상윤 다시 모여 독립운동 이야기를 함.

2월 10일 최남선, 독립선언서 초안 작성 완료함.

2월 15일 한용운, 오세창을 방문하고 최린에게 했던 사항을 다시 건의함. 독립운동을 함께 하기로 함. 최남선, 15, 16일경 독립선언서를 최린에게 건네줌.

2월 날짜불명 최린, 한용운에게 천도교에서 독립운동을 하기로 했으니 함께 하자고 말함.

2월 17일 이승훈, 송진우를 방문하고 한규설 윤용구 김윤식에게 찬성을 구했으나 실패했다는 말을 들음. 천도교와 기독교가 합하면 성공할

24) 「지옥에서 극락을 구하라」, 『동아일보』(1921.12.24)

것이라는 이야기 들음.

2월 18일 최남선, 독립선언서와 윌슨과 열국대표자들에게 보내는 청원서 초안 갖고 최린 방문. 단 최남선은 15, 6일 경으로 진술함. 손병희, 권동진, 오세창, 최린 함께 열독. 함태영은 기독교측에 가져감.

2월 19일 함태영, 초안을 다시 최린에게 가져옴

2월 20일 최린, 최남선과 함께 온 이승훈을 만남. 이후 한용운을 방문하고 천도교와 야소교의 합동 성립 이야기가 나오고 있음을 알려줌. 둘이 독립운동 실행방법을 논의함. 한용운, 최린에게 선언서 작성과 발송 문제 전담하라고 말함.

2월 24일 한용운, 최린을 방문하여 독립선언서와 윌슨과 강화회의 열국대표자에게 보내는 각 서면 초안을 보았고, 야소교와 교섭이 성립되었음을 확인함. 일본정부와 조선총독부에 보낼 서면은 아직 제출하지 못했고, 독립선언서는 다수 인쇄 배포 예정이라는 말을 들음. 최린, 한용운에게 3월 1일 오후 2시 파고다공원에서 선언서를 낭독하라고 부탁함.

2월 25일경 최남선, 내각 총독부 귀중양원에 보낼 상신서 기초를 완성함.

2월 26일 최린, 오세창 집에 가서 최남선에게 받은 초안을 『천도교회월보』 과장 이종일(1858~1925)에게 건네줌. 한용운, 이승훈과 처음 대면. 현순, 상하이로 감. 한용운, 오후에 봉익동 1번지에 머물고 있던 백용성을 방문하고 가입 권유하고 승낙 받음.

2월 27일 한용운, 최린 집에서 정부와 총독부, 귀족원과 중의원에 보내는 서면 초안을 봄. 한용운, 6통에 서면 날인함. 백용성 대신 날인함. 이종일, 오후 5,6시 최남선 신문관에서 만든 활자 조판 독립선언서를 공장감독 김홍규에게 건네줌. 9시경부터 인쇄를 시작하여 오후 11시경까지 2만 1천매 인쇄함. 한용운, 같은 날 밤에 손병희의 첩댁(주산월의 집)에서 모인 모임에는 가지 않음. 오후 8시 40분 임규, 남대문역을 출발함.

2월 28일 한용운, 정오에 최린 방문. 일본정부에 보낼 서면을 임규가 갖고 출발했음을 알았음. 오후 3시 이종일에게 독립선언서 3천매를 인수함. 오후 8시 가회동 손병희 집에 서명자의 대부분 모임. 박희도의 제안에 따라 발표 장소를 태화관으로 변경함. 한용운, 오후 12시경 유심사에서 중앙학림 학생들에게 선언서 3천매를 나누어 줌.

3월 1일 오후 2시 길선주, 유여대, 김병조, 정춘수를 제외한 29명이 명월관 지점인 태화관에 모여 독립선언식 거행. 한용운, 취지 연설 인사 후 만세 삼창하고 전원 체포됨.

- 한용운 경찰심문조서(제1회 1919.3.1) 경무총감부 순사 도요하라 다쓰키치豊原辰吉, 경부 한정석 ―『비사』 pp.601~604. 『전집』1, pp. 361~362. 『운동』1, pp.108~110. 완역.
- 한용운 경찰심문조서(제2회 1919.3.11) 경무총감부 순사 도요하라 다쓰키치, 경부 한정석 ―『비사』 p.604. 『전집』1, p.363. 『운동』1, pp. 110~112. 부분번역.
- 한용운 검사심문조서(1919.3.11) 경무총감부 검사 가와무라 시즈나가河村靜永, 서기 마쓰모토 효이치松本兵市 ―『비사』 pp.605~611. 『전집』1, pp.363~367. 『운동』1, pp.189~194. 완역이면서도 축약번역이 많음.
- 한용운 지방법원 예심심문조서(1919.5.8) 경성지방법원 예심 판사 나가시마 오조永島雄藏, 가무라 진효에磯村仁兵衛 통역 오다 미쓰루尾田滿 ―『비사』 pp.611~620. 『전집』1, pp.367~372. 『운동』1, pp.388~396. 발췌번역.
- 한용운 고등법원 예심심문조서(제1회 1919.8.27) 고등법원 예심판사 구쓰 쓰네조楠常藏, 서기 미야하라 에쓰즈구宮原悅次 ―『비사』와『전집』 모두 "고등법원 예심판사 구쓰 쓰네조 조서는 지방법원 예심판사 나가시마 오조의 조서와 동일하다."는 이유로 생략.『운동』2, pp. 220~222. 미번역.
- 한용운 고등법원 예심심문조서(제2회 1919.11.6) 고등법원 예심판사 구쓰 쓰네조, 서기 마루야마 도시오丸山壽雄 ―『비사』와『전집』 위와 동일한 이유로 생략.『운동』2, pp.222~225. 미번역.
- 경성복심법원 공판시말서(1920.9.24) 경성복심법원 법정 재판장 총독부판사 쓰카하라 도모타로 조선총독부 판사 아라이 유타카 조선총독부 판사 스기우라 다케오 ―『비사』와『전집』은 생략.『운동』2, pp. 303~306. 미번역.

방외인과 역사의 파수꾼

만일 한용운에게 정치적 무대가 허용되었더라면, 그는 모순된 사회적 상황의 실질적 변형을 목표로 하는 행동적인 삶을 살았을지 모른다. 그러나 시대적 불운 때문에 승려로 살아야했던 그는 열린 세계와 닫힌 세계, 고요한 정신적 기율과 삶의 실천적 움직임이라는 이중의 세력을 종합하고 용접해 넘으로써 균형의 미학을 획득했다. "그의 일체유심의 깨우침은 단순히 치열한 행동주의만을 결론으로 갖는 것이 아니고 종교적인 달관, 견성, 해탈의 경지를 지시하는 것이기도 하였다."[25]는 김우창의 지적은 시사하는 바 크다. 따라서 승려로서의 삶을 경영해야 했던 것은 정치적 측면에서는 불행일지 모르나, 그 자신과 우리의 정신사를 위해서는 행운이었다고 생각된다.

1921년 12월 22일에 출옥하면서 "지옥에서 극락을 구하라."고 외쳤던 한용운이 이듬해 봄 조선학생회 주최로 열린 강연(「육바라밀」)에서 연설을 마치고 하단할 때 손으로 원을 그리고 주먹으로 그 원에 한 점을 찍었던 신륜身輪은 시대의 어둠 속에서 피운 생명의 꽃이다. 그가 강연회에

---

25) 김우창, 『지상의 척도』, 위의 책, p.209.

서 보여준 선동력이 외향적 욕구라면, 불교는 이를 통어하는 내면적 기율이며, 신륜은 그의 행동철학과 불교정신으로 편 우담발화 그 일체법의 최정각이었다. 옥중에서 획득한 이념의 푯대를 식민지 공간에 높이 매달음으로써 3.1독립운동은 파괴되었을 뿐 패배한 것이 아니라고 침묵으로 외쳤던 그가 오세암으로 돌아온 것은 1925년 봄이었다. 『동아일보』는 그의 근황을 이렇게 전하고 있다.

> 이미 스님의 이야기가 났으니 한용운 선생의 소식을 알아보지요. 3년의 선고를 받으시고 출옥하신 후 아무리 세상을 두루 살폈으되 '보리심菩提心'을 아는 사람의 자취가 없으매 사바세계에 맘을 끊으시고 금년 봄엔가 산수 좋은 강원도 양양 땅 설악산을 찾아가셨답니다. 신흥사 처마 밑에 채운이 얼킬 때에 삼개 중생을 깨우치는 새벽종을 땡땡치는 선생의 마음은 얼마나 비창하시겠습니까! 26)

문화정치라는 미명 속에 평정을 되찾은 1920년대는 출옥한 그에게 드러난 현실과 숨어버린 이상 사이의 부등식만 일깨워주고 있었다. 영원의 사랑을 받기를 포기하고 인간 역사의 첫 페이지에 잉크칠을 한 대가로 2년 8개월의 분리와 차단을 경험해야 했던 한용운은 출옥 후에도 쉬지 않고 여러 사업을 시도했으나 모두 손바닥의 물이 빠져나가는 듯 무산되었다. 그는 출옥 후 주로 대중강연을 했으나 가장 하고 싶었던 것은 일간신문의 발행이었다. 그러나 그는 『시대일보』를 인수하지 못했다. 이는 사회적 의미의 소외이며 옥중체험보다 가혹한 시련이었는지 모른다.

> 천하봉미이天下逢未易 천하에서 만나기도 쉽지 않은데
> 옥중별역기獄中別亦奇 옥중에서 헤어짐도 또한 기이해.

26) 「기미년운동과 조선의 48인」, 『동아일보』(1925.10.1)

구맹유미냉舊盟猶未冷 옛 맹세 아직 식지 않았거든
막부황화기莫負黃花期 국화철의 기약을 저버리지 말게나.
—「송별시贈別」

국화철의 기약은 돌아오지 않는 님의 편지가 되고 말았다. 그렇다면 어느덧 47세외 장년으로 바뀐 세월의 흔적만이 그에게 다가오는 회환의 전부였을까. 아니다. 그는 이 그늘 속에서 새로운 생명의 탄생을 준비했다. 그것은 『님의 침묵』이라는 절정에 이르기 위해 한번은 통과해야 했던 사유의 바다, 『십현담』의 주해 작업이었다.

내가 을축년 여름을 오세암에서 지낼 적에 우연히 십현담을 읽었다. (중략) 원주가 있으나 누가 붙였는지 알 수 없고 또 열경주悅卿註가 있는데 열경이란 매월梅月 김시습의 자字이다. 매월이 세상을 피해서 산에 들어가 중옷을 입고 오세암에 머물 때에 지은 것이다. 두 주석을 가지고 원문의 뜻을 해석하는 데는 충분하나 말 밖에 포함되어 있는 뜻을 밝힘에서는 더러 나의 소견과 다른 바가 있었다.
대저, 매월의 지키는 바의 지조는 세상과 서로 용납되지 않아 운림에 낙척하여 때로는 원숭이와 같이 때로는 학과 같이 하기도 하며 마침내 당세에 굴하지 않고 스스로 천하 만세에 몸을 결백케 하였으니 그 뜻은 괴로웠고 그 정은 비분함이 있었다. 또한 매월도 십현담을 오세암에서 주해했고, 나도 또한 오세암에서 열경의 주해를 읽었다. 사람들이 접한 지는 수백 년을 지났건만 그 느끼는 바는 오히려 새롭구나. 이에 십현담을 주해한다.

을축(1925) 유월 일 오세암에서[27]

위의 서문을 읽으면 인간은 끊임없이 인간을 초월한다고 했던 파스칼

---

27)『전집』3, p.335.

Pascal, Blaise(1623~1626)의 잠언이 떠오른다. 하긴 어떤 작품도 개인적 체험의 표현으로만 이루어지지 않는다. 인간은 생성되고 있는 전체의 한 부분으로 스스로를 생각하고 느끼고, 역사적·초월적·초개인적 차원에 스스로를 놓을 때 발전한다. 어떤 삶도 문화적 전통이나 세계관의 매개 없이는 문학적 예술적 혹은 철학적인 레벨로 표현되기 어려운 법이다.

『십현담』은 조동종의 적통 운거도응雲居道膺(?~902)의 법사法嗣인 동안 상찰同安常察(?~961)이 심인心印, 조의祖意, 현기玄機, 진이塵異, 연교演教, 달본達本, 환원還源, 전위轉位, 회기迴機, 일색一色의 10현玄에 각각 7언의 게송偈頌를 붙여 만든 선화 게송집이다. 주석으로는 법장法藏(643~712)의 『고십현古十玄』과 청량淸凉 국사 증관澄觀(733~839)의 『신십현新十玄』이 있다. 우리나라에는 매월당梅月堂 김시습(1435~1493)이 주해한 『십현담 요해十玄談要解』(1475)가 있다. 김시습은 법안종 문익文益(885~958)의 주를 먼저 적고 뒤에 자신의 주를 붙였다. 최근 성철(1912~1993)의 장경각 서고를 정리하다가 한글로 번역한 『십현담언해』를 발견한 바 있다.[28]

김시습의 『십현담요해』를 새로 주석한 『십현담주해』는 미완성으로 남은 『유마힐소설경강의』와 함께 지천명의 경지를 앞둔 한용운의 내면을 보여준다. 비유적으로 말한다면, 이 책은 많은 시련과 좌절을 거친 후 그의 내면에서 점화된 형이상학의 불꽃인지 모른다. 그러나 한용운은 김시습의 불우한 생애와 지조, 개결介潔에 공감하면서도 완세玩世와 망세忘世의 정조를 거부한다. 그는 체제를 용납하지 못함으로써 현실권 밖으로 스스로 이탈시켜 기개를 숭상하면서 사회 도덕적 규범을 무시하는 방달불기放達不羈의

▲ 매월당 김시습

28) 『동아일보』(2009.9.16)

방외인29)이기 이전에 망국민이었다. 물론 그는 "그 뜻은 괴롭고 그 정은 비분함이 있었다.其志苦 其情悲矣"고 평가한 김시습에게 일말의 동질감을 느꼈을지도 모른다. 그러나 그는 김시습의 지사적 울분과 불기不羈의 생애에 어두운 유혹을 느끼면서도 역사의 파수꾼이기를 단념할 수 없었다.

김시습이 보여준 삶의 형식과 한용운의 그것은 다르다. 그들이 추구한 황금의 꽃은 그 색깔과 크기 또는 형이상학적인 힘에서 다를 수밖에 없다. '피세입산避世入山(세상을 등지고 산에 들어감)'의 김시습과 '여하심욕렬如何心慾裂(내 마음은 왜 이리도 찢어지는가)'이라고 외치며 '세간생세간장世間生世間長(세간에 들어 세간에 난다)'의 삶을 살아야했던 한용운이 추구하는 욕망의 대상은 같지 않다. 욕망은 그 대상이 소유하는 형이상학적 힘 metaphysical virture의 정도에 따라 좌우되며, 이 힘은 그 대상과 중개자의 거리에 따라 좌우된다.30) 한용운은 식민지의 어둠이 깊어갈수록 그 대결의 욕망을 늦출 수 없었다.

> 유운유수족상린有雲有水足相隣 구름과 물 있으니 이웃할 만하고
> ○○○○황부인○○○○況復仁 ················ 하물며 인일 것가.
> 시원송다감전약市遠松茶堪煎藥 저자 멀매 송차로 약을 대신하고
> 산궁어조홀봉인山窮魚鳥忽逢人 산 깊어 고기와 새 사람 보기 드물다.
> 절무일사환비정絶無一事還非靜 아무 일도 없음이 참다운 고요 아니오
> 막부초맹시위신莫負初盟是爲新 첫 뜻을 어기지 않음이 새로움이거니
> 당약파초우후립倘若芭蕉雨後立 비 와도 끄떡없는 파초와 같다면
> 차신하염주황진此身何厭走黃塵 난들 무엇을 꺼리리 티끌 속 달리기를
> ―「오세암」

29) 임형택, 「조선전기 문인유형과 방외인문학」, 『한국문학연구입문』(지식산업사, 1982) p.224. 심경호, 『김시습평전』(돌베개, 2003) pp.382~389.
30) 르네 지라르, 김윤식 역, 『소설의 이론』(삼영사, 1986) p.97.

위의 시는 치의緇衣의 묵상에 안주하지 못하고 늘 움직이는 삶의 현장에 민감했던 그의 회한을 잘 보여준다. 아무 일도 없음이 참다운 고요가 아니라는 말은 진정한 삶의 고요란 생명의 충만함이라는 것이다. 진정한 의미의 관조는 번뇌를 벗어던진 자유자재한 경지이며, 이는 창조적 세계를 떠받쳐주는 힘이 된다. 새로움이란 값싼 표피적 변화가 아니라 되돌아가 다시 시작하는 생명의 거듭남이다. 이는 불꽃 속의 연꽃처럼, 때로는 찬비를 맞아 더욱 싱그러워지는 파초처럼 사는 사람만이 할 수 있다. 그러나 삶은 세월의 낙엽을 밟을 것을 요구한다. 오세암의 침묵과 그의 나이가 손을 잡는다.

> 중세지공겁中歲知空劫 중년에 인생의 헛됨을 알아
> 의산별치가依山別置家 산을 의지해 따로 집을 지었다.
> 경랍제잔설經臘題殘雪 섣달이 지나 남은 눈에 시를 쓰고
> 영춘논백화迎春論百花 봄을 맞아 온갖 꽃을 즐긴다.
> 차래십석소借來十石少 돌멩이 여남은 개 빌어다 쌓아
> 제거일운다除去一雲多 자꾸 꾀는 구름을 막고
> 장심반화학將心半化鶴 내 마음 어지간히 학이 되었는 듯
> 차외우파사此外又婆娑 이 밖에서 덩실덩실 춤추며 산다.
> ―「한가한 노래閑吟」

헛됨을 안다는 것은 스스로를 태우면서 빛나는, 어둠을 밀어내며 완전하게 연소하는 촛불의 미학을 알게 되었다는 뜻이다. 우리는 그때 비로소 헐벗은 나무에 핀 눈꽃을 사랑하게 되고, 허무의 심연을 박차고 솟아오른 학의 자유를 누린다. 그러나 그는 아직 한암고목이 될 수는 없는 터……『십현담주해』는 이 높이에서 이루어진다.

1. 심인心印

[주] 마음은 본래 형체가 없는 것이라 모양도 여의고 자취도 끊어졌다. 마음이라는 것부터가 거짓 이름인데 다시 인印라는 말을 덧붙여 쓸 수 있으리오. 그러나 만법은 이것으로 기준을 삼고 모든 부처는 이것으로 증명을 하였다. 그러므로 이것을 심인이라 한다.

2. 조의祖意

[주] 조사의 뜻이란 것은 일찍이 어떤 뜻이 있는 것이 아니다. 중생이 있으면 조사도 또한 뜻이 있으니 조사의 뜻이란 중생의 뜻이다.

3. 현기玄機

[주] 모나고 둥근 것에서 벗어났으니 또한 길고 짧은 것이 아니다. 어느 곳에서 굴러다니지 않는 곳이 없고 무슨 법이든지 생겨나지 않는 법이 없다. 그러므로 이르기를 현현한 기틀이라 하였으니 현현한 기틀이란 묘의 지극한 것이다.

4. 진이塵異

[주] 우리의 본 자리는 티끌을 떠났으나 티끌 자리를 떠나있는 것이 아니오. 티끌 그 자리에 같이 처해 있으되 섞이지 아니하니 이런 까닭으로 티끌을 다른 것이라 한다.

5. 연교演敎

[주] 부처님께서 중생을 위하여 짐짓 아무 것도 말할 것도 없는 곳에 다시 말할 것을 만들었다.

6. 달본達本

[주] 백 가지 천 가지 방편이 모두 이 기틀에 맞으며 한 생각 빛을 돌이키니 벌써 근본에 도달하였다.

7. 파환향破還鄕

[주] 끝도 이미 빈 것이라 이르고 근본도 있는 것이 아니라 하니 근본에 도달하고 고향에 돌아왔다는 말조차 다시 어젯밤 꿈과 같은 말이다.

8. 전위轉位

[주] 취한다고 해서 아름다운 것이 아니오, 버린다고 해서 다시 묘한 경계도 아니다. 그러므로 다시 한 위를 올라가노니 올라가고 올라가서 응접에 여가가 없다.

9. 회기廻機

[주] 위가 올라가면 기를 돌이킴이 따르나 한 번 돌이키고 두 번 돌이킴에는 제도와 법칙이 없다.

10. 일색一色

[주] 만 번 구르고 천 번을 돌아도 한갓 그 노고만 더할 뿐이다 결국 한 빛으로 돌아가는 것이니, 이것을 일러서 크게 같은 것이라고 한다.

일문一門은 깨달음의 궁극적 목적이다. 일문은 그 자체로 전체인 동시에 십문의 부분이며, 십문 역시 다시 되돌아가 시작하는 열린 체계일 뿐이다. 우리는 이를 성과 속의 변증법, 또는 역의 합일이라고 부른다. 두 마리의 뱀이 머리와 꼬리를 물고 있는 음양의 구조와 유사하다.

십문은 독립해서 존재하지 않고 상호관계에 의해 존재하며, 일문 또한 각 문 사이의 부정과 대립의 상호 배제에 의해 긍정되는 변증법적 관계를 형성한다. 이들은 부정의 연쇄를 거쳐 하나의 긍정이 되고 다시 부정되면서 긍정으로 나아간다. 십문은 중도Middle path 또는 공Sunyata의 존재론적 순환과정이다. "일현담 속에 십문을 갖추어 총지무궁하다.─玄談 裏 各具十門總持無窮"31) 일문은 8구 게송으로, 십문은 80구의 게송으로 순환한다. 이것을 시적인 차원으로 표현한 것이 송나라 때 임제종의 선승이었던 곽암사원廓庵師遠의 「십우도송十牛圖頌」이다. 한용운은 이를 다음과 같이 해석한 바 있다.

심우尋牛; 사람이 자심自心을 잃어버리고 그것을 찾기 위하여 사량분별思量分別 혼침도거昏沈掉擧 중에서 심색불가尋索不暇한 것.
견적見跡; 점점 심우적尋牛跡을 발견하는 것.

---

31) 한종만, 「한용운의 십현담주해에서 본 진리관과 선론」, 『한용운사상연구』2집, 위의 책, p.23.

견우見牛; 문법聞法과 수학修學의 공으로 본래 심우의 면목을 본 것.

득우得牛; 방우放牛를 획득하였으나 아직 방일放逸의 야심이 있어 편달
　　　　순치鞭撻馴致의 상相을 그린 것이니 수학의 힘으로 얻었으나
　　　　오히려 번뇌의 습기習氣를 돈제頓除치 못하는 것.

목우牧牛; 소의 비색鼻索을 견지하고 목양牧養하는 것이니 오후보임悟後
　　　　保任으로 습성을 수련하는 것.

기우귀가騎牛歸家; 기오차수旣悟且修하여 정식망념情識忘念의 기반羈絆
　　　　을 해탈하고 본래심우本來心牛의 가향家鄕에 돌아오는 것.

망우존인忘牛存人; 사람이 본각무위本覺無爲의 땅에 도달하여 제상諸相
　　　　이 개공皆空하였으나 오히려 아공我空되지 못한 것.

인우구망人牛俱忘; 소도 잊고 자기까지도 잊은 것으로 범정凡情이 탈락
　　　　脫落하고 인아구공人我俱空할 것.

반본환원返本還源; 인우구망의 상相도 여의고 일법부존一法不存 산자산
　　　　수자수山自山水自水의 경애境涯에 이른 것.

입전수수入廛垂手; 입니입수入泥入水 노파심체老婆心切로 자비의 손을
　　　　드리우고 만장진애萬丈塵埃의 시전市廛에 들어가 고해중생苦
　　　　海衆生을 제도하는 것.32)

▲ 조계사 대웅전의 「심우도」
　가운데 「기우귀가騎牛歸家」

　　선가에서는 자신의 본성을 발견하고 깨달음에 이
르는 과정을 10단계로 나누어 그림으로 그린 후 송頌
을 덧붙여 「심우도尋牛圖」 또는 열 가지의 그림이라
는 의미로 「십우도十牛圖」라고 한다. 선의 수행 단계
를 소와 동자에 비유한 이 그림은 소를 찾으러 나가
그 발자취를 보고, 소를 보고 붙잡아 다스린 후 등에
타고 집으로 돌아오다가 소는 잊고 나만 남았으나,
나도 잊고 소도 잊고 본래의 나로 돌아와 저자거리

32) 「심우장설」, 『전집』1, pp228~236.

로 들어가서 중생을 제도하는 것으로 요약된다. 한용운이 자택의 당호堂號를 심우장으로 정한 이유도 여기에 있다. 또한 그는 곽암사원의 「십우도송」에 차운하여 10편의 게송을 지은 바 있다.

『십현담주해』와 「십우도송」을 관통하는 중관中觀 또는 중도中道의 요체를 밝혀놓은 『중론』Mádhyamakakáriika은 용수龍樹(Nagarjuna 150~250)의 저작으로 초기·중기 대승불교의 중요한 이론적 기초를 이룬다. 중론사상은 훗날 대승불교는 물론 소승불교에서도 받아들였으며, 인도 철학의 주류를 이루는 불이일원론不二一元論의 베단타 철학에서도 그 영향력을 엿볼 수 있다.[33] '연기緣起—무자성無自性—공空'의 핵심사상에 의하면 모든 존재와 주체 그 자신도 다른 것들과의 상호관계에 있다. 따라서 정립·반정립의 극단을 상의상대paraspara-apeksa의 원리로 본다면 모든 독립된 실체의 본질自性은 부정되며 자성을 상정하려는 생각마저 부정된다.

『중론』의 서두에 나오는 "불생역불멸不生亦不滅(나지도 않고 멸하지도 않으며) 불상역불단不常亦不斷(항상치도 않고 아주 없지도 않으며) 불일역불이不一亦不異(동일하지도 않고 차이지지도 않으며) 불래역불출不來亦不出(오지도 나가지도 않는다)"의 「팔불게八不偈」[34]는 일체 부정의 극적인 표현이다. 이 깊은 자각과 체험을 공 또는 중도·제법실상諸法實相·법계法界라고 부른다. "아무 것이라도 공空이 상응相應하는 것이면 일체가 성립하지만, 아무 것이라도 공이 상응하지 않으면 일체가 성립하지 않는다."는 말은 결국 우리가 인식하는 계박繫縛·세간世間·윤회는 실체로서 성립되는 것이 아니라 모두 공에 다름 아니라는 것이다. 그래서 우리는 실천하고 노력하는 가운데 해탈·여래·열반의 목표를 세울 수 있고, 동시에 모든

---

33) 中村元(나카무라 하지메) 編, 『世界思想敎養辭典』(東京堂出版, 1965) p.358.
34) 황산덕 역해, 『중론송』(서문당, 1976) p.184.

것이 공이라는 사실을 자각하면서 깨달음을 획득하게 된다. 물론 공은 유에 대한 무나 허무가 아니다. 이는 세속의 유가 갖고 있는 본래의 의미이고 가치이며 깨달음이다. "인연으로 생겨난 모든 것을 우리는 공이라고 하지만 그것은 또한 가명假名이요 이것이 곧 중도"라는 용수의 말은 실재와 비실재, 존재와 비존재의 구분에 집착하지 말고 존재의 상호성 내지 역동성을 깨달을 것을 촉구한다.

 "본체와 가명이 서로 용납할 때 심인의 뜻이 스스로 밝아진다.本體假名 兩不相病 心印之旨明矣" 본체(존재/정신/질료)와 가명(비존재/육체/형상)의 관계를 배타적인 관계로 인식하지 않고 모든 존재를 상호작용의 연속선상에서 존재하는 실재의 두 면으로 인식하라는 중론적 세계관의 요체다. 중론적 세계관에 의해 역사를 바라보면, 역사란 끊임없는 변전의 운동 그 본체와 가명의 상호 연속운동에 불과하다. 우주 삼라만상의 이치와 마찬가지로 역사는 원인과 조건의 작용에 의하여 끊임없이 변모하면서 전개되어 나갈 뿐이다. 여기에는 이룸과 무너짐의 상호의존과 연속이 있으되 완전한 선의 이룸이 없듯이 그 절대적인 소멸도 없다.35)

 지배자와 피지배자, 빼앗은 자와 빼앗긴 자, 이들은 본체론적 실체가 아니다. 서로 의존하고 변화되는 존재의 결여에 다름 아니다. 현실계는 정적이고 영원한 것이 아니라 역동적이며 일시적인 것으로 생과 멸의 끊임없는 운동을 보여준다. 미래는 설명적 요인으로 통합된다. 자아는 세계고, 세계는 자아다. 그의 역사관이 예언적인 까닭은 여기 있다. 중론적 세계관은 그의 삶과 문학에서 하나의 일관성 있는 의미의 체계이자 식민지 현실을 타개하고 극복할 수 있는 구원의 원리로 기능한다. 아니, 그것은 인간 각자가 보다 더 인격화되고 총체적 가치가 실현되게 하는 삶의

---

35) 김흥규, 『문학과 역사적 인간』(창작과비평사, 1980) p.18.

실천원리이자 훼손된 삶의 정상화와 전체화를 위한 원숙한 관점이었던 것이다. 그런데 한용운은 『십현담주해』에서 김시습과 달리 비批를 따로 마련하고 있다.

> [원문] 조사의 뜻은 공한 것 같되 이것이 공한 것은 아니다.祖意如空 不是空
>
> [비] 하나의 나뭇잎이 천하에 가을이 온 것을 알려 주는구나.一葉天下秋
>
> [주] 조의란 조사가 가지고 있는 뜻 속의 자취를 말하는 것이니 공한 것 같되 묘하게 있고, 있는 것 같되 참으로 비었도다. 때로는 천상천하에 아무리 찾아도 자취가 없고, 때로는 백초두상에서도 역력히 볼 수 있다. 유를 파하여 공이라 하고 공을 파하여 유라고도 하였으니 공과 유가 다함께 거꾸러져야 조사의 의취가 비로소 드러난다.祖意者 祖師之意旨也 若空而妙有 若有而眞空 有時天上天下 尋之無跡 有時百頭上 歷歷可見 破有云空 破空云有 空有俱倒 祖意如彰

비는 비점批點 또는 평정評定이라고 한다. 대개 대여섯 글자로 이루어지는데, 원문과 주 사이에서 의미를 압축하고 상징한다. 주가 원문을 개념적으로 설명한다면, 비는 주와 원문의 의미를 상상력으로 파괴하고 통합한다. "일엽천하추一葉天下秋(하나의 나뭇잎이 천하에 가을이 온 것을 알려 주는구나)" 이는 심상한 은유일 수 있다. 그러나 가상과 본체의 대립과 모순을 떠났을 때 조사의 뜻이 드러나듯이, 한 개의 잎은 현상의 일부인 동시에 자연 이법의 전부다. 한 개체의 소멸에서 우주의 떨림을 보는 것이다. 비는 논리적 경직성을 상상력을 동원하여 감성의 차원에 풀어놓는 종합적인 인식의 장이다. 자아와 세계, 대상과 주체를 동일선상에서 보는 연속적 세계관이기 때문에 충격적인 이미지로 나타나기도 하고, 때로는 선시의 전통적 흐름에 놓여 있기 때문에 굳어버린 비유로 그치기도 한다.

불교적 상상력이란 의미를 재창조하기 위해 녹이고, 부수고 흩날리는 힘이자 가장 이질적인 요소들을 동화하고 종합하여 하나의 유기적인 전체 — 전체를 떠나서는 그 동질성을 유지할 수 없는 부분들이 살아 있는 상호의존의 통일체 — 를 만드는 정신작용이다. 선적 직관력은 이런 상상력의 다른 이름인지도 모른다. 미당은 그래서 이렇게 말하고 있다. "내 생각 같아서는 쉬르레알리즘이 보여 온 그런 새 풍토들도 불교의 경전 속에 매장되어 온 파천황의 상상들과 그 은유의 질량에 비긴다면 무색한 일이다."36)

> [원문] 나는 바닷속의 여의주는 이르는 곳마다 빛난다고 하겠다.我道驪珠到處晶
>
> [비] 심산궁곡 깊은 곳에 피어있는 난초는 사람이 없다 하여 그 향기를 내지 않는 법이 없다.空谷之蘭 不以無人不馨
>
> [주] 여주란 바다 속에 있는 검은 용의 턱에 있는 구슬이다. 여룡의 명주도 있는 곳마다 빛나지 않는 곳이 없는데 하물며 자성의 구슬의 둥글고 밝음이야말로 나타나지 않는 곳이 없으며, 비추지 않을 때가 있을 것인가.驪珠驪龍之頷珠也 驪龍之名珠 無處不晶 性珠圓名 何處不顯 何時不照

법신은 현상 너머의 진리이며, 현상은 법신의 응화다. 문향聞香이란 표현은 이런 사유에서 비롯된다. 향기는 보는 것이며 듣는 것이기도 하다. 한용운의 다양하고 현란한 비유의 이면에는 사물을 객관으로 보는데 그치지 않고 그 속에 숨어있는 의미를 찾는 화엄적 세계관과 언어를 부정

36) 『서정주』2, p.266.

하면서 긍정하는 불교적 문자관이 놓여있다.

> [원문] 기틀을 돌이키다.廻機
> [비] 바람이 일어나니 꽃향기가 일어나고 구름이 걷히니 그림자가 비
> 친다.風起花香動 雲收月影移
> [주] 위가 올라가면 기틀 돌이킴이 따르나 한번 돌이키고 두 번 돌이
> 킴에는 궤도와 법칙이 없다.轉位 則廻機隨之 一廻二廻 不存軌則

'일중일체다중일一中一切多中一' '일즉일체다즉일一卽一切多卽一'. 이는 개별적인 제법들이 불가분하게 유기적인 통일성을 유지하면서 시시각각으로 변화하는 연기의 원리다. "바람이 일어나니 꽃향기가 일어나고 구름이 걷히니 달그림자 비친다." 이것은 상의상대와 상의상즉相依相卽의 요체다. 깨달음이란 또 다른 깨달음의 시작일 뿐이다.

> [원문] 한빛一色
> [비] 한 빛이란 한 빛도 없는 바깥에 있으면 알 수 있다.一色知在一色外
> [주] 만 번 구르고 천 번을 돌아도 한갓 그 노고만 더할 뿐이다. 결국
> 한 빛으로 들어가는 것이니 이것을 일러서 크게 같은 것이라 한
> 다.萬轉千回 徒增其勞 入之一色 是爲大同

고향은 한 개인에게 살면서 수없이 받았던 육체적 고통과 정신적 상처를 치유해 준다. 융Jung,C.G.(1875~1961)이 인생을 영혼의 여행이라고 했을 때, 출발점과 귀착점은 어머니의 자궁 그 고향이다. 한용운의 한시에서 고향과 꽃이 한 짝을 이루며 나타나는 것은 이 때문이다. 내설악은 그에게 성소이자 자궁이었는지 모른다. 빛은 어둠을 통해 자기를 증명하며, 존재는 결여manque와 부재로 증명된다. 우리는 님이 부재할 때 님의

존재를 깨닫고, 님을 만나면서 님을 망각한다. 허무는 허무를 넘어설 때 자유가 된다.

한용운은 내설악의 오세암에 돌아왔을 때, 허무의 그늘에서 지친 몸을 쉰 것이 아니다. 초월이란 세계의 횡포를 넘어서지 못할 때 이루어질 수 없음을 다시 확인한 그는 『십현담』을 주해하면서 불교적 세계관을 자신의 의식적 통일성과 일관성의 최고 형태로 일치시킬 수 있었다. 그는 추녀 끝에 매달렸다 떨어지는 물방울을 통해서 시대의 어둠과 그 전도된 가상의 실체를 본다. 그러나 님은 아직도 침묵이다. 한용운은 방외인 김시습이 앉아 있던 오세암의 선방을 떠나면서 다시 한 번 우리들이 걸어가야 할 길을 생각했을 것이다. 그때 6월의 방향芳香이 현기증처럼 그의 가슴에 끼얹혀졌을지도 모른다.

나의 님과 님의 나

시간은 은빛 모래처럼 흘러가고, 흘러들어온다. 끊임없이 흘러가거나, 영원히 정지된 시간의 강이라면 얼마나 지루하랴. 우리들이 넉넉하고 푸근한 여유를 그리워하면서도 막상 그때가 오면 다시 신발 끈을 조이는 것은 끊임없이 꿈틀대는 생명의 욕망이 있기 때문이다. 만약 누구인가가 그 정상에 계속 앉아 있으라고 한다면, 삶은 권태의 메마른 짚더미나 침묵의 화석으로 바뀔 것이다.

신조동탕심新潮動盪甚 세차게 밀려드는 새로운 물결
범람백운오汎濫白雲塢 흰구름 쌓인 마을 넘실거리네.
무신추우지戊申秋雨止 무신년 어느날 가을비 그쳐
청련황화호靑蓮黃華好 청련사 국화꽃 곱기도 하군.
용운입영환龍雲入瀛還 일본에 다녀온 만해 스님이
담토시무고譚討時務故 이런저런 세상일 얘기 할 적에
금파참정좌琴巴參鼎坐 금파스님과 나 셋이 둘러앉아
종용혁고도慫慂革古度 개혁유신 토론했네.
심화홀횡지心華忽橫枝 이 생각 저 생각 어지러운 마음은
위불혜근고爲不慧根固 밝지 못한 지혜 탓이지.

산책래한빈散策來漢濱 한강변 가로 따라 걷는 발길에
의마미잠주意馬未蹔駐 덧없는 생각이 한없이 달려가네.
종후이십추從後二十秋 그 후로 20여 년
풍우암조모風雨闇朝暮 비바람 스산한 나날이어라.
남관열염삭南冠閱炎爍 남녘의 의관은 불꽃 속에 사라지고
북석기빙호北析幾氷沍 얼어붙은 북녘 땅 얼음이 뒤덮였네.
강안투청총强顏投靑叢 굳어버린 얼굴로 푸른 숲 찾아가니
만욕양풍무謾欲釀風霧 바람 안개 뭉게뭉게 피어오르고
종혈기재소鍾沴氣纏消 안개 속에 여울져 간 범종소리는
파니구욕토怕怩口欲吐 수줍은 입언저리 말할 듯 말 듯
파자여출강跛者如出彊 절름발이 장수가 출정을 하니
난면제희소難免齊姬笑 궁녀의 비웃음을 면치 못하리.
반주미감전半籌未堪展 하나의 책략도 펴지 못한 채
공류만루소空꿰留萬縷素 부질없이 흰비단만 더럽혔네.
경경존약충耿耿存若衷 말 못하고 애태우는 이 어려움을
공성야권고空聖也眷顧 부처님은 굽어 돌보시겠지.
　　　　　　　　　— 박한영, 「구름도 안개도 변하네雲變霧渝」[37]

　『영환지략』을 읽고 세계일주의 꿈을 불태우다 좌절하고 황량한 대륙을 하염없이 걸어 귀국해야 했던 젊은 날의 시련도, 피를 토하듯 불교유신을 외치던 열정도, 그리고 「조선독립의 서」를 작성하며 서대문형무소의 차가운 감방에서 몸을 떨던 그 날도 어느덧 지나가버린 추억이 되고 말았다. 선홍빛으로 불타오르는 내설악의 저녁노을 속에 앉아 있는 그의 앞을 가로막고 마주선 것은 거짓말처럼 흘러가 버린 세월의 뒷모습뿐이었다.

　"말 못하고 애태우는 이 어려움." 이는 박한영만의 고독도 고통도 아

---

37) 박한영, 『석전시초』(동명사, 1940) p.2.

니다. 한용운 역시 호젓한 선방에 앉아 흔들리는 촛불을 바라보며 이런 허무감에 젖는 나이가 되고 말았다. 그러나 절대자의 굽어 살핌을 기다리며 가을 들판에서 메마른 꽃향기를 맡고 있기에는 그의 가슴은 아직 뜨거웠다.

옥림수로월여산玉林垂露月如霰　숲에는 이슬 맺고 달빛은 싸락눈
격수침성강녀한隔水砧聲江女寒　물 건너 다듬이 소리 아낙 마음 차다.
양안청산개만고兩岸靑山皆萬古　양쪽 언덕 푸른 산은 만고에 그냥인데
매화초발정승환梅花初發定僧還　매화 처음 필 때 선승은 돌아가리.
　　　　　　　　　　　　　　　　　　　　　　　　—「독야獨夜」

　3.1독립운동을 실질적으로 주도했던 고우 최린이 점차 돌이킬 수 없는 길을 걸었듯이, 사회는 훼손된 가치 속에서 표면적인 평정을 되찾고 있었다. 제3대 조선총독 사이토 마코토齋藤實(1858~1936)가 문화정치를 내세우며 친일세력을 육성하고 이용하려는 정책을 정력적으로 추진하면서 젊은 시인들은 허무감을 극복하지 못한 채 감성의 분열을 노래했고, 한편에서는 프롤레타리아문학을 주장하는 일군의 젊은 작가들이 모여 문학의 무기화를 주장하며 카프KAPF

▲ 사이토 마코토

를 결성했다. 김억(1896~?)이 1924년의 문단을 회고하면서 "시단의 시작이 조선혼을 조선말에 담지 못하고, 남의 혼을 빌어다 옷만 조선혼을 입히지 않았는가 의심한다. 양복입고 조선 갓 쓴 것이며 조선옷에 일본 게다를 신은 격"[38]이라고 비판했던 것은 이런 갈등과 혼란이 결코 만만치 않음을 보여준다. 한용운은 『십현담주해』를 탈고(1925.6)한 상쾌한 피로

38) 김억, 「시단 일년」, 『동아일보』(1925.1.1)

▲ 백담사 전경

를 풀기도 전에 다시 백담사의 어둔 선방에서 붓을 든다. 밤이 깊어간다. 그러나 새벽은 오고야 말 것이다. 그는 어둠을 밀쳐내는 촛불이 만든 조그만 빛의 동굴에서 『님의 침묵』을 쓰기 시작한다.

「님」만이 님이 아니라 긔룬것은 다님이나
衆生이 釋迦의님이라면 哲學은 칸트의님이다
薔薇花의님이 봄비라면 마시니의 님은 伊太利다
님은 내가사랑할뿐아니라 나를사랑하나니라
　戀愛가自由라면 님도自由일 것이다 그러나 너희는 이름조은 自由에 알뜰한 拘束을 밧지안너냐 너에게도 님이잇너냐 잇다면 님이아니라 너의그림자니라
　나는 해저문벌판에서 도러가는길을일코 헤메는 어린羊이 긔루어서 이詩를쓴다.

—「군말」

　삶은 욕망을 매개로 간접화되는 다른 사람들과의 관계의 총합이자 순환이다. 심리적인 영역에서 보면 완전한 만족은 언제나 현실에 의해 방해를 받는다. 그러므로 주체의 행동은 일련의 욕망 형태로 나타나며, 모든 인간의 행위는 어느 특정한 상황에서도 '의미있는 반응'을 부여하게 되어 있다. 님과 나의 관계는 이런 삶의 원리에 비추어볼 때 근원적인 대립항이다. 님과 나 사이에는 뛰어넘을 수 없는 거리가 존재하지만, 둘은 반드시 만나야 한다. 님과 나는 대립(헤어짐)과 연대(만남)를 동시에 갖는 변증법적 관계인 것이다.

　『님의 침묵』은 한시나 관념적이고 교술적인 초기시와 달리 님이 떠나간 상황에서 시작된다. 더구나 님이 침묵하고 있는 시적 상황은 식민지

현실과 대응한다. 1920년대의 시인들의 작품에서 님이 차지하는 비중이 큰 것은 이와 무관하지 않다. 자아와 세계 사이의 분열에 괴로워하는 젊은 시인들이 낭만적 도주를 감행하면서, 님은 개인의 차원을 넘어 시대적 역사적 종교적 차원으로 확산되는 그리움의 대상이자 낭만적 상상력의 실체로 등장한다. 그러나 한용운은 현실로부터 도피하지 않았다. 그가 정형적인 표현양식을 버리고 자유시 형식을 취하게 된 것도 이런 의지가 있어 가능했다.

한용운은 '긔룬(그리운) 것은 다 님'이라고 한다. 너는 나의 님이고, 나는 너의 님이다. 님은 나를 사랑하고, 나는 님을 사랑한다. 님은 진리일 수도 있고 도리일 수도 있다. 아니 절대자이며 포괄자이기도 하다. 님은 현상적 세계를 통해 이념적 지향을 추구하는 주체가 열망하는 대상이자 상상적 구심력이다. 님은 우리가 무엇이라고 불러야 할지 알 수 없어 억지로 님이라고 부르는 존재다.

원효는 일찍이 "유라고 하자니 일여가 그것을 사용하여 공하고, 그것을 무라고 하자니 만물이 그것을 타고 태어난다. 그것을 무엇이라 해야 할지 알 수 없어 억지로 이름 붙여 대승이라고 한다.引之於有一如用之而空 獲之於無 萬物乘之而生 不知何以言之 强號之謂大乘"[39]고 토로한 바 있다. 꽃의 피고 짐이 한 차원의 두 표현인 것처럼, 말의 빌림과 말의 떠남도 마찬가지다. 한용운이 불립문자와 불리문자의 차별을 벗어던지라고 요구한 것도 이와 무관하지 않다. 님의 내포는 하나이지만 외연은 무한이다. 불교는 이처럼 언어를 회의하고 불신하면서, 아니 철저하게 자각하면서 언어를 빌리면서 함축미와 추상성을 강화한다. 그러면 님은 어떤 존재인가.

---

39) 은정희 역주, 『원효의 대승기신론소 소·별기』(일지사, 1991) p.19.

나는 향긔로운 님의 말소리에 귀먹고 꽃다운 님의얼골에 눈머럿슴니다
—「님의 沈默」일부

나에게 생명을 주던지 죽엄을주던지 당신의뜻대로만 하서요 나는 곳당
신이어요　　　　　　　　　　　　　—「당신이 아니더면」일부

沙漠의꽃이어 금음밤의滿月이어 님의얼골이어　　　　—「?」일부

님이어 당신은 百番이나鍛鍊한金결임니다
님이어 사랑이어 아츰볏의 첫거름이어
님이어 사랑이어 어름바다에 봄바람이어　　　　—「讚頌」일부

당신의 얼골은 봄하늘의 고요한별이어요 —「사랑을 사랑하야요」일부

　님은 나에게 감각적 마비와 정신적 황홀감을 주며 삶의 의미를 지배
한다. 님은 강인하고 영원하며 빛나는 광물적 이미지(만월/금결/아츰볏/별)
와 영원한 순환을 거듭하는 생명의 식물적 이미지(향기/꽃)로 통합된 존재
다. 님은 '百番이나 鍛鍊한 金결'같이 신성하며 '사막의 꽃'처럼 영생하
는 존재다. 님은 나의 삶의 의미를 지배하는 절대적 존재인 동시에 나에
게 보호받고 사랑을 받는 상대적 존재인 것이다.

　아아 님이어 慰安에목마른 나의님이어
　아아 님이어 새生命의꽃에 醉하랴는 나의님이어
　아아 님이어 情에殉死하랴는 나의님이어
　아아 님이어 죽엄을 芳香이라고하는 나의님이어 —「가지 마서요」일부

　나는 나루ㅅ배 당신은 行人　　　　　—「나루ㅅ배와 行人」일부

꽂향긔의 무르녹은안개에 醉하야 靑春의曠野에 비틀거름치는 美人이어
죽엄을 기럭이털보다도 가벼옵게여기고 가슴에서 타오르는 불꽃을 어
름처럼마시는 사랑의狂人이어
아아 사랑에병드러 自己의사랑에게 自殺을勸告하는 사랑의失敗者여
—「슯음의 三昧」일부

적은새여 바람에흔들리는 약한가지에서 잠자는 적은 새여 —「?」일부

사랑하는님이어 엇지 그러케놉고간은나무가지위에서 춤을추서요
두손으로 나무가지를 단단히붓들고 고히고히나려 오서요 —「錯認」일부

에로스는 결핍의 존재인 우리들의 합일을 향한 갈망이며 열정이다. 그
러나 진정한 에로스는 소유의 감정을 벗어나 존재의 감정을 가질 때 완
성된다. 결핍의 존재인 너와 나는 서로 자신을 부정하고 희생하면서 존
재의 결핍을 회복한다. 님은 내가 있어 전체가 되고, 나는 님이 있어 전
체가 된다. 님과 나는 전체이자 부분이다. 그래서 님은 나의 지향과 의지
에 따라 다양한 이미지로 바뀐다. 님과 나는 하나의 둘이며 둘의 하나다.
나의 사랑은 생산적 능동성productive activity으로, 때로는 마조히즘으로
변한다. 님과 나는 서로에게 절대적 대상이자 상대적인 대상인 것이다.
다만 님이 부재하고 있는 상황이기 때문에 상대적 존재로서의 님보다 절
대적 존재로서의 님이 우세하게 나타나고 있을 뿐이다.

님은 삶의 전체적 의미를 부여하는 완전유完全有 즉재l'être-en-soi이면서
나에게 의미를 부여받는 대재l'être-pour-soi이다. 그러므로 님은 과거에도
있었고 지금도 있으며, 미래에도 있다. 다만 님은 현재는 없으나, 없음으
로 있음을 증거한다. 침묵은 나의 능동적인 참여로 소거될 수밖에 없는
감정화된 거리이며, 님은 없음으로 있음을 증명하는 존재다. 님은 나의

지향성 그 자체이며 사랑의 실체인 것이다.

> 불교는 그 신앙이 자신적自信的입니다. 다른 어떤 교회와 같이 신앙
> 의 대상이 다른 무엇(예하면 신이라거나 상제라거나)에 있지 아니하고
> 오직 자아라는 거기에 있습니다. 석가의 말씀에 '심즉시불불즉시심心卽
> 是佛佛卽是心'이라 하였으니 (중략) 사람과 물物을 통해서 '자아'입니다.
> 즉 사람의 오성은 우주만유를 자기화할 수 있는 동시에 자기가 역시 우
> 주 만유화할 수 있습니다. 이 속에 불교의 신앙이 있습니다. 고로 불교
> 의 신앙은 다른 데 비하여 예속적이 아닙니다.[40]

우리는 절대적 대상으로서의 님과 상대적 대상으로서의 님을 살펴보
았다. 그러나 님은 어디까지나 의식의 지향적 대상으로 관념적 형상일
뿐 사실은 침묵과 슬픔으로 대변되는 부재만이 남아있다. 이 시집에서
유일하고 절대적인 욕망의 주체는 나일 수밖에 없다. 나는 슬픔과 절망
을 받아들이기를 거부하고 침묵하는 님을 찾아 떠난다. 작중화자 나의
능동적 사랑은 현상적 세계에 대한 부정을 통해서 총체적 가치세계로 나
아가려는 중론적 세계관의 발현이다.

> 우리는 만날때에 떠날것을염녀하는것과가티 떠날때에 다시맛날것을
> 밋습니다
> 아아 님은갓지마는 나는 님을보내지 아니하얏습니다
> ―「님의 沈默」 일부

'회자정리會者定離 성자필멸盛者必滅'이란 현상 너머에서 실재를 보는
의미론적 주체라면 누구나 아는 사실이다. 그래서 나는 님과 이별했음에

---

40) 「내가 믿는 불교」, 『전집』2, p.288.

도 불구하고 '나는 님을 보내지아니하얏다'고 다짐한다. 사랑하는 님에게 나를 던지는 실존적인 결의이다. 이와 같이 의식의 자유는 환경적인 결함과 운명적 결함을 초월한다. 갈망은 기다림의 절망을 만남의 확신으로 바꾼다.

> 님이어 리별이아니면 나는 눈물에서죽엇다가 우슴에서 다시사러날수
> 가 업습니다 오오리별이여
> 　　美는 리별의創造입니다.　　　　　　　　　—「리별은 美의 創造」일부

 현상이란 스스로 주어진 것이며, 인식이란 '향하여 터진다s'eclater vers'는 것이다.[41] 후설Husserl,E.(1859~1938)이 '모든 의식은 무엇에 대한 의식'이라고 한 말은 틀리지 않다. 이별이란 피할 수 없는 현실이지만 나는 이별의 뒤에 숨어 있는 또 다른 의미를 알고 있다. 이별은 만남을 위한 전단계일 뿐이다. 이별은 무가 아니라 본래의 의미이기 때문에 '미는 리별의 창조'가 된다.

> 아아 잇치지안는 생각보다 잇고저하는 그것이 더욱괴롭습니다
> 　　　　　　　　　　　　　　　　　　　—「나는 잇고저」일부

> 사랑의 리별은 리별의反面에 반드시 리별하는사랑브다 더큰사랑이
> 잇는것이다
> 　혹은直接의사랑은 아닐지라도 間接의사랑이라도 잇는것이다
> 　다시말하면 리별하는愛人보다 自己를더사랑하는 것이다
> 　　　　　　　　　　　　　　　　　　　　—「리별」일부

---

41) 피에르 테브나즈, 심인화 역, 『현상학이란 무엇인가』(문학과지성사, 1985) p.115.

하이데거Heidegger, M.(1889~1976)는 존재를 '세계 — 내 — 존재l'être-au-monde'로 정의한다. 우리는 '내 — 존재'에서 지향성과 실존적 움직임을 본다. 침묵이라는 절망적 상황에 함몰되지 않고 '더 큰 사랑'을 찾는 작중화자의 욕망은 의식이 존재하는데 필요한 지향성이다. 절망의 무화와 부정이 창출하는 의미가 바로 '더 큰 사랑'이며, 이는 '간접의 사랑'이 감추고 있는 본래의 의미다. 진정한 사랑은 '자기를 더 사랑'할 때 이루어진다. 우리는 이런 의식의 전환을 '세계 — 내 — 의식'으로 바꾸어 볼 수 있다. 존재론적 역설이다.

> 내가 당신을기다리고잇는것은 기다리고자하는것이아니라 기다려지는 것입니다
> 말하자면 당신을기다리는것은 貞操보다도 사랑입니다
> ──「自由貞操」 일부

> 당신은 물만건느면 나를 도러보지도안코 가심니다그려
> 그러나 당신이 언제든지 오실줄만은 아러요.
> 나는 당신을기다리면서 날마나날마다 낡어감니다.
> 나는 나루ㅅ배
> 당신은 行人   ──「나루ㅅ배와 行人」 일부

> 남들은 自由를사랑한다지마는 나는 服從을조아하야요.
> 自由를모르는 것은 아니지만 당신에게는 服從만하고십허요.
> ──「服從」 일부

동기는 과거로부터 출발하면서 반성되고, 의식은 과거로 돌아서면서 동기에 무게와 가치를 부여한다. '내 — 존재'의 역동적인 스밈이다. 우리는 이 역동성을 님이 떠나갔기 때문에 고독하고, 고독하기 때문에 그리

위하는 사랑에서 찾을 수 있다. 사랑은 고독한 욕망이고 집착이며, 사디꼬-마조시스트sadico-masochiste이다. 사랑은 두 암초 — 어떤 대자가 무엇에 자기구속을 하고 있는지를 이해하지 아니하고 오직 자기 구속된 자로서 포착하는 사디즘과 타자에 의해서 나를 대상으로 만들기 위한 시도인 마조히즘 — 사이를 끊임없이 넘나든다.42) 이 시집에서 '나'가 능동적인 사랑과 수동적인 사랑을 동시에 갖고 있는 것은 이 때문이다. 그러나 '나'는 사랑을 소유하려고 하지 않는다.

그 사랑은 종교적 고행asceticism으로 확대되는 존재적 사랑이요 마조히즘이다. '물만건느면 나를 도러보지고 안코' 가버리는 님을 원망하지 않고 '날마다날마다 낡어' 가면서 기다리는 것은 심각한 마조히즘인 듯하다. 하지만 나의 기다림은 강요된 수동이나 피동이 아니다. '정조보다 사랑'이기에 기다리는 것이며, 자유를 모르는 바 아니지만 복종하고 싶어 복종하는 것이다. 나의 사랑은 소유적 심리에서 파생된 마조히즘이 아니라 자신력 곧 주체적 실존의 긍정 위에서 자발적으로 고통에 참여하는 마음이다. 나의 사랑은 '기다리고자 하는 것이 아니라 기다려지는 것'이다.

> 님이어 님에게밧치는 이적은生命을 힘껏 쩌안어주서요.
> 이적은生命이 님의 품에서 으서진다하야도 歡喜의靈地에서 殉情한 生命의破片은 最貴한 寶石이 되야서 쪼각쪼각이 適當히이어져서 님의가슴에 사랑의 徽章을 걸것습니다.   — 「生命」 일부

한용운처럼 전투적 정열로 인생을 살았던 사람도 많지 않다. 이는 선승이라는 페르소나Persona와 자연인으로서의 마음Seele을 통합했기 때문에 가능했던 것인지 모른다. 페르소나는 자아로 하여금 외부와 관계를

---

42) 사르트르, 양원달 역, 『존재와 무』(을유문화사, 1978) 제3부 3장 참조.

맺게 하여 주는 기능이며, 마음은 자아와 무의식의 깊은 곳을 연결하는 관계 기능이다. 페르소나가 원심력이라면 마음은 구심력이다. 이들은 자아의식이라는 균형의 힘에 의하여 지탱되었을 때 자기실현individuation을 한다. 개체가 사회적 평가나 사회적인 이상에 맞춰 살면 그는 필연적으로 자기소외 또는 자기부정에 빠지게 되며, 반대로 자아의식이 사회적 역할과 의무에 얽매어 무의식의 세계와의 단절이 일어나면 마성인격 곧 과대망상증이라고나 할 자아의 팽창에 직면하게 된다. 그래서 자기실현을 다른 말로 개별화라고 한다. 진정한 개성을 실현한다는 뜻이다.[43] 한용운은 외계에 투사된 그림자shadow를 자아에게 되돌려 나의 일부로 받아들이는 자기반성의 절차— 선은 대표적인 방법의 하나다— 에 적극적이었기 때문에 내면적 기율과 폭발력을 획득할 수 있었던 것이다.

한편 우리는 여기서 인간은 두 개의 세력 또는 그림자 사이에서 통합을 갈망하기 마련이라는 사실을 알게 된다. 이는 그가 강인한 외적 인격으로서의 남성임에도 불구하고 남성의 무의식 속의 여성적 요소인 아니마Anima를 갖고 있다는 사실로 확인된다. 물론 한용운이 자신의 아니마를 고백한 적은 없다. 그러나 「죽었다가 다시 살아난 이야기」에 나오는 관세음보살 또는 아름다운 섬섬옥수의 여인과 『님의 침묵』에 나오는 여성화자는 그가 무의식 속에서 희구한 이상적인 여인상이라고 생각된다.[44] 의식의 외적 인격으로서의 남성과 여성은 각기 다른 내적 인격의 특성인 아니마와 아니무스를 갖고 인격에 보충함으로써 하나의 완전한 개체를 이룬다.

『님의 침묵』의 여성화자는 만해의 무의식에서 투사된 아니마라고 볼

43) 이부영, 『분석심리학』(일조각, 1978) p.106.
44) 고은, 『한용운평전』, 위의 책, p.218에서는 서여연화徐如蓮華 보살이라는 여인을 한용운의 선묘善妙로 상정하고 있기는 하나 확인할 수 없는 풍문에 지나지 않는다.

수 있는데 그 여성화자는 님을 자신의 아니무스로서 설정하고 있다. '이 적은 생명을 힘껏 껴안아'주고 생명의 파편을 조각내줄 수 있는 님은 여성화자인 '나'가 간직한 아니무스다. 그런데 여성화자 '나'는 외적 인적으로서의 여자에 머물지 않고 아니무스에 사로잡힌 여성Animus possessed women이 되기도 한다. 아니무스가 외양화되어 남성적인 능동성을 보여주는 것이다.

> 나의 가슴은 당신이만질째에는 물가티보드러웁지마는 당신의危險을
> 위하야는 黃金의칼도되고 鋼鐵의방패도됨니다.   ―「오서요」 일부

'물'이 '황금의 칼'과 '강철의 방패'의 강인함으로 바뀌듯이, 침묵(부재/이별/소멸)은 만남(존재/합일/생성)이 된다. 또한 나의 갈망과 의지에 의해 님은 '나'가 되고 나는 '님'이 된다. 세계의 자아화와 자아의 세계화를 넘나드는 여성화자는 양성적 힘을 갖는다. 수동적인 사랑과 능동적인 사랑, 님과 나, 남성적 자아와 여성적 자아는 둘의 하나이며 하나의 둘이다. 님은 절대적인 존재인 동시에 나와의 관계를 통해서 존재하는 상대적 존재다. 님과 나는 평등하며 어느 한편의 부재나 독주를 허용하지 않는다.

『님의 침묵』은 님과 나 사이의 대립(헤어짐)과 합일(만남)이라는 모순명제를 설정함으로써 욕망의 체계라는 삶의 원리에 맞닿고, 시적 자아에게 이 대립을 지양하는 힘을 부여함으로써 세계의 자아화라는 서정시의 본질을 성취한다. 다시 말해 님과 나의 헤어짐과 만남이라는 원형적인 욕망의 구조와 존재의 상호역동성 또는 상의상대의 원리가 결합되면서 문학과 종교 그리고 역사를 관통하는 존재론적 욕망의 구조로 승화되었던 것이다. 루카치Lukacs, Gyorgy(1885~1971)는 문학 장르 유형학에서 주인

공과 사회 사이의 대립이 근본적일 경우는 비극과 서정시가 되고, 대립이 없거나 우연할 경우 서사시와 설화가 된다고 한 바 있다.

▲ 상원사 동종(국보 제36호) 주악 비천상

시인의 두 목소리

　나는 서투른 畫家여요
　잠아니오는 잠ㅅ자리에 누어서 손ㅅ가락을 가슴에대히고 당신의 코
와 입과 두볼에 새암파지는것까지 그렷습니다
　그러나 언제든지 적은우슴이떠도는 당신의눈ㅅ자위는 그리다가 백
번이나 지엇습니다
　　　　　　　　　　　　　　　　　　　　　　　—「藝術家」 일부

　목젓을 통해 울려오는 제 목소리에만 익숙했던 우리는 어느 날 녹음
된 자기 음성을 듣는 순간 낯선 목소리가 들려 당황한다. 그러나 다음
순간 남들이 이 목소리를 자신의 목소리로 알고 있을 걸 생각하면서 다
시 놀란다. 시를 읽을 때에도 이와 비슷한 경험을 한다. 평소 생각하던
작가의 이미지와 전혀 다른 화자의 목소리가 들려오는 경우가 있다. 위
에 나오는 여성화자의 목소리가 그렇다. "돌어가는 길을 잃고 헤매는 어
린 羊이 기루어서 이 詩를 쓴다."(「군말」)고 했던 그가 "나는 詩人으로 여
러분의압헤 보이는것을 부끄러합니다"(「讀者에게」)라고 목소리를 낮추면
서 우리를 당황하게 만드는 것이다. 우리가 갖고 있는 한용운의 이미지
와 걸맞지 않다. 물론 그가 47살이라는 늦은 나이에 『님의 침묵』을 간행

했다는 사실을 떠올린다면 이런 겸양을 그렇게 낯설게 느끼지 않아도 될지 모른다. 그러나 그는 왜 처음에는 당당하게 말하다가 말미에서 나약한 목소리로 바꿨을까. 시적 전략인가. 아니면 시인으로 변신하는데 따른 부끄러움 때문인가.

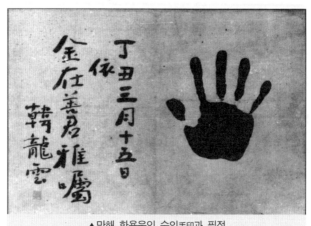

▲ 만해 한용운의 수인手印과 필적

사실 우리도 그의 문학을 바라볼 때 흔들림을 체험한다. 그의 생애를 빗장처럼 가로지른 식민지 현실과 불교를 떼어놓고 문학을 거론하면 무엇인가 허전하며, 그렇지 않으면 문학이 설 자리가 상대적으로 좁아지는 것 같아 답답하다. 하긴 어떤 작가의 문학세계를 논의할 때라도 작품과 작품 너머를 동시에 바라보고 싶은 유혹은 발생하기 마련이므로 이런 흔들림과 유혹은 피하기 어려운 비평적 속성인지 모른다. 그러나 식민지 현실이 총체적인 삶의 지평을 차단하는 어둔 세력이고, 불교는 그 어둠을 뚫고 탈출하려는 의지에 불을 붙이는 기름과 같았다고 할 수 있는 한용운의 경우 그 흔들림은 남다르다.

한용운의 작중화자는 어떤 때는 선사처럼 장엄한 목소리를 들려주기도 한다. 그가 시인 이전에 승려임을 보여주는 대목이다. 그러나 그가 주어진 경험과 인식의 차원에서 드러난 현실과 감추어진 진실의 넘나듦을 독자들에게 겸손하게 떨리는 목소리로 물어볼 때 세계의 자아화라는 서정시의 본령은 확보된다.

> 바람도업는공중에 垂直의波紋을내이며 고요히떠러지는 오동잎은 누구의발자최임닛가
> 지리한장마끗헤 서풍에몰녀가는 무서운검은구름의 터진틈으로 언뜻언뜻보이는 푸른하늘은 누구의얼골임닛가
> 꽃도업는 깁흔나무에 푸른이끼를거처서 옛塔위의 고요한하늘을 슬치는 알수없는향긔는 누구의입김임닛가
> 근원은 알지도못할곳에서나서 돌뿌리를울니고 가늘게흐르는 적은시내는 구븨구븨 누구의노래임닛가
> 련꽃가튼발꿈치로 갓이업는바다를 밟고, 옥가튼손으로 끗없는하늘을 만지면서 떠러지는날을 곱게단장하는 저녁놀은 누구의詩임닛가
> 타고남은재가 다시기름이됩니다 그칠줄을모르고타는 나의가슴은 누구의밤을지키는 약한 등불임닛가 　　　　　　　—「알 수 없어요」

한용운은 먼저 오동잎, 하늘, 향기, 시내, 저녁놀이 누구의 발자취이며 얼굴이고 입김이며 노래이고 시냐고 묻는다. 이들은 그가 총체적으로 파악한 생명의 드러남이며, 자연의 이법이라고 할 수 있는 긍정의 세계다. 그런데 이들은 떨어지고 있으며, 검은 구름에 가렸으며, 알 수 없으며, 가늘게 흐르며, 사라지고 있다. 하강, 은폐, 부정, 소극, 소멸의 부정적 상황에 놓인 현상인 것이다. 결국 한용운은 이 모든 부정적인 현상이 과연 사물의 영원한 본질인가를 우리들에게 묻고 있는 셈이다. 그러나 우리는 이 현상이 본질의 그림자에 불과하다는 사실을 발견한다. 사물의

이치가 그럴 뿐 아니라 그가 이 부정적 현상의 이면을 말하고 있기 때문이다. 가령, 오동잎은 바람도 없는 공중에서 수직으로 떨어지고 있는데, 이는 가시적 차원에서 보면 모순이지만, 불가시적 차원에서 보면 진실이다. 바람이 있든 없든 소멸하는 것이 자연의 이치이듯, 생성 또한 자연의 이치가 아니던가. 푸른 하늘을 가리고 있는 검은 구름은 지리한 장마 끝에 서풍에 몰려가고 있어 소멸이 예정된 존재일 뿐이다.

▲ 신석정

　　그는 본질을 알고 있지만 독자의 입장에서 되물어봄으로써 이 모든 부정적 현상 너머의 숨은 의미를 환기한다. 타고 남은 재가 기름이 된다는 말은 이 모든 현상의 위장된 진실을 벗겨내겠다는 의지의 표명인 동시에 현상 이면의 본질을 가리킨다. 그 결과 그가 "그칠줄을모르고타는 나의가슴은 누구의밤을지키는 약한 등불임닛가"

라고 물었을 때 그 '밤'은 내일이 오기 전의 어둠에 불과하며 '약한 등불'은 역사의 횃불로 다가오는 것이다. 모든 부정적 세계가 긍정적 세계로 역전된다. 떨리는 목소리로 '알 수 없다'고 고백한 말은 어둠과 밝음의 대립세계를 넘나들고 다시 돌아온 사람이 '알고 있는' 사실인지 모른다. 그런 점에서 신석정의 지적은 설득력이 있다.

　　이 시에 등장하는 발자취, 얼굴, 입김, 노래, 시는 모두 대자연의 섭리인 우주의 발자취나 얼굴이나 또는 입김이나 노래나 시로 보아 무방할 것이다. 그것은 대자연의 섭리의 묘妙를 정밀靜謐한 관조로써 승화시킨 만해의 오묘한 서정이기 때문이다. 그러므로 이 섭리를, 가장 잘 알고 있는 사람이 다름 아닌 작가 만해이기 때문에, 반어나 설의設疑의

수법으로 결정적인 고정을 시킨 것이 아닌가 한다. (중략)

　타고 남은 재가 다시 기름이 되어 영원히 탈 수 있다는 신념은 그대로 조국과 민족의 광복을 절절히 기원하는 불사조의 정신을 말한 것이요, 조국 광복의 새벽을 기다리며 어둔 밤을 지키는 지조와 정절을 눈물겨웁게 노래함으로써 대단원을 내리고 있다.[45]

　한용운의 떨리는 목소리는 시인으로의 변신이 결코 쉽지 않다는 사실을 알고 있는 사람의 진정한 고백일 수 있다. 그 역시 누구나 피해갈 수 없는 모방과 창조 또는 용사用事와 신의神意 사이에서 고통을 느꼈던 것이다. 잠시 노아라는 필명의 역자가 번역한 타고르의 「기탄자리Gitanjali」를 읽어보기로 하자.

　당신께서 날다려 노래하기를 命하실 째에 나의가슴은 자랑으로 터지려합니다. 그래서 당신의 얼굴을 뵈오니 눈에 눈물이 고입니다.
　나의 生命속에잇는 모든 亂雜한 소리가 한데 融和하야 아름다운 諧音이 됩니다─그리고나의 愛慕가 바다를 건너 날아나랴는 깃븐 새모양으로 활짝 날개를 폅니다.
　나는 당신께서 내 노래를 질겨ㅎ시는줄을 압니다. 나는 오직 노래부르는者로만 당신 압헤 나아갈줄을 압니다. (중략)
　내가 부르려 온 노래는 오늘까지도 안부르고 두엇습니다.
　나는 내 樂器에 줄을 매엇다 글럿다 하기에 歲月를 다 보내엇습니다.
　줄도 바로 골라지지 아니하고 詞說도 바로 마초아지지아니하고, 마음만 하고십허서 애를 부덩부덩 슬뿐이올시다.
　꼿은 아직 피지를 아니하엿는데 바람만 솔々 불어지나갑니다.
　나는 아직 그의 얼굴도 보지 못하였고 그의 목소리도 듯지 못하엿건마는 다만 압길로 지내가시는 그의 점잔은 발자최소리는 들엇습니다. (중략)

45) 신석정, 『난초잎에 어둠이 내리면』, 위의 책, pp.244~245.

이제는 배를 끌어내려야겟네. 꾸물꾸물하다가 못해서 歲月을 다 보내
고 말앗네 아이구 내일이야— 봄은 피울꽃을 다 피우고 가고말앗는데
나는只今 쓸데업는 이운꽃을걸머지고 기다리며 머뭇거린다.

물결소리는 차차 높하가는데 바닷가 長林길에는 누른닙히 너흘너흘
떨어지네.

너는 부질업시 무엇을 바라보고 잇나냐. 彼岸에서 쩌오는 먼 노래 가
락이 空中으로 울어가는 것을 듯지도 못하나냐.46)

제3부 제6장에서 해방적 관심의 소유자 한용운과 사색과 명상에 잠긴
삼림 속의 철인 타고르의 유사점과 차이점을 살펴본 바 있다. 그러나 절
대자에 대한 찬양의 어조로 일관된 이 시에서 한용운의 목소리를 떠올리
지 않을 사람은 많지 않을 것으로 생각된다. 한용운은 타고르의 문학적
향기에 취하지 않겠다고 다짐했으나 때로는 타고르와 거의 유사한 어조
의 시를 쓴 경우도 없지 않다. 한용운은 시인으로서의 변신에 여전히 익
숙하지 않았던 것이다. 아니 한영숙의 말처럼 '정치가'였던 그는 평생을
시인으로 살고 싶지 않았을지도 모른다. 그래서일까. 『님의 침묵』의 88
편이 일관된 수준으로 이루어졌다고 보기는 힘들다. 또 한용운은 이후
이 시집을 능가하는 작품을 내놓지 못했다. 구조화 이전의 사유와 구조
화된 결과로서의 형상 사이에서 창조적 거리를 지키지 못할 때 생기는
파탄에서 그 역시 예외는 아니었음을 다음 시는 잘 보여준다.

스스로 움직이는 것은 산 것이요, 스스로 움직이지 못하고 고요한 것
은 죽은 것이다.

움직이면서 고요하고 고요하면서 움직이는 것은 제 생명을 제가 把持
한 것이다.

---

46) 「기탄자리」, 『신생활』(신생활사, 1922) pp.103~114.

움직임이 곧 고요함이요. 고요함이 곧 움직임이 되는 것은 생사를 초월한 것이다.

움직임이 곧 고요함이요. 고요함이 곧 움직임이어서 움직임과 고요함 이 둘이 아니며 움직임은 움직임이요 고요함은 고요함이어서 움직임과 고요함이 하나가 아닌 것은 생사에 自在한 것이다.[47]

마명馬鳴 선사의 "유비유有非有 비비유非非有 무비무無非無 비비무非非無"를 풀어쓴 시다. 곧 동즉정이요 정즉동이어서 동정비이動靜非二며 정비동동비정靜非動動非靜이어서 동정비일動靜非一은 생사에 자유자재하다는 것이다. 중론적 세계관이 이 시의 구조화 원리로 작동하고 있으나 형식적 완성미가 남기는 덧없는 공허감과 긴장만 가득할 뿐, 삶의 본질에 육박하는 구체성과 현장성이 없다. 자아의 세계화가 있을 뿐 세계의 자아화가 없다. 이 시의 교술적 성격 때문이다.

『유심』에 발표한 4편의 초기시 중에도 교술적 성격의 시와 서정시가 뒤섞여 있었던 것을 우리는 기억한다. 그런데 『님의 침묵』 이후에도 이런 양상이 나타나고 있는 것이다. 그러나 그가 평생 추구했던 황금의 꽃은, 비록 전부가 그런 것은 아니지만, 『님의 침묵』에서 가장 완벽한 형태로 피었다고 할 수 있다. 그가 이후 이를 능가하는 작품을 발표하지 못했다고 해서 전혀 부끄러운 일이 아닌 이유는 여기에 있다. 미완성 교향곡은 미완성이기 때문에 의미가 있는 것이 아니겠는가. 말의 빌림과 말의 떠남 나아가 문자와 비문자의 구분 또한 상대성을 부정함으로써 일어나는 번뇌와 미망임을 직시하고 문체를 개혁한 점만으로도 한용운은 위대하다. 그는 원효의 고민을 계승하고 실천한 선승이자 시승이었다. 그런 점에서 주요한(1900~1979)과 신석정의 지적은 주목된다.

---

47) 「정중동」, 『불교』86호(1931.8.1)

저자의 운율적 기교 표현은 지금까지 우리가 아는 조선어의 운율적 효과를 나타낸 최고작품의 수평을 내리지 않은 솜씨라 하겠다. 씨의 작품은 '타고르'의 산문적 영시와 같은 것이다. 장래에는 모르지만 아직까지 조선어로 압운 급 음각수를 맞추어 운율적 효과를 나타내는 것은 성공치 못하였고 오직 산문적이면서 자연 음률을 가진 일형식이 성립된 것은 승인할 수밖에 없다.[48)]

『님의 침묵』에는 「타골의 시를 읽고」라는 작품이 수록되어 있고 그 시형 또한 타골의 「기탄자리」, 「초승달」, 「원정」과 같은 산문시에 가까운 유장한 내재율이 장강처럼 저류하고 있는 것도 매우 흡사하다. 그러나 흡사한 것은 그 시형에 그칠 뿐 내용을 지배하고 있는 주제(사상면)에 있어서는 하늘과 땅 사이처럼 그 거리가 멀다. 타골은 『우파나샤드』에 뿌리박고 범아일여梵我一如의 오증悟證에 두고 있어 불교에서 중생을 구원하는 세계 즉 대자대비와는 거리가 멀다 하지 않을 수 없다.
만해가 민족정기와 더불어 불도와 융합하여 살신성불殺身成佛의 경지에서 일제에 항쟁하는 데 비해 타골은 범아일여의 순수·초월한 세계에서 유미적이며 낭만적인 명상세계에 묻혀 있었고 그 세계에서 타골이 명목瞑目하고 있을 때 만해는 핏발 선 노한 눈으로 일제를 질시疾視하고 있었던 것이다. (중략) 결론하자면 만해는 시의 기량(형식)을 타골에게서 얻었고, 사상적 바탕은 차라리 간디에 두고 있다고 보아 무방할 것이다.[49)]

불교와 문학은 참된 인간성을 추구한다. 그러나 인간의 사유와 감정에 의거해서 행동의 세계를 묻고 수용하며 대처하는 방식은 다르다. 문학이 인간적인 긍정의 지향점 위에 선다면, 불교는 자연태로서의 인간성을 부정하고 초월한다. 또한 불교가 언어를 부정하고 초월한다면, 문학은 현

---

48) 주요한, 「애愛의 기도, 기도祈禱의 애」, 『동아일보』(1922.6.22)
49) 신석정, 「시인으로서의 만해」, 『나라사랑』제2집, 위의 책, pp.28~29.

실에서 빚어지는 갈등을 언어로 묘사한다. 그러나 불교와 문학은 이런 모순에도 불구하고 통합이 가능하다.

즐겨 인용되는 불립문자不立文字, 교외별전教外別傳, 직지인심直指人心, 견성성불見性成佛은 시와 선을 가로지르는 내적인 통로다. 시는 보이지 않는 세계를 보이는 세계로 구성하는 정신활동이며, 선은 본질을 투시하는 영혼의 기술이다. 시와 선은 깨달음 또는 보는 힘을 공유한다. 그러나 시는 고요하고 순일한 깨달음의 세계에 머물기에는 너무 생명적이고 원형적이다. 시는 격앙되고 훼손된 현실 한복판에 서기를 거부하거나 진실을 가늠하는 원근법을 부정할 때 현실을 벗어난 메마른 문자로 전락한다. 문학은 가치와 의미가 뒤엉키고 훼손된 현실을 벗어날 수 없기 때문에 선처럼 초월적일 수 없고, 역설적으로 선보다 더욱 투철하고 근원적인 깨달음을 가져야 한다.

시와 선 또는 불교와 문학은 현실을 떠나 깨달음이라는 공통지수로 묶기에는 느슨하고, 그렇지 않기에는 허전하다. 그렇다. 깨달음이 삶의 구체와 세목을 떠나 이루어지는 경지가 아니라면, 전체와 부분, 고요한 세계와 움직이는 세계, 어둠과 밝음, 그 현실의 변증 속에서 이루어지는 형이상학적 힘이 바로 시와 선의 공유지인 것이다. 현실을 떠난 종교는 생명 없는 관념의 덩어리이며, 의미 없는 삶은 굳어버린 화석이다. "문예만을 문학이라고 하는 것은 꽃피고 새우는 것만이 봄이라고 하는 것과 마찬가지"[50]라는 한용운의 말은 이런 의미에서 이해된다.

시는 출출세간出出世間이다. 시는 출출세간의 깨달음을 추구하되, 출출세간의 현장성과 구체성을 놓쳐서는 안 된다. 불교와 문학은 인식과 형상화의 차원에서 하나면서 둘이고, 다르지만 같다. 형상화되기 이전의 사

---

50) 「문예소언」, 『전집』1, p.196.

유로서의 불교와 형상화된 결과로서의 문학은 같되 같지 않다. 문학은 인식과 형상의 두 차원을 공유하는 심미적 복합체인 것이다. 한용운의 문학과 불교는 동즉동비同則同非이자 동출이명同出異名이라고 할 수 있다. 한용운과 타고르의 관계 역시 그렇다.

문학은 나름의 내부조직을 갖춘 독립된 의미구조이지만 동시에 특정 사회의 구조들과 유사하거나 이해할 만한 관계 속에 있다. 강물은 고요 하다. 끊임없이 흘러가고 흘러들어오기에 고요하다. 그의 문학과 불교는 강물이 보여주는 정중동과 동중정의 관계와 같다. 따라서 한용운의 문학 이 위대하다면 그것은 불교문학이기 때문이 아니다. 반대로 불교문학이 아니기 때문에 그런 것도 아니다. 불교문학이되 불교문학이 아니며, 불 교문학이 아니되 불교문학이기 때문이다. 아니, 불교문학이되 낡은 불교 문학이 아니며, 불교문학이 아니되 새로운 불교문학이기 때문에 위대하 다고 할 수 있다. "불교문학은 인간은 어디까지나 인간적이라는 욕망과 그 인간적인 욕망을 초극하려는 관념 사이의 불꽃이 튀는 세계이며, 그 본질은 이 대극적인 관념이 맞물리는 곳에서 성립한다"[51]는 말은 과장 이 아니다.

한용운의 떨림과 우리의 흔들림은 겹쳐진다. 우리는 그가 내설악의 '늦인 봄의 꽃수풀'에 앉아서 '새벽종'이 울릴 그 날을 기다리며 남겼던 '마른 菊花'의 향기를 맡기 위해서라도 그의 다른 목소리가 들려주는 진 심을 제대로 살펴볼 필요가 있다. 그의 떨리는 목소리가 깨달은 자만이 가질 수 있는 겸손이라면 더욱 그렇다. 이때 비로소 가볍게 문학과 문학 너머를 넘나들기를 그치고 좀 더 높은 곳에서 그가 들려주는 삶의 근원 적인 이야기를 가슴으로 이해할 수 있을지 모른다. 『님의 침묵』 말미에

---

51) 日本佛敎學會 編, 『佛敎と文學·藝術』(平樂出版, 1973) p.2.

남긴 '나는 나의詩를 讀者의 子孫에게까지 읽히고 싶은 마음은 업슴니다.'라는 말은 사물의 가상성을 회의했던 선승이자 세상의 폭력과 맞싸웠던 혁명가인 그가 언어의 허구성을 회의해보았던 시인으로서 남길 수 있던 진짜 목소리라고 생각된다.

▲ 혜산蕙山 유숙劉淑, 「오수삼매午睡三昧」

부재의 현실과 존재의 사랑

만일 한 작가가 자신의 생애를 문학적으로 구성한다면, 그는 자신의 일생을 의미있는 연상에 의하여 주관적 패턴으로 형상화하거나, 아니면 입증할 수 있는 전기적·역사적 사건으로 이루어지는 객관적 구조를 제시할 것이다. 작가는 자신의 체험을 집단에서 분리시켜 특수한 체험으로 심화하거나, 집단으로 확대하여 보편적인 체험으로 성취하는 것이다. 문학연구에서 한 인간의 삶이 상상력과 맺어지는 관계나 체험의 구조화 방향이 늘 관심의 대상이 되는 이유는 여기에 있다. 예술에 대한 평가는 심미적인 행위인 동시에 사회적·역사적 행위가 될 수밖에 없다. 삶의 구체성과 직접성을 확보하는 한편 이를 뛰어넘어 복합적인 차원의 전체성에 다양하게 수렴된 의미 있는 반응이었을 때 그만큼 위대한 문학이 되는 것이다. 식민지 현실과 불교라는 대립적인 세력을 매개하면서 또 다른 차원으로 이루어진 심미적 질서인 『님의 침묵』의 처음과 마지막을 장식하는 「님의 침묵」과 「사랑의 끝판」을 살펴보면서 이를 확인하기로 한다.

① 님은 갓슴니다 아아 사랑하는나의님은 갓슴니다
② 푸른산빗을깨치고 단풍나무숩을향하야난 적은길을 거러서 참어썰치고 갓슴니다
③ 黃金의꽃가티 굿고빗나든 옛盟誓는 차듸찬씌끌이되야서 한숨의微風에 나러갓슴니다
④ 날카로운 첫「키쓰」의追憶은 나의 運命의指針을 돌녀노코 뒤ㅅ거름처서 사러젓슴니다
⑤ 나는 향긔로운 님의말소리에 귀먹고 꽂다은 님의얼골에 눈머럿슴니다
⑥ 사랑도 사람의일이라 만날째에 미리써날것을 염려하고 경계하지 아니한것은아니지만 리별은 뜻밧긔일이되고 놀난가슴은 새로운슮음에 터집니다
⑦ 그러나 리별을 쓸데업는 눈물의源泉을만들고 마는것은 스스로 사랑을 깨치는것인줄 아는 까닭에 것잡을수업는 슮음의힘을 옴겨서 새希望의 정수박이에 드러부엇슴니다
⑧ 우리는 만날째에 써날것을염녀하는것과가티 써날때에 다시맛날 것을 밋슴니다
⑨ 아아 님은갓지마는 나는 님을보내지 아니하얏슴니다
⑩ 제곡조를못이기는 사랑의노래는 님의沈默을 휩싸고돕니다

　　　　　　　　　　　　　　　　　　　　—「님의 沈默」

　①행: 님이 떠난 현실에 대한 절망적 인식이 드러난다. '갓슴니다'의 반복과 이를 잇는 휴지부의 감탄사 '아아'의 삽입, '사랑하는 나의 님'의 점층법으로 절망감이 고양된다. 문장이 바뀌는데 행을 바꾸지 않고 한 행 속에 두 문장을 집어넣은 것은 님이 떠난 충격이 그만큼 크기 때문이다. 그러나 님이 떠난 이유가 없고 떠난 사실만 과거시제로 제시함으로써 의미론적 여백이 확대된다. 생략과 배제의 시적 원리가 작용되고 있다.
　②행: 명목적 주체는 생략되었으나 의미론적 주어는 님이다. 그러나

님이 떠난 정황을 복합적으로 암시하면서 님과 나의 관계를 보여준다. 님은 "푸른산빗을 깨치고 단풍나무 숩을 향하여난 적은 길"을 걸어갔다고 했다. '푸른 산빗'이 생성의 이미지라면 '단풍'은 소멸의 이미지이며, '적은 길'이 고행이라면 큰 길은 순행일 터……그렇다면 님은 생성과 순행의 현실을 넘어 소멸과 고행의 길로 걸어가는 존재다. 님의 행방은 알 수 없지만 님의 의도를 어느 정도 알 수 있다. 더구나 그는 '참어썰치고' 갔다고 했다. 이때 '참어'는 동사 '참다'와 부사 '차마'가 의미 교호작용을 일으키며 애매성을 갖는다.

결국 님은 차마 나와 이별하고 가기 어려웠지만, 슬픔을 참고 고행의 길을 떠난 사람이다. 그렇나면 거기에는 피치 못할 이유가 있을 것이고, 따라서 님은 갔지만 실은 간 것이 아니라는 역설이 마련된다. 복합적 문장이 된 것은 이처럼 복잡한 생각이 있기 때문이다. 이런 상황에 대한 암시가 없었더라면 이 시는 첫행에서 한 걸음도 나아가지 못할 뻔 했다. 그러므로 님과 나의 이별은 절대적인 이별이 아니라 현상적이고 일시적인 이별에 불과하다. 님과 나의 관계는 이어지고, 님과 만나려는 의지는 끊임없이 발생한다.

③행: 이별로 발생하는 허무와 절망의 재확인이다. '황금의 꽃' 같던 님과의 맹세가 '차디찬 씌끌'로 변해버린 것이다. 그런데 황금과 꽃은 표면적으로 보면 이질적이고 대립적인 이미지이지만 '황금의 꽃'이라는 순차적 구조로 바뀌면서 식물과 광물의 내포인 순환성, 영원성, 생산성, 광채성을 공유한다. 적극적이고 긍정적인 의미 체계가 소극적이고 부정적인 의미 체계로 변화한다. 의미의 대조이다. 님과의 이별로 인한 나의 황량한 내면풍경이 제시된다. 그 결과 문장의 구조도 대조적이며 짧다.

④행: ③행의 의미론적 부연이며 점층이다. '나러갓슴니다'와 '사러젓

습니다'가 점층적으로 병치된다. 그러나 ②행의 '참어썰치고'와 '뒤ㅅ거름처서'가 암시하듯이 님과 나의 거리는 절대적인 것이 아니다. 이제 비로소 님이 어떤 존재인지 선명히 드러난다. 님은 '나의 운명의 지침'을 돌려놓았음에도 불구하고 어떤 이유로 떠난 절대적인 존재인 것이다.

⑤행: 나는 사랑에 눈멀고 귀먹은 사로잡힌 영혼이다. 님은 나에게 육체적 마비와 정신적 엑스타시를 준다. ④행의 점층이며 강화이다. 일단 시상이 완료되기 때문에 문장이 단순하다.

⑥행: 현실의 이별이 주는 아픔은 관념적인 공리를 초월한다. 나는 회자정리 성자필멸의 원리를 깨우쳤음에도 불구하고 이별을 체험하는 순간 그 '리별은 뜻밧긔일이' 되며, '새로운슯음'에 압도당한다. 고난의 현실은 환상의 꿈보다 언제나 긴 법. 관념의 공소함이 삶의 현장성에 의해 파괴된다. 현실이 관념을 압도하는 순간이다. 충격을 정리하기 위해 유보형 문장이 동원된다.

⑦행: 인식의 대전환이다. '그러나'로 미루어 볼 때 ⑦행은 크게 보면 ⑥행까지의 의미에 대한 반성이며, 작게 보면 ⑥행에 대한 반전이다. '리별을 쓸데없는 눈물의源泉을 만들고 마는것'은 사랑을 깨닫는覺 행위가 아니라 깨뜨리는破 행위이다. ②행의 '참어'처럼 애매성이 강화된다. 깨닫는 것은 미혹을 깨뜨리는 것이므로 의미간섭을 일으키면서 시적 긴장을 유도한다. 이때 '드러부엇습니다'는 '것잡을수업는 슯음'을 깨뜨려서 깨닫는 행위가 된다. 슬픔과 소멸, 허무를 무화하는 행위의 시적 상관물이 '새希望의 정수박이'인 것이다. 생각의 반전이 이루어져야 하기 때문에 문장도 길어진다.

⑧행: ⑦행의 의미론적 반복이며 점층이다. 진실은 공空과 유有를 함께 거꾸러뜨렸을 때 비로소 드러난다. 슬픔은 나의 존재를 지워버리는

부정의 힘이다. 그러나 나는 그 부정을 다시 부정한다. 이별과 부재는 과정적 실체일 뿐이다. 그러므로 이별은 더 큰 만남을 위한 해체경험이며 동시에 참된 존재를 창출하는 부활경험이다. 불법佛法은 안에 있는 것도 아니며 밖에 있는 것도 아니며, 중간에 있는 것도 아니고 정한 장소가 있는 것도 아니다. '써날때에 다시맛날것을 밋슴니다'라는 결의는 불교의 형이상학적 힘이 삶의 실천원리로 전이된 것에 다름 아니다. 생각이 정리되었기 때문에 문장이 짧아지고 구조도 단순화된다.

⑨행: 나의 결의이며 ⑧행의 의미론적 강화이다. 일반적으로 남성의 아니마가 기분 또는 정감으로 나타난다면 아니무스는 의견으로 나타난다. 한용운은 여성화자(아니마)를 통해 영혼불멸성과 신성성의 감정을 획득했고, 여성화자는 자신의 님(아니무스)를 통해 역사의 절대적 법칙을 제시하고 있다.

한용운의 아니마라고 볼 수 있는 작중화자 '나'의 단호한 판단은 여기서 비롯된다. 얼음이 없음으로써 얼음을 삼아야 비로소 얼음을 이루듯이 님과 나의 거리는 무화의 대상인 것이다. 과거의 님은 현재화되기 시작한다. 님은 갔으나 나는 보낸 것이 아니라는 역설이 마련된다.

⑩행: ①행으로의 재귀이다. 그러나 의미 없는 순환이 아니라 엄청난 의미질량의 변화를 수반하는 환원이고 합일이다. ①행에서는 '갓슴니다'처럼 과거 시제이지만 ⑩행에서는 현재 시제이다. 과거의 님이 현재화하고 미래화한다. 님은 나이고 나는 님이며, 이별은 만나기 위한 예비적 고통에 다름 아니다. 생각이 완료되어서 문장도 아주 단순해진다.

각 항목의 의미구조를 읽으면서 동시에 오른쪽으로 통합하여 읽으면 이 시의 전체적 의미의 윤곽이 나온다. 첫째, 주어를 보면 이 시는 님→나→우리(님=나)라는 순차적 구조를 갖고 있다. 둘째, 술어를 보면 이 시는 '님은 갓슴니다'라는 단문에서 여러 문장이 복합되어 있는 복문(특히 ②행과 ⑥행)과 방임형의 중문(⑨행)을 거쳐 다시 단호한 어조의 단문으로 끝난다. 이는 깊은 생각을 담아내고 시적 자아의 지향적 의지를 생생하게 드러내기 위해 요청되는 운율형식이다.[52]

셋째, 시적 원리를 보면 각 행은 주로 배제·반복·대조·점층 및 암시의 기법으로 시상을 전개한다. 반복은 점층과 함께 의미를 강화하며, 대조는 의미를 선명하게 드러내는 부정의 한 형태로서 역설을 마련한다. 이런 시적 원리는 변증법 또는 중론의 상의상대 원리로 뒷받침된다. 결국 이에 의해 원인이 생략되고 배제됨으로써 부재하던 님이 새로운 존재의 님으로 현전한다고 할 수 있다. 넷째, 시제를 보면 과거→ 현재→ 미래로 전개된다. 미래시제는 없으나 '님의침묵을 휩싸고돔니다'라는 역동적 의미로 볼 때, 이 시에서 미래는 잠재하고 있다고 생각된다. 님과의 이별을 절망하지 않고 슬픔과 대결하려는 의지 때문에 시제가 순차적으로 발전하는 것이다. 다섯째, 거리감을 보면 거리감이 극대화되다가 ⑦행의 실존적인 결의에 의하여 소거되고 무화된다. 거리가 시제의 공간화라면 시제는 거리의 시간화이며, 침묵은 거리의 감정화인 셈이다. 그러나 이들 차원은 자아의 지향에 의해 부정되면서 새롭게 긍정된다.

여섯째, 이미지를 보면 어둠에서 밝음으로 전이된다. ③행에 '황금의 꽃'처럼 밝은 이미지가 없는 것은 아니지만 어디까지나 '차디찬 씌끌'을 선명하게 강조하기 위한 역설적 밝음이었고, 대체로 '눈머럿슴니다'라는 어두운 이미지에서 '제곡조를못이기는 사랑의노래'라는 밝은 이미지로 옮아간다. 그러므로 ⑩행의 님의 침묵은 밝음을 안은 어둠이며, 만남을

52) 성기옥, 「만해시의 운율적 의미」 김학동 해설, 김열규·김동욱 편, 『한용운연구』(새문사, 1982), 위의 책, 참조.

위한 침묵이 된다.

각 항목의 의미구조는 이별 후의 고통과 슬픔 속에서도 희망을 잃지 않는 나와 님의 만남이라는 통합적 의미구조로 수렴된다. 단락은 대개 I 연(①~⑥)과 II연(⑦~⑩)으로 나누거나 I 연(①~④) II연(⑤~⑥) III 연(⑦~⑧) IV연(⑨~⑩)으로 나눌 수 있을 것이다. 2연으로 나눈 것은 내용상의 구분이고, 4연으로 나눈 것은 내용과 형식의 측면에서 나눈 것이다. 그러나 우리는 굳이 『십현담주해』의 중론적 구조나 향가의 10구체를 연상하지 않더라도 이 시는 처음과 중간과 끝으로 나누어지고 있음을 각 항목의 의미구조에서 알 수 있다. 이는 '님→나→우리' '단문→복문→단문' '긍정→부정→긍정' '과거→현재→미래' 등의 의미구조의 상동성에서 확인된다. 그래서 우리는 이 시를 3연 곧 I 연(①~⑥) II연(⑦) III연(⑧~⑩)으로 나누기로 한다.

I 연에서는 나와 님과의 현상적 상황과 그로 인한 절망적 인식이 점층된다. ⑥행은 다음 연을 위한 양가적 기능을 하고 있기 때문에 포함된다. ⑦행은 자아의 결정적인 인식의 전환으로서 시적 상황을 역전시켜 II연이 된다. ⑧~⑩행은 시적 자아의 세계화 국면이므로 III연이 된다. 시적 자아의 이념적 지향에 따라 호응되는 자율적 표현양식으로서 이 3단계 의미구조가 가장 적합하다고 생각된다. 이 시를 2연으로 보는 견해는 의미 내용으로 나누었음에도 불구하고 의미가 반전되는 축을 찾기 어렵고, 기승전결이라는 전통적 표현 양식으로 보는 견해는 이 시집 전체가 지향하는 개방성에 대한 또 하나의 구속인지 모른다.

　　네 네 가요 지금곳가요
　　에그 등ㅅ불켜랴다가 초를 거꾸로꼬젓습니다그려 저를 엇저나 저사
람들이 숭보것네

님이어 나는 이러케밧붐니다 님은 나를 게으르다고 꾸짓슴니다 에그
저것좀보아 「밧분 것이 게으른것이다」하시네

내가 님의꾸지럼을듯기로 무엇이실컷슴니가 다만 님의거문고줄이 緩
急을이를싸 저퍼함니다

님이어 하늘도업는바다를 거처서 느름나무그늘을 지어버리는것은 달
빗이아니라 새는빗임니다

홰를탄 닭은 날개를움직임니다

마구에매인 말은 굽을침니다

네 네 가요 이제곳가요   ―「사랑의 맛판」

"우담발화는 신령한 상서이다. 꽃이 불속으로부터 피었으니 실로 기이
한 만남이다. 불조의 출세하는 것이 이와 같다.優鉢羅花 靈瑞也 花從火裡開
實是寄遇 佛祖之出世也 有若此者"[53] 그러나 이 꽃은 언제나 없음으로 해서
그 스스로 있음을 우리에게 증명하는 역설적 현현의 실체다. 님은 빛이
아니라 어둠이며, 만남의 존재가 아니라 침묵의 존재일 수밖에 없다. 그
러나 불 속에서 피는 꽃처럼 님은 침묵의 고통과 시련을 통해서 우리에
게 다가선다.

「사랑의 맛판」은 제목 그대로 이 시집의 지향의식을 극화하고 있는
시이다. '네 네 가요 지금곳가요'라는 나의 외침에서 침묵의 끝을 본다.
그런데 여기서 '가요'라는 역동적 움직임을 다시 볼 필요가 있다. '오세
요'가 아니라 '가요'라는 것은 시적 자아의 신념에 가득한 음성이다. 님
은 와야 할 대상이지만 동시에 나에 의해서 인도되어야 할 대상인 것이
다. 그의 시가 식민지 현실에서 좌절과 절망의 계곡에 떨어지지 않는 것
은 이런 신념의 미학 위에 서 있었기 때문이다. 나는 그래서 거꾸로 '님
의거문고줄이 완급을이를싸 저퍼'하기도 한다. 사랑의 양면적 총체성과

53) 『전집』3, p.360.

자신력의 이원적 통합성이 여기에서 다시 확인된다. 이제 님과 나의 위치는 역전된다. 나는 현상 또는 현실의 고통이라 할 '느릅나무그늘'을 소거시키는 것은 '새는빗'이라고 님에게 일러주기까지 한다.

「님의 침묵」에서 「사랑의 끗판」에 이르는 동안 총체적 이념의 지평을 추구하던 시적 자아는 비로소 님과 나의 합일의 순간에 이르고 있다. 새벽을 알리는 닭은 이제 날개를 움직이고, 마구에 매였던 말은 굽을 치면서 역사의 문이 열리고 있다. 질식할 것 같은 대기의 압력 속에서 희구되고 지향되어야 할 당위적 세계가 동적인 구조로서 그 실체를 드러내고 있는 것이다.

한용운에게 불교는 본질을 꿰뚫어 보는 원숙한 관점이었고 가상을 부정하는 힘이었다. 이 부정의 힘과 전체적 시야에 의해 식민지 현실을 바라볼 때 그것은 위장된 님의 침묵이며 어둠일 수밖에 없다. '네 네 가요 이제곳가요'가 반복되면서 이 시집의 상상적 세계는 완료된다. 그러나 이 완료는 자아의 세계화를 위한 기투企投이며 행동이며 무화에의 욕망일 뿐이다. 그 결과 『님의 침묵』은 의미론적 반복과 순환의 강화라는 소용돌이를 일으키는 연작시 형태로 이루어진다.

> 讀者여 나는 詩人으로 여러분압헤 보이는것을 부끄러합니다
> 여러분이 나의詩를읽을째에 나를슯어하고 스스로를슯어할줄을 압니다
> 나는 나의詩를 讀者의子孫에게까지 읽히고십흔 마음은 업습니다
> 그째에는 나의詩를읽는것이 느진봄의꼿숩풀에안저서 마른菊花를비벼
> 서 코에대히는것과 가틀는지 모르것습니다
> 밤은 얼마나되얏는지 모르것습니다
> 雪嶽山의 무거은그림자는 엷어감니다
> 새벽종을 기다리면서 붓을던짐니다 (乙丑 八月 二十九日밤 끝)
> ―「讀者에게」

탈고 날짜(1925.8.29)로 미루어볼 때『님의 침묵』은『십현담주해』이후 약 2달 내지 2달 반 사이에 완성된 것이 아닐까 생각된다. 오늘날 우리들의 평균적 감각으로 이해하기 힘든 폭발력이다. 그러나 그는 오랜 세월동안 다져온 한학적 소양을 기반으로 한시를 지으면서 감수성의 훈련을 쌓았다. 더구나『불교대전』이 폭발적인 독서를 통해 이룩한 주제별 체계화의 한 예라면,『유심』은 문체를 개혁하고 감수성을 혁신하면서 서정시의 원리를 터득할 수 있는 발표의 장이었으며,『십현담주해』는 중론적 세계관을 선명하게 확인할 수 있던 사유의 공간이었다.

뿐인가. 발상구조나 어법 및 문체면에서 그에게 많은 영감과 자극을 준 타고르의 시집은 이미 국내에 많이 소개되어 있었다. 타고르의 시는 천원天園 오천석(1901~1987)이『창조』7호(1920.7)에 노벨문학상 수상작「기탄자리」를 소개하면서 본격적으로 시작되었고, 안서 김억은『기탄자리』(이문당, 1923.4),『신월新月』(문우당, 1924.8),『원정園丁』(회동서관, 1924.12)을 잇달아 간행했다. 1918년에 이미「생의 실현」을 번역했던 한용운이 이들로부터 문학적 자극을 받았다는 것은 너무 당연한 일인지 모른다.『님의 침묵』을 폭발적으로 단기간 내에 완성할 수 있었으리라는 추정은 지나친 상상만은 아니다. 물론 그가 타고르의 그림자 밑에 머물지 않았던 것은 이미 앞에서 여러 번 살펴본 바 있다.

문학작품은 주어진 현실의 집단의식 또는 세계관을 단순히 반영하지 않는다. 창조적인 작가는 자신을 둘러싸고 있는 세계관 — 경제적·사회적 정치적인 생활에 참여하는 개개인의 전체 행위 속에 암암리에 형성되는 일관된 심리구조 — 과 환경 사이에서 논리적 일관성과 통일성으로 이루어진 역동적인 의미구조를 창출한다. 그리하여 개성적이고 위대한 문학은 탄탄한 중심개념과 기본적인 사고구조 위에서 체계적인 세계를 이루고 있으며, 그 세계는 집단 전체가 나아가는 구조와 대응한다. 작가는 주어진 영역 내에서 하나의 가상적이면서 체계적인 세계를 창조하는 데 성공한 예외적인 인간인 것이다.[54]

『십현담주해』와 『님의 침묵』은 한용운의 사유와 형상화가 가장 극적인 수준으로 결합하는 장관을 보여준다. 전자가 김시습의 방외적 개결에 대한 어두운 유혹을 넘어서 삶의 형식을 가장 투명한 형태로 집약한 사유의 호수라면, 후자는 그 사유의 바다에 비친 달이며 황금의 꽃이라 할 만하다. 그러므로 한용운의 삶을 이끌었던 운명의 형식, 예컨대 산과 도시의 변증법, 수도적 역정과 탈수도적 역정의 왕복 또는 '세간— 출세간 — 출출세간'으로 압축되는 일대의 요식이 내장되어 있는 『님의 침묵』은 닫힌 세계이자 열린 세계이며, 불교문학이면서 불교문학이 아니다. 예술작품은 작가에게 속하면서도 또한 그에게 속하지 않는다는 헤겔 Hegel, G.W.F.(1770~1831)의 테제는 이런 의미에서 진실이다. 한용운의 삶과 문학과 불교는 일거구삼一擧俱三(한 포기를 들면 세 뿌리가 나온다.)의 이치로 이루어진다.

54) 루시앙 골드만, 조경숙 역, 『소설사회학을 위하여』(청하, 1986) p.245.

보이지 않는 유산의 계보

나는 永遠의 時間에서 당신 가신 때를 끊어 내겄습니다. 그러면 時間
은 두 도막이 납니다.
　時間의 한끝은 당신이 가지고 한끝은 내가 가졌다가 당신의 손과 나
의 손과 마조 잡을 때에 가만히 이어 놓겄습니다.

　그러면 붓대를 잡고 남의 不幸한 일만을 쓰랴고 기다리는 사람들도
당신의 가신 때는 쓰지 못할 것입니다.
　나는 永遠의 時間에서 당신 가신 때를 끊어 내겄습니다.
―「당신 가신 때」 일부

한용운은 '민적이 없는 사람'으로 궁핍한 시대와 마지막까지 치열하게
대결했다. 『님의 침묵』(회동서관, 1926)을 간행한 이후에도 그칠 줄 모르
고 타오르는 열정으로 1927년 1월 19일 신간회 발기인으로 참여했던 그
는 6월 10일에는 신간회 중앙집행위원 겸 경성지회장으로 피선된다.
1929년 11월, 가인街人 김병로(1887~1964), 고하 송진우, 유석維石 조병
옥(1894~1960), 긍인兢人 허헌 등과 광주학생사건을 전국적으로 증폭하
기 위해 민중대회를 계획했고, 1931년 6월에는 『불교』를 인수하여 사장

으로 취임하고, 범산梵山 김법린, 효당 최범술 등이 조직한 청년승려 비밀결사 만당卍黨의 영수로 추대된다. 1932년 조선불교 대표인물 투표에서 최고득점으로 압도적인 지지를 받았던 그는 1933년 유숙원과 재혼하고 계초啓礎 방응모(1883~1950) 등의 도움으로 성북동에 심우장을 짓고 말년을 보내면서 「흑풍」(『조선일보』 1935.4.9~1936.2.4), 「후회」(『조선중앙일보』 1936년 50회 연재 도중 중단), 「박명薄命」(『조선일보』 1938.5.18~1939.3.12) 등 장편소설을 발표했다. 그러나 이 모든 것을 '민적이 없이' 겨울소나무처럼 늙어가던 한용운이 감당하기에는 너무 벅찼는지도 모른다.

신석정의 말처럼 "창씨개명을 하지 않은 것이 얼마나 대수로운 일이며, 민적 없이 살아가는 것이 얼마나 큰일이겠느냐고 반문할 철없는 사람이 혹시 있을는지 모르지만, 일제의 서슬 같은 압력 아래서는 참으로 지난한 일이 아닐 수 없는 것이다."[55]

▲ 추사 김정희, 「세한도歲寒圖」

---

55) 신석정, 『난초잎에 어둠이 내리면』, 위의 책, p.239.

스승의 쓸쓸한 말년을 지켜보았던 조지훈이 훗날 "선생의 한 점 혈육인 영애令愛는 일제의 교육을 안 시키겠다는 선생의 뜻에 의하여 가정에서 직접 선생에게 배워 지금 모 대학도서관에 근무하고 있다."고 안타까워 하며 근황을 전했던 한영숙은 아버지 한용운이 세월 앞에 어쩔 수 없이 무너지던 날을 이렇게 들려주고 있다.

아버님을 여읜지가 어언 28년이란 세월이 흐른 지금, 이제 와서 새삼스럽게 나에게 아버님에 대한 회상을 써보라고 하니 펜을 잡기는 잡았으나 무엇부터 어떻게 써 봐야 좋을지 머릿속이 멍멍해집니다.

제가 아버님을 모셔본 기간이란 겨우 11년간입니다만 다른 분들이 여러 십 년을 모신 기간보다 몇 배 소중한 시간이었음이 날이 가고 해가 바뀔수록 사무치게 느껴짐과 동시에 생각할 때마다 눈시울이 뜨거워질 때가 한 두 번이 아닙니다. (중략)

이렇듯 울분에 찬 세월을 참고 지내시자니 병환이 나으시기는커녕 자꾸 더해질 수밖에 없었습니다. 하루아침에 눈이 많이 왔는데 마당에 나오셔서 눈을 쓰시다가 갑자기 졸도를 하시더니, 그 길로 반신을 못 쓰시고 줄곧 고통을 겪으시다가 조금 차도가 있으셔서 지팡이를 짚으시고 마당 출입 정도는 하시게 되었습니다.

그러던 어느 날 밤(봄날이었습니다) 자정쯤 되었는데 아버님께서 일어나 앉아 계시면서 어머님께 하시는 말씀이, 공습경보가 울리는데 창문에 검은 휘장을 내리치라고 말씀하시고 자리에 누우시는 것을 보고 잤는데, 이튿날 아침 어머님과 함께 잠에서 깨어보니 언제부터인지 아버님께서는 혼수상태에 빠지신 채 말씀 한 마디 못하시고 누워 계신 것을 본 순간, 너무도 기가 막혀 울음도 안 나오던 그때 생각이 지금도 역력합니다. 그렇게 묵묵하신 채로 몇 시간을 고통 속에 보내시다 그날 오후에 세상을 떠나셨습니다.

운명하실 때까지 계속 정신을 못 차리시고 말씀 한 마디 못해 보시고, 그렇게도 갈망하시던 조국의 해방도 보시지 못하신 채, 외롭고 한 많은 이 세상을 너무도 허망하게 떠나시고 만 것입니다. 눈을 감고 마

지막 숨을 거두실 때에도 가슴 속에선 끊임없이 대한독립 만세를 부르
짖으며 잠이 드셨을 것입니다.

　그때 그 놀라움이란 무엇에다 비할 수 있었겠습니까. 그런데 통탄할
일은 아버님이 돌아가신 후에도 일경들이 장례식에 참례할 손님이 오시
는데 눈독을 들이고 있어서 오실 손님도 다 못 오시고 장례도 숨어서
치르는 식으로 지내야 했으니, 지금도 생각하면 이가 갈립니다.[56)]

▲ 1916년 6월 25일 지진제地鎭祭를 시작으로 1926년 10월 1일에 준공된 조선
총독부는 광복 50주년인 1995년 8월 15일 해체되었다.

　1944년 6월 29일(음력 5월 9일), 한용운은 평생 고달팠던 육신을 총독
부 돌집이 보기 싫어 북향으로 돌려 앉혔다는 심우장의 차디찬 구들장에
내려놓았다. 침묵에 잠긴 심우장 밑으로 이어지는 가파른 골목길에서는
동네주민들이 길게 늘어서서 B29의 소이탄燒夷彈 투하에 대비하여 방공
연습을 하라는 정동精動(국민정신총동원연맹) 애국반장의 명령에 따라 양동
이의 물을 릴레이로 퍼 나르기에 여념이 없었다. 유해는 조선인이 경영
하는 미아리 화장터에서 불교관례에 따라 화장을 했다.

56) 한영숙, 「아버지 만해의 추억」, 『나라사랑』제2집, 위의 책, pp.91～92.

풍란화 매운 향내 당신에게 견줄 손가.
이날에 님 계시면 별도 아니 빛날 손가.
정토가 이외에 없으니 혼하 돌아오소서.

광복 후, 위당 정인보는 "옛 무덤을 깨치고 하늘까지 사모치는 白骨의 香氣"로 남은 한용운을 '풍란화風蘭化 매운 향내'로 노래했다. 그리고 "그 야만적인 일제의 탄압 밑에서 우리 언어를 사수한 것만으로도 우리나라 시인이 세운 공은 지고한 것"[57]이라 한다면, 얼마든지 용서를 받아도 마땅한 미당 서정주는 "우리의 전통적 종교, 불교에 의거함으로 해서 대다수 시인과 문학가들이 겪은 차질과 혼란을 면했던" 한용운을 이렇게 평가하고 있다.

신시대의 시인들과 중들과, 또 그 밖의 모든 동포 중, 민족의 애인의 자격을 가진 이들은 있었으나, 인도자의 자격까지를 겸해 가진 이는 드물었고, 또 인도자의 자격을 가진 이는 있었으나, 애인의 자격을 겸해 가진 이는 드물었다. 그러나 만해 선사만은 이 두 자격을 허실虛失없이 완전히 다 가졌던 그런 사람이다. 이 점, 이분 이상 더 있지 않다.
사실은 신시대에서 뿐이 아니라 과거 십세기十世紀의 민족사를 두고 생각해 봐도 그걸 것 같고, 또 유사有史 이래以來를 두고 생각해 봐도 그럴 것 같다. 그것은 굉장히 어려운 일이다.[58]

대웅전 돌계단 옆에서 꽃대를 올린 천리향千里香의 향기가 맑은 햇살 사이로 아득하게 번져나가던 구암사에서 한용운이 『채근담』을 주해하고 있던 1915년 초여름, 전라북도 고창군 질마재仙雲里에서 태어난 서정주

57) 신석정, 「시인으로서의 만해」, 같은 책, p.30.
58) 서정주, 「한용운과 그의 시」, 『서정주』2, p.199.

는 생전에 한용운을 만난 적이 없다. 그는 "한용운 스님을 을유 해방 전 그 분 재세在世 때에 뵈옵지 못하고 다만 사진을 보았고 또 그가 체머리를 흔드는 분이라는 것과 선학원에서 일정 말기에 참선을 하고 계시다는 것만을 알고" 있었을 뿐이다. 그러나 인연의 꽃은 깊은 수맥을 따라 오랜 세월이 흐른 뒤 척박한 땅을 뚫고 피어난다.

스승과 제자의 인연도 예외는 아니다. 제자들은 세월이 흘러 어느 날 스승만큼 살았음을 문득 느낄 때 비로소 달을 그리기 위해 구름을 그렸던 스승의 붓질, 그 홍운탁월烘雲拓月의 깊은 속내를 헤아린다. 그런 점에서 신석성과 서정주, 조지훈은 행운아인지 모른다. 조금 길지만 30년대의 문학적 분위기를 잘 보여주고 있는 신석정의 회고를 들어본다.

▲『시문학』 동인들 앞줄 왼쪽부터 김영랑 정인보 변영로
뒷줄 왼쪽부터 이하윤 박용철 정지용

만주사변이라는 일제 침략의 전초전이 일어나기 직전, 나는 청운의 뜻을 품고 마명의 소개를 얻어 가지고 석전石顚 화상이 계시던 동대문

밖 중앙불교 전문강원의 문을 두드렸으니, 그것이 1930년 3월의 일이었다. 불경을 배우는 것은 강원에 있게 되니 의무로 지워진 나의 일과였고, 문학서적을 탐독하는 것이 그때 나의 본업이었다. 30여명의 젊은 학도들이 득실거리는 틈에서 문학에 뜻있는 승려를 규합하여 『원선圓線』이라는 프린트 회람지를 만드는 것이 또 한 가지 나의 일이었다.

지금은 광주에 있는 조종현 형도 나와 같이 그 강원에서 공부하던 선암사 출신의 승려로 그때 매일같이 동요를 써내던 친군데, 그 뒤 노산鷺山(이은상)을 찾아다니며 시조를 배웠고, 『동아일보』를 비롯하여『동광』지에 숱하게 시조를 발표했었다.

『시문학』3호에 시「선물」이 발표된 것이 인연이 되어 하루는 용아龍兒(박용철)에게서 엽서가 날아들었다. 동대문 밖 지리에 소홀하니, 틈내서 한번 오라는 극히 간단한 사연이었다. 바로 낙원동 시문학사(용아의 집)를 찾아가서 막 인사를 끝내고 앉았노라니, 검은 명주 두루마기에 버선을 점지하고 얼굴이 검은 데다가 유달리 웃인중이 긴 청년과 털털한 양복 청년이 들어오게 되어, 알고 보니 검은 명주 두루마기의 촌뜨기가 지용芝溶이었고, 양복 청년이 화가 이순석李順石이었다. 이하윤도 거기서 처음 만나 알게 되었다.

이윽고 술자리가 벌어져 거나하게 되자, 지용은 자작시를 비롯하여 영랑永郎, 편석촌片石村(김기림), 나의 시를 서슴없이 유창한 솜씨로 읊어 내리는 게 마치 구슬을 굴리듯 하는 것이었고, 순석은 파리에 가겠다고 연거푸 술잔을 기울었다. 그날 밤 나도 어찌나 폭주를 했던지 서대문 성해星海(이익상) 댁까지 오는데 기어오다시피 찾아왔었다.

그 뒤 우리는 자주 시문학사에서 만나게 되었고「봄은 전보도 안치고」의 새로운 감각을 짊어지고 나온 편석촌의 작품도 자주 대하게 되었다. 그때 편석촌은 성진 고향에 있을 때였으니 그를 만나게 된 것은 그가 조선일보사에 입사한 그 이듬해의 일이다. 조종현 형과 더불어 요한要翰을 찾아 동광사에 갔던 것도 그 무렵이었고, 중앙불교 종무원 불교사로 만해 한용운 스님을 찾아간 것도 그 무렵이었으며, 춘원을 찾아 동아일보사로, 서해曙海를 찾아 매신 학예부로 마치 무슨 순례나 하듯이 돌아다녔다. 사무적이고 쌀쌀한 요한의 풍모는 두 번 다시 찾아볼 용기를 낼 수 없었고, 거만 무쌍하면서도 다정한 만해 스님은 아주 붙일 맛이 두터웠다. 시방도 잊을 수 없는 것은 매신(『매일신보』) 현관에서 그 초췌한 얼굴로 우리를 보내던 서해의 초라한 모습이다. (중략)

서정주, 장만영의 젊은 시우가 찾아오던 때도 모두 그 무렵의 일이다. 정주의 패기만만한 기백이라거나 만영의 백절불굴한 노력이라거나, 안서岸曙 선배와 편석촌의 격려가 모두 내 하잘 것 없는 문학수업에 잊을 수 없는 높은 자극제가 아닐 수 없다.[59]

이 글을 보면 부안에서 올라온 신석정을 둘러싸고 있었던 문학적 분위기란 고향의 정서를 그대로 옮겨놓은 것임을 알게 된다. 석전 박한영을 비롯하여 조종현(1906~1971), 박용철(1904~1938), 김영랑(1903~1950), 조운(1900~?), 서정주는 거의 동향의 선배나 후배들이었다. 그러나 이는 지연地緣 중심의 편 가르기에 지나지 않는다. 보다 중요한 것은 석전과 만해로부터 비롯되는 불교적 세계관이 이들의 문학에 알게 모르게 영향력을 미치고 있었고, 그것이 한국문학사에서 간과하기 어려운 정신사의 한 줄기를 이룬다는 점이다.

물론 당시의 패기만만했던 문학청년들은 프로시가 문단을 풍미하고 있던 시절에 불교에 안주한다는 것을 마뜩찮게 생각했을 수도 있다. 정지용(1902~1950)이 신석정에게 "석정은 프로시를 쓰지 않고 왜 이런 시를 쓰는 거야?"라고 애정 반 의문 반의 질문을 던진 것도 이와 무관하지 않다.

해가 바뀌었다. 만주사변이 터지고 세상은 뒤숭숭하기 시작했다. 기신론의 종강을 마치고 나니 한영 스님은 친히 나를 불러 앞에 앉혀놓고 "신 군도 이제 기신론을 끝냈으니 신심이 나는가?" "저는 불교를 학문

---

59) 신석정, 『난초잎에 어둠이 내리면』, 위의 책, pp.293~296.

(철학)으로 배운 것이지 종교로 배운 것이 아닙니다." "신심이 안 난다니 신군은 헛것을 배웠구먼……"

태연하게 하시는 말씀인데도 그렇게 명랑한 얼굴은 아니었다. 학문에 신념을 갖는 것과 신심을 내는 것과는 확실히 거리가 있는 문제일 것이라고는 생각을 했지만 불쑥하고 난 대답으로 스승의 마음을 흐리게 한 것은 오늘에 이르도록 죄스럽기 짝이 없다.[60]

▲ 신석정

신석정은 불교를 종교로 배운 것이 아니라며 석전에게 매몰차게 대답했던 지난날을 죄송스러운 마음으로 돌아보고 있다. 그러나 그는 불교사에 들르면 "그칠 새 없는 장광설"[61]을 들려주던 만해와 석전의 가르침을 자신도 모르는 사이에 안으로, 안으로 받아들이고 있었다. 미당은 선배 신석정의 시를 평가하면서 "초기의 작품에는 불교의 세계에서 문학의 경지를 개척했던 만해 선사의 영향을 받은 듯한 것들이 눈에 뜨이는데, 가령 만해가 그의 문장에서 경어체를 썼는데 그와 비슷한 것이 석정의 문장에도 눈에 뜨인다."[62]고 말한 바 있다. 사람은 자신의 목소리를 잘 모르는 법이다.

시정신이란 시인뿐만 아니라 모든 인간이 갖추어야 할 하나의 신념으로 사물의 실상을 척결하고 아울러 새 것을 창조하는 원동력이다. 그래서 신석정은 훗날 "일제에 저항하지 못한 것이 부끄러울 뿐, 그렇게 불리워지는 것을 탐탁하게 여긴 바도 없거니와 그렇게 불쾌하게 여긴 적도 없다."고 말할 수 있었고, "이제 신심信心이 좀 나는가?"라는 스승의 물음을 뒤늦게나마 이렇게 해석하고 있는 것이다. "석전 스님의 말씀은 종

60) 같은 책, pp.275~276.
61) 같은 책, p.274.
62) 서정주, 「신석정과 그의 시」, 『서정주』2, p.208.

교적 신앙을 뜻하는 것만은 아니었을 것이다. 학문을 배운 이상 하나의 신념이 정립되지 않는다면 그것은 한낱 도로徒勞에 불과하다는 뜻이었으리라."

그렇다. 불교란 탁발하고 먹물옷을 입는 형식으로만 이루어지지 않는다. 불교는 신심信心의 질료이며 성실한 생활과 바른 의식 그 자체인지 모른다. 시와 선은 둘이 아니고 하나이며, 하나이며 둘이다. "병든 수캐마냥 헐떡이며" 탐미의식에 젖어 저자거리를 헤매던 미당도 스승 석전이 남겨준 보이지 않는 유산의 계보를 이렇게 헤아리고 있다.

> 석전 스님이 내게 끼친 도에의 깊이도 내가 내 일생 동안 남에게서 받아온 이런 종류의 사랑 가운데서는 가장 깊은 것이어서 나는 이 분을 잊고 지내다가도 내가 매우 견디기 어려운 한 밤중에 홀로 깨어 고민하는 때의 언저리쯤에서는 반드시 다시 이 분의 그 깊은 애도를 돌이켜 생각하곤 어머니의 품속에 파묻히는 아이처럼 파묻히어 새로 살 힘을 얻는다. (중략)
>
> 스님 보기가 미안하여 빈들빈들 굴러다니며 놀고 있는 것을 어디로 어디로 수소문해서 기어코 찾아내서는 다시 불러들여 놓고 "정주! 자네는 아마 학이나 무슨 새 같은 시인이나 하나 될라는가 부다. 중이 될 인연은 아닌 모양이니 우리 학교에나 입학해서 시랑 철학이랑 그런 거나 좀 재미 붙여 보는 게 좋겠네." 하시며 그분이 이때 우리 불교의 대종사로 교장을 겸하고 계셨던 중앙불교 전문학교에 입학을 알선해 주시던 일63)

정신적 유산이란 보이지도 않고 만질 수도 없지만, 추사가 백파에게 지어 보낸 석전이라는 호가 세월을 넘어 박한영에게 전달되듯이 시공을

63) 서정주, 『미당수상록』(민음사, 1976) pp.213~215.

넘어 전달되기도 하고, 어느 날 문득 맑은 목소리로 들려오기도 한다. 나이 들어 돌이켜보니 스승의 꾸지람이 "꾸지람이라기보다 그 분 자신의 속쓰림을 더 많이 담아 맑은 공기를 먹먹히 울리시던 그 꼭 할머니나 어머니 같던 음성"64) 같았다고 느끼는 것 그 자체가 이미 스승의 가르침을 온몸으로 받아들인 것이 아니고 무엇이겠는가.

신석정과 서정주는 스승들의 가르침을 등진 것이 아니다. 뿐인가. 서정주는 1919년 3월 1일 새벽 한용운에게 독립선언서 3천장을 동료들과 함께 받아들고 만세시위운동을 주도하면서 파란만장한 삶을 시작했던 만해의 제자이자 자신의 대선배인 범산 김법린의 혜안을 이렇게 인상적인 목소리로 들려준다.

▲ 만당卍黨 동지들. 뒷줄 오른쪽 두 번째부터 최범술, 김법린, 허영호.
앞줄 오른쪽 첫 번째가 김상호, 세 번째가 강유문이다.

64) 같은 책, p.214.

범산梵山 김법린 선생이 파리에서 철학을 공부하고 돌아와 이때 마침 이곳(해인사)에서 불경 공부를 하고 있던 때였는데 나더러, 불어 공부를 할 생각이 있으면 가르쳐 주마고 하여 한 동안 그것도 해보았다. 선생은 어느 날 오후던가 나더러 불어를 잘 공부하라고 당부하면서, 언제가 우리나라에 밝은 날이 오거던 우리 같이 프랑스 학술·문화 번역 사업도 해보자고 했다. 그러나, 그때 나는 그 밝은 날이 올 걸 선생님만큼 믿을 수가 없어 아무 대답도 하지 않고 있었다. 1945년 해방된 뒤 오래잖아 노상에서 우연히 선생을 만나 "보아. 내가 말하던 대로 되었지?" 해서야 비로소 그가 정확했던 것을 느낄 만큼……

그렇게 우리 나이의 세대는 우리보다 1, 20년씩 앞선 세대보다 절망이란 것이 더 많았고, 불신이 더 많았고, 그렇기 때문에 나는 우선 이런 심산 속으로까지 스며들어 와서라도 먼저 자연이 준 싱싱한 젊음 그것이나마 새로 자각해 보는 것이 무엇보다 먼저 필요했던 것이다.[65]

보이지 않는 유산은 이렇게 면면히 계승된다. 서정주는 일본의 통치가 한 200년은 더 갈 줄 알고 절망과 불신에 사로잡혀 살았던 지난날에 저지른 실수를 이렇게 자인하며 용서를 빌고 있다.

미국이나 영국에 대한 적대 감정이라는 것은 또 어떻게 해서 일어났나 하면, 확실하다는 일본측 보도로 영·미국인들은 일본병의 포로들을 불도우저 밑에 넣고 깔아뭉갠다는 둥, 그 시체의 뼈로 페이퍼 나이프를 깎아 만들어 그걸로 종이를 썰고 있다는 둥, 간단히 말해서 그런 것들 때문이었다.

그 페이퍼 나이프에는 우리나라 병정의 뼈로 된 것도 더러 있겠다는 생각―그런 생각은 내 적대 감정을 일으키기에는 충분한 것이었다. 그러나 정치와 전쟁세계에 대한 내 무지와 부족한 인식이 빚어낸 이것, 해방되어 돌이켜보니 참 너무나 미안하게 되었다. 여기에 깊이 사과해

---

65) 서정주, 「천지유정」, 『서정주』3, pp.183~184.

둔다. 나는 위에 말한 두 개의 일문시日文詩와 한 편의 일문 종군기從軍記 외에 또 한 편의 친일적인 우리말 시를 『매일신보』에 썼다. 그것은 우리나라에서 뽑혀 간 학병學兵들의 모습이 더러운 개죽음이 아니라 의젓하다고 한 것이다. 이것도 그때 내 생각으론 이밖에 달리 말 할 길이 없어 그렇게 한 것이지만, 그것도 틀린 것이었던 건 물론이다.66)

서정주는 중앙고보에서 강의를 들었던 애류 권덕규의 허무하고 처참하지만, 외골수로 살았던 죽음을 회상하며 지식인이란 역사 앞에서 어떻게 살아야 하는가를 깨우쳤노라고 이렇게 고백한다.

비록 자기 민족이 백년을 천년을 남의 나라 식민지가 되어 사는 경우라도, 선비는 그 지배국과의 사이에 어떤 정치적 동일보조同一步調라는 것도 절대로 취해서는 안 되고, 견디어 살 수 있는 데까지 견디어, 기다려 보다가 죽게 되면 어떤 죽음으로건 그냥 죽어가야 하는 것이라는 새로운 배움을 얻게 되었다. 그는 더구나 국외로 나가지도 못하고 국내에 머물러야 했던, 남의 식민지 선비의 한 표준으로 느끼어졌다. 그래, 나는 중앙고보의 그 문하를 떠난 뒤 꽤 오랫동안 잊었던 이 분을 거울로 해서, 비록 짧은 동안이었지만 불가피한 대세며 살 길이라 하여 내 나름대로 추구했던 모든 일들이 마치 교실에 붙잡혀 와 벌을 서는 아이같이 한없이 뉘우쳐졌다.67)

박한영의 사랑을 흠뻑 받았던 서정주가 스승의 도반道伴인 한용운을 "뵈오러 가는 것을 차일피일 연기하다가 그만 그분의 열반涅槃을 당하고 말았던" 것은 '정情의 미달'이 아니라 "최근 일세기에 있어선 그 도수가 높고 잘 선택되고 떳떳한 것"이었던 '사랑의 화력' 앞에 선뜻 나설 자신

66) 같은 책, p.243.
67) 같은 책, p.248.

이 없었기 때문이 아니었을까. 아니, "전근대적 중압과 이민족의 호된 압제 속에 있어서 한 시인이 그 감정을 이끌어 이렇게 처하기란 어려운 일 중의 어려운 일"이었음에도 불구하고 끝내 실천하기를 멈추지 않았던 "고진 중에서도 고진" 만해 한용운이 세월 앞에서 무기력하게 늙어가는 모습을 보기란 참으로 민망한 일이었기 때문에 주저했는지 모른다. 지척에 살면서도 만해를 생전에 만나지 못했고 1936년에 중앙불전을 1년만에 중퇴했던 미당과 달리 1939년 19살의 나이로 중앙불전에 입학한 후 그의 말년을 지켜보는 행운을 누렸던 후배 조지훈의 회고는 그래서 주목된다.

▲ 조지훈

일송 김동삼 선생이 서대문 감옥에서 옥사하였을 때, 시신을 돌볼 사람이 없어 감옥 구내에 버려둔 것을 선생이 지사 선배에 대한 의리와 선생의 망명 시절 일송 선생에게 받은 권우眷遇를 못 잊어, 결연히 일어나 성북동 꼭대기 심우장까지 관을 옮겨다 모셔 놓고 장사를 치르시던 일은 필자도 그때 장례에 참례했기 때문에 잘 아는 일이지만, 일제의 말기, 때가 때인 만큼 20명 안팎의 회장자會葬者 속에 묵묵히 저립佇立하여 초연悵然하시던 선생의 모습! 필자에게는 그것이 선생을 뵈온 마지막 모습이기 때문에 감회가 한층 깊은 바 있다.

선생은 술을 즐기셨다. 취후醉後에 비분강개가 심하므로 지기지우知己之友들이 술을 조금 들라고 말리면, 한 잔만 더 하겠다고 술을 따르면서 눈물을 머금은 눈으로 돌아보시더라는 얘기도 있다. 선생은 또 다정다한多情多恨의 사람일 수밖에 없었다. 일대의 우국지사 한용운 선생은 해방을 1년 남겨놓고 1944년에 한 많은 눈을 감으시고 입적入寂하셨다.[68]

그래서일까. 미당은 노성했던 조지훈의 시를 이렇게 평가하고 있다. "거듭 말하거니와 여기서는 불교적인 맛에다가 고전적인 맛을 합쳐 함께 풍겨주고 있다. 이 외에도 많은 그의 작품들은 다 이 불교적인, 그 중에서도 선적인 것에다 고전적인 냄새를 많이 가입해 표현해 오고 있음을 본다. 그리고 그의 시의 특색을 또 하나 들자면, 그의 연배 시인들 중에서 누구보다도 못지않은 망국한亡國恨을 가졌다는 것이다."[69]

▲ 미당 서정주

미당은 알고 있었다. "그 서리犀利, 그 준열峻烈, 그 애수哀愁가 지금도 문득 우리의 심두心肚를 울리고 있다."고 스승을 추모하며 "혁명가와 선승과 시인의 일체화 이것이 한용운 선생의 진면목"이라고 선언했던 후배 조지훈의 지조志操와 개결介潔이 어디에서 발원하고 있는지를……

미당은 한용운처럼 깡말라 비틀어진 육신을 식민지의 어둠 속에 내려놓으면서 운명의 형식을 완성한다는 것이 얼마나 어렵고, 또한 쉬운 일인가를 그와 같은 나이가 되었을 때 비로소 알았던 것일까. 그는 그래서 말년에 '영원의 맥박'으로 느꼈던 스승 석전의 한시를 틈틈이 번역하다가 유고[70]로 남겨 두고 2000년 12월 24일 밤 11시 7분, 흰 눈의 축복 속에 한 마리의 학처럼 울고 날아갈 수 있었는지 모른다. 그렇다. 죽음은 삶을 낳고, 삶은 죽음을 낳는다. 삶도

---

68) 조지훈, 「민족주의자 한용운」, 위의 책, p.265.
69) 서정주, 「자연파와 그들의 시」, 『서정주』2, p.226.
70) 미당이 석전의 한시를 선별 번역한 유고는 『석전 박한영 한시집』, 위의 책으로 간행되었다.

예술도 죽음으로 완성된다. 아니, 무력하다는 사실을 자각할 때 비로소 삶은 삶이 되고, 예술은 예술이 된다. 작가의 절망과 죽음으로 완성되는 예술. 그것은 "나의 님을 떠나서 홀로 그 노래를" 들을 때만 이루어지는 것인지도 모른다. 한용운은 갔지만 가지 않았다. 우리는 그를 보내지 않았다. ■

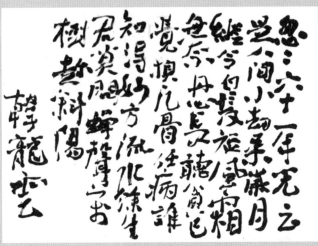

▲ 만해 한용운의 「회갑일回甲日 즉흥卽興」(1939.7.12 청량사)

홀홀육십일년광忽忽六十一年光	바쁘게도 지나간 예순 한 해
운시인간소겁상云是人間小劫桑	세상에선 이를 소겁이라 하나니
세월종령백발단歲月縱令白髮短	세월이 흰머리를 짧게 했건만
풍상무내단심장風霜無奈丹心長	풍상도 일편단심 어쩌지 못해
청빈이각환범골聽貧已覺換凡骨	가난을 달게 여겨 범골도 바뀐 듯
임병수지득묘방任病誰知得妙方	병을 버려두매 좋은 처방 누가 알리
유수여생군막문流水餘生君莫問	유수 같은 여생 그대여 묻지 말게
선성만수진사양蟬聲萬樹趁斜陽	숲 가득 매미소리 노을 향해 가는 몸!

▌인명 찾아보기 – 한국

ㄱ

ㄴ

▌인명 찾아보기 – 일본

인명 찾아보기 - 중국

▌인명 찾아보기 – 외국

▌ 찾아보기 – 중요사항

저자 소개

고재석

동국대학교 국어교육과 교수.
만해연구소 소장.
저서로 『한국근대문학지성사』, 『숨어있는 황금의 꽃』, 『불가능한 꿈을 꾸는 자의
자화상』, 『탕지아唐家의 붉은 기둥』 등이 있고, 편저와 역서로 『일본문학 · 사상
명저사전』, 『일본메이지문학사』, 『일본다이쇼문학사』, 『일본쇼와문학사』, 『일본
현대문학사』(상하) 등이 있다.

한용운과 그의 시대

초판 1쇄 발행 2010년 12월 22일
초판 2쇄 발행 2015년 7월 15일

지 은 이 고재석
펴 낸 이 이대현

책임편집 이태곤
편   집 권분옥 이소희 오정대 문선희 박지인
디 자 인 이홍주 안혜진
마 케 팅 박태훈 안현진

펴 낸 곳 도서출판 역락
주   소 서울시 서초구 동광로46길 6-6(반포4동 577-25) 문창빌딩 2층(우137-807)
전   화 02-3409-2058(영업부), 2060(편집부) 팩시밀리 02-3409-2059
이 메 일 youkrack@hanmail.net
역락블로그 http://blog.naver.com/youkrack3888
등   록 1999년 4월 19일 제303-2002-000014호

ⓒ 고재석 2010

정   가 30,000원

ISBN 978-89-5556-863-9 93810